ullstein

Das Buch

Gracelin O'Malley, die aus ihrer Heimat Irland vertrieben wurde und sich auf die weite Reise in die Neue Welt begeben hat, schöpft nun endlich Hoffnung auf ein gutes Leben mit ihren beiden Kindern. In einem Planwagentreck hat sie den amerikanischen Kontinent durchquert, um in San Francisco eine Vernunftehe mit Kapitän Reinders einzugehen. Doch bei ihrer Ankunft erfährt sie, dass Reinders auf See ist und erst in einigen Monaten zurückerwartet wird. Was ist geschehen? Hat er sein Versprechen vergessen?
Ganz allein muss sich Grace nun in der Stadt des Goldrausches durchschlagen, wo es von Banditen, entlassenen Soldaten und professionellen Spielern wimmelt. Sie findet eine Stelle als Köchin in einem Arzthaushalt, aber dort machen Anfeindungen ihr das Leben schwer. Und die Vergangenheit lässt sie noch immer nicht los: Verzweifelt sucht sie nach ihrem Bruder Sean, der lange vor ihr nach Amerika ausgewandert ist. Doch dann scheint sich das Blatt auf einmal vollständig zu wenden.

Nach *Geliebte Gracelin* und *Abschied von Irland* ist *Im Licht des Morgens* der dritte und letzte Band der historischen Trilogie um das Schicksal der Irin Gracelin O'Malley.

»Gracelin O'Malley ist die Scarlett O'Hara Irlands.« *Washington Post*

Die Autorin

Ann Moore wurde 1959 in England geboren und wuchs in Tacoma, Washington, auf. Sie studierte Englische Literatur an der Western Washington University und erhielt 1997 den *Chigaco Tribune Nelson Algren Award* für Kurzgeschichten. Sie lebt mit ihrem Mann und ihren zwei Kindern in Bellingham, Washington.

Von Ann Moore sind in unserem Hause bereits erschienen:

Geliebte Gracelin
Abschied von Irland

Ann Moore

IM LICHT DES MORGENS

Roman

Aus dem Englischen
von Franca Fritz und Heinrich Koop

Ullstein

Besuchen Sie uns im Internet:
www.ullstein-taschenbuch.de

Umwelthinweis:
Dieses Buch wurde auf chlor- und säurefreiem Papier gedruckt.

Ungekürzte Ausgabe im Ullstein Taschenbuch
1. Auflage Januar 2008

Titel der englischen Originalausgabe: *Til Morning Light*
(NAL Accent, New American Library, Penguin Group [USA)] Inc., New York)
Umschlaggestaltung: HildenDesign, München
(nach einer Vorlage von Büro Hamburg)
Titelabbildung: Bowers Museum of Cultural Art/Corbis
Satz: Franzis print & media GmbH, München
Gesetzt aus der Berling
Druck und Bindearbeiten: Ebner & Spiegel, Ulm
Printed in Germany
ISBN 978-3-548-26802-6

Für Rick, Nigel und Grace –
meine Familie

Denn wahrlich, ich sage euch: Wenn ihr Glauben habt wie ein Senfkorn, so könnt ihr sagen zu diesem Berge: Heb dich dorthin!, so wird er sich heben; und euch wird nichts unmöglich sein.

MATTHÄUS 17, 20

1

Hunderte von Rahseglern lagen mit Schlagseite in der Bucht von San Francisco – ein gespenstischer Anblick. Nebel kroch über die verlassenen Decks, in den Rümpfen klafften riesige Löcher, geschlagen von Holzsammlern, die mitgenommen hatten, was sie brauchen konnten, um die Schiffe danach in den trüben Gewässern ihrem Schicksal zu überlassen. Diese verfallenen Schoner, Klipper und Walfänger waren zwar nicht die einzigen Schiffe in dem mit Wasserfahrzeugen übersäten Hafen – viele andere Segler wirkten gepflegt und lagen mit geschlossenen Luken sicher vor Anker –, doch dass man sie so offensichtlich überstürzt und leichtfertig aufgegeben hatte, stimmte Gracelin O'Malley nachdenklich, während sie die Bucht nach den stolzen Masten der *Eliza J.* absuchte.

Es war noch früh am Morgen, die Dämmerung hatte gerade erst eingesetzt, und Gracelin, die meist schlicht Grace genannt wurde, versuchte sich einzureden, dass das Schiff gewiss im Hafen lag und nur vom Nebel verhüllt war, so dass sie es vom Pier aus nicht sehen konnte. Selbst wenn sie es entdeckt hätte, so besaß sie kein Boot, mit dem sie hätte hinausrudern können. Außerdem würden Peter und Liam ohnehin nicht an Bord schlafen, sondern daheim, in dem Haus, das sie mit Peters Partner Lars Darmstadt und dessen Frau Detra teilten, irgendwo auf dem Hügel, der sich hinter ihr erhob. Sie wandte sich vom Hafen ab und warf einen Blick auf die Stadt, in deren unbekannten Straßen sie sich im Nebel nur schwer zurechtfand. Bei ihrer Ankunft am Abend zuvor war es bereits dunkel gewesen; auch jetzt war es noch nicht ganz hell, doch sie hatte sich eine Wegbeschreibung notiert, die sie nun aus der Tasche zog und durchlas.

Sie verstärkte den Griff um die Hand ihres vierjährigen Sohnes, zog den schläfrigen Jungen weg vom Jackson-Street-Pier und ging mit ihm durch die Straßen, bis sie das Opernhaus an der Montgomery Street erreichte. Von dort hielt sie sich südlich, bis sie auf die California Street stieß. Nun suchten ihre Augen die Gebäude des von Banken, Lagerhäusern, Reedereien und Großhandlungen umgebenen Platzes ab. Langsam schlenderte sie weiter, wobei jedes Gebäude aus dem Nebel hervortrat, als wäre es das einzige auf der Welt. Einige verfügten über Hausnummern, andere über Schilder, wieder andere waren gar nicht gekennzeichnet. Schließlich fand sie die Adresse, die sie suchte – natürlich ein Haus mit Aussicht auf den Hafen –, und blieb abrupt stehen. Ihr Blick wanderte über den Kiesweg, die Eingangstür, das Erdgeschoss und den ersten Stock hinauf zur zweiten Etage. Das Gebäude war größer, als sie es sich vorgestellt hatte. Grace wusste zwar, dass Peter und Liam sowie Lars und Detra samt ihrer Dienerschaft darin wohnten, doch die Adresse hatte keinerlei Rückschlüsse auf die Vornehmheit des Hauses zugelassen. Sie schluckte heftig, schaute zu Jack hinunter, rückte ihm die Mütze, dann sich selbst den Hut zurecht und stieß energisch das schwere Eisentor auf.

»Wohnt der Käpt'n *hier*, Mam?« Nun war es Jack, dessen Blick von den hohen dunklen Fenstern im Erdgeschoss über die kleineren Fenster im ersten Stock bis zu den winzigen Flügelfenstern im zweiten Geschoss glitt.

»Ich glaube ja.« Sie führte ihn den Kiesweg entlang zum Haus, wobei ihre Stiefel ein lautes Knirschen verursachten. »Vorsicht, Jack.« Sie griff ihm unter die Arme, damit er die hohen Stufen erklimmen konnte, die zur Eingangstür führten.

»Groß.« Er gähnte, als sie die oberste Stufe erreicht hatten.

»Ja.« Sie lächelte ihm aufmunternd zu und zeigte auf die Glocke. »Na komm, zieh.«

Sie hörten, wie es im Inneren des Hauses läutete. Als das Echo verklang, kehrte wieder Stille ein, und sie schauten einander an. Jack zuckte die schmalen Schultern. Als er die Glocke erneut betätigen wollte, legte Grace ihm eine Hand auf den Arm; irgendwo im Haus wurde eine Tür geöffnet und wieder geschlossen, dann noch eine, und das Geräusch langsamer Schritte kam näher. Nach einer Weile, die ihr wie eine Ewigkeit erschien, öffnete ein Mann die Haustür. In der Hand hielt er eine Lampe, die gerade genug Licht spendete, um die Tatsache zu erhellen, dass sie ihn aus dem Bett geholt hatten und er sich hastig ankleiden musste. Sein Stirnrunzeln vertiefte sich, als er Grace von oben bis unten musterte und den Zustand ihrer Kleidung bemerkte – den verschmutzten, fleckigen Mantel, den ramponierten Hut, die staubigen Ledermokassins, ihr sonnenverbranntes Gesicht, den ebenfalls wettergegerbten, schmutzigen Jungen an ihrer Seite. Als er dann noch sah, dass sie ganz offenkundig eine Männerhose trug, verengten sich seine Augen missbilligend.

»Dienstboten und Händler an der Hintertür«, stieß er verächtlich hervor und wollte die Tür schließen.

»Ich bin kein Dienstmädchen«, beschied ihm Grace rasch, bevor er ihr die Tür vor der Nase zuschlagen konnte. Sie nahm ihren ganzen Mut zusammen und verkündete mit fester Stimme: »Mein Name ist Missus Donnelly. Ich möchte bitte Kapitän Reinders sprechen.«

Der Butler zögerte misstrauisch. Um ihre Glaubwürdigkeit besser einschätzen zu können, hob er die Lampe und leuchtete ihr ins Gesicht. Zu Graces großer Erleichterung hielt er es schließlich für angebracht, ihr eine Antwort zu geben.

»Kapitän Reinders ist auf See, Madam.«

Grace blinzelte. *Auf See. Natürlich ist er auf See.* »Wird er …« Ihre Gedanken rasten. »Wann erwarten Sie ihn zurück?«

»Nicht in nächster Zeit. Guten Tag.« Erneut machte der Butler Anstalten, die Tür zu schließen.

»Warten Sie!« Grace schob einen Fuß vor und stellte ihn entschlossen auf die Schwelle. »Ich werde ihm einen Brief zukommen lassen.«

Es war natürlich nicht das erste Mal, dass eine ihm unbekannte Frau nach dem Kapitän fragte, hielt sich der Butler vor Augen, doch in der Regel waren sie nicht so unverfroren. Demonstrativ starrte er auf den Fuß, den es von dem Territorium zu entfernen galt, das unter seiner Obhut stand.

»Unmöglich, Madam.«

Statt die Tür freizugeben, trat Grace einen Schritt vor und richtete sich zu voller Größe auf. Der Butler wich unwillkürlich zurück, die Nasenlöcher geweitet, als würde er plötzlich von einem höchst unangenehmen Geruch belästigt. Außerdem fürchtete er sich ein wenig vor ihr – eine Frau in Hosen war eine unberechenbare Erscheinung –, dennoch würde er ihr nicht gestatten, sich gegen seinen Willen Zutritt zu verschaffen. Er öffnete den Mund, um sie zu verscheuchen, doch sie kam ihm zuvor.

»Hören Sie, Kapitän Reinders ist ein guter Freund von mir. Und …« – sie spürte das Unbehagen des Butlers und trat noch näher an ihn heran – »… sein Mündel Liam ist mein Sohn.« *Adoptivsohn*, korrigierte sie sich im Geiste, doch es bestand kein Grund, diesem Dummkopf die Angelegenheit näher zu erklären.

»Master Kelley?« Der Butler zog erstaunt eine Augenbraue hoch, ließ die Tür jedoch nicht los.

»Ja.« Graces Blick war fest. »Und nun rufen Sie Mister Darmstadt oder seine Frau.«

»Sie sind ebenfalls fort, Madam.«

Grace musterte das unbewegte Gesicht des Butlers, vermochte jedoch nicht zu sagen, ob diese Auskunft der Wahrheit entsprach.

»Wo *ist* Kapitän Reinders?«, fragte sie, entschlossen, nach außen hin die Fassung zu bewahren, obwohl ihr Herz raste und sich in ihrem Kopf alles drehte.

»Panama City, Madam.«

Panama City? Wo um Himmels willen war Panama City?

»Ich erwarte ihn erst in einigen Wochen zurück. Vielleicht noch später.«

Grace biss sich auf die Unterlippe, und ihr Magen zog sich zusammen. »Dann werde ich ihm eine Nachricht hinterlassen«, entschied sie. »Bringen Sie mir bitte Papier und Feder.«

Da die Frau den ihr angemessenen Platz vor der Tür nicht wieder eingenommen hatte, blieb dem Butler nichts anderes übrig, als die Tür offen zu lassen, während er die gewünschten Gegenstände aus der Schublade des Schreibtischs in der Eingangshalle holte. Die Erkenntnis, dass diese »Missus« Donnelly dort, wo sie jetzt stand, nicht würde schreiben können, und – sollte er das dennoch von ihr verlangen – nur weiteren Ärger machen würde, setzte ihm derart zu, dass er sie widerstrebend hineinbat.

Grace beugte sich über den Schreibtisch, tauchte die Feder ein und begann zu schreiben. Jack, der dicht neben ihr stand, warf dem furchterregenden Butler immer wieder verstohlene Blicke zu.

»Lieber Peter, es wird dich überraschen, aber ich bin jetzt mit den Kindern hergekommen. Mary Kate ist krank – Gott sei Dank ist es nicht die Cholera – und liegt im Krankenhaus der Barmherzigen Schwestern. Wir bleiben bis zu deiner Rückkehr in der Stadt. Ich werde deinen Diener wissen lassen, wo wir wohnen. Bitte komm so bald wie möglich zu uns.«

Rasch las sie den Brief noch einmal durch, ehe sie ihn unterschrieb. Hoffentlich klang er nicht so verzweifelt, wie ihr zumute war. Sie hatte keineswegs geplant, in diesem Zustand hier einzutreffen, so schmutzig, erschöpft und krank. In ihren Träumen hatte sie sich ein Leben auf einer kleinen Farm an der Küste Oregons vorgestellt, als starke und unabhängige Witwe an der Seite eines Seekapitäns, der sie liebte und eines Tages heiraten würde. Aber wollte er das überhaupt noch? Ihr wurde schwindlig vor lauter Müdigkeit und Sorge, und sie stützte sich auf den Schreibtisch, schloss die Augen und presste eine Hand an ihre Stirn.

»Madam?«

Die Stimme des Butlers klang besorgt, doch Grace vermutete, dass er eher an die Unannehmlichkeiten dachte, die er haben würde, falls sie sich in seiner Eingangshalle übergab. Sie riss sich zusammen, faltete den Zettel, ließ ihn in einen Umschlag gleiten und überreichte ihn dem Mann.

»Sorgen Sie dafür, dass Kapitän Reinders diesen Brief sofort nach seiner Rückkehr erhält«, wies sie ihn an, und obwohl ihr immer noch schwindlig war, schaute sie ihm dabei fest in die Augen.

»Selbstverständlich.« Der Butler hielt die Tür auf, bis Jack und Grace draußen waren, dann schloss er sie energisch.

Jack machte ein finsteres Gesicht. »Den mag ich nicht.«

»Ich auch nicht. Aber so wie wir aussehen, haben wir ihm wahrscheinlich einen ganz schönen Schreck eingejagt. Wir sind ja nicht gerade sehr vornehme Besucher, oder? Na komm.« Sie nahm seine Hand. »Lass uns zu Mary Kate zurückgehen, und auf dem Weg dorthin kaufe ich dir ein Brötchen. Was hältst du davon, Jack?«

»Wie groß?« Er schaute zu ihr auf; seine silberfarbene Brille saß schief, und wie so oft wurde Grace von einem Gefühl unendlicher Zärtlichkeit für ihn ergriffen.

»Das größte, das ich finden kann«, versprach sie und rückte ihm erst die Brille, dann die Mütze zurecht.

Er schmiegte sich einen Moment lang an sie, was Grace überraschte, denn bevor sie Kansas verließen, war Jack kein Kind gewesen, das seine Zuneigung zeigte; oft hatte sie dem Impuls widerstehen müssen, ihn fest in die Arme zu nehmen und mit Küssen zu bedecken. Sie hatte alles dafür getan, ihn wieder zu ihrem kleinen Jungen zu machen, doch nach wie vor hielt er sie manchmal auf Abstand. Julia Martin war die erste Frau gewesen, zu der er Mam gesagt hatte, und obwohl er sich im Laufe mehrerer Monate ganz allmählich an seine leibliche Mutter gewöhnen konnte, wusste Grace doch, dass Julias Abreise ihn verwirrt und traurig gestimmt hatte. Sie hoffte, diese Wunde würde heilen, wenn er erst einmal älter war und die außerordentlichen Umstände seiner Geburt besser verstehen konnte. Die Tatsache, dass er seine Schwester anbetete, machte Grace Mut, auch wenn selbst Mary Kate, die auf den Namen Mary Kathleen getauft war, nicht allzu viele Umarmungen von dem kräftigen kleinen Kerlchen erntete. Beim Gedanken an ihre Tochter beschleunigte Grace ihre Schritte, wobei sie Jacks Hand noch etwas fester umklammerte. Der Arzt hatte Mary Kate nach ihrer Ankunft am Abend zuvor untersucht, und an diesem Morgen kümmerte sich Schwester Joseph um sie, doch Grace lag viel daran, schnell wieder ins Krankenhaus zu kommen.

Hartnäckig hielt sich der feuchte Nebel in Form von glitzernden Tröpfchen an Vorsprüngen und Geländern, doch nun, da die Sonne allmählich höher stieg, verflüchtigte er sich zusehends. Grace spürte, wie die ersten zaghaften Strahlen durch ihren Mantel drangen und sie wärmten. Trotz ihrer Erschöpfung bewegten sich ihre Füße wie von selbst vorwärts, was sie zu einem gequälten Lächeln veranlasste – schließlich hatten sie sie in den vergangenen vier Monaten zweitausend Meilen weit getragen. Sogar in ihren Träumen bewegten sich ihre Beine, setzte sie einen Fuß vor den anderen, während sie endlose, mit Beifuß übersäte Prärien und heiße Salzwüsten durchwanderte, die selbst den härtesten Pionieren alles abverlangten, während sie durch knöcheltiefen Schlamm watete, das hohe Gras fruchtbarer Täler durchstreifte oder Bergpässe erklomm, die so schmal und so hoch waren, dass sie sich gefragt hatte, ob man sie überhaupt überqueren konnte. Sie und die Kinder waren marschiert und marschiert, wobei sie an manchen Tagen nur zwei Meilen vorankamen, an anderen mehr als zwanzig. Ihre Füße würden auch dann nicht ruhen, dessen war Grace sich sicher, wenn sie auf der Stelle tot umfiele – so als müsste sie den ganzen Weg in den Himmel zu Fuß zurücklegen.

Während Jack und Grace Peters Haus den Rücken kehrten, um zum Krankenhaus zurückzugehen, genossen sie den Ausblick auf den Hafen und dessen rastlose Aktivitäten sowie auf die Stadt, die sich nach Norden hin zu ihrem höchsten Punkt erhob, Alta Loma. Schwester Joseph hatte Grace erzählt, dass diese Erhebung auch Telegraph Hill genannt wurde, weil man auf der dortigen Semaphorstation Reedereiflaggen hisste, um die im Hafen einlaufenden Schiffe anzukündigen. Wenn die Dampfer der Pacific Mail alle zwei Wochen mit ihrer kostbaren Fracht eintrafen, sei die Aufregung in der Stadt immer besonders groß, hatte die Nonne berichtet. Das erinnerte Grace an die Briefe, die sie nun, da sie endlich in San Francisco angekommen war, schreiben musste.

Aus Peters Schilderungen wusste sie, dass San Francisco nachts nicht zur Ruhe kam, dass es laut und wild zuging und erst gegen Morgen stiller wurde. Doch trotz der frühen Stunde herrschte ringsum bereits geschäftiges Treiben, und Grace dachte, dass sie noch eine Menge lernen musste. Sobald es Mary Kate wieder gut ging, würden sie die Stadt näher erkunden, denn sie war nun ihre Heimat. Auf dem Dampfschiff von Oregon hatte sie den Kindern versprochen, sie würden nie mehr ein Zuhause verlassen müssen, und sie war entschlossen, dieses Versprechen unter allen Umständen zu halten.

Grace und Jack liefen durch die Montgomery Street zurück und blieben nur kurz an der Clay Street stehen, um die *Niantic* zu betrachten, eines jener Schiffe, die zu Beginn des Goldrauschs aufgegeben worden waren.

»Ist es bis an Land gesegelt?«, fragte Jack verblüfft.

»Der Käpt'n hat in einem Brief davon berichtet«, sagte Grace. »Das Land, auf dem wir jetzt stehen, war früher einmal Hafen. Doch weil dahinter gleich die Hügel sind, hat man begonnen, den Platz zwischen den langen Piers aufzufüllen, um mehr Häuser bauen zu können.« Sie dachte einen Moment lang nach. »Höchst erstaunlich, wenn man es bedenkt. Die Bucht auffüllen. Du hast doch heute Morgen diese ganzen verlassenen Schiffe im Hafen gesehen, oder? Die *Niantic* jedenfalls wurde aufgegeben, als Kapitän und Besatzung sich davongemacht haben, um Gold zu suchen.«

»Ist immer noch Gold da?«, fragte Jack hoffnungsvoll. »Kriegen wir auch was ab?«

»Es liegt nicht mehr einfach so in Flüssen herum wie früher. Aber es ist immer noch welches da, und eine Menge Leute suchen danach, um schnell reich zu werden. Doch wir werden keine Goldgräber, wenn es das ist, was du wissen wolltest.«

»Och.« Er zog ein langes Gesicht.

»Och«, machte sie ihn nach. Dann zwinkerte sie ihm zu. »Jetzt beeilen wir uns mal lieber, um ein Frühstück für dich aufzutreiben.«

Grace folgte mit Hühnerkäfigen und Markterzeugnissen beladenen Handkarren auf einen großen Platz, um den herum sich Hotels, Restaurants, Theater, Spielkasinos, Kneipen und jede Menge Geschäfte angesiedelt hatten. Jack blieb mit großen Augen stehen, als ein Chinese mit einem langen blauen Kittel über einer Baumwollhose an ihnen vorbeieilte. Auf dem Kopf trug der Mann einen breiten Strohhut, der unter dem Kinn ordentlich zusammengebunden war, während ein schwarzer Zopf fast seinen ganzen Rücken hinunterreichte. Auf den Schultern balancierte er eine Stange, an deren Enden jeweils ein Korb hing, und seine Füße steckten in schwarzen Holzpantinen. Der Mann hielt den Blick gesenkt. Grace hatte zwar schon in New York Chinesen zu Gesicht bekommen, aber nie aus so geringer Entfernung, und für Jack war es ein gänzlich neuer Anblick.

»Ein Mann aus China«, erklärte sie ihm leise. »Vom anderen Ende der Welt. Siehst du seinen langen Zopf?«

Jack nickte.

»Wenn er ihn abschneidet, darf er nie mehr zurück nach China.«

»Aber die Haare wachsen doch wieder«, warf Jack ein.

»Schon. Aber das dauert Jahre, und vielleicht werden sie nie mehr so lang.« Grace schwieg einen Moment und schnupperte. »Rieche ich da etwa frisches Brot?«

Jack schnupperte ebenfalls und nickte dann begeistert.

»Ich glaube, es kommt von da vorn.«

Grace führte ihn um den Platz herum in eine Straße mit Marktständen. Vor einem Stand mit heißen, frischen Brotlaiben blieb sie stehen und kaufte Jack ein Brötchen, das er sogleich hungrig verschlang – was sie dazu veranlasste, umzukehren und drei weitere zu kaufen, obwohl der Preis überraschend hoch war. Sie zogen von Stand zu Stand, besorgten noch frischen Käse und ein Stück harter Salami an einer Schnur. Von der Ladefläche eines Pferdefuhrwerks kaufte Grace eine Handvoll kleiner Tomaten, ein Dutzend roter Äpfel und einen Flechtkorb, in dem sie ihre Besorgungen tragen konnte. Zwar war ihr Geldbeutel nun erheblich leichter, doch je nachdem, was das Krankenhaus verlangte, würden sie sich noch eine Weile über Wasser halten können. Trotzdem musste sie sich bei den ortsüblichen Preisen sehr bald um Arbeit und eine Unterkunft kümmern. Da sie die Unwägbarkeiten einer Seereise am eigenen Leib erlebt hatte, wusste sie, dass es Monate statt Wochen dauern konnte, bis Peter tatsächlich zurückkehrte.

»Brauchen wir noch was, Mam?« Jack spuckte Brotkrumen beim Sprechen.

»Heute nicht, Liebling. Es wird Zeit, dass wir zurückgehen.«

Jack folgte ohne Murren. Überhaupt war er schon seit geraumer Zeit sehr folgsam, woraus Grace schloss, dass er sich große Sorgen um seine Schwester machte. Seit Mary Kate auf der Reise erkrankt war, hatte er sie nicht aus den Augen gelassen, ihr geholfen, wo er nur konnte, und ihr sogar etwas von seinem Essen abgeben wollen. Als sie endlich Willamette erreicht hatten, war Mary Kate vor Schmerzen kaum mehr imstande gewesen, den Kopf zu heben, und hatte fast nichts mehr essen und trinken können. In dieser Siedlung gab es keine vertrauenswürdigen Ärzte, und da das Dampfschiff im Begriff stand, nach San Francisco abzulegen, hatte Grace keinen Moment gezögert, die Überfahrt für ihre kleine Familie zu buchen. Sie hoffte auf die gute medizinische Versorgung, von der Peter in seinen Briefen gesprochen hatte – richtige Ärzte und nicht irgendwelche Quacksalber, die einfach nur ein Türschild aufhängten und anboten, Abführmittel zu verabreichen, Zugpflaster zu setzen, zu schröpfen oder Wunden auszubrennen. Jack hatte sich auf der Reise nach Süden gehorsam und hilfsbereit gezeigt und mit angepackt, als es darum ging, Mary Kate samt Truhe ins Krankenhaus zu verfrachten. In der vergangenen Nacht hatte er klaglos neben dem Krankenbett auf dem Fußboden geschlafen, während Grace angstvoll über Mary Kate wachte und auf die Morgendämmerung wartete, um Peter aufzusuchen.

»Du bist ein guter Junge, Jack«, lobte Grace ihn nun. »Und eine große Hilfe für deine Mam. Hm, aus welcher Richtung sind wir noch mal gekommen?«

»Von da.« Er zog an ihrer Hand. »Da hinten.«

Jack führte Grace über den riesigen Platz mit seinen gewaltigen Steingebäuden und Säulen, den imposanten Geschäftsfassaden, den Peruanern, Chilenen und Mexikanern in ihren farbenprächtigen Kleidern, den Indianern mit ihren Perlen und Decken, den Schwarzen in Gesellschafts- oder Bergarbeiterkleidung, den Chinesen in Kitteln oder Seidenmänteln, den Vagabunden und Zigeunern mit bunten Hemden und Westen, den breitschultrigen Hawaiianern. Die Akzente all dieser Menschen vermischten sich mit denen von Franzosen, Deutschen, Italienern, Türken, Russen – einer Flut von Einwanderern, die nach wie vor hofften, in den Flüssen Kaliforniens auf Gold zu stoßen, die aber auch bereit waren, jede andere einigermaßen einträgliche Arbeit zu verrichten. Die Gescheiten unter ihnen, so erschien es Grace, hatten sich auf die Baubranche verlegt. Sie folgte Jack durch das Menschengewirr, bahnte sich mit ihm einen Weg zwischen den Hinterlassenschaften von Pferden, Ochsen, Eseln und Hunden hindurch, und denen der exotischeren Tiere dieser Stadt – Bären, Füchse, Ziegen, zahme Rehe, Papageien, Falken und Schlangen, die von ihren Besitzern wie Ketten um den Hals getragen wurden. Exzentrische Kleider, exzentrische Haustiere, protziger Silber- und Goldschmuck, Waffen aller Art – Grace hatte den Eindruck, als sei San Francisco ein einziger riesiger Zirkus.

Nachdem sie den Platz hinter sich gelassen hatten, gingen sie durch eine Reihe kleinerer Straßen, bis sie schließlich vor dem Krankenhaus standen. Erleichtert strich Grace Jack über den Kopf und drückte die Tür auf. Dann eilte sie durch die kleine Eingangshalle in den Krankensaal und schnurstracks auf das Feldbett zu, in dem Mary Kate lag, die Augen geschlossen, eine kalte Kompresse auf der Stirn. Schwester Joseph, die stämmige Nonne aus der irischen Grafschaft Cork, beugte sich gerade über das Mädchen und summte eine vertraute Melodie. Als sie Grace sah, richtete sie sich auf und schenkte ihr ein breites, beruhigendes Lächeln.

»Sie schläft tief«, flüsterte die Nonne. »Kein Grund zur Sorge. Haben Sie Ihren Freund angetroffen?«

Grace schüttelte den Kopf. »Er ist auf See.« Zu ihrer Bestürzung traten ihr Tränen in die Augen.

»Kommen Sie, Kind, setzen Sie sich. Hier.« Schwester Joseph rückte ihr einen Schemel zurecht und nahm ihr den Einkaufskorb ab. »Kommt er denn nicht bald nach Hause, Ihr Kapitän?«

»Ich weiß es nicht.« Grace drückte sich ein Taschentuch auf die Augen. Dann merkte sie, dass Jack sie besorgt ansah. »Alles in Ordnung, mein Junge.« Sie zog ihn an sich. »Ich bin nur erschöpft, das ist alles.«

»Richtig, Sie sind erschöpft, und Sie haben auch allen Grund dazu.« Schwester Joseph klopfte Grace leicht auf die Schulter. Dann flüsterte sie ihr ins Ohr: »Haben Sie überhaupt Geld?«

Grace nickte, worauf die Nonne sichtlich erleichtert wirkte.

»Eben hat sie kurz die Augen geöffnet«, erzählte Schwester Joseph so laut, dass Jack es hören konnte. »Doktor Wakefield hat noch mal nach ihr gesehen. Er glaubt, es war ein Zeckenbiss, weil Sie und der Junge ja keine Beschwerden haben.«

Graces Augen brannten erneut, und sie schloss sie. *Vergib mir, Gott, dass ich dieses Kind durch Irland geschleppt habe, über einen Ozean und durch ganz Amerika. Oh Vater, was tue ich hier nur?*

Schwester Joseph legte eine Hand unter Graces Kinn und hob es an, so dass die junge Frau die Augen wieder öffnete und sie anschaute.

»Vertrauen, meine Tochter«, erinnerte sie sie mit sanfter Stimme. »Wer sich sorgt, lebt keine Stunde länger.«

»Ich darf sie nicht verlieren«, flüsterte Grace.

»Das werden Sie auch nicht«, erwiderte Schwester Joseph entschlossen. »Zumindest jetzt nicht.« Sie erhob sich und strich ihre lange, weiße Schürze glatt. »Ruhen Sie sich ein wenig aus. Der Junge kann mit mir kommen. Ich brauche einen großen, starken Kerl, der mir hilft, die Pferde zu tränken – meinst du, du schaffst das, junger Mann?«

»Au ja!« Erwartungsvoll schaute Jack zu seiner Mutter auf. »Darf ich, Mam? Die Pferde füttern?«

»Geh nur, aber tu, was Schwester Joseph sagt.« Grace lächelte ihn an.

»Ich glaube, Sie brauchen ein wenig Zeit, um zur Besinnung zu kommen. Bis nachher.« Die Nonne nahm Jacks Hand und führte ihn durch den Krankensaal zur Hintertür, die zu einem Stall hinausging.

Grace rückte ihren Schemel näher an Mary Kate heran und strich ihr über das dicke, widerspenstige Haar, das sich aus dem Zopf gelöst hatte. Dieses Kind hatte während seiner neun Jahre auf Erden zwei, vielleicht drei Leben gelebt; Grace konnte sich selbst kaum an ein Leben vor ihrer Tochter entsinnen. Sie hatten die finstersten Zeiten von Hungersnot und Krankheit überlebt, hatten den neugeborenen Jack in sicherer Obhut zurückgelassen und waren nach Liverpool entkommen, um dort an Bord eines Schiffes zu gehen – auf die lange, schwierige Überfahrt nach Amerika, wo Mary Kate nur noch mehr Leid zu sehen bekommen sollte. In Manhattan, in ihren Zimmern über der Gaststätte von Dugan Ogue, hatte das junge Mädchen dann Fuß gefasst und war aufgeblüht, war ihrer Mutter und Liam – dem Jungen, den Grace zu sich genommen hatte, nachdem seine Familie an Bord der *Eliza J.* gestorben war – eine zuverlässige Begleiterin gewesen. Doch nachdem die Gaststätte niedergebrannt worden war, hatten sie erneut weiterziehen müssen, nach Boston, wo sie bei Lily Free und ihrer Familie unterkamen. Boston hatte sich als schwieriges Pflaster erwiesen, und Mary Kate war sowohl in der Schule als auch auf der Straße Vorurteilen ausgesetzt. Das einzig Gute während dieser Zeit war die Zusammenführung mit Jack gewesen, der mit seinen bald zwei Jahren kein Säugling mehr war. Mary Kate hatte sich sehr über ihren Bruder gefreut, den Jungen sogleich ins Herz geschlossen und ihn wie eine Mutter umsorgt.

Hätte sie gewusst, wie strapaziös die Reise auf dem Landweg werden würde, dachte Grace oft, dann wäre sie trotz der widrigen Umstände in Boston geblieben und hätte so lange gespart, bis sie die Schiffspassage nach San Francisco hätte bezahlen können. Aber dann wären sie wahrscheinlich während der Cholera-Epidemie eingetroffen, und sie hätte vielleicht beide Kinder verloren. Peters Brief hatte sie in Lawrence im Bundesstaat Kansas erreicht, wo sie mit den Frees, die dort eine Farm kaufen wollten, Station gemacht hatte; sie benötigte eine Ruhepause, ehe sie sich einem weiteren Wagenzug Richtung Westen anschloss. Peter hatte darauf bestanden, dass sie in Kansas blieben, bis die Epidemie abgeklungen war, denn die Menschen in San Francisco starben wie die Fliegen; er selbst wollte die Stadt gemeinsam mit Liam entlang der Pazifikküste in Richtung Nordwesten verlassen. Am Ende hatte Grace zwei Jahre in Kansas verbracht, in einer kleinen Hütte am Rande einer geschäftigen Stadt, wo sie als Köchin im einzigen Hotel arbeitete und sich recht anständig durchschlug, obwohl es im Sommer unerträglich heiß und während der langen, langen Winter bitterkalt war.

In Kansas wandte sich zunächst vieles zum Guten: Grace entwickelte sich zu einer hervorragenden Köchin und konnte etwas Geld auf die Seite legen. Nach einigen Anfangsschwierigkeiten kam die Dorfschule, die Mary Kate besuchte, unter die Leitung einer verdienstvollen, begeisterungsfähigen Lehrkraft, und Mary Kate sog das Wissen förmlich in sich auf. Und auch Jack blühte in der amerikanischen Prärie auf – allerdings nicht so, wie Grace es sich gewünscht hätte. Er war nicht länger still und aufmerksam, sondern ging bis zur Ungebärdigkeit aus sich heraus und entwickelte sich zum Liebling eines jeden Cowboys und Revolverhelden, der durch die Stadt kam und Vergnügen darin fand, dem charismatischen kleinen Jungen beizubringen, wie man ein Pony ritt und eine Pistole abfeuerte. Grace zog sich jetzt noch das Herz zusammen bei der Erinnerung an den Tag, als Jack im Hotel um sich geschossen hatte, weil er den Speisesaal von Fliegen befreien wollte.

Doch Kansas entwickelte sich aufgrund der erbitterten Auseinandersetzungen zwischen den Befürwortern und den Gegnern der Sklaverei zunehmend zu einem gefährlichen Pflaster. Als die beiden verfeindeten Gruppierungen schließlich um die Kontrolle über die aufstrebenden Großstädte zu kämpfen begannen, eskalierte die Gewalt. Lynchmorde und mitternächtliche Überfälle häuften sich, und niemand fühlte sich mehr sicher, schon gar nicht die schwarze Bevölkerung. Lily, die erst seit kurzer Zeit wieder mit ihrem Mann vereint war – einem entflohenen Sklaven, der jedes weiße Gesicht auf seinem Grund und Boden mit Argwohn betrachtete –, beschloss schließlich, mit ihrer Familie nach Oregon zu ziehen, wo Land noch in einer Größe von hundert Morgen an Siedler vergeben wurde. Und auch Grace sehnte sich nach einem friedlicheren Dasein, wollte ihre Kinder in Sicherheit wissen. Nicht nur die Weißen bekämpften einander in Kansas, auch die ehemals friedlichen Indianer wurden zunehmend aggressiv, so dass Grace, die deren Groll über die Vertreibung aus dem eigenen Land nur zu gut verstehen konnte, sie nun ebenfalls fürchten musste. Gegen Ende ihres Aufenthalts waren die Indianer häufig nahe der Stadt auf die Jagd gegangen. Jack hatte diese Augenblicke geliebt, die Rufe und wilden Schreie, die Bemalung, die grimmigen Mienen der jungen Krieger, doch Grace las immer häufiger Geschichten von Überfällen, von Skalpierungen und Folter, von brutalem Gemetzel. Mochten die Artikel auch reißerisch aufgemacht sein, so konnte sie nach deren Lektüre nicht mehr ruhig schlafen.

Wie unzählige andere Grenzbewohner – so auch die entflohenen Sklaven, für die Kansas weder weit genug nördlich noch weit genug westlich lag – sog Grace begierig alles auf, was sie über Oregon in Erfahrung bringen konnte, über die fruchtbare, schwarze Erde, das gemäßigte Klima, die grünen Täler, die reiche Tierwelt, über Gebirgsströme und unerschöpfliche Holzvorräte. Sie war überzeugt, wenn sie in eine Siedlung am Willamette River zogen, würden sie Peter und Liam sehr viel näher sein. Schließlich mussten die beiden dann nur noch die Küste und ein Stück den Fluss hinaufsegeln, um zu ihnen zu kommen. So verkaufte sie das Wenige, was sie besaß, erwarb einen Planwagen und Ochsen sowie Vorräte für mehrere Monate und brach gemeinsam mit der Familie Free nach Oregon auf.

Jack hatte sich zunächst bitter darüber beschwert, Kansas verlassen zu müssen, doch er gewöhnte sich rasch an das Leben im Wagenzug. Ihm muss diese Zeit wie ein einziges, ausgedehntes

Picknick vorgekommen sein, dachte Grace häufig – Lagerfeuer, unter den Sternen schlafen, tagein, tagaus bei jedem Wetter an der frischen Luft sein. Sie hatte versucht, ihn möglichst in ihrer Nähe zu behalten, und ihn manches Mal in den hinteren Teil des Wagens verbannt – wo er dann beleidigt vor sich hin schmollte –, denn mehr als nur ein Kind war unter die Räder eines schweren Wagens geraten oder von Ochsen zu Tode getrampelt worden, mehr als eines war im Feuer umgekommen, hatte sich verlaufen, war in den Fluss gefallen und ertrunken. Grace hatte sich tagtäglich darauf konzentrieren müssen, das Gespann zu fahren, und es fiel ihr nicht leicht, Jack dabei im Auge zu behalten. Deshalb übertrug sie diese Aufgabe häufig Mary Kate. Das Mädchen hatte den Auftrag wie üblich pflichtbewusst und ohne zu Murren ausgeführt; zuweilen band sie ihren Bruder sogar an ein langes Seil und schlang sich das andere Ende um die Hüfte. Jack hatte diesen Treck nur überlebt, weil Mary Kate sich fortwährend um ihn gekümmert hatte. Grace ergriff die schlaffe Hand ihrer Tochter und drückte sie an ihre Wange. *Wenn du nur wieder gesund wirst, mache ich es wieder gut,* betete Grace. *Wenn du nur wieder gesund wirst, werde ich dich nie wieder verpflanzen.*

»Sie sehen wahrhaftig besorgt aus, Missus Donnelly.«

Grace schaute zu Doktor Wakefield auf. »Ich kann nicht anders.« Sie biss sich auf die Lippe, entschlossen, an diesem Tag keine weiteren Tränen zu vergießen. »Was sollte ich denn nur ohne sie tun?«

»Weitermachen, Ma'am, wie so viele vor Ihnen auch.« Wakefield hatte den bedächtigen, ruhigen Tonfall der Bewohner von South Carolina. »Aber darüber brauchen Sie sich nicht den Kopf zu zerbrechen. Soweit ich es beurteilen kann, befindet sich Ihre Tochter auf dem Weg der Besserung. Auch wenn es wahrscheinlich noch eine Weile dauern wird, bis sie wieder herumhüpfen kann.«

Grace nickte, außerstande, auch nur einen Ton herauszubringen.

»Normalerweise gestatten wir Familienangehörigen nicht, neben unseren Patienten auf dem Fußboden zu schlafen.« Der Arzt musterte Graces Truhe. »Aber Schwester Joseph meinte, Sie hätten im Moment kein Dach über dem Kopf. Also werde ich eine Ausnahme machen, bis Sie entsprechende Vorkehrungen getroffen haben. Sie müssen aber dafür sorgen, dass der kleine Junge sich ruhig verhält, Missus Donnelly.«

»Selbstverständlich, Doktor Wakefield.« Als Grace aufstand, fiel ihr ein, dass sie eine Hose trug, und sie hätte sich gewünscht, ein wenig vorzeigbarer auszusehen. »Wir werden Ihnen nicht im Weg stehen. Und danke! Vielen, vielen Dank!«

Wakefield war verblüfft, wie herzlich ihr Dank ausfiel und wie lebhaft ihre Augen trotz ihrer offensichtlichen Erschöpfung leuchteten.

»Es ist mir ein Vergnügen, Missus Donnelly. Wenn Sie mich nun bitte entschuldigen, ich muss mich um meine anderen Patienten kümmern.«

Nachdem er gegangen war, sank Grace erneut auf den Schemel. Ihr Herz pochte wie wild. Sie hatte befürchtet, der Arzt könne schlechte Nachrichten für sie haben oder ihr und Jack nicht erlauben, bei Mary Kate zu bleiben – und was hätten sie dann tun sollen? Plötzlich wurde sie von dem gellenden Wiehern eines Pferds aufgeschreckt, das heftig gegen seine Stalltür trat. *Oh Jack, bitte sei brav.* Sie war nicht besonders konsequent in der Erziehung des Jungen, obwohl sie wusste, dass dies notwendig war, wenn er jemals Selbstdisziplin lernen sollte. Ihre Ermahnungen kamen zu selten, zu spät, und sie fürchtete, an ihm zu scheitern. Doch es fiel ihr schwer, ihm gegenüber streng zu sein, denn die bloße Existenz des Jungen kam im Grunde einem Wunder gleich: Sie hatte ihn kurz nach der Geburt in Irland zurücklassen müssen, war später davon ausgegangen, dass er nicht überlebt hatte, nur um dann zu erfahren, dass er in Sicherheit war und ihre Freundin Julia Martin ihn nach Amerika bringen würde, zu ihr, seiner leiblichen Mutter.

Während der Monate, in denen Julia bei ihnen in Boston wohnte, hatte Grace sie nie gefragt, warum sie Jack so lange bei sich behalten hatte. Während der großen Hungersnot und der Kämpfe für ein freies Irland war so viel verloren gegangen; am meisten hatten vielleicht die Frauen darunter gelitten. Und Julia hatte Jacks Vater geliebt, mehr als irgendjemand ahnte – außer Grace, der gegenüber sie sich in Liverpool offenbart hatte, ehe Mary Kate und sie die Überfahrt antraten. Grace allein wusste, was Julia verloren hatte, und daher ging sie nicht weiter auf deren verzweifelt hervorgebrachte Entschuldigungen ein, sondern beruhigte sie und dankte ihr dafür, dass sie den Jungen lebend aus der Hölle herausgeholt hatte. Wäre Julia nicht gewesen, hätte Jack nicht überlebt – oder wäre zumindest erblindet, denn sie war es gewesen, die ihn nach London zu Nigel Wilkes gebracht hatte, dem einzigen Chirurgen, der sich bereit erklärt hatte, sein Geschick an einem so jungen Patienten zu erproben. Nachdem Jack genesen und mit der kleinen Brille ausgestattet worden war, die ihn so trügerisch gelehrsam aussehen ließ, hatten Nigel und Julia geheiratet. Die Wege des Herrn sind unergründlich, dachte Grace. Bestärkt von ihrem Mann, hatte Julia sich letztlich dazu durchgerungen, das einzig Richtige zu tun, und sich darum bemüht, Graces Aufenthaltsort herauszufinden. Anschließend waren sie und Nigel mit dem kleinen Jungen, den sie liebten wie ihren eigenen Sohn, nach Amerika aufgebrochen.

Während Nigel als Arzt in New York arbeitete, blieb Julia in Boston, wo sie nach und nach Abstand von Jack gewann. Im darauf folgenden Frühjahr kehrten sie und Nigel schließlich nach London zurück. Wenig später beschloss Grace, mit ihrer Familie aus Boston wegzuziehen, unter anderem auch, damit Jacks früheres Leben wie ein Traum in Vergessenheit geraten konnte.

Während der ganzen Zeit hatte Grace die Hoffnung auf eine Nachricht von ihrem Bruder Sean nicht aufgegeben. Nach allem, was man hörte, hatte er sich dem Planwagentreck der Mormonen nach Utah angeschlossen. Sie hatte sich so sehr gewünscht, ihn zu finden und überreden zu können, zu ihr und den Kindern zu kommen. Eine trügerische Hoffnung, befand sie nun kopfschüttelnd und dachte über Sean nach, einen charmanten Mann von ebenso ernster Gesinnung wie fanatischem Glauben. Mittlerweile musste er mit Marcy Osgoode verheiratet sein; vielleicht hatte er sogar Kinder. Grace schaute auf Mary Kate hinunter, dieses sommersprossige Wesen, das ihr so teuer war; wenn ihr Bruder schon nicht bei ihnen sein konnte, war er hoffentlich glücklich verheiratet und zog selbst Kinder groß.

Mit einem lauten Knall flog die Hintertür des Krankensaals auf und Jack kam hereingestürzt, die Wangen gerötet, die Augen funkelnd und am ganzen Körper zitternd.

»Mam!«, rief der Junge. Grace stand sofort auf und legte einen Finger an die Lippen, um ihn zur Ruhe zu gemahnen.

»Tut mir leid, Mam«, flüsterte er laut, als er vor ihr stand. »Das Pferd war großartig, Mam! Einfach großartig! Schwester Joseph sagt, ich darf es füttern, wenn ich mich ausgeruht habe.« Er zog die Stirn in Falten. »Muss ich mich ausruhen, Mam?«

»Oh ja.« Das war eine gute Idee. »Doktor Wakefield erlaubt uns, bei Mary Kate zu bleiben, wenn wir leise und artig sind und zweimal am Tag die Augen schließen.«

Jack nickte ernst, und Grace war beeindruckt: Offensichtlich wollte der Junge unbedingt bei seiner Schwester bleiben, auch wenn er dafür ein Nickerchen in Kauf nehmen musste. Sie breiteten ihre Mäntel auf dem Boden aus, setzten sich darauf und lehnten sich gegen die ramponierte Truhe. Grace schälte erst einen, dann einen zweiten Apfel. Jack gähnte, und allmählich fielen ihm die Augen zu.

»Sollen wir uns ein wenig hinlegen?« Auch Grace wurde nun schläfrig zumute in dem warmen Sonnenlicht, das durch die hohen Fenster fiel.

»Ja.« Jack nahm die Brille ab und reichte sie ihr. »Erzählst du mir noch eine Geschichte, Mam?«

»Gern.« Sie strich ihm das Haar aus der Stirn und schaute in sein geliebtes Gesicht. »Welche soll es denn sein?«

»Du weißt schon.« Der kleine Junge zog die Stiefel aus und legte sich auf den Rücken, die Hände unter dem Kopf, die Füße gekreuzt. »Fang schon an«, drängte er sanft, die Augen geschlossen. »Vor langer Zeit lebte in Irland …«

Grace schnürte es die Kehle zu. Würde sie denn ewig gegen die Tränen ankämpfen müssen? Sie lehnte den Kopf gegen die Truhe und schloss ebenfalls die Augen. Und plötzlich, ohne dass sie sein Bild heraufbeschworen hätte, sah sie ihn vor sich, den jungen Mann, den sie geliebt hatte, und zwar so lebendig, dass sie ihn fast spüren konnte. Er grinste, warf den Kopf zurück und lachte auf eine Weise, die ihr Herz immer hatte höher schlagen lassen. Sie lauschte dem Widerhall seines Lachens und merkte, wie ihre Lebensgeister zurückkehrten – der Mut, den er stets aufgebracht hatte, gab auch ihr Kraft. Sie nahm sich noch einen Augenblick, um sich voller Liebe an ihn zu erinnern. Dann räusperte sie sich und begann.

»Vor langer Zeit lebte in Irland der tapferste Krieger, den sein Land je hervorgebracht hat. Für sein Volk war er ein Held, und noch heute besingen sie ihn in jeder Gasse. Sein Name war Morgan McDonagh …« Grace machte eine Pause und legte eine Hand auf den Kopf ihres Sohnes. »Und er war dein Vater.«

2

Morgan McDonagh tauchte seine blutigen Hände in den eisigen Bach. Er war dankbar für die Kälte, die ihn wie ein Schock traf, für das gleißende Licht der Morgensonne, die seine Augen blendete, für den Geruch der feuchten Erde, auf der er kniete, während seine Hände im eiskalten Wasser zu brennen schienen. Seit seiner Flucht aus Irland hatte es viele Tage gegeben, an denen er sich mehr tot als lebendig gefühlt hatte, doch dieser Tag war anders – an diesem Morgen, nach dieser langen, schrecklichen Nacht, war er zutiefst dankbar für sein Leben, für ihrer aller Leben.

Mit klammen Fingern rieb er sich das Blut vom Unterarm und untersuchte die Schnitte, die darunter zum Vorschein kamen. Erleichtert stellte er fest, dass sie nicht genäht werden mussten. Die Stichwunden an seiner Schulter stellten ein größeres Problem dar; zu ihrer Behandlung würde er die Hilfe des Jungen benötigen. Ein Gefühl von Taubheit breitete sich in seinem Körper aus, und als er die Hände erneut in den Bach tauchte, zuckte er unwillkürlich zusammen. Keuchend reinigte er sich von Schweiß und Blut und spürte, wie auch die Erschöpfung allmählich von ihm abfiel. Er zog die unverletzte Schulter hoch und trocknete sich mit seinem Hemd das Gesicht ab. In dem Moment bemerkte er, dass Nacoute neben ihm am Ufer kniete und wie gelähmt ins Wasser starrte, obwohl er seine jungen Hände noch gar nicht in das eiskalte Nass getaucht hatte. Da er wusste, dass der Junge auf die Berührung eines Mannes stets argwöhnisch reagierte und wegen der grausamen Ereignisse der

Nacht besonders angespannt war, bewegte Morgan sich sehr langsam, als er Nacoutes Kinn umfasste und sein Gesicht zu sich drehte. Die klaffende Wunde auf der linken Wange des Jungen musste genäht werden, doch vielleicht war es dafür auch schon zu spät; das Blut war verkrustet und eingetrocknet, die Nase geschwollen und ebenfalls blutverschmiert, ein Auge blau und nässend. Es gab noch eine Reihe anderer Hinweise auf die Prügel, die Nacoute eingesteckt hatte: Spuren von Faustschlägen und Gürtelhieben sowie Schnittwunden am Arm. Da Morgan zunächst einmal alles darangesetzt hatte, der Mutter des Jungen zu helfen, deren Verletzungen sich als weit schlimmer erwiesen hatten, war keine Zeit gewesen, sich um Nacoutes Wunden zu kümmern, obwohl sie schmerzhaft sein mussten. Er schaute dem Jungen in die Augen und begegnete dessen durchdringendem Blick, der nichts verbarg. Falls es eine Antwort auf die Fragen gab, die in diesem Blick lagen, dann musste der Junge sie selbst finden, dachte Morgan, denn bei Gott, er selbst hatte keine Antworten parat.

»Komm, Junge.« Morgan richtete sich müde auf. »Wir haben noch etwas zu erledigen.«

Er nahm die beiden Holzeimer, die neben ihm standen, füllte sie mit Wasser und machte sich auf den Rückweg zu der kleinen Hütte, im Vertrauen darauf, dass der Junge ihm wie immer folgen würde.

Nacoute, der schlank und anmutig war wie seine Mutter, erhob sich geschmeidig. Als Morgan über seine gesunde Schulter zurückblickte, sah er plötzlich den Mann, den Krieger, zu dem der Junge heranwachsen würde; mit seinen vierzehn Jahren war Nacoute schon so groß wie Morgan, mochte seine Statur auch noch schmächtig sein. Die Weichheit seiner Jugend war über Nacht verschwunden, ein für alle Mal ausgelöscht durch einen brutalen Tötungsakt – wenn auch aus Notwehr – und einer Härte gewichen, die durch den Umstand verstärkt wurde, dass eine solche Tat sich nicht ungeschehen machen ließ. Doch Nacoute wollte sie auch gar nicht ungeschehen machen. Das sah Morgan an seinem Blick, an den wachen Augen eines Menschen, der nicht sprechen kann, aber kein Wort von dem versäumt, was andere reden. Dem Jungen tat es nicht leid, er war lediglich verunsichert.

Die Welt war für ihn über Nacht eine andere geworden. Morgan begriff das, denn auch er hatte Menschen getötet.

»Es wird alles wieder gut«, sagte er, als der Junge seinen Arm berührte. »Wir werden uns etwas einfallen lassen.«

Wie so oft wünschte er sich, mehr als nur ein paar Worte Mi'kmaq zu beherrschen oder wenigstens etwas Französisch, das der Junge verstand, weil er mit dem Pelzjäger zusammengelebt hatte. Morgan musste an Remy Martine denken – weggeschleppt und im Wald vergraben; nichts deutete mehr auf den Kampf hin, außer einem großen, klebrigen Fleck auf dem Boden der Hütte. Morgan schaute zur Sonne hinauf, die nun höher am Himmel stand.

»Es wird bald jemand kommen. Wir sollten lieber gründlich sauber machen.« Morgan redete wie immer so, als könnte der Junge ihn verstehen.

Nacoute nickte und ging ein wenig schneller.

Vor der Tür der Hütte zögerten sie einen kurzen Moment. Morgan warf einen Blick auf den Weg, der zu den anderen Hütten in der Siedlung führte, einschließlich seiner eigenen. Nacoutes Blick folgte dem Weg, auf dem sie den schweren Mann in die Büsche und dann weiter in den Wald geschleppt hatten. Es gab einen Trampelpfad bis zum Rand der Lichtung, und die Stelle, an der sie seine Leiche abgelegt hatten, war deutlich zu erkennen. Nacoute stellte seinen Eimer ab, hob einen großen Tannenzweig auf und verwischte rasch alle Spuren auf dem Boden. Morgan nickte zustimmend und öffnete die Tür, so dass genug Licht in den Raum fiel, um den Boden schrubben zu können. Er trug die Eimer in die Hütte und schaute sich gerade nach einer Scheuerbürste um, als die Frau aufstöhnte und sich zu regen begann. Sofort eilte Morgan an ihre Seite und beruhigte sie, damit ihre Wundnähte nicht aufrissen.

»Scht, Aquash. Ruhig, ganz ruhig.« Er strich ihr das Haar aus dem Gesicht und rang sich ein besänftigendes Lächeln ab.

Während sie versuchte, sich aufzurichten, blickte sie ihn besorgt an.

»Nacoute!«, rief sie. »Nacoute!«

»Komm her, Junge.« Morgan winkte ihn zu sich. »Sieh doch, Aquash, es geht ihm gut. Ein bisschen mitgenommen ist er, aber er wird es überleben.«

Nacoute nahm die Hand seiner Mutter, hörte aufmerksam zu, während sie mit ihm redete und reagierte mit Gesten, feiner Mimik, zuckenden Bewegungen oder einem Kopfnicken. Es war ihre ganz eigene Art der Kommunikation – sie verständigte sich in Mi'kmaq, er mit der Körpersprache der Stummen. Als sie die Hände auf die Brust legte, begriff Morgan sofort und trat an die Holzwiege, die wegen der Wärme nahe der Feuerstelle stand, auch wenn die Glut bereits vor Stunden erloschen war. Das kleine Mädchen lag mit offenen Augen ruhig da. Er hob es sanft auf, trug es zu seiner Mutter und sah zu, wie Aquash ihm geschickt die Windeln abnahm, um die winzigen Arme und Beine, den Rücken und die Schultern des Säuglings zu überprüfen. In der Nähe seiner Mutter bekam das Kind Hunger und fing an zu wimmern. Aquash öffnete ihr Überkleid und gab ihrer Tochter die Brust.

»Henri?« Ängstlich schaute Aquash zu Morgan auf. »Remy?«

»Remy ist tot«, sagte Morgan. »Begraben. *Fini.*«

Sie blickte zu ihrem Sohn hinüber, der nickte. Dann redete sie eindringlich auf ihn ein und unterbrach ihren Redeschwall nur, um ihn etwas bestätigen oder verneinen zu lassen. Morgan beobachtete Nacoutes Hände und vermutete, dass Mutter und Sohn die Ereignisse, die zu Remys Tod geführt hatten, noch einmal Revue passieren ließen. Aquash wiederholte mehrmals den Namen Henri, und Morgan begriff, dass sie Angst hatte, entdeckt zu werden. Henri DuBois war Remy Martines rechte Hand im Lager, auch wenn Martine selbst ihm nicht recht über den Weg getraut hatte. Morgan hatte seine eigenen Gründe dafür, DuBois nicht ausstehen zu können, genau wie er Martine nicht hatte ausstehen können.

Aquash wurde immer aufgeregter, und Morgan versuchte erneut, sie zu beruhigen, obwohl er wusste, dass ihre Angst durchaus berechtigt war. Dass Nacoute sich selbst, seine Mutter und seine kleine Schwester verteidigt hatte, würde keine Rolle spielen. Remy Martine wurde hier in der Gegend geachtet und gefürchtet, denn er war derjenige, der schon am längsten hier lebte, er hatte die meiste Erfahrung und es zu einigem Wohlstand gebracht; bei den reichen europäischen Käufern war er der begehrteste Pelzjäger. Außerdem hatte er eine wunderschöne Frau geheiratet und ins Lager gebracht, eine Mi'kmaq, deren Familie im Tausch Vorräte für ein ganzes Jahr erhalten hatte. Darüber hinaus hatte er sich sogar bereit erklärt, ihren stummen Sohn aufzunehmen, weil die beiden so ein inniges Verhältnis hatten und der Junge während der langen Monate, in denen Martine auf Pelztierjagd war, einen Trost für sie darstellen würde.

In der Siedlung galt Martine als großzügiger Mann, der es seiner schönen Frau nachsah, dass sie ihren Sohn zu lange im Haus behielt; vergolten werde ihm dies mit einem störrischen, widerspenstigen Jungen, der sich von ihm ernähren lasse und in seiner Hütte wohne, sich jedoch weigere, an seiner Seite zu arbeiten. Es hieß, Martine habe den Jungen wiederholt mit auf die Jagd genommen, doch Nacoute sei immer bei der erstbesten Gelegenheit ausgerissen und zu seiner Mutter zurückgekehrt, die er offenbar nicht allein im Lager zurücklassen wolle, selbst wenn er sich dafür eine Tracht Prügel von seinem Stiefvater einhandele. Schließlich hatte Martine es aufgegeben; der Junge und er hatten einfach nichts füreinander übrig. Obwohl Martine ihn regelmäßig schlug, weigerte Nacoute sich hartnäckig, seine Mutter alleine zu lassen. Dass er im nahe gelegenen Wald jagte und im Fluss fischte und auf diese Weise mehr zu essen auf den Tisch brachte als Martine selbst, dass er die Hütte instand hielt und sich rar machte, sobald Remy nach Hause kam, dass er im Wald lebte oder später auf dem Boden von Morgans Hütte schlief, zählte alles nicht. Er hatte sich die Verachtung von Remy Martine eingehandelt, und das machte ihn zum Freiwild für alle anderen Pelzjäger und deren Söhne, die ihre derben Späße mit ihm trieben.

Martine wusste nicht, dass Nacoute nur im Lager blieb, um seine Mutter zu beschützen, doch Morgan war mehr als einmal Zeuge geworden, wie der Junge aufdringliche Annäherungsversuche vereitelt und sich bei denjenigen unbeliebt gemacht hatte, die auch einmal ihr Glück bei der schönen Aquash versuchen wollten. Warum Aquash diese Belästigungen Martine gegenüber verschwieg, verstand Morgan erst, als er vom Schicksal dessen erster Frau erfuhr. Diese war von Männern aus dem Lager vergewaltigt worden und danach nicht mehr gut genug für ihren Mann gewesen. Eines Tages hatte sie tot am Fluss gelegen. Die Vorstellung, Nacoute allein in dieser fremden Welt zurückzulassen, war vermutlich Aquashs schlimmster Alptraum, dachte Morgan. Nur deshalb hatte sie die Zudringlichkeiten stillschweigend ertragen. Und als der Junge heranwuchs und verstand, was da vor sich ging, wurde er zum stummen Beschützer seiner Mutter.

Morgan war unwissentlich in diesen Schlamassel hineingeraten, als er sich mit dem Jungen angefreundet hatte; und nachdem er einmal Nacoute und dann Aquash zu Hilfe gekommen war, verlor er noch mehr Freunde. Als ein Baum auf ihn und seinen Versorgungswagen stürzte, hatte niemand ihm geholfen, und er wäre in der Wildnis umgekommen, wären da nicht Nacoute, Aquash und May gewesen. Mays Mann Louis war zwar ein anständiger Kerl, ein guter Ehemann und liebevoller Vater, doch er war auch stets darum bemüht, Ärger zu vermeiden. Alles, was er wollte, war ein gutes Auskommen, seine Kinder großziehen und eines Tages wieder nach Neuschottland zurückkehren, wo seine Verwandten lebten. Louis würde sich zwar für eine unparteiische Anhörung einsetzen, wenn man Nacoute des Mordes an Martine beschuldigte, doch er würde weder sich noch seine Familie in Gefahr bringen, falls die Pelzjäger beschlossen, den Jungen zu hängen. Niemand würde auch nur einen Finger für ihn krümmen; selbst Morgan würde ihn nicht retten können. Mit dieser Gewissheit kniete er nieder und begann, den dunklen Fleck auf den Dielenbrettern der Hütte zu bearbeiten. Ein Teil des Bluts war zwischen die Ritzen gesickert oder von der Erde aufgesogen worden, die er verstreut, dann weggefegt und vergraben hatte. Doch der zurückgebliebene Fleck war groß und dunkel genug, um Verdacht zu erregen.

Nacoute hatte ein kleines Feuer entzündet, um Wasser und etwas zu essen für seine Mutter zu erwärmen. Morgan hatte seine Arbeit fast beendet, als ein Schatten durch die Tür der Hütte fiel. Er blickte hoch und stand auf.

»Was willst du, DuBois?«

»Was machst du hier, Ire?«, fragte der Franzose mit starkem Akzent. Allerdings schien er nicht besonders überrascht zu sein, Morgan in Martines Haus anzutreffen. »Und wo ist mein Freund Remy?«

Das Geräusch von DuBois' Stimme hatte Nacoute für einen Moment erstarren lassen, doch nun fuhr er fort, im Topf zu rühren, ohne den Besucher anzuschauen. Aquash bedeckte stumm den Kopf des kleinen Mädchens und hielt ebenfalls den Blick gesenkt.

»Wer weiß?« Morgan zuckte mit den Schultern. »Vermutlich hat er sich gestern Abend überanstrengt, als er hier alles auseinander genommen hat. Wahrscheinlich liegt er irgendwo ohnmächtig unter einem Baum.«

»So betrunken war er nicht«, gab DuBois zurück. »Das weiß ich.« Er schaute an Morgan vorbei zur Feuerstelle und betrachtete eingehend Nacoutes zerschundenes Gesicht. »Ist wohl eher die Schuld des Jungen, was?«

»Nein.« Morgan verstellte ihm den Blick auf Nacoute. »Martine war betrunken und hat sie alle attackiert, sogar das kleine Mädchen.«

DuBois schnaubte verächtlich. »Und dann bist du reingeplatzt und hast die kleine Familie gerettet, was, Ire? Und jetzt meinst du, sie gehört dir, *mon ami*?«

»Ich bin nicht hereingeplatzt. Der Junge ist zu mir gekommen und hat an meine Tür geklopft …«

Nacoute schlug mit dem Löffel gegen den Topf und stand auf, die Wangen vor Wut gerötet. Er schaute Morgan an, schüttelte den Kopf und deutete dann auf den Franzosen.

DuBois marschierte durch den Raum, packte den Jungen, redete erregt auf Französisch auf ihn ein und schien ihm zu drohen. Nacoute ließ sich nicht einschüchtern, sondern schüttelte nur energisch den Kopf.

»Lass ihn in Ruhe«, warnte Morgan. »Oder du kriegst es mit mir zu tun.«

Der Franzose, dem McDonaghs Fäuste nicht fremd waren, ließ den Jungen los und trat leise fluchend einen Schritt zurück.

»Du bist hier unerwünscht, DuBois. Verschwinde.«

»Das hier ist nicht dein Haus«, zischte DuBois. Dann weiteten sich seine Augen. »Oder vielleicht doch? Hast du Remy umgebracht, Ire? Ist es so gewesen?«

»Er hatte eine anständige Tracht Prügel verdient, wohl wahr«, gab Morgan zurück. »Und ich habe mein Bestes getan. Am Ende musste er sich geschlagen geben und hat das Weite gesucht. Gott sei Dank ist er weg.«

Der Franzose verschränkte die Arme. »Das glaube ich nicht.

Wenn ich in den Wald gehe, finde ich ihn bestimmt. Wenn nicht heute, dann an einem anderen Tag – sobald ihn die Tiere ausgegraben haben.« Mit einer ruckartigen Kopfbewegung deutete er auf den Fleck am Boden. »Das ist Blut. Remys Blut.«

»Nein.«

»*Oui*«, beharrte er. »Das ist dein Ende, Ire. Kein Mensch wird dir glauben. Die Leute hier glauben nur das, was sie sehen: Jetzt, wo Remy weg ist, gehören Aquash und ihr Bastard dir. Und das Geld natürlich.« Er grinste. »Aber du hast deine Rechnung ohne Henri DuBois gemacht. Vor mir steht ein toter Mann. Und ein toter Junge.« Er lachte hämisch. »Siehst du, wie sich alles zusammenfügt?«

Morgan starrte ihn an, seine Gedanken rasten. Wie fügte sich denn alles zusammen? Er registrierte den selbstgefälligen Ausdruck in DuBois' Gesicht, aber auch die Schweißperlen auf dessen schmutziger Stirn, die zu Schlitzen verengten Augen, mit denen er sich taxierend im Raum umsah. Sein Blick wanderte von der Mutter zum Säugling. Zum Säugling!

»Jetzt begreife ich«, sagte Morgan ruhig. »Es ist *dein* Kind, das Aquash zur Welt gebracht hat.«

Angewidert spuckte DuBois auf den Boden. Doch Aquash sah Morgan an, und er wusste, dass er mit seiner Vermutung richtig lag.

»Ich hätte es mir denken können.« Morgan trat einen Schritt auf den Franzosen zu, die Hände zu Fäusten geballt. »Ich hätte dich gleich töten sollen, als ich dich das erste Mal dabei erwischt habe, wie du ihr Gewalt antun wolltest.«

DuBois lachte. »Hast du aber nicht. Und jetzt ist es zu spät für dich. Das ganze Lager hält dich für den Vater des Kindes.«

Morgan musterte den Mann, dessen Kinn nervös zuckte. »Du warst der Erste, der mit einer Flasche in der Hand hier aufgetaucht ist, als Martine gestern Abend nach Hause kam«, mutmaßte er. »Hast ihn wütend gemacht, ein paar Bemerkungen über die Größe des Neugeborenen abgegeben – dass es für eine Frühgeburt ziemlich groß ist und so weiter. Hast ihm gesteckt, dass die Leute sich das Maul zerreißen. Ist es nicht so, du widerlicher Dreckskerl?«

Spöttisch erwiderte DuBois die Beleidigung auf Französisch.

»Und das Kind hat auch keinerlei Ähnlichkeit mit Martine,

wenn man erst einmal genauer hinsieht. Die vollkommen falsche Gesichts- und Haarfarbe, findest du nicht?« Seine Augen verengten sich. »Da hat er sie natürlich geschlagen und damit gedroht, das kleine Mädchen umzubringen, und da bist du zu mir gelaufen, wohl wissend, dass ich annehmen würde, es sei der Junge, der Hilfe brauchte.« Morgan näherte sich DuBois. »Du wusstest, dass er sturzbetrunken war und gut bewaffnet obendrein. Du wusstest, dass ich ihn würde töten müssen. Und dann würde ich hängen. Mitsamt dem Jungen. Danach würde Aquash dir gehören, die Hütte würde dir gehören. Und das Geld und alles, was Martine besessen hat. Du hast ihm eine Falle gestellt, du Mistkerl. Fast könnte er mir leid tun.«

DuBois trat einen Schritt zurück. »Was du da sagst, ist gelogen, Ire. Kein Mensch wird dir das abkaufen. Du hast Remy getötet, und dafür wirst du bezahlen.«

»Ich nicht.« Morgan schüttelte den Kopf. »Das Blut da auf dem Boden stammt von Martine, da hast du Recht – von ihm, mir und dem Jungen. Es war ein fürchterlicher Kampf, aber der große Mann schläft irgendwo da draußen seinen Rausch aus, und wenn er zurückkommt, erzähle ich ihm, von wem das Kind wirklich stammt. Dann merkt er, dass du ihm eine Falle gestellt hast, DuBois. Und dann werden wir sehen, wer bezahlen muss.«

»Pah!«, stieß der Franzose hervor, doch in seinem Blick lagen Zweifel und Angst. »Hau ab, Ire, vielleicht kriegen wir dich ja nicht. Und nimm den Jungen gleich mit. Den will hier sowieso keiner. Aber verschwinde jetzt, wenn dir dein Leben lieb ist.«

»Ich gehe nirgendwohin.« Ruhig verschränkte Morgan die Arme. »Du hättest mich wohl gerne aus dem Weg und den Jungen auch, hast es satt, dass er auf seine Mutter aufpasst und dir in die Quere kommt. Aber er und ich, wir haben *dich* satt, DuBois. Wir haben die Art und Weise satt, wie du die Indianerinnen hier behandelst, wir haben deine versoffene, miese Visage satt. Das war *dein* Plan, dein stumpfsinniger, idiotischer Plan,und ich werde nicht die Verantwortung dafür übernehmen. Nicht gegenüber Martine, und auch sonst niemandem gegenüber. Hast du mich verstanden?« Er langte hinter sich und holte ein langes Messer hervor, das in seinem Gürtel gesteckt hatte. »Lauf, Franzose, bevor ich dir deine verlogene Kehle durchschneide.«

Überrascht riss DuBois die Augen auf, um sie dann wütend zusammenzukneifen. »*Dir* wird man die Kehle durchschneiden«, drohte er, während er zur Tür zurückwich. »Glaub bloß nicht, du hättest gewonnen.« Damit wandte er sich um und lief davon.

Nacoute verriegelte die Tür und lehnte sich von innen dagegen. Aquash drückte den Säugling an sich, und alle drei sahen einander hilflos an. Aquash sagte etwas in ihrer Sprache zu ihrem Sohn, woraufhin der zur Feuerstelle ging, die Glut beiseite fegte und mit dem Metallstab, an den sie immer den Kochtopf hängten, einen Stein heraushob. Nachdem er den Stein weggelegt hatte, steckte Nacoute die Hand in das Loch und zog einen fest verschnürten Lederbeutel hervor, den er zu Morgan brachte. Er nahm dessen Hand und legte den Beutel darauf.

Geld. Silber und Gold. Morgan schüttelte den Kopf. »Das gehört mir nicht, und ich nehme es auch nicht an«, sagte er bestimmt, wobei er versuchte, dem Jungen den Beutel zurückzugeben.

Doch Nacoute trat an die Tür, öffnete sie und bedeutete Morgan, er solle gehen.

»Nein.« Morgan schüttelte erneut den Kopf. »Ich lasse nicht zu, dass ihr hier allein mit den Männern zurückbleibt.« Er wandte sich an Aquash. »Sie werden ihn hängen«, sagte er, zeigte auf den Jungen und tat so, als schlinge er sich ein Seil um den Hals. »Und dann wirst du den Rest deines Lebens für DuBois und andere Männer, die er zu dir schickt, Kinder gebären.« Er stieß einen Seufzer aus, wieder einmal frustriert über seine Unfähigkeit, sich mit ihr zu verständigen.

Er hatte keinen Plan und sah keine Möglichkeit, sich, den Jungen und die Frau mit dem Säugling zu retten. Diese Pelzjäger waren ein raues Volk, und wenn sie beschlossen, ihn zu hängen, würden sie sich nicht davon abhalten lassen. Morgan setzte sich an den Tisch, stützte den Kopf in die Hände und dachte nach. Sollte er einen Wagen stehlen und sie alle nach Norden zu der Einwanderersiedlung bringen, in der er ursprünglich gelandet war? Es lag nun schon ein Jahr zurück, dass er zuletzt dort gewesen war, ein Jahr, das er damit zugebracht hatte, sich von einer Verletzung zu erholen. Diese war so schwer gewesen, dass er befürchtet hatte, daran zu sterben, zumindest aber beide Beine zu verlieren und es nie in die Vereinigten Staaten zu schaffen, um seine Frau zu suchen. Nachdem er so weit gekommen war und so viel durchgemacht hatte, ließ ihn der Gedanke, allein in der kanadischen Wildnis zu sterben, fast den Verstand verlieren. Aquash hatte dafür gesorgt, dass man ihn in seine Hütte trug, hatte Feuer gemacht und sich unermüdlich um ihn gekümmert.

Morgan vermutete, dass sie ihn nur deshalb pflegte, weil er sich mit ihrem Sohn Nacoute angefreundet hatte, diesem wachsamen Jungen, der ständig in irgendwelche Auseinandersetzungen zu geraten schien. Jedes Mal, wenn er mit Vorräten aus der Einwanderersiedlung zurückkam, hielt Morgan nach dem Jungen Ausschau. Er hatte ihn sofort ins Herz geschlossen, denn in seinen Augen hatte er das gleiche Feuer entdeckt, das auch in Sean O'Malley loderte. Morgan rettete den Jungen aus mancher Schlägerei, was ihn bei den Pelzjägern und deren Söhnen unbeliebt machte, ihm jedoch Aquashs Zuneigung einbrachte. Sie und ihre Freundin May, die andere Indianerin, sorgten dafür, dass Morgans zerschmetterte Beine heilten, legten ihm Breiumschläge auf, wenn er hohes Fieber hatte, brachten ihm jeden Tag zu essen, wuschen ihn und versorgten ihn wie ein kleines Kind. Er verdankte den beiden sein Leben, und er würde Aquash und ihre Familie jetzt nicht im Stich lassen.

Aber zu Fuß würden sie die Siedlung im Norden niemals erreichen, nicht in Aquashs derzeitigem Zustand, noch dazu mit einem Säugling. Und ein Karren war zu langsam, zu auffällig. Auch wenn er es sich nur ungern eingestand, hätte das außerdem bedeutet, dass er in die falsche Richtung ging. Er musste nach Süden – wie lange träumte er nicht schon davon, nach Süden zu gehen. Fünf Jahre war es nun her, dass er Irland verlassen hatte, fünf Jahre, die so schnell verflogen waren und von denen doch jeder einzelne Tag eine Tortur gewesen war. Aber wohin sollten sie sonst gehen? Er richtete ein stummes Gebet an Gott, der ihm bis zu diesem Tag beigestanden hatte, flehte ihn mit solcher Inbrunst an, dass er das leise Pochen an der Tür überhörte. Erst das Stimmengemurmel erregte seine Aufmerksamkeit.

»May! Was machst du denn hier?« Während Nacoute die Tür hinter ihr schloss, erhob sich Morgan.

»Du weggehen!« Mays Englisch war besser als sein Französisch, auch wenn sie beides leicht durcheinander brachte. »Männer bald kommen.«

Dann sprach sie mit Aquash, die sich mit schmerzverzerrtem Gesicht aus dem Bett erhob.

»Was?«, fragte Morgan.

»Männer holen dich, auch Nacoute. Einsperren, bis Remy nach Hause oder tot finden.« Sie machte ein düsteres Gesicht und schüttelte den Kopf. »Versteh?«

»Ja.« Morgan nickte grimmig. »Ich nehme den Jungen mit und verschwinde. Aber was ist mit Aquash? Ich kann sie nicht einfach hier lassen.«

»Aquash nach Hause. Nacoute nach Hause. Du gehen.«

»Nach Hause?« Morgan wusste, dass Aquash schon fast zehn Jahre bei Martine lebte. »Weiß sie denn, wie sie da hinkommt?«

Verwirrt zog May die Stirn in Falten.

»Wohin nach Hause?« Morgan wies in verschiedene Richtungen.

»Oh! Fluss. Da.« Sie deutete nach Süden. »Viele Tage.«

»Also dem Fluss folgen«, sagte Morgan mehr zu sich selbst. Viele Tage, dachte er. Wie viele Tage? Und würde Aquash das in ihrem Zustand schaffen? Er schaute sie an, und sie begegnete seinem Blick ruhig und entschlossen, trotz ihres geschwollenen, grün und blau geschlagenen Gesichts und der Schmerzen, die sie offenkundig am ganzen Körper hatte.

»Aquash nach Hause«, wiederholte May. »Sie gehen, du gehen.«

»Gut.« Er nickte. »Ich habe verstanden. Nacoute, hol Decken, Essen, deinen Köcher, das Messer.«

»Ich holen«, beharrte May. »Du Nacoute helfen.«

Morgan folgte Nacoute nach draußen hinter die Hütte. An der Wand lehnte der kufenlose Schlitten, den sie manchmal benutzten, um Holz aus dem Wald herbeizuschaffen. Nacoute stellte ihn auf den Boden und verstärkte ihn mit Lederstreifen, kleinen Ästen und Rinde. Sie würden ihn für ihre Reise über Land benutzen, ihre Habseligkeiten darauf laden, dachte Morgan. Und wenn Aquash nicht mehr laufen konnte, würde der Schlitten Mutter und Kind tragen. Morgan half Nacoute, indem er ihm alles brachte, worauf der Junge deutete.

Dann kam Aquash in ihren warmen Ledergamaschen und mit

Stiefeln an den Füßen um die Ecke; sie hielt mehrere Pelzdecken in den Armen und trug das kleine Mädchen in einem Tuch auf dem Rücken. May hatte Lebensmittel und Wasser in Ledersäcke gefüllt und reichte diese nun Nacoute.

»Ich muss noch mal zu meiner Hütte«, sagte Morgan plötzlich.

»Keine Zeit, keine Zeit!«, drängte May.

»Es muss sein.« Er dachte einen Moment nach. »Geht schon mal zum Fluss, wir treffen uns dann dort. May …« Er küsste sie rasch auf die Wange. »*Wela'lin*, May. *Wela'lin*.«

Mit einem ernsten Nicken nahm sie seinen Dank entgegen und beobachtete dann gemeinsam mit den anderen, wie er in Richtung Bach verschwand.

In geduckter Haltung eilte Morgan im Schutz der Böschung den Wasserlauf entlang, und plötzlich war er wieder in Irland, lief mit dem Rest seiner zerlumpten Schar über die Hügel, auf der Flucht vor den englischen Soldaten. Er blieb stehen und schüttelte den Kopf. Das hier war Quebec, nicht Irland, und falls er jemals sein Zuhause wiedersehen wollte, oder die Frau, die er liebte, dann musste er sich jetzt konzentrieren. Vorsichtig ging er weiter und horchte auf menschliche Geräusche. Als er nichts hörte, robbte er die Böschung hinauf, schlich um seine Hütte herum und betrat schließlich den winzigen Raum. Schnell, schnell, dachte er und warf seine einzige Garnitur Ersatzkleidung in einen Rucksack. Dann hob er die Matratze in seinem Bett an. Darunter lag die Bibel, die Gracelins Großmutter ihm vor Jahren in Macroom geschenkt hatte, und zwischen ihren Seiten steckte eine von seiner Schwester Barbara gefertigte Zeichnung seiner Mutter – die einzigen Erinnerungsstücke, die er bei der hektischen Flucht aus Irland mitgenommen hatte. Du Narr, schalt er sich selbst. Es war dumm, wegen dieser Sachen noch einmal herzukommen, aber wie hätte er sie zurücklassen können, wo sie doch alles waren, was ihn an den Mann erinnerte, der er einst gewesen war? Nicht der Ire Mac, der mit dem Versorgungswagen von der Stadt in die Siedlung und weiter zum Lager der Pelzjäger fuhr, sondern Morgan McDonagh, Sohn eines stolzen armen Mannes und einer bescheidenen Mutter – beide mittlerweile tot; Bruder von acht Schwestern – auch sie allesamt tot, soweit er wusste; bester Freund von Sean O'Malley – lebendig, so Gott wollte, und nach wie vor in New York; Ehemann von Gracelin – lebendig, bitte Gott, bitte, bitte, bitte; und womöglich sogar Vater eines Kindes, das in dem Glauben lebte, sein Vater sei tot. Er durfte nicht zulassen, dass aus ihm dieser neue Mensch, dieser Kanadier irischer Herkunft wurde, und er kämpfte tagtäglich dagegen an. Immer wieder musste er sich in Erinnerung rufen, woher er kam, was ihn hierher geführt hatte, wer er war. Ein letztes Mal schaute er sich in der Hütte nach Dingen um, die er womöglich brauchen konnte. Es gab nichts. Er hatte es sich nicht gestattet, sich hier ein Leben aufzubauen.

Aquash stieg gerade in ein Kanu am Flussufer, als er zu ihnen stieß. Dahinter lag ein weiteres Kanu – wahrscheinlich gehörte es May –, in dem ihre Vorräte sorgfältig verstaut waren. Nacoute bedeutete Morgan, in das zweite Kanu einzusteigen, und reichte ihm das Paddel.

May sah ihn besorgt an.

Morgan hatte noch nie in einem Kanu gesessen, ließ sich seine Unsicherheit jedoch nicht anmerken und manövrierte das Boot unbeholfen in Position, so dass er dem von Nacoute folgen konnte.

Als sie die Flussmitte erreicht hatten, entspannte sich Morgan und nahm die Bewegung des Wassers, das Schaukeln des Kanus und den Rhythmus des Paddels in sich auf. Die Sonne brannte ihm auf den Kopf und wärmte ihm durch das Hemd hindurch die schmerzende Schulter. Große schwarze Krähen ließen sich federnd auf tief hängenden Ästen nieder und krächzten laut, während die Boote sich ihren Weg flussaufwärts bahnten. Zu Morgans Rechten sprang ein silbern blitzender Lachs auf und erschreckte einen Elch, der zum Trinken an den Fluss gekommen war. Ein riesiger Weißkopfseeadler schwang sich würdevoll auf und folgte ihnen in großer Höhe.

Es war eine wunderschöne Landschaft mit einer Fülle an wilden Tieren, doch sie war auch grausam und unberechenbar, und Morgan wusste, dass das Indianerdorf, das sie ansteuerten, womöglich schon lange vom Erdboden verschwunden war. Der Winter konnte noch Monate auf sich warten lassen, vielleicht aber auch nur noch Wochen; so weit oben im Norden war es bitterkalt, und durch die Wildnis führten keine markierten Pfade, keine Schilder wiesen einem den Weg in die nächstgelegene Stadt. Außerdem gab es gar keine nächstgelegenen Städte. Morgan reiste mit einer verletzten Frau und ihrem neugeborenen Kind, mit einem stummen Jungen, der seinen Stiefvater getötet hatte und nun vor denen weglief, die ihn dafür bestrafen wollten. Der gestrige Morgen lag unendlich weit zurück, und nie hätte er sich träumen lassen, dass es ein solcher Tag sein würde, an dem er endlich weiterzog.

Wohin führst du mich jetzt, Vater?, fragte Morgan stumm, das Gesicht der Sonne zugewandt. Die Antwort spielte keine Rolle; er war unterwegs gen Süden, und der Herr war mit ihm. Er schaute nicht zurück.

3

Grace lehnte sich an die Wand, auf der sich im Licht der Lampen undeutliche Schatten abzeichneten. Sie hörte, wie sich hier und da Patienten unruhig herumwälzten, und verspürte ein Gefühl der Weltferne, wie sie es seit jenen langen Nächten an Bord der *Eliza J.* nicht mehr empfunden hatte, auf der schier endlosen Reise von Liverpool nach Manhattan. In manchen Nächten spürte sie im Halbschlaf sogar das Schiff schwanken, schmeckte das Salz des Meeres auf ihrer Haut, hörte die Rufe und Pfiffe der Seeleute, das Heulen des Winds in der Takelage. Wenn sie dann abrupt aufschreckte, streckte sie sofort die Hand nach Mary Kathleen aus, die neben ihr lag … aber nicht in der schmalen Koje des Schiffs, sondern auf einem Feldbett, das in einer Reihe mit vielen anderen Betten im Krankensaal stand.

Grace warf einen prüfenden Blick auf ihre Tochter. Sie schlief fest, schlief jede Nacht besser, Gott sei Dank, und tagsüber redete sie wieder. Grace und Jack hatten nun schon fast eine Woche an Mary Kates Seite verbracht, und bald würde das Mädchen wieder so gesund sein, dass es entlassen werden konnte, gesund genug, um nach Hause zu dürfen. Grace ließ die Bilder von Hütten, Häusern, Zimmern, Gaststätten, Planwagen und Schiffen noch einmal an ihrem inneren Auge vorbeiziehen – an so vielen Orten hatten sie sich schon schlafen gelegt, doch wo würden sie unterkommen?

Grace legte die Arme fester um Jack, der ihr mit dem Gewicht eines völlig übermüdet eingeschlafenen Vierjährigen vom Schoß zu gleiten drohte. Er sträubte sich kurz, wachte jedoch nicht auf, worüber Grace froh war. Bis zum Morgen blieben ihr noch einige Stunden, und sie hatte ein wenig Erholung dringend nötig. Ab und zu zuckte Jack unruhig, dann wusste Grace, dass er von dem Pony träumte, das er hatte zurücklassen müssen, von Cowboys und Sheriffs, von den immer neuen Spielern und Predigern, die sein Leben bevölkert hatten, von Schießereien und Pferderennen mitten in der Stadt, von Viehtrieben und vorbeiziehenden Indianergruppen. Mit seinem vollen dunklen Haar, der Brille und seiner ein wenig großspurigen, aber furchtlosen Art ließ Jack keinen unberührt, der ihm begegnete.

Als er sich erneut regte, küsste Grace ihn auf das verschwitzte Haar, schloss die Augen und atmete seinen warmen Geruch ein. Sie liebte ihn fast mehr, als sie ertragen konnte, vor allem dann, wenn er lachend den Kopf zurückwarf und sie seinen Vater in ihm erkannte. Wegen Hochverrats angeklagt und eingesperrt, hatte Morgan seinen Sohn nie zu sehen bekommen, doch er hatte gewusst, dass ein Kind unterwegs war und Grace vor seinem Tod noch einen Brief überbringen lassen. Dieser Brief und das Wissen, ihren Mann für immer verloren zu haben, hatten frühzeitige Wehen ausgelöst. Ohne Aussicht auf eine Zukunft in Irland und gesucht von den englischen Soldaten, war Grace gezwungen gewesen, das Neugeborene in einem Nonnenkloster in Cork zurückzulassen, bei ihrem Vater und Morgans Schwester. Sie hatte gehofft, ihr Vater würde im Frühjahr mit ihrem Sohn nachkommen, doch stattdessen hatte sie erfahren müssen, dass im Kloster alle an Fieber gestorben waren. Sie biss sich fest auf die Lippe, wohlwissend, dass der Zusammenbruch, den sie damals erlitten hatte, für Mary Kate eine neuerliche schwere Belastung gewesen war. Gottlob hatten sich die Ogues um sie gekümmert. Grace verdankte Dugan in mehrerlei Hinsicht ihr Leben und hatte ihn und Tara nur äußerst ungern verlassen. Zum letzten Mal gesehen hatte sie das Ehepaar in Boston, wohin die beiden gekommen waren, um Jacks Ankunft zu feiern. Dugan hatte sie beiseite genommen und ihr geraten, Peter Reinders' Antrag in Betracht zu ziehen, schließlich sei er ein guter Mensch, außerdem brauche der kleine Jack in den kommenden Jahren einen Vater.

Ja, Peter war ein guter Mensch, das hatte sie bereits an dem

Tag gewusst, als sie von Liverpool aus mit seinem Schiff in See stachen. Er hatte sich um sie gekümmert und dafür gesorgt, dass Liam als Teil ihrer Familie an Land gehen konnte, wodurch ihm ein Leben im Waisenhaus erspart blieb. Während der Jahre in New York hatte Peter sich immer wieder aufs Neue bewährt, und sie hätte ihn beinahe geheiratet. Als Grund für ihr Zögern hatte Grace damals ihren Bruder angeführt, den sie unbedingt finden wolle; sie hatte die Kinder und die gefährliche Reise um Kap Hoorn vorgeschoben; und sie hatte die Zeit als Hinderungsgrund angeführt – sie brauche einfach mehr Zeit. Doch das waren alles nur Ausreden, denn in Wahrheit hatte sie die Erinnerung an einen toten Mann mehr geliebt als die Gegenwart eines Mannes aus Fleisch und Blut, der sie so liebte, wie es kein toter Mann je vermocht hätte.

»Deine Mam ist eine große Närrin«, murmelte sie in Jacks schweißnasses Haar. »Aber du siehst ihm eben mit jedem Tag ähnlicher.«

Grace hatte ihren zweiten Mann heimlich geheiratet, in den frühen Morgenstunden eines nebligen Tages, nur um wenige Augenblicke später mit ansehen zu müssen, wie er wieder verschwand. Er hatte sie gebeten, nach Amerika zu gehen, und gesagt, er werde nachkommen, stattdessen war er gestorben, und sie hatte sich allein durchschlagen müssen. Erneut küsste Grace ihren Jungen. Sie dachte darüber nach, dass sie durch ihre Reise nach San Francisco und die Tatsache, dass sie Peter um Hilfe bitten wollte, die Beziehung zu ihm neu beleben würde. Und sie war fest entschlossen, eine Heirat in Betracht zu ziehen, falls er das noch wollte. Schließlich liebte sie ihn ja auch – vielleicht nicht mit der Leidenschaft ihrer Jugend, aber inzwischen war sie fünfundzwanzig und klüger geworden. Mit zwei kleinen Kindern konnte sie es sich nicht erlauben, sich an Erinnerungen zu klammern. Morgan war tot, Peter nicht. Es durfte keine weiteren Ausreden geben.

»Oh, Missus Donnelly. Ich sehe, Sie sind wach und auf dem Posten wie immer.«

Grace hatte den Arzt nicht kommen hören und schaute nun verblüfft, aber erfreut auf. »Sie sind immer noch hier?«, flüsterte sie über Jacks Kopf hinweg.

»Sieht so aus.« Wakefield unterdrückte ein Gähnen. »Wie geht es denn Mary Kate heute Abend?«

»Sie schläft ruhig. Vorhin hat sie ein bisschen Brühe getrunken und ein paar Worte mit uns gesprochen.«

»Farbe hat sie auch schon wieder.« Der Arzt fühlte Mary Kates Stirn. »Sie können dankbar sein, dass es nicht schlimmer gekommen ist«, sagte er ernst. »Vor einem Jahr hätten wir kein freies Bett gehabt. Damals kamen viertausend Einwanderer im Monat, und bei Gott, die meisten von ihnen waren in jämmerlicher Verfassung.« Er sah Grace nachdenklich an. »Jeder Fünfte stirbt im ersten Jahr nach seiner Ankunft in San Francisco. Sind Sie trotzdem fest entschlossen, hier zu bleiben, Missus Donnelly?«

Grace nickte. Es hatte schon Situationen gegeben, in denen ihre Chancen zu überleben weit schlechter standen.

»Wie ich höre, ist Ihr Freund noch nicht zurück und wird auch so bald nicht erwartet.« Wakefield deutete mit dem Kopf auf die Nonne, die sich am Ende des Saals über einen Patienten beugte. »Ich weiß es von Schwester Joseph«, bekannte er, »die alles sieht und alles weiß.«

»Er hat nicht mit uns gerechnet, und ich konnte nicht ahnen, dass er fort sein würde. Können Sie mir sagen, wo Panama City liegt, Doktor?«

»Südlich, Madam«, erklärte Wakefield trocken. »Nach wie vor fahren viele Schiffe um Kap Hoorn, aber mittlerweile werden immer mehr Passagiere in Chagres an der Karibikküste abgesetzt. Von dort geht es dann mit Kanus und Maultieren über die Landenge auf Pazifikseite nach Panama City, von wo aus die meisten eine Passage die Küste hinauf nach San Francisco buchen. Für Schiffseigner war das eine einträgliche Sache«, fuhr er fort. »Wie ich höre, werden sie allerdings mittlerweile von der Dampfschifffahrt aus dem Geschäft gedrängt. Das Wetter dort unten ist zu dieser Jahreszeit unberechenbar, woraus sich die Frage ergibt, wann Ihr Freund, der Kapitän, tatsächlich zurückkommt.«

Grace biss sich auf die Lippe und dachte nach. »Nun«, entschied sie schließlich, »ich komme auch allein zurecht.«

Der Doktor konnte sich ein Lachen nicht verkneifen. »Das versteht sich von selbst, Missus Donnelly. Versteht sich von selbst.«

Wakefield mochte diese Frau. Trotz ihrer schwierigen, als sie mit dem Kind ankam, geradezu verzweifelten Lage, hatte sie sich ihre Würde bewahrt und war nie in Hysterie verfallen. So etwas bewunderte er. Grace Donnelly war eine attraktive Frau, das konnten weder ihre von der Sonne gerötete Haut, ihr widerspenstiges Haar noch der ramponierte Hut verbergen, den sie stets trug, und auch nicht der verschmutzte Mantel oder die schockierende, wenn auch sehr praktische Hose, die sie trug. Es war allerdings der Klang ihrer Stimme, der ihn immer wieder das Gespräch mit ihr suchen ließ; er hatte dann den Eindruck, als spräche er mit seiner Mutter. Die Barmherzigen Schwestern stammten zwar allesamt aus einem irischen Orden, doch wirkten sie ziemlich einschüchternd mit ihrer distanzierten, pflichterfüllten Art und ihrem unerschütterlichen Glauben an den Willen Gottes. Jedenfalls erinnerten sie Wakefield nicht im Entferntesten an seine geistreiche, kokette irische Mutter. Sie war der Inbegriff einer Südstaatenschönheit gewesen, auch wenn sie die Familienplantage so couragiert wie ein Mann geführt hatte und bei jeder sich bietenden Gelegenheit auf eines ihrer geliebten Pferde gesprungen war, sehr zum Verdruss von Wakefields Vater, seiner älteren Brüder und der jüngeren Schwester.

Missus Donnelly schien das gleiche zuversichtliche Wesen zu besitzen, und wie Wakefields Mutter schreckte sie nicht vor einem lebhaften Gespräch mit einem Mann zurück, ganz gleich, wie hitzig die Diskussion wurde. Einmal in Fahrt, hatte die junge Witwe seine diversen Fragen mit eindrucksvollen Ausführungen über den irischen Freiheitskampf oder die missliche Lage der unfreiwilligen Einwanderer beantwortet und ihm Vorträge über die Sünde der Sklaverei und den drohenden Bürgerkrieg in Kansas gehalten. Als Wakefield sich am Ende eines langen Arbeitstages noch ein wenig mit ihr unterhielt, hatte er von ihrem Überlandtreck nach Oregon erfahren, von dem Lager im Tal und von der Krankheit, die die Donnellys dazu veranlasst hatte, die Küste hinunter nach San Francisco zu segeln, wo sich leider herausstellte, dass der einzige Mensch, den sie dort kannten, gegenwärtig abwesend war. Wakefields sorgenfreies Leben, selbst die unendlich lange Reise mit seiner verzweifelten, zuweilen hysterischen Schwester von der Plantage seiner Familie zum Hafen von Yerba Buena, verblasste im Vergleich zu dem, was diese Frau erlebt hatte.

»Möchten Sie sich nicht setzen, Doktor?«, unterbrach Grace seine Träumerei. »Oder wollen Sie lieber weiter im Stehen schlafen?«

Wakefield grinste verlegen. »Schwester Joseph darf mich auf keinen Fall bei einem Nickerchen erwischen, verstehen Sie?« Er zwinkerte. »Tatsächlich habe ich gerade an Ihre bemerkenswerten Reisen gedacht. Und daran, wie sehr Sie mich an meine liebe, mittlerweile verstorbene Mutter erinnern. Sie war Irin, müssen Sie wissen.«

»Das erwähnten Sie bereits«, erwiderte Grace lächelnd. »Hat als kleines Mädchen mit ihrer Familie Dublin verlassen und später Ihrem schwerfälligen alten Herrn so den Kopf verdreht, dass er sie vom Fleck weg heiratete.«

Der Doktor lachte, entzückt von ihrer Kurzfassung. Er verschränkte die Arme und lehnte sich gegen die Wand.

»Es schmeichelt mir, dass Sie sich daran erinnern. Allerdings wollte ich darauf hinaus, dass meine Mutter eine wirklich selbstbewusste, unabhängige, tatkräftige Frau war und dennoch wohl nicht die Hälfte von dem hätte überstehen können, was Sie durchgemacht haben.«

»Auf sich allein gestellt natürlich nicht«, räumte Grace ein. »Aber wenn sie so gute Freunde gehabt hätte, wie ich sie habe, dann vielleicht schon. Ohne Kapitän Reinders, die Ogues und die Livingstons, meine Freundin Lily und ihre Familie hätte ich das nie geschafft.«

»Ah ja, die großartige Familie Free.« Wakefield blinzelte über den Rand seiner Brille. »Entlaufene Sklaven, sagten Sie, wenn ich mich recht erinnere?«

»Als solche würde ich sie niemals bezeichnen«, entgegnete Grace aufgebracht. »›Entlaufen‹ hört sich feige an, dabei sind die Frees die mutigsten Menschen, die ich kenne.«

»Ich bin selbst einer Menge Neger begegnet, Missus Donnelly. Dort, wo ich herkomme, gibt es alle möglichen Arten – Sklaven, Leibeigene, Freie –, und manche erscheinen tatsächlich mutig. Aber ganz gleich, welchen Status sie haben, sie sind nicht wie wir. Sie mögen so tun, als seien sie es – und der Neger ist ja tatsächlich ein hervorragender Schauspieler –, doch unter ihrem zivilisierten Äußeren fließt das heiße Blut des Wilden. Und ob es einem gefällt oder nicht, das lässt sich auf Dauer nicht unterdrücken.«

Grace dachte an Lilys Mann January, an sein schweigendes Brüten, seine Wut, die aus dem Nichts zu kommen schien. Lily war außer sich vor Freude gewesen, ihn wiederzuhaben, doch einmal hatte sie Grace gestanden, dass er nicht mehr der Mann war, den sie geheiratet hatte. Man hatte ihm das Herz aus dem Leib geprügelt, hatte ihm den Arm abgeschlagen und ihn zum Krüppel gemacht, aber am schlimmsten war der Verlust der Lebensfreude, die mit seinem Blut im Boden versickert war. Solomon, der Sohn der beiden, besaß ebenfalls ein zorniges Naturell, erinnerte sich Grace; weißen Siedlern gegenüber war er so argwöhnisch wie diese ihm gegenüber, und er prügelte sich schon beim geringsten Anlass.

»Glauben Sie nicht, es ist die Sklaverei selbst, die einen Menschen zum Wilden macht?«, fragte Grace den Arzt. »Sind wir nicht selbst Wilde, wenn wir uns gegenüber dem Handel mit Menschen taub stellen?«

»Sie wollen darauf hinaus, Missus Donnelly – und ich räume ein, dass es sich lohnt, darüber nachzudenken –, dass wir die Sklaven freilassen. Dabei vergessen Sie jedoch, dass diese Menschen in keiner Weise darauf vorbereitet sind, sich selbst zu ernähren oder für ihre Kleidung zu sorgen. Und offen gesagt, wenn man jeden Arbeiter bezahlen müsste, wären die Plantagen nicht mehr lebensfähig. Auf die Art würden alle untergehen, Weiße wie Farbige. Und was wäre dann?«

»Dann wären wir alle gleich«, erwiderte Grace ohne Zögern.

Wakefield schüttelte den Kopf. »Nein, nicht gleich. Der zivilisierte Weiße mit seiner Fähigkeit zum logischen Denken wäre in der Lage, es erneut zu Wohlstand zu bringen, während die Lasterhaftigkeit und Erniedrigung der Neger nur noch verstärkt würde.«

»Der Charakter eines Menschen liegt in seiner Seele begründet, Doktor, nicht in seiner Hautfarbe.«

Der Doktor zog die Stirn in Falten. »Ob Sie es glauben oder nicht, Missus Donnelly, die meisten Sklaven *wollen* gar nicht frei sein. Sie haben ein Dach über dem Kopf, sie bekommen Kleidung und Nahrung, sie haben Arbeit, bis sie zu alt dafür sind, und dann kümmert man sich noch bis ans Ende ihrer Tage um sie. Sie haben eigene Familien, eigene Gemeinden, und die meisten Herren sind gar nicht die menschenfressenden Ungeheuer, als die sie von den Abolitionisten des Nordens dargestellt werden. Denen geht es übrigens oft gar nicht so sehr um die Interessen des Negers, sondern vielmehr um ihre eigenen politischen Ambitionen.«

Grace dachte an Florence Livingston und ihre Freunde, die in New York unermüdlich damit beschäftigt waren, Geld zu sammeln und Vorträge über die Sklaverei zu halten. Sie hatten bereits Hunderte Männer, Frauen und Kinder aus dem Süden geholt und ihnen die Mittel zur Verfügung gestellt, die ihnen ein Leben in Freiheit und Würde ermöglichten.

»Ich kann Ihnen in diesem Punkt nicht zustimmen, Doktor, auch wenn ich keinen Zweifel daran hege, dass es wohlmeinende Menschen unter den Sklavenhaltern gibt. Nur können sie nichts ausrichten gegen all die anderen, die sich an den Schwachen vergreifen, sie verstümmeln und töten, nur weil dies in ihrer Macht steht.«

»Sie vertreten die Ansicht, dass Macht korrumpiert, nicht wahr, Missus Donnelly? Doch lassen Sie mich Ihnen sagen, dass Macht in den Händen guter Christen genau das ist, was Gott im Sinn hatte.«

»Ich glaube, was Sie meinen, Doktor, ist Mitgefühl. Der Teufel ist derjenige, der Macht schenkt, denn er weiß, dass sich der Mensch an ihr berauscht und sie dazu missbraucht, andere zu verletzen, die er doch als seine Brüder betrachten sollte.«

Wakefield schüttelte den Kopf. »Mord und Totschlag werden nicht nur von Weißen verübt, Madam. Schon vielen Menschen wurde von denen ein Leid angetan, um die sie sich ein Leben lang gekümmert hatten; ihre Fürsorge und Freundlichkeit wurde ihnen auf das Schlimmste vergolten.«

»Also, Doktor«, versuchte Grace das Gespräch vorsichtig zu Ende zu bringen, da sie den ärgerlichen Unterton in seiner Stimme hörte. »Stehen wir jetzt nicht wieder am Anfang unserer Diskussion? Die Sklaverei bringt das Schlimmste im Menschen hervor. In jedem.«

Wakefield nickte, obwohl er ihr bestenfalls widerwillig zustimmte. »Nun, Missus Donnelly, ich kenne viele Männer – gebildete, studierte Männer übrigens –, die ihren Standpunkt nicht halb so gut vertreten wie Sie. Sie müssen aber wissen, dass ich kein Fürsprecher der Sklaverei bin und auch nicht für deren Fortsetzung plädiere. Vielmehr hoffe ich, dass noch zu meinen Lebzeiten eine Lösung gefunden wird, die nicht eine ganze Lebensweise über den Haufen wirft – weder die der Weißen noch die der Neger.«

»Aber eine ist doch bereits zerstört worden«, sagte Grace leise. »Und nun sind auch die Weißen zu Sklaven geworden – zu Sklaven des Geldes. Wie Sie vorhin sagten: Rechtschaffene, anständige Leute halten Sklaven, weil sie sonst alles verlieren würden und das nicht ertragen könnten, auch wenn es am Ende ihre eigenen Kinder sind, die dafür bezahlen müssen.«

Wakefield blinzelte und schaute zu Boden, als spürte er plötzlich einen stechenden Schmerz. »Vielleicht haben Sie Recht, Madam. Meine Familie hat ihren Wohlstand jedenfalls der Arbeit von Sklaven zu verdanken und könnte nicht überleben, wenn sie gezwungen wäre, Lohn zu bezahlen – dabei gehört unsere Plantage zu den größten in unserem Staat.« Er schaute Grace an. »Ich gebe zu, dass ich so ein Leben nicht guten Gewissens hätte führen können, deshalb war ich froh, als man mich von den Familienpflichten entbunden hat. So konnte ich hierher kommen und als Mediziner arbeiten.«

»Auch ich bin froh darüber. Sie sind ein großartiger Arzt, und ich weiß nicht, was wir ohne Sie getan hätten.«

»Ha.« Wakefield lächelte. »Da haben Sie es. Ohne die alljährlichen finanziellen Zuwendungen meiner Familie wäre ich kein Arzt und hätte nicht dieses Krankenhaus mit aufbauen können. Theoretisch ist die Sklaverei der Preis für das Leben Ihrer Tochter. Was sagen Sie dazu?«

Grace legte die Hand auf Mary Kates Arm, und das Herz wurde ihr schwer. »Dieses Kind bedeutet mir alles. Aber wenn Sie sagen, dass wir Opfer bringen müssen, damit alle frei sein können« – sie schaute zu ihm auf –, »dann soll es so sein.«

Das war nicht die Antwort, die Wakefield erwartet hatte. Seine Überraschung stand ihm ins Gesicht geschrieben. »Wie können Sie so etwas sagen?«

»Weil ich weiß, was wirklich zählt. Und Opfer sind mir nicht fremd.«

»Nein«, pflichtete der Arzt ihr bei, »bestimmt nicht.« Das anstrengende Gespräch hatte Wakefield ebenso ermüdet wie der lange Arbeitstag, und er zog seine Uhr aus der Westentasche, um nachzusehen, wie spät es war. »Mitternacht.« Er hielt ihr das Zifferblatt entgegen. »Ich mache jetzt wohl besser Schluss und gehe nach Hause zu meiner Schwester. Gute Nacht, Missus Donnelly. Es war wie immer eine anregende Unterhaltung.«

»Gute Nacht, Doktor«, sagte Grace. »Vielen Dank für alles, was Sie getan haben. Ich bin Ihnen wirklich überaus dankbar.«

Wakefield schenkte ihr ein mattes Lächeln. Dann wandte er sich ab und bewegte sich langsam durch den schmalen Gang zwischen den Feldbetten hindurch, wobei er noch kurz bei Schwester Joseph stehen blieb, die sich ebenfalls ununterbrochen im Krankensaal aufzuhalten schien.

Grace sah ihm besorgt nach, diesem gutmütigen Mann, der so freundlich zu ihr und ihren Kindern war. Im Laufe der langen letzten Woche war er häufig an Mary Kates Bett gekommen, hatte sich ein wenig mit Grace unterhalten und Jack mit seiner Taschenuhr spielen lassen. Dabei hatte er sich lobend über die Wissbegierde des kleinen Jungen geäußert – und es gab nicht viele, die diese Eigenschaft an Jack schätzten, das musste sie zugeben. Ja, er hatte viel für sie getan, und sie tadelte sich dafür, ihn so plump auf sein Leben angesprochen zu haben. Sie hatte nicht vorgehabt, die Unterhaltung persönlich werden zu lassen, und bereute, ihre Gefühle offenbart und eine hitzige Diskussion in Gang gebracht zu haben, statt Zurückhaltung zu üben. Es gelang ihr ohnehin nur schwer, sich zu zügeln, wobei das Thema Sklavenhandel ihr Blut besonders in Wallung brachte. Sein Kommentar bezüglich ihrer Opferbereitschaft hatte ihr allerdings zu denken gegeben, denn sie war sich alles andere als sicher, ein wie großes Opfer sie tatsächlich zu bringen bereit wäre, um anderen Menschen die Freiheit zu schenken.

Jack wurde ihr allmählich zu schwer, und so legte sie ihn vorsichtig auf den Boden, wo sie ihm aus den von Schwester Joseph zur Verfügung gestellten Decken eine Art Nest gebaut hatte. Er bewegte sich, öffnete die Augen und starrte Grace einen Moment lang an, nur um die Lider dann wieder zu schließen und sich seitlich zusammenzurollen. Was für ein hübscher Junge, dachte sie und zog ihm eine Decke über die Schultern.

Ohne den Jungen auf ihrem Schoß hatte sie es bequemer und beschloss daher, ebenfalls zu schlafen. Sie lehnte sich auf dem Stuhl zurück, legte ihre Füße auf den Rand von Mary Kates Feldbett und versuchte, ihre Sorgen hinsichtlich Vergangenheit, Gegenwart und Zukunft beiseite zu schieben. Sie war unendlich müde, dennoch schwirrte ihr noch immer der Kopf. Bald würde Mary Kate wieder so weit bei Kräften sein, dass sie entlassen werden konnte, und bis dahin musste Grace für sie alle ein Dach über dem Kopf gefunden haben. In der vergangenen Woche war sie jeden Tag ein paar Stunden mit Jack auf Zimmersuche gegangen und war entsetzt über das Angebot. Wieder einmal lief sie durch ein Elendsviertel voller Einwanderer, verdreckter Menschen, die man in winzigen, dunklen Räumen zusammengepfercht hatte. Schlimmer noch, San Francisco war berüchtigt für seine Feuersbrünste – im vergangenen Jahr wäre bei zwei Bränden beinahe die gesamte Stadtmitte den Flammen zum Opfer gefallen, und im Jahr zuvor hatte es ebenfalls vier verheerende Brände gegeben. Die fensterlosen Zimmer im hinteren Teil der Holzhäuser jagten Grace Angst und Schrecken ein, doch bei dem wenigen Geld, das sie besaß, würde sie sich nichts anderes leisten können. Schwester Joseph hatte sie an bessere Stadtviertel verwiesen, doch dort lagen die Preise noch wesentlich höher. Außerdem würde Grace in der Nähe wahrscheinlich keine Arbeit finden, was bedeutete, dass sie Mary Kate und Jack tagsüber viele Stunden alleine lassen müsste. Gleichwohl war sie fest entschlossen, etwas zu finden – immerhin gab es in San Francisco viele Kirchen, und sie würde sich ihnen auf Gedeih und Verderb ausliefern, würde eine christliche Familie beschwören, ihr anständige Zimmer zu vermieten, bis sie richtig sesshaft geworden war.

Hörst Du mich, Vater?, betete Grace stumm. *Ich bin jetzt am anderen Ende der Welt, aber wie es scheint, habe ich dieselben Probleme wie immer. Ich hoffe, Du kannst vielleicht …*

»Missus Donnelly?«

Grace öffnete die Augen, stellte die Füße auf den Boden und setzte sich gerade hin.

»Doktor Wakefield.« Sie lächelte zaghaft. Insgeheim hegte sie die Befürchtung, er könne zurückgekommen sein, um ihr zu eröffnen, dass er nichts mehr mit ihr zu tun haben wolle.

Vorsichtig setzte er sich auf das Fußende von Mary Kates Feldbett. »Missus Donnelly, unsere Unterhaltung hat eine völlig andere Wendung genommen, als von mir beabsichtigt; ich wollte Ihnen eigentlich etwas ganz anderes sagen.«

»Ach, Doktor, Sie müssen mir vergeben.« Grace schüttelte den Kopf. »Immer sage ich unpassende Dinge, und ich …«

»Aber nein«, unterbrach er sie. »Bitte entschuldigen Sie sich nicht. Es ist schon spät in der Nacht, und wir hatten beide eine sehr anstrengende Woche. Eigentlich wollte ich Ihnen vorhin sagen, dass ich unsere Gespräche – anders, als Sie womöglich annehmen – sehr genossen habe. Wenn Sie uns verlassen, wird es hier nicht mehr halb so interessant sein.«

»Sie sind so überaus gut zu uns gewesen, Doktor«, erwiderte Grace ernst. »Sie müssen uns unbedingt besuchen kommen, wenn wir uns erst einmal eingelebt haben. Die Kinder werden sich freuen, vor allem Jack, dem Ihre Taschenuhr so gut gefällt. Und bringen Sie auch Ihre Schwester mit, wenn das möglich ist.«

»Danke.« Wakefield nickte, schüttelte dann aber den Kopf. »Ich meine … ich wollte …« Er hielt inne und zog die Stirn in Falten. »Heißt das, Sie hatten bei Ihrer Suche nach einer Unterkunft Erfolg? Das hatte ich dann wohl nicht richtig verstanden.«

»Nein, leider nicht«, räumte Grace ein. »Aber ich werde schon noch etwas finden. Morgen haben Jack und ich bestimmt mehr Glück. Und wenn Mary Kate wieder ganz gesund ist, finde ich sicher auch Arbeit.«

»Und was ist mit den Kindern?« Wakefield musterte den schlafenden Jack, der wie eine schlaffe kleine Puppe ausgestreckt auf dem Boden lag. »Was machen Sie dann mit den beiden?«

Grace wollte nicht zugeben, dass sie es noch nicht wusste. »Wir kommen schon zurecht«, antwortete sie mit fester Stimme. »Wenn Heimarbeit zu haben ist, könnte ich Näháufträge annehmen. Dann wäre ich bei den Kindern. Wenn nicht, suche ich mir eine Stelle als Köchin, so wie in Kansas und davor auch schon in New York. Darin habe ich jede Menge Erfahrung. Es ist ja auch nur, bis Kapitän Reinders zurückkehrt.«

»Ich verstehe.« Wakefield zögerte. »Darf ich Ihnen eine persönliche Frage stellen, Missus Donnelly?«

Grace spürte, wie sie errötete. »Selbstverständlich.«

»Sind Sie und der Kapitän … ich meine, haben Sie… eine Art Einvernehmen miteinander?«

»Ja. Er möchte schon seit längerer Zeit, dass ich herkomme.«

Wakefield nickte. »Wie Sie wahrscheinlich bemerkt haben, ist dies eine Stadt voller Männer. Und, bitte vergeben Sie mir die offenen Worte, auch wenn jeder Mann sich eine Frau wünscht, wünscht er sich nicht notwendigerweise eine Gattin.«

»Kapitän Reinders ist der ehrenwerteste Mann, den ich kenne. Er ist mein teuerster Freund, und obwohl ich nicht vorgehabt hatte, mich sobald schon in San Francisco niederzulassen, hege ich jetzt, da wir hier sind, doch keinen Zweifel daran, dass er uns mit offenen Armen empfangen wird.«

»Missus Donnelly, ich möchte, dass Sie mir einen Augenblick zuhören.« Wakefield beugte sich vor. »Schwester Joseph ist hier meine rechte Hand, und sie hatte, wie so häufig, eine Idee, von der wir alle profitieren könnten.«

»Ich weiß nicht, ob ich Sie recht verstehe, Doktor.«

»Sie brauchen eine sichere, bezahlbare Unterkunft und eine Arbeit, die es Ihnen erlaubt, in der Nähe Ihrer Kinder zu sein. Und ich …« Er hielt einen Moment inne. »Ich brauche dringend jemanden, der gut kochen kann. Aber nicht bloß gut kochen … Köche hatte ich schon Dutzende, vor allem Männer, das kann ich Ihnen versichern. Ich brauche jemanden, der außergewöhnlich … belastbar ist.«

»Sind Sie denn so schwer zufrieden zu stellen?«

»Es geht nicht um mich«, erklärte Wakefield. »Wenn das Essen warm ist und auch nur einigermaßen gut schmeckt, bin ich schon mehr als dankbar. Nein ….« Er zögerte. »Um ehrlich zu sein, ist meine Haushälterin Missus Hopkins wohl der Grund dafür, dass es kein Koch bei mir aushält. Sie führt ein ziemlich strenges Regiment und hat eine äußerst spitze Zunge.«

»Verzeihen Sie die Frage, Doktor, aber warum suchen Sie sich dann nicht einfach eine neue Haushälterin?«

Wakefield nickte. »Sie haben natürlich völlig Recht, aber Abigail hängt sehr an Missus Hopkins und würde einer Entlassung niemals zustimmen. Außerdem muss ich zugeben, dass Missus Hopkins sehr fürsorglich mit meiner Schwester umgeht. Abigails Leiden ist nervlicher Natur, verstehen Sie. Missus Hopkins verabreicht ihr die Medizin und weiß sie im Grunde besser zu nehmen als ich, auch wenn sie eine sehr strenge Frau ist. Ich habe einmal versucht, sie zum Gehen zu bewegen, aber Abby …« Er schüttelte den Kopf. »Ihr Leiden verschlimmerte sich so dramatisch, dass ich mir schwor, diesen Fehler nicht noch einmal zu machen.«

»Also brauchen Sie jemanden, der mit Ihrer Haushälterin zurechtkommt«, folgerte Grace. »Was führt Sie zu der Annahme, dass mir das eher gelingen würde als den anderen?«

»Schwester Joseph hat sich für Sie verbürgt. Sie meint, Sie seien jemand, der sich nicht so leicht ins Bockshorn jagen lässt, schon gar nicht von einer Frau wie Missus Hopkins. Und wenn Sie nur halb so gut kochen, wie Sie argumentieren, Missus Donnelly, dann bezweifle ich nicht, dass Abigails Zustand sich trotz aller Schwierigkeiten bessern wird.« Wakefield beugte sich vor und sah Grace hoffnungsvoll an. »Der Wohnbereich des Kochs oder der Köchin liegt hinter der Küche und ist mit ihr durch einen schmalen Flur verbunden. Es gibt einen separaten Eingang und einen Kamin, genügend Platz für Sie und die Kinder, außerdem einen sehr großen Innenhof und einen Stall, und dann natürlich den Garten mit Teich und einem Wäldchen. Wir wohnen oben auf dem Hügel, auf einem Grundstück, das nach hinten hin abfällt. Miss Mary Kate wird viel frische Luft und Bewegung brauchen, um sich vollständig zu erholen. Und außerdem« – er hielt kurz inne, um diesem letzten und, wie er hoffte, überzeugendsten Argument mehr Gewicht zu verleihen – »wäre ich zur Stelle, wenn eines Ihrer Kinder je einen Arzt benötigen sollte.«

Grace blickte von Mary Kate zu Jack. Dieses letzte Argument wog so viel wie alle anderen zusammen, doch war es fair, die Stelle in dem Wissen anzunehmen, dass sie sie vielleicht nur für kurze Zeit würde ausfüllen können?

»Sie gehen natürlich keinerlei Verpflichtung ein, in meinen Diensten zu verbleiben, wenn Kapitän Reinders zurückkommt«, fuhr Wakefield fort, als hätte er ihre Gedanken gelesen. »Ein gewisses Maß an Unabhängigkeit könnte allerdings den Druck von Ihnen nehmen, allzu hastig einen Entschluss fassen zu müssen – wenn ich mir die Bemerkung erlauben darf, ohne Ihnen zu nahe zu treten.«

»Ja«, sagte Grace langsam. »Ja, Sie haben Recht.«

Peter sollte nicht glauben, sie wolle ihn aus schierer Verzweiflung heiraten. Und sie wollte auch nicht, dass er sich verpflichtet fühlte, falls sich seine Empfindungen ihr gegenüber verändert hatten. Denn als der ehrenwerte und verantwortungsbewusste Mann, der er war, würde er mit Sicherheit darauf bestehen, sie auf der Stelle zu heiraten, bevor auch nur einer von ihnen beiden die Gelegenheit hatte, sich ein Bild von der Lage zu machen. Grace konnte den Gedanken nicht ertragen, ihm etwas aufzubürden, das er womöglich insgeheim für den Rest seines Lebens bereuen würde.

»Wenn ich zu Ihnen käme, Doktor, würden Sie dann erwarten, dass auch meine Kinder arbeiten?«

»Auf keinen Fall«, beteuerte Wakefield. »Missus Hopkins beaufsichtigt die Arbeit, die ihre Tochter Enid im Haus verrichtet, und für den Garten und den Stall ist jemand anderes zuständig. Ihre Aufgaben würden sich auf die Küche beschränken, und in welchem Umfang Ihre Kinder Sie dabei unterstützen würden, wäre Ihre Sache. Ich zahle einen sehr großzügigen Lohn, Missus Donnelly. Bitte betrachten Sie mein Angebot als Alternative zu mühseligen Näharbeiten bei Kerzenlicht in einer feuchten Unterkunft im Hafengebiet.«

Grace war im Begriff, an seinen Worten Anstoß zu nehmen, besann sich jedoch eines Besseren, denn sie wusste, dass er wahrscheinlich Recht hatte.

»Was ist mit Ihrer Schwester?«, fragte sie, um Zeit zu gewinnen. »Ihr Zustand ist doch nicht so schlecht, dass meine Kinder sich ängstigen könnten?«

»Sie würden Abigail kaum zu Gesicht bekommen. Früher ging sie noch gelegentlich aus, aber mittlerweile verlässt sie nicht einmal mehr ihr Zimmer. Die Wahrscheinlichkeit, dass Missus Hopkins Ihre Kinder erschrecken könnte, erscheint mir viel größer. Enid ist nicht ganz so schlimm, aber auch sie sieht meistens ziemlich griesgrämig aus.«

»Sie bieten mir Arbeit in einem Haus voller griesgrämiger und hysterischer Frauen an?«, fragte Grace kopfschüttelnd. »Und was ist mit dem Mann, der mit den Gartenarbeiten betraut ist?«

»Ebenfalls ein Griesgram.« Wakefield lachte. »Hatte ich den großzügigen Lohn bereits erwähnt, Missus Donnelly? Mit Weihnachtszulage? Glauben Sie mir, ich kenne den in dieser Stadt üblichen Satz für eine Frau, die kochen kann, und ich bin bereit, diesen Betrag zu verdoppeln.«

Grace ging rasch die Möglichkeiten durch, die ihr offen standen – es waren nicht eben viele. Nachdem sie erneut das blasse Gesicht ihrer Tochter gemustert und einen Blick auf ihren schlafenden Sohn geworfen hatte, traf sie eine Entscheidung.

»Also gut, Doktor, ich bin einverstanden. Sie nehmen uns auf und bezahlen mir einen großzügigen Lohn, und im Gegenzug werden Sie das Gefühl haben, Ihre eigene Mutter stünde in der Küche.«

»Meine Mutter konnte einen Topf nicht von einer Pfanne unterscheiden, Missus Donnelly. Sie hatte so viele Skla…« – er unterbrach sich – »… so viele Diener, wie sie nur wollte. Aber meine Großmutter, die hat sich gern und häufig in die Küche geschlichen. Sie hat uns immer ein Gericht aus Kartoffeln, Kohl und Zwiebeln zubereitet, dessen Geschmack ich noch heute im Mund habe.«

»Colcannon«, sagte Grace erfreut. »Ein einfaches Gericht, aber wir Iren lieben es. Ich werde es Ihnen gleich an meinem ersten Tag kochen.«

»Wunderbar.« Wakefield stand auf und rieb sich die Hände. »Wie wäre es mit Montagmorgen? Ich lasse Ihnen Ihr Quartier herrichten und schicke Ihnen meinen Angestellten mit dem Wagen, damit Sie Ihre Sachen hochbringen können. Und Mary Kate kommt nach, sobald sie so weit ist.«

»Also, dann bis Montag.« Grace streckte die Hand aus. »Danke, Doktor, ganz herzlichen Dank.«

»Und ändern Sie Ihre Meinung nur ja nicht mehr, jetzt, wo wir das Abkommen besiegelt haben.« Wakefield hielt ihre Hand einen Moment lang, dann ließ er sie los. »Ich werde von pochierten Eiern und knusprig gebratenem Speck träumen, von Pasteten, die nicht in sich zusammenfallen, von herzhaften Eintopfgerichten, locker gebackenen Keksen, Bratensoße …« Besorgt schaute er sie an. »Sie wissen doch, wie man eine Bratensoße macht, nicht wahr, Missus Donnelly?«

»Aber ja, Doktor, beruhigen Sie sich.« Grace lachte. »Und jetzt gehen Sie nach Hause und überlassen sich Ihren Träumen; wir sehen uns dann ja in zwei Tagen. Ach Doktor – haben Sie eine Milchkuh?«

»Äh, nein, eine Kuh haben wir nicht. Aber ich kann natürlich dafür sorgen, dass wir eine bekommen«, bot er augenblicklich an. »Sie möchten sie für die Kinder, vermute ich. Wegen der frischen Milch?«

»Ja. Wir hatten in Kansas eine«, erklärte Grace. »Ich habe gesehen, wie teuer hier in der Stadt alles ist, und wenn wir Käse, Butter und Sahne selbst herstellen, würde sich der Kauf einer Kuh schnell bezahlt machen.«

»Musik in meinen Ohren, Missus Donnelly. So soll es sein – eine Milchkuh wird angeschafft.«

Der Arzt nickte zufrieden und marschierte dann pfeifend durch den Krankensaal zur Flügeltür. Kaum war er verschwunden, schaute Schwester Joseph von der Arbeit auf, die zu tun sie vorgetäuscht hatte, und lief eilig und mit wallendem Schwesternkittel den Gang entlang auf Grace zu.

»Nun, meine Liebe?«, fragte die Nonne atemlos. »Was gibt's Neues?«

»Mir wurde eine Stelle als Köchin angeboten«, berichtete Grace pflichtgetreu. »Mit Räumen hinter der Küche für mich und die Kinder. Ich weiß, dass Sie ein gutes Wort für mich eingelegt haben, Schwester, und ich kann Ihnen gar nicht genug dafür danken. Schon die Bezahlung ist mehr, als ich mir je hätte träumen lassen.«

Schwester Joseph nickte. »Oh ja, in einer Stadt, in der Männer fünf Dollar für eine Tüte frisches Gebäck bezahlen, erzielen die Fähigkeiten einer Frau noch immer einen guten Preis. Ganz zu schweigen davon, dass er Sie dafür bezahlt, sich mit der alten Hopkins herumzuschlagen.«

Grace biss sich auf die Lippe. »Was hat das denn alles zu bedeuten – die hysterische Schwester, die grimmigen Hausangestellten?«

Die Nonne lachte. »Das hat er Ihnen erzählt? Nun, das spricht für ihn. Manch anderer hätte wohl nicht vor Schönfärberei zurückgeschreckt, um sich eine anständige Mahlzeit zu sichern.«

»Ist es denn so schlimm?«

»Eigentlich weiß ich nichts Genaues«, räumte Schwester Joseph ein. »Ich bin Missus Hopkins und ihrer Tochter nur gelegentlich begegnet. Sie scheinen so etwas wie religiöse Fanatiker zu sein«, vertraute sie Grace leise an. »Das Mädchen hat zwar Feuer, steht aber wohl unter der Fuchtel seiner Mutter. Über Mister Litton weiß ich etwas mehr, weil er einer der ersten Patienten des Doktors war. Er ist während des Kriegs in einem Feldlazarett mehr schlecht als recht zusammengeflickt worden, aber der Doktor hat ihn wieder hingekriegt, allerdings hat es eine Weile gedauert. Mister Litton war ihm seinerzeit sehr dankbar.«

»Warum ist er dann so griesgrämig?«

Der Krankensaal um sie herum lag friedlich und still da; ein Kohleofen am Ende des Raums sorgte für angenehme Wärme. Schwester Joseph setzte sich und holte tief Luft.

»Also«, sagte sie mit funkelnden Augen, »er war früher in New York so eine Art Krimineller, bis die Polizei ihn geschnappt und vor die Wahl gestellt hat, entweder ins Gefängnis zu gehen oder in den Krieg zu ziehen. Viele Verbrecher sind auf diese Weise auf freien Fuß gekommen, wenn auch meistens erst nach ihrer Armeezeit. Manche haben nie auch nur aus der Ferne eine Schlacht gesehen, was sie aber nicht davon abhält, für einen Drink ihre Heldengeschichten zum Besten zu geben.« Schwester Josephs Gesicht verzog sich zu einem Lächeln. »Diejenigen, die wirklich gekämpft haben, erkennt man sofort«, fuhr sie mit ernster Miene fort. »George Litton ist so einer. Nach dem Krieg kam er hierher, aber es ging ihm nicht gut. Er war angeschossen worden, wissen Sie, und die Splitter steckten noch in seinem Körper. Der Doktor hat sie ihm entfernt, und danach hatte er weniger Schmerzen. Allerdings suchte er sich anschließend keine Arbeit, sondern tat sich sofort wieder mit seinen alten Kumpels aus New York zusammen. Fast ein ganzes Jahr lang haben sie hier in der Stadt randaliert; kein Mensch konnte etwas dagegen unternehmen. Sie machten es sich zum Ziel, uns alle vor den Ausländern zu beschützen; dabei waren die meisten von ihnen auch erst vor einer Generation mit dem Schiff hier angekommen. Ihr Schlachtruf lautete: ›Raus mit den Papisten, Mexikanern, Niggern und Schlitzaugen‹ – sehr poetisch, finden Sie nicht auch?« Angewidert schüttelte Schwester Joseph den Kopf. »Eines Nachts brannten sie Little Chile praktisch bis auf die Grundmauern nieder, vertrieben diese armen Leute aus ihren Häusern. Sam Brannan bezog dann öffentlich Stellung gegen sie. Er und seine Bürgerwehr machten dem Spuk schließlich ein Ende. Die meisten der Verbrecher wurden aufgehängt oder aus der Stadt gejagt.«

»Aber Mister Litton nicht?«

»Dazu komme ich gleich«, wies Schwester Joseph Grace gutmütig zurecht. »Sie wissen doch, wie sehr ich es genieße, für eine gute Geschichte weit auszuholen. Jedenfalls wurde der Doktor selbst eines Nachts in die Unruhen verwickelt – er wollte sie beenden, müssen Sie wissen – und ohnmächtig geschlagen. Da es überall brannte, wäre das sein Ende gewesen, wenn Mister Litton sich nicht um ihn gekümmert hätte. Als die Randalierer dann später zur Strecke gebracht wurden, nahm der Doktor ihn auf und gab ihm Arbeit. Außerdem verbürgte er sich gegenüber Brannan dafür, dass Mister Litton keinen Ärger mehr machen würde – und nach allem, was man hört, hat er sich daran gehalten. Schaut bloß manchmal ein bisschen tief ins Glas, soweit ich weiß.« Sie zuckte mit den Schultern. »Aber das tun ja alle hier in der Stadt. Vor allem die Soldaten.«

Grace rief sich die Gesichter jener jungen Männer vor Augen, die sie gekannt hatte und die im Kampf gefallen waren – vor allem Iren, aber auch Henry Adams, der Engländer, mit dem sie befreundet gewesen war. Krieg und Sklaverei … was führte sie hier nur für nächtliche Unterhaltungen?

»Und was ist mit *Miss* Wakefield?«, fragte Grace. »War sie schon immer leidend?«

»Ich bin häufig spätabends hier, wissen Sie«, sagte Schwester Joseph leise. »Zu mitternächtlicher Stunde machen Menschen gerne Geständnisse, sogar Ärzte … Vor allem gegenüber Nonnen«, fügte sie trocken hinzu. »Daher weiß ich, dass Miss Wakefields Verlobung mit einem älteren Mann aufgelöst wurde, einem Richter. Von dem Schock hat sie sich wohl nie mehr erholt.« Schwester Joseph schwieg einen Moment und sah sich rasch um.

»Was ich selbst nicht sicher weiß, aber von anderen erfahren habe – mit Gerede habe ich bekanntlich nichts im Sinn, aber manchmal hört man eben Dinge, die man lieber nicht gehört hätte –, ist, dass sie einen jungen Liebhaber hatte und von dem Richter öffentlich bloßgestellt wurde, beziehungsweise dass sie den Richter sogar geheiratet hat, dann aber auf absolut demütigende Art verstoßen wurde. Möglicherweise hatte sie gar ein uneheliches Kind, das tot zur Welt kam oder das zu unverheirateten Tanten aufs Land gegeben wurde.« Beim Gedanken an einen solchen Skandal riss die Nonne ihre Augen weit auf. »Aber verbürgen kann ich mich nur für das, was der Doktor selbst sagt, nämlich dass ihre eigene Familie sie aus der feinen Gesellschaft ausgestoßen hat und nichts mehr mit ihr zu tun haben wollte. Alles andere ist böses Gerede.« Schwester Joseph schüttelte den Kopf. »Und es lohnt nicht, es zu wiederholen. Ich erzähl's Ihnen auch nur, weil Sie oben auf dem Hügel leben werden.«

»Danke«, sagte Grace matt.

»Offenbar war die Familie entschlossen, sie in eine Anstalt zu stecken«, fuhr Schwester Joseph fort. »Aber dann kam der Doktor von der Universität zurück und überzeugte die anderen davon, dass es besser wäre, wenn er sie hierher mitnähme. Er hatte schon eine ganze Weile nach San Francisco kommen wollen, doch die Familie hatte sich dagegen gestellt, obwohl er der dritte Sohn war und es keinen Grund für ihn gab, auf der Plantage der Familie zu bleiben. Schließlich einigte man sich, und jetzt erhält er jährliche Zuwendungen. Dabei muss man es ihm hoch anrechnen, dass er Miss Abigail ein bequemes Leben ermöglicht und den Rest dazu verwendet, Krankenhäuser und dergleichen zu errichten.«

Ungläubig starrte Grace sie an.

»Die Leute reden eben.« Schwester Joseph deutete mit dem Kopf auf eine Krankenschwester am Ende des Saals. »Aber der Herr weiß, dass ich mich Gerüchten stets fern halte.«

»Ja«, stimmte Grace ihr trocken zu. »Ich sehe schon, aus Ihnen ist kein Wort herauszukriegen.«

»Ach, nun kommen Sie aber.« Schwester Joseph gab der jungen Frau spielerisch einen Klaps aufs Knie. »Wahrscheinlich halten Sie mich für verrückt, weil ich Sie in so ein Haus schicke, aber das gehört ja alles längst der Vergangenheit an. Miss Abigail bleibt in ihren Räumen, Mister Litton hält sich meist im Stall auf, mit Missus Hopkins und dem Mädchen kommen Sie bestimmt zurecht, und Doktor Wakefield ist ein vornehmer Mann, der sich für seine guten Taten ein wenig leibliches Wohl verdient hat.« Sie schwieg einen Moment. »Und man mag ja gar nicht daran denken, aber Sie sind schließlich allein in dieser lasterhaften Stadt, die vollgestopft ist mit Einwanderern. Viele dieser Menschen haben schwer zu kämpfen, obwohl es die Stadt des Goldrauschs ist, und wenn ich weiß, dass Sie und die Kleinen versorgt sind, werde ich nachts besser schlafen.«

Grace beugte sich vor und umarmte ihre neue Freundin. Sie drückte sie fest an sich und küsste ihr auf die weiche, runzlige Wange.

»Ich werde niemals vergessen, wie gut Sie zu uns waren.«

»Na ja, stammen wir denn nicht beide aus der Grafschaft Cork? Es hat doch keinen Sinn, die ganze lange Reise auf sich zu nehmen und dann doch nur wieder am Hungertuch zu nagen. Ich bin noch nicht so lange von dort weg, als dass ich nicht wüsste, was Sie hinter sich gelassen haben. Und auch ich habe es überlebt«, fügte Schwester Joseph nüchtern hinzu, »was man nicht von allen behaupten kann.«

Grace spürte einen Kloß im Hals. Sie nickte nur, denn sie hatte Angst, ihre Stimme würde versagen. Die Nonne begriff, nahm die Hand der jungen Frau und tätschelte sie beruhigend.

»Sie werden es sich dort oben schon einrichten, griesgrämige Menschen hin oder her. Aber bringen Sie mir mal eine kleine Portion von dem Colcannon, das Sie dem Doktor versprochen haben, ja? Ach, ich kann es schon fast schmecken.« Schwester Joseph richtete den Blick genießerisch gen Himmel.

»Woher wissen Sie das denn nun schon wieder?« Grace lachte. »Darüber habe ich doch eben erst mit ihm gesprochen!«

»Was den Überblick hier angeht, so ist mir nur der Allmächtige einen Schritt voraus. Allerdings würde ich nie zugeben, je etwas so Blasphemisches gesagt zu haben.« Schwester Joseph zwinkerte Grace zu. »Und jetzt schlafen Sie endlich, und vergessen Sie das Beten nicht. Diese Stadt ist nicht gut zu Witwen und Waisen, aber Sie, Sie sind wirklich auf die Füße gefallen.«

Grace wandte den Kopf und strich Mary Kate das Haar aus der Stirn. »Ja«, flüsterte sie. »Das weiß ich wohl.«

Dann richtete sie es sich auf dem Boden neben Jack ein, mit dem Rücken zur Truhe, die ihre Habseligkeiten enthielt. Sie zog sich den Mantel über die Beine, bettete den Kopf auf ein gefaltetes Umhängetuch und schloss die Augen.

Sie musste eingeschlafen sein, denn als sie erwachte, hing sie noch immer den Bruchstücken eines Traums nach: Sie war unten am Strand, der Wind fuhr ihr durchs Haar, Jack saß auf ihrer Hüfte, und Mary Kate lief vor ihr durch den Sand. Ein Schiff tauchte auf und kam näher, immer näher, bis ein Mann über Bord sprang und ins Wasser tauchte. Er schwamm stetig, mit kräftigen Zügen, bis er festen Boden unter den Füßen hatte. Dann richtete er sich auf und watete auf das Ufer zu, während ihm das Meerwasser aus den Haaren tropfte. »Grace!«, rief er. »Gracelin!« Er winkte mit hoch erhobenem Arm, und sie hätte weinen können, denn da war er wirklich, er schritt auf sie zu, unübersehbar und so lebendig, dass sie das Echo seiner Stimme hören konnte. Sie schloss die Augen und versuchte, den Traum weiterzuträumen, die beiden Menschen sich einander nähern zu lassen, einander zu umarmen. Sie wollte hören, wie einer den anderen um Vergebung bat – er sie dafür, dass er gestorben war, sie ihn dafür, dass sie ... ja, was? Sie öffnete die Augen. Zunächst einmal dafür, dass sie den falschen Mann geheiratet hatte – aber das hatte ihr ja Mary Kathleen geschenkt; dann dafür, dass sie nicht zu ihm, Morgan, ins Gefängnis gegangen war – aber sie war doch schwanger mit seinem Kind gewesen; schließlich dafür, dass sie dieses Kind in Irland zurückgelassen hatte – aber der Junge war ja nun bei ihr und vor dem Erblinden gerettet worden. Und doch schrie ihr Herz um Vergebung – aber wofür, wofür nur?

Sie starrte in das flackernde Kerzenlicht, auf die Schatten, die an der Wand tanzten, hier, am anderen Ende von Amerika. Dann seufzte sie tief. Weil sie dabei war, ihr Herz einem anderen zu schenken – einem, der lebte, einem Mann aus Fleisch und Blut. Weil sie im Begriff stand, den Traum aufzugeben, diesen wunderschönen Traum, auch wenn sie sich vorstellen konnte, sich für den Rest ihres Lebens allein in einer kleinen Hütte am Meer an diesem Traum zu erwärmen.

»Vergib mir«, flüsterte Grace. »Ich muss an die Kinder denken – mein Mädchen, unseren Jungen. Vergib mir, Geliebter.« Sie schmeckte das Salz ihrer Tränen. »Es wird Zeit, dass wir unser Leben fortsetzen.«

4

Sean O'Malleys Wache näherte sich ihrem Ende. Da er vorher gewusst hatte, dass er ohnehin nicht würde schlafen können, hatte er sich freiwillig für die erste Hälfte der Nacht gemeldet; wenn es an der Zeit war, Danny Young für seine Wache zu wecken, würde Sean zum Aufbruch bereit sein. Er lehnte mitten in der Wüste an einem kleinen Felsblock, die Pistole auf dem Schoß, das Gewehr neben sich, und beschützte seine Brüder sowie das Gold, das sie nach Utah bringen wollten. Müde legte er den Kopf in den Nacken, blickte hinauf in den wolkenlosen, schwarzen Himmel und fragte sich, ob er wirklich kurz davor stand, seine Seele zu befreien, oder ob er sie womöglich ewiger Verdammnis preisgab.

Noch war es nicht zu spät: Er konnte sich nach seiner Wache einfach schlafen legen, am Morgen aufstehen und mit den anderen nach Deseret zurückkehren. Marcy würde ihn dort erwarten; allerdings auch Josette. Fühlte er sich wirklich imstande, das Mädchen gemäß den Geboten des Propheten zu seiner zweiten Frau zu nehmen? War die Vielehe wirklich das, was Gott für sein Volk vorgesehen hatte? Als Brigham Young verkündete, dies sei Gottes direkte Weisung an sein Volk, hatte Sean wie viele andere schwer damit zu kämpfen gehabt. Und obwohl er einen Entschluss gefasst hatte, rang er nach wie vor mit sich, denn er musste ihn erst noch in die Tat umsetzen.

Er riss sich vom Anblick des Nachthimmels los und ließ den Blick über die ausgestreckten Körper seiner schlafenden Glaubensbrüder schweifen – allesamt verheiratete Männer wie er selbst, allesamt hoch angesehene Mitglieder der Kirche Jesu Christi der Heiligen der Letzten Tage. Diese Männer wurden nicht von Zweifeln geplagt; einige von ihnen waren sogar bereits mit drei oder vier Frauen in ehelicher Gemeinschaft verbunden. Brigham Young hatte es ihnen vorgelebt, hatte sich seiner vielen Frauen in einem Schreiben an den Gesetzgeber gerühmt und vorhergesagt, die Weisheit der Vielehe werde bald von klugen Menschen auf der ganzen Welt propagiert werden. Joseph Smith – jener Mann, der Gottes Willen im Buch Mormon niedergeschrieben hatte – hatte mehr als dreißig Frauen geheiratet, die meisten allerdings heimlich, da er die Ansicht vertrat, die Herzen seiner Anhänger seien für eine solch anspruchsvolle Offenbarung noch nicht bereit.

Nach allem, was Sean gehört hatte, war Smith ein starker, charismatischer Führer gewesen, dem es trotz siebzehnjähriger Verleumdung und Verfolgung gelungen war, seine Kirche auf über fünfzehntausend Gläubige zu vergrößern. Die Stadt Nauvoo in Illinois, die Smith für seine Gemeinde gegründet hatte, wurde an Größe nur noch von Chicago übertroffen. Allerdings war es nicht mehr dieselbe Stadt gewesen, als Sean im Schutz der Nacht dort eingetroffen war, nach seiner Flucht aus New York, wo man ihn des Mordes verdächtigte. Die meisten Mormonen hatten sich bereits dem Treck zum Großen Becken angeschlossen, wo Brigham Young sein Königreich in der Wildnis errichtete und wo Begeisterung und Aufbruchsstimmung herrschten. Tag für Tag überquerten Planwagen mit Mormonenfamilien den Mississippi, um sich dem Strom der Pioniere auf ihrem Weg gen Westen anzuschließen, nach Utah, nach Oregon, nach Kalifornien. Die Anhänger der einzig wahren Kirche wären in Illinois geblieben, dachte Sean, und zwar gern, hätte Smith 1844 die Wahl um die Präsidentschaft der Vereinigten Staaten gewonnen. Er hatte damals bereits die Kontrolle über die Nauvoo-Legion inne, eine gut bewaffnete und sehr disziplinierte Bürgerwehr, die fast halb so groß war wie die gesamte amerikanische Armee. Bei einem Sieg Smiths hätte das Mormonentum mühelos landesweite Religion werden können. Allerdings konnte Sean nur Vermutungen darüber anstellen, was das letztlich bedeutet hätte.

Gewiss, die Heiligen der Letzten Tage zählten zu den am härtesten arbeitenden Menschen, denen er je begegnet war; dafür legte die Stadt Nauvoo Zeugnis ab, die in malariaverseuchtem Sumpfland an den Ufern des schlammigen Mississippis erbaut worden war. Nach der Ermordung des wegen Sachbeschädigung und Hochverrats inhaftierten Smith spaltete sich die Kirche zwar, ging aber nicht zugrunde. Die Nachricht von Smiths Tod hatte einen Machtkampf ausgelöst, und diejenigen, die durch die damaligen Gerüchte über die Einführung der Vielehe desillusioniert waren, konnten bald unter verschiedenen neuen Führern auswählen. Emma Smith, Josephs erste Frau, und ihr elfjähriger Sohn Joseph Smith jr. schlossen sich mit siebenhundert anderen Gläubigen zu den so genannten »Strangites« zusammen, Anhängern von James Jesse Strang. Strang beanspruchte zahlreiche Gemeinsamkeiten mit Joseph Smith: Auch er sei vom Engel Moroni zum Kirchenführer berufen worden, und auch er habe eine Reihe von Platten entdeckt – wenn auch aus Messing und nicht aus Gold –, die nach seinen Angaben das Buch Mormon ergänzten. Strangs Anhänger hatten auf der im nördlichen Teil des Michigansees gelegenen Insel Beaver Island eine Kolonie gegründet, wo sie sich von ihrem Propheten leiten ließen. Nach Aussage der Mormonen, die Sean kannte, handelte es sich bei Strang um einen machtgierigen Scharlatan, und sie waren froh, ihn los zu sein. Wer noch einen Funken Verstand besaß, hatte am wahren Glauben festgehalten und war Brigham Young, dem »Löwen des Herrn«, nach Utah gefolgt.

Wer noch einen Funken Verstand besaß. Sean seufzte und massierte sein schmerzendes Bein sowie seine Schulter und den Arm, die ebenfalls nie ganz schmerzfrei waren. Er hatte Joseph Smith, den die Bürgerwehr von Illinois umgebracht hatte und der für seine Anhänger umgehend zum Märtyrer geworden war, zwar nie kennen gelernt, war aber wie jeder gute Mormone mit der Geschichte des Mannes vertraut. Dank seiner ehemaligen Freunde bei der Zeitung in New York wusste Sean wahrscheinlich mehr als viele andere über Smiths trübe Vergangenheit, über seinen Hang zum Okkultismus, seine Sehersteine, die angebliche Entdeckung eines vergrabenen Schatzes durch das Lesen einer Kristallkugel, seine heimlichen Beziehungen zu jungen Mädchen, seine Verhaftungen wegen Betrugs. Aber das alles hatte ihn wahrscheinlich nur noch faszinierender gemacht. Wimmelte es denn im Alten Testament nicht von irregeleiteten Männern, die Gott trotzdem liebte und segnete? Konnte Joseph Smith nicht die moderne Ausgabe eines solchen Mannes sein? Seinerzeit hatte Sean dies vehement bejaht, heute jedoch wusste er auf diese Frage einfach keine Antwort mehr.

Das gelegentliche Flackern des Lagerfeuers erhellte die Gesichter der Männer, deren Glauben weit stärker war als der seine: Danny Young, Jedidiah Watts, Rulon Frink, Tom LaBaron. Diese Männer würden mit ihrem hart erarbeiteten Gold nach Utah zurückkehren und sich damit einen weit größeren Schatz im Himmel sichern. Sie würden zu ihren Frauen zurückkehren und sich weitere Frauen nehmen, wie Gott es über den Propheten verkündet hatte. Dabei zweifelten sie keinen Augenblick, sondern taten einfach das, was man von ihnen verlangte, glaubten das, was man ihnen sagte – dass sie nämlich ein von Gott auserwähltes, einzigartiges Volk seien. Aber Sean war anders. Möglicherweise war er einzigartig, wegen seiner spirituellen Blindheit, seines Mangels an Weisheit und Verständnis, aber auserwählt war er bestimmt nicht.

In Nauvoo hatte Sean furchterregende Geschichten über Verfolgungen und Massaker gehört, welche die Mormonen aus Missouri vertrieben und nach Illinois geführt hatten. Trotz ihres Fleißes waren sie auch dort wegen ihres großen Zusammenhalts und ihrer vermeintlichen Überlegenheit auf Misstrauen und Abneigung gestoßen. Nach Joseph Smiths Tod hatte der Gouverneur gewarnt, er könne sie nicht länger vor gewalttätigen Angriffen schützen. Von der Regierung enttäuscht, hatte Brigham Young beschlossen, seine Anhänger in die Wildnis zu führen, in die unwirtliche Wüste des Großen Beckens, wo sie nicht länger den Gesetzen korrupter Männer unterworfen sein würden. Durch das Ende des mexikanisch-amerikanischen Krieges wurden seine Pläne durchkreuzt, denn Utah stand fortan unter der Herrschaft der Vereinigten Staaten. Wenn es Brigham Young nun auch nicht mehr möglich war, ein streng mormonisches Land mit sich selbst als Präsidenten beziehungsweise Propheten zu errichten, arbeitete er doch weiterhin jeder Form staatlicher Regulierung entgegen. Als in Kalifornien Gold entdeckt wurde, war die Zeit des abgeschiedenen Gemeindelebens allerdings vorbei: Fast jede Woche zog nun ein neuer Planwagentreck durch das Land, auf dem Weg zu weltlichem Reichtum. Voller Widerwillen, aber auch Bewunderung hatte Sean mit angesehen, wie Brigham Young aus der Not eine Tugend machte, indem er Wucherpreise für Lebensmittel und Ausrüstungsgegenstände verlangte und damit die Schatzkammern von Deseret rasch auffüllte. Da ein steter Strom von Mormonen aus dem Osten eintraf – selbst aus England und Frankreich, wo täglich Menschen zu diesem neuen Glauben bekehrt wurden –, brauchte die Gemeinde dringend Geld, um Häuser zu errichten, Ackerland zu bestellen und Vieh zu erwerben. Und auf diese Weise ließen sich die benötigten finanziellen Mittel beschaffen. Das Reich Gottes aufzubauen war harte Arbeit, doch die Mormonen hatten sich dieser Aufgabe mit Fleiß und voller Optimismus gewidmet.

Dies war das Utah, in dem Sean nach einer mörderischen Reise mit einem Planwagentreck eingetroffen war. Mister Osgoode, seinem Arbeitgeber in New York und dem Mann, für dessen Freilassung aus der Haft Sean Kopf und Kragen riskiert hatte, war eines der schöneren Häuser der Gemeinde zugeteilt worden, in das auch Sean und Osgoodes Tochter Marcy rasch als Mann und Frau einzogen. Da der Mann, dessen Ermordung Sean zur Last gelegt wurde, während eines Aufruhrs erschossen worden war, der das Leben von Osgoode und mehreren anderen Mormonen bedroht hatte, wurde Sean euphorisch begrüßt und wie eine Berühmtheit herumgereicht. Die Führer der Gemeinde nahmen ihn umgehend in ihre Mitte auf, um sich seinen brillanten Geist zunutze zu machen, und übertrugen ihm die Aufgabe, eine Kolonie zu planen und zu leiten. Seine Fähigkeit, eine Idee nicht nur zu begreifen, sondern auch umzusetzen, die Buchführung zu organisieren und ein Rechtssystem zu schaffen, brachte ihm die Anerkennung Brigham Youngs und der obersten Glaubensbrüder ein, des Kollegiums der Zwölf Apostel. Sie lobten ihn in den höchsten Tönen, und er arbeitete wie besessen für sie, Tag und Nacht, ohne zu merken, wie schnell die Zeit verging.

In den wenigen freien Momenten, in denen seine Gedanken nur ihm selbst gehörten, redete Sean sich ein, seine Schwester Grace sei entweder bei den Ogues in New York geblieben oder auf dem Weg nach Utah. Er hatte ihr geschrieben, um ihr von seiner Hochzeit mit Marcy und seiner bedeutenden Aufgabe zu berichten und um sie dazu zu bewegen, mit den Kindern nachzukommen. Diese Briefe hatte er eigenhändig Porter Rockwell übergeben, der sie mit dem Pferd von Utah nach Missouri brachte, wo es einen Beförderungsvertrag mit der Post der Vereinigten Staaten gab. Dass keine Antwort eintraf, hatte ihn nicht weiter beunruhigt, denn in Zeiten von Indianerangriffen, Raubüberfällen, Schiffsuntergängen und Lagerhausbränden ging bei der Zustellung der Post regelmäßig etwas schief. So schrieb er einfach noch einmal und vertraute darauf, einer seiner Briefe werde schon zu Grace durchkommen – und irgendwann auch einer ihrer Briefe zu ihm.

Fast ein Jahr verging, bis er von einer Gruppe von Mormonen, die New York kurz zuvor verlassen hatten, die Wahrheit erfuhr. Ob er denn nicht von den schrecklichen Bränden gehört habe, die im vergangenen Sommer fast die halbe Stadt zerstört hatten, fragten sie ihn. Der *Harp and Hound* sei als eines der ersten Gebäude in Flammen aufgegangen. Nein, daran gebe es keinen Zweifel. Eine irische Gaststätte, und alle seien umgekommen. Nicht alle, hatte einer der Neuankömmlinge richtig gestellt – seines Wissens seien der Besitzer und seine Frau der Feuersbrunst entkommen, nicht jedoch eine weibliche Bedienung, die bei ihnen gewohnt habe, und auch sonst niemand. Da sich in dieser Gruppe von Glaubensbrüdern mehrere Iren befanden, hatte Sean sofort gewusst, dass ihre Worte der Wahrheit entsprachen.

Selbst jetzt noch konnte er sich an das schreckliche Schwächegefühl erinnern, das ihn daraufhin befallen hatte. Er wusste noch genau, wie er nach Hause zurückgewankt und dort auf der Treppe zusammengesunken war, den Kopf zwischen den Händen, und sich gewünscht hatte, er könnte den Lauf der Welt beeinflussen. Marcy hatte versucht, ihn zu trösten, ihn dann jedoch in Ruhe gelassen. Mister Osgoode, mehrere Bischöfe und viele seiner Freunde hatten sich bemüht, seinen Kummer zu lindern. Brigham Young persönlich hatte ihn überzeugen wollen, Grace und Mary Kate nachträglich taufen zu lassen, damit sie die Früchte der Arbeit ihres Bruders und Onkels in ihrem nächsten Leben genießen konnten. Sean hatte nur den Kopf geschüttelt, um nicht erklären zu müssen, dass Grace und ihre Tochter bei der Geburt getauft worden waren, wie er selbst ja auch, und sich daher mit großer Wahrscheinlichkeit bereits bei ihrem geliebten Herrn und Erlöser befanden. Er wollte kein stundenlanges Gespräch über Joseph Smith beginnen, über dessen Goldplatten, die nie mehr gesehen wurden, und die anschließenden Offenbarungen, die einem Mann deutlicher den Weg wiesen, als er es je selbst vermocht hätte. Sean hatte von all dem nichts hören wollen, und Brigham Young hatte sich leise entschuldigt und ihn mit seinem Kummer allein gelassen. Als Sean daraufhin reglos am Fenster stand und auf das Haus seines Propheten blickte, spürte er einen schmerzhaften Stich, eine Art Riss in seinem Innersten, seiner Seele; und von da an hatte sich sein Glaube wie ein sacht fließendes, kaltes Rinnsal Tropfen für Tropfen verflüchtigt. Selbst jetzt, da er unter dem dunklen, erhabenen Firmament saß, konnte er sich diesen Moment noch genau in Erinnerung rufen.

In den darauf folgenden Monaten war sich Sean wie ein Schlafwandler vorgekommen. Jedwedes Begehren schien verschwunden, und Marcy, die nichts lieber wollte, als eine Familie zu gründen, war bitter enttäuscht, wenn er sich nachts von ihr abwandte und sich schlafend stellte. Während dieser Zeit hatte Brigham Young verkündet, es sei Gottes Wille, dass alle Männer die Vielehe praktizierten, und Marcys Vater hatte sich sofort zwei neue Frauen genommen und sie in einem anderen Haus untergebracht, wo genug Platz für sie sowie etwaige weitere Frauen und Kinder war. Andere Männer taten es ihm rasch nach. Sean merkte, wie er allmählich aus seinem Trancezustand erwachte, wie der Nebel einer schmerzhaften Klarheit wich. Die Gemeinde, die er so geliebt und deren Aufbau er so energisch vorangetrieben hatte, war ihm innerlich auf einmal fern, ja zuwider. Die Erkenntnis, dass er seine Schwester und Mary Kathleen dafür zurückgelassen, sie dafür geopfert hatte, war mehr, als er ertragen konnte, und er dachte daran, seinem Leben ein Ende zu bereiten.

In dem Bemühen, das Feuer in ihrem treuen Diener erneut zu entfachen, hatte Brigham Young Sean davon in Kenntnis gesetzt, dass Gott ihm eine zweite Frau auserwählt habe. Sie heiße Josette Beauchamp und sei die vierzehnjährige Tochter französischer Einwanderer, die in ihrer Heimat zum Glauben gefunden und dann die mühselige Reise nach Amerika und schließlich nach Utah unternommen hätten. Gott habe es verfügt, und Josettes Familie fühle sich geehrt, beschied ihm der Prophet. Sean müsse seine Pflicht tun, denn um das ewige Leben zu erlangen, sei ein Mann verpflichtet, sich mindestens drei Frauen zu nehmen. Sean hatte sich gesträubt. Josette sei doch noch ein Kind, hatte er argumentiert, außerdem habe er doch schon eine Frau. Doch Marcy stellte sich gegen ihn und erinnerte ihn daran, dass seine eigene Schwester in jungen Jahren eine arrangierte Ehe eingegangen war. Mädchen heirateten häufig jung, sagte sie, und das sei ein Segen – schließlich könnten sie der ersten Frau bei der Hausarbeit helfen und leichter Kinder zur Welt bringen. Sean hatte sich abgewandt und nichts mehr davon hören wollen.

Ja, Grace war fünfzehn gewesen, als ihr Vater die Ehe mit Squire Donnelly arrangiert hatte, sechzehn, als sie ihn heiratete. Erst jetzt, beim Anblick von Josette ging Sean auf, wie blutjung seine Schwester damals war und wie viel Verantwortung sie für ihre Familie übernommen hatte. Grace wäre entsetzt gewesen, wenn er eine zweite Frau geheiratet hätte, noch dazu ein Mädchen in einem so zarten Alter. Sie hätte jede Religion abgelehnt, die etwas so Kostbares leichtfertig preisgab, wäre ihm auf Schritt und Tritt gefolgt, hätte geschimpft und ihm gedroht, bis sie heiser gewesen wäre.

Beim Gedanken an seine wütende Schwester konnte Sean sich ein Lächeln nicht verkneifen. Ihre Stimme klang ihm förmlich in den Ohren: »Willst du den Verstand nutzen, mit dem Gott dich so reich gesegnet hat, Sean O'Malley, oder hast du den auch deiner Kirche überlassen? Du Idiot«, würde sie fluchen, und er ertappte sich dabei, wie er diese Worte laut vor sich hin sprach.

»O'Malley«, flüsterte Danny Young, der in seiner Nähe lag. »Das ist ja wohl ein deutliches Zeichen von Wahnsinn, hier im Dunklen herumzusitzen und Selbstgespräche zu führen.«

»Vielleicht bete ich ja«, gab Sean im Flüsterton zurück.

»Das bezweifle ich.« Danny stützte sich auf einen Ellbogen. »Ich habe dich nicht ein einziges Mal beten sehen, seit wir hier sind.«

»Wirklich nicht?«, wunderte sich Sean. »Ich habe nämlich das

Gefühl, seit unserem Aufbruch in einem ständigen Zwiegespräch mit Gott zu stehen.«

»Und warum?«, fragte Danny.

Sean sah seinen alten Freund eindringlich an. »Willst du es wirklich wissen?«

Danny senkte den Blick und fuhr mit den Fingern durch den feinen Wüstenstaub. »Ja«, sagte er leise.

»Ich werde nicht mit euch zurückkehren.«

Hoch über ihnen schwebte eine Nachteule und stieß einen gespenstischen Schrei aus. Ich habe es laut ausgesprochen, dachte Sean, jetzt ist es Wirklichkeit.

Danny richtete sich auf und schlang die Arme um die Knie. »Du bist im Moment nicht du selbst, Bruder.« Er warf rasch einen Blick auf die anderen Männer, um sich zu vergewissern, dass sie noch schliefen. »Grace zu verlieren war ein schwerer Schlag für dich. Aber das heißt doch nicht, dass man auch seinen Glauben verlieren muss.«

»Ach, das ist längst geschehen«, gestand Sean. »Obwohl ich mich wirklich bemüht habe, daran festzuhalten.« Er hielt einen Moment inne. »Weißt du, Danny, du bist der Einzige, der Grace überhaupt gekannt hat.«

»Ja, sie war ein großartiger Mensch. An sie kommt so schnell keine heran.« Danny nickte. »Das waren noch Zeiten, was? Wie ihr zwei bei den Ogues gearbeitet habt, wie wir uns vor den großen Versammlungen auf ein Bier dort getroffen haben und du dann alle für unsere Sache begeistert hast. Ja, und dann die Tanzerei nachher, das Boxen unten in Jersey, die Pferderennen und so weiter …«

»Keine besonders heiligen Unternehmungen.« Sean lachte leise.

»Ich müsste lügen, wenn ich behaupten würde, New York nicht manchmal zu vermissen«, gab Danny zu. »Es ist eine großartige Stadt, und es waren großartige Zeiten, aber das Leben dort hat mich umgebracht, mich jeden Tag ein bisschen mehr ausgehöhlt. Du weißt ja selbst, was es bedeutete, als Ire in dieser Stadt zu leben.«

»Ja. ›Affengesicht‹, ›papistische Mistkerle‹ und das allseits beliebte ›Iren unerwünscht‹«, erinnerte sich Sean.

Danny nickte. »Die Mormonen sind gut zu uns gewesen, Sean,

das weißt du. Für sie hat es nie eine Rolle gespielt, ob wir arm waren oder Iren …«

»Oder Krüppel.« Sean hob den Arm.

»Genau. So heruntergekommen Five Points auch war, nach Limerick bedeutete es für mich eine deutliche Verbesserung. Aber ich hätte es nie über zwei kleine Zimmer und jede Menge hungriger Mäuler hinausgebracht.« Danny schwieg einen Moment. »Mich diesen Leuten hier anzuschließen, war das Gescheiteste, was ich tun konnte – und das Gleiche gilt für dich, Sean!«

»Bist du dir da sicher?«

»Schau uns doch nur an, Mann! Wir haben ein eigenes Haus – nicht bloß ein paar Zimmer über einer Kneipe, sondern ein richtiges Haus, mit Ackerland, Kühen, Hühnern und so weiter. Wir müssen keine Miete bezahlen, und es ist immer Hilfe zur Stelle, wenn wir sie brauchen. Und wir haben eine Frau! Wer hätte je gedacht, dass ich, der arme, abgerissene Danny Young mit kaum mehr als einem Dollar in der Tasche, einmal so leben würde wie ein Fürst, mit jeder Menge Land und Frauen an meiner Seite …«

»Ha.« Sean hob den Zeigefinger. »Da liegt der Hase im Pfeffer. *Eine* Frau, das ist für mich in Ordnung. *Mehrere* Frauen nicht.«

Danny umklammerte seine Knie noch fester und beugte sich vor. »Gottes Gebote sind nicht immer leicht zu befolgen, mein Bruder, aber dieses gehört für mich noch zu den angenehmsten! Alle Propheten des Alten Testaments hatten eine Menge Frauen, das steht in der Bibel, da gibt's nichts dran zu rütteln!«

»Ja«, stimmte ihm Sean zu. »Aber das Vorbild für eine Ehe ist doch der Garten Eden, nicht wahr? Und ich wüsste nicht, dass Gott Adam und Eva und noch Evas Cousine Evelyn erschaffen hätte.«

Danny runzelte die Stirn. Sean hatte ihn an einer empfindlichen Stelle getroffen, denn seine zwei Frauen waren tatsächlich Cousinen. Er liebte sie beide, und mittlerweile hatten sie ihm mehrere Kinder geboren. Er besaß Kühe und Hühner, ein solide gebautes Haus und wurde in der Gemeinde wegen seines Fleißes und seines großen Engagements respektiert. Danny war es gewesen, der das Kollegium der Zwölf dazu überredet hatte, Sean mit den anderen Männern auf Goldsuche zu schicken. Er hatte argumentiert, die Veränderung werde Sean gut tun, ihm einen klaren Kopf verschaffen und ihn wieder zur Besinnung kommen lassen.

Sean hatte Josette vor seinem Aufbruch zwar nicht geheiratet, jedoch versprochen, es nach seiner Rückkehr zu tun. Er hatte eine Menge Versprechungen gemacht, und Danny hatte ihn dabei unterstützt. Nun würde sich sein alter Freund dafür verantworten müssen, ohne Sean nach Hause zu kommen.

»Ich will mich nicht mit dir streiten, Danny Young«, sagte Sean leise. »Du hast ja Recht – es geht dir deutlich besser, seit du dich den Mormonen angeschlossen hast. Da schulde ich dir so viel und vergelte es dir, indem ich alles, was du hast, in Gefahr bringe. Wirst du zurechtkommen?«

»Natürlich werde ich das«, beteuerte Danny. »Schließlich bin ich für mein starkes Rückgrat und mein schlichtes Gemüt bekannt. Wenn es drauf ankommt, erzähle ich ihnen, ich hätte gegenüber deiner Redegewandtheit keine Chance gehabt. Keine Chance, dich von dem größten Fehler abzuhalten, den du je begangen hast.«

»Glaubst du das wirklich?«

»Ich glaube, du denkst zu viel nach«, wich Danny aus. »Und damit stellst du dich deinem eigenen Glück in den Weg. Irgendwie habe ich schon geahnt, dass du nicht mit uns zurückkehren wirst.«

»Warum, um Himmels willen, hast du dich dann vor dem Rat für mich eingesetzt?«, fragte Sean ungläubig. »Sie waren doch absolut dagegen, dass ich mitkomme.«

»Ich bin derjenige, der dich zu den Mormonen gebracht hat«, stellte Danny fest. »Und wenn dich das in Gewissensnöte stürzt, muss ich auch derjenige sein, der dich da wieder rausholt.«

Sean musterte sein Gegenüber schweigsam. »Du bist mir ein besserer Freund, als ich dir je sein werde.«

»Stimmt nicht. Wir beide haben häufig Schulter an Schulter gestanden. Und haben wir nicht vieles durchgemacht, von dem kein Mensch sonst etwas weiß?« Danny schaute Sean an. »Wir Iren sind nicht unterzukriegen, und jetzt ziehst du eben weiter, mein Freund. Vergeude keine Zeit mehr damit, zu betrauern, was unwiederbringlich verloren ist. Such dir ein neues Leben, und dann lass dich darauf ein. Das Leben ist zu kurz, das weißt du besser als die meisten anderen.«

»Schlichtes Gemüt, wie?«, sagte Sean augenzwinkernd, doch er war gerührt. »Das scheint mir eine ziemlich weise Erkenntnis zu sein.«

»Stimmt. Aber vergeude sie nicht – vielleicht ist es ja meine einzige«, lachte Danny leise.

»Morgan war auch kein großer Redner, aber wenn er etwas zu sagen hatte, habe ich ihm zugehört. Du bist genauso.«

»Du schmeichelst mir, Sean. An diesen großen Mann komme ich bei weitem nicht heran, trotzdem danke. Ich weiß, dass du ihn geliebt hast.«

Sean nickte. Dann sagte er mit gesenktem Blick: »Aber ich habe ihn verlassen. Ich bin ohne ihn auf ein Schiff gegangen und habe ihn im Stich gelassen, als er mich am meisten brauchte.«

»Du hast zu viele Gespenster im Gepäck, Bruder. Es war nicht deine Schuld, dass er gestorben ist, und genauso wenig musst du dir wegen Grace Vorwürfe machen.«

Sean starrte in die Dunkelheit. »Wahrscheinlich hast du Recht.« Er stand auf, schob die Pistole in den Gürtel und stopfte sich zusätzliche Munition in die Tasche. Dann reichte er seinem Freund das Gewehr. »Das ist jetzt deine Wache, Danny. Aber natürlich war ich schon weg, als du aufgewacht bist; ich habe euch alle mitten in der Nacht schutzlos zurückgelassen.«

»Jeder weiß, dass du so etwas nie tun würdest«, sagte Danny nüchtern. »Aber wenn das deine Geschichte ist, dann werde ich sie erzählen. Willst du nicht lieber bis zur Dämmerung warten?«

Sean schaute zum Himmel hinauf und sah, dass sich das Dunkel im Osten bereits lichtete. »Die steht ohnehin kurz bevor.« Er streckte die Hand aus. »Mach's gut, Danny. Ich hoffe wirklich, dass wir uns eines Tages wiedersehen.«

Danny ergriff Seans Hand, zog ihn an sich und umarmte ihn kurz, aber fest, ehe er die Hand wieder losließ.

»Ohne dich wird es nicht mehr das Gleiche sein. Es sind nicht genug Iren da, um ein Gespräch am Laufen zu halten.« Sein Lächeln schwand. »Gott sei mit dir, Sean O'Malley, und ich hoffe, du findest, wonach du suchst. Wohin soll es denn gehen? Zurück nach Sacramento oder wieder ganz zurück in die gottlose Großstadt?«

»Ich weiß es noch nicht«, erwiderte Sean. »Nach Westen. Ich bewege mich nur noch nach Westen.« Er lachte leise. »*Tir na nog* und so weiter.«

»Im Land der ewigen Jugend gibt es immer Hoffnung. Du

nimmst dir besser ein Pferd«, fügte Danny hinzu. »Es ist ein langer Weg in die Vergangenheit.«

Sean dachte nach. »Mit dem kaputten Bein schaffe ich es wohl nicht zu Fuß. Ich nehme die alte Stute – die ist auch nicht mehr das, was sie mal war.« Er zwinkerte Danny zu. »Damit wären wir schon zwei.« Er ging zu der Stelle hinüber, wo die Pferde angebunden waren, und redete leise auf sie ein, als sie zu wiehern begannen.

»Warte, ich helfe dir.« Danny nahm einen Sattel, hob ihn auf die Decke, die Sean auf den Rücken der Stute gelegt hatte, und zog den Sattelgurt unter dem Bauch des Tieres sorgfältig fest. »Am besten führst du sie eine Weile, bevor du aufsteigst«, flüsterte er und reichte Sean die Zügel. »Und nimm noch das hier.« Er zog einen Lederbeutel aus der Tasche. »Du hast schließlich auch gegraben; das Gold gehört dir. Ich werde sagen, du hättest es gestohlen.« Er grinste.

Sean hielt den Beutel in der Hand und spürte sein Gewicht. »Ich weiß nicht recht.«

»Hör zu«, drängte Danny. »Du bist Ire, du bist ein Krüppel – da kann ich dich doch nicht noch arm wie eine Kirchenmaus losschicken. Denk an das Gleichnis von den Talenten und mach was draus. Schreib mir irgendwann mal. Du weißt doch, dass ich immer ganz versessen auf gute Geschichten bin.«

Sean lachte leise. »Abgemacht«, sagte er und steckte das Gold ein. »Auf Wiedersehen, mein Bruder.«

Rulon drehte sich im Schlaf um, und auch die anderen Männer begannen sich zu regen.

»Und nun fort mit dir. Beeil dich, bevor sie aufwachen«, flüsterte Danny eindringlich.

Sean setzte den Hut auf und führte die Stute vorsichtig vom Lager weg, bis der Schein des Feuers ihn nicht mehr erreichte. Dann stieg er auf. Im Sattel drehte er sich um und winkte dem einzigen Mann zu, der ihn noch wirklich kannte, einem Mann, den er nun zurückließ wie schon so viele andere zuvor. Und während die Sonne allmählich aufging, kehrte er auch ihm den Rücken zu und ritt davon.

5

Warum?«, fragte Jack, während sie langsam mit dem Wagen den Hügel zum Haus der Wakefields hinauffuhren.

»Weil wir dort jetzt wohnen werden.« Grace legte den Arm um seine angespannten Schultern. »Jedenfalls für eine Weile.«

»Warum?«

»Weißt du noch, was ich dir heute Morgen gesagt habe?«, erinnerte sie ihn geduldig. »Doktor Wakefield hat mir eine Stellung in seinem Haus angeboten. Ich werde als Köchin arbeiten und …«

»Wie in Kansas?«, unterbrach Jack sie.

»Ja. Bloß dass ich nicht so viel zu tun haben werde, weil es nur der Doktor und seine Schwester sind und wir ja auch dort wohnen, verstehst du?«

»Ich vermisse Kansas«, sagte Jack wehmütig, wandte sich ab und schaute die Anhöhe hinunter auf die schimmernde Bucht.

»Das weiß ich doch.« Grace drückte sanft seine Schulter.

»Aber wo können wir schlafen?« Er wandte sich ihr wieder zu.

Grace seufzte und zählte stumm bis fünf. »Im Haus des Doktors. In eigenen Räumen gleich hinter der Küche. Hör zu, kleiner Mann, es ist alles geregelt, und ich möchte, dass du dir keine Sorgen mehr machst.«

»Wann sehe ich Sam und die anderen wieder?«, fragte er in klagendem Ton. »Was ist mit unserem Planwagen? Und wo ist meine Pistole?« Er zerrte an ihrem Ärmel. »Wo ist die Pistole, Mam, die Jimbo mir geschenkt hat?«

»In der Truhe, die bei Lily steht.« Lieber Gott, kann er die nicht endlich vergessen, flehte sie stumm.

Grace war über Jimbo Dreads Abschiedsgeschenk für den kleinen Jack nicht sehr erfreut gewesen, doch ihr Junge hatte sich vor Begeisterung gar nicht mehr eingekriegt und sich bei der Abreise geweigert, den Wagen zu besteigen, ehe Grace nicht den Deckel der Truhe angehoben hatte, damit er sehen konnte, dass die Pistole darin lag. Im Grunde war sie froh, Kerle wie diesen jungen Revolverhelden los zu sein, andererseits konnte sie einem Mann nicht wirklich böse sein, der nett zu ihrem Sohn war. Immerhin war Dreads Geschenk nützlich, anders als der riesige Büffelkopf, den ihm einer der Cowboys überreicht hatte – ein Geschenk, das wegen des begrenzten Platzes im Wagen hatte zurückbleiben müssen.

»Wenn wir uns erst einmal eingelebt haben, wirst du Sam wiedersehen. Und Ruth und Mary. Und Sol. Lily wird den Wagen und das Gespann für uns verkaufen und das Geld dafür verwenden, uns unsere restlichen Sachen nachzuschicken. Wir werden ihnen einen Brief schreiben, damit sie wissen, wo wir jetzt wohnen.«

»Wir werden keine Farm mehr haben?« Jacks Blick verdüsterte sich.

»Nein. Wir bleiben in der Stadt. Es wird dir gefallen, Jack. Der Doktor hat ein schönes Haus mit Land drumherum.«

»Aber hier gibt's gar keine Bäume«, maulte Jack. »Keinen einzigen in der ganzen Stadt!«

»Du hast ja Recht«, pflichtete sie ihm bei und ließ ihren Blick über die braunen Hügel schweifen. »Aber der Doktor sagt, im Osten kann man gut jagen, und er hat auch einen Teich im Garten. Hunde und Pferde hat er übrigens auch«, spielte sie ihren Trumpf aus.

Jacks Gesicht erhellte sich schlagartig. »Pferde und Hunde? Warum sagst du das denn nicht gleich, Weib?«

Grace hörte, wie Mister Litton, der das Gespann den Hügel hinauflenkte, verächtlich schnaubte. Allerdings sprach es für den Mann, dass er keinen Kommentar abgab und sich auch nicht umdrehte. Sie schaute ihrem Sohn fest in die Augen und legte so viel Schärfe in ihre Stimme, wie sie nur konnte.

»Jetzt hör mir mal gut zu, Jack McDonagh: Ich bin deine Mam, und wenn du mich noch einmal Weib nennst, dann werde ich andere Saiten aufziehen. Hast du mich verstanden?«

»Ja, Mam.« Zerknirscht senkte Jack den Kopf. Im nächsten Moment war jedoch alles vergessen, und er wurde wieder munter. »Darf ich auf den Pferden reiten, Mam?«

»Ich glaube, sie sind für den Wagen und die Kutsche des Doktors gedacht. Aber wir werden sehen«, fügte Grace hinzu, da sie seine Hoffnung nicht gänzlich zunichte machen wollte. »Doktor Wakefield ist ein freundlicher Mensch; vielleicht nimmt er dich eines Tages mal auf einen Ausritt mit. Aber du darfst ihn nicht darum bitten, Jack«, ermahnte sie ihn. »Ich bin seine ...« – sie zögerte, da sie das Wort Dienerin nicht verwenden wollte – »... Köchin. Ich arbeite jetzt für ihn, und wir müssen unter uns bleiben und dürfen ihn in seinem Haus nicht stören, sonst können wir uns bald einen anderen Platz zum Wohnen suchen.«

Jack nickte; er schien sie verstanden zu haben, was Grace erleichterte. Es würde ohnehin nicht einfach werden, den Jungen ständig zu beschäftigen, damit er niemandem im Weg stand. Immerhin hatte sie sich schon etwas überlegt, um ihn wenigstens für eine Weile abzulenken: Mister Littons Einverständnis vorausgesetzt, könnte Jack jeden Tag ein wenig im Stall helfen, möglicherweise auch im Garten, denn der würde für den Winter vorbereitet werden müssen.

Aus der Straße wurde ein Weg, der in eine private Auffahrt mündete, und sie fuhren um das Gebäude herum zum Hintereingang. Ein großzügiges, solide wirkendes Haus, dachte Grace, geräumig, aber überschaubar; Holz und Stein, viele Fenster im Erdgeschoss, ein paar im ersten Stock und vereinzelte Gauben im zweiten. Das Dach wies eine starke Neigung auf, und von der Seite entdeckte Grace ein Fenster hoch oben unter dem Gesims. Sie hoffte, dass es sich um einen Speicher handelte; solche Räume waren während der kalten, feuchten Monate besonders praktisch zum Wäschetrocknen – in Kansas hatte sie so etwas vermisst. Das Haus lag auf der Kuppe eines sanft ansteigenden Hügels und bot einen wunderbaren Blick auf die Stadt und den geschäftigen Hafen. Grace empfand es als Erleichterung, dem Krankenhaus und dem Straßengewirr einmal den Rücken kehren zu können. Hier oben war die Luft süß und salzig zugleich, und sie vernahm Vogelgezwitscher und das Rauschen des Windes im hohen, trockenen Gras.

Mister Litton ließ die Pferde auf einem kreisförmigen Hof

anhalten, stieg vom Bock, hob Graces Truhe aus dem Wagen und trug sie ins Haus. Grace kletterte ebenfalls hinunter, nahm Jack fest an die Hand und folgte Mister Litton durch die große Hintertür, die in einen Vorraum und dann in eine große, unordentliche Küche führte. Wie auf Kommando hoben sie den Blick zur Decke, da über ihren Köpfen ein lautstarker Streit ausgetragen wurde.

Es waren zwei Stimmen zu hören – die hohe, schluchzende Stimme einer Frau, die sehr bestürzt zu sein schien, und das leise, besänftigende Gemurmel eines Mannes. Zwar konnte Grace kein Wort verstehen, doch sie befürchtete, dass dieser Streit mit ihrer neuen Position im Haus zusammenhing. Vielleicht bleiben wir überhaupt nicht hier, sagte sie zu sich selbst und bereute es schon, in Jack Hoffnungen geweckt zu haben, ehe alles geregelt war. Als im oberen Stockwerk etwas zu Boden fiel und zerbrach, schauten Jack und Grace einander an.

»Sollen wir uns mal den Garten ansehen?«, schlug Grace vor und nahm ihren Sohn wieder an die Hand.

Jack nickte, wobei er seine schwarzblauen Augen hinter den Brillengläsern zusammenkniff. Grace führte ihn hinaus ins Sonnenlicht und blieb einen Augenblick mit ihm neben dem Wagen stehen.

»Da ist der Stall, Mam.«

Jack deutete auf ein Gebäude, das einen gepflegten Eindruck machte. Tatsächlich wirkte der ganze Hof wohlgeordnet; soweit Grace es beurteilen konnte, befanden sich alle Außengebäude in einem guten Zustand. Was immer Mister Litton sonst noch sein mag, dachte Grace, er ist ein ausgezeichneter Hausmeister.

»Ah, Missus Donnelly, da sind Sie ja.« Doktor Wakefield kam in Begleitung eines Springerspaniels auf den Hof geeilt, wobei er sich eine Jacke überstreifte und seine Weste richtete. »Bitte entschuldigen Sie, dass ich Sie nicht gleich bei Ihrer Ankunft begrüßt habe.« Sein Gesicht war gerötet, sein Haar zerzaust; vergeblich versuchte er, es mit den Fingern zu glätten. »Ich bin … äh … ich fürchte, meine Schwester hat heute keinen besonders guten Tag. Um ihre Nerven ist es ziemlich schlecht bestellt, und sie befürchtet, weitere Aufregung im Haus nicht verkraften zu können.«

»Ich verstehe«, sagte Grace bedächtig. »Das ist aber eine niedliche Hündin, Doktor. Ob Jack wohl ein bisschen mit ihr spielen darf, während wir uns unterhalten?«

Wakefield schaute erst auf den Hund, dann auf den Jungen. »Ja doch, natürlich. Selbstverständlich darf er das. Sie heißt Scout«, sagte er zu Jack. »Sie hört sehr gut und bringt Stöckchen, wenn du eins für sie wirfst. Aber geh vorsichtig mit ihr um«, fügte er hinzu. »Sie erwartet Nachwuchs.«

Jack nickte zufrieden. Er hob den nächstbesten Ast auf und wedelte damit herum, um die Aufmerksamkeit des Hundes zu erregen. »Hier, Scout! Komm, Scout!«

Die Hündin schaute zu ihrem Herrchen auf. »Mach nur, Mädchen«, ermunterte Wakefield sie und zeigte auf Jack.

Sie sahen zu, wie Scout einige von Jacks schlecht gezielten Würfen apportierte. Dann räusperte sich der Arzt.

»Wie ich sehe, hat Litton Ihre Truhe bereits hineingebracht. Waren Sie denn schon im Haus?«

»Nur in der Küche«, berichtete Grace. »Wir wollten dort auf Sie warten, sind dann aber wieder hinausgegangen, um uns den Garten anzusehen.«

»Ah.« Wakefield blinzelte und senkte den Blick. »Missus Donnelly, ich …«

Grace schüttelte den Kopf. »Sie müssen mir nichts erklären, Doktor. Wie Sie Ihren Haushalt organisieren, ist Ihre Angelegenheit. Möchten Sie Ihr Angebot noch einmal überdenken, ehe wir uns einrichten?«

Überrascht schaute er auf. »Keineswegs. Sie denn?«

»Nein«, sagte sie bestimmt.

In seinem Blick lag Erleichterung. »Dann ist es ja gut. Kommen Sie doch mit mir, Missus Donnelly, dann stelle ich Ihnen Missus Hopkins vor. Sie wird Ihnen den Rest des Hauses zeigen.«

Grace rief Jack zu, er solle sich nicht vom Hof wegbewegen, bis sie ihn hole. Dann gingen sie in die Küche, wo Grace einer Frau vorgestellt wurde, die deutlich älter war als sie selbst.

»Willkommen auf Wakefield Heights.« Der Akzent der Frau ließ auf Nordengland oder Schottland schließen; genauer vermochte Grace es nicht zu sagen.

»In Ermangelung eines Namens«, erklärte Wakefield verlegen. Dann rieb er sich energisch die Hände. »Also, jetzt überlasse ich Sie tüchtigen Händen.« Er ging zur Tür. »Sagen Sie Missus Hopkins Bescheid, wenn Sie irgendetwas für Ihre Räume benötigen,

Missus Donnelly; ich kümmere mich dann darum. Ach, übrigens!« Sein Gesicht nahm plötzlich einen jungenhaften Ausdruck an. »Wir haben eine Kuh! Litton hat gleich neben den Pferden einen Stall für sie gebaut.«

Missus Hopkins schüttelte den Kopf und schnalzte missbilligend mit der Zunge. Wakefield ignorierte sie.

»Was Sie auch brauchen, sagen Sie einfach Bescheid«, wiederholte er voller Überschwang.

»Danke. Sir«, fügte Grace hinzu, obwohl es ihr schwerfiel.

Sie hatte versucht, sich einzureden, dass es keine Rolle spielte, ob sie jemandes Dienerin war, schließlich handelte es sich nur um eine Stellung, und sie konnte sich glücklich schätzen, dass ihr eine solch gute Arbeit überhaupt angeboten worden war. Nun aber stellte sie fest, dass sie sich etwas vorgemacht hatte; es spielte sehr wohl eine Rolle. Grace war in einem Land aufgewachsen, in dem sich die Menschen in Herren und Diener aufteilten, in einer Klassengesellschaft, von der sie geglaubt hatte, sie hätte sie ein für alle Mal hinter sich gelassen. Tatsächlich war sie früher selbst Herrin eines großen Hauses mit eigener Dienerschaft gewesen. Dabei hatte sie die Sullivans nie als Diener betrachtet, und auch Bridget nicht, die bei der Entbindung ihrer Zwillinge Mary Kate und Michael Brian dabei gewesen war und anschließend bei der Beerdigung des kleinen Jungen geholfen hatte. Dasselbe galt ganz gewiss auch für den jungen Nolan, der Grace in jener schrecklichen Winternacht das Leben gerettet hatte, nur um sein eigenes dann durch die Hand des Squire zu verlieren. Nein, es waren keine Diener gewesen – eher schon Familienangehörige, eingebunden in die kleinen und großen Dramen des Alltags. Stand ihr hier Ähnliches bevor? Hoffentlich nicht. Sie wollte nicht in das Leben einer anderen Familie hineingezogen werden, wollte lieber ein eigenes Familienleben aufbauen und ihren Kindern ein Gefühl dafür vermitteln, wo ihr Platz in dieser Welt war.

»Missus Donnelly? Hören Sie mir überhaupt zu?«

Augenblicklich kehrte Grace in die Gegenwart zurück und begriff, dass Missus Hopkins die ganze Zeit Schränke geöffnet und wieder geschlossen hatte, um deren Inhalt zu erläutern.

»Ja. Danke. Die Küche ist gut organisiert.«

»Das sollte sie auch sein. Ich habe sie selbst eingerichtet.« Missus Hopkins geleitete Grace durch eine Tür, die in einen kleinen Flur führte. »Das hier sind Ihre Räume«, sagte sie und öffnete eine zweite Tür. Dahinter lag ein großes, sonniges Zimmer, an das sich ein kleinerer Raum anschloss. »Möbliert, wie Sie sehen.«

In dem hinteren Raum stand ein Bett mit einem einfachen Holzrahmen, das genug Platz für Grace und Mary Kate bot, und daneben konnte man noch ein Kinderbett für Jack aufstellen. In dem größeren Raum befanden sich ein Geschirrschrank, ein Tisch mit Stühlen sowie eine Bank, von der aus man durch das Fenster in den Garten blicken konnte. Grace malte sich aus, wie Mary Kate dort sitzen würde, eingewickelt in ihr Schultertuch, und das Treiben auf dem Hof beobachtete, bis sie wieder gesund genug war, um selbst daran teilzunehmen. Und der kleine Kamin würde sie alle wunderbar warm halten.

»Ja, das wird genügen.« Grace war erfreut.

Missus Hopkins rümpfte die Nase. »Das will ich auch meinen. Das ganze Zimmer für Sie allein. Sie brauchen es nicht einmal mit Ihrer Kuh zu teilen.«

Grace verbiss sich einen Kommentar. Erst würde sie alles tun, um dem Doktor ein gutes Essen auf den Tisch zu stellen, und dann würde sie diese Frau in ihre Schranken weisen.

»Die Kinder und ich werden uns hier sehr wohl fühlen«, sagte sie in ruhigem Ton.

Missus Hopkins runzelte die Stirn. »Kinder?«

»Mein Sohn ist dort draußen und spielt mit dem Hund des Doktors.« Grace winkte ihm durch das Fenster zu. »Und meine Tochter liegt noch im Krankenhaus, wird aber bald entlassen, weil sie jetzt kein Fieber mehr hat.«

»Zwei Kinder? Hier im Haus? Und eins auch noch krank?« Missus Hopkins schaute sie so ungläubig an, dass Grace fast schon damit rechnete, sie würde jeden Moment in Ohnmacht fallen. »Weiß Doktor Wakefield davon?«

»Oh ja. Es war seine Idee.«

Missus Hopkins schüttelte den Kopf. »Nein, das wird nicht gehen.«

»Ich weiß, dass Ihre Herrin leidend ist. Aber sie wird gar nicht mitbekommen, dass wir hier sind – abgesehen von den leckeren Gerichten, die ich für sie zubereiten werde.«

»Miss Abigail benötigt absolute Ruhe«, stellte Missus Hopkins besitzergreifend fest. »Nicht einmal der Doktor macht sich eine Vorstellung davon, wie sehr sie leidet. Sonst hätte er so etwas nie zugelassen. Kinder sind schmutzig und laut und haben schlechte Manieren, vor allem die von …« Sie musterte das alte, ausgebesserte Kleid und die durchgelaufenen Stiefel, die Grace anstelle der Hose und der Mokassins trug.

»Die Kinder von wem?« Grace baute sich zu voller Größe auf, so dass sie der Haushälterin Auge in Auge gegenüberstand.

Missus Hopkins trat einen Schritt zurück und warf einen Blick nach draußen auf den Hof. »Die von solch jungen Jahren«, stieß sie mit einem angespannten Lächeln hervor, »ganz schwierig unter Kontrolle zu bekommen.«

»Überlassen Sie meine Kinder mir«, warnte Grace sie leise. »Und ich sorge dafür, dass sie Ihrer Herrin nicht in die Quere kommen. Und Ihnen auch nicht. Verlassen Sie sich darauf.«

»Schön.« Missus Hopkins schürzte die Lippen. »So …« Sie führte Grace wieder zurück in die Küche. »Jetzt wollen Sie sicher noch den Rest des Hauses sehen. Oh, wie schön, Enid, da bist du ja. Das ist Missus Donnelly, die neue Köchin. Missus Donnelly, meine Tochter Enid.«

Grace lächelte die junge Frau an, die schüchtern einen Knicks machte. Enid sah ihrer Mutter sehr ähnlich, selbst was Frisur und Kleidung betraf. Doch wie Grace sofort erkannte, besaß sie unter der strengen äußeren Erscheinung ein sanfteres Wesen.

»Schön, dich kennen zu lernen, Enid.« Grace streckte ihr die Hand entgegen. »Du bist also das Dienstmädchen von Dr. Wakefields Schwester, stimmt's?«

Enid errötete. »Ich helfe Mutter bei Miss Abigail und kümmere mich mit ihr um den Rest des Hauses. Außerdem habe ich für alle gekocht.«

»Das war sicher viel Arbeit. Und du hast die Küche gut in Schuss gehalten«, lobte Grace.

»Jetzt ist es Ihre.« Enid stieß einen Seufzer der Erleichterung aus. »Ich habe noch eine Menge anderer Dinge zu tun.«

»Missus Donnelly bringt zwei Kinder mit ins Haus«, berichtete Missus Hopkins. »*Zwei.*«

»Oh!« Enids Augen leuchteten auf. Doch dann zügelte sie ihre

Gefühle sofort. »Oh«, wiederholte sie nüchterner. »Weiß Miss Wakefield davon?«

»Vielleicht. Andernfalls werde ich es ihr sagen müssen.« Missus Hopkins warf einen Blick auf die Uhr, die an ihrer Bluse befestigt war. »Sie möchte jetzt sicher ihr morgendliches Getränk, Enid. Geh zu ihr und frag sie – Tee oder Kaffee.«

Enid zögerte. Als eine Glocke zu läuten begann, zuckte sie zusammen.

»Mach schon«, scheuchte ihre Mutter sie fort. »Lass sie nicht warten! Nicht da lang«, rief sie, als Enid auf die Küchentür zustürzte. »Durch den hinteren Flur.«

Enid machte auf dem Absatz kehrt und lief auf Graces neues Quartier zu, bog dann aber in dem schmalen Flur scharf nach links ab.

»Dort ist eine Treppe, die zu den oberen Zimmern führt«, erklärte Missus Hopkins Grace. »Enid ist ein unbesonnenes Mädchen und vergisst so etwas gern. Dienstboten müssen unsichtbar sein und die Hintertreppe nehmen.«

»Kommen Sie aus England, Missus Hopkins?«, fragte Grace. »Hatten Sie dort eine Anstellung?«

Missus Hopkins baute sich stolz vor ihr auf. »Und ob ich die hatte. In einem vornehmen Herrenhaus im Norden. In der Küche angefangen, dann aber aufgestiegen, erst zum zweiten, dann zum ersten Dienstmädchen. Ich hätte als Nächstes den Posten der Haushälterin übernommen, wenn ich geblieben wäre, aber ich habe Reverend Hopkins geheiratet, und das war das Ende meiner Karriere.«

»Lebt Ihr Mann noch?«

»Er hat uns alle hierher geschleppt, um den gottlosen Chinesen das Wort des Herrn nahe zu bringen.« Ihr Blick verfinsterte sich vorübergehend, und um ihren Mund zuckte es. »Am Ende hat es ihn ins Grab gebracht.«

»Das tut mir leid. Ich bin ebenfalls verwitwet.«

»Tatsächlich?«, erwiderte Missus Hopkins kühl. »Es ist schon erstaunlich, wie viele der Frauen, die mit dem Schiff hier ankommen, sich Witwe Soundso oder Missus Soundso nennen – dabei sind die meisten von ihnen Prostituierte. Aber in so einer Stadt merkt das ja keiner.«

Grace spürte, wie die Wut in ihr aufstieg. Gerade wollte sie etwas erwidern, als Enid durch den hinteren Flur in die Küche zurückkam.

»Tee«, verkündete das Mädchen und holte eine Porzellankanne aus dem Geschirrschrank.

»Das ist jetzt Missus Donnellys Aufgabe«, belehrte Missus Hopkins sie.

Enid verharrte mitten in der Bewegung, schaute erst ihre Mutter, dann Grace und schließlich wieder ihre Mutter an.

»Aber sie ist doch gerade erst angekommen. Hat den Mantel noch an! Sie weiß doch noch nicht einmal, wo alles ist.«

»Ich habe es ihr gezeigt.« Missus Hopkins nahm ihrer Tochter die Kanne aus der Hand und hielt sie Grace entgegen, während sie weiter mit Enid sprach. »Ich möchte, dass du im Arbeitszimmer des Doktors Staub wischst, solange er nicht da ist. Danach kommst du das Serviertablett abholen.«

»Ja, Mutter.« Enid warf Grace einen entschuldigenden Blick zu.

»In einer Viertelstunde ist alles fertig.« Grace lächelte das Mädchen unbekümmert an. »Danke, Enid.«

Enid wurde rot und verließ den Raum.

»So, ich überlasse die Küche jetzt Ihnen. Vielleicht eignet sich der heutige Nachmittag besser dafür, den Rest des Hauses in Augenschein zu nehmen. Andererseits ist es eigentlich auch nicht nötig, denn Ihre Aufgaben beschränken sich ja auf die Küche«, erklärte Missus Hopkins spitz.

»Machen Sie sich über mich keine Gedanken«, sagte Grace ungerührt, zog den Mantel aus und band sich eine Schürze um. »Ich schaue es mir alleine an, wenn mir danach ist.«

Die Haushälterin rümpfte missbilligend die Nase und blieb noch einen Augenblick stehen, um dann deutlich verstimmt die Küche zu verlassen.

Grace war fest entschlossen, sie nicht zu beachten. Sie schaute aus dem Fenster und sah, dass Jack sich mit dem Hund fröhlich im Gras balgte. Dann machte sie sich an die Arbeit. Als Erstes goss sie heißes Wasser in die Kanne, um sie vorzuwärmen, schwenkte sie und schüttete das Wasser wieder aus. Dann maß sie die Teeblätter ab, gab kochendes Wasser hinzu und stülpte schließlich eine dicke Teehaube über die Kanne, um sie warmzuhalten. Während der Tee zog, legte sie ein Leinentuch auf ein Tablett, stellte Tasse und Untertasse, Teesieb, Milchkrug sowie eine Zuckerschale darauf und platzierte einen kleinen Silberlöffel daneben.

Als sie die Speisekammer und den Geschirrschrank durchstöberte, fand sie eine Art Früchtebrot und einen Topf mit Butter, die noch recht frisch roch. Grace schnitt zwei Scheiben von dem Früchtebrot ab, bestrich sie großzügig mit Butter, halbierte sie und ordnete sie auf einem Teller an. Das Porzellangeschirr war hübsch und das Tafelsilber fein ziseliert – Grace konnte sich kaum noch daran erinnern, wann sie das letzte Mal das Vergnügen gehabt hatte, mit solch vornehmen Haushaltsgegenständen zu hantieren.

Da es sich bei dieser kleinen Mahlzeit um eine Art Visitenkarte handelte, die sie Abigail Wakefield überreichte, nahm Grace noch eine kleine Kristallvase, stellte sie auf das Tablett und ging dann auf den Hof hinaus, um nach spätblühenden Blumen Ausschau zu halten. Auf einer Wiese beim Stall entdeckte sie ein paar vom Wind zerzauste Gänseblümchen, von denen sie drei abschnitt und mit ins Haus nahm. Das charakterisiert mich wohl recht gut, befand sie, während sie einen letzten Blick auf ihr Werk warf – einfach, aber herzlich. Sie musste über sich selbst lachen. In diesem Moment kam Enid in die Küche zurück und entlohnte ihre Bemühungen mit vor Überraschung und Freude weit aufgerissenen Augen.

»Das ist aber hübsch, Missus Donnelly. Wirklich sehr hübsch!«

»Danke, aber nenn mich doch ruhig Grace, ja? So viele sind wir hier ja nicht; da braucht man doch nicht auf Formalitäten zu bestehen, nicht wahr?«

»Oh nein, Ma'am, das könnte ich nicht.« Enid schüttelte energisch den Kopf. »Meine Mutter würde das nicht dulden. Nein, auf keinen Fall. Hier darf es keine …« Sie hielt inne und suchte nach dem treffenden Wort. »… Unschicklichkeiten geben«, stieß sie schließlich hervor. »Das setzt nämlich Herr und Dienerschaft in ein gleichermaßen ungünstiges Licht.« Enid lächelte, erfreut, dass sie den ehernen Grundsatz ihrer Mutter so genau wiedergegeben hatte.

»Muss ich dich dann Miss Hopkins nennen?«

»Nein, Ma'am, ich stehe ja unter Ihnen – Enid reicht.« Sie schaute auf ihre Stiefelspitzen. »Köchin und Haushälterin befinden sich auf gleicher Ebene«, fügte sie hinzu. »Allerdings habe ich gehört, wie der Doktor zu Ihnen Missus Donnelly gesagt hat, während er meine Mutter immer nur Hopkins nennt.«

»Ich habe einmal in einem Herrenhaus gewohnt«, sagte Grace und sah vor ihrem inneren Auge das prächtige Anwesen ihres ersten Mannes – jenes Anwesen, das ihre Tochter eines Tages würde verkaufen oder behalten können, falls es dann noch existierte.

»Waren Sie dort auch Köchin, Missus?«

»Ich war so eine Art Mädchen für alles.« Grace lächelte versonnen. »Aber das ist lange her. Du kannst mich nennen, wie du möchtest, Enid, aber meiner Ansicht nach steht niemand höher oder tiefer als irgendein anderer; in den Augen Gottes ist ehrliche Arbeit immer gleich viel wert.«

Enid blickte zur Küchentür. »An Ihrer Stelle würde ich meiner Mutter das lieber nicht erzählen, Missus Donnelly. Sonst können Sie nicht in Frieden zu Abend essen. Sie hat eine ganz eigene Meinung, was Gott und Arbeit angeht.«

»Danke für den Ratschlag. Allerdings ist es ja jetzt meine Küche, in der sie sitzen wird.« Grace grinste. »Bring das nun lieber hoch zu deiner Herrin, sonst kühlt der Tee noch ab.«

»Ja, Ma'am. Lerne ich nachher auch die Kinder kennen?«, fragte Enid mit einem leicht melancholischen Unterton.

»Jack ist draußen, gleich da vorne. Mary Kate liegt noch im Krankenhaus, aber der Doktor meint, sie ist bald wieder gesund.«

»Ich freue mich auf ein bisschen Gesellschaft, auch wenn die Kinder wahrscheinlich ruhig sein müssen und am besten unsichtbar, sonst brauchen wir bald schon wieder eine neue Köchin. Irgendwas ist immer, wissen Sie.« Enid hob das schwere Tablett an. »Wenn sie fertig ist, bringe ich es wieder runter.«

»Das wäre nett, Enid, danke.«

Nachdem sie nun die erste Aufgabe in ihrer neuen Anstellung erledigt hatte, ging Grace hinaus auf den Hof und rief Jack zu sich. Gemeinsam erkundeten sie den ordentlich eingezäunten Garten, in dem die Blumen allmählich verblühten und jetzt hauptsächlich Kürbisse in allen Formen und Größen wuchsen, außerdem Kohlköpfe und Wurzelgemüse, das vor dem ersten Frost eingekellert werden musste. Es war ein schöner Garten, fand Grace. Mister Litton hatte sich ein Lob dafür verdient.

Dass sie anschließend mit Jack in den Stall ging, sollte sich als Fehler herausstellen, der sie eine gute halbe Stunde kostete – bis sie den Jungen endlich zu einem Stück Früchtebrot mit Butter in die Küche locken konnte. Dazu gab es einen geschälten Apfel aus dem Korb, der auf geheimnisvolle Weise neben der Küchentür aufgetaucht war. Nachdem sie Jack versprochen hatte, dass er später wieder mit dem Hund spielen durfte, falls der sich blicken ließ, brachte sie ihn dazu, sich auf das große Bett in ihrem neuen Zimmer zu legen. Wundersamerweise schlief er sofort ein. Grace deckte ihn zu und ließ die Tür offen, damit sie in der Küche hörte, wenn er aufwachte.

Enid hatte schon früh am Morgen ein Eintopfgericht aufgesetzt, das Grace nun nur noch auf Teller verteilen musste. Die Herrin würde nichts essen, hieß es, da sie sich schlafen gelegt habe, und Mister Litton kam nicht zum Mittagessen ins Haus, so dass nur Enid und ihre Mutter rasch einen Teller Eintopf aßen und sich dann wieder ihren verschiedenen Aufgaben widmeten. Ganz offensichtlich hatte Grace Missus Hopkins auf dem falschen Fuß erwischt – wobei Grace ernsthaft bezweifelte, dass es bei ihr überhaupt einen richtigen gab. Sie beschloss, daran zu arbeiten, indem sie sich die Vorliebe der Frau für gutes Essen zunutze machte. Missus Hopkins hatte eine weitaus kräftigere Figur als ihre gertenschlanke Tochter, und vermutlich würden eine Obstpastete hier und ein wenig Sahnekuchen dort, etwas warmer Pudding und gelegentlich eine süße Soße die Haushälterin weniger streitsüchtig stimmen. Den Kindern zuliebe und um des häuslichen Friedens willen war Grace bereit, sich zu bemühen.

Sie saß jetzt am Tisch und erstellte eine Liste mit Vorräten, die sie am nächsten Tag auf dem Markt besorgen wollte. Beim Metzger kaufte man auf Rechnung ein, hatte sie erfahren, und Enid kannte die besten Fischstände. Falls der Doktor oder seine Schwester nicht gerade etwas ganz besonders Ausgefallenes wünschten, würde Grace die Dienste einer Bäckerei nicht in Anspruch nehmen müssen, denn sie beherrschte die Kunst des Backens und konnte, wenn sie nur die Zutaten kannte, alle Backwaren selbst herstellen. Sie hatte nachgesehen, ob die Vorräte an Mehl und Zucker noch ausreichten, und festgestellt, dass sie aufgefüllt werden mussten. Sie freute sich darauf, wieder auf den Markt zu gehen, denn dort gab es vielerlei Erzeugnisse, die ihr fremd waren; sie nahm an, dass sie entweder aus dem Süden stammten – wohlriechende Früchte, farbenfrohes Gemüse, allerdings alles sündhaft teuer – oder aus den Tälern im Osten.

Nachdem sie die Einkaufsliste fertig gestellt hatte, kümmerte Grace sich um das Abendessen. Aus den Resten vom Vortag, Hühnchenfleisch und Kartoffeln, bereitete sie eine Pastetenmischung, die sie mit Möhren und Zwiebeln aus dem Garten anreicherte, dann mit einer sämigen Soße übergoss und schließlich mit einer selbst gemachten Teigplatte abdeckte. Dazu würde es weiche Brötchen geben und als Nachspeise Kompott, das sie in der Speisekammer gefunden hatte; wer es wann eingemacht hatte, wusste sie nicht, da das Glas nicht beschriftet war. Das Essen, das sie für den Abend vorgesehen hatte, war einfach, aber bodenständig und nahrhaft. Wenn sie erst einmal mehr über die Essgewohnheiten der Wakefields in Erfahrung gebracht hatte, konnten die Gerichte anspruchsvoller werden. Der Gedanke an die in Hülle und Fülle angebotenen Meeresfrüchte weckte bei Grace die Erinnerung an Rezepte, die sie schon ewig nicht mehr hatte zubereiten können.

Je länger sie darüber nachdachte, desto mehr spürte sie, wie ihre Begeisterung für ihre neue Arbeit wuchs. Die Küche in Kansas hatte aus Rindfleisch und abermals Rindfleisch bestanden, außerdem gab es Büffelfleisch, Hühnchen, Eier und Gemüse, das sie bei den Farmern der Umgebung hatte ergattern können. Frischer Fisch, Muscheln, Moorhuhn und Fasan, Wildbret, knackige Äpfel, saftige Birnen und Waldbeeren waren nicht aufzutreiben gewesen. Damals hatte sie sich zwar nicht den Kopf darüber zerbrochen, doch nun, da diese Köstlichkeiten wieder zur Verfügung standen, spürte sie ihren Heißhunger und brannte darauf, die Kinder damit vertraut zu machen.

Als Jack am späten Nachmittag aufwachte, trugen er und Grace ihre Reisetaschen ins Schlafzimmer und schoben die Truhe neben das Kopfende des Betts an die Wand. Überwältigt von ihrer Sorge um Mary Kates Gesundheit, hatte Grace lediglich eine Garnitur Kleidung für jeden hineingeworfen, dazu Medikamente und Lebensmittel für die Reise. Die eine Truhe, auf deren Mitnahme sie bestanden hatte, enthielt die Dinge, die ihr am kostbarsten waren, trotzdem widerstand sie nun dem Drang, sie zu öffnen und zu überprüfen, ob auch alles noch da war. Sie hatte vorgehabt, ihre Kleider zu säubern, sobald sie Zeit für einen Waschtag hatte; Wakefield hatte jedoch vorgeschlagen, dass sie ihre Sachen und die der Kinder einfach mit in die Haushaltswäsche gab, die jede Woche in die Wäscherei ging.

Grace hatte ihr Glück kaum fassen können: Wenn in Kansas Waschtag war, hatte sie zwei schwere Bottiche auf den Hof geschleppt, ein Feuer entzündet und in einem Bottich Wasser erhitzt, das Eimer für Eimer aus dem Fluss geholt werden musste. Der andere Bottich wurde mit kaltem Wasser gefüllt. Anschließend gab sie ein Stück Kernseife in den heißen Bottich und legte dann die Kleidungsstücke hinein – schwere, dunkle Hosen und Röcke, Decken und Bettwäsche, weiße Unterwäsche und Strümpfe –, die so lange umgerührt werden mussten, bis sie sauber waren. Danach musste sie sie im kalten Wasser ausspülen, ein letztes Mal am Fluss schrubben, nachspülen, auswringen und schließlich zum Trocknen in der heißen Sonne oder in der eisigen Kälte aufhängen. Eine extrem anstrengende Arbeit, zu der noch das Bügeln mit dem Plätteisen kam. Natürlich hatte Mary Kate dabei geholfen, doch Grace hatte es nicht gern gesehen, wenn Seife und kochendes Wasser ihr die kleinen Hände verbrannten und röteten. Doch nun würde Enid die gesamte Wäsche des Haushalts in eine chinesische Wäscherei bringen. Schwester Joseph hatte Grace erzählt, früher habe es ausschließlich indianische, mexikanische und chilenische Waschfrauen gegeben, doch nun sei diese Arbeit fast ganz in der Hand der Chinesinnen. Schon beim Gedanken daran, dass diese Frauen tagein, tagaus Wäsche wuschen, schmerzten Graces Hände, und sie konnte nur hoffen, dass sie für eine so schwere Arbeit gut bezahlt wurden.

Grace und die Kinder waren über staubige Prärien gewandert, durch Sumpf und Morast gewatet, hatten stinkende Wasserläufe durchquert, all das wochenlang in denselben Kleidern. Nun endlich konnten sie sich häuslich einrichten, sich gründlich reinigen und Kleider anziehen, die nicht nach dem Qualm von Büffelkot stanken, den sie als Brennstoff verwendet hatten, oder nach Holzfeuer oder dem Schweiß von Tier und Mensch. Es würde eine enorme Wohltat sein, das musste Grace zugeben. Wie schmutzig sie alle waren, hatte sie erst gemerkt, als Mary Kate im Krankenhaus gewaschen wurde und sich das Wasser vor Dreck trübte. Grace rechnete es dem Doktor wirklich hoch an, dass er unter all dem Schmutz ihr wahres Wesen erkannt hatte, und sie schwor sich abermals, seinen Haushalt auf Kurs zu bringen, zumindest was das Essen betraf.

Gegen Abend bereitete Grace erneut ein Tablett für Miss Wakefield vor, das Enid hinaufbringen sollte. Missus Hopkins hatte ihr eine einfache Brühe verordnet. Der Doktor war noch nicht aus dem Krankenhaus zurückgekehrt, und so hielt Grace sein Essen warm, während sie und Jack mit Missus Hopkins, Enid und Mister Litton am Tisch Platz nahmen.

Während der Mahlzeit herrschte eine angespannte Atmosphäre. Missus Hopkins hatte wenig zu sagen, doch Grace bemerkte, dass sie zwei Portionen von der Pastete verputzte. Enid verhielt sich in Gegenwart ihrer Mutter zurückhaltend, antwortete allerdings bereitwillig, wenn man sie ansprach, und warf Mister Litton häufig verstohlene Blicke zu. Der wiederum schaute beharrlich auf seinen Teller und sah nur ab und zu heimlich zu Jack hinüber.

»Möchten Sie noch etwas, Mister Litton?«, fragte Grace, als er seinen Teller leer gegessen hatte.

»Nein, Ma'am. Hat aber gut geschmeckt, danke.«

Litton erhob sich, setzte seinen Hut auf und ging durch die Hintertür hinaus. Während er auf den Stall zustapfte, über dem er wohnte, konnte man sehen, wie seine Laterne im Dunkeln hin und her schwankte. Grace wandte sich wieder dem Tisch zu und bemerkte, dass auch Enid ihm nachgeschaut hatte. Als Grace ihren Blick auffing, errötete das Mädchen und schaute zu Boden.

»Wie ich höre, wurde Mister Litton im mexikanischen Krieg verwundet«, sagte Grace. »Ich habe einen Bruder, der auch so humpelt. Er trägt einen Spezialschuh.«

»Mein Onkel Sean«, warf Jack ein. »Ich kenne ihn noch nicht.«

»Ist er denn nicht mit Ihnen hierher gekommen?«, fragte Enid.

»Nein.« Grace schabte den letzten Rest aus der Schüssel und häufte ihn auf Jacks Teller. »In New York waren wir noch alle zusammen, aber dann ist er nach Utah aufgebrochen, und seitdem habe ich nichts mehr von ihm gehört.«

»Wahrscheinlich ist er tot«, stellte Missus Hopkins nüchtern fest. »Wo er doch ein Krüppel ist. Das ist kein Ort für Schwächlinge.«

Grace zuckte zusammen, was jedoch nur Enid bemerkte.

»Hat sich wohl diesen Mormonen angeschlossen, was?«, fragte die Haushälterin kauend.

»Ja. Als wir durch deren Ansiedlungen kamen, habe ich nach ihm gefragt. Aber nur wenige kannten seinen Namen.«

Grace hielt inne, und vor ihrem geistigen Auge tauchten wieder diese kleinen, gepflegten Städte auf, deren Bewohner die Planwagen stets bereitwillig mit überteuerten Waren aufgefüllt hatten. Doch bei Fragen zu vermissten Verwandten, die sich möglicherweise ihrer Gemeinschaft angeschlossen hatten, versiegte ihre Mitteilungsfreude rasch.

»Ein Mann glaubte, mein Bruder sei mit Goldschürfern hierher nach San Francisco gekommen, ein anderer meinte, er sei nach New York zurückgekehrt, und ein dritter behauptete, er sei nach Kanada gegangen.«

»Die sind doch alle verrückt«, erklärte Missus Hopkins. »Vollkommen verrückt. Hier gibt es ein ganzes Nest von denen – Sam Brannan und Konsorten. Angeblich hat keiner von ihnen mehr als eine Frau, aber sicher sein kann man da nicht. Eine geheimnistuerische, hochmütige Sippe. Hochmut ist eine furchtbare Sünde, Enid, denk immer daran«, belehrte sie ihre Tochter.

»Aber Mister Brannan ist furchtbar nett«, wagte Enid zu widersprechen. »Er kommt immer kurz in die Küche, um mich zu begrüßen, wenn er Doktor Wakefield besucht.«

Nachdenklich legte Grace ihren Löffel beiseite. »Glauben Sie, er könnte etwas über meinen Bruder wissen?«, fragte sie hoffnungsvoll. »Falls er zum Goldschürfen hergekommen ist?«

»Das bezweifle ich.« Missus Hopkins leckte sich einen Soßenrest aus dem Mundwinkel. »Seine Gruppe hat sich schon vor langer Zeit von den Mormonen in der Wüste getrennt. Sam Brannan geht jetzt eigene Wege und dürfte wohl kaum gemeinsame Sache mit diesem anderen Teufel, diesem Brigham Young, machen.«

»Aber vielleicht könnten Sie ihn ja mal fragen«, schlug Enid vor, was ihr einen dankbaren Blick von Grace einbrachte. »Wenn er das nächste Mal herkommt.«

Missus Hopkins sah ihre Tochter finster an. »Hör auf zu schwafeln, Enid. Es ist Zeit, die Vorhänge zu schließen und die Betten aufzudecken.« Sie erhob sich von ihrem Stuhl. »Enid holt das Tablett von oben herunter, und dann ziehen wir uns zurück, bis der Doktor wieder da ist. Später decken wir die Feuer mit Asche ab und löschen das Licht. Für den Herd und die Lampen hier in der Küche sind natürlich Sie verantwortlich.«

»Natürlich«, gab Grace zurück. »Danke, Missus Hopkins. Wann wünschen Sie morgen das Frühstück?«

»Wir stehen um sechs auf. Frühstück für die Dienerschaft um sieben, der Herr um acht oder neun, je nachdem; Miss Wakefield nimmt ihren Kaffee um zehn.«

Missus Hopkins versetzte ihrer Tochter mit dem Ellbogen einen kräftigen Stoß in die Rippen. Dann deutete sie mit dem Kinn auf Jack, dessen Kopf auf seinen ausgestreckten Armen lag.

»Der Junge ist es anscheinend gewohnt, überall zu schlafen, was, Enid? In Irland gibt es nämlich keine richtigen Betten, musst du wissen. Da schlafen sie neben den Tieren auf dem Boden, um sich zu wärmen. Aber nur, bis sie genug Kinder haben, die sie warm halten, dann müssen die Schweine Platz machen!« Sie lachte gehässig auf und stieß ihrer Tochter erneut in die Seite.

Grace legte schützend eine Hand auf Jacks Schulter. »Sie waren wohl noch nie in Irland, sonst wüssten Sie, dass die Menschen dort unter den verschiedensten Bedingungen wohnen, wie überall auf der Welt.«

»War nie da, und werd auch nicht hinfahren«, gab Missus Hopkins steif zurück. »Mein Richard wurde in dem verfluchten Land getötet. Ist als Soldat hingegangen, um den elenden Papisten zu Hilfe zu eilen, und als Dank dafür hat man ihm die Kehle durchgeschnitten.«

»Das tut mir leid«, sagte Grace leise. »Auch ich habe zu der Zeit den größten Teil meiner Familie verloren und weiß daher, wie schlimm das für Sie sein muss. Und jetzt entschuldigen Sie mich bitte, ich möchte meinen Jungen ins Bett bringen.«

»Er hat eine lange Reise hinter sich.« Enid sah den Kleinen zärtlich an. »So ein hübscher Kerl.«

»Kerl ist Kerl«, erklärte Missus Hopkins. »Sie werden zu Männern und tun, was sie wollen, ohne groß auf ihre Mütter Rücksicht zu nehmen. Merk dir das, Fräulein, und verschwende deine Zuneigung nicht.« Sie schob Enid zur Tür hinaus und folgte ihr. Eine Weile hörte Grace noch ihr Schimpfen und Enids kläglichen Ton, doch irgendwann verhallten die Stimmen von Mutter und Tochter im Flur.

»Mit der werden wir es schwer haben, Jack«, flüsterte Grace ihrem Sohn zu, während sie ihn auf den Arm nahm.

Jack wachte nur kurz auf, wand sich ein wenig und strampelte, bis sie ihn schließlich aufs Bett gelegt und ihm die Stiefel ausgezogen hatte. Wie eine große Stoffpuppe lag er mit schlaffen Armen und Beinen da, während sie ihm die Kleider auszog und ein Nachthemd über den Kopf streifte. Es war genügend Bettzeug vorhanden, und sie deckte ihn bis zum Kinn zu. Dann fragte sie sich, ob er es wohl warm genug hatte oder ob sie ein kleines Feuer anzünden sollte, um dem Raum die Feuchtigkeit zu nehmen.

Sie beschloss, noch ein wenig zu warten, und nachdem sie Jack einen Kuss auf das schmutzige Gesicht gedrückt hatte, kehrte sie in die Küche zurück, um das Geschirr abzuwaschen. Sie war gerade mit dem Abtrocknen fertig, als sie hörte, wie Doktor Wakefields Wagen auf den Hof fuhr. Durch das Fenster konnte sie Mister Littons hoch erhobene Laterne sehen, während der Doktor vom Wagen stieg, sich dann noch einmal über den Sitz beugte und etwas heraushob. Kurz darauf führte Litton das Pferd zum Stall, und der Doktor kam mit einem Bündel auf den Armen auf das Haus zu. Grace eilte zur Tür und riss sie auf.

»Hier ist sie, Missus Donnelly«, verkündete Wakefield, marschierte durch die Küche und hielt schnurstracks auf Graces neue Räumlichkeiten zu. »Oh.« Als er Jack schlafend auf dem Bett liegen sah, senkte er die Stimme. »Ich lege sie neben ihn, ja?«

Grace nickte und Tränen traten ihr in die Augen. Sie schaute auf das Gesicht ihrer Tochter hinab, das immer noch sehr blass war; dank der abendlichen Fahrt hatten sich ihre Wangen aber leicht gerötet.

»Mam.« Mary Kate streckte ihrer Mutter eine Hand entgegen. »Ich wollte nicht alleine bleiben. Er hat gesagt, ich kann zu dir kommen.«

Grace küsste die Finger ihrer Tochter. »Mir hat es auch nicht gefallen, ohne dich wegzugehen, obwohl ich wusste, dass Schwester Joseph die ganze Nacht auf dich aufpassen würde.« Sie blickte den Doktor an. »Vielen Dank, dass Sie sie hergebracht haben. Ist sie denn wieder gesund?«

»Oh ja.« Er nahm seinen Hut ab und zog sich die Handschuhe aus. »Natürlich muss sie noch strenge Bettruhe einhalten und regelmäßig essen, um wieder zu Kräften zu kommen. Aber es geht ihr schon viel besser. Nicht wahr, junge Dame?«

Mary Kate nickte. »Danke, Sir«, sagte sie höflich. »Das ist ein sehr schönes Haus.«

Doktor Wakefield lachte. »Es gibt noch mehr Räume als nur diese beiden hier. Wenn du wieder auf den Beinen bist, vielleicht in einer Woche, zeigen wir dir alles.« Er hielt inne und schnupperte. »Missus Donnelly, was duftet denn da so köstlich? Das ist doch wohl nicht mein Abendessen, oder?«

»Hühnerpastete, die hoffentlich noch warm ist. Soll ich im Speisezimmer servieren?«

»Wenn Sie mir das Essen einfach nur auf einem Teller anrichten, nur dieses eine Mal, Missus Donnelly, dann nehme ich es gleich mit nach oben auf mein Zimmer.«

»Wie Sie wünschen, Doktor. Ich bin gleich wieder da, Liebes«, flüsterte sie Mary Kate zu.

Sie gab eine großzügige Portion Pastete auf einen Teller und goss Ale aus einem Krug in ein Glas. Als sie sich umdrehte, stand Wakefield schon erwartungsvoll vor ihr und hatte die Hände ausgestreckt, um den Teller entgegenzunehmen.

»Ich danke Ihnen, Missus Donnelly.« Er tauchte sein Gesicht in den Dampf, der von dem Gericht aufstieg, und atmete ihn tief ein. »Danke, danke, danke.«

»Gern geschehen, Sir.« Sie musste lachen. »Eigentlich sollte ich mich bedanken.«

»Fühlen Sie sich denn wohl in Ihrer Unterkunft?«, fragte er

besorgt. »Wie ich sehe, brauchen Sie noch ein Bett für den Jungen. Litton wird sich morgen früh darum kümmern.«

»Danke, Sir. Jetzt sollten Sie aber nach oben gehen und sich Ihr Essen schmecken lassen. Gute Nacht, Doktor.«

Sie lächelten einander an. Dann drehte Grace sich um, beendete ihre Arbeit in der Küche und löschte alle Lampen bis auf eine, die sie für den Rückweg in ihre Räume brauchte. Sie warf einen prüfenden Blick auf die Kinder, die beide fest schliefen, und stellte dann fest, dass in dem Bett gar kein Platz für sie selbst war. Sie musste lächeln. Was machte das schon? Schließlich hatte sie bereits in Kojen, Hängematten und Feldbetten geschlafen, auf Seglern, Planwagen und Dampfschiffen, auf dem nackten Fußboden und, erst letzte Woche, auf einem Stuhl. Sie schaute sich um; immerhin war da noch die Bank unter dem Fenster. Doch seltsamerweise verspürte sie plötzlich keinerlei Müdigkeit mehr, im Gegenteil, sie fühlte sich geradezu aufgedreht. Das liegt daran, dass es uns allen gut geht, sagte sie sich; es geht uns gut, wir sind satt, haben ein Dach über dem Kopf, und ich habe Arbeit. Sie hatten es geschafft, sie waren am Ziel: von Irland nach Amerika, vom Atlantik bis hinüber zum Pazifik – sie waren nun so weit gekommen, wie es nur ging; weiter wollte sie nicht mehr. Ihr Blick fiel auf die Truhe, die sie mitgebracht hatte. Sie nahm eine Lampe, sank neben der Truhe auf die Knie, öffnete das Schnappschloss, hob den schweren Deckel an und klappte sie auf.

Viele der Sachen hatte sie schon sehr lange nicht mehr zu Gesicht bekommen. Eine Weile ließ sie einfach nur die Finger über den Quilt gleiten, der ihre Schätze bedeckte, und sog den Geruch alter Erinnerungen ein. Dann seufzte sie tief, legte sich die Steppdecke um die Schultern und nahm vorsichtig ein Teil nach dem anderen heraus.

Zuoberst lag das brüchige Leichentuch, das sie bestickt hatte, um den winzigen Sarg von Michael Brian zu bedecken. Dann kam Blossom zum Vorschein, die weiche, vor lauter Küssen und Umarmungen abgenutzte Puppe, die Granna für Mary Kate genäht hatte und die Grace nun beiseite legte, um sie ihrer Tochter zurückzugeben. Darunter befand sich der Kaschmirschal, den Grace aus den Flitterwochen in Dublin für ihre Großmutter mitgebracht hatte, die edle Dinge liebte. Daneben lag ein Bündel Ansichtskarten, das mit einem grünen Haarband zusammengebunden war und das Graces Mutter Kathleen gehört hatte. Grace löste das Band und betrachtete eine Karte nach der anderen, berührte ihren weichen, papierdünnen Rand und erinnerte sich daran, wie sie an der Wand ihrer Hütte gehangen hatten. Ihre Mutter hatte es geliebt, sie zu betrachten – die zum Meer abfallenden Mourne Mountains, die Klippen von Kilkee, das Weideland des Golden Vale und den Sonnenuntergang in der Bantry Bay. Sie hatte ihren Kindern viele Geschichten über jenes Irland erzählt, das sie so innig liebte, hatte von der schroffen Schönheit des Landes und den ganz besonderen Menschen gesprochen, die dort lebten.

Grace legte die Karten beiseite und holte die alte Bibel ihrer Mutter hervor, die Sean in New York zurückgelassen hatte, als er verschwunden war. Zwischen Buchdeckel und Vorsatzblatt befand sich ein Dokument über Kathleens Heirat mit Patrick O'Malley, dazu Geburts- und Taufdaten ihrer Kinder Ryan, Sean und Gracelin – alles in ihrer zierlichen Handschrift verfasst. Darunter hatte Granna weitere Daten hinzugefügt: den Tag von Graces Heirat mit Bram Donnelly, gefolgt vom Geburtsdatum ihrer Kinder; den Tag von Ryans Hochzeit mit Aghna, gefolgt von Thomsys Geburtsdatum. Mit Ausnahme des Todestages von Michael Brian, Mary Kathleens Zwillingsbruder, waren keine Sterbedaten eingetragen; weder Grannas Tod noch der von Graces Vater Patrick war verzeichnet, und auch nicht die Sterbedaten von Ryans kleiner Familie; das einzige Todesdatum, das Grace kannte, war das ihrer Großmutter. Seufzend blätterte sie weiter. Unversehrt zwischen den Seiten lagen die Dokumente, die Mary Kathleen als Tochter von Bram Donnelly auswiesen und sie an ihrem achtzehnten Geburtstag zur rechtmäßigen Erbin von Donnelly House machten. Dazu hatte es einiges bedurft, erinnerte Grace sich mit einem gequälten Lächeln und dachte an Brigid und deren Enkel – jetzt Philip Donnelly –, der ein weit besseres Leben bei Brams Bruder in England führte. Ob Mary Kate jemals nach Irland zurückkehren und das Herrenhaus in Besitz nehmen würde? Zumindest konnte sie es eines Tages veräußern und sich somit ein eigenes Einkommen sichern; auf diese Weise würde sie niemals von jemand anderem abhängig sein.

In einer Ecke der Truhe lag das Holzkästchen, das Liam für sie geschnitzt hatte. *Mutter* stand darauf, und das rührte sie noch heute; dabei war sie ihm nicht lange eine Mutter gewesen und auch keine so gute, wie sie es hätte sein wollen. Hoffentlich konnten Alice und Seamus, seine richtigen Eltern, ihn nun sehen, den prächtigen jungen Seemann, zu dem er sich unter der Obhut von Kapitän Reinders entwickelt hatte.

In dem Kästchen lag eine Daguerreotypie von Dugan Ogue in Boxerkleidung. Grace betrachtete das Bild eine ganze Weile und rieb sich dabei den Knöchel des Fingers, den er ihr gebrochen hatte, als er ihr das Leben rettete. Dugan und Tara waren in New York ihre treuesten Freunde gewesen, und sie vermisste ihre fröhlichen Stimmen, die die geschäftige Gaststätte erfüllt hatten.

Gleichfalls in Liams Kästchen lag ein zusammengefalteter Brief, den Grace nun herausholte und an ihr Herz drückte. Sie schloss die Augen. *Weine um mich, und dann lass das Weinen, denn von nun an werde ich über dich wachen, wie ich es bislang nie vermocht habe.* Sie kannte den Brief auswendig, jedes einzelne Wort, hatte ihn lange am Körper getragen, doch als man ihr Jack zurückbrachte, hatte sie sich endlich davon lösen können. Nun legte sie ihn erneut beiseite, neben den Ring, den Morgans Schwester Aislinn Mary Kate geschenkt hatte – den Ring mit dem Connemara-Stein –, neben die kleinen goldenen Ohrringe, die Morgan getragen hatte, und den dicken goldenen Ehering, den Lord Evans ihm im Augenblick ihrer Hochzeit geschenkt hatte. Der Ring, den sie an ihrer Hand trug, hatte seiner Mutter gehört. Sie hatte ihn nie abgenommen und würde ihn auch nie abnehmen, außer … Müde, aber im Frieden mit sich selbst, schüttelte Grace den Kopf.

Sie legte all die kostbaren Dinge zurück und klappte die Truhe vorsichtig wieder zu. Dann stand sie auf, den Quilt noch immer um die Schultern. Sie löschte das Licht, und Dunkelheit erfüllte den Raum, in dem die leisen, gleichmäßigen Atemzüge der schlafenden Kinder zu hören waren. Ihrer Kinder. Nichts konnte kostbarer für sie sein als Mary Kate und Jack. Sie küsste die beiden sanft und strich ihnen übers Haar. Dann machte sie es sich auf einem Sessel neben dem Bett bequem und wachte über sie, wie sie es immer tat, bis die Dunkelheit der Nacht dem Licht des Morgens wich.

6

An dem Tag, an dem er in die Stadt humpelte und den Pazifischen Ozean sah, wusste Sean O'Malley, dass er am Ende seiner Reise angekommen war. Dies war die Endstation, das spürte er: Ganz gleich, wie viele Jahre ihm noch blieben, nun hatte endlich der Rest seines Lebens begonnen.

San Francisco war ein Paradies der Sünder – was aus der Perspektive eines gefallenen Heiligen noch leichter zu erkennen war. Sean stieß einen Seufzer der Erleichterung aus. Der Kampf war vorbei; er würde sich einfach geschlagen geben und den Weg in den Abgrund in vollen Zügen genießen. Sogar der Geruch passte dazu: eine frische Brise vom Meer, die sich mit dem in der Stadt vorherrschenden Gestank aus ungeklärtem Abwasser, Brackwasser, Bauholz und beißendem Teer mischte – der Geruch einer im Aufbau begriffenen Stadt, der Geruch des Erfolgs. Wem diese Mischung die Kehle austrocknete, konnte zu jeder Tages- und Nachtzeit in einem Saloon einkehren, wo der Whiskey in Strömen floss, so dass staubige, unmittelbar von den Schürfstätten kommende Goldgräber ihren Durst auf der Stelle löschen und sogleich damit beginnen konnten, ihr Geld in der Stadt des Goldes auszugeben. Sie tranken, wie Sean es noch nie erlebt hatte, sie spielten wie besessen, hurten jede Nacht herum, prügelten sich wie die Seeleute, randalierten, pöbelten. Dann brachten sie das ihnen noch verbliebene Geld zur Bank, packten Gewehre, Munition sowie frische Vorräte ein und kehrten für Monate zu ihrer Knochenarbeit an den Schürfstellen zurück. Und schon nahm die nächste Gruppe staubiger und ausgedörrter Goldgräber ihren Platz an der Bar ein, die nächsten aufbruchbereiten Einwanderer. Sean sah ihnen von seinem Platz am Ende des Tresens aus zu, von seinem Tisch im hinteren Bereich des Saloons, vom Fenster seiner Pension. Das ständige Kommen und Gehen dieser Menschen faszinierte ihn; man wusste nie, was die nächste Flut mit sich brachte.

Über das Meer wurden Iren jenes Schlags angespült, die Sean am meisten liebte – Strafgefangene aus Australien, des Aufruhrs gegen die Engländer angeklagte, politische Häftlinge, Aktivisten der »Young Irelanders«. Sean gehörte diesem Haufen nicht an, nicht mehr; er hatte seine Leute schon mehrfach im Stich gelassen und mied daher ihre Gesellschaft. Doch konnte er es sich nicht verkneifen, ihre Gespräche zu belauschen, auch wenn ihn dabei jedesmal solches Heimweh überkam, dass er mehr trank denn je.

Auf seinem Hocker am Ende der Bar erfuhr er bald, dass ein fortwährender Strom von Häftlingen aus den Sträflingskolonien in Van-Diemen's-Land über Hawaii nach San Francisco kam, wo ihnen ein heldenhafter Empfang bereitet wurde. Seans alter Freund Terence MacManus – der gebürtige Liverpooler zählte nach wie vor zu den größten Anhängern von Smith O'Brien – war 1851 in San Francisco gelandet und hatte keinen Schritt tun können, ohne dass ihm jemand ein Glas Bier in die Hand drückte. Das Auslieferungsabkommen zwischen Großbritannien und den Vereinigten Staaten wurde von amerikanischen Richtern fröhlich missachtet, solange es um politische Gefangene ging, und jede gelungene Flucht aus den Sträflingskolonien verbreitete sich wie ein Lauffeuer im ganzen Land. MacManus war eine Weile in San Francisco geblieben und hatte sich in der Schiffsbranche versucht, es mit den Handelsschiffen der Ostküste jedoch nicht aufnehmen können und sich dann angeblich auf die Viehzucht verlegt. Sean wünschte ihm alles Gute, hob sogar jedes Mal das Glas, wenn sein Name oder der von William Smith O'Brien, John Mitchell, Thomas Meagher oder Morgan McDonagh fiel, nicht aber, wenn er seinen eigenen Namen hörte – denn sonst hätte er sich an seinem Drink verschluckt. Wenn der Name Sean O'Malley in einem Atemzug mit diesen großartigen Männern genannt wurde, ließ er beschämt den Kopf hängen, erleichtert, dass er am Ende seines Wegs angekommen war und ihn niemand mehr erkannte.

Die meisten der aus der Gefangenschaft geflohenen Iren siedelten sich in einem eigenen Stadtteil südlich der Market Street an, in der Nähe von Produktionsanlagen und der St. Patrick's Church. Sie mieden den Kontakt mit den englischen Sträflingen aus Australien, die Sydney Town in ein Nest von Brandstiftern, Plünderern und Räubern verwandelten. Sean machte um beide Viertel einen großen Bogen und hielt sich auch den dortigen Pubs, Saloons, Restaurants, Geschäften, Bordellen und Spielkasinos fern – was ihm nicht besonders schwer fiel, da es Hunderte anderer Vergnügungsstätten gab.

Rasch hatte Sean sich angewöhnt, erst bei Einbruch der Dämmerung auszugehen, zu einer langen Nacht des Glücksspiels. Dank seines bemerkenswerten Gedächtnisses besaß er eine besondere Begabung für Kartenspiele aller Art, doch Poker war sein Lieblingsspiel, auch wenn es bei den meisten Neunundvierzigern – den 1849 nach Kalifornien gekommenen Goldgräbern – als zu langsam und kompliziert galt. Sie bevorzugten stattdessen das Würfelspiel Craps oder die französischen Kartenspiele Vingt-et-un und Lansquenet. Größter Favorit jedoch, ob im El Dorado, im Blue Wing Saloon, im Aquila de Oro, im Verandah oder im Parker House, war Monte, ein schnelles mexikanisches Kartenspiel, bei dem es darum ging, Geld darauf zu setzen, wer als Erster das Gegenstück seiner Karte ausgeteilt bekam. Die Wetteinsätze reichten von fünfzig Cent bis fünf Dollar pro Blatt, doch in Privaträumen hatte Sean auch schon erlebt, dass bis zu zwanzigtausend Dollar gesetzt wurden. Eine dieser Wetten war von dem besten Profispieler der Stadt platziert und gewonnen worden, Charles Cora, einem faszinierenden Mann, der in Italien geboren, in den Bordellen von New Orleans aufgewachsen und mit der hübschen Belle, Eigentümerin des luxuriösesten Bordells der ganzen Stadt, verheiratet war. Cora ging nie ohne einen Derringer aus und schon gar nicht ließ er sich ohne ihn auf ein Spiel ein. Sean nahm sich das zum Vorbild und besorgte sich eine ebensolche Waffe, obwohl er sich wesentlich mehr im Hintergrund hielt und hoffte, sie nie benutzen zu müssen.

Entschlossen, seine Anonymität zu wahren, hatte Sean sich, nicht ohne Selbstironie, den Familiennamen Miner zugelegt. Er fand problemlos eine Unterkunft, wobei ihn viele Pensionen an die schrecklichen Zimmer in den irischen Elendsvierteln von New York erinnerten und trotz ihres erbärmlichen Zustands keineswegs billig waren. In einem Hotel hatte er nicht Quartier beziehen wollen, da er dort mehr Aufmerksamkeit erregt hätte, als ihm lieb war. Doch auch die Pensionen hatten ihre Tücken: Ehrbare Vermieter lehnten es ab, an einen verkrüppelten Iren zu vermieten, der eindeutig kein Goldgräber war, der keinen Beruf auszuüben schien und erst in den frühen Morgenstunden nach Hause kam, nach Whiskey und Zigarrenqualm stinkend.

Sean stellte bald fest, dass er ohnehin kein Interesse mehr an ehrbaren Vermietern hatte; ihm waren die Pensionen in Chinatown wesentlich lieber. Dort hatte er eine hübsche Vereinbarung mit Mister Hung Chang-Li getroffen, einem diskreten Mann aus dem Delta des Perlenflusses, siebentausend Meilen westlich auf der anderen Seite des Pazifischen Ozeans gelegen. Die Gebrüder Hung besaßen nach wie vor ein Claim am Wood's Creek in der chinesischen Goldgräberstätte; Chang-Li hatte seine anfänglichen Gewinne jedoch dazu verwendet, eine Pension und ein Pfandleihhaus zu eröffnen – lukrative Unternehmungen und keine Knochenarbeit, wie er gerne sagte. Sean fand Gefallen an Chang-Li, dessen Englisch gut war und dessen Worte philosophische Tiefe besaßen. Häufig tranken sie nachmittags gemeinsam Tee aus zierlichen kleinen Schalen, ehe Sean die Pension verließ.

Es war ein Haus, in dem Männer, vor allem Chinesen, ein und aus gingen; allerdings gab es dort auch eine junge Frau unbestimmten Alters mit Namen Mei Ling. Chang-Li sprach von ihr als seiner Sklavin, doch als Sean darauf hinwies, dass Kalifornien die Sklaverei bei der Staatsgründung 1850 abgeschafft habe, räumte Chang-Li ein, Mei Ling sei in Wirklichkeit eher eine Kontraktarbeiterin. Im Gegenzug für die Kosten ihrer Überfahrt, für die er aufgekommen sei, habe sie sich ihm für sieben Jahre als Dienerin verpflichtet. Vier Jahre musste sie noch ableisten, und sie schien an ihrer Stellung als niedrigster Dienstbotin im ganzen Haus nichts auszusetzen zu haben. Mei Ling war äußerst schüchtern und ernst und in Seans Augen derartig exotisch, dass er sie regelmäßig bei ihrer Arbeit beobachtete und sie dabei länger anstarrte, als er es hätte tun sollen. Chang-Li schien ihr gegenüber der weit verbreiteten Ansicht nachzuhängen, Sklaven seien faul und hinterlistig; er schnauzte sie häufig an und bürdete ihr immer neue Aufgaben auf, und sei es nur die, ihm seine geliebte Pfeife zu stopfen und sich neben ihn zu knien, während er diese rauchte. Des Öfteren verfluchte er sie auch oder schlug nach ihr, wenn sie an ihm vorbeiging. Gleichzeitig klagte er ständig darüber, man habe ihm die Obhut eines Ochsen aufgeladen, und spekulierte darüber, auf wie vielfältige Weise sie ihn zu vergiften versuchen könne.

Obwohl Sean die Beziehung zwischen den beiden unangenehm berührte, mischte er sich nicht ein. Er wusste, dass seine Zeit des leidenschaftlichen Protests vorbei war. Und da er Gott den Rücken zugewandt hatte, blieb ihm nichts anderes übrig, als seine eigene sündhafte Natur – und die seiner Mitmenschen – mit Gleichmut zu beobachten. Es handelte sich um ein Studium, das seiner Bildung entsprach und dem er sich mit grimmiger Befriedigung widmete.

Dies war nun seine Stadt und Chinatown sein Viertel, seine Heimat – etwas ganz anderes als der irische Feldweg, an dem er das Licht der Welt erblickt hatte. Er und Gracelin hatten ihre gesamte Kindheit in und um eine einfache Hütte herum verbracht, waren mit einem sturen, todunglücklichen Vater und einer ebenso sturen, aber optimistischen Großmutter aufgewachsen. In der Rückschau schien sein älterer Bruder Ryan nie Teil dieser Kindheit gewesen zu sein, und Sean konnte sich kaum noch an ihn erinnern, konnte sich seine Gesichtszüge und seine Stimme nur noch schwach ins Gedächtnis rufen. Sie waren alle tot: Ryan und seine Frau Aghna sowie der gemeinsame Sohn Thomsy, ebenso Seans Vater, seine Mutter, Großmutter, Schwester, Nichte, sein bester Freund, alle seine Freunde. Unterdrückung, Besetzung, Hungersnot, Typhus – das Irland seiner Kindheit war verschwunden, und übrig geblieben war ein Land voller Kranker und Verzweifelter, ein Land, das unter der Führung eines Feindes stand, der entschlossen war, ihrer aller Vergangenheit auszulöschen und ihnen eine Zukunft vorzuenthalten. Er, Morgan und Grace hatten versucht, das zu verhindern, hatten für die Freiheit ihrer Landsleute gekämpft, doch die Aufgabe war zu groß für sie gewesen; und nun waren alle Guten auf die eine oder andere Weise verschwunden. Auch er hatte einmal zu den Guten gehört, war nach New York geschickt worden, um die gemeinsame Sache zu vertreten. Stattdessen hatte er die Menschen im Stich gelassen, die er am meisten liebte, hatte sie für eine neue Sache aufgegeben, für die beste Sache der Welt – oder das, was er dafür gehalten hatte, eben jenes Königreich in der Wildnis. Sean legte die Stirn an die kalte Fensterscheibe, schloss die Augen und versuchte zu vergessen. Wenn ich doch nur noch einmal von vorne anfangen könnte, dachte er, wenn ich es doch nur beim ersten Mal richtig gemacht hätte.

Draußen hatte die Dämmerung eingesetzt, und die Straßenlaternen wurden angezündet. Es war jene Geisterstunde, in der schlechte Menschen sich an ihren korrupten Taten erfreuten und in der gute Menschen darunter litten, dass manche ihrer Taten sich als schlecht herausgestellt hatten. Zu welcher Sorte gehörte er? Sean hob den Kopf und musterte sein Spiegelbild im Fenster. Er war weder gut noch böse, sondern einfach nur unfähig. Und das war womöglich die schlimmste Sorte Mensch – wegen des Schadens, den sie im Leben derer anrichteten, die ihnen vertrauten.

Unten auf der Straße hatte das Fest begonnen. Er konnte bereits die Rufe der Trinker hören, der Spieler, die sich bereit machten, der Raufbolde, die sich Mut antranken, und den vereinzelten Pfiff einer Frau, die aus dem Schatten hervortrat, nur für einen kurzen Moment, so dass man sich rasch entscheiden musste. Sie alle riefen ihn, wie Bewohner der Hölle, die für eine Nacht Ausgang hatten. Im dunklen Zimmer zog Sean sein sauberes, geplättetes Leinenhemd an, dann die Weste und das Jackett. Schließlich verstaute er sein Geld in einer in den Saum eingenähten Innentasche. Er vergewisserte sich, dass sein Derringer geladen war, und übte ein paarmal dessen schnelles Ziehen. Nachdem er sein Zimmer verlassen und die Tür hinter sich verriegelt hatte, zog er sich den Hut tief in die Stirn, so dass man seine Augen kaum noch sehen konnte – Augen, die scharf genug waren, um gute Männer abzuschrecken, und kalt genug, um an die Spieltische der schlechten eingeladen zu werden. Unten an der Treppe klopfte er sich auf die Taschen. Geld, Waffe, Opium und Whiskey – Sean O'Malley war bereit für eine weitere Nacht in der Stadt.

7

Das kleine Mädchen lebte noch, und ihre schönen dunklen Augen ruhten auf Morgans Gesicht, während er hinter Aquash durch die endlose Wildnis des Nordens wanderte. Fast drei Wochen waren vergangen, seit sie die Pelzjägersiedlung verlassen hatten, und obwohl Morgan sicher war, dass ihnen niemand folgte, verhielten sie sich vorsichtig und versteckten sich, sobald sie irgendwo Stimmen hörten. In der zweiten Woche waren Aquashs Wunden verheilt, und sie hatte sich so weit erholt, dass sie die meisten Stunden des Tages gehen konnten. Die Tage wurden allerdings immer kürzer, und Morgan fragte sich, was mit ihnen geschehen sollte, wenn sie nicht bald das Lager der Mi'kmaq fanden. Obwohl die Sonne über Tag noch hoch genug stieg, um sie auf ihrem Weg zu wärmen, wurden die Nächte immer länger und kälter. Jedes Mal, wenn Wolken aufzogen und Regen fiel, spürte Morgan den herannahenden Winter.

Aquash trug den Säugling sicher und warm auf dem Rücken. Alle paar Stunden legten sie eine Rast ein, damit sie die Kleine stillen und selbst etwas essen konnte. Morgan und Nacoute nutzten die Zeit, um Wild zu jagen oder zu fischen. Beeren und Nüsse gab es noch in Hülle und Fülle, aber keine Eier, Früchte oder Gemüse. Nicht hier, inmitten der kanadischen Wildnis.

In der ersten Woche waren sie so lange wie möglich auf dem Fluss gefahren, hatten die Kanus bei Nacht ans Ufer gezogen und ein Feuer gemacht, damit das Kind, das die meiste Zeit schlief, es warm hatte. Nacoute, dessen Ängste zusammen mit Remy Martine in der Siedlung begraben lagen, wirkte nun ruhiger und friedlicher, als Morgan ihn je erlebt hatte. Er war völlig fasziniert von seiner kleinen Schwester und hielt ihr verschiedene Gegenstände vors Gesicht, um sie zu unterhalten – ein Blatt, das er am Halm drehte, zwei Nüsse, die er gegeneinander schlug, oder gefundene Adlerfedern, mit denen er sie an der Wange kitzelte. Aquash sah ihnen zu und lächelte; auch sie machte einen ruhigeren Eindruck. Wie es Morgan schien, verschwendeten weder sie noch ihr Sohn einen Gedanken daran, dass sie das Lager vor Wintereinbruch nicht finden könnten, dass sie es womöglich überhaupt nicht finden würden.

Als der Fluss gefährlicher und schwerer passierbar wurde, ließen sie die Kanus im Unterholz zurück und gingen zu Fuß weiter, immer dem Flusslauf folgend. Morgan dachte daran, dass die Mi'kmaq vielleicht landeinwärts gezogen sein könnten, um Fallen zu stellen oder Handel zu treiben, und ihr Lager dann schwer zu finden sein würde. Aquash hatte ihren Stamm acht oder mehr Jahre nicht gesehen, soweit er wusste, und kannte dessen Gewohnheiten nicht mehr. Es war jetzt Anfang Oktober. Jeden Tag sahen sie Wildgänse in Richtung Süden fliegen, und die Tiere im Wald sammelten eifrig Nahrung für den Winter. Morgan hatte im Stillen beschlossen, einen Halt zu erzwingen und ein Winterlager aufzuschlagen, falls sie Aquashs Stamm nicht in der nächsten Woche fanden. Sie durften nicht auf den ersten Schnee warten; aus Erfahrung wusste er, dass die ersten Flocken sich schnell in einen tagelangen, wütenden Schneesturm verwandeln konnten, und von einem solchen Unwetter sollten sie sich besser nicht schutzlos überraschen lassen. Überall im Wald lagen umgestürzte Bäume und abgebrochene Äste, und es war noch nicht zu spät, Rehe oder Elche zu erlegen und deren Häute gegen die Kälte zu verwenden. Am Fuß der Berge gab es Höhlen, die man bewohnbar machen konnte, wenn sich für den Rauch des Feuers ein Abzug fertigen ließ. Auf diese Weise würden sie den Winter notfalls überleben, aber nur, wenn sie aufhörten, auf ein Wunder zu hoffen, und sich auf das Unvermeidliche vorbereiteten.

Jeden Abend sagte sich Morgan, ihre Suche sei zu Ende und sie müssten am nächsten Tag ein Lager aufschlagen. Doch am nächsten Morgen brachte er es wieder nicht über sich – denn auch er hoffte, Aquashs Stamm vor dem Wintereinbruch zu finden, damit er sie und ihre Kinder dort lassen und nach Süden weiterziehen konnte, in die Vereinigten Staaten. Dabei bedeuteten die drei ihm alles, diese kleine Familie, bestehend aus Mutter, Sohn und winziger Tochter. Sie und er bildeten eine eigene kleine Welt, mit einem immer gleichen Rhythmus aus Schlafen, Wandern und Essen. Obwohl Morgan nur Englisch und ein paar Worte Französisch beherrschte, Aquash nur Mi'kmaq und ebenfalls ein paar Worte Französisch, und Nacoute überhaupt nicht reden konnte, hatten sie keine Mühe, sich zu verständigen. Die Stille des Waldes, lediglich unterbrochen durch den Ruf der Tiere oder das Geräusch des Windes, gefiel ihnen allen, denn so konnte jeder seinen eigenen Gedanken nachhängen. Oft fiel den ganzen Tag über kaum ein Wort; sie verständigten sich meist durch Gesten, durch Lächeln und die Sprache der Augen. Morgan war das recht. Manchmal dachte er an Irland und die langen, hitzigen Diskussionen mit den anderen jungen Burschen zurück und fragte sich, ob er je wieder bei einem ordentlichen irischen Tischgespräch würde mithalten können.

Er schaute an Aquashs Schulter vorbei zu Nacoute, der sie an diesem Morgen führte, und dann wieder in die Augen des kleinen Mädchens. Sie hieß Marie, und sie schien bereits zu wissen, dass sie ein Kind zweier Welten war. Sie beobachtete alles um sich herum mit den Augen einer alten Frau, und Morgan war ganz vernarrt in sie. Aquash hatte den Namen ausgewählt, aber erst nachdem sie Morgan verständlich gemacht hatte, dass sie der Kleinen den Namen seiner Mutter geben wollte. Dazu hatte sie die Hand auf Nacoutes Schulter gelegt und auf sich gezeigt; dann hatte sie ihre Hand auf Morgans Schulter gelegt und nach oben gedeutet, zum Himmel. Sie musste diese Geste mehrmals wiederholen, aber schließlich verstand er und sagte langsam: »Mary, Mary McDonagh.«

»Maa-ri«, hatte Aquash wiederholt, dann genickt und die Hand auf den Kopf ihrer Tochter gelegt. »Maa-ri«, sagte sie und lächelte das kleine Mädchen an.

Jetzt spähte Marie ihn aus ihrem Tuch an, und ihre Augen weiteten sich, wenn er lächelte oder die Finger vor ihrem Gesicht hin und her bewegte. Sie gurrte, und sein Herz war erfüllt von Glück. Er hatte vergessen, wie sehr er die Verheißung eines kleinen Kindes liebte. Er dachte an seine Mutter und ihre Kinder, außer ihm allesamt Mädchen, in gewisser Weise selbst kleine Mütter. Die Jüngste, Ellen, war sein Liebling gewesen, so voller Leben – und seine treue Begleiterin, während er umherzog und die Arbeit verrichtete, die sie alle ernährte. Arme Ellen, dachte er nun. Mit von Hunger und Krankheit ausgezehrtem Körper war sie auf dem Weg zu dem Kloster, wo ihre ältere Schwester Barbara als Nonne lebte, in seinen Armen gestorben. Zwei Tage lang hatte er ihren leblosen Körper getragen – er hatte sie einfach nicht am Wegesrand zurücklassen können, wo schon so viele Leichen lagen –, bis er das Kloster erreichte und Barbara Ellen auf dem Klosterfriedhof neben dem Garten begrub. Sie waren alle gestorben, alle Schwestern, außer vielleicht Aislinn, die nach London fortgelaufen war, bevor die Hungersnot begann. Er hatte gehofft, heimlich eine Nachricht an Barbara schicken zu können, um so zu erfahren, wo Grace sich aufhielt, aber diese Hoffnung war an dem Tag zerstört worden, als Einwanderer aus Cork mit der Nachricht kamen, von den Nonnen aus dem Kloster sei keine mehr am Leben, sie seien alle am Fieber gestorben, und niemand sei mehr da gewesen, um sie zu beerdigen.

Während seines ersten Jahres in Kanada war Morgan sehr krank gewesen, krank an der Schwelle zum Wahnsinn; das Fieber hatte sein Hirn zermürbt und seinem Körper alle Kraft entzogen. Er brauchte lange, um sich zu erholen – die Wochen vergingen quälend langsam. Nur verschwommen konnte er sich daran erinnern, wie er von Männern aus seiner Zelle gezogen worden war. Damals hatte er sie für Wachen gehalten, die ihn endlich zur Hinrichtung führen wollten; es war ihm gleich gewesen, denn er war so krank, dass er glaubte, ohnehin bald sterben zu müssen. Statt ihn aber zu töten, hatten die Männer ihn in einem Wagen versteckt und dann an Bord eines Schiffes geschmuggelt. Ein Priester war bei ihm gewesen – oder ein Mann, der sich als Priester verkleidet hatte, das wusste er nicht genau –, aber binnen weniger Tage war dieser Mann gestorben und auf See bestattet worden. Irgendwie hatte Morgan die Fahrt überstanden, obwohl er an vielen Tagen Gott laut angefleht hatte, seinem Leben ein Ende zu setzen, ihn zu sich zu holen und endlich von seinem Elend zu erlösen. Doch Gott hatte andere Pläne. Morgan landete auf Grosse Isle und kam sofort in Quarantäne. Wieder schwebte er zwischen Leben und Tod, und wieder bat er Gott, ihn gehen zu lassen, doch wieder lautete die Antwort nein. Er verbrachte dort zwei lange Jahre, zunächst im Krankenhaus, dann in einer Art Erholungsheim für mittellose Einwanderer und schließlich in einem winzigen gemieteten Zimmer, mit Schulden so hoch wie ein Schiffsmast. In all der Zeit hatte er niemandem seinen richtigen Namen verraten; schließlich befand er sich noch immer auf britischem Boden, und obwohl er Erlösung von diesem Leben suchte, wollte er sie nicht durch die Hand seiner Feinde erfahren. Als seine Kräfte allmählich zurückkehrten, akzeptierte er, dass er leben würde, und machte sich daran seine Schulden zu begleichen. Er fand eine ideale Arbeit: den Transport von Vorräten aus einer Einwandererstadt zum Pelzjägerlager flussabwärts. Diese Tätigkeit erlaubte es ihm, viel Zeit allein zu verbringen und gleichzeitig das Land kennen zu lernen. Er hatte seine Schulden fast abbezahlt und stand kurz davor, in die Vereinigten Staaten aufzubrechen, als er in einen Sturm geriet und ein umstürzender Baum ihm beide Beine brach. Wie oft hatte er sich gefragt, warum ihm auch das noch hatte zustoßen müssen, doch nun brauchte er nur in die Augen des kleinen Mädchens auf dem Rücken seiner Mutter zu sehen, um es zu wissen.

»Deinetwegen«, flüsterte er ihr zu. *Weil du unterwegs warst,* fuhr er in Gedanken fort, *und weil das der Weg des Herrn ist. Meine Schwestern konnte ich nicht retten, aber für dich lässt er mich etwas tun.*

Maries Augen weiteten sich wieder, und sie gurrte, als hätte sie seine Worte vernommen. Er hatte schon lange aufgehört, nach dem Warum zu fragen, und fand Frieden in dem Wissen, dass er einfach dort war, wo er sein sollte. Das bedeutete nicht, dass er nicht weiter nach Süden ziehen oder nicht weiter versuchen wollte, alles über Grace und ihr Schicksal in Erfahrung zu bringen, aber er würde sich nicht länger darüber den Kopf zermartern, wann es so weit sein würde.

Die Stunden verstrichen, und die feuchte Kühle der Nachmittagsluft kündigte die nahende Dunkelheit an. Morgan rief Nacoute und bedeutete ihm, Halt zu machen. Nacoute runzelte die Stirn, doch als er die Erschöpfung auf dem Gesicht seiner Mutter sah, nickte er und setzte seine Last ab. Morgan nahm das fest verzurrte Bündel von Aquashs Rücken und lehnte es gegen einen Baum, dann löste er die Bänder, hob Marie heraus und gab sie ihrer Mutter. Während Aquash ihre kleine Tochter stillte, häuften Morgan und Nacoute Holz auf, das Morgan anschließend mit seinem Feuerstein entzündete. Am Morgen hatte er eine Ente geschossen, die Nacoute nun rupfte und ihm dann zum Ausnehmen gab. Als das Lager für die Nacht fertig war und die Dunkelheit sie umhüllte, briet die Ente an einem Spieß, und Fett tropfte knisternd ins Feuer.

Plötzlich bemerkte Morgan einen Schatten, der sich außerhalb des Feuerscheins zwischen den Bäumen bewegte. Er gab Nacoute ein Zeichen, woraufhin beide sich erhoben. Morgan nahm das Gewehr und legte es an.

»Kommen Sie raus, dann lasse ich Sie am Leben«, sagte Morgan ruhig und spähte ins Dunkel.

Neben ihm zog Nacoute leise sein Messer aus der Scheide.

Eine sehr lange Minute verstrich, dann trat ein Mann mit erhobenen Händen hinter einem Baum hervor und kam langsam auf das Feuer zu.

»Sie sind Engländer!«, rief der Mann aufgeregt.

»Ire«, berichtigte Morgan ihn. »Und Sie sind …«

»Franzose natürlich.« Der kleine Mann zuckte gut gelaunt die Achseln. »Père Leon, zu Ihren Diensten.« Er deutete eine Verbeugung an.

Morgan musterte ihn eingehend, und ihm fiel die warme Winterkleidung auf, die typisch war für einen Trapper. »Sie sind Priester?«

»Ein Mann Gottes, *oui*.« Er schnupperte. »Ein sehr hungriger Mann Gottes allerdings.« Er warf über das Feuer hinweg einen Blick auf Aquash und das Kind, sah dann Nacoute an und sagte etwas in der Sprache der Mi'kmaq. Die beiden lauschten überrascht.

Obwohl er eindeutig zu Nacoute sprach, weil er der Mann war, antwortete Aquash, und der Priester kam näher, um sie besser zu verstehen. Sie stellte ihm ein paar Fragen, dann redete sie eine ganze Weile, während er nur ab und zu nickte und zu Morgan hinübersah.

»Gut.« Der kleine Priester rieb sich die Hände, dann wandte er sich an Morgan. »Das ist sehr interessant, und ich bin froh, dass ich Ihnen helfen kann. Sie sind nur einen Tag vom Winterlager der Mi'kmaq entfernt. Sie müssen einen halben Tag auf Ihrem Weg zurückgehen und dann weiter nach Westen.«

Morgan spürte eine Woge der Erleichterung und senkte das Gewehr. »Sie sprechen ihre Sprache.«

Der Priester zuckte die Achseln. »Ich habe viele Jahre bei diesen Menschen gelebt. Und ich habe mehr von ihnen gelernt als sie von mir.« Er lächelte. »Sie sagt, ihr Mann war ein französischer Pelzjäger, der gestorben ist, und Sie helfen ihr, nach Hause zu kommen. Und das ist ihr Sohn.« Er zeigte auf Nacoute.

»Ja.« Morgan nickte. »Wollen Sie sich setzen und mit uns essen?«

»*Avec plaisir*«, antwortete Père Leon erfreut und ließ sich auf einem Baumstamm am Feuer nieder. »Wie lange sind Sie schon unterwegs?«

Morgan nahm den Bratspieß vom Feuer, löste ein kleines Stück von der Ente ab und gab es Aquash. »Etwa zwanzig Tage, würde ich sagen.« Er reichte den Spieß weiter an den Priester.

»*Merci.*« Père Leon riss sich ebenfalls ein Stück von dem heißen Fleisch ab und pustete, um es abzukühlen. »Dann sind Sie von der Siedlung bei den Flussteichen gekommen.« Er biss in das Fleisch und kaute geräuschvoll. »Warum hat sie nicht einen anderen Mann aus dem Lager geheiratet? Indianerinnen tun das oft. Sie sind an ein zivilisiertes Leben gewöhnt.«

»Zivilisiert?«, fragte Morgan. »Ist es zivilisiert, wenn man seine Frau schlägt, Père? Wenn man einen unschuldigen Säugling angreift oder einen stummen Jungen so brutal behandelt, dass andere es einem nachtun? Wenn man sich um den Verstand säuft und seine Familie zerstört?« Morgan spuckte ein Stück Knorpel aus. »Verzeihen Sie mir, Père Leon, aber ich glaube, weiße Männer sind nicht von Natur aus zivilisierter als Indianer.«

»Sehen Sie sie nicht in einem zu romantischen Licht, mein Sohn«, erwiderte Père Leon mit erhobenem Zeigefinger. »Indianer können genauso grausam zu ihren Frauen und Kindern sein wie Weiße.«

»Dann ist der eine nicht besser als der andere?«, fragte Morgan.

Aquash und Nacoute hatten aufgehört zu essen, und ihre Blicke wanderten zwischen den beiden Bleichgesichtern hin und her.

Père Leon betrachtete sein Gegenüber. »Ich stimme Ihnen zu, dass jeder Mensch für sich beurteilt werden muss und nur Gott über sein Herz richten kann. Kennen Sie Gott, mein Sohn?«

»Ja.« Morgan beugte sich vor. »Und er kennt mich.«

Der Priester nickte. »Gut. Erlauben Sie mir eine Frage: Werden Sie mit dieser Squaw in ihrem Lager leben?«

»Ich habe schon eine Frau«, antwortete Morgan. »Ich weiß zwar nicht, wo sie ist und ob sie überhaupt noch lebt, aber ich bin verheiratet.«

»Dann ist dieses Kind nicht Ihres?«

»Nein, Père.« Morgan schaute zu Marie hinüber, die in ihrem Bündel zu Füßen ihrer Mutter schlief.

»Demnach ist es eine selbstlose Tat, dass Sie sie zu ihrem Stamm bringen.«

Morgan dachte nach. »Nein, nicht selbstlos. Ich verdanke dieser Frau und ihrem Sohn mein Leben. Ich …« Er verstummte und dachte an die Beschuldigungen, die Aquash seinetwegen erduldet hatte, an die Gewalt, an die Verwirrung des Jungen. »Nicht selbstlos.«

Père Leon nickte und aß langsam weiter. Morgan und Aquash tauschten einen langen Blick, aber er las in ihren Augen keine Angst oder Besorgnis wegen des Manns am Feuer. Dann sprach sie, und ihre Stimme klang hell und sanft.

»Sie fragt, ob ich Sie mit nach Süden nehmen kann, zur Grenze. Sie sagt, Sie wollen nach Amerika. Um Ihre Frau zu finden.«

Morgan schaute Aquash an. »Ich will meine Frau finden«, sagte er. »Aber ich werde diese Familie nicht allein lassen. Ich bringe sie erst zu ihrem Lager, dann ziehe ich weiter.«

»Sehr schwierig, in der Wildnis den richtigen Weg zu finden«, sagte Père Leon. »Viele verirren sich und sterben allein.«

»Ich bin schon mehr als einmal gestorben. Ich habe keine Angst.«

Der Priester musterte die Gesichter der drei um das Feuer versammelten Menschen, dann sprach er zu Aquash, die aufmerksam zuhörte und schließlich erleichtert lächelte.

»Ich habe ihr gesagt, dass ich Sie alle zum Indianerlager bringen werde, und wir beide danach zusammen in Richtung Grenze aufbrechen.« Père Leon beugte sich vor. »Ich reise gern mit einem Mann, der keine Angst hat. Und ich glaube, wir können über vieles reden.«

»Danke«, sagte Morgan. Dann blickte er zu Nacoute, in dessen Augen sich Trauer spiegelte. »Sagen Sie ihm, Père, dass wir ausführlicher miteinander reden, wenn wir im Lager sind. Ich werde nicht weggehen, ehe er dazu bereit ist.«

Der Priester sprach mit dem Jungen, der langsam nickte und dann näher an Morgan heranrückte. Nacoute sehnte sich nach Worten, um diesem Mann zu danken, der so viel für ihn getan hatte. Stattdessen legte er eine Hand auf Morgans Knie und starrte in das flackernde Feuer.

Morgan spürte die Anspannung in der Hand des Jungen, sah die zerkratzten Knöchel, die eingerissenen Nägel und den Schmutz. Er legte seine Hand auf Nacoutes Hand und starrte ebenfalls in die Flammen.

»Alles wird gut, mein Junge«, sagte er sanft. »Jetzt wird alles gut.«

8

San Francisco unterschied sich so deutlich von der kleinen Baracken- und Zeltstadt, die Grace sich vorgestellt hatte, dass sie sich manchmal fragte, ob sie überhaupt im richtigen Land war. Die einstige mexikanische Hafenstadt Yerba Buena befand sich im Oktober 1852 auf dem besten Wege, eine der schönsten Städte aller Zeiten zu werden. Und die Energie, die die mit frischen Holzplanken belegten Straßen, die soliden Häuser mit den feuerfesten Türen und gepflasterten Marktplätze ausstrahlten, wirkte regelrecht ansteckend. Jedes Mal, wenn Grace in das Gewimmel eintauchte, spürte sie die Erregung einer Stadt, die auf schierem Optimismus errichtet war.

San Francisco erschien Grace ganz anders als New York, das bei ihrer Ankunft bereits etwas Beständiges, Etabliertes gehabt hatte. San Francisco hingegen erlebte gerade eine glorreiche Wiedergeburt. Die Stadtväter hatten beschlossen, dass ihre Stadt nie wieder abbrennen sollte; den Investoren drohten keine neuerlichen Verluste von Immobilien oder Einbußen beim Handel, und so legten sie ihr Geld in eleganten, geräumigen und feuerfesten Häusern aus Backstein oder Naturstein an, von denen jedes überall auf der Welt durch seine Größe, Solidität und Schönheit beeindruckt hätte. Die meisten dieser aufsehenerregenden Gebäude standen rund um den Portsmouth Square, den Hauptplatz der spanisch-mexikanischen Gründungszeit, sowie entlang der Front Street, der Battery, der Sansome, der Montgomery und der Stockton Street. In North Beach, Mission Bay, Pleasant Valley und Happy Valley wurden elegante Privathäuser errichtet; auf dem Rincon Hill entstanden siebzehn elegante Backsteinhäuser um einen eingezäunten Park herum, zu dem nur die Hausbesitzer Schlüssel besaßen – das Ganze entworfen von dem britischen Baumeister George Gordon.

Grace hatte gehört, wie Doktor Wakefield und sein Freund Doktor Fairfax über die Vorzüge eines Umzugs in ein vornehmeres Haus diskutiert hatten, näher am Marinehospital gelegen, das auf Rincon Point entstand. Wakefield sollte in dieser hervorragenden neuen Einrichtung arbeiten, und er war fasziniert von den medizinischen Möglichkeiten, die das Krankenhaus bieten würde. Aber er wollte auf seinem Hügel mit Aussicht auf die Stadt und die Bucht wohnen bleiben – nur dort konnte er seine Privatsphäre wahren, die ihm für die Pflege seiner Schwester notwendig erschien. Grace war noch nicht bis zum Rincon Point vorgedrungen, doch sie hatte Jack und Mary Kate versprochen, diesen Teil der Stadt zu besichtigen, sobald Doktor Wakefield dort seine Arbeit aufnahm.

Als Mary Kate wieder bei Kräften war, erforschten sie jeden Sonntagnachmittag ein anderes Viertel und sahen mit eigenen Augen, wie Villen, Hotels, Restaurants, Theater, Gasthäuser und die neue Bibliothek gebaut wurden. Polierter chinesischer Granit, Back- und Naturstein ersetzten die alten Holzkonstruktionen, und alle Gebäude erhielten Fensterläden und Türen aus solidem Schmiedeeisen. Auch die Straßen veränderten sich; die im tiefer gelegenen Teil der Stadt wurden ein Stück erhöht und die im höher gelegenen Teil abgesenkt, manche bis zu fünfzehn Meter, damit die Straßen parallel und im rechten Winkel zueinander verliefen und man die Stadt besser durchfahren konnte. Die ursprünglichen Straßen, von denen viele noch befestigt werden mussten, hatten zuerst aus gestampftem Lehm bestanden, waren danach mit Holzplanken belegt worden und wurden nun nach und nach gepflastert, mit Schotter aufgefüllt oder sogar mit quadratischen Platten aus Granit oder Basalt versehen. Wagen mit Baumaterial rumpelten über die Haupt- und Nebenstraßen, Arbeiter auf Gerüsten zogen Eimer an Flaschenzügen hoch, der Lärm von Hammer und Meißel, Axt und Säge hallte durch die Stadt und wurde erst abends von rauem Gelächter, vom Pfeifen der Polizisten und vom Stimmengewirr, das aus den Saloons ertönte, verdrängt.

Ihre Ausflüge in die Stadt waren stets aufregend, aber auch anstrengend, und Grace war immer froh, wenn sie am Sonntagabend wieder den Hügel hinaufstiegen. Jetzt blieb sie auf halber Strecke stehen und legte eine Pause für Mary Kate ein, deren Wangen von der frischen Luft gerötet waren, deren Augen aber müde wirkten. Mit einem Kind an jeder Hand drehte Grace sich um und schaute auf die Bucht mit den Schiffen, die dort ankerten, den Dampfern, die in den Hafen einliefen, den Fischerbooten mit dem täglichen Fang und den Ruderbooten, die Passagiere hin und her fuhren. Sie wusste, dass die *Eliza J.* nicht darunter war, nicht darunter sein konnte; dennoch hielt sie nach dem Schiff Ausschau, das sie am meisten liebte.

An Markttagen, wenn Grace frühmorgens allein den Hügel hinuntereilte, ging sie zu einem der zwölf Piers, die wie lange Finger in die Bucht ragten. Zu Anfang hatte sie oft eine ganze Stunde dort verbracht und fasziniert zugesehen, wie erstaunliche Mengen von Gütern entladen wurden: Millionen Pfund Mehl, Gerste, Butter und Tee, Tausende Fässer mit Schweine- und Rindfleisch, ganze Schinken, Reis aus Carolina und aus Asien, unzählige Kisten mit Kerzen, Seife, Stiefeln und Schuhen, außerdem Kaffee, tonnenweise Kohle, kleine und große Fässer mit Bier, Wein, Rum und allen möglichen anderen Spirituosen, selbst Kisten mit französischem Champagner. Das meiste ging nach Kalifornien, einiges nach Oregon, und stets schmerzte es sie, dass Irland niemals solche Waren erhielt, sondern weiterhin von Hafer, Kartoffeln und Maismehl leben musste.

Grace riss sich vom Anblick des Sonnenuntergangs los. »Zeit nach Hause zu gehen, gleich wird es dunkel. Seid ihr so weit, Kinder?«

Mary Kate nickte lächelnd, aber Jack sträubte sich.

»Nur noch eine Minute, Mam«, bat er. »Nur bis sie im Meer versinkt! Sieh mal!« Er zeigte auf den Feuerball, der gerade hinter dem Horizont verschwand.

Grace wartete einen Moment, dann sagte sie: »Jetzt ist sie weg. Kommt, lasst uns gehen.«

»Na gut.« Jack trat gegen einen Stein auf der Straße, doch Grace wusste, dass sein Ärger bald verflogen sein würde.

Als sie sich dem Haus näherten, sah Grace einen schwachen

Lichtschein in Abigails Zimmer, aber das war auch schon alles: Weder im Speisezimmer noch im großen Salon nebenan brannte Licht, und sogar die Küche war dunkel, was Grace überraschte – um diese Zeit machte Enid für gewöhnlich überall Licht im Haus. Mister Littons Zimmer über dem Stall war ebenfalls unbeleuchtet, aber das wunderte sie nicht, denn an seinen freien Sonntagen verschwand er immer und ward erst wieder am Montagmorgen gesehen, wenn er mit vom Alkohol geröteten Augen in die Küche kam, um einen starken Kaffee zu trinken. Wir alle haben unsere inneren Dämonen, gegen die wir ankämpfen, dachte Grace.

In der Küche zündete sie eine Lampe an, dann schickte sie Jack zur Pumpe, um Wasser zu holen, während sie das Herdfeuer entfachte. Der Eintopf musste nur noch warm gemacht werden, und Grace bereitete schnell den Teig für die Klöße zu. Während das Essen auf dem Herd stand, zogen sie Jacken und Schals aus, hängten sie auf und deckten anschließend den Tisch. Es war ein kühler Abend, deswegen zündete Grace ein kleines Feuer in dem Kamin in ihrem Zimmer an, um die Feuchtigkeit zu vertreiben. Sie aßen alle mit großem Appetit, und danach las Mary Kate Jack aus der Zeitung vor, während Grace das Geschirr spülte und dem beruhigenden Geräusch ihrer Stimmen lauschte.

Als Grace beim Zeitungshändler zum ersten Mal nach einer Zeitung fragte, hatte er laut gelacht und sich erkundigt, welche von den zwölfen sie denn wolle; sie könne zwischen acht Morgen- und drei Abendzeitungen wählen, außerdem gäbe es eine in deutscher Sprache. An drei Tagen in der Woche habe er auch zwei französische Zeitungen und dazu sechs Wochenblätter – drei religiöse, ein französisches und eines, das nur sonntags erscheine. Grace dachte eine Weile nach, dann entschied sie sich für den *California Star*, weil dessen Herausgeber ein Freund von Doktor Wakefield war. Und bei dieser Zeitung blieb sie, wobei sie allerdings nur die Sonntagsausgabe kaufte; in der Woche kam sie selten zum Lesen, obwohl sie gern wusste, was in der Welt vorging, und die Seiten nach Meldungen aus Irland oder New York durchforstete.

»Mam.« Mary Kates sanfte Stimme unterbrach die Träumerei ihrer Mutter. »Es läutet. Das wird Miss Wakefield sein.«

Grace machte ein Gesicht, als sei sie zu Tode erschrocken, und die Kinder lachten, vor allem Jack, der sie bat, noch einmal so zu gucken. Das Läuten wurde drängender, und kurz darauf erklang das Klirren von zersplitterndem Porzellan.

»Geh lieber hin«, sagte Mary Kate ernst. »Missus Hopkins ist nicht da, glaube ich. Enid auch nicht.«

Grace nickte und fragte sich, wo um alles in der Welt die beiden Frauen sein mochten. Wenn Grace fort war, nahmen sie eigentlich nicht frei, und am Morgen hatte keine von ihnen ein Wort gesagt.

»Jack, hilf deiner Schwester beim Wegräumen des Geschirrs, und dann geht ihr zwei ins Bett. Ich komme später noch mal rein und sage euch gute Nacht.«

Die Kinder nickten gehorsam, und Grace trat aus der warmen Küche in den dunklen, kalten Flur, der in die Eingangshalle führte. Auf einem kleinen Tisch am Fuß der Treppe stand eine Lampe, die sie nun anzündete. Nachdem sie die Flamme eingestellt hatte, stieg sie vorsichtig die Stufen hinauf, während ihr ein langer Schatten an der Wand folgte.

»Hopkins!« Miss Wakefields Ruf wurde gefolgt von einem wütenden Schimpfen, und gleich darauf ertönte ein dumpfes Poltern.

Grace nahm zwei Stufen auf einmal, stürzte den langen Korridor entlang und klopfte rasch an Abigails Tür, bevor sie sie aufstieß.

»Ich bin's, Ma'am, Missus Donnelly. Missus Hopkins ist nicht …« Grace verstummte.

Abigail lag auf dem Boden, und ihr Morgenmantel war voller Weinflecken und Erbrochenem. Es roch schrecklich, aber ehe Grace das Fenster erreichte, erbrach die Frau sich erneut und versuchte anschließend aufzustehen. Grace wollte ihr helfen, doch Abigail stieß sie weg.

»Wo ist Hopkins?«, lallte die junge Frau. »Hopkins soll kommen!« Sie rappelte sich auf, drehte sich um und fiel gegen das Bett. »Hopkins!«, brüllte sie wieder, dann murmelte sie etwas Unverständliches.

»Bitte, Miss Wakefield«, setzte Grace mit sanfter Stimme an. »Ich will Ihnen helfen, wieder ins Bett zu kommen. Es geht Ihnen nicht gut.«

»Raus!« Abigail winkte sie mit fahrigen Bewegungen fort. »Ich will Sie hier nicht haben. Gehn Sie weg!«

Grace ließ sich nicht beirren und bemühte sich erneut, Abigail zu helfen, als sie plötzlich Pferdegetrappel auf der Auffahrt hörte und kurz darauf die gut gelaunten Stimmen mehrerer Männer. Sie trat rasch ans Fenster und schaute hinaus; Doktor Wakefield war zurückgekommen, in Begleitung einiger Freunde. Graces Herz begann heftig zu pochen.

»Hopkins!«, rief Abigail erneut und packte Grace an der Schulter, um sie wegzuschieben.

Wakefield blickte zum Fenster hoch. Grace zog die Vorhänge zu und redete auf die junge Frau ein.

»Seien Sie leise, Miss, sonst können die Gäste Ihres Bruders Sie hören.«

Abigail riss die Augen auf und presste sich beide Hände auf den Mund.

»Ja, er kommt gerade nach Hause«, sagte Grace in warnendem Ton. »Mit Doktor Fairfax und ein paar anderen. Missus Hopkins ist nicht da, Enid auch nicht. Im Augenblick kann nur ich mich um Sie kümmern.« Sie schwieg, während beide darauf lauschten, wie unten Türen geöffnet wurden und Wakefield nach Missus Hopkins rief.

Abigails Augen füllten sich mit Tränen, und ihre Hände fielen schlaff herunter. »Ich bin krank«, flüsterte sie. »Sagen Sie ihnen, ich bin krank!« Ihre Stimme klang immer verzweifelter, und sie klammerte sich an Graces Arm. »Ich kann nicht runtergehen!«

»Das erwartet man auch gar nicht von Ihnen«, sagte Grace sanft. »Aber wenn jemand nach Ihnen fragt, sage ich, Sie fühlen sich nicht wohl.«

»Kann nicht runtergehen.« Abigail schien ebenso mit sich selbst wie mit Grace zu reden. »Kann sie nicht begrüßen.« Sie verstummte und starrte sich im Spiegel an, hob die Hände zum Gesicht und schüttelte langsam den Kopf. »Oh nein. Oh nein, nein, nein …«

»Sie brauchen niemanden zu begrüßen.« Grace drehte die Frau vom Spiegel weg und führte sie zu einem Stuhl, neben dem eine Waschschüssel und ein Krug standen. »Keine Sorge. Ich kümmere mich um Sie.«

Während Grace beruhigend auf Abigail einredete wie auf ein verängstigtes Kind, das gerade aus einem Alptraum erwacht ist, zog sie ihr den Morgenmantel und das besudelte Nachthemd aus. Im Schein der Lampe schien Abigails Körper nur mehr ein Schatten seiner selbst zu sein, und Grace sog scharf die Luft ein. In Irland gab es viel zu viele wandelnde Skelette, aber dabei handelte es sich um Menschen, die nichts zu essen hatten, geschweige denn eine Bedienstete, die dreimal täglich für sie kochte. Wusste der Doktor, wie abgemagert seine Schwester war? Und hier stimmte noch etwas anderes nicht: Dies war nicht der Körper einer verwöhnten jungen Dame, die nie im Leben gearbeitet hatte – nein, dieser Körper war voller Schnitte und Kratzer, die Haut eine Mondlandschaft aus Pusteln und kleinen weißen Narben, noch dazu trocken und rissig und an manchen Stellen verschorft, an anderen mit frischen Blutkrusten bedeckt. Ihre Brust schien regelrecht verdorrt, und die bleiche Haut an Bauch und Hüften warf wellige Falten. Schockiert hob Grace die Augen und begegnete Abigails furchtsamem und doch entschlossenem Blick. Dann schlang die junge Frau die Arme um ihren Körper und wandte sich ab.

»Sie sind sehr dünn, Miss«, sagte Grace leise und tauchte einen Lappen in die Waschschüssel – *und Sie sehen aus, als wollten Sie sich aus Ihrer Haut herauskratzen.* »Können Sie nicht etwas mehr essen?«

Abigail schüttelte den Kopf. »Oh nein«, stöhnte sie leise. »Nein, nein, nein. Wie könnte ich das? Wie könnte ich je …« Sie begann zu weinen. Ihr Kinn sank auf die abgemagerte Brust, und sie versuchte, ihr Gesicht mit den Händen zu bedecken.

»Schon gut.« Grace schob Abigails Finger sanft weg. »Alles wird gut«, flüsterte sie und wusch die Tränen und den Schmutz von ihren Wangen. »Ich bin hier, um Ihnen zu helfen.«

»Mir helfen«, wiederholte Abigail, als müsse sie über das Undenkbare nachsinnen, und blickte Grace dann mit Augen an, die es besser wussten. »Für mich gibt es keine Hilfe. Ich bin …« Sie verstummte, und ihre Schultern sackten noch weiter nach vorn. Mit offenem Mund starrte sie in eine dunkle Ecke, erblickte etwas, das nur sie sehen konnte.

Grace hatte schon einmal erlebt, wie ein Verstand am Rande

des Abgrunds balancierte, und ihr wurde klar, dass Abigail Wakefield mehr mit Bram Donnelly gemein hatte als eine Schwäche für Alkohol.

Beunruhigt, aber entschlossen, die Frau sauber ins Bett zu bekommen, wusch Grace Abigail von Kopf bis Fuß; dann rieb sie sie kräftig mit einem Handtuch ab, um ihren Kreislauf wieder in Gang zu bringen. Nachdem sie ihren Schützling aufgerichtet und gerade hingesetzt hatte, suchte Grace in den Schubladen, bis sie ein sauberes Nachthemd fand, das sie ihr über den Kopf streifte und am Hals zuband. Schließlich bedeckte sie das verfilzte Haar der Frau mit einer Musselinhaube und half ihr, sich ins Bett zu legen.

»Schlafen Sie jetzt«, flüsterte Grace, zog Abigail die Decke bis zum Kinn und steckte sie um den erschöpften Körper fest. »Ich öffne nur kurz das Fenster, damit frische Luft hereinkommt, und morgen früh nehmen Sie ein Bad, aber im Moment ist alles gut.«

»Wo ist sie?«, murmelte Abigail, während ihr die Augen zufielen. »Wo kann sie sein?«

»Ich weiß nicht«, sagte Grace. »Aber sobald sie da ist, schicke ich sie zu Ihnen.«

Abigails Züge entspannten sich, und sie seufzte, wobei ihre Lippen sich andeutungsweise zu einem Lächeln öffneten. Sie muss einmal sehr hübsch gewesen sein, bevor die Gespenster der Vergangenheit ihr alles Leben aus dem Körper gesaugt haben, dachte Grace.

Da sie befürchtete, Abigail könnte sich im Schlaf erneut erbrechen und womöglich daran ersticken, rollte Grace sie auf die Seite, so dass ihre Wange auf der Bettkante ruhte. Beruhigt blies Grace die Lampe aus und verließ das Zimmer. Als sie die Treppe hinunterging, kam Doktor Wakefield sofort aus dem Salon und schloss die Türen hinter sich.

»Die Kinder sagten, Sie seien oben. Ist meine Schwester sehr krank?«, fragte er mit besorgter Miene.

»Wohl eher betrunken«, antwortete Grace.

»Nein, nein …« Wakefield schüttelte energisch den Kopf. »Das ist das Laudanum. Manchmal nimmt sie aus Versehen zu viel oder trinkt Wein hinterher … für ihre Nerven und …« Er verstummte, als Graces Züge sich verhärteten.

»Ich habe schon viele Betrunkene gesehen, Doktor. Die Frau da oben ist eindeutig betrunken, Medizin hin oder her.«

Er starrte sie an, und Grace sah, dass er nach Worten rang, doch sie kam ihm zuvor.

»Ich verurteile sie nicht«, sagte sie. »Aber versuchen Sie nicht, mir einzureden, ich hätte mich geirrt. Es ist keine Sünde, schwach zu sein«, fügte sie hinzu. »Und offenbar leidet Ihre Schwester an einer Art Wahnsinn.«

»Abigail ist nicht wahnsinnig«, beharrte er. »Verwirrt vielleicht. Ja, das mag sein. Eine Trinkerin sehr wahrscheinlich. Aber nicht wahnsinnig.«

Die Türen des Salons wurden geöffnet, und Doktor Fairfax steckte den Kopf in den Flur, während Männerstimmen aus dem Raum hinter ihm drangen.

»Wakefield!«, rief er, schon recht angeheitert. »Wo stecken Sie denn? Oh, hallo, Missus Donnelly.« Er winkte ihr freundlich zu, dann musterte er seinen Freund mit gerunzelter Stirn. »Wakefield, was sind das für Manieren? Sorgen Sie sofort für Speis und Trank, oder wir gehen auf die Barrikaden!«

Wakefield war einen Moment lang sprachlos.

»Die Erfrischungen kommen sofort, Doktor Fairfax«, erklärte Grace mit ihrer überzeugendsten Dienstbotenstimme. »Es gibt noch Käse und etwas von dem Brot, das Ihnen letztes Mal so gut geschmeckt hat.«

»Die beste Nachricht des Tages! Danke sehr, Missus Donnelly. Sie sind viel zivilisierter als Ihr vornehmer Dienstherr.« Fairfax zog seinen Kopf zurück und gesellte sich wieder zu den anderen Männern.

»Danke«, schloss Wakefield sich dem Lob seines Gastes an. »Vielen Dank, Missus Donnelly.«

»Das ist schließlich meine Aufgabe, Sir. Gehen Sie zu Ihren Gästen, und ich komme so schnell wie möglich mit einem Tablett. Miss Abigail schläft jetzt«, fügte sie leise hinzu. »Ich achte aber darauf, ob sie noch einmal ruft.«

Wakefield nickte erleichtert, streckte sich und fuhr sich mit den Fingern durchs Haar, ehe er in den Salon zurückkehrte, wo man ihn jubelnd begrüßte.

Grace eilte in die Küche und band sich gerade eine Schürze

um, als Missus Hopkins mit geröteten Wangen und ängstlich gesenktem Blick durch die Hintertür hereinkam.

»Doktor Wakefield hat Gäste?«, stieß sie vorwurfsvoll hervor. »Davon hat er mir nichts gesagt, sonst wäre ich niemals weggegangen. Hat er Miss Abigail geweckt?«

»Ja, er hat Gäste«, sagte Grace. »Und nein, er hat sie nicht geweckt. Sie war schon auf, als ich nach Hause kam … und ziemlich betrunken.«

»Selbstverständlich war sie nicht betrunken!«, erwiderte Missus Hopkins verächtlich. »Miss Abigail nimmt Medizin gegen ihre Kopfschmerzen und …«

Grace hob die Hand. »Diese Diskussion habe ich schon mit dem Doktor geführt. Die Kopfschmerzmedizin ist Miss Wakefield anscheinend nicht bekommen. Ich habe sie sauber gemacht, so gut es ging, und ins Bett gebracht. Sie schläft jetzt, aber morgen früh braucht sie ein Bad, und das Zimmer muss gründlich geputzt und gelüftet werden.«

»Sie haben mir keine Befehle zu erteilen. Wie können Sie es wagen … Wo ist Enid? Warum hat sie sich nicht um Miss Abigail gekümmert?«

»Ich habe keine Ahnung, wo Ihre Tochter steckt«, erwiderte Grace ruhig. »Und ich nehme an, Doktor Wakefield weiß es auch nicht, aber wir können ihn ja fragen.«

Mit zornrotem Gesicht stemmte Missus Hopkins die Hände in die Hüften. »An meiner Stellung in diesem Haushalt ist nicht zu rütteln, falls Sie darauf hinauswollen.«

Grace zuckte die Achseln. »Vielleicht achten Sie dann etwas besser auf Ihre gnädige Frau. Das würde ihr gut tun.«

»Miss Wakefield ist meine Angelegenheit«, schimpfte Missus Hopkins. »Kümmern Sie sich um Ihre Angelegenheiten.«

»Da bin ich anderer Meinung. Es ist nicht allein Ihre Angelegenheit – nicht nach dem, was ich heute gesehen habe, nicht, wenn Sie verschwinden, wann es Ihnen passt.«

Missus Hopkins wollte gerade antworten, als die Hintertür geöffnet und leise wieder geschlossen wurde. Die beiden Frauen drehten sich um, während Enid auf Zehenspitzen hereinkam. Sie erstarrte und wurde kreidebleich.

»Wo bist du gewesen, du gottverfluchtes Ding?«, herrschte Missus Hopkins ihre Tochter an. »Wie kannst du die gnädige Frau bloß allein lassen?«

Enid schluckte. »Sie hat geschlafen, ganz fest geschlafen! Ich hab nur kurz im Mondschein am Teich gesessen. Nur ganz kurz, Mutter, ich schwöre es! Ich war nur einen Augenblick weg.«

Viel länger als nur einen Augenblick, dachte Grace, sagte aber nichts, um die Lage des Mädchens nicht noch zu verschlimmern.

Missus Hopkins stürzte wutentbrannt durch den Raum, packte Enid am Ohr und zog sie hinter sich her.

»Sie war wach!«, zischte Missus Hopkins. »Und hat gebrochen! Der Herr ist mit Gästen gekommen ... Was hätte nicht alles passieren können!«

Enid heulte vor Schmerz auf und versuchte, eine Entschuldigung hervorzubringen.

»Ich will nichts hören.« Missus Hopkins zog noch fester am Ohr ihrer Tochter. »Dafür wirst du büßen, du dummes Ding, das sag ich dir.«

»Das reicht jetzt!«, mischte sich Grace ein. »Missus Hopkins, Sie sehen nach Miss Abigail. Und du, Enid« – sie nahm den Arm des Mädchens und entwand sie dem Griff ihrer Mutter –, »hilfst mir mit dem Tablett für den Doktor und seine Gäste. Die Herren haben schon lange genug gewartet.«

Enid nickte kleinlaut und hielt sich mit einer Hand das feuerrote Ohr. Grace spürte die Wellen der Wut, die von Missus Hopkins ausgingen, beachtete sie aber nicht. Schließlich drehte sich die Haushälterin auf dem Absatz um und verließ die Küche über die Hintertreppe.

»Wo bist du wirklich gewesen, Enid?« Grace legte zwei keilförmige Stücke Käse auf einen Teller. »Ich weiß, dass du nicht am Teich gesessen hast.«

Enid ließ einen dunklen Brotlaib auf das Schneidebrett fallen, sagte aber nichts. Stattdessen nahm sie das gezackte Messer und begann voller Konzentration zu schneiden.

»Bitte, wie du willst«, sagte Grace. »Aber wir können nicht alle gleichzeitig weg sein. Wenn du ausgehst, muss ich das wissen. Hast du mich verstanden, Enid?«

»Ja, Ma'am.« Enid hörte auf zu schneiden, starrte jedoch weiter auf das Brot. »Es kommt nicht wieder vor.«

»Gut. Das ist alles, was ich will. Vorerst«, fügte Grace hinzu. »Hier, meinst du, das ist genug für die Männer?«

Enid trat einen Schritt zurück und nickte beim Anblick der beiden Tabletts mit den dünnen Brotscheiben, dem Käse, dem großen Stück Räucherlachs, Birnen, kleinen Äpfeln und einer Schale Walnüsse.

»Dann bring es in den Salon«, wies Grace sie an, doch in diesem Moment kehrte Missus Hopkins in einem dunklen Kleid, einer weißen Schürze und einem Häubchen zurück.

»Komm, Enid.« Missus Hopkins nahm das erste Tablett. »Und tu, was ich tue. Halt den Blick gesenkt und mach einen Knicks, wenn du angesprochen wirst.«

»Ja, Mutter.« Enid nahm das zweite Tablett und folgte ihr aus der Küche.

Grace fachte ein weiteres Mal das Herdfeuer an und setzte den Wasserkessel auf, denn der Doktor würde bestimmt Kaffee oder Tee wollen. Dann ging sie durch den schmalen Flur in ihr Zimmer, um nach den Kindern zu sehen. Beide lagen ruhig in ihren Betten. Jack schlief fest, aber Mary Kate war noch wach.

»Hallo, Liebling«, flüsterte Grace. »Es dauert noch ein bisschen. Der Doktor hat Gäste.«

»Soll ich dir helfen, Mam?« Mary Kate stützte sich seitlich auf. »Jack schläft tief und fest, der merkt bestimmt nichts.«

»Danke, das brauchst du nicht.« Grace lächelte und setzte sich auf die Bettkante. »Missus Hopkins und Enid sind jetzt wieder da.«

»Ist Miss Wakefield krank vom Trinken?«

Grace schaute ihre Tochter verblüfft an. »Was weißt du denn darüber?«

Mary Kate biss sich auf die Lippen und zupfte an ihrer Decke. »Letzte Woche bin ich durchs Haus gegangen ... ich weiß, das darf ich nicht«, fügte sie rasch hinzu. »Ich wollte bloß die Bibliothek sehen.«

Bücher, dachte Grace, ich muss dem Kind mehr Bücher besorgen.

»Sie ist reingekommen, ganz leise, und hat was von dem Tablett gegessen, das du für den Doktor auf den Schreibtisch gestellt hattest ... sie hat sich alles in den Mund gestopft!« Mary Kate schüttelte ungläubig den Kopf. »Danach hat sie zwei Gläser Whiskey getrunken, ganz schnell, und dann hat sie gesehen, dass ich mich hinter dem Stuhl versteckt hab.«

»Sie hat dich erwischt?«

»Ja.« Mary Kate nickte beschämt. »Sie hat mich am Arm gepackt und gesagt, du verlierst deine Stelle, wenn ich noch mal im Haus herumschleiche oder jemandem erzähle, was ich gesehen hab.«

»Und wo war ich da?«

»Du hast Jack und Scout im Garten gesucht. Es tut mir leid, Mam.« Das kleine Mädchen senkte zerknirscht den Kopf.

»Das war nicht sehr klug von dir, und es darf auch nicht wieder vorkommen.« Grace schwieg einen Moment, damit die Worte ihre Wirkung entfalten konnten. »Hat sie dir Angst eingejagt?«, fragte sie schließlich etwas milder.

»Ja.« Mary Kates Augen waren im Dämmerlicht weit geöffnet. »Es hat mich an etwas erinnert ... wie sie meinen Arm gepackt hat und ihr Gesicht ganz nah vor meinem war, die roten Augen und dieser Geruch ...«

An deinen Vater hat dich das erinnert, dachte Grace. »Am besten, du versuchst, es zu vergessen, aber lauf ihr nicht wieder über den Weg, hörst du? Miss Wakefield ist verwirrt, und die Trinkerei macht die Sache nur noch schlimmer.«

Mary Kate ließ den Kopf aufs Kissen zurücksinken.

»Schlaf jetzt.« Grace küsste sie auf die Wange und strich ihr übers Haar. »Bis morgen früh.«

Da weder Enid noch Missus Hopkins in die Küche zurückkehrten, beschloss Grace, Kaffee und Tee selbst zu servieren. Sie trug das schwere Tablett den langen Flur entlang zum Salon und stieß eine der nur angelehnten Türen mit dem Fuß etwas weiter auf. Aus dem Raum schlug ihr eine Hitze entgegen, die ihr sofort die Wangen rötete.

Die Männer standen beim Kamin und unterhielten sich angeregt. Grace machte auf dem Sideboard Platz für die Kannen mit dem Tee und dem Kaffee und blickte sich verstohlen um, wer alles zugegen war. Einige der Männer kannte sie, am besten Doktor Fairfax, der mit einer hübschen Pfeife in der Hand am Kaminsims lehnte. Fairfax kam jetzt regelmäßig ins Haus und verkündete jedes Mal, das Essen in Wakefield Heights sei viel besser als das in den besten Restaurants der Stadt. Er und Wakefield waren enge Freunde und verbrachten Stunden am Schreibtisch über den Plänen für das neue Marinehospital und diskutierten darüber, wie man am besten qualifizierte Ärzte in den Westen locken könne, um die zahllosen Quacksalber zu verdrängen, die immer noch ihre fragwürdigen Dienste anpriesen. Fairfax plädierte dafür, Absolventinnen des neuen Colleges für angehende Ärztinnen in Pennsylvania anzuwerben, aber Wakefield war dagegen, denn er zweifelte an den Fähigkeiten dieser »Damen in Weiß« – und an denen der Quäker, die das College gegründet hatten. Die Gespräche der beiden faszinierten Grace stets, und oft ließ sie sich viel Zeit beim Bedienen, um ihre Argumente zu hören.

Der Mann, der neben Doktor Fairfax stand, war »Honest Harry« Meiggs, komplett mit riesiger Zigarre und bauschiger Krawatte. Grace wusste aus der Zeitung, dass der »ehrliche Harry« ein überaus erfolgreicher Holzhändler mit einem eigenen Pier und einem Sägewerk in North Beach war und im Moment versuchte, dort alles verfügbare Land aufzukaufen, um vom weiteren Wachstum der Stadt zu profitieren. Wakefield hatte einmal gescherzt, Meiggs mache ihm den Hof wie einer zukünftigen Braut, um ihn auf die lange Liste seiner Spekulationspartner setzen zu können; er schien den Mann mit Humor zu ertragen und sich an dessen Draufgängertum zu erfreuen, obwohl es ihm selbst fremd war. Grace war aufgefallen, dass Meiggs sie stets kurz musterte, wenn sie den Raum betrat. Ansonsten aber beachtete er sie nicht, was ihr sehr entgegenkam – er war ihr instinktiv unsympathisch und erinnerte sie an die dünkelhaften Gutsverwalter in Irland.

Den großen Mann, der ständig an einer seiner braunen Locken herumzupfte, kannte Grace nicht, aber als Meiggs ihn »McCabe« nannte und fragte, wie die Geschäfte in seinem Spielkasino gingen, wurde ihr klar, dass es James McCabe sein musste, der Besitzer des beliebten Saloons El Dorado. Nun betrachtete sie ihn genauer, denn sie war neugierig auf den Mann, von dem man munkelte, er habe seine Geliebte zur Chefin eines Luxusbordells gemacht. Graces eigene kurze Begegnung mit den so genannten »gefallenen Mädchen« bei Molly O'Brien in London hatte dazu geführt, dass sie gegenüber solchen Frauen keinerlei Abscheu hegte, sondern sie nur bedauerte. McCabe machte einen recht seriösen Eindruck, wobei das Äußere natürlich täuschen konnte, vor allem in einer Stadt des neuen Geldes, aber Grace war überzeugt, der Doktor hätte den Mann nicht eingeladen, wenn er nicht gesellschaftsfähig gewesen wäre.

Neben McCabe stand Edward Kemble, der Herausgeber des *California Star*, und Grace nahm sich vor, ihn kurz anzusprechen, falls die Zeit es zuließ. Kemble war zusammen mit Sam Brannan auf der *Brooklyn* nach San Francisco gekommen, und Grace wollte herausfinden, ob er ihr helfen konnte, Nachforschungen nach ihrem Bruder anzustellen. Sie hatte Zeitungsannoncen gesehen, mit Hilfe derer Menschen ihre Verwandten suchten, und auch sie wollte diese Möglichkeit nutzen.

Das letzte bekannte Gesicht gehörte William Shew, den sowohl Doktor Wakefield als auch Doktor Fairfax sehr schätzten und der außerdem ein enger Freund von Mister Kemble war. Shew besaß ein Atelier, und seine Daguerreotypien von Goldgräbern hatten ihn im ganzen Land berühmt gemacht, ebenso wie seine neue Serie über die florierende Stadt im Westen. Er hatte Grace einige seiner Aufnahmen gezeigt, und sie hatte es gewagt, ihm von den Visionen zu erzählen, die sie beim Anblick solcher Porträts zuweilen hatte. Daraufhin hatte er sie eingeladen, einmal in sein Atelier zu kommen, damit er sie und ihre Kinder fotografieren könne. Sie hatte eingewilligt, und jetzt waren sie gewissermaßen Freunde. Er fing gerade ihren Blick auf und nickte ihr zu.

Bei den letzten beiden Männern handelte es sich zweifellos um die neuesten »Erwerbungen« des Doktors – zwei junge Mediziner aus dem Osten, die erst vor ein paar Tagen in San Francisco angekommen waren. Beide kleideten sich nach der neuesten Mode, rauchten Zigarren und besaßen einen jugendlichen Überschwang, der sich in Demut verwandeln würde, sobald sie an die Grenzen ihres medizinischen Wissens stießen. Vorerst waren sie aber ausgelassen wie junge Hunde, und Grace schien nicht die Einzige zu sein, die sich an ihrem Temperament erfreute.

Sie fragte reihum, wer Kaffee oder Tee bevorzuge, goss das Gewünschte ein und reichte jedem seine Tasse. Bei all dem ließ sie sich Zeit, denn das Gespräch wandte sich gerade dem Thema Sklaverei und der Situation im Süden zu, im Lichte eines neuen

Buchs von Harriet Beecher Stowe, und Grace wollte hören, was die Herren darüber dachten. Sie hatte eine Reihe von Kommentaren gelesen, die auf *Onkel Toms Hütte* Bezug nahmen, und war ebenso fasziniert davon wie das ganze Land. Obwohl das Buch reißenden Absatz fand, ging Grace fest davon aus, dass Doktor Wakefield es nicht erwerben würde, weshalb sie es kaum erwarten konnte, der Leihbibliothek beizutreten, die in Kürze eröffnet werden sollte. Zwar waren zehn Dollar Aufnahmegebühr und ein Dollar Leihgebühr im Monat viel Geld, doch sie musste es auch für Mary Kate tun, und die Höhe ihres Lohns erlaubte ihr diesen Luxus. In solchen Situationen vermisste sie ihren Bruder ganz besonders: Er hätte nicht nur gleich das Buch gekauft, sondern es auch sofort gelesen und auf eine Weise gedanklich durchdrungen, dass das Gespräch mit ihm ihre eigene Lektüre befruchtet hätte. In einem Salon wie diesem würde er glänzen, dachte sie mit vor Sehnsucht schwerem Herzen.

»Die Zeiten ändern sich, Wakefield.« Kembles Stimme zog Graces Aufmerksamkeit auf sich. »Ihr geliebter Süden wird sich der Zukunft stellen müssen, fürchte ich, auch wenn er sich mit Händen und Füßen dagegen wehrt.«

Wakefield zündete seine Zigarre an und schüttelte das Streichholz aus. »Und was für eine Zukunft sehen Sie voraus, Edward?«

»Eine Zukunft der Gleichheit.« Kemble stand auf und trat an den Kamin. »Eine Zukunft, in der man für Arbeit bezahlt statt für Menschen.«

Wakefield nickte, und Grace tat, als beschäftige sie sich mit dem Brotkorb, denn sie wollte unbedingt seine Antwort hören.

»Zunächst mal ist es nicht *mein* geliebter Süden«, begann der Doktor nachdenklich. »Wie Sie – und fast alle anderen hier im Raum – genau wissen, bin ich kein Verfechter der Sklaverei, aber ich bin auch nicht so unwissend wie manche, die niemals unter Negern gelebt haben. Man kann ein Volk, dessen Angehörige stets wie Kinder behandelt wurden, nicht einfach so freilassen.«

»Warum denn nicht?«, fragte einer der beiden jüngeren Ärzte. »Warum soll man ihnen nicht gestatten, so zu leben, wie sie wollen?«

»Ich bin ganz Doktor Wakefields Meinung«, warf Meiggs ein. »Angenommen, man besitzt eine Herde Schafe – was würde passieren, wenn sie plötzlich auf sich allein gestellt wären? Könnten sie sich ernähren, würden sie Wasser finden, wären sie in der Lage, sich gegen Raubtiere zu verteidigen? Nein, all das könnten sie nicht«, sagte er zu dem jungen Arzt. »Sie könnten in einer Welt, auf die man sie nicht vorbereitet hat, nicht überleben.«

»Und wer trägt die Schuld daran?«, fragte Kemble ruhig.

»Niemand«, antwortete Wakefield. »Sie setzen voraus, dass diese Menschen vorbereitet werden *wollen*, dass man sie überhaupt vorbereiten *kann*.«

»Aber Wakefield, Sie als intelligenter, gebildeter Mann wollen doch sicher nicht sagen, der Neger sei uns so sehr unterlegen, dass er nie lernen könne, ein eigenständiges Leben zu führen?«, fragte Kemble. »Was ist mit Frederick Douglass, Sojourner Truth, Dred und Harriet Scott ... was mit unserem William Leidesdorff?«

»Ausnahmen«, beharrte Wakefield. »Die meisten von ihnen haben genug europäisches Blut, um das niedrigere afrikanische Blut in Schach zu halten. Aber das bedeutet nicht, dass sie dem Wesen nach nicht immer noch roh und sittenlos wären, egal wie sehr sie sich nach außen hin verändert haben. Wer hat sie wohl zuerst in die Sklaverei verkauft?« Er wartete die Antwort nicht ab. »Ihr eigenes Volk! In Afrika! Neger haben nichts gegen Sklaverei, sie fördern sie sogar.«

»Inwiefern?« Kemble warf seinen Zigarrenstummel in den Kamin.

»Sie wissen ebenso gut wie ich, Edward, dass freie Neger nicht zögern, Negersklaven zu kaufen und sie auf ihren Farmen arbeiten zu lassen. Was sagt das über ihren Charakter aus?«

»Er hat Recht.« Die Bestätigung kam von dem zweiten der beiden jungen Ärzte. »Ich weiß nicht, wie viele von Ihnen selbst Erfahrung mit Negern haben, aber ich kann bestätigen, dass sie im Allgemeinen einen sehr schlechten Charakter haben. Es gibt gute und anständige Menschen unter ihnen«, gab er zu, »aber mit wenigen Ausnahmen werden sie nie denselben gesellschaftlichen Beitrag leisten wie die Europäer – und wenn man ihnen freie Hand lässt, werden sie uns alle hinabziehen.«

»Kalifornien hat Ihre Forderung bereits anerkannt, Mister Kemble«, sagte Meiggs. »Wobei die verantwortlichen Bürger dem Neger zwar die Freiheit gegeben haben, ihm in weiser Voraussicht jedoch Privilegien wie Landbesitz, Wahlrecht, Wählbarkeit und gemeinsame Schulen vorenthielten, und zwar genau aus den Gründen, die Doktor Wakefield genannt hat. Mit der Freiheit kommt die Verantwortung«, schloss Meiggs, »und der Neger ist einfach noch nicht reif dafür.«

Die Ignoranz dieser gebildeten Männer versetzte Grace einen Stich, vor allem weil sie die Macht besaßen, über das Leben so vieler Menschen zu bestimmen. Sie drehte sich um und wollte etwas sagen, als ihr Blick auf Doktor Wakefield fiel und sie sich an ihre gesellschaftliche Stellung erinnerte. Sie biss sich fest auf die Lippe und dachte an andere Salons und andere Diskussionen zurück, an denen sie sich beteiligt hatte, oft mit großem Erfolg, aber diesmal konnte sie das eine sehr einträgliche Arbeitsstelle und das Wohl ihrer Kinder kosten. Die Erkenntnis, dass sie um eines Vorteils willen mit ihren Überzeugungen hinter dem Berg hielt, bereitete ihr körperliches Unbehagen; sie war nicht besser als die Männer, deren Meinung sie so vehement ablehnte.

»Wünschen Sie noch etwas, Sir?« fragte sie mit belegter Stimme.

»Nein, danke.« Falls Wakefield ihr rotes Gesicht bemerkt hatte, ließ er es sich jedenfalls nicht anmerken. »Meine Herren, ein paar von Ihnen kennen schon meine neue Köchin, Missus Donnelly. Für die anderen: Diese bemerkenswerte Dame kommt aus Kansas, war zuvor in Boston und New York und davor in Irland. Sie ist für mein neuerliches Interesse an der Gastronomie verantwortlich und damit für meinen größeren Leibesumfang.«

Die Männer lachten und hoben freundlich ihre Gläser.

»Hört, hört!«, rief Fairfax und zwinkerte ihr zu.

William Shew blickte ihr in die Augen und deutete eine diskrete Verbeugung an, als Tribut an ihre offensichtliche Aufregung. Grace zwang sich, den allgemeinen Beifall mit einem Lächeln zu quittieren; dann eilte sie aus dem Zimmer und zog die Tür hinter sich zu.

»Und obendrein gar nicht mal so hässlich, was, Wakefield?«, zog Meiggs ihn auf.

»Lassen Sie das«, hörte Grace den Doktor streng antworten.

Die Tabletts konnten auch am nächsten Morgen geholt werden, beschloss Grace; es war spät, und sie hatte einen sehr langen Tag gehabt. Sie sehnte sich nach der Behaglichkeit ihres Bettes, durchquerte die Küche und ging durch den schmalen Flur in ihr Zimmer. Als sie die Tür hinter sich geschlossen hatte, seufzte sie erleichtert.

Das Feuer war heruntergebrannt, das Zimmer aber noch warm, und aus dem hinteren Raum hörte sie die ruhigen, gleichmäßigen Atemzüge ihrer Kinder. Grace zog sich die Schürze aus, dann das Kleid – es musste gewaschen werden –, die Stiefel, die Unterwäsche und anschließend die Strümpfe, wobei sie die letzte Wärme der Glut auf der nackten Haut genoss.

Sie sehnte sich nach einem Bad und erinnerte sich plötzlich an die schöne große Wanne in Donnelly House, die erste und letzte, die sie je gehabt hatte – wobei die große Zinkwanne, die sie jeden Samstagmorgen in Ogues Küche hinter der Gaststätte füllte, schon ein Luxus im Vergleich zu der winzigen Wanne in Kansas gewesen war. Hier gab es zwar auch eine Wanne, die sie benutzen durfte, und die Kinder wurden jeden Samstagabend gebadet, damit sie für die Kirche am Sonntagmorgen blitzsauber waren, aber es handelte sich um eine Sitzbadewanne. Trotzdem beklagte Grace sich nicht – nicht nachdem sie während der langen Reise durch das Land nur in Flüssen gebadet hatte; hier war das Wasser wenigstens warm. Der Doktor badete alle paar Tage in der Stadt, und Abigail hatte dem Vernehmen nach eine schöne Wanne in ihrem Badezimmer, aber Grace würde nie darin liegen und erlaubte sich nicht einmal den Gedanken daran. Der Doktor zahlte ihr zwar ein großzügiges Gehalt, aber in San Francisco war alles so furchtbar teuer; trotzdem sollte sie sich vielleicht einmal nach dem Preis einer größeren Wanne erkundigen, die sie im Keller aufbewahren und an Abenden wie diesem heraufholen konnte, wenn ihr Körper müde war, ihr Geist aber noch keine Ruhe fand.

Obwohl das Feuer fast erloschen war, konnte Grace sich noch nicht vom Kamin losreißen. Sie musste an Miss Wakefields entstellten Körper denken und schaute an sich hinunter. Zufrieden stellte sie fest, dass sie etwas zugenommen hatte, seit sie nicht mehr fünfzehn oder zwanzig Meilen am Tag lief und nachts auf steinharten Böden schlief. Die zusätzlichen Pfunde standen ihr gut; sie war immer kräftig gewesen, und es hatte ihr nicht gefallen, dass man ihre Rippen sehen konnte, ihre Schlüsselbeine hervorstanden und ihre Wangen eingefallen waren – sie fühlte sich dadurch zu sehr an Irland in jenem schrecklichen letzten Jahr erinnert, als die Menschen selbst noch die Rinde von den Bäumen schälten und sie sich in den Mund steckten, um den nagenden Schmerz des Hungers zu betäuben. Nein, dachte sie, sie hatte lieber etwas mehr Gewicht und Kinder mit gerundeten Armen und Beinen, weichen Bäuchen und vollen Wangen. Jack und Mary Kate waren während des aufreibenden Marsches von Kansas nach Oregon ebenfalls abgemagert, aber das änderte sich jetzt. Mit jedem Tag wurden die beiden kräftiger und gesünder, ihre Augen glänzten, ihr dunkles Haar war voll, und sie lachten und stritten sich öfter, was viel besser war als die düstere Stille der Erschöpfung. Mit einem Knistern erlosch die Glut, und Grace erschauderte in der kühlen Luft.

Ihr Nachthemd war warm, weil Mary Kate es neben das Kamingitter gehängt hatte. Dankbar zog sie es über den Kopf und ließ den weichen Stoff über ihre Brüste und Hüften bis zu den Knöcheln gleiten, dann legte sie sich eine Decke um die Schultern und setzte sich in den Schaukelstuhl. Nachdem sie die Nadeln aus ihrem Haar entfernt hatte, bürstete sie es sorgfältig durch, bis sie mühelos mit den Fingern hindurchgleiten konnte. Sie hatte in den Hungerjahren viele Haare und mehrere Zähne verloren, Gott sei Dank jedoch nicht im vorderen Bereich; die Zähne würden nicht mehr nachwachsen, aber ihr Haar war wieder voll und hatte eine gesunde Farbe. Natürlich war das pure Eitelkeit – dabei sollte sie eigentlich froh sein, überhaupt noch am Leben zu sein. Sie schüttelte den Kopf und verjagte das Schuldgefühl, das sie immer dann überkam, wenn sie sich fragte, warum sie überlebt hatte und so viele andere nicht. Sie konzentrierte sich darauf, ihren Körper wahrzunehmen, seine bloße Existenz zu spüren.

Grace ließ die Bürste in den Schoß fallen und versuchte, sich an das letzte Mal zu erinnern, als jemand ihren Körper in den Armen gehalten hatte. Das war in New York gewesen, mit Peter. Und davor eine einzige Nacht – nur wenige Stunden – mit Morgan. An ihre Nächte mit Bram dachte sie nicht oft zurück, bedauerte aber auch nicht, dass es sie gegeben hatte, denn eine davon hatte ihr Mary Kathleen geschenkt. Ihre Gedanken wanderten zu der einsamen, bedauernswerten Frau im ersten Stock – vielleicht hatte Abigail Wakefield ja einen Geliebten gehabt, dessen Verlust sie nicht verwinden konnte. Warum gelang es manchen Menschen, trotz schwerer Schicksalsschläge weiterzumachen, während andere daran zerbrachen und nur noch auf den Tod warteten? Sie erinnerte sich an das erdrückende Gewicht ihrer eigenen Trauer, als Morgan starb, und dann – voller Scham – an ihren Zusammenbruch in New York, als sie meinte, Jack sei auch tot. Wenn Dugan ihr nicht das Messer entwunden hätte, hätte sie dann ihrem Leben ein Ende gesetzt? Mary Kate wäre eine Waise gewesen, auch wenn Dugan und Tara das Mädchen liebevoll aufgezogen hätten, und Jack wäre bei Julia in Irland geblieben; Grace hätte niemals Peter kennen und lieben gelernt und wäre niemals nach San Francisco gekommen, um seine Frau zu werden. Alles wäre anders verlaufen – nicht unbedingt schlechter, nur anders. Und plötzlich war sie froh, dass sie überlebt hatte und nun hier saß, in diesem warmen Zimmer, mit ihren geliebten Kindern, die nebenan schliefen. Grace war sich bewusst, dass sie nur dank ihres Glaubens und dank ihrer Freunde überlebt hatte, und fragte sich, ob Abigail Wakefield wenigstens eines von beidem besaß. Die Antwort lautete vermutlich nein, und so schloss sie die arme Frau in ihre Gebete ein.

Als sie schließlich im Bett lag, lauschte Grace den Stimmen der Männer, die sich draußen verabschiedeten, und dann dem langsamen Klippklapp, mit dem sie die steile Straße hinunter in die Stadt ritten, zurück zu ihren eigenen Häusern, Frauen und Familien. Sie hörte Doktor Wakefield die schwere Haustür schließen und wusste, dass nun auch er ins Bett ging. Am Morgen würde sie ihm das Frühstück servieren und dann ein Tablett für Abigail vorbereiten, als wäre nichts Außergewöhnliches geschehen. Vielleicht war es das für die Menschen in diesem Haus auch nicht. Aber für Grace war jeder Tag außergewöhnlich. Jeden Morgen erwachte sie, als hätte sie den Atem angehalten, und jeden Abend schloss sie die Augen in dem Wissen, dass der Tag sie einem nicht genauer zu benennenden Ereignis näher gebracht hatte. Aber welchem? Wenn Peter da ist, werde ich wissen, was zu tun ist, versicherte sie sich im Dunkeln. Sie schmiegte sich an Mary Kate und legte die Arme um den kleinen Körper. Sie wächst heran, ohne zu wissen, was ein Zuhause, ein Vater, eine richtige Familie ist, dachte Grace, und ihre Augen füllten sich mit Tränen.

»Ich werde es wieder gutmachen«, flüsterte sie in das weiche, lockige Haar. »Das verspreche ich.«

Komm nach Hause, Peter, betete sie, es wird Zeit.

9

Kapitän Reinders lag schweißüberströmt auf seinem Lager und stöhnte, genau wie all die anderen Männer in dem Zeltlazarett an der Küste von Flamingo Island. Es ging ihm aber allmählich besser, das erkannte er in lichten Momenten, und so drängte er seinen Ersten Offizier Cole Mackley, ohne ihn nach Norden zu segeln, um Liam und den Rest der Mannschaft der *Eliza J.* so schnell wie möglich nach Hause zu bringen. Nicht auszudenken, wenn Liam auch erkranken und hier in Panama sterben würde. Reinders wusste, dass er überleben und die Bucht von San Francisco und die anderen schönen Häfen entlang der Pazifikküste wiedersehen würde, aber er konnte Grace niemals mit der Nachricht gegenübertreten, er habe Liam verloren, den Jungen, den sie beide liebten wie ein eigenes Kind.

Fahren Sie los, hatte er Mackley befohlen. Ich komme nach, sobald ich kann.

Mackley hatte es hoch und heilig versprochen, aber noch immer lag die *Eliza J.* vor der Küste vor Anker und verlor jeden Tag Geld und ihre Passagiere an andere Schiffe – diese verfluchten Dampfschiffe, die er wegen ihres Lärms und ihres Qualms so hasste. Doch die Mannschaft wollte warten und hatte sich bis zum letzten Mann geweigert, ihren Kapitän in diesem gottverlassenen Land mit seiner erbarmungslosen Hitze, seinen sintflutartigen Regengüssen, schreienden Affen und Rieseninsekten, seiner Malaria und Ruhr zurückzulassen. Sie wollten den Namen nicht auf dem ständig wachsenden Friedhof sehen, wo schon tausend Tote lagen, darunter viele Soldaten der

Vierten US-Infanterie, die erst wenige Monate zuvor erkrankt waren.

Wenn die drückende Hitze abends nachließ, rappelte Reinders sich auf und humpelte mithilfe eines Pflegers unter Schmerzen zum Zeltausgang, um einen Blick dorthin zu werfen, wo das Schiff vor Anker lag und auf seine Rückkehr wartete. Sein Schiff. Mit seinem Jungen. Die beiden Dinge, die er am meisten auf der Welt liebte – zwei der drei Dinge, verbesserte er sich. Jeden Abend stand er dort und sah die Sonne hinter den herrlichen Masten untergehen, den fest eingerollten Segeln, der Mannschaft, die mit der Instandhaltung des Schiffes beschäftigt war – mit Teeren, Flicken, Polieren, Scheuern … alles, um sich während der Wartezeit zu beschäftigen.

Reinders hatte sich ein Fernrohr geliehen und hob es nun ans Auge, stellte die Schärfe ein und schaute langsam vom Bug zum Heck. Mittschiffs hielt er inne; dort stand Mackley auf der Brücke, und sein Fernrohr glitzerte in der Sonne, als er es auf die Insel und das Zelt richtete, vor dem sein Kapitän stand. Reinders hob die Hand, und einen Augenblick später erwiderte Mackley seinen Gruß, genau wie Liam, der neben ihm stand. Reinders vertraute Mackley und wusste, dass er gut auf Liam aufpasste, dennoch sehnte er sich danach, den Jungen bei sich zu haben. Schließlich ließ er das Fernrohr erschöpft sinken und gab dem Pfleger ein Zeichen, ihn zu seinem Feldbett zurückzubringen.

In der Nacht fühlte Reinders sich wacher und klarer als am Tag. Die Stunden lagen endlos vor ihm, eine lange kühle Minute nach der anderen, und schenkten ihm mehr Zeit zum Nachdenken, als ihm lieb sein konnte, und er dachte darüber nach, wofür es sich jetzt zu leben lohnte und was gewonnen wäre, wenn er auf dieser Insel stürbe. Nichts, lautete die offensichtliche Antwort, nichts wäre gewonnen, und an diese Erkenntnis klammerte er sich. Sein Tod wäre keine hehre Angelegenheit; es hatte nichts Heroisches, Waren und Menschen von Panama City nach San Francisco zu transportieren. Er fragte sich, warum er dieses Geschäft überhaupt noch betrieb – die Reichen fuhren ohnehin lieber mit den verfluchten Dampfern. Zwar konnte man mit Importgeschäften noch immer eine Menge Geld verdienen, und die *Eliza J.* hatte ein viel größeres Fassungsvermögen als ihre Rivalinnen, aber die

Fahrten an sich waren langweilig geworden. Endlich gab er es zu: Die Touren mit seinem Schiff nach Süden waren zur Routine geworden, und Routine war ein Gräuel für jeden Abenteurer. Sogar Mackley hatte einmal angedeutet, auf einem anderen Schiff anheuern zu wollen, doch Reinders war nicht darauf eingegangen; er konnte sich einfach nicht vorstellen, ohne den Mann zu segeln, der ihm seit so vielen Jahren zur Seite stand.

Aber Mackley wandelte inzwischen auf Freiersfüßen; er hatte die Tochter eines Kavalleristen kennen gelernt, der in Fort Vancouver am Columbia River stationiert war. Solche Routen wollte er segeln – Richtung Norden, nach Fort Vancouver und weiter in das Gebiet des zukünftigen Territoriums Washington. Dort gab es Siedlungen wie Seattle und New Whatcom, die Mackleys Interesse geweckt hatten. Und auch meins, sagte Reinders laut, verfluchte sich aber im nächsten Moment dafür, denn der Pfleger warf ihm einen irritierten Blick zu. Er musste gesund werden und von hier wegkommen, ehe man ihn als geisteskrank ansah und einsperrte.

Reinders' Gedanken schweiften zu den nördlichen Territorien, den Inseln und Wasserstraßen, die sein Herz höher schlagen ließen, mehr als alles andere, was er gesehen hatte, seit er in den Westen gekommen war. Auf seinen ersten Fahrten war er die Küste hinauf und dann landeinwärts gesegelt, durch den nach Kapitän Puget benannten, aufsehenerregenden Sund, bis er schließlich die Bucht und die Sägemühle erreicht hatte. Das Land lag eingebettet zwischen den rauen Kaskadenbergen und dem eindrucksvollen Olympicgebirge; an einem klaren Tag war es die schönste Landschaft, die Reinders sich vorstellen konnte. Mount Rainier erhob sich wie ein Gott hinter kleineren, dicht bewaldeten Bergen, die bis ans Wasser reichten.

In dieser Wildnis hatte man Siedlungen gegründet, von denen ihm am besten New Whatcom gefiel, eine Kolonie, die nördlich von Seattle an der Bellingham Bucht lag und sich inzwischen zu einer aufstrebenden Stadt entwickelt hatte, in der Holzfäller und Fischer mit ihren Familien lebten – eine Stadt voller Tatendrang, was angesichts des rauen Lebens dort besonders bemerkenswert war. Reinders hatte Freundschaft mit den Eldridges geschlossen, dem ehemaligen Seemann Edward und dessen Frau Teresa, die während der Hungersnot aus Irland ausgewandert war. Die beiden hatten sich auf Edwards Schiff kennen gelernt, ähnlich wie Peter und Grace; allerdings waren sie bereits verheiratet und hatten eine kleine Tochter namens Isabella. Während eines Abendessens in ihrer Blockhütte hatte Reinders über Grace gesprochen, und Teresa hatte ihre eigene Geschichte erzählt und ihn wieder daran erinnert, wie stark diese irischen Frauen waren, mit welchem Mut sie ein neues Leben begannen, nicht nur einmal, sondern zwei- oder auch dreimal ... so oft es eben nötig war, um ihren Kindern eine Zukunft zu sichern.

Durch die Eldridges hatte er auch Rolf und Astrid Sigurdsen kennen gelernt, ein junges Ehepaar, das vor den Hungersnöten aus Norwegen geflohen und über Land in den Westen gekommen war. Auf Edwards Vorschlag hin hatte Reinders beschlossen, in New Whatcom zu investieren, und einen Gemischtwarenladen eröffnet, den Rolf und Astrid als seine Partner führten. Zum ersten Mal hatte er ganz allein etwas mit seinem eigenen Geld angefangen, und sein Geschäftspartner Lars schien mit der Investition sehr zufrieden zu sein. Der Laden lief gut, und Reinders freute sich jedes Mal, die Sigurdsens zu sehen, wenn er nach Norden kam – freute sich, Astrid zu sehen, verbesserte er sich und drehte sich mit einem Seufzer auf die andere Seite. Rolf war Anfang des Sommers beim Fischen ertrunken, so dass Astrid den Laden inzwischen allein betrieb. Reinders hatte erwartet, sie würde vielleicht zu irgendwelchen Verwandten zurückkehren – schließlich hatte sie kurz nach Rolfs Tod auch noch eine Fehlgeburt erlitten –, aber sie gab ihm deutlich zu verstehen, dass sie bleiben wolle und hoffe, er halte die Partnerschaft aufrecht, denn der Laden werfe schließlich Gewinn ab. Er hatte eine Holzhütte an die Rückseite des Ladens bauen lassen, um ihr das Leben ein wenig zu erleichtern, und dachte oft an sie. Sie erinnerte ihn in vielem an Grace; obwohl die beiden Frauen einander äußerlich nicht ähnelten, war ihnen ein fester Glaube gemeinsam, der sie alle erdenklichen Katastrophen überstehen ließ. Außerdem hatten beide einen ausgeprägten Sinn für Humor – etwas, das ihm, wie er zugeben musste, völlig abging. Ja, Astrid war eine gute Frau; er würde bald zu ihr fahren müssen, um sich zu vergewissern, dass sie alles für den Laden hatte. Der Winter stand vor der Tür, und Vorräte waren immer knapp.

Zwar gab es in New Whatcom auch Indianer, aber die Lummis wurden wegen ihres Wissens und ihrer Hilfsbereitschaft von den Siedlern, die nun einen Teil ihres Landes bewohnten, geschätzt und mit Respekt behandelt. Reinders wusste, dass die Anzahl der Indianer am unteren Columbia River durch die Ankunft der Pioniere und die von ihnen eingeschleppten Krankheiten wie Windpocken und Masern stetig zurückging; selbst ihre Schwitzhütten, mit deren Hilfe sie fast alle Krankheiten bekämpften, waren nutzlos und schienen das Sterben eher zu beschleunigen. Doch nördlich des Columbia River blühte die indianische Kultur noch, und in New Whatcom bildete sie einen unverzichtbaren Bestandteil des täglichen Lebens.

Reinders schloss die Augen und versuchte, an die kühle, salzige Brise und an den Duft von Tannen und Zedern zu denken, an die Schreie der fetten Möwen, an die majestätisch dahingleitenden Adler. Würde er sie wiedersehen? Würde er je wieder in diesen Gewässern segeln, begleitet von Schwertwalen und Tümmlern, würde er noch einmal den frischen Lachs, die Riesenkrebse und Muscheln essen, die es dort im Überfluss gab? »Ja«, sagte er laut, so dass seine Stimme im ganzen Zelt zu hören war, aber es war ihm egal. Ja, er würde wieder dort hinauffahren, und er würde Grace mitnehmen. Er würde nach San Francisco zurückkehren, sich mit Lars treffen und dann die Küste hinauf nach Willamette segeln. Inzwischen musste Grace dort angekommen sein, falls es unterwegs keine Verzögerungen gegeben hatte. Sie war gemeinsam mit Lily und Jan in einem großen Treck unterwegs, der Kansas rechtzeitig verlassen hatte, um vor Einbruch des Winters sein Ziel erreichen zu können. Allerdings schauderte es Reinders bei dem Gedanken, was unterwegs noch alles schiefgehen konnte. Nein, sagte er sich, Grace hatte schon so viel überlebt, jetzt würde ihr schon nichts mehr passieren. Er würde die Küste hinaufsegeln und sie sehen; bei ihrer ersten Begegnung würden sie beide vielleicht etwas verlegen sein, aber sie hatten einander regelmäßig geschrieben, und natürlich war Liam etwas, das sie verband. Liam würde bei ihnen sein und ein erneutes Kennenlernen erleichtern. Wenn sie dazu bereit war, würde er sie mit nach Norden nehmen und ihr New Whatcom zeigen. Als Liam zum ersten Mal in diese Gegend kam, sagte er, wie sehr sie Irland ähnele, vor allem der Grafschaft Cork, aus der Grace stammte. Während seiner wachen Stunden auf der Pritsche im Zeltlazarett wurde Reinders immer mehr bewusst, wie sehr er sich wünschte, dass sie dieses Land im Norden lieben könnte, und wie viel ihm das bedeuten würde. Manche nannten es Gottes Land, aber er wusste nicht so recht, was er davon halten sollte – entweder war die ganze Welt Gottes Land oder gar nichts. Reinders glaubte zwar an die Existenz Gottes, aber sein Glaube war nicht sehr fest; es gab zuviel Chaos auf dieser Welt, zuviel Unglück und Grausamkeit für einen allmächtigen Plan. Doch wenn er je die Anwesenheit eines höheren Wesens gespürt hatte, dann in den Buchten des Nordwestens; der Anblick dieser Landschaft bewegte ihn jedes Mal zutiefst.

Zufrieden schloss Reinders die Augen und lächelte beim Gedanken an den Hafen und seinen kleinen Laden. Astrid würde an den Strand kommen, um ihn an Land rudern zu sehen, die Röcke ein wenig gerafft, das Haar zu Zöpfen geflochten und hochgesteckt. Grace würde sie mögen. Sie würden alle Nachbarn sein und Freunde, die Sigurdsens, die Eldridges, die Reinders'. Er und Grace könnten dort ein Haus bauen. Grace hatte sich immer gewünscht, am Meer zu leben, erinnerte er sich – das war eines der Dinge, die er an ihr liebte.

Ein Gefühl der Ruhe überkam ihn, und er spürte, wie er in Morpheus' Armen versank. Es musste der tiefste, erholsamste Schlaf seit seiner Ankunft auf der Insel gewesen sein, denn als er erwachte, wusste er, dass er das Schlimmste überstanden hatte. Peter Reinders war auf dem Weg der Besserung.

10

Von weitem wirkte Barbara Alroy viel älter, als sie tatsächlich war. Ihr einst dunkles Haar war vollständig ergraut, und sie ging ein wenig gebeugt, allerdings hatte das weniger mit ihrem Alter zu tun als damit, dass sie fortwährend kleine Kinder hochhob und auf der Hüfte trug. Bei näherer Betrachtung fiel auf, dass ihre Haut noch jugendlich straff aussah und ihre Augen trotz der schweren Jahre der Hungersnot leuchteten. Und die Falten in ihrem Gesicht verdankte sie ebenso sehr ihrem fröhlichen Lachen wie dem Kampf ums Überleben. Barbara war eine eindrucksvolle Frau mit der starken Ausstrahlung aller Angehörigen des McDonagh-Clans. Hätte sie sich für einen Moment neben ihren Bruder Morgan stellen können, wäre die Ähnlichkeit für den Betrachter geradezu unheimlich gewesen. Barbara vermisste Morgan noch immer so sehr, dass sie manchmal die Fäuste ballen und die Zähne zusammenbeißen musste, doch sie gab sich nicht der romantischen Illusion hin, er sei irgendwie aus Irland entkommen und als Sträfling in Van-Diemen's-Land gestrandet oder arbeite vielleicht in Kanada oder lebe unter Indianern in Amerika. Morgan war einer der beliebtesten Anführer der Young Irelanders gewesen, und die Geschichten, die sich um ihn rankten, hatten mythische Dimensionen angenommen. Daher war jedes Gerücht, das an ihre Ohren drang, noch abenteuerlicher als das vorhergehende. Sosehr sie sich auch wünschte, er möge am Leben sein, egal an welchem Ort auf dieser Erde, so wusste sie doch, dass die Priester die Wahrheit gesagt hatten: Morgan war im Gefängnis gestorben, halb totgeschlagen und krank an Körper und Seele. Barbara war genauso stark wie ihr Bruder, deshalb lehnte sie es ab, sich zu quälen, und akzeptierte stattdessen, dass sie ihn erst im nächsten Leben wiedersehen würde.

Nun stand sie in der Tür, wischte sich die Hände an der Schürze ab und beobachtete eine vornehme Kutsche mit aufgeschnallten Truhen, die langsam den Hügel zu dem Schulhaus heraufkam, in dem ein Dutzend Kinder lebten, darunter die Zwillinge von Barbara und Abban.

»Abban Alroy«, fragte sie über die Schulter, »erwartest du Besuch? Da kommt nämlich jemand.«

Ihr Mann schaute von seiner Näharbeit auf und schüttelte den Kopf. »Nein, Barbara«, erwiderte er. »Aber vielleicht schickt die Königin ein paar Vorräte, wo wir doch für ihre Waisen sorgen.«

»Dann komm besser mal her«, sagte Barbara. »Du weißt ja, ich bin für die Königin nicht zu sprechen.«

Abban lachte. Dann legte er die kleine Hose beiseite, die er gerade flickte, und erhob sich mit Hilfe seiner Krücke vom Stuhl. Er hatte drei Jahre zuvor ein Bein verloren, vermisste es aber immer noch und versuchte nachts regelmäßig, sich das fehlende Schienbein zu kratzen. Auf dem Weg, den er gemeinsam mit Barbara durch Irland zurückgelegt hatte, von Cork nach Galway, hatte er gelernt, jedes Hindernis zu umgehen oder zu übersteigen, und nun bewegte er sich mit der Geschwindigkeit und Geschicklichkeit eines Mannes, der noch beide Beine hatte – und konnte sogar gut tanzen.

»Schöne Kutsche.« Er schützte mit einer Hand seine Augen vor der schwachen Herbstsonne. »Und gute Pferde. Ob das Julia ist? Ist sie denn jetzt schon aus London zurück?«

»In ihrem Brief stand, sie sei zu Weihnachten in Dublin und komme uns anschließend besuchen«, sagte Barbara. »Sieh mal, da winkt uns jemand aus dem Fenster zu!«

Sie traten aus der Tür auf den Hof, als die Pferde vor dem Tor stehen blieben. Die Kinder unterbrachen ihr Spiel und starrten das Gespann an – genau wie Gavin Donohue, der junge Mann, der ihnen bei der Arbeit half. Besucher waren selten, Besucher in vornehmen Kutschen noch seltener. Schweigend liefen die Kinder zum Zaun, kletterten auf Pfosten und Querbalken und spähten zwischen den Brettern hindurch, gespannt, wer wohl aus so einer Kutsche steigen würde.

»Es ist tatsächlich Julia«, rief Barbara und lief zum Tor. »Julia! Wir haben dich noch gar nicht erwartet!«

Julia stieg aus der Kutsche und umarmte ihre alte Freundin. »Wie schön, dich zu sehen, Barbara. Wie geht's den Jungs?« Sie blickte zu den Kindern hinüber, die auf dem Zaun hockten. Dann winkte sie Gavin zu, der sich den Hut vom Kopf riss und sich wie vor einem Mitglied der königlichen Familie verbeugte. Julia musste lachen.

»Die Zwillinge schlafen oben bei den Jüngsten«, sagte Barbara. »Hast du dein kleines Mädchen mitgebracht?« Sie versuchte, Julias einjährige Tochter in der Kutsche zu erspähen, aber Julia legte ihr die Hand auf die Schulter und schob sie ein wenig zur Seite.

»Sie ist bei meinem Vater in Dublin.«

»Ein mutiger Mann, dein Vater. Bleibt freiwillig mit einem Kleinkind allein.«

Julia lachte. »Er ist Wachs in ihren Händen und zu nichts mehr zu gebrauchen. Er will sie nur noch auf den Knien schaukeln und macht dauernd irgendwelche lächerlichen Geräusche. Ich habe ein Kindermädchen besorgt, das sich um die beiden kümmert.« Ihr Gesicht nahm einen ernsten Ausdruck an. »Ich kann nur kurz bleiben, Barbara. Hallo, Abban.«

Er schüttelte ihr herzlich die Hand und küsste sie auf die Wange. »Es ist immer schön, dich zu sehen, mein Mädel, auch wenn wir keine Ahnung hatten, dass du zu uns unterwegs bist.«

»Es kam alles sehr plötzlich.« Julia nahm die Hände der beiden und blickte ihnen in die Augen. »Ich habe euch eine Überraschung mitgebracht. Eine *wirkliche* Überraschung«, fügte sie hinzu. »Jemanden, den ihr lange nicht gesehen habt.«

Die beiden schauten sie verblüfft an, und sie trat zur Seite. Aus der Kutsche stieg eine junge Frau, die Abban irgendwie vertraut vorkam, obwohl er sie nicht kannte. Barbara schnappte jedoch hörbar nach Luft und schlug die Hände vor den Mund.

»Erkennst du mich noch, Barbara?«, fragte die Frau und musterte Barbara hoffnungsvoll und ängstlich zugleich. »Deine nichtsnutzige, aufsässige, weggelaufene Schwester?«

»Aislinn!« Barbara machte einen Schritt nach vorn und umarmte sie stürmisch. »Oh Aislinn, mein Liebling. Natürlich erkenne ich dich. Natürlich.« Sie hielt ihre Schwester auf Armlänge von sich und schaute sie an; dann umarmte sie sie noch fester als zuvor. »Oh, Gott sei Dank! Gott sei Dank, dass du lebst!«

Die beiden Frauen weinten und lachten gleichzeitig, während Abban ihnen ungläubig zusah und Julia lächelnd dabeistand.

»Abban!« Barbara zog Aislinn zu ihm hinüber. »Das ist meine Schwester, die vor vielen Jahren nach London gegangen ist!« Sie schaute Aislinn erneut voller Verwunderung an. »Und die zurückgekommen ist! Ach, mein liebes Mädchen!«

»Lasst uns ins Haus gehen«, schlug Abban vor, nahm seine vor Freude weinende Frau am Arm und humpelte vor den anderen hinein. »Setzt euch, setzt euch bitte. Ich stelle gleich den Kessel aufs Feuer.«

Aislinn war eine jüngere Ausgabe von Barbara, von der sie sich nur durch ihr etwas helleres Haar und ihre fülligere Figur unterschied, dachte Abban. Allerdings trug sie das Kleid einer Lady, Ringe an den Fingern, silberne Ohrhänger und Kämme aus Elfenbein im Haar. Barbara hatte, seit er sie kannte, kein einziges Mal ein neues Kleid getragen, sie besaß keinen Schmuck außer dem Ring, den er ihr an den Finger gesteckt hatte, band das Haar zu einem einfachen Zopf wie ein junges Mädchen, und doch war sie die schönste, eleganteste Frau, die er kannte.

»Wir können dir leider nicht viel Luxus bieten.« Er deutete auf den großen Raum mit den Stühlen und Hockern, die überall herumstanden, und dem schweren Holztisch in der Mitte. »Aber du bist herzlich willkommen.«

»Bitte entschuldige dich doch nicht.« Aislinns Stimme klang belegt, als sie auf einem wackligen Holzstuhl Platz nahm. »Mein Kleid gehört zu meinem früheren Leben, nicht zu dem, das ich jetzt führen möchte.«

»Und was für ein Leben ist das?«, fragte Barbara leise und wischte sich die Tränen fort.

»Ein Leben mit dir, Barbara. Und mit deinem Mann. Wenn ihr mich bei euch haben wollt.«

»Aber ja!« Abban zögerte nicht eine Sekunde. »Keine Frage. Du gehörst zur Familie und kannst bei uns bleiben, solange du willst.«

»Vielleicht änderst du deine Meinung, wenn du erfährst, wie ich gelebt habe«, sagte Aislinn bedrückt. »Ich bin nicht stolz darauf, aber ich kann es nicht mehr ändern und will euch nicht anlügen.«

Abban und Barbara sahen sich über Aislinns Kopf hinweg an.

»Hast du Gerald O'Flaherty geheiratet?«, fragte Barbara und setzte sich neben ihre Schwester. »Und ihn jetzt verlassen?«

Aislinn saß eine ganze Weile schweigend da und versuchte, Mut zu fassen, dann gestand sie: »Gerald hatte nie vor, mich zu heiraten. Ich bekam ein Kind von ihm, konnte es auf mich allein gestellt aber nicht versorgen und musste es weggeben.«

Barbara ergriff Aislinns Hand und hielt sie fest.

»Das darauf folgende Jahr war schwer, und ich wäre am liebsten gestorben. Ich ließ mich von einem verheirateten Mann aushalten; er war reich und adlig und immer gut zu mir, und als er starb, war ich wirklich betrübt. Der Schmuck, die Wohnung und das Geld gehörten mir, und ich dachte, ich könnte in Frieden weiterhin in London leben.« Sie schüttelte traurig den Kopf. »Aber ich war zu oft allein, und die Gespenster der Vergangenheit ließen mir keine Ruhe. Durch Julia hatte ich erfahren, dass du lebst und hier ein gutes Werk tust, und da dachte ich ... vielleicht ...« Sie verstummte, um nicht wieder in Tränen auszubrechen.

Barbara wandte sich erstaunt an Julia. »Du wusstest, dass sie lebt? Du hast es die ganze Zeit gewusst?«

»Es tut mir leid, Barbara«, sagte Julia. »Ich habe sie ganz zufällig getroffen, als ich das erste Mal in London war, um Geld zu sammeln. Damals bat sie mich, niemandem zu sagen, wie es ihr ergangen ist.«

»Ich wollte euch keine Schande machen«, bekannte Aislinn. »Und ich wusste, dass ich niemals zurückkommen konnte.«

»Unsere Mam hat dich geliebt, Aislinn«, sagte Barbara. »Sie hätte dich gerne bei sich gehabt, aber sie sagte, es sei besser für dich, woanders zu leben, als zu Hause zu sterben. Jeden Tag hat sie für dich gebetet.«

»Und ich für sie«, sagte Aislinn leise.

»Dann hast du uns das Geld für dieses Haus geschickt?«, fragte Abban.

»Ich traf Julia in Liverpool, ehe Grace nach Amerika ging. Als du später das Kloster verlassen hast, habe ich sie gebeten, es unter ihrem eigenen Namen zu tun.«

»Dann weiß Grace, dass du lebst?« Barbara war fassungslos.

»Sie hat mir von Mam und unseren Schwestern erzählt, und dass Morgan gestorben ist …« Aislinn verstummte für einen Moment. »Ich wusste, dass sie ihren Jungen bei dir gelassen hat, und sie meinte, ich würde dich schlecht kennen, wenn ich dächte, du würdest mich nicht willkommen heißen.«

»So ist sie, denkt immer an andere.« Barbara schüttelte den Kopf. »Sie war in einem fürchterlichen Zustand, als sie wegging, krank und vollkommen erschöpft. Ich hatte Angst, sie würde die Reise nicht überstehen.«

»Das hat sie aber. Und sie hat Lord Evans im Gefängnis besucht, bevor sie nach Amerika fuhr. Weißt du noch, Julia?«

Julia lachte wehmütig. »Wie könnte ich das vergessen? Es war meine erste und letzte Erfahrung mit Prostituierten.«

»Was?«, fragten Barbara und Abban in einem Atemzug.

»Ich erzähle es euch ein anderes Mal«, versprach Julia. »Das ist eine Geschichte für einen langen Abend und einen guten Schluck.«

»Ich könnte jetzt tatsächlich ein Glas vertragen«, meinte Barbara. »Aber ich glaube, ich bin noch nicht in der Lage, mir weitere Geschichten anzuhören. Außerdem muss ich die Kleinen wecken.« Sie stand auf, ohne Aislinns Hand loszulassen und wandte sich an ihren Mann. »Siehst du nach den Großen im Hof, Abban?«

»Soll ich mitkommen?«, fragte Aislinn. »Wo du doch noch meine Hand festhältst.«

Barbara lachte, und Abban freute sich an der Ähnlichkeit der beiden Schwestern.

»Ich mache in der Zwischenzeit den Tee.« Julia stand ebenfalls auf. »Ich kenne mich ja hier aus.«

Barbara führte Aislinn die Treppe hinauf in einen großen Schlafraum unter dem Dach. Auf der einen Seite standen Kinderbetten für die neun Älteren, auf der anderen behelfsmäßige Gitterbetten für die fünf Kleinen, die gerade anfingen, sich zu regen.

»Schau mal.« Barbara beugte sich über das erste Bett.

Aislinn stand neben ihr und betrachtete die beiden schlafenden Jungen, das Gewirr aus Ärmchen und Beinchen. Sie hatten zwar die dunklen Haare der McDonaghs, Nase und Kinnpartie stammten jedoch eindeutig von Abban.

»Darf ich dir deine Neffen vorstellen?«, flüsterte Barbara. »Der mit den Sommersprossen ist Declan. Und das hier ist Nally, nach unserem Dad, Gott segne seine wilde Seele.«

Aislinn legte den Arm um Barbara. »Das sind die hübschesten Jungen, die ich je gesehen habe. Wie schön für dich, Barbara. Die beiden sind ein richtiges Wunder.«

»Oh ja. Ich kann es selbst kaum fassen. Die Hungersnot und die Krankheiten waren so schrecklich, aber ohne all das hätte ich meinen Abban nie gefunden. Ich hätte niemals das Kloster verlassen und geheiratet und diese beiden wundervollen Geschöpfe bekommen. Gott hat mich gesegnet, trotz allem. Oh, Aislinn, es tut mir leid«, sagte Barbara rasch. »Bestimmt sehen sie deinem Kind ein bisschen ähnlich.«

Aislinn nickte. »Ich habe versucht, ihn zurückzubekommen, aber sie wollten mir nicht sagen, wo er ist. Sie meinten, ohne mich hätte er eine bessere Zukunft, und wahrscheinlich stimmt das sogar.«

»Sie haben in guter Absicht gehandelt, aber wenn sie in dein Herz hätten blicken können, hätten sie ihn sofort geholt und dir zurückgegeben.«

»Danke«, flüsterte Aislinn. »Es ist schon gut. Ich habe meinen Frieden damit geschlossen. Manchmal stelle ich mir vor, dass er mit einem Dad und einer Mam aufwächst, die ihn lieben, die mit ihm spielen und ihm etwas beibringen … und ich freue mich darüber. Ich bin froh, dass er in guten Händen ist.«

Barbara schloss Aislinn in die Arme und hielt sie fest. »Wir haben manches durchgemacht, Schwester, nicht wahr?«

»Ja, das haben wir wirklich«, murmelte Aislinn.

»Ich bin so froh, dass du hier bist. Das ist jetzt das Einzige, was zählt.«

Aislinns drückte Barbara noch fester an sich. »Dann kann ich bleiben?«

»Kannst du kochen und putzen, Kleider waschen und flicken?«

»Ich bin etwas aus der Übung«, gab Aislinn zu. »Aber ich werde mein Bestes tun.«

»Gut«, lachte Barbara. »Dann hast du die Stelle als geliebte Schwester.«

Später brachte Abban Julia zu ihrer Kutsche. »Du kannst gern über Nacht bleiben und morgen früh ausgeruht weiterfahren.«

»Danke, Abban, aber ich will heute so weit kommen wie möglich. Ich wusste vorher nicht, dass Aislinn mich begleiten würde, und ich dachte, ich schulde es euch, sie gleich herzubringen.«

»Du brauchst nichts mehr gutzumachen, Julia«, sagte Abban sanft.

»Doch, das muss ich«, erwiderte sie.

»Wie geht es dem kleinen Jack? Hast du etwas Neues gehört?«

»Das hätte ich fast vergessen!« Sie griff in die Tasche ihres Rocks und zog einen Umschlag hervor. »Ein Brief von Grace. Jack geht es gut. Er liebt Kansas. Cowboys und Indianer und so weiter.«

Abban schüttelte den Kopf. »Ich kann mir kaum vorstellen, was für ein Leben sie da draußen führen.«

»Grace denkt daran, weiter nach Westen zu gehen, an die Küste, in eine Gegend namens Oregon.«

»Ist da der Kapitän? Meinst du, sie wird ihn nun doch heiraten?«

»Er lebt weiter südlich, ich weiß allerdings nicht, wie weit von dort entfernt. Ja, ich glaube, sie ist jetzt so weit, wieder zu heiraten.« Julia dachte einen Moment lang nach. »Sie führt ein geschäftiges Leben, aber in ihrem Brief klingt sie einsam. Und müde. Über den Verlust von Morgan ist sie noch nicht hinweggekommen, und vielleicht wird ihr das nie gelingen. Aber ich glaube, sie will es versuchen.«

»Es vergeht kein Tag, an dem ich nicht an ihn denke und mich an etwas erinnere, was er gesagt oder getan hat. Morgan ist kein Mann, den man leicht aus dem Gedächtnis streicht.«

»Oder aus dem Herzen.« Julia setzte ihre Haube auf und band sie unter dem Kinn fest. »Was ich dich noch fragen wollte, Abban: Was braucht ihr an Vorräten? Ich treffe mich nächste Woche in Dublin mit den Quäkern und mit verschiedenen katholischen Wohlfahrtsvereinen.«

Abban musste nicht lange überlegen. »Wir könnten Saatgut für den Garten brauchen. Und noch eine Schaufel; das Graben ist in diesem Boden Schwerstarbeit«, erklärte er. »Außerdem Kleider für die Größeren, besonders für die Mädchen, und Stiefel. Natürlich freuen wir uns auch über jedes Buch, denn die meisten der Kinder lernen jetzt bei Barbara lesen. Schiefertafeln für den Schreibunterricht wären schön. Eigentlich alles, Julia – wir wären für alles dankbar.«

»Ich werde sehen, was ich tun kann.« Sie schüttelte ihm die Hand. »Erfahrt ihr hier viel von dem, was in der Welt los ist?«

Abban zuckte die Achseln. »Ab und zu verirrt sich eine Zeitung hierher, meistens um einen Fisch gewickelt. Ich weiß, dass Thomas Meagher und Terence McManus aus der Kolonie entkommen sind und es bis nach San Francisco geschafft haben.«

»Ja, Terence ist da geblieben, aber zuletzt hörte ich, Thomas sei weiter nach New York gegangen und der Armee beigetreten.«

»Was du nicht sagst!« Abban sah sie erfreut an. »Der hatte schon immer einen ausgeprägten militärischen Sachverstand. Ich wünschte, er käme zurück, aber was soll's – er wird den Amerikanern zeigen, was ein Ire kann. Ehe sie sich's versehen, ist er General.« Er lachte. »Und Smith O'Brien? Konnte er auch entkommen?«

»Er ist noch in Van-Diemen's-Land. Anscheinend geht es ihm nicht gut, aber Jenny und die Jungs sind jetzt bei ihm.«

»Das ist ein Trost. Von Sean hat wohl niemand etwas gehört?«

Julia schüttelte den Kopf. »Ich glaube, das ist einer der Gründe, warum Grace weiter nach Westen zieht. Sie reist durch Utah, und wenn er noch lebt, findet sie ihn vielleicht.«

»Es ist ein riesiges Land ... als würde man eine Nadel im Heuhaufen suchen, nehme ich an. Und wenn Sean wollte, dass man ihn findet, wäre das doch wohl schon längst passiert.«

»Ich weiß nicht. Viele Menschen sind aus den unterschiedlichsten Gründen einfach verschwunden.«

»Aber manche werden auch wiedergefunden.« Abban blickte sich zu Barbara und Aislinn um, die am Fenster standen und sich unterhielten, jede mit einem Zwilling auf dem Arm. »Danke, Julia.«

»Dank dir lieber selbst«, antwortete sie. »Ich laufe bloß durchs Land und bettele die Leute um Geld an. Du und Barbara, ihr verrichtet die harte Arbeit.«

»Ich bin froh über diese Aufgabe.« Er streckte ihr die Hand entgegen. »Ich habe dich lange genug aufgehalten. Fahr los, solange es noch hell ist.«

»Mach's gut, Abban.« Sie ergriff seine Hand und schüttelte sie herzlich. »Wir sehen uns bald wieder.«

»Gib der kleinen Aiden einen Kuss von mir. Aiden Elizabeth Wilkes«, sagte er langsam. »Einen wirklich starken Namen hast du ihr gegeben.«

»Ja, mit mir als Mutter wird sie ihn auch brauchen!«

Beide lachten. Dann stieg Julia in die Kutsche und gab dem Fuhrmann ein Zeichen. Barbara und Aislinn kamen aus dem Haus und eilten zum Tor, um dem Wagen gemeinsam mit Abban hinterherzublicken, während Julia aus dem Fenster winkte.

Nachdem die Kutsche um die letzte Kurve gerollt und außer Sicht war, fragte Abban Aislinn: »Soll ich dir deinen Neffen abnehmen, damit du dich einrichten kannst?«

»Ich würde ihn gern noch ein bisschen halten, wenn es dir nichts ausmacht.« Sie nahm Nallys kleine Faust und küsste die gekrümmten Finger.

»Natürlich nicht.« Abban fuhr dem Jungen durchs Haar. »Bald wirst du ihn wahrscheinlich mit dem Besen über den Hof scheuchen ... Unser Nally ist ein kleiner Teufelskerl. Er soll nach seinem Großvater kommen.«

»Aislinn hat sich immer besonders gut mit unserem Dad verstanden. Vielleicht übt sie die gleiche beruhigende Wirkung auf seinen Namensvetter aus.« Barbara zwinkerte ihrer Schwester zu.

Aislinn lachte und wirbelte den kleinen Jungen auf ihrem Arm herum. Dann hob sie ihn hoch in die Luft, um die Freude auf seinem Gesicht zu sehen. Und als er sie anstrahlte, löste sich tief in ihrem Herzen etwas, und sie drückte ihn fest an sich. Seit ihrer Jugend hatte sie nicht mehr so viele Kinder um sich gehabt; sie war eines von neun Geschwistern gewesen, in einer Nachbarschaft, in der fast jede Familie ebenso viele Nachkommen hatte, und inmitten dieser wimmelnden Jungen und Mädchen, dem ganzen Durcheinander und Chaos durchströmte sie ein vertrautes Gefühl und schenkte ihr Frieden.

Am Abend versammelten sich alle um den Tisch: Abban, Barbara, Declan und Nally, ihre Tante Aislinn, die Aushilfen Peigi O'Reardon und Gavin Donohue sowie sechs weitere Jungen und sechs Mädchen zwischen vier und dreizehn. Sie hatten gerötete Gesichter vom Spielen in der kühlen Herbstluft, ihre Augen funkelten im Licht der Kerzen und Lampen, und alle benahmen sich so gut sie konnten für die Frau, die bestimmt ein Ehrengast war – so schön sah sie in ihrem schimmernden blauen Kleid aus. Barbara reichte das Brot herum, während ihr Mann die Kartoffelsuppe austeilte. Als alle einen Teller vor sich stehen hatten, schauten sie hinüber zu Abban, der am Kopf des Tisches saß, damit er das Gebet sprach. Auch danach blieben sie mit großen Augen still sitzen.

»Na los, nehmt eure Löffel«, sagte Barbara. »Ihr seid doch sonst nicht so schüchtern. Das ist bloß meine Schwester, Miss McDonagh. Sie wird jetzt bei uns wohnen, und ich verspreche euch, sie beißt nicht.« Barbaras Augen blitzten.

Eine ganze Weile herrschte Stille, während alle über die Tatsache zu staunen schienen, dass Missus Alroy eine Schwester hatte und dass dieses strahlende Geschöpf nun bei ihnen im alten Schulhaus wohnen sollte.

Maeve, die kluge Achtjährige am anderen Ende des Tisches, überwand schließlich ihre Schüchternheit: »Haben Sie auch Ihre ganze Familie verloren, Miss, und sind Sie deshalb hierher gekommen?«

»Ja.« Aislinn legte ihre Hand auf die Barbaras. »Alle außer meiner Schwester, und sie war so lieb, mich aufzunehmen.«

»Mister und Missus Alroy sorgen gut für andere Leute.« Maeve schaute ihre Ersatzgeschwister an, und alle nickten bestätigend. »Willkommen, Miss. Wir freuen uns, dass Sie da sind.«

»Willkommen, Miss«, wiederholten die anderen Kinder und lächelten das neue Familienmitglied aufmunternd an.

Aislinn drückte Barbaras Hand. Sie wagte nicht, ihre Schwester anzusehen, weil sie fürchtete, in Tränen auszubrechen. Stattdessen ließ sie den Blick von einem jungen Gesicht zum nächsten wandern und sah in ihnen Abbilder ihres verlorenen Bruders und ihrer Schwestern, ihrer Nachbarn, ihres eigenen Sohnes.

»Danke, liebe Kinder«, sagte sie zu allen. »Es ist schön, wieder bei der Familie zu sein.«

»Und bei Freunden.« Gavin schaute ihr über den Tisch hinweg in die Augen. »Sie haben jetzt auch Freunde, Miss McDonagh.«

Sein unverwandter Blick war offen, und Aislinn entdeckte darin die Stärke und Klarheit, die sie bei so vielen Menschen vermisst hatte. »Das weiß ich, Mister Donohue, und ich bin froh darüber.«

»Meine Freunde nennen mich Gavin.« Er grinste jetzt. »Wenn sie mir nicht Namen geben, die ich bei Tisch nicht sagen darf.«

Die älteren Kinder links und rechts von ihm lachten und stießen ihm freundschaftlich in die Seite.

»Die Wachen haben Gavin verprügelt«, erzählte Maeve stolz. »Weil er ein Ladenfenster eingeschlagen und Essen gestohlen hat. Sie haben ihn eingesperrt.«

Der junge Mann errötete, aber er senkte nicht den Kopf. »Stehlen ist falsch, Maeve, und es tut mir leid.« Er zuckte leicht die Achseln. »Aber manche Dinge muss man einfach hinter sich lassen, nicht wahr, Miss McDonagh? Damit das Leben weitergeht.«

Es war still am Tisch; Abban und Barbara tauschten einen Blick, in dem alles lag, was sie selbst hinter sich gelassen hatten.

Aislinn legte den Löffel beiseite und faltete die Hände im Schoß. »Das ist leichter gesagt als getan, Mister Donohue. Aber ich werde es versuchen.«

»Gavin«, erinnerte er sie leise.

»Und ich bin Aislinn.« Sie lächelte ihn an. »Und jetzt gib mir bitte noch ein Stück Brot.«

11

Am Morgen von Allerheiligen war es nass und kalt; das warme Herbstwetter ging zu Ende. Regen prasselte gegen die Fensterscheiben, tropfte von den Dachrinnen, drückte das hohe braune Gras nieder, bildete Pfützen auf der Auffahrt und verwandelte den Hof in eine Schlammwüste. Doch Grace fühlte sich keineswegs niedergeschlagen – dieses Wetter, das sie aus ihrer Kindheit kannte, wirkte vielmehr belebend auf sie. Regen störte sie nicht, nur Kälte. Wenn es nach ihr gegangen wäre, hätte es bis Weihnachten schütten können, solange es nur nicht schneite und auch keinen dieser eisigen Schneestürme gab, die sie so sehr fürchtete.

Grace griff kräftig in den Brotteig und knetete ihn, bis er glatt und weich war; dann legte sie ihn in eine Tonschüssel neben dem Feuer, damit er gehen konnte. Sie wischte sich die Hände an der Schürze ab und musterte Jack, der auf den Stufen zum Vorraum saß und die erste von vier schönen Enten rupfte. Doktor Wakefield, der ab und zu auf Jagd ging, hatte sie bei einem Ausflug mit seinem Freund Doktor Fairfax geschossen. George Litton hatte an einem See am oberen Ende des Tals einen Unterstand gebaut, und dort lauerten die beiden Männer den ahnungslosen Vögeln auf und ließen sie nach erfolgreicher Jagd von den Hunden apportieren. Scout war im Stall geblieben, weil sie sich noch von ihrem Wurf erholen musste, stattdessen hatte Doktor Wakefield seinen neuen Hund mitgenommen, einen wunderschönen schwarzen Labrador, der den ganzen Tag unermüdlich gearbeitet hatte und dem die Kälte und der Schlamm nicht das Geringste auszumachen schienen.

Jack hatte den Männern morgens sehnsüchtig nachgeblickt, was Doktor Wakefield nicht verborgen geblieben war. Er hatte sich hinuntergebeugt und dem kleinen Jungen fest versprochen, ihn ein anderes Mal mitzunehmen, um ihm das Schießen und die Führung der Hunde beizubringen. Jack hatte beteuert, er könne schon schießen, aber Wakefield hatte gelacht und gesagt, Gentlemen jagten nicht mit Pistolen. Jack ließ betreten den Kopf hängen, doch der Doktor stellte die Ehre des Jungen wieder her, indem er ihm die Verantwortung für Scout und die Welpen übertrug. Jack hatte die Aufgabe voller Begeisterung übernommen und redete mittlerweile mit einem Stolz von den jungen Hunden, als gehörten sie ihm.

»Wie geht es mit den Enten voran?«, fragte Grace nun und lächelte über seinen Eifer.

»Gut, Mam«, antwortete Jack inmitten eines Meers von Federn. Sie waren überall – in seinem Haar, auf seiner Jacke, an seinem Kinn, auf dem Boden im Vorraum. »Ich tue sie alle in den Sack, wie du gesagt hast.«

»Ja, das sehe ich«, lachte sie. »Denk dran – je mehr du hineinsteckst, desto weicher wird dein Kissen.«

Durch ihre Worte angespornt, rupfte er mit noch größerem Eifer weiter, wobei er ab und zu eine kleine Feder ausspuckte, die ihm in den Mund geraten war.

»Und wie kommst *du* voran?«, wandte Grace sich an ihre Tochter, die mit einer Schüssel geschälter Kartoffeln auf der einen Seite und einem Berg Mohrrüben auf der anderen am Tisch saß.

»Gut«, antwortete Mary Kate und fuhr fort, die Möhren zu putzen. Plötzlich rutschte das Messer ab, und sie schnitt sich in den Finger.

»Vorsicht!«, ermahnte Grace sie. »Bist du wieder dabei, Geschichten zu erfinden, oder putzt du Möhren für unser Abendessen?«

»Ich putze Möhren.« Mary Kate lächelte entschuldigend und hielt dann einen Moment inne. »Mam? Glaubst du, Kapitän Reinders und Liam werden von grausamen Piraten gefangen gehalten?«

»Von Piraten?« Grace runzelte die Stirn. »Wie kommst du denn darauf?«

Mary Kate legte das Messer und die Möhre beiseite. »Du weißt doch, dass Piraten Gold und Schätze lieben.«

»Davon habe ich gehört.«

»Und die Männer in den Bergen graben doch immer noch nach Gold, nicht wahr, Mam?«

»Ja. Komm zur Sache.«

»Naja, ich dachte, wenn die Piraten schlau sind, legen sie sich vor dem Hafen auf die Lauer, warten auf ein Schiff und rauben den Schatz. Und wenn sie ihn haben, dann …«

»Bringen sie die Mannschaft um!« Jack stand mit großen Augen in der Tür und hielt eine halb gerupfte Ente am Hals. »Mit ihren Säbeln!« Er wedelte mit der freien Hand in der Luft herum.

»Das reicht jetzt«, schimpfte Grace. »Kapitän Reinders und Liam sind nicht von Piraten gefangen und schon gar nicht umgebracht worden.« Sie warf Mary Kate einen warnenden Blick zu. »Und du solltest Jack nicht solche Geschichten erzählen.«

»Ach, Mam.« Jack schwang die Ente in ihre Richtung. »Du weißt überhaupt nichts über Piraten.«

»Jack McDonagh!« Grace stemmte die Hände in die Hüften. »Du machst jetzt weiter, und ich will kein Wort mehr von dir hören.«

Er schaute mürrisch drein, ging aber zurück in den Vorraum und hockte sich wieder auf die Stufen. »Du kennst ja nicht mal Calico Bill und Captain Kidd«, murmelte er.

»Ach, aber du?«, erwiderte sie und bereute sofort, dass sie den Köder geschluckt hatte.

»Jawohl! Mary Kate hat es mir vorgelesen. Wir wissen alles über diese räudigen Mistkerle.«

»Jack!« Sogar Mary Kate war schockiert. »Mam, so was hab ich ihm nicht beigebracht«, versicherte sie.

Grace biss sich fest auf die Innenseite der Wange, denn sie war entschlossen, ihren altklugen Sohn streng zu ermahnen.

»Hör zu, Jack«, sagte sie drohend, »wenn du noch einmal so mit mir redest, versohle ich dir den Hintern, und du kriegst vierzehn Tage bloß Haferbrei zu essen.«

Er schaute finster und trat gegen ein Stuhlbein.

»Und keine Gutenachtgeschichten mehr«, fügte sie hinzu. »Keine Bücher, keine Geschichten. Ein ganzes Jahr lang.«

Sofort lenkte Jack ein. »'tschuldigung, tut mir leid, Mam.« Er schaute zu seiner Schwester. »Tut mir leid, Kate. Liest du mir trotzdem noch was vor?«

»Nur, wenn du dich benimmst, Jack«, sagte Mary Kate und klang dabei ganz wie ihre Mutter. »Jetzt geh wieder an die Arbeit.«

Schweigend konzentrierte sich jedes Familienmitglied wieder auf seine Aufgabe: Jack rupfte mit grimmiger Entschlossenheit, Mary Kate schnitt Gemüse klein, und ihre Mutter hackte getrocknete Kräuter und mahlte Gewürze für die Ente. Doch plötzlich konnte Grace sich nicht länger zurückhalten und brach in lautes Gelächter aus.

»Piraten!« Sie schüttelte den Kopf und wischte sich die Augen. »Ich weiß wirklich nicht, wer von euch beiden schlimmer ist.«

Jack und Mary Kate zögerten, dann fingen auch sie an zu lachen. Sie waren erleichtert, dass die angespannte Stimmung verflogen war. Die Kinder lebten durch ihre Mutter; sie waren am glücklichsten, wenn sie glücklich war, am unbeschwertesten, wenn sie unbeschwert war, und am ruhigsten, wenn sie zielstrebig ihren Weg ging.

»Eines solltet ihr wissen.« Grace lächelte zwar noch, wählte ihre Worte aber mit Bedacht. »Liam und Kapitän Reinders können auf sich aufpassen, egal, wo sie sich gerade befinden. Sie wissen nicht, dass wir hier in San Francisco sind, sonst wären sie gleich zurückgekommen. Aber bis sie zurückkommen, geht es uns auch gut, versteht ihr?«

Mary Kate nickte, und Jack tat es ihr nach.

»Wir haben ein Dach über dem Kopf und warme Betten. Und genug zu essen«, fügte Grace an ihre Tochter gerichtet hinzu. »Seid ihr hier glücklich, für den Augenblick? Bist du glücklich, Mary Kate?«

»Ja. Doktor Wakefield sagt, ich kann mir Bücher aus seiner Bibliothek ausleihen.«

»Stimmt«, nickte Grace. »Und du, Jack, gefällt's dir hier?«

Jack zuckte gleichgültig die Achseln, doch dann hellte sich sein Gesicht auf. »Ich passe auf die kleinen Hunde auf«, erklärte er. »Und vielleicht kriege ich sogar einen.«

»Dann sind wir hier im Moment gut aufgehoben», sagte Grace. »Und wenn Liam und Kapitän Reinders zurückkommen … dann entscheiden wir, was weiter passiert.«

Mary Kate legte das Küchenmesser erneut beiseite. »Wirst du ihn heiraten, Mam?«

Jacks Hand ruhte reglos auf der toten Ente, während er die Antwort seiner Mutter abwartete.

»Ja, ich denke schon«, antwortete Grace vorsichtig. »Möchtet ihr denn einen Vater haben?«

»Ist er ein Held, wie mein Dad?«, fragte Jack.

Grace dachte daran, wie Peter Lilys Kinder aus South Carolina gerettet hatte. »Ja, das ist er«, sagte sie zu dem Jungen.

Mary Kate senkte den Blick und starrte auf ihre Hände. Grace sah es, kam sofort an den Tisch und setzte sich dicht neben sie, so dass ihre Schultern einander berührten.

»Dein Dad war auch ein guter Mann, Mary Kate. Die schrecklichen Zeiten haben ihn nur verändert.« Sie nahm die Hand ihrer Tochter. »Er hatte viele gute Eigenschaften, und die besten hast du von ihm geerbt«, sagte sie mit fester Stimme. »Vergiss nie, dass du die Enkelin von Lord Donnelly bist und mit achtzehn Jahren das Gutshaus und das Land in Irland erben wirst.«

»Aber Jacks Dad hast du am liebsten gehabt«, sagte Mary Kate. »Morgan hast du am meisten von allen geliebt.«

»Deinen Dad habe ich auch geliebt, und ich wollte ihm eine gute Frau sein.« Grace hielt inne. »Als Bram Donnelly starb und Morgan mich bat, ihn zu heiraten, merkte ich, dass ich ihn schon immer geliebt hatte – seit wir Kinder waren. Ich wusste es nur nicht.«

»Und dann ist er gestorben.« Mary Kate kannte die Geschichte gut.

»Dann ist er gestorben«, wiederholte Grace. »Aber du und ich, wir lebten weiter. Wir segelten nach Amerika. Liam kam zu uns, und wir wohnten bei Onkel Sean, wir gingen nach Boston, um bei Lily zu wohnen, und jetzt sind wir hier im Westen.«

»Liebst du Kapitän Reinders so wie Morgan und meinen Dad?«, fragte Mary Kate.

Jack stand auf einmal in der Tür.

»Ich glaube schon. Ich ...« Sie zögerte. »Weißt du, es gibt viele Arten von Liebe. Es ist schwer, sie alle zu verstehen.«

»Ich werde nie heiraten«, sagte Mary Kate entschlossen.

»Und warum nicht?«, fragte Grace überrascht.

»Es ist zu traurig, wenn die Männer sterben.«

»Ich auch nicht«, rief Jack. »Ich will keinen Mann.«

Grace und Mary Kate sahen einander an und mussten lachen.

»Keine *Frau*«, klärte Mary Kate ihn auf. »Männer heiraten Frauen.«

»Oh.« Jack zog die Stirn in Falten, denn er ließ sich nicht gern belehren, und zog sich in den Vorraum zurück.

Grace nahm Mary Kates Hand, küsste sie und hielt sie an ihre Wange, während sie darüber nachdachte, was sie dem Mädchen sagen sollte.

»Sie sterben ja nicht immer, mein Schatz«, erinnerte sie Mary Kate sanft. »Natürlich gibt es keine Garantie für ein langes Leben mit dem Ehemann, aber man kann immer darauf hoffen. Ein bisschen Zeit ist besser als gar nichts, meinst du nicht?«

Mary Kate zuckte die Schultern.

»Was ist mit den Kindern, die man zusammen bekommt?«, fragte Grace.

»Dann sind alle traurig«, sagte das Mädchen. »Es ist zu schwer, ohne einen Mann für Kinder zu sorgen. Man könnte einen anderen Mann heiraten, damit er einem hilft, aber man wäre immer noch traurig.« Sie blickte auf den Tisch. »Man würde immer noch nachts um den weinen, den man am liebsten hatte.«

Mary Kates Worte trafen Grace mit voller Wucht, und sie lehnte sich zurück, um ihre Tochter genau anzuschauen – dieses Kind, das sie um die halbe Welt geschleppt und das schon so viel Unglück und so viele Katastrophen erlebt hatte, dieses Kind, das noch klüger war, als sie vermutet hatte. Grace dachte angestrengt nach, denn sie musste ehrlich sein, wenn sie ihrer Tochter auch nur ein kleines bisschen Vertrauen in die Zukunft vermitteln wollte.

»Dein Leben wird nicht so wie meines sein, Schatz«, setzte Grace an. »Ich konnte dich nicht vor all dem beschützen, was uns zugestoßen ist, und das tut mir leid. Sehr, sehr leid.« Sie biss sich auf die Lippe, denn sie spürte, wie ihre Gefühle sie zu überwältigen drohten. »Aber du darfst keine Angst vor dem haben, was passieren *könnte*. Man kann sein Herz nicht völlig verschließen, und du bist stark genug, jemanden von ganzem Herzen zu lieben. Ja, das bist du.« Grace lächelte ihre Tochter an. »Du hast in deinen neun Jahren doch schon mehr erlebt als die meisten anderen in ihrem ganzen Leben. Ich kann es kaum erwarten, zu sehen, was du daraus machst, was einmal aus dir wird, denn du bist ...« – sie suchte nach dem passenden Wort – »... wunderbar.«

Mary Kates Augen füllten sich mit Tränen, und sie ließ sich von ihrer Mutter umarmen.

»Liebe geht nicht einfach irgendwann zur Neige«, versprach Grace. »Du wirst immer genug haben, egal, was passiert. Du musst nur glauben, dass sie da ist; du musst Vertrauen haben.«

»Ich liebe dich, Mam«, sagte Mary Kate. »Und Jack. Und Dugan und Tara und den kleinen Caolon. Und Lily und Jan, Sam und Ruthie, Mary und Sol. Und Onkel Sean.«

Alle, die wir zurückgelassen haben, dachte Grace und musste für einen Moment die Augen schließen.

»Aber am meisten liebe ich Liam. Ich vermisse ihn so. Was ist, wenn ich ihn nie wiedersehe?«

»Ich auch«, sagte Jack, der nun plötzlich mitten in der Küche stand. Er drängte sich zwischen Grace und Mary Kate und legte um jede einen Arm. »Was ist, wenn ich ihn auch nie wiedersehe?«

»Aber Jack, du kennst unseren Liam doch gar nicht. Und Kapitän Reinders auch nicht.« Grace drückte seine schmalen Schultern. »Du hast nur von ihnen gehört.«

»Na und? Der Kapitän hat dich aus Irland hergebracht, und Liams Mam ist gestorben, also ist er jetzt unser Bruder, obwohl er beim Kapitän ist!«, beharrte Jack.

»Du hast vollkommen Recht.« Grace küsste ihn.

»Also vermisse ich ihn auch.« Er legte den Kopf an ihren. »Ich liebe viele Leute, Mam. Ganz bestimmt.«

Gott sei Dank, dass wir Jack haben, dachte Grace wieder einmal, während sie und Mary Kate lachten, und der kleine Junge in ihr Gelächter einstimmte, froh, sie aufgemuntert zu haben.

»Also gut, ihr beiden.« Grace umarmte ihre Kinder rasch, dann stand sie auf. »Wir können nicht den ganzen Vormittag hier verplaudern. Zurück an die Arbeit, und nachher trinken wir Tee und essen etwas von dem Apfelkuchen, der von gestern Abend übrig geblieben ist. Was sagt ihr dazu?«

Die Kinder jubelten, dann widmeten sie sich wieder ihrer Arbeit, und Grace ging unter dem Vorwand, eine saubere Schürze holen zu müssen, hinaus. Sie schloss die Tür ihres Zimmers hinter sich, trat ans Fenster und legte die Stirn an die kühle Scheibe. Die Last der Vergangenheit mit all ihren Prüfungen war unwichtig, wenn es eine bessere Zukunft für ihre Kinder gab; sie waren gesund und aufgeweckt, die besten Gefährten, die man sich wünschen konnte, und wenn sie sie gut aufzog, würde sie das Privileg genießen, sie ein Leben lang zu kennen. Gib mir die Weisheit, Herr, betete sie. Hilf mir, immer das zu tun, was am besten für sie ist.

Wie als Antwort auf ihr Gebet teilten sich in diesem Moment die Wolken über dem Hügel, und ein einzelner Lichtstrahl fiel in den schlammigen Hof und erleuchtete für einen Augenblick das glitzernde Gras, das Moos auf dem Stalldach, die Hühner in ihrem Gehege und die gekräuselte Wasseroberfläche des Teichs. Jeder Tag brachte die Möglichkeit, neu anzufangen und es besser zu machen, und dieser Gedanke schenkte ihr Hoffnung. Sie ging in die Küche zurück, um nach den Kindern zu sehen, und beschloss dann, eine Platte für die Ente von der Anrichte im Speisezimmer zu holen. Aber als sie die Tür zum Flur aufstieß, stand Abigail Wakefield mit nackten Füßen, bleichem Gesicht und zerzaustem Haar vor ihr.

»Miss Wakefield!«, rief Grace überrascht. »Haben Sie mich erschreckt. Möchten Sie etwas aus der Küche?«

Abigail sah sie mit wachsamen, blutunterlaufenen Augen an. »Tee«, befahl sie heiser.

»Ich bringe ihn gleich. Ist Missus Hopkins denn nicht bei Ihnen?«

»Sie erledigt was für mich.« Abigail schaute Grace nicht in die Augen, sondern blickte über ihre Schulter. »In der Stadt.«

»Sie hätten nach mir läuten sollen«, sagte Grace. »Sie holen sich noch den Tod, wenn Sie hier in der Kälte herumstehen.«

»Nein.« Abigails Augen trübten sich angstvoll, obwohl sie ins Leere schauten. »Ich bin nicht krank, ich will … bloß …« Sie seufzte, drehte sich um und ging langsam den Flur entlang.

»Tee. Jawohl, Miss.«

Grace musste dem Impuls widerstehen, Abigail am Arm zu

nehmen und ihr die Treppe hinaufzuhelfen – so sehr erinnerte sie an eine alte Frau. Stattdessen kehrte Grace in die Küche zurück.

»Jack.« Grace schaute um die Ecke, wo er noch immer auf den Stufen saß. »Wisch dir die Hände ab und hol bitte Wasser von der Pumpe, mein Schatz.«

»Ja, Mam. Wo warst du?«

Sie senkte die Stimme zu einem Flüstern. »Ich habe im Flur mit Miss Wakefield geredet.«

Mary Kate drehte sich zu ihrer Mutter um und sah sie mit großen Augen an. »War sie denn böse, Mam? Weil sie runterkommen musste?«

»Hat sie dich angeschrien, Mam?«, fragte Jack. »Weil ich dann nämlich …«

Grace unterbrach die beiden. »Sie war nicht böse, und sie hat nicht geschrien. Sie ist überhaupt nicht böse, nur … traurig, glaube ich.«

»Warum?« Mary Kate neigte den Kopf zur Seite.

»Ich weiß es nicht. Aber vielleicht können wir etwas mehr Mitgefühl mit ihr zeigen, wo doch Weihnachten vor der Tür steht. Was meint ihr?«

Mary Kate dachte kurz nach, dann nickte sie. »Ich könnte für sie beten.« Sie hielt inne. »Aber muss ich auch mit ihr reden, Mam? Willst du das?«

»Nein. Wir gehen ihr am besten aus dem Weg, so wie bisher.«

»Ich spucke auch nicht mehr in ihre Teekanne«, versprach Jack mit ernster Miene.

»Jack! Das hast du doch nicht gemacht!«

»Zweimal«, gestand er und hielt drei Finger hoch. »Entschuldigung, Mam.«

»Du kriegst noch mal richtig Ärger, mein Junge.« Grace schüttelte den Kopf und fragte sich, warum Jacks Streiche sie immer eher zum Lachen brachten, als sie ärgerlich zu stimmen.

»Ja, Mam, schon gut. Aber nicht jetzt, weil ich jetzt Mister Litton helfen muss. Wenn ich das Wasser geholt habe«, fügte er hinzu und marschierte stolz zur Tür hinaus.

Ein paar Minuten später schleppte er mit beiden Händen den schweren Wasserkessel herein. Grace befreite ihn von seiner Last und stellte den Kessel auf den Herd. Dann forderte sie Jack auf, sich eine Jacke und eine Mütze anzuziehen, bevor er zu George Litton hinausging, der beim Gartentor auf ihn wartete.

»Sei artig und hör auf Mister Litton.«

»Mam, ich bin doch immer artig, oder?« Er schaute mit einer solchen Unschuldsmiene zu ihr auf, dass sie erneut lächeln musste.

»Na, dann so artig wie du nur kannst.« Sie knöpfte ihm die Jacke zu, umarmte ihn kurz und ließ ihn gehen.

»Willst du auch hinausgehen?«, fragte sie Mary Kate, die noch immer am Tisch saß.

»Ich helfe Enid gleich beim Hühnerfüttern«, erwiderte das Mädchen. Dann schaute sie verblüfft auf. »Wo ist Enid eigentlich?«

Grace zuckte die Achseln. »Vielleicht mit ihrer Mutter unterwegs«, sagte sie, beugte sich vor und flüsterte: »Auf einem neuen geheimnisvollen Ausflug.«

»Vielleicht hat Enid einen Verehrer«, flüsterte Mary Kate kichernd zurück.

Grace tat so, als sei sie schockiert und riss den Mund auf. »Was weißt du denn über solche Dinge, junge Dame? Außerdem, warum sollte sie dann ihre Mutter mitnehmen?«

»Vielleicht hat ihr Verehrer einen Vater«, überlegte Mary Kate. »Und der ist der Verehrer von Missus Hopkins. Vielleicht arbeiten sie auch in einem großen Haus, und die vier treffen sich auf dem großen Platz in der Stadt! Zu einem Rendezvous!«

Grace lachte. »Ein großes Wort für ein kleines irisches Fräulein. Was heißt es denn, und woher hast du es?«

Mary Kate richtete sich stolz auf. »Das ist Französisch und bedeutet ›geheimes Treffen‹. Ich hab's aus *Der Graf von Monte Christo*. Doktor Wakefield hat mir gesagt, wie man es ausspricht.«

»Was bist du nur für ein schlaues Mädchen«, lobte Grace sie. »Aber ich finde nicht, dass du so viel über Verehrer und Rendezvous und so weiter lesen solltest. Lies doch mal eine hübsche Geschichte über Hunde oder Hasen oder Kinder, die ruhig auf dem Land leben.«

»Man lebt auf dem Land nicht ruhig, Mam«, erinnerte Mary

Kate ihre Mutter trocken. »Du weißt doch, was Jane Eyre alles passiert ist.«

Grace schüttelte lachend den Kopf. »Das hätte ich dir wohl besser nicht vorgelesen. Aber der letzte Winter war auch wirklich lang und hart.« Zärtlich legte sie ihrer Tochter eine Hand auf den Kopf. »Du bist genauso versessen auf Bücher wie dein Onkel Sean, und dein Vater war auch ein heller Kopf. Das hast du von den beiden.«

»Aber du liest mir jeden Abend etwas vor und gibst mir Bücher und redest mit mir über die Geschichten«, sagte Mary Kate. »Ich möchte so klug sein wie du.«

Gerührt küsste Grace sie auf die Wange. Dann ging sie zum Herd, um das heiße Wasser zu holen.

»Ich mache jetzt besser den Tee für Miss Wakefield. Du darfst rausgehen, wenn du fertig bist, aber zieh deine warme Jacke an und setz den Hut auf.«

Mary Kate nickte und beendete ihre Arbeit, während Grace rasch den Tee zubereitete und im letzten Moment noch ein Stück Apfelkuchen für Abigail auf einen Teller legte.

Vorsichtig trug sie das schwere Tablett die enge Hintertreppe hinauf und durch den langen Korridor bis vor Miss Wakefields Tür. Dort stellte sie das Tablett auf einem Tischchen ab und klopfte, dann nahm sie es wieder hoch und trat ein.

Miss Wakefield lag im Bett. Das Zimmer war stickig und durch die unordentlich zugezogenen Vorhänge fiel kaum Licht. Immerhin war es hell genug, dass man den Staub und die Unordnung erkennen konnte, und Grace fragte sich, warum Abigail nicht darauf bestand, dass in ihren Räumen besser geputzt wurde.

»Ihr Tee, Miss.« Grace stellte das Tablett auf einen Schreibtisch, der vor einem der hohen Fenster stand. »Soll ich ihn für Sie einschenken?«

Abigail öffnete die Augen und seufzte. »Ja.« Sie nahm eine kleine Uhr von ihrem Nachttisch. »Stimmt die Zeit? Elf Uhr?«

»Ja«, bestätige Grace. »Fühlen Sie sich heute besser, Miss Wakefield? Können Sie ein wenig essen?«

»Ist Hopkins noch nicht wieder da?«

»Nein.« Grace goss erst etwas Milch in die Porzellantasse, füllte sie dann mit heißem Tee auf und reichte sie Abigail. Die junge Frau nahm die Tasse dankbarer entgegen, als Grace erwartet hatte. »Möchten Sie dazu ein Stück von dem Apfelkuchen von gestern Abend?«

Abigail schaute auf den Teller und leckte sich die Lippen, schüttelte jedoch den Kopf.

»Entschuldigen Sie, wenn ich das sage, Miss Wakefield, aber Sie sind nur noch Haut und Knochen. Wenn Sie nichts essen, werden Sie nie gesund.«

»Ich will nicht gesund werden.«

Grace war überrascht. »Na, da gibt es aber schnellere Mittel, als sich zu Tode zu hungern. Ihre Medizin da«, sie zeigte auf die blaue Laudanumflasche neben dem Wasserglas auf dem Nachttisch. »Ich würde sagen, das müsste auf jeden Fall reichen.«

Nun war es an Abigail, überrascht auszusehen. »Sie verstehen das nicht«, sagte sie schließlich.

»Sie haben Recht. Ich habe in Irland zu viele hungernde Menschen gesehen, als dass ich mir vorstellen könnte, warum jemand so etwas freiwillig tut.«

»Ich …« Abigail blickte sie verwirrt an. »Ich muss Ihnen nichts erklären. Es geht Sie nichts an.«

»Stimmt. Aber wenn ich wüsste, was Sie vorhaben, würde ich Sie nicht mehr wegen des Essens behelligen. Ihnen kein Tablett mehr hochschicken. Dann wäre es leichter für Sie.«

Abigail schüttelte den Kopf. »Ich will nicht, dass es leichter wird.«

Grace wartete, aber da keine Erklärung folgte, versuchte sie es erneut: »Also soll ich weiterhin für Sie kochen, und Sie essen nur so viel, dass Sie bis zum nächsten Tag durchhalten. Und wie lange machen wir das? Doch höchstens noch ein Jahr, danach brauchen Sie sich nichts mehr zu versagen, denn dann sind Sie nicht mehr am Leben.« Sie schwieg einen Moment. »Das klingt für mich, als würden Sie für irgendetwas Buße tun, Miss Wakefield. Das ist zwar sehr katholisch, aber …«

»Hopkins ist nicht katholisch«, unterbrach Abigail sie.

»Aha.« Grace nickte. »Ich dachte mir schon, dass sie etwas damit zu tun hat. Ich weiß nicht, was sie Ihnen erzählt hat, Miss, aber ich sage Ihnen, Sie können das, was Sie gestern getan haben, nicht wieder gutmachen, indem Sie heute hungern.«

Abigail schloss die Augen und massierte sich mit den Fingerspitzen die Schläfen.

»Die Kopfschmerzen kommen vom Hungern«, belehrte Grace sie. »Alkohol, Laudanum und kein Essen – da könnte niemand mehr klar denken. Essen Sie wenigstens das hier«, bat sie und hielt Abigail den Teller hin. »Dann fühlen Sie sich bestimmt besser.«

»Ich will mich nicht besser fühlen!« Abigail öffnete die Augen und schlug Grace den Teller aus der Hand. »Hebe dich hinweg, Satan! Du wirst mich nicht in Versuchung führen!«

Schockiert kniete Grace nieder und hob den Kuchen und den zerbrochen Teller vom Boden auf. Als sie wieder hochkam, schob Abigail sich gerade einen großen Löffel Laudanum in den Mund. Den Blick auf Grace geheftet, schluckte sie das Medikament hinunter, legte den Löffel beiseite und ließ sich in die Kissen sinken.

Grace räumte die Scherben und den zerbröselten Kuchen auf das Tablett. Dann warf sie einen Blick auf Abigail, die mit halb geschlossenen Lidern und offenem Mund dalag. Das Zimmer war überhitzt, und der Geruch von Krankheit und Verfall nahm Grace den Atem. Sie ging zum Fenster und zog den schweren Vorhang zurück. Nach einem weiteren Blick auf Abigail öffnete sie das Schiebefenster weit genug, um frische Luft hereinzulassen. Der feuchte Wind sorgte sofort für ein besseres Klima in dem muffigen Zimmer. Grace atmete tief durch. Es war ein dunkler Tag, der nur noch dunkler werden würde, deshalb entzündete sie die Lampe auf dem Schreibtisch; mit dem Schürzensaum wischte sie die staubige, mit Wasserrändern übersäte Tischplatte ab und legte die Bücher und Papiere darauf gerade. Der Tintenlöscher war verschmiert, und die Schublade stand offen, doch als sie sie zu schließen versuchte, klemmte sie erst und schloss sich dann mit einem lauten Schnappen.

»Was machen Sie da?«, rief Abigail, die plötzlich aufrecht im Bett saß. »Gehen Sie da weg. Ich habe nicht gesagt, dass Sie das tun sollen.«

Grace spürte, wie sie errötete, und das Herz schlug ihr bis zum Hals.

»Ja, Miss. Es tut mir leid«, stammelte sie. »Ich wollte nur aufräumen«, sagte sie mit etwas festerer Stimme, als sie sich von dem Schreck erholt hatte. »Es ist staubig hier, Ma'am. Und nicht besonders sauber.«

»Sie sind nicht die Haushälterin.« Abigail sprach undeutlich, und ihre Augen sahen glasig aus. »Wo ist Hopkins?«

»In die Stadt gegangen; das haben Sie mir selbst gesagt.«

Abigail versuchte, die Augen offen zu halten. »Ich will sie sehen«, murmelte sie. »Jetzt.«

»Hier bin ich.« Missus Hopkins stand in der offenen Tür, und Grace hatte das deutliche Gefühl, dass sie schon eine Weile im Flur gelauscht hatte. »Es hat länger gedauert als erwartet, Miss, aber jetzt bin ich wieder da. Sie können in Ihre Küche zurückgehen, Missus Donnelly«, fügte sie mit zusammengekniffenen Augen hinzu.

Grace schaute von einer zur anderen, nahm dann das Tablett und ging ohne ein Wort hinaus. Hinter der geschlossenen Tür wurden Stimmen laut. Grace verstand zwar nicht, was gesprochen wurde, hörte aber, dass Missus Hopkins immer wütender wurde, während Miss Abigails Zorn sich in jämmerliches Flehen und Weinen verwandelte. Grace schüttelte den Kopf und fragte sich, was das alles zu bedeuten haben mochte. Dann ging sie zurück in die Küche, wo Enid am Tisch saß und ins Leere starrte.

»Enid! Ich habe dir doch gesagt, dass du nicht einfach so weggehen darfst! Es macht mir nichts aus, nach Miss Abigail zu sehen, aber du musst es mir vorher sagen. Sonst sehe ich mich gezwungen, mit dem Doktor zu sprechen.«

Die junge Frau hob den Kopf und sah Grace an. »Bitte nicht, Missus Donnelly. Es wird nicht wieder vorkommen. Heute … Mutter hatte etwas für Miss Wakefield zu erledigen, und ich … wurde woanders gebraucht.«

Grace setzte sich Enid gegenüber an den Tisch und schaute ihr fest in die Augen. »Du bist eine sehr schlechte Lügnerin, Enid«, sagte sie mit ruhiger Stimme. »Das spricht für dich. Ich weiß zwar nicht, was hier vorgeht, aber die Frau da oben befindet sich in einem sehr schlechten Zustand, und das kommt nicht nur von ihren Nerven.«

Enid riss die Augen auf, dann blickte sie zu Boden.

»Wo warst du, Enid?«

»In der Kirche«, sagte sie zögernd. »Und dann zu Besuch bei …«

»Enid!« Missus Hopkins stand in der Tür, das Gesicht rot vor Wut. »Geh wieder an die Arbeit! Sofort!«

Enid sprang auf und lief an ihrer Mutter vorbei, die sie zornig anstarrte. Als sie die Tür hinter sich geschlossen hatte, trat Missus Hopkins in die Mitte der Küche, die Hände in die Hüften gestemmt.

»Sie haben ja keine Ahnung, wie die Dinge hier liegen, Missus. Also halten Sie sich gefälligst da raus«, sagte sie drohend. »Wenn Sie in Ihrer Küche bleiben, ist Ihre Stellung gesichert. Aber wenn Sie der armen Miss Wakefield Ärger machen, kriegen Sie selbst auch Ärger.«

»Ich tue, was ich für richtig halte«, erwiderte Grace ruhig und stand auf. »Sie können Ihre Tochter und Miss Wakefield herumkommandieren, aber mich nicht.« Sie machte eine wirkungsvolle Pause. »Welche Art von Religion ist das eigentlich, die behauptet, Gott verlange endloses Leiden für vergangene Sünden, Missus Hopkins?«

Die Haushälterin presste die Lippen zusammen. »Sie wissen nicht, wovon Sie reden.«

»Jetzt sage ich Ihnen mal, wie wir das hier in Zukunft handhaben werden: Die Frau da oben wird wieder anfangen zu essen«, verkündete Grace.

Missus Hopkins schüttelte den Kopf. »Damit habe ich nichts zu tun. Sie ist nicht ganz richtig im Kopf; das haben Sie doch selbst gesehen. Und sie trinkt, das gebe ich zu. Jetzt kennen Sie die Wahrheit. Sie meinen, ich hätte Macht über sie, würde sie zum Hungern zwingen.« Sie hob die Hände zu einer Unschuldsgeste. »Aber ohne mich wäre sie tot. Ich tue für dieses verrückte Wesen, was ich kann – Gott möge ihr beistehen.«

Du lügst besser als Enid, dachte Grace, aber ich glaube dir kein Wort.

»Wenn *Sie* sie nicht dazu bewegen können, etwas zu essen, übernehme ich ihre Pflege.« Grace hob eine Hand, um den Protest der Haushälterin im Keim zu ersticken. »Wenn Doktor Wakefield sieht, in welchem Zustand sie sich befindet, wird er darauf bestehen, dass etwas getan wird.«

Missus Hopkins' Gesicht war rot vor unterdrückter Wut, aber sie nickte widerwillig.

»Sie haben Recht«, sagte sie mit gequälter Miene, als sei die Last der Verantwortung zu groß für sie geworden. »Man muss etwas tun, sonst magert sie zum Skelett ab. Deswegen bin ich heute Morgen in der Kirche gewesen. Aber sie mag Sie nicht, Missus Donnelly. Und sie erträgt Ihre Kinder nicht. Ihre Anwesenheit macht alles nur noch schlimmer. Sie müssen versprechen, sie in Zukunft nicht mehr zu stören.«

»Dann gehen Sie gefälligst nicht aus dem Haus, ohne es mir vorher zu sagen«, konterte Grace. »Und wenn Sie gleich nach ihr sehen, können Sie auch mal das Zimmer sauber machen, es riecht nämlich entsetzlich darin. Eigentlich müsste das ganze Haus dringend geputzt werden; Sie könnten Enid ruhig öfter zur Hand gehen.«

Für einen Moment verrutschte Missus Hopkins' Maske, und in ihren Augen blitzte ungezügelte Wut, aber ebenso schnell hatte sie sich wieder unter Kontrolle.

»Miss Abigail hat so viel von meiner Zeit beansprucht«, erwiderte sie mit säuselnder Stimme. »Die arme Enid musste die ganze Arbeit machen, und Sie wissen ja, wie dumm sie sich anstellt. Und jetzt, wo der Doktor häufiger Gäste hat ... Ich sehe ein, dass wir ein wenig ins Hintertreffen geraten sind.«

»Das ist noch milde ausgedrückt.« Grace kam ihr keinen Schritt entgegen. »Aber bald ist Weihnachten, deshalb möchte ich, dass Sie das Versäumte nachholen und das Haus ein bisschen verschönern. Mary Kate und ich können Ihnen ab und zu helfen, wenn Sie so viel zu tun haben – obwohl Miss Wakefield ja anscheinend die meiste Zeit schläft.«

»Das stimmt«, räumte Missus Hopkins ein, »aber sie schläft unruhig. Ich lasse sie nicht gern unbeaufsichtigt.«

»Und deshalb haben Sie sie heute allein gelassen?«

»Ich gehe nur aus, wenn sie darauf besteht. Nur wenn sie darauf besteht.«

»Dann lassen Sie Enid bei ihr oder geben Sie mir Bescheid«, sagte Grace. »So werden wir es in Zukunft machen. Und jetzt entschuldigen Sie mich bitte, ich muss mich um das Essen kümmern.«

Missus Hopkins schenkte ihr ein gespenstisches Lächeln, verbeugte sich ungelenk und verließ die Küche. Grace fragte sich, was das nun wieder zu bedeuten hatte, doch dann schüttelte sie den Gedanken an das sonderbare Gespräch ab und konzentrierte sich auf die Arbeit, genoss die einfache Freude, vertraute Dinge zu tun.

Am späten Nachmittag war das Brot fertig gebacken und stand zum Abkühlen auf der Anrichte, und die Enten brieten auf dem Spieß über dem Feuer. Der Duft lockte die Hunde an, so dass Grace sie jedes Mal mit dem Fuß wegscheuchen musste, wenn sie die Tür öffnete. Jack war so nass vom Teich zurückgekommen, als hätte er darin gebadet, und Mary Kate hatte ihm geholfen, trockene Sachen anzuziehen. Nun saßen beide Kinder vor dem Kamin und spielten Dame.

Enid war der Küche den ganzen Nachmittag ferngeblieben,was ungewöhnlich war, deshalb hatte Mary Kate die Hühner ohne sie gefüttert. Beim Abendessen würden sie alle an dem langen Tisch sitzen, und Grace wusste, dass es eine angespannte Mahlzeit werden würde. Sie konnte das Gespräch mit Missus Hopkins und ihre Begegnungen mit Abigail nicht vergessen. Grace fühlte sich zu der jungen Frau hingezogen und war zugleich zutiefst beunruhigt über deren Verhalten. Trotz ihrer Beteuerungen übte Missus Hopkins ganz offensichtlich Macht über ihre Herrin aus, und das war im besten Fall unnatürlich, fand Grace. Sie überlegte, ob sie nicht noch einmal mit Doktor Wakefield sprechen sollte, um sicherzugehen, dass er wusste, wie schlecht es um seine Schwester bestellt war. Andererseits ging das alles offenbar schon seit längerer Zeit so. Seit Jahren funktionierte der Haushalt bereits auf diese Weise, und was bildete sie sich eigentlich ein, daran etwas ändern zu wollen? Hatte sie nicht gelobt, ihren Kindern ein friedliches Zuhause zu schaffen, und wog dieses Versprechen nicht schwerer als jede Verpflichtung, die sie gegenüber ihrem Arbeitgeber eingegangen war? Ja, sagte sie sich, die Kinder gehen vor. Sie würde versuchen, sich nicht mehr in irgendwelche seltsamen Abläufe einzumischen. Natürlich brauchte sie diesen Entschluss Missus Hopkins nicht gleich auf die Nase zu binden. Grace gefiel der Gedanke, die Haushälterin könnte vielleicht ausreichend Angst vor ihr haben, um sich fortan von ihr fern zu halten. Und wenn dabei auch noch ein sauberes Haus für den Doktor heraussprang, sollte das für den Augenblick genügen. Grace stand auf und streckte sich, wobei sie die Hände in den Rücken drückte. Ganz gleich, wie die Wahrheit aussah, letztlich hatte Missus Hopkins Recht: Es war nicht Graces Angelegenheit, und sie brauchte auch keinerlei Anstrengung zu unternehmen, dass es zu ihrer Angelegenheit wurde.

12

Abigail Wakefield erwachte mitten in der Nacht mit heftig pochendem Herzen. Sie hasste die Dunkelheit, aber das Feuer im Kamin hielt nie die ganze Nacht, und man ließ auch keine Lampe in ihrem Zimmer brennen, weil man befürchtete, sie könne dagegen stoßen und das Haus anzünden; noch nicht einmal eine Kerze und Streichhölzer gab es. Missus Hopkins löschte abends persönlich das Licht, ehe sie sich für die Nacht zurückzog, und so war Abigail der Dunkelheit schutzlos ausgeliefert, wenn sie nach dem Erlöschen der Glut aufwachte. Meistens schluckte sie Laudanum und trank genug Wein oder Whiskey hinterher, um die Nacht durchschlafen zu können, aber in letzter Zeit hatte das nicht mehr funktioniert. Neuerdings erwachte sie trotz des Nebels in ihrem Kopf, lag dann im Dunkel und kämpfte verzweifelt gegen die Erinnerungen, die sich nicht vertreiben ließen. Sie zogen vor ihrem inneren Auge vorbei, ob sie wollte oder nicht, und am meisten fürchtete sie den Moment, wenn eine Szene gefror und sie gezwungen war, das Bild in allen Einzelheiten zu betrachten.

Am schlimmsten war natürlich die Erinnerung an den Galgen. Die »Lektion«, wie sie zu Hause sagten – *wir werden dem Jungen eine Lektion erteilen*, sagten sie, *diesem Nigger, diesem Schlitzauge, diesem Mulattenkind* … all diese Menschen brauchten anscheinend ständig Lektionen. Meistens wurden sie ausgepeitscht, wegen Faulheit oder Diebstahl (wofür die Neger berüchtigt waren), wegen einer Lüge (die Verlogenheit steckte ihnen im Blut, allen, ohne Ausnahme), Unzucht (sie konnten nicht anders, aber ein guter Herr versuchte natürlich trotzdem, es aus ihnen herauszuprügeln) – und so wurden entlaufene Sklaven und Pferdediebe manchmal zu Krüppeln geschlagen (obwohl die Besitzer ungern ihr Eigentum beschädigten), während Missetäter, die sich noch Schlimmeres hatten zuschulden kommen lassen, aufgehängt wurden. Für Thomas war es die Schlinge gewesen, die drastischste Lektion des *Du sollst nicht* … Abigail wusste, dass es sich dabei um Lynchmord handelte – das Erhängen eines Mannes, der nie vor einem Richter gestanden hatte und nicht schuldig gesprochen war, der mitten in der Nacht angeklagt, verurteilt und hingerichtet wurde, während die Henker Masken trugen, um sich zu schützen … wovor? Sie waren feige, daran bestand kein Zweifel. Lynchen war die Tat von Feiglingen.

Gelyncht, dachte Abigail. Einen Mann an einen Baum knüpfen und ihn hängen lassen, bis sein Körper anschwillt und verfault wie eine überreife Frucht. Sie wusste, dass es auf Plantagen überall im Süden geschah, aber meist blieb Frauen dieser brutale Anblick erspart. Weißen Frauen jedenfalls. Diesmal hatten sie jedoch eine Ausnahme gemacht, und Abigail fragte sich, ob sie etwas geahnt hatten oder nur voller Stolz die Rache mit ihr teilen wollten. Schließlich taten sie es für sie, oder etwa nicht? Sie stellten die Ehre einer Tochter des Südens wieder her, deren Unschuld ein Mann befleckt hatte, der zwar frei, aber in ihren Augen nichts anderes als ein Tier war; was dieser Mann einer der ihren angetan hatte, war nicht nur unrecht, es war böse. Böse. Dieses Wort verwendeten sie. Das sagten sie zu ihr – sie sei vom Bösen zerstört worden. Sie öffnete leicht die Lippen, spürte in der Dunkelheit den getrockneten Speichel in ihren Mundwinkeln, fühlte, wie sich der Riss in ihrer Unterlippe wieder öffnete, kostete mit der Zunge das Blut, dachte an die verbotene Frucht, an das, was sie zu ihr gesagt hatten. Es war alles so schrecklich, und ihre Hände tasteten nach der Flasche neben dem Bett, um die Erinnerungen zu vertreiben, weil sie es nicht ungeschehen machen, aber auch nicht länger ertragen konnte.

Sie hatte geschrien. Geschrien und geschrien und geschrien, bis sie den Wagen unter ihm wegzogen, damit ihre Schreie nicht länger durch die heiße, drückende Nacht gellten. Die Männer hatten einander angesehen, entnervt von ihren Schreien, aber sie nahmen es als Beweis für den Wahnsinn, dem sie infolge der Tat anheim gefallen war.

Sie waren so erpicht darauf gewesen, den Verlust ihrer Jungfernschaft zu rächen – oh ja, so begierig, diesem dreisten Neger zu zeigen, wo er hingehörte, nämlich unter die Erde –, doch als sie sie das nächste Mal sahen, ertrugen sie ihren Anblick nicht länger. Sie konnten ihr bei einem Dinner oder beim Tanzen nicht mehr in die Augen sehen, konnten sie auch in der Kirche nicht anschauen, wo sie um Erlösung von dem Übel beteten. Sie erkannte allmählich, dass sie sie nicht ansehen konnten, ohne daran zu denken, wie ihr Körper von dem jungen Neger überwältigt worden war, und das beschämte sie, weil sie sich für zivilisierte Männer hielten. Doch zugleich erregte es sie, oh ja, das wusste sie, und sie wussten es auch.

Ihr Vater konnte sie nicht mehr ansehen, ihre Brüder schlichen auf der Veranda oder im Flur an ihr vorbei, und deren Frauen suchten einen Vorwand, um den Raum zu verlassen, sobald sie hereinkam. Die einst freundlichen Sklaven blickten jetzt zu Boden und antworteten zurückhaltend, wenn sie mit ihnen sprach. Sie hatte einen von ihnen erwählt – sie wusste, dass sie so dachten –, einen freien Mann, einen vielversprechenden jungen Mann, einen, der einmal etwas verändern sollte. Was hatte dieses reiche weiße Mädchen sich dabei gedacht, einen armen Negerjungen in Versuchung zu führen? Wusste sie nicht, dass man ihn lynchen würde? Natürlich hatten sie kein Recht, irgendjemanden aufzuhängen, schon gar nicht einen freien Mann, aber – und hier entfuhr Abigail ein trockenes, freudloses Lachen – im Süden konnten weiße Männer tun, was sie wollten. Vielleicht konnten sie überall auf der Welt tun, was sie wollten, doch den Rest der Welt kannte Abigail nicht, nur den Süden. Nur die Männer im Süden. Und weil sie sie kannte, weil sie wusste, über welche Macht sie verfügten, hatten die Sklaven Recht – was passiert war, lag allein an ihr. Es war ganz allein ihre Schuld.

Und als ihr das klar wurde, hatte sich der Boden unter ihr geöffnet und sie war in einen Abgrund gestürzt. Sie konnte bei Dinnerpartys nichts mehr essen, nicht einmal die Gabel anheben; sie konnte nicht mehr tanzen, denn die notwendige Leichtigkeit hatte sie für immer verloren; sie konnte nicht mehr dem Gottesdienst folgen, so erfüllt war ihr Herz von ihrem Flehen um Verständnis, um Vergebung, um Erlösung. Doch auch Gott wusste, dass es ihre Schuld war, und ihre Gebete stießen auf taube Ohren. Sie hatte alles getan, was ihr einfiel, um Buße zu tun, aber konnte irgendetwas auf dieser Welt je ein Menschenleben aufwiegen? Sie war einen Weg gegangen, der nur bewies, wie dumm und unwissend sie in Wirklichkeit war. Kein Wunder, dass Gott ihr nicht helfen konnte oder wollte.

Aber dann hatte er ihr Agnes Hopkins geschickt, die ihr den Weg zur Erlösung gezeigt hatte. Gott wollte ihre Gebete und ihre kleinen Opfer nicht, das war zu einfach. Gott wollte einen Beweis ihrer Reue, ihres Leidens, ehe er die Schuld von ihr nahm, ehe er ihr verzieh. Und so hatte sie auf das verzichtet, was sie am meisten liebte auf der Welt, was zu behalten sie so hart gekämpft hatte, und es an einen sicheren Ort gebracht, bis sie es eines Tages mit geläuterter Seele wieder an sich nehmen könnte. Sie hatte jahrelang Buße getan, gehungert, die notwendigen Beschimpfungen derjenigen ertragen, die seinen Willen tat, hatte sich unterworfen, damit ihr Stolz und ihre Sündhaftigkeit ausgelöscht würden. Nun aber, da sie sich endlich dem Ziel näherte, hatte ein Teufel in Verkleidung einer einfachen Köchin das Haus betreten, ein Teufel, der entschlossen war, sie Gottes Dienerin zu entreißen und ihre Seele für den Satan zu gewinnen, damit sie dort auf ewig von denen getrennt wäre, die sie liebte.

Abigails Herz begann wieder heftig zu pochen. Sie setzte sich auf, umklammerte mit knochigen Fingern die Bettdecke und starrte in die Dunkelheit. Sie musste schlau sein, um diese letzte Prüfung zu bestehen; sie musste alle Kraft zusammennehmen, über die ihr verfallener Körper noch verfügte, und kämpfen, bis das Blut ihr wie Schweiß aus den Poren drang. Hilf mir, flüsterte sie in die Finsternis, hilf mir, damit ich nicht auf ewig verdammt bin.

Sie lauschte eine Weile auf das Zischen und Flüstern der Dunkelheit, bis sie es verstand. *Ja,* antwortete sie der Stimme in ihrem Kopf. *Ja.* Sie nickte, immer schneller, das Ziel war in Sicht. *Dein Wille geschehe. Endlich.*

13

Morgan erwachte inmitten einer Stille, die er gut kannte, und bemerkte den frischen, kalten Geruch, der sich mit dem Duft von geräuchertem Fleisch vermischte. Er blieb einen Moment liegen, um sich zu orientieren, schaute hinauf ins Birkengerüst des Wigwams, zu dem Loch an der Spitze, durch das Rauchkringel von der mit Steinen gesicherten Feuerstelle entwichen. Während er im Halbdunkel dalag, konnte er auch den Duft der Tannenzweige auf dem Boden des Wigwams riechen, über die die Frauen gewebte Matten und Felle gelegt hatten. Weil der Winter kam, hatten sie die Wände des Wigwams ebenfalls mit Schilfmatten bedeckt, und ein Schutz für den Rauchabzug, der beim ersten Anzeichen schlechten Wetters auf die Spitze des Wigwams gesetzt werden konnte, lag bereit. Morgan atmete noch einmal tief durch, rollte sich dann auf die andere Seite und blinzelte in den Lichtstrahl, der durch die Zeltöffnung fiel. Ja, er hatte Recht. Das schlechte Wetter war da.

Père Leon, der zufrieden schnarchte, lag unter einem Pelzüberwurf neben Morgan auf der Männerseite des Wigwams.

»Père.« Morgan rüttelte den Priester an der Schulter, bis der sich schnaubend umdrehte. »Wachen Sie auf, Père«, sagte Morgan leise. »Es schneit.«

Père Leon öffnete sofort die Augen und schaute seinen neuen Freund an.

»Hm«, grunzte er und murmelte etwas auf Französisch. Dann warf er seinen Pelz ab und kroch über die schlafenden Männer zum Ausgang. Er öffnete ihn, und Morgan sah deutlich, dass zwar nur wenige Flocken vom Himmel fielen, der Boden aber schon schneebedeckt war.

Um ihn herum schliefen dreißig Mitglieder von Aquashs Familie; über ihnen hingen lange Würste aus Elchdarm, gefüllt mit Fett, Fleisch und Beeren, die in dem stickigen Raum würzig dufteten. Morgans Magen knurrte, und draußen winselten die Hunde um ihr Frühstück.

Père Leon kroch an seinen Platz zurück und legte zitternd den warmen Pelz um seine Schultern. »Wir müssen noch heute aufbrechen«, sagte er entschlossen, »oder aber den Winter über hier bleiben.« Schnuppernd fügte er hinzu: »Was gar nicht so schlecht wäre.«

Morgan schüttelte den Kopf. »Ich muss nach Amerika.«

»Dann ziehen Sie sich an, mein Freund, und sagen Sie Lebewohl.« Père Leon rief Aquash, die sofort aufwachte und zu ihm kam. Er redete mit ihr, zeigte auf den Ausgang und nickte, als sie etwas erwiderte.

Sie ging zu Nacoute, der zwischen den Männern lag, und weckte ihn und damit auch die anderen. Das allgemeine Grunzen und Gähnen ging in ein leises Gemurmel über, während die Indianer aufwachten, einander einen guten Morgen wünschten, sich anzogen und das Wetter prüften. Anschließend sammelten sie ihre Kinder und bereiteten das Essen für den Morgen vor.

Morgan zog seine Hose an und trat aus dem Zelt, um sich im Wald zu erleichtern. Der Himmel war grau und hell, und Schneeflocken wirbelten um ihn herum. Eichhörnchen liefen fieberhaft an Baumstämmen hinauf und wieder hinunter, um die vielleicht letzten Vorräte für den Winter zu sammeln, und zwei Füchse, deren Fell im Schnee leuchtete, schlichen dicht an ihm vorüber, wobei sie den Mann in ihrer Nähe misstrauisch beäugten. Die Geräusche des Waldes waren an diesem Morgen gedämpft, und alle Tiere in seinem Blickfeld bewegten sich eilig und zielbewusst. Zitternd ging Morgan ins Zelt zurück und kam dabei an Père Leon vorbei, der gerade ins Freie strebte. Morgan nahm sein Hemd und wollte es anziehen, doch Aquash hielt ihn zurück. Sie deutete auf einen Haufen indianischer Kleidungsstücke, die sie auf seine Decke gelegt hatte – offenbar Wintersachen –, und er sah genau zu, als sie ihm zeigte, in welcher Reihenfolge man sie anzog.

Zuerst gab sie ihm dicke Beinkleider aus Elchfell, die an der Seite mit Dreiecken, Kreisen und Bögen in Schwarz, Gelb, Rot und Weiß verziert waren. Die Mi'kmaqs trugen diese Ledergamaschen unter Lendenschurzen, aber Aquash hatte einen Hosenboden drangenäht, damit sie den europäischen Hosen ähnelten, an die er gewöhnt war. Sie half ihm dabei, ein langes Oberteil aus Seehundfell über sein dünnes Leinenhemd zu ziehen, das ihn warm und trocken halten würde und ebenfalls verziert war – wenn auch nicht so reich wie manche, die er im Lager gesehen hatte. Seine Stiefel waren seit langem löchrig und seine Wollsocken fadenscheinig, daher nahm er auch die mit Fell gefütterten Mokassins dankbar entgegen, die sie ihm gab – lange Schläuche aus der Haut von Elchbeinen, vorne zugenäht und mit Seehundöl eingerieben, damit sie weich und wasserundurchlässig blieben. Aquash band Lederriemen darum, damit nichts verrutschte. Schließlich reichte sie Morgan einen Überwurf aus warmem Biberpelz, der ihm bis knapp über die Knie reichte. Als Kopfbedeckung erhielt er eine Biberkappe mit Ohrklappen. Sie kam ihm bekannt vor: Am Abend zuvor hatte Aquash daran gearbeitet und die einzelnen Teile mit einer Knochenahle und getrockneten Tiersehnen vernäht, genau wie die Mokassins.

Während sie ihn ankleidete, schaute Aquash ihm nicht in die Augen. Nacoute stand daneben und hielt Morgans Gewehr und den Rucksack, während das Bündel mit seiner kleinen Schwester zu seinen Füßen lag. Nun, da der Augenblick gekommen war, wusste Morgan nicht, wie er diesen drei Menschen, die ihm so ans Herz gewachsen waren, Lebewohl sagen sollte. Aquash spürte seine Unruhe, schaute auf und legte eine Hand an seine Wange. Sie lächelte ihn aufmunternd an, dann nahm sie seine Hand und führte ihn vor das Zelt. Nacoute folgte ihnen.

Morgan hatte während der Feierlichkeiten an den letzten vier Tagen viele Mi'kmaq gesehen, doch er hatte nicht gewusst, dass es so viele waren. Auf der Lichtung zwischen den Wigwams hatten sich jetzt, wie er schätzte, über hundert Stammesmitglieder versammelt; die Männer schauten zum Himmel und nickten, die Frauen riefen ihm schüchtern etwas zu und lächelten.

»Sie sind gekommen, um uns eine gute Reise zu wünschen«, meinte Père Leon. »Hier ist der Häuptling, Aquashs Großvater.«

Ein alter Mann in seinem besten Pelz trat vor und legte eine Hand auf Morgans Schulter, schaute ihm fest in die Augen und begann langsam zu sprechen. Morgan wandte den Blick nicht ab, während er Père Leons Übersetzung lauschte.

»Er sagt, er dankt Ihnen dafür, dass Sie Aquash und ihre Kinder zu ihrem Volk zurückgebracht haben. Sie sind ein guter und mutiger Mann, und sein Stamm wird Ihren Namen in Ehren halten.«

Morgan schüttelte den Kopf. »Sagen Sie ihm, Aquash und Nacoute waren sehr mutig.«

Père Leon sprach zu dem alten Mann, der ihm zuhörte und dann Aquash zu sich winkte. Sie kam mit Marie auf dem Arm und Nacoute an ihrer Seite. Dann sagte der Häuptling wieder etwas zu Morgan und schaute ihm dabei so tief in die Augen, dass Morgan meinte, der alte Mann könne in seiner Seele lesen.

»Er sagt, Nacoute und Aquash haben ihm alles erzählt. Er kennt die Geschichte.«

Der Häuptling nickte, ohne den Blick von Morgans Gesicht zu nehmen.

»Sie haben ihm seine geliebte Enkelin, seinen Urenkel und seine neue Urenkelin zurückgegeben, und dafür wird er jedes Jahr von Ihnen singen, wenn der erste Schnee fällt.«

Als Père Leon geendet hatte, lächelte Aquashs Großvater, trat zurück, und Nacoute nahm seinen Platz ein. Morgan widerstand dem Drang, den Jungen zu umarmen, denn das wäre vor all diesen mutigen Männern unpassend gewesen. Nacoute griff in sein Oberteil und zog einen Lederbeutel hervor, der an einem Band befestigt war; er öffnete ihn, holte etwas heraus und reichte es Morgan. Morgan betrachtete den Gegenstand und befühlte die abgerundeten Kanten – ein aus Knochen geschnitzter Bär, vielleicht sogar aus Bärenknochen. Er hörte zu, während der Häuptling erneut sprach und Père Leon übersetzte.

»Er sagt, das ist Nacoutes Geisthelfer, die große und starke Bärin, die nur in Frieden gelassen werden will, aber bis zum Tode kämpft, wenn ihre Jungen bedroht sind.« Der Priester hörte zu, während der alte Mann weitersprach, und übersetzte dann wieder seine Worte. »Der Junge kann zwar nicht reden, doch sein Großvater versteht, was Sie ihm bedeuten. Nacoute hat durch seine Mutter gesagt, dass er nur einen Mann als seinen Vater betrachtet, und dieser Mann sind Sie.«

Morgan blickte Nacoute an. »Sagen Sie ihm …« – er hielt inne und räusperte sich –, »sagen Sie ihm, er erweist mir eine große Ehre, und ich könnte mir keinen besseren Sohn wünschen.« Er schloss die Hand um den Bären und drückte die Faust an seine Brust. »Ich werde ihn immer bei mir tragen.«

Der Priester wiederholte das Gesagte in der Sprache der Mi'kmaq, und alle Köpfe in der lauschenden Menge nickten erfreut.

Morgan hängte sich das Band um den Hals und steckte den Lederbeutel mit der geschnitzten Bärin in sein Oberteil. Aquash trat vor und küsste ihn auf die Wange. Morgan küsste sie und ihre kleine Tochter, und dann erhielt er eine Fülle von Geschenken – eine mit Fett gefüllte Elchblase, ein scharfes Jagdmesser in einer Scheide aus Kojotenschwanz, eine Pfeife mit Steinkopf und einen Beutel indianischen Tabak, einen Hanfbeutel mit geräuchertem Lachs, zwei lange Elchwürste und einen Behälter aus Birkenrinde zum Wasserkochen, dazu Feuersteine.

Überwältigt von der Großzügigkeit der Mi'kmaq wandte Morgan sich an Père Leon.

»Sagen Sie ihnen, sie sind wie das Volk in meiner fernen Heimat, und ich bete, dass der Gott meines Volkes sie segnet.«

Père Leon übersetzte seine Worte, und die Indianer jubelten auf die ihnen eigene Weise und winkten den Reisenden zum Abschied zu. Morgan winkte Aquash und Marie Lebewohl, konnte aber Nacoute nirgends entdecken, obwohl er seinen Blick wieder und wieder über die Menge schweifen ließ.

»Gehen wir, mein Freund.« Père Leon fasste ihn am Arm. »Wir müssen eine ziemliche Strecke zurücklegen, ehe es dunkel wird.«

Morgan warf einen letzten Blick auf das Lager und wusste, er würde nie wieder solchen Menschen begegnen. Dann wandte er sich um und folgte dem Priester in die Wildnis. Während sie gingen, bemerkte er einen Schatten, der sich rasch zwischen den Bäumen hinter ihnen bewegte, doch er konnte ihn nie genau erkennen, egal, wie schnell er sich umdrehte. Eine Täuschung aus Licht und Schnee, sagte er sich schließlich, aber dann wandte Père Leon sich ebenfalls um.

»Es ist Nacoute«, meinte er lachend. »Er wird uns noch eine

Weile folgen und dann umkehren. So bringt er Sie sicher auf den Weg.«

Sie liefen eine Stunde und spürten während der ganzen Zeit die Anwesenheit des Jungen. Irgendwann ertönte ein unheimliches Pfeifgeräusch. Morgan drehte sich um, und Nacoute trat hinter einem Baum hervor, eine kleine Pfeife in der Hand. Dies war der Abschied, und Morgan wusste es. Er hob die Hand und hielt sie erhoben, bis der Junge seinen Gruß erwiderte.

»Lebwohl, mein Sohn«, rief er, und seine Stimme hallte durch die Wildnis. Aber Nacoute hatte sich schon abgewandt und auf den Rückweg gemacht.

14

Es dauerte zwar nicht sehr lange, eine Daguerreotypie aufzunehmen, aber sobald der Künstler unter seinem dunklen Tuch verschwunden war, musste man unbedingt stillsitzen. Und das bedeutete für Jack einen regelrechten Kraftakt, denn er glaubte offenbar, man müsse dabei auch die Luft anhalten.

»Fertig!« William Shew kam mit zufriedener Miene wieder zum Vorschein. »Das wird ein sehr hübsches Porträt, meiner bescheidenen Meinung nach.« Er strich sich das leicht zerzauste Haar zurück.

»Puh.« Jack atmete keuchend aus und schüttelte sich wie ein nasser Hund. »Ist es vorbei, Mam?«, fragte er.

»Du und deine Schwester, ihr habt jetzt alles überstanden«, sagte Shew. »Aber ich möchte noch ein Bild machen, auf dem eure Mutter allein zu sehen ist. Wenn du versprichst, auf deine Schwester aufzupassen, dürft ihr euch im Laden nebenan Schokolade kaufen.« Er drehte sich um und bat Grace mit einem ermunternden Nicken um Erlaubnis.

»Das ist sehr freundlich, Mister Shew, aber Sie sind schon so nett zu uns gewesen, und wir haben so viel von Ihrer Zeit beansprucht.« Sie warf Jack einen warnenden Blick zu, und der Protest erstarb auf seinen Lippen.

»Es ist mir ein Vergnügen, Missus Donnelly, wirklich. Die beiden waren einfach wundervoll, und auf diese Weise sind sie beschäftigt, während ich Sie in Pose setze. Kinder?« Er griff in seine Westentasche, holte einen halben Dollar hervor und drückte ihn Mary Kate in die Hand. »Das müsste für alles reichen, was ihr haben wollt. Wenn ihr euch etwas ausgesucht habt, könnt ihr euch auf die Bank vor dem Laden setzen, bis wir hier fertig sind.«

»Danke, Sir«, sagten die beiden Kinder mit kaum verhohlener Freude.

Jack war mittlerweile fest davon überzeugt, dass Mister Shew der großartigste Mann war, den er je kennen gelernt hatte – nach Mister Litton natürlich. Und Doktor Wakefield. Die drei waren die besten. Das Wasser lief ihm bereits im Munde zusammen.

»Dann ab mit euch.« Shew brachte sie lachend zur Tür und kehrte sofort zu Grace zurück. »Ich wollte etwas Ruhe«, gestand er. »Für eine wirklich außergewöhnliche Arbeit. Bitte bleiben Sie einen Moment sitzen.« Er verschwand in einer kleinen Kammer, und Grace hörte ihn herumstöbern.

Sie schluckte. Hoffentlich bittet er mich nicht, mich auszuziehen, betete sie. Er war so nett zu ihnen gewesen, und sie mochte ihn sehr, aber jetzt fragte sie sich, ob es naiv gewesen war, sein Angebot anzunehmen. Er hatte gesagt, er wolle ein Foto von ihr und den Kindern machen, es bei seiner nächsten Ausstellung zeigen und ihr anschließend schenken. Der Gedanke hatte sie begeistert, denn es würde das erste und einzige Bild sein, das sie von ihrer Familie besaß, ein Zeugnis dessen, wer sie waren: irische Amerikaner in San Francisco, Kalifornien, im November 1852.

»So, da bin ich wieder!« Er trug mehrere Seidentücher über der Schulter und in jeder Hand einen Spiegel.

»Oh, bitte, Mister Shew«, setzte sie an.

»Es wird wundervoll werden«, sagte er, ohne auf ihren schwachen Protest einzugehen. »Es ist mein Geschenk an Sie, Missus Donnelly, weil Sie mir bei Ihrem letzten Besuch in meiner Galerie von ihrer außergewöhnlichen Gabe erzählt haben. Wissen Sie, Ihre Einblicke haben mich inspiriert. Ich nehme zwar noch immer die Stadt auf, aber nicht nur deren prominente Bürger. Einwanderer, Missus Donnelly – ich will die Flut der Einwanderer festhalten, die an unsere Küste brandet. Für die Nachwelt!« Er hob den Zeigefinger, um seiner Bemerkung Nachdruck zu verleihen. »Und ich habe auch nicht vergessen, was Sie über die Indianer gesagt haben«, fügte er hinzu. »Ich plane schon eine Reise ins Landesinnere. Ihre Bräuche sollen festgehalten werden, damit wir immer wissen, wie sie lebten, bevor sie ein Teil unserer Zivilisation wurden.«

»Das entspricht zwar nicht genau meinen Worten, Mister Shew, aber ich freue mich, dass Sie sie persönlich aufsuchen wollen.«

Grace rutschte auf dem harten Schemel hin und her. Sie hatte Mary Kate in die Galerie mitgenommen, weil sie wusste, dass auch ihr Kind über eine gewisse visionäre Gabe verfügte. In New York hatte Grace geglaubt, diese Fähigkeit verloren zu haben, außer bei ihrem Besuch in Matthew Bradys Galerie – die Stadt war einfach zu belebt gewesen für Visionen –, doch auf dem Weg von Kansas nach Oregon hatte sie fast überall Geister gesehen. Beim ersten Mal hatte sie geglaubt, ihr Treck hole einen anderen Treck ein, aber als sie zwischen den laufenden Menschen und den Tieren, die ihre Planwagen zogen, hindurchfuhren, wusste sie, dass außer ihr niemand etwas sah. Obwohl die Trecks in Wirklichkeit viele Meilen voneinander entfernt waren, kam es Grace so vor, als handelte es sich um einen einzigen langen Zug, bevölkert mit den Geistern derer, die unterwegs gestorben waren. Doch sie fürchtete sich nicht vor ihnen; seit sie denken konnte, hatte sie immer wieder Blicke ins Reich der Toten werfen dürfen.

Sie hatte auch gelernt, keine Bemerkung über vorbeireitende Indianer zu machen – egal ob Jäger, Krieger, Händler oder ganze Stämme –, nicht einmal auf Mary Kate konnte sie sich in dieser Hinsicht verlassen, denn auch sie hatte manchmal Visionen. Erst wenn Jack aufgeregt auf die Gestalten zeigte, wusste Grace, dass es sich um lebendige Indianer handelte und nicht um die Seelen ihrer Vorfahren. Die Prärie war voll von solchen Geistern – die Wälder gaben ihnen Obdach, und in den Hügeln knisterte es von ihrer Energie –, und sie erwiesen sich Grace gegenüber als großzügig, zeigten ihr saubere Bäche und Flüsse, so dass ihre Kinder kein schwefliges, schlammiges Wasser trinken mussten; sie führten sie zu den Bauten von Hasen und Zieseln, wenn sie frisches Fleisch brauchte, wiesen sie auf verborgene Nester mit Eiern hin, warnten sie vor Schlangen und Treibsand, vor Präriefeuern und Gewittern, führten sie durch die glühend heiße Wüste und halfen ihr, gefährlich angeschwollene Flüsse zu überqueren. Grace hatte sich innerhalb ihres Trecks einen gewissen Ruf erworben und wusste, dass man über ihr ungeheuerliches Glück heimlich tuschelte. Nur Lily wusste, was Grace sehen konnte, und sie erzählte es niemandem, sondern folgte Grace stets, ohne zu fragen.

In San Francisco selbst gab es noch nicht so viele tote Seelen, doch Grace vermutete, dass die Hügel und die Wüste hinter der Stadt dichter besiedelt waren. Sie und Mary Kate hatten einem Besuch von Mister Shews Galerie nicht widerstehen können und alles über das Leben der Chinesen auf den Bildern erfahren – allerdings nicht von Shew, der nichts darüber wusste, sondern aus den Augen der Porträtierten, die ein Abbild ihrer Seele waren.

Grace ließ Shew in dem Glauben, ihr Wissen leite sich unmittelbar aus der Kunst seiner Bilder ab, und sie bestärkte ihn in der Ansicht, wie wichtig es sei, Menschen in all ihrer Vielfalt festzuhalten. Er habe mit den Porträts der Chinesen begonnen – Aufnahmen von unschätzbarem Wert, wie Grace ihm erklärte. Aber es gebe noch so viele andere: die spanischstämmigen Farmer, denen man ihr Land wegnahm, wie man es den Indianern weggenommen hatte; die exotischen Chilenen, Peruaner und Indios; die Neger, besonders die Neger, denn sie lernten die Freiheit auf eine Weise kennen, von der ihre Eltern niemals zu träumen gewagt hätten, auch wenn es selbst in den freien Bundesstaaten sicher noch Generationen dauern würde, bis sich die Weißen daran gewöhnten; die Indianer in ihren auffälligen Kleidern, so viele verschiedene Stämme – Paiute, Nez Percé, stolze Sioux, Apachen und Shawnee. Diese Epoche vergehe schneller als jede andere in der Geschichte, und sie sei für die Menschheit auf ewig verloren, wenn sie nicht von einem feinfühligen, hingebungsvollen Künstler festgehalten werde.

Das war keine Lüge, sagte sie sich nun, als sie auf ihre innere Stimme hörte. Shew war ein Künstler wie kein anderer, und sie vertraute ihm, auch wenn sie die Gründe für seinen Wunsch, sie allein zu porträtieren, noch nicht verstand.

»Würden Sie bitte Ihre Jacke ablegen, Missus Donnelly?«, bat er, als seine Ausrüstung bereit war.

Grace biss sich auf die Unterlippe, knöpfte aber die Jacke auf und gestattete ihm, ihr herauszuhelfen.

»Und jetzt …« Er zögerte mit halb erhobenen Händen, da er wusste, dass es unpassend gewesen wäre, sie zu berühren. »Was ich möchte, Missus Donnelly, ich meine, was ich mir für Ihr Porträt vorstelle, ist …«

»Sagen Sie es besser gleich, ehe ich noch falsche Schlüsse ziehe«, erwiderte Grace trocken.

»Sie sind eine sehr schöne Frau«, setzte er an.

Grace legte die Hände an ihre Wangen und schüttelte den Kopf. »Als ich jung war …«

»Ich kann mir gut vorstellen, wie atemberaubend Sie ausgesehen haben müssen, Missus Donnelly«, unterbrach Shew sie. »Aber ich interessiere mich weniger für die Jugend als für die Erfahrung. Für mich verblasst die glatte Vollkommenheit der Jugend neben der tiefgründigen Schönheit, die nur das Leben selbst hervorbringen kann.«

Grace ließ die Hände in den Schoß sinken und knetete sie besorgt.

»Die Falten auf Ihrem Gesicht – auf der Stirn und hier, in den Augenwinkeln …« – er berührte die Stelle sanft mit dem Finger – »und hier, an Ihrem Mund. Sie sind für den Künstler reizvoller, weil sie von einem schweren Leben erzählen, von einer Mischung aus Freude und Trauer und allen Empfindungen dazwischen, von Ehe und Geburten, von Selbstbehauptung und Enttäuschung, von Kampf und Triumph.« Nun berührte er ihre Wange, und sie schaute ihm in die Augen. »In Ihrem Gesicht steht eine Geschichte geschrieben, Missus Donnelly, die keiner anderen gleicht und die mich fasziniert. Ich sehe einen Schimmer davon in Ihren Augen, aber ich kann nie alles wissen, was Sie erlebt haben. Ich kann es nur auf die Art und Weise ehren, die ich am besten beherrsche – indem ich Sie so festhalte, wie Sie heute sind, in diesem Augenblick Ihres Lebens, einem Moment zwischen Vergangenheit und Zukunft. Es wird eines meiner besten Porträts werden, Missus Donnelly. Bitte vertrauen Sie mir, dass ich Ihnen gerecht werde.«

Grace nickte unmerklich, bewegt von seinen großen Worten.

»Weil ich Sie als Frau dieses Jahrhunderts und zugleich zeitlos porträtieren möchte, bitte ich Sie, Ihr Haar zu lösen und offen auf die Schultern fallen zu lassen. Außerdem möchte ich Sie bitten, Ihre Bluse bis zur Taille auszuziehen, so dass Sie nur in Ihrem Hemd dasitzen.« Er hielt inne, um ihre Reaktion abzuwarten. »Ich weiß, dass ich mehr verlange, als mir zusteht.«

Grace musterte einen Moment lang sein Gesicht, um sicherzugehen, dass sie ihn richtig verstand und er sie nicht zum Narren hielt; dann nickte sie.

»Die Knöpfe sind hinten«, sagte sie leise. »Bitte helfen Sie mir.«

Er trat hinter sie und öffnete vorsichtig, aber geschickt einen Knopf nach dem anderen. Wie lange war es her, dass sie die Berührung eines Mannes gespürt hatte? Grace schloss die Augen und zwang sich, ruhig zu atmen; William Shew war nicht ihr Geliebter, und das sollte auch so bleiben.

»Fertig.« Sein warmer Atem an ihrem Hals weckte jeden Nerv in ihrem Körper, und sie erschauderte, als er ihr sanft den Stoff von den Schultern schob und zusah, wie sie die Arme aus den Ärmeln zog und die Bluse bis zur Taille hinabgleiten ließ. Er legte die Hände auf ihre Schultern, die bis auf die dünnen Träger des einfachen weißen Baumwollhemds nackt waren. »Soll ich Ihr Haar lösen?«, fragte er so leise, dass sie ihn kaum hörte.

»Ich mache es selbst«, murmelte sie.

Er ging zu seiner Camera obscura hinüber, wandte aber die Augen nicht von ihrem Gesicht, und noch immer spürte sie die Wärme seiner Hände auf ihrer Haut. Grace hielt den Blick gesenkt, als sie die Arme hob, nach den Nadeln suchte, die ihr Haar zusammenhielten, sie dann sorgfältig herauszog und sich auf den Schoß legte. Als sie fertig war, schüttelte sie leicht den Kopf und ließ das schwere Haar auf ihre Schultern fallen; es fühlte sich angenehm kühl an auf ihrem erhitzten Hals und an ihrem Rücken. Schließlich sah sie ihm in die Augen.

»Wundervoll«, flüsterte er. »Der Ton Ihres Haars in diesem Licht, Ihre Haut, diese Augen … wenn ich nur all diese Farben festhalten könnte, wenn ich nur malen könnte.« Er schüttelte den Kopf. »Aber es würde Ihnen nicht gerecht werden.«

Er nahm seine Spiegel und wählte ein Stück dunkelgrüne Seide aus, das er an der Wand hinter ihr aufhängte. Dann platzierte er die Spiegel so, dass Kopf und Schultern zusätzlich beleuchtet wurden. Er trat zurück und betrachtete sie mit der Neutralität eines Künstlers, dann stand er erneut hinter ihr. Grace hatte Mühe zu atmen, als er sie seitlich drehte, eine Hand wieder auf ihrer Schulter, die andere an ihrer Hüfte. Als Nächstes schob er das Haar aus ihrem Gesicht und legte es ihr über die Schulter; auf der anderen Seite schob er es nach vorn, wobei seine Fingerspitzen ganz leicht über die nackte Haut knapp über ihrem tief ausgeschnittenen Hemd strichen. Es war kaum zu ertragen, und sie fragte sich, ob er wusste, wie schrecklich er sie durcheinander brachte. Endlich war er zufrieden und bat sie, sich nicht mehr zu bewegen, bis er mit der Aufnahme fertig sei. Zweimal porträtierte er sie, und zweimal spürte sie, wie ein Blitz sie durchzuckte.

Grace hatte das Gefühl, ihr Blut koche regelrecht in ihren Adern. Dieser erregte Zustand musste doch sichtbar sein für den Mann, der sie jetzt musterte, der näher kam, als wolle er sich an dem Glühen erwärmen, das von ihr ausging. Wieder stand er hinter ihr, und wieder spürte sie ein überwältigendes Gefühl der Schwäche, obwohl er sie nicht berührte, sondern ihre Bluse nahm und sie so hielt, dass sie leichter hineinschlüpfen konnte. Als er fast alle Knöpfe geschlossen hatte, hielt er kurz inne, beugte sich über ihren Hals und drückte die Lippen für einen kurzen, zärtlichen Moment auf ihre Haut. Es war so rasch vorbei, dass Grace sich fragte, ob sie es sich vielleicht nur eingebildet hatte – so erregt wie sie war und so völlig überwältigt.

Ohne ein Wort nahm er ihr Haar, flocht es zu einem Zopf, griff nach den Nadeln in ihrem Schoß und steckte es hoch. Und dann war er fertig. Als er das Rollo hochgezogen und sich auf einen Hocker neben seiner Kamera gesetzt hatte, brachte Grace endlich den Mut auf, ihm in die Augen zu sehen, doch sprechen konnte sie noch immer nicht.

»Es wird ein bemerkenswertes Bild werden«, erklärte er ruhig. »Sie sind bemerkenswert.« Als Grace nicht antwortete, musterte er sie voller Besorgnis. »Geht es Ihnen gut, Missus Donnelly? Es tut mir sehr leid, wenn das Ganze Sie irgendwie beunruhigt haben sollte.«

»Nein, Mister Shew.« Grace fand ihre Stimme wieder, war aber aus irgendeinem Grund, den sie sich nicht erklären konnte, den Tränen nahe. »Es war allerdings recht anstrengend. So hatte ich es mir nicht vorgestellt.«

»Um ehrlich zu sein …« – er sah sie mit einem kleinen Lächeln auf den Lippen an –, »habe ich noch nie so eine Sitzung erlebt. Ich weiß kaum, was ich sagen soll, und kann Ihnen nur danken, Missus Donnelly. Ich glaube, wir haben ein Meisterwerk geschaffen.«

»Das ist Ihr Werk«, sagte sie und entspannte sich ein wenig. »Sie sind der Künstler, Mister Shew. Es ist mir aber eine Ehre, Anteil an Ihrem Werk zu haben.«

Er blickte sie noch immer ein wenig verklärt an. »Ich habe zwei Porträts gefertigt«, sagte er. »Eines gebe ich Ihnen zusammen mit dem Bild Ihrer Kinder. Das andere …«, er zögerte einen Moment. »Das andere möchte ich für mich behalten. Für meine Privatsammlung. Falls Sie nichts dagegen haben.«

»Überhaupt nicht«, erwiderte Grace sofort. »Sie haben keinerlei Geld von mir für die Porträts verlangt, und ich weiß, was Ihre Zeit und Ihr Talent wert sind. Ich freue mich, wenn Sie es behalten wollen.« Sie spürte einen Schmerz in der Schulter und zuckte zusammen. »Darf ich jetzt aufstehen? Ich werde ein bisschen steif.«

Er sprang auf. »Aber natürlich! Bitte.« Er streckte ihr eine Hand entgegen, um ihr aufzuhelfen. »Sicherlich möchten Sie jetzt Ihre Kinder abholen und nach Hause gehen.«

Sie nickte und fühlte sich ziemlich schwindlig; darum hielt sie seinen Arm fest, während er sie zur Tür führte, und war dankbar für die frische Luft, die beim Öffnen in den Raum strömte. Sie streckte den Kopf hinaus und stellte erfreut fest, dass Mary Kate und Jack brav auf der Bank saßen und mit fröhlich baumelnden Beinen eine Tüte Pfefferminzbonbons verzehrten. Grace wandte sich erneut dem Fotografen zu und reichte ihm die Hand.

»Danke, Mister Shew«, sagte sie freundlich. »Ich freue mich darauf, die Bilder zu sehen, wenn sie fertig sind.«

Er nickte, ohne ihre Hand loszulassen. Dann schaute er kurz nach links und rechts und zog sie wieder in sein Atelier.

»Missus Donnelly«, begann er und sah ihr fragend in die Augen, »würden Sie mich einmal abends zum Essen begleiten? Das Delmonico's ist zurzeit sehr in Mode. Wir könnten danach ein Konzert besuchen, wenn Sie möchten.«

Grace biss sich auf die Lippe und gestand sich nur ungern ein, dass sie der Gedanke reizte.

»Ich bin mir über Ihre Situation im Klaren«, fuhr er fort. »Wakefield hat mir gesagt, es gebe da jemanden, aber der betreffende Herr sei gerade fort. Wenn es keine formelle Bindung ist, steht es Ihnen dann nicht frei, eine Einladung anzunehmen?«

»Natürlich steht es mir frei«, sagte sie, »aber dennoch würde ich es für unpassend halten.«

»Ich verspreche Ihnen, dass ich nichts anderes suche als Ihre Freundschaft. Ich würde Sie sehr gern besser kennen lernen.« Er kam nicht näher, aber Grace spürte, wie die Vertrautheit zwischen ihnen wuchs.

»Vielleicht könnte noch jemand mitkommen«, meinte Grace nach kurzem Nachdenken. »Die Kinder vielleicht oder nur Mary Kate. So wäre es mir lieber.«

Shew nickte erleichtert und küsste ihre Hand, bevor er sie losließ. »Dann gehen wir doch ins Theater«, schlug er vor. »Ihrer Tochter wird es bestimmt gefallen, und ich würde Sie beide mit Freuden begleiten. Ich werde alles arrangieren und Ihnen eine Nachricht zukommen lassen.«

Grace lächelte etwas unsicher, denn sie wusste nicht genau, ob sie mit diesem Zugeständnis weiter gegangen war, als sie es eigentlich tun sollte. Sie verabschiedete sich höflich von Mister Shew und er blickte ihr nach, wie sie mit ihren fröhlichen, klebrigen Kindern die Straße hinunterging. Während des ganzen Heimwegs war sie in Gedanken versunken, und die Kinder nutzten ihre Zerstreutheit aus und blieben vor jedem Schaufenster stehen, das sie interessierte, oder liefen vor bis zur nächsten Straßenecke, überrascht, dass sie sie nicht zurückrief. Was war an diesem Vormittag mit ihr geschehen, fragte Grace sich, während sie jede Minute, die sie in dem Atelier verbracht hatte, noch einmal durchlebte. Warum hatte diese Sitzung sie so aus dem Gleichgewicht gebracht, dass sie sich regelrecht verändert vorkam? Sie betrachtete die Stadt um sich herum, das Sonnenlicht, das sich in den vielen Fenstern spiegelte, die Möwen am Himmel und die lebhaften Gesichter der Leute, die eilig ihren Geschäften nachgingen, und dann wusste sie, was es war: Sie fühlte sich plötzlich nicht mehr alt und müde, so als ob sie ihr ganzes Leben bereits hinter sich hatte und die Zukunft nur ihren Kindern gehörte. Plötzlich fühlte sie sich wieder schön, wahrhaft liebenswert, sogar begehrenswert, und die Zukunft lag hoffnungsvoll vor ihr.

»Ich bin jung«, flüsterte sie vor sich hin und spürte das Pulsieren ihres Körpers, die Leichtigkeit ihres Herzens.

Sie hob Jack hoch, wirbelte ihn herum und lachte über sein

ausgelassenes Quietschen. Dann setzte sie ihn ab und nahm Mary Kate hoch, um auch ihr Gesicht zum Lächeln zu bringen. Als beide Kinder sie danach mit weit aufgerissenen Augen ansahen, kniete sie vor ihnen nieder und nahm ihre kleinen Hände.

»Seid glücklich«, sagte sie zu ihnen. »Heute ist ein schöner Tag, wir sind zusammen, und das Leben ist lang. Seid glücklich«, wiederholte sie, »und vergesst nie, wie wunderbar das Leben ist.«

15

Als strategisch veranlagter Mensch hatte Sean den Stadtplan von San Francisco bereits in der ersten Woche nach seiner Ankunft auswendig gelernt, indem er auf seinem Pferd kreuz und quer durch die Straßen ritt und sich Notizen machte. Daher wusste er schon bald genau, wie er vom Delmonico's in der O'Farrell Street zu Ah Toys luxuriösem Etablissement kam, das in einer Gasse nahe der Pike Street im Chinesenviertel lag. Nach dieser ersten Woche hatte er San Francisco nicht mehr bei Tageslicht gesehen, weil er die Stadt nur noch bei Nacht erkundete, aber da sich der Straßenverlauf schließlich nicht mit der Tageszeit veränderte, fand er das berühmte Bordell ohne Probleme.

Mit geschlossenen Augen lehnte er sich in der Badewanne zurück, während sich seine Muskeln im heißen Wasser allmählich entspannten. Heute war ein besonderer Abend. Er hatte im Delmonico's gut gegessen, einen Verdauungsspaziergang gemacht, nahm jetzt ein Bad und würde dann eine Stunde mit einem der Mädchen verbringen. Dies war ein chinesisches Haus und er hatte ein Bauernmädchen verlangt, denn er mochte die so genannten Lotusfüße nicht. Beim ersten Mal hatte man ihn als Mann mit exotischen Vorlieben eingeschätzt und in einen Raum geführt, wo eine hübsche Frau in einem außergewöhnlichen Gewand auf einem Diwan saß. Obwohl er während seiner ersten Zeit in San Francisco bereits viele Freudenhäuser kennen gelernt hatte, war Sean keineswegs ein welterfahrener Mann und daher nicht auf das vorbereitet, was seine erste Chinesin ihm bot. Bereits ihr Anblick – das lange dunkle Haar, das weiß gepuderte Gesicht mit den rot geschminkten Lippen, ihr schlanker Körper unter dem Seidengewand – brachte sein Blut in Wallung, und so hatte er sich ohne Zögern in ihre zarten Arme fallen lassen. Aber als die Umarmungen heftiger wurden, stupste sie ihn mit dem Fuß an, und er nahm ihn, küsste den kleinen Seidenschuh und löste den seltsamen Strumpf. Der Anblick dessen, was sich darunter befand, hatte ihn zutiefst schockiert, und er dachte auch jetzt nur höchst ungern an den verformten Fuß zurück, dessen Zehen nach unten gekrümmt waren. Später hatte er von Chang-Li erfahren, dies sei ein seltener Genuss – die Lilie, die erotischste Gabe einer Kurtisane. Aber Sean konnte sich keine Lust zwischen einem Mann und einer Frau vorstellen, die auf einem so schmerzhaften Opfer beruhte. Nachdem sein Blick erst einmal geschärft war, hatte er viele dieser Frauen bemerkt und gesehen, wie sie von einem Zimmer ins andere getragen wurden oder mit schmerzverzerrtem Gesicht am Arm einer Dienerin humpelten. Sein eigenes Gebrechen, das verkürzte Bein und der verdrehte Arm, ließ ihn ihre Verkrüppelung besonders stark empfinden. Dabei handelte es sich bei ihm um das Ergebnis eines Unfalls und nicht um durch liebende Verwandte bewusst herbeigeführte Verstümmelung. Sean hatte in Erfahrung gebracht, dass den Mädchen schon früh die Füße gebrochen und dann so fest bandagiert wurden, dass sie nicht wachsen konnten – und das alles, weil dies als schön und für einen künftigen Ehemann besonders begehrenswert angesehen wurde. Er verstand es einfach nicht und hatte deutlich gemacht, dass er keine Frau mit gebundenen Füßen wünschte.

Allerdings hielt er diese Grausamkeit für eine Ausnahme; die brutale Seite der Prostitution hatte er bisher nicht kennen gelernt, auch wenn er im Grunde wusste, dass es sie gab. Er hatte Mädchen gesehen, die ganz offensichtlich geschlagen worden waren, er hatte mitten in der Nacht Schreie gehört und in verschlossene Gesichter geblickt, wenn er sich nach einem Mädchen erkundigte, das plötzlich nicht mehr da war. Doch er sagte sich, das alles seien seltene Begleiterscheinungen ihrer Tätigkeit, sozusagen ein Berufsrisiko. Die meisten Mädchen, egal ob in den besten Häusern nahe dem Portsmouth Square, in den wieder aufgebauten Barackensiedlungen von Little Chile oder den Hinterzimmern von Sidney Town und Clark's Point, waren aus freien Stücken in

San Francisco. Sie wollten in dieser Stadt genauso ihr Glück machen wie die Goldgräber, die Unternehmer, Spieler und Geschäftsleute, die ihre Dienste in Anspruch nahmen. San Francisco war eine Stadt der Glücksritter, und viele Frauen machten das Beste aus ihrer Situation: Die Häuser, die Sean aufsuchte, waren sauber und gut geführt, die Frauen, mit denen er das Bett teilte, schienen Spaß zu haben und zugleich eine gewisse finanzielle Unabhängigkeit zu genießen. Wahrscheinlich ging so manche mit gut gefülltem Sparstrumpf von hier weg und ließ sich in einer anderen Stadt nieder, wo sie als vermeintliche Witwe oder unverheiratete Frau ein neues Leben beginnen konnte.

All das redete er sich ein, während er in der dampfenden Wanne in dem in sanftes Licht getauchten Zimmer im ersten Stock von Ah Toys Freudenhaus lag und dem Stöhnen glücklicher Kunden und dem höflichen Lachen der Mädchen lauschte. Bald würde sein Mädchen hereinkommen, um ihn abzutrocknen, und ihn dann zu dem Bett führen, das hinter einem Seidenvorhang stand. Die meisten Spieler, die er kannte, besuchten die Bordelle *nach* dem Karten- oder Würfelspiel, um gewissermaßen eine Nacht des Lasters gebührend zu beenden, aber Sean zog es vor, seine Abende so zu beginnen. Er war dann vollkommen entspannt, und das Gefühl angenehmer Trägheit und körperlichen Wohlbefindens leistete ihm am Spieltisch gute Dienste. Bei den anderen Spielern sah er dagegen die Anspannung im Laufe des Abends wachsen, und er wusste, sie würden erst dann Erleichterung finden, wenn es ihnen nichts mehr nützte. Inzwischen spielte Sean so gut und so sicher, dass er allmählich glaubte, dies sei das Geheimnis seines Erfolgs – selbst wenn sich der Erfolg unbeabsichtigt eingestellt hatte.

Der heutige Abend war wichtig, darum hatte er im Delmonico's gespeist. Es gab viele gute französische Restaurants in San Francisco – das Poodle Dog, das Maison Dorée, das Merchand's, Jack's Rotisserie, allesamt mit Zwölf-Gänge-Menüs, die Stunden dauerten, einem Weinvorrat, der ebenso lange vorhielt, sowie verschwiegenen Privatetagen und noch verschwiegeneren Séparées für all jene, die die Mahlzeit in romantische Stimmung versetzt hatte – doch das Delmonico's war Seans Lieblingsrestaurant. Für den richtigen Preis bekam er stets einen Einzeltisch ganz hinten im Lokal, von dem aus er alles sehen konnte, ohne selbst gesehen zu werden.

Die meisten der dort anwesenden Männer läuteten den Abend für gewöhnlich schon Stunden vor ihm ein, und zwar mit der Cocktail-Route, die von Ernest Haquettes Palace of Art über das Hoffman Café im Grand Hotel zur Palace Bar und schließlich zu Johnny Farleys Peerless Saloon führte, wo der Champagner, der Sazerac und die neumodischen geeisten Cocktails in Strömen flossen. Diese Männer waren schon stark angeheitert und alles andere als maulfaul, wenn sie sich zum Abendessen niederließen, und so lernte Sean viel über die Hintergründe der Lokalpolitik.

In dieser Stadt aß man gern und fand nichts dabei, fünf oder sechs Stunden im Restaurant zu verbringen. Nach den vielen Jahren in Utah mit Bohnen und Büffelfleisch, Rind oder gepökeltem Schwein genoss Sean den Überfluss. An diesem Abend hatte er unter anderem Krabben in Aspik und Krebsscheren in Sahne-Sherrysoße gekostet, außerdem ein köstliches Hirschsteak mit Kartoffeln, die besser waren als alle, die er jemals in Irland gegessen hatte. Während er sein Steak verzehrte und dazu Whiskey trank, lauschte Sean den Gesprächen, beobachtete die großen Redner, roch den Zigarrenrauch und dachte an bessere Tage in Ogues Gaststätte zurück, wo ein Ire sich für ein gutes Streitgespräch selbst mit dem Teufel angelegt hätte. Manche dieser Männer stammten aus Irland – Sean hörte es an ihren Stimmen und konnte teilweise sogar die Grafschaft benennen, wenn sie noch nicht lange in Amerika waren –, andere kamen aus Deutschland, Norwegen, Chile, Frankreich oder Italien. Auch viele Priester aßen hier, dank der großzügigen Spenden ihrer Gemeinden, und Sean beobachtete sie besonders aufmerksam. Aus seiner Perspektive, also vom unteren Rand der Gesellschaft aus, fiel es ihm leichter, die Guten von den wahrhaft Bösen zu unterscheiden. Schließlich kannte er die wahrhaft Bösen jetzt, saß die ganze Nacht bei einer Flasche Whiskey mit ihnen am Tisch, lachte mit ihnen und lauschte ihren Geschichten. Auf diese Weise hatte er erfahren, welche Persönlichkeiten des öffentlichen Lebens in Wahrheit Geschöpfe der Nacht waren, und welche Nachtmenschen noch immer das Tageslicht in sich trugen. An diesem Abend hatten im Delmonico's zwar hauptsächlich brave Bürger gesessen, aber dazwischen konnte er auch ein paar Gauner ausmachen: Harry Meiggs, der jedem in der Stadt Geld schuldete und bald am Ende sein musste, James McCabe mit seinen üblichen Kumpanen und Sam Brannan, der an McCabes Tisch stehen blieb, um ein paar vertrauliche Worte mit ihm zu wechseln.

Sam Brannans Namen kannte in San Francisco jedes Kind, doch Sean hatte ihn schon gehört, lange bevor er in der Stadt eingetroffen war. Brannan war unter den Mormonen berühmt und inzwischen auch berüchtigt, weil er über zweihundert verfolgte Anhänger der Kirche Jesu Christi der Heiligen der Letzten Tage – Männer, Frauen und Kinder – auf der *Brooklyn* von New York nach Yerba Buena gebracht hatte. Dieses neue Land an der Westküste sei ein Paradies, hatte Brannan an Brigham Young geschrieben, das neue Reich Gottes in der Wildnis. Doch Young befahl den Emigranten von der *Brooklyn*, so schnell wie möglich die Berge nach Utah zu überqueren. Brannan lehnte dies ab und blieb mit etwa der Hälfte der Neuankömmlinge in San Francisco. Manche zogen in die Hügel nördlich der Stadt, um Holz zu schlagen, andere arbeiteten in Sutter's Fort in New Helvetia, und weitere zwanzig Familien wanderten den Stanislaus River im San Joaquin Valley hinauf und gründeten eine Bauernkolonie namens New Hope. Brannan selbst hatte sich ein großes Haus an einer Ecke des Portsmouth Square errichtet, besaß einen gut gehenden Laden in Sutterville und gab den *California Star* heraus. Einige dieser abtrünnigen Mormonen hatten für James Marshall gearbeitet, als er John Sutters Mühle am American River baute; diese Männer waren die ersten, die sahen, wie der Fluss sein Gold preisgab. Sutter und Marshall verpflichteten ihre Arbeiter zur Verschwiegenheit, bis die Claims abgesteckt waren, doch Brannan machte die Nachricht öffentlich, indem er die Montgomery Street auf und ab lief, ein Röhrchen mit Goldstaub schwenkte und aus voller Kehle brüllte: »Gold! Gold! Gold am American River!« Sean kannte all die Geschichten. Er war neugierig gewesen, den Mann einmal von nahem zu sehen, und musste erstaunt feststellen, dass Sam Brannan für jemanden, der schon so viel erreicht hatte, ziemlich jung war.

Brannan hatte in der Frühzeit San Franciscos zu den Anführern der Bürgerwehr gehört und mehr als einen Lynchmord zu verantworten, doch noch immer spazierte er durch die Stadt, als stünde ihm der Respekt, den man ihm erwies, tatsächlich zu. Er zählte zu den mächtigsten Männern in San Francisco, und Sean mied ihn wie die Pest. Er wollte nichts mehr mit Mormonen, Gründervätern oder Zeitungsbesitzern zu tun haben, und Brannan war all dies in einer Person. Schlimmer noch: Er war Mormone geblieben, obwohl er das Leben eines Sünders führte. Sean verstand sich als neugieriger Beobachter, hatte aber keinerlei Interesse daran, den Mann persönlich kennen zu lernen. Denn was wäre, wenn man ihn aus seinem Loch herausholte, ins Rampenlicht zerrte und obendrein noch feierte? Nein, er musste unbedingt sichergehen, dass dies nicht passierte. Es gab einen Weg bis auf den Grund des Lochs, und er würde ihn finden.

Vielleicht fand er ihn ja heute Nacht. Auf jeden Fall würde er seine außergewöhnliche Glückssträhne auf die Probe stellen. Man hatte ihn gewarnt, nicht mehr in McCabes Spielkasino, das El Dorado, zu gehen, nachdem er dort letzte Woche zu viel, viel zu viel, gewonnen hatte. Aber was sollte er machen? Sean lächelte – es war eine Gabe, die ihn mitten in der Nacht zum Lachen brachte, wenn er sich in seinem Pensionszimmer auszog und seine Taschen aufs Bett entleerte. Er war nach San Francisco gekommen, um in Anonymität und Verzweiflung zu versinken, und nun war er reicher als je zuvor in seinem Leben! Männer traten respektvoll beiseite, wenn er abends in einen Saloon kam, und Barkeeper schenkten ihm die ersten Whiskeys auf Kosten des Hauses ein. Trotzdem ärgerte er sich über sich selbst. Er hatte vorgehabt, das sehr öffentliche Glücksspiel im El Dorado zu meiden, aber die Versuchung war einfach zu groß gewesen, und so hatte er Abend für Abend dort verbracht, ab und zu beim Würfeln, um sich die Zeit zu vertreiben, aber meistens am Kartentisch. Dort ließ er andere die kleinen Summen einstreichen und wartete, bis sie unvorsichtig wurden und der Tisch voller Geld lag, das er einsammeln konnte.

Auf diese Weise hätte er immer weiter gemacht, wenn ihn nicht eines der Mädchen aus Irene McGreadys Freudenhaus gewarnt hätte. Irene, eine gute irische Katholikin, war vor Jahren McCabes Geliebte und Geschäftspartnerin gewesen, ehe sich ihre Wege trennten. Man munkelte, McCabe habe die Ehre seiner Geliebten nicht verteidigt, als sie in einer Gesellschaft beleidigt wurde. Aber was auch immer vorgefallen sein mochte, Irene hatte es McCabe nie verziehen. Sie wartete ab, bis er sie wieder einmal besuchte, und rächte sich mit einem ganz speziellen Haarschnitt: Zunächst betäubte sie ihn und rasierte ihm dann den Kopf kahl, so dass er mit einem zu großen Hut umherspazieren musste, bis das Haar nachgewachsen war. Natürlich war sie entzückt über Seans enorme Gewinne im El Dorado, zumal McCabe dringend Bargeld für Immobilieninvestitionen benötigte. Sean gewann nicht nur regelmäßig, es hieß auch, die Immobilien, die er hier und da in der Stadt erwarb, gingen in Wirklichkeit in den Besitz eines Chinesen über. Als Chang-Li sich an Sean gewandt und ihm von den Schwierigkeiten erzählt hatte, auf die er als Chinese beim Kauf von Immobilien stoße, hatte Sean bereitwillig einem Plan zugestimmt, der für beide Gewinn abwarf. Anscheinend konnte er in dieser Stadt nichts tun, ohne Geld zu verdienen.

Als Irene von McCabes heftigem Interesse an dem piekfein angezogenen irischen Spieler und Spekulanten erfuhr, riet sie Sean, sich so lange nicht sehen zu lassen, bis McCabe eine seiner langen Reisen in den Süden antrat, wo er ebenfalls Spielkasinos besaß. Sean war ihrem Rat gefolgt und vier Tage nicht ausgegangen, aber am Abend zuvor hatte er ihr Bordell besucht und erfahren, McCabe sei nachmittags auf einem Dampfer abgereist. Darum aß er zur Feier des Tages im Delmonico's, was sich als glückliche Fügung erwies, denn genau dort saß der Mann beim Essen mit seinen Kumpanen. Hatte Irene ihn absichtlich getäuscht? Hoffte sie, McCabe würde Sean des Falschspiels bezichtigen, und es würde zu einem Duell kommen? Duelle schienen sehr in Mode zu sein, aber wenn Irene Sean für einen Gentleman hielt, der seine Ehre verteidigte, dann irrte sie sich gewaltig. Er trank, er spielte, er hurte – er hatte einfach keine Ehre mehr zu verteidigen, dachte er achselzuckend. Jedenfalls lohnte es nicht, deswegen einen Mann zu erschießen. Andererseits war es vielleicht aber auch eine schöne Art, zu sterben. Pistolen im Morgengrauen. Wie romantisch. Er lachte. Und genau deshalb würde er wieder ins El Dorado gehen – um herauszufinden, was das Leben als Nächstes für ihn vorgesehen hatte. Vielleicht lebte er morgen noch, vielleicht aber auch nicht.

Die Tür öffnete sich und riss ihn aus seinen Träumereien. Ein Mädchen betrat das Zimmer und tupfte ihm mit einem weichen Handtuch Gesicht und Haare ab. Als er aus der Badewanne aufstand, wickelte sie ihn in das Tuch ein, rieb seinen nassen Körper ab und küsste seinen nackten Arm. Sie führte ihn zum Bett und wartete, bis er sich ausgestreckt hatte, ehe sie ihr Gewand auszog und ihn ihren schlanken Körper, die weiche Haut, die langen Glieder betrachten ließ. Dann schüttelte sie ihr seidiges schwarzes Haar, und er streckte die Hand nach ihr aus und zog sie zu sich heran.

Er ließ sich Zeit – er hatte alle Zeit der Welt – und genoss das Zusammensein mit dem Mädchen, küsste ihren Hals, ihre Kehle, ihre Lippen und flüsterte ihr etwas ins Ohr wie jeder gute Liebhaber, auch wenn er nicht wusste, ob sie ihn verstand. Die Ironie seines Schicksals amüsierte ihn immer wieder aufs Neue, und er dachte daran, dass der kleine, verkrüppelte irische Junge, der einmal von Näharbeiten gelebt hatte und für den sich kein Mädchen interessierte, nun ein Mann war, der den Körper einer Frau bestens kannte und ihr ebensolchen Genuss bereiten konnte wie sie ihm. Wer hätte gedacht, dass Sean O'Malleys größte Begabung darin bestand, gut mit Karten und Frauen umgehen zu können?

Als es vorbei war und sie eine Weile schweigend nebeneinander gelegen hatten, stand das Mädchen auf, streifte sich den Seidenmantel über, steckte sich das Haar hoch, verbeugte sich höflich und verließ das Zimmer. Sean stieg ebenfalls aus dem Bett und zog sich an. Dann öffnete er ein rotes Seidenkästchen mit schwarzen Quasten und legte das Geld hinein sowie als kleines Geschenk ein Päckchen Tee und eine Porzellantasse. Wenn das Zusammensein mit einem Mädchen lange und zärtlich gewesen und statt bloßer körperlicher Befriedigung auch so etwas wie Nähe zwischen ihnen entstanden war, verabschiedete er sich immer mit einem Geschenk. Er wusste, dass die chinesischen Mädchen sich über den schwarzen oder grünen Tee aus ihrer Heimat freuten, genauso wie über Kämme oder ein Stück Seide. Im Grunde unterschieden sie sich darin kaum von den mexikanischen und spanischen Mädchen oder den Französinnen; nur die Peruanerinnen – ob Mestizin, Mulattin oder Kreolin – bevorzugten Zigarren. Er machte gern Geschenke und hoffte, sie würden gut von ihm denken; allerdings vermutete er, dass sie hinter vorgehaltener Hand über den närrischen, romantischen Iren lachten.

Als er nun satt, frisch gebadet und befriedigt auf die Straße trat, überdachte Sean kurz das weitere Vorgehen für den Abend. Warum sollte er nicht stilvoll auftreten, fragte er sich und winkte die erste Kutsche heran, die er sah. Sie war offen, und es wehte eine frische Brise, doch der Himmel war klar und sternenübersät.

»Wohin, Sir?«, fragte der Kutscher.

Engländer, dachte Sean. Nicht mal hier entkommt man ihnen. »Zum El Dorado«, sagte er. »Aber es hat keine Eile.«

Der Kutscher drehte sich um und musterte seinen Fahrgast neugierig. »Entspannt, Sir?« Er zwinkerte plump vertraulich. »Wohl exotische Früchte genascht?«

»Es gibt ein Trinkgeld, wenn Sie nicht reden«, antwortete Sean kurz angebunden.

Der Kutscher blieb gelassen. »Alles klar, Sir. Also zum El Dorado.« Er wendete und trieb die Pferde an, dann sagte er über die Schulter: »Da ist heute ganz schön was los, Sir. Hab schon mehrere fröhliche Fahrgäste dort abgesetzt. Ein Gentleman ...«

»Das Trinkgeld«, erinnerte ihn Sean.

»Stimmt.« Der Kutscher tat, als würde er seine Lippen verschließen und den Schlüssel wegwerfen, dann schaute er wieder nach vorn.

Sean genoss die Fahrt durch die Stadt, den Anblick der hell erleuchteten Fenster und der vielen Männer, die aus Häusern traten und dem Zentrum mit seinen Saloons, Theatern und Restaurants zuströmten. Mehrere Straßenzüge vom El Dorado entfernt ließ Sean den Kutscher halten, stieg aus und bezahlte ihn, wobei er dem Mann das höchste Trinkgeld gab, das der an diesem Abend wohl erhalten würde.

»Vielen Dank, Sir, war mir ein Vergnügen.« Der Kutscher konnte sein Glück kaum fassen; meistens floss das große Geld, wenn überhaupt, erst am Ende der Nacht – aus den Taschen derjenigen, die beim Spiel gewonnen hatten und obendrein betrunken waren. Noch nie hatte er so viel von einem nüchternen Gentleman bekommen, der auf dem Weg *in* einen Saloon war. »Und viel Glück, Sir«, rief er. »Wenn Sie eine Droschke nach Hause wollen, schicken Sie nur nach Randall Dawson. Das bin ich, Sir. Randall Dawson. Ich kenn die Stadt wie meine Westentasche. Ich bring Sie, wohin Sie wollen. Und schnell.«

Sean dachte darüber nach. »Gut«, beschloss er. »Warten Sie hier um zwei Uhr früh, Mister Dawson, und ich verdopple das Trinkgeld.«

Angesichts dieses unerwarteten Glücks riss der Kutscher staunend die Augen auf.

»Warten Sie auf mich, egal was passiert«, wiederholte Sean.

»Aber unbedingt, Sir«, katzbuckelte Dawson. »Hier um zwei. Sie können sich auf mich verlassen, Sir.«

»Das tue ich«, erwiderte Sean und ging in Richtung El Dorado.

Dieser prächtigste aller Saloons war nicht zu verfehlen; auf dem Gehsteig vor der Tür drängten sich Goldgräber und Spieler, bis ein Platz an der Bar oder an einem der Tische frei wurde, wo man Pharao, Craps, Roulette, Rouge et Noir, Monte oder Seans Lieblingsspiel Draw Poker spielte. Als Sean näher kam, machten ihm einige aus dem äußeren Kreis Platz. Er hatte sich einen bestimmten Kleidungsstil für seine Spielnächte zugelegt, der sich in Momenten wie diesem auszahlte. Den Hut zog er sich tief in die Stirn, damit sein etwas mehr als schulterlanger Zopf gut zu sehen war – er hatte sein dunkelblondes Haar mit einer Mischung aus schwarzem Tee und Schuhwichse gefärbt und anschließend geflochten, damit es ihm nicht ins Gesicht fiel. Außerdem hatte er sich einen Schnurrbart, den er ebenfalls schwarz färbte, und einen stoppeligen Spitzbart zugelegt und steckte sich für seinen Auftritt eine chilenische Zigarre zwischen die Zähne. Zu seiner »Ausgehuniform« gehörten zudem das stets gleiche, am Hals offene weiße Hemd, ein locker gebundenes dunkelrotes Halstuch aus Seide, eine bestickte mexikanische Weste und das beste seidengefütterte Jackett, das für Geld zu kaufen war. Seine Hose aus leichter Baumwolle war so geschnitten, dass sie perfekt in den Schaft seiner polierten Reitstiefel passte. Er wusste, dass er ein rätselhaftes Erscheinungsbild abgab, das sich schwer einordnen ließ – war er zum Teil Chinese? Mexikaner? Europäer? Indio? Niemand kam je darauf, dass es sich bei ihm um einen Iren handelte – bis er den Mund öffnete, aber auch dann nur, wenn er den

Akzent absichtlich durchklingen ließ oder viel getrunken hatte. Er spielte gerne seine Rolle, welche auch immer das sein mochte. Er würde unerkannt sterben, so viel war sicher, denn wer zum Teufel war Sean Miner?

Selbstbewusst drängte er sich durch die Menge und nickte den Männern zu, die ihn grüßten, schaute ihnen aber nie direkt in die Augen. Schließlich erreichte er den großen Saal. Das Beeindruckendste am El Dorado waren in Seans Augen die einschüchternden Wachen, die McCabe um die Tische herum platziert hatte. Sie standen mit leicht gespreizten Beinen da – schnurrbärtige Mexikaner mit Umhängen, unter denen Pistolen verborgen waren, oder eindrucksvolle Peruaner, deren Ponchos demselben Zweck dienten – und beobachteten aufmerksam, wie Röhrchen mit Goldstaub, Beutel mit Nuggets sowie Münzen und Schuldscheine den Besitzer wechselten. Sean ließ sie nicht aus den Augen, als er nun den Saal betrat, denn er wollte sehen, ob sich ihre Mienen oder ihre Körperhaltung bei seinem Anblick veränderten, aber sie ließen sich zumindest nichts anmerken. Vielleicht hatte er sich getäuscht, vielleicht war er gar nicht so bedrohlich, wie er meinte, und niemand machte sich etwas daraus, wenn er die Bank sprengte, solange er es nicht jeden Abend tat. An einer der Längsseiten des Saals befand sich eine riesige Bar, vor der sich Goldgräber, Reisende und Abenteurer drängten. Weit und breit war keine einzige Frau zu sehen, bis auf das mutige Geschöpf oben auf der Galerie, das zur Unterhaltung Geige spielte – und sogar sie wurde von einem Mexikaner bewacht, der oben an der Treppe stand. Sean bahnte sich einen Weg bis ans Ende der Bar und bestellte bei einem der drei Barkeeper einen Whiskey und ein Bier, den Whiskey für den Mut, das Bier gegen den Durst.

Er stürzte den Whiskey hinunter und trank in Ruhe sein Bier, als schließlich ein Platz an einem Tisch frei wurde und »Gentleman Jim« Ransom, ein bekannter Spieler, den Mann wegschob, der sich setzen wollte, und stattdessen Sean heranwinkte. Offenbar hat Gentleman Jim genug von kleinen Fischen und sucht eine Herausforderung, dachte Sean, als er der Aufforderung folgte.

»Wollen Sie heute nur trinken oder auch spielen, Miner?«, knurrte der kräftige Mann.

»Beides, wenn's recht ist«, antwortete Sean gut gelaunt, setzte sich und knallte einen Packen Banknoten vor sich auf den Tisch.

Alles am Tisch erstarrte, und Gentleman Jim fiel fast die Zigarre aus dem Mund.

»Sie müssen verrückt sein«, sagte er und streifte die Asche seiner Zigarre ab. »Haben Sie vielleicht eine Bank überfallen?«

»Das brauchte ich nicht«, erwiderte Sean leichthin. »Nicht nach unserem kleinen Spielchen letzte Woche.«

Die anderen Männer schauten zu Gentleman Jim, der für seinen Jähzorn berüchtigt war. Aber als er lachte, fielen sie ein, und eine freudige Erregung machte sich am Tisch breit. Nur der Kartengeber des Hauses wirkte nervös; Sean bemerkte, dass seine Hände beim Mischen leicht zitterten.

Sie spielten mehrere Stunden, nahmen die Amateure aus – darunter einen jungen Arzt aus dem Osten, dem seine prahlerischen Sprüche nach einer Runde auf den Lippen erstarben – und lockten damit die gewiefteren Spieler an. Die Zuschauer hielten respektvollen Abstand zum Tisch, da sie wussten, dass dort um hohe Summen gespielt wurde, und die Wachen schauten aufmerksam auf die Geldbündel vor den Spielern. McCabes Geschäftsführer erschien ab und zu aus dem Hinterzimmer, ging durch den Saal und blieb zweimal direkt hinter Sean stehen, um das Spiel zu beobachten. Sean hörte ihn leise zischen, als die Bank erneut verlor. Der Kartengeber ist wirklich nicht besonders gut, dachte Sean; es überraschte ihn, dass man den Mann nicht gegen einen erfahreneren Kollegen ausgetauscht hatte. Die Spieler machten eine Pause, um sich die Beine zu vertreten und sich zu erleichtern, um etwas zu trinken und die verspannten Schultern zu lockern, dann setzten sie sich wieder an den Tisch. Sean zündete sich eine neue Zigarre an und sah aus den Augenwinkeln, wie McCabe und seine Kumpanen endlich den Saloon betraten. McCabe durchquerte zielstrebig den Raum und verschwand hinter der Bar, um etwas mit dem Barkeeper zu besprechen. Dieser nickte und gab einem der Wachmänner ein Zeichen. Sean tat, als studiere er seine Karten, behielt unter der Hutkrempe aber McCabe im Blick. Der Wachmann kam mit einer neuen Flasche Whiskey herüber und stellte sie auf die Geldscheine in der Mitte des Tischs.

»Mit Empfehlungen von Señor McCabe«, sagte er mit einem falschen Lächeln. »Und dann *adios amigos*.«

»Wir sind noch beim Spiel«, gab Sean zurück und schob die Flasche beiseite.

Der Wachmann schüttelte den Kopf. »Nein, Sie sind fertig, Señor. Zeigen Sie Ihre Karten, trinken Sie Ihren Whiskey, und dann gehen Sie.«

Sean zuckte die Achseln und deckte die Karten auf. »Full House, meine Herren.«

Die anderen stöhnten und warfen ihre Karten hin, und der Geber erbleichte.

»Whiskey?«, fragte Sean den Mann zu seiner Linken, während er die Banknoten von der Mitte des Tisches einsammelte und auf seinen eigenen Stapel legte.

»Vielleicht genehmigen wir uns lieber woanders einen«, sagte Gentleman Jim. »Anscheinend sind wir hier nicht mehr willkommen. Jedenfalls einer von uns«, fügte er bedeutungsvoll hinzu.

Sean sah an dem Wachmann vorbei zu McCabe, der am Tresen lehnte und zu ihnen herüberschaute. Sean prostete ihm zu, dann nahm er sein Geld, zählte es langsam und steckte das Bündel in die Innentasche seines Jacketts. Dabei sorgte er dafür, dass jeder, der auf den Gedanken gekommen sein mochte, ihn zu berauben, seine Pistole sah.

»Kommen Sie nicht wieder.« Der Wachmann legte eine Hand schwer auf Seans Schulter. »Letzte Warnung.«

Sean schüttelte die Hand ab. »Ich erinnere mich zwar an keine erste Warnung, *amigo*«, sagte er laut, »aber wenn das Haus pleite ist – auch gut.« Er lachte und ging durch den Ring der Wachen zur Tür, wobei er die ganze Zeit McCabes Blick im Rücken spürte.

Als sie auf dem Gehweg standen, stieß Gentleman Jim Ransom einen nervösen Pfiff aus. »Sie sind ein seltsamer Kerl, Miner. Den großen Mann so zu reizen.«

»Ich kann's nicht leiden, wenn man mir droht.« Sean ließ den Blick über die trotz der späten Stunde noch immer belebte Straße schweifen.

»Wer kann das schon«, meinte Ransom. »Trotzdem sollte man

sich nicht mit McCabe anlegen. Und er hasst es, Geld zu verlieren.«

»Dann sollte er keine Spieltische betreiben.«

Ransom lachte. »Ich hab noch niemanden so spielen sehen wie Sie, und ich bin einer der Besten.« Er beugte sich verschwörerisch zu ihm vor. »Was ist Ihr Trick? Wenn Sie's mir sagen, können wir den Laden ausräumen. Verdammt, wir könnten das El Dorado *übernehmen*, wenn Sie wollen. Mal richtig Leben in die Bude bringen!«

Sean schüttelte den Kopf. »Ich interessiere mich nicht für das Leben«, erwiderte er und lachte, vom Whiskey leicht benebelt. »Und es gibt keinen Trick. Ich kann einfach bloß gut spielen.«

»Sind Sie sicher?«

»Ja.« Sean ging los und stolperte; er musste betrunkener sein, als er gedacht hatte. »Bis bald.«

»Warten Sie.« Ransom fasste ihn am Arm. »Ich helfe Ihnen, sonst kommt noch jemand und nimmt Ihnen das Geld ab.« Er schob Sean in eine dunkle Gasse, die hinter dem El Dorado verlief. »Na so was«, sagte er, als eine Gruppe von Männern auftauchte.

Sean versuchte, seine Pistole zu ziehen, aber seine Bewegungen waren seltsam gebremst, und als er schreien wollte, brachte er nur ein Krächzen heraus. *Drogen*, drang es durch sein benebeltes Hirn. *Sie haben mir Drogen in den Whiskey getan. Und gleich sterbe ich*. Er begann zu lachen.

»Du bist schon ein seltsamer Vogel«, sagte Ransom, während er Seans Jackett nach dem Geld absuchte. »Aber du hattest deine Chance: Wenn du mein Partner geworden wärst, hätte ich dich 'ne Weile versteckt und uns dann reich gemacht.« Er zog die Brieftasche heraus und öffnete sie. »Na ja, was soll's. So verdiene ich schließlich auch.«

Inzwischen hatten die Männer, die Sean nur als tanzende, verschwommene Figuren wahrnahm, einen Kreis um ihn gebildet.

»Hab meinen Anteil genommen«, hörte er Ransom wie aus weiter Entfernung sagen. »Der Rest ist für euch. McCabe meint, ihr sollt seine Beine heil lassen, damit er aus der Stadt verschwinden kann.«

Dann begann die Prügelei, doch seltsamerweise spürte Sean

wenig. Er hörte das dumpfe Geräusch, wenn ihre Fäuste seinen Körper trafen, fühlte die Schläge in seinem Gesicht, nahm den metallischen Geschmack seines Bluts wahr; aber er wehrte sich nicht – wozu auch? Es war ein passendes Ende, nach all der Zeit.

Doch plötzlich war es vorbei; ein paar Schüsse knallten und die Männer zerstreuten sich. Starke Arme packten Sean an den Schultern und hievten ihn in eine Kutsche.

»Punkt zwei Uhr, Sir. Auf Randall Dawson ist immer Verlass.«

Der breite Cockney-Akzent hätte Sean zum Lächeln gebracht, wenn seine Gesichtsmuskeln noch funktioniert hätten.

»Hab immer 'ne Wumme dabei. Braucht man um diese Zeit auch. Haben die Kerle Sie ausgeraubt?«

Sean murmelte etwas und schmeckte frisches Blut.

»Macht nichts, Sir. Wir kriegen Sie schon nach Hause. Ich weiß, dass Sie 'n Gentleman sind, das seh ich auf den ersten Blick. Wohin jetzt, Sir? Am besten schnell, bevor die noch mal zurückkommen.«

Sean nahm alle ihm verbliebenen Kräfte und versuchte, seine Lippen zu bewegen. »Chinatown«, brachte er schließlich heraus. »Stockton Street.« Dann sank er wie bewusstlos in die Polster zurück.

Dawson fand das Haus und wurde von Chang-Li, den Mei Ling sofort gerufen hatte, großzügig entlohnt. Als der Kutscher fort war, trugen die beiden Sean nach oben in sein Zimmer. Sie legten ihn aufs Bett, öffneten seine Kleider und untersuchten seine Verletzungen. Mei Ling wusch die Wunden aus und strich eine stark riechende Salbe darauf, bevor sie sie verband. Sean spürte, dass sein Gesicht zerschlagen war, und die Schmerzen in seiner Seite waren ein eindeutiges Indiz, dass die Schläger ihm mehrere Rippen gebrochen hatten. So wie McCabe befohlen hatte, waren seine Beine bis auf ein paar wohlgezielte Tritte verschont geblieben, doch seine Hüfte schmerzte ebenfalls heftig. Mei Lings kühle Finger betasteten die Beulen und Blutergüsse, die seinen entblößten Körper übersäten, und er hob den Kopf, denn es war ihm peinlich, dass sie ihn so sah – nicht nur verletzt, sondern auch mit dem verkrüppelten Arm und dem zu kurzen Bein. Ein stechender Schmerz bohrte sich ihm in die Schläfen, und er stöhnte auf, konnte aber nichts sagen, nicht einmal die Augen öffnen.

Das Stöhnen ging in ein lautes Weinen über, was ihn noch mehr beschämte, als er merkte, dass es aus seinem Mund kam.

Chang-Li nahm Mei Ling beiseite und flüsterte mit ihr. Dann hörte Sean, wie die Tür geöffnet und wieder geschlossen wurde. Als Mei Ling zurückkehrte, hatte sie eine Pfeife mit einem langen Rohr in der Hand, die sie Chang-Li reichte. Er zündete den Inhalt an und zog am Mundstück, bis die Pfeife gut brannte. Dann steckte er das Mundstück zwischen Seans aufgerissene, blutende Lippen. Instinktiv sog Sean an der Pfeife. Nach ein paar Zügen ließ der schreckliche Schmerz in seinem Körper nach; ein paar Züge mehr, und ein Wohlgefühl breitete sich in ihm aus. Ein Auge war zugeschwollen, aber er konnte das andere weit genug öffnen, um zu sehen, wie Chang-Li das Zimmer verließ. Mei Ling blieb jedoch bei ihm, und als er sie anblickte, trat sie lächelnd an sein Bett.

»Du jetzt schlafen«, sagte sie sanft. »Du nicht sterben.«

Die Traurigkeit, die ihn bei diesen Worten überwältigte, musste in seinem Gesicht zu sehen gewesen sein, denn Mei Ling schaute ihn plötzlich besorgt an, und ihr Lächeln schwand.

»*Nicht* sterben«, wiederholte sie, als habe er sie missverstanden. »Bald besser.«

Um sie nicht weiter zu verwirren, versuchte er zu ihrer Beruhigung zu lächeln. Seltsam, dachte er, es ist viel schwerer, diese Welt zu verlassen, als man sich gemeinhin vorstellt.

16

Nachdem sie eine Woche lang von morgens bis abends Lebensmittel eingekocht und die Vorratskammer für den Winter aufgefüllt hatten, fühlten sich Grace und die Kinder regelrecht eingesperrt. Als am Donnerstagmittag die Sonne herauskam, teilte Grace Missus Hopkins mit, sie und die Kinder würden in die Stadt hinunterfahren. Der Doktor war nicht zu Hause und würde auch erst spät zurückkehren, es gab genügend Essen im Haus, und Enid hatte sich bereit erklärt, Miss Wakefield, die noch schlief, ein Tablett mit der leichten Mittagsmahlzeit anzurichten, die sie mittlerweile täglich zu sich nahm.

Während die Kinder ihre Mäntel und Kopfbedeckungen holten, nahm Grace das Brot für den Abend aus dem heißen Ofen und legte zwei der drei Laibe zum Abkühlen auf das Regal; den dritten wickelte sie in ein Geschirrtuch und verstaute das Bündel in ihrem Weidenkorb. Dann schickte sie Mary Kate in den Keller, um einen kleinen Topf mit Honigbutter zu holen, den sie sich in die Tasche steckte, da sie nicht wollte, dass er dem warmen Brot zu nahe kam.

»Weißt du noch, was zu tun ist?«, fragte Grace Enid, ehe sie aus der Tür ging.

»Erbsensuppe auf dem Herd – ab und zu umrühren«, wiederholte das Mädchen pflichtgetreu. »Brot als Beilage. Schmalz aus der Schüssel. Ein Stück Schinken aus der Kühlkiste, Käse und Äpfel, Zuckerkuchen zum Nachtisch.«

»Wenn sie hungrig aufwacht, gib ihr Brühe statt Suppe«, ordnete Grace an. »Das ist besser für ihren Magen.«

»Ja, Ma'am. Da ist Mister Litton mit dem Wagen!« Enid deutete auf die offene Tür und glättete unwillkürlich ihr Haar und richtete ihre Schürze. »Es ist nett von ihm, Sie in die Stadt zu fahren.«

»Ja. Er nimmt uns auch wieder mit zurück, wenn er die Stangen abgeholt hat.« Da immer mehr Menschen auf der Anhöhe lebten, errichtete Litton gerade einen Zaun am hinteren Ende des Grundstücks. »Bis nachher.«

Enid folgte ihnen hinaus und lächelte George Litton scheu an, während Grace neben ihn auf den Kutschbock stieg und die Kinder nach hinten krabbelten.

Die Luft war kühl, und der Wind blies weiße Schäfchenwolken über den Himmel. In der Bucht stieg der Rauch mehrerer Dampfschiffe auf, die in den Hafen einfuhren, während die bereits vor Anker liegenden Schiffe sanft auf den schaumgekrönten Wellen schaukelten. Litton lenkte den Wagen umsichtig den Hügel hinab, wobei er sorgfältig auf Pfützen achtete, die tiefer sein mochten als sie aussahen, und auf den glitschigen Schlamm, der die nur langsam trocknende Straße bedeckte.

Wie üblich sprach Litton kein Wort, doch Grace beschloss, die Gelegenheit zu nutzen und eine kleine Unterhaltung in Gang zu bringen. Zwar aß er jeden Abend mit ihnen, beteiligte sich aber selten am Gespräch und wich in der Regel allen Blicken aus. Sprach man ihn an, antwortete er schroff und einsilbig. Nur Jack gelang es ab und zu, ihm ein paar Worte zu entlocken, aber auch nur deshalb, weil er Litton unerbittlich folgte, wenn der nachmittags seine Runde machte, und ihn mit Fragen bombardierte.

»Sie sind sehr geduldig mit Jack, Mister Litton«, sagte Grace nun. »Ich möchte mich bei Ihnen dafür bedanken. Hoffentlich hält er Sie nicht allzu sehr von der Arbeit ab?«

»Nein, Ma'am.« Litton blickte vor sich auf die Straße.

»Wenn er nicht mehr zu bändigen ist, können Sie ihn jederzeit zu mir schicken.«

»Ja, Ma'am.«

»Ich weiß nämlich, dass er dauernd Fragen stellt. Ständig möchte er wissen, wie alles funktioniert. Er ist ein richtiges Plappermaul.«

Litton sah sie aus den Augenwinkeln an, und Grace musste lachen.

»Sie meinen sicher, das liegt in der Familie.«

Er richtete seine Aufmerksamkeit wieder nach vorne. »Hüa«, spornte er die Pferde an, doch ein fast unmerkliches Lächeln umspielte seine Lippen.

»Haben Sie Familie, Mister Litton?«, fragte Grace und hielt mit einer Hand ihren Hut fest.

»Nein, Ma'am.«

»Keine lebenden Verwandten?«

»Keine, die mich noch kennen«, erwiderte er.

Sie schaute ihn an, überrascht, dass er etwas Persönliches preisgegeben hatte.

»Aber Sie waren doch Soldat«, fuhr sie behutsam fort. »Sie haben im Krieg gekämpft. Halten Ihre Verwandten das denn nicht für ehrenwert?«

Er zuckte die Achseln. »Nicht so wie ich dazu gekommen bin.«

»Sie sind nicht mehr der, der Sie einmal waren, Mister Litton. Sie haben Ihre Fehler in mehr als nur einer Hinsicht wieder gutgemacht.« Grace schwieg einen Moment. »Lebt Ihre Mutter noch?«

»Weiß nicht.«

Grace nickte bedächtig. »Tja, das ist schade. Haben Sie sie denn geliebt?«

Er packte die Zügel fester. »Ich bin nun mal 'n Versager. Ist nicht ihre Schuld.«

Grace biss sich auf die Lippe und überlegte. »Ich möchte Ihnen etwas erzählen, Mister Litton. Etwas, worauf ich nicht stolz bin.« Sie schluckte und senkte die Stimme. »Als ich aus Irland weggegangen bin, habe ich Jack zurückgelassen.«

Litton blickte sie kurz an, schaute dann aber sofort wieder weg.

»Er war gerade erst geboren und sehr krank. Mein Dad sollte mit ihm zusammen nachkommen, aber dann erhielt ich einen Brief, in dem stand, beide seien gestorben.«

Grace warf rasch einen Blick nach hinten, um sich zu vergewissern, dass der Junge auch wirklich dort saß.

»Meine Schuldgefühle hätten mich fast umgebracht. Aber da war ja noch Mary Kate, für die es sich zu leben lohnte.« Grace hielt inne und hing einen Moment lang ihren Erinnerungen nach. »Und dann geschah ein Wunder. Ich erhielt einen weiteren Brief, in dem stand, Jack sei noch am Leben. Eine Freundin hatte ihn aufgenommen und brachte ihn den ganzen Weg nach Amerika zu mir.«

»Ha.« Litton sah erneut zu ihr herüber.

»An dem Tag, als ich erfuhr, dass mein Junge lebte, war die Welt auf einen Schlag wieder in Ordnung. Mütter können gar nicht anders, als ihre Kinder zu lieben, Mister Litton. Wir denken ständig an sie.«

Schweigend bog Litton am Fuß des Hügels ab und hielt auf das Ufer zu. Grace konnte nur hoffen, dass sie nicht allzu viele schmerzhafte Erinnerungen in ihm geweckt hatte. Er blieb so lange still, dass sie schon mit dem Gedanken spielte, sich dafür zu entschuldigen, möglicherweise eine unpassende Bemerkung gemacht zu haben. Doch dann beugte er sich noch tiefer über die Zügel und räusperte sich.

»Ich kann nicht besonders gut lesen und schreiben«, sagte er leise. »Ich wüsste nicht, was ich sagen soll.«

Grace vermied sorgsam, ihn anzuschauen. »Falls Sie je einen Brief schicken wollen, Mister Litton, schreibe ich ihn gerne für Sie. Das wäre eine persönliche Angelegenheit, die unter uns bleibt.«

Litton nickte und brachte die Pferde vor dem Nebengebäude des Krankenhauses zum Stehen, in dem Schwester Joseph mit ihrem Orden lebte. Noch bevor er Anstalten machen konnte, ihr zu helfen, sprang Grace vom Kutschbock und hob die Kinder aus dem Wagen. Sie vereinbarten einen Zeitpunkt – in zwei Stunden, am selben Ort –, dann winkten Grace und die Kinder Litton zum Abschied nach. Grace klopfte an die Eingangstür und fragte die Nonne, die ihnen öffnete, ob Schwester Joseph da sei. Die Tür schloss sich wieder, doch kurz darauf erschien Schwester Joseph.

»Wenn das nicht meine kleine irische Lieblingsfamilie ist.« Schwester Joseph strahlte. »Was machen Sie denn hier an einem Donnerstagnachmittag?«

»Wir mussten einfach mal raus, und deswegen haben wir Ihnen ein paar Dinge aus der Heimat mitgebracht.« Grace hob das Handtuch an, das den Korb bedeckte.

»Buttermilchbrot!« Schwester Joseph klatschte in die Hände.

»Noch ofenwarm. Und ein Töpfchen Butter. Ich dachte, vielleicht können wir ja mit Ihnen zusammen Tee trinken, wenn Sie möchten.«

»Ich muss leider fort«, sagte Schwester Joseph geknickt. »Heute Nachmittag kümmere ich mich um die Familie Mulhoney. Sie rechnen fest mit mir.«

»Dann lassen wir Ihnen die Lebensmittel einfach hier.« Grace reichte ihr das Brot und den Buttertopf. »In welche Richtung müssen Sie denn? Vielleicht können wir Sie ja noch ein Stück begleiten.«

Schwester Joseph schaute in die erwartungsvollen Gesichter der Kinder. »Aber gern! Ich muss zu den Piers hinunter. Warten Sie einen Moment, ich hole nur schnell meine Sachen.« Und schon verschwand sie wieder in dem großen Haus.

»Alles in Ordnung?«, fragte Grace, während sie auf dem Gehweg warteten. »Wir laufen ein paar Schritte und gehen dann irgendwo Tee trinken. Was haltet ihr davon?«

»Kriege ich ein süßes Brötchen?« Erwartungsvoll leckte Jack sich die Lippen.

»Nicht fragen.« Mary Kate stieß ihm mit dem Ellbogen in die Seite. »Das ist unhöflich.«

»Natürlich dürft ihr fragen«, erklärte Grace. »Ihr sollt nur vorher ›bitte‹ sagen.«

»Bitte, bitte, kriege ich ein süßes Brötchen?« Jack zupfte an ihrem Ärmel.

»Wir schauen mal, was es heute so gibt. Donnerstags hat der Bäcker vielleicht keine süßen Brötchen. Aber ich verspreche euch, dass wir irgendetwas Leckeres zu essen finden werden.«

Grace legte Jack eine Hand auf den Kopf und lächelte ihn an. In diesem Moment kam Schwester Joseph in ihrem schwarzen Umhang heraus, einen großen Korb mit Lebensmitteln in der einen und ein Einkaufsnetz mit Äpfeln in der anderen Hand.

»Würdest du das bitte für mich tragen, Jack? Du bist doch ein braver Junge«, lobte die Nonne und reichte ihm den schweren Korb.

Bruder und Schwester nahmen den Korb zwischen sich und trugen ihn gemeinsam. Sie folgten ihrer Mutter und Schwester Joseph den Gehweg entlang in Richtung der Piers.

»Wer sind denn die Mulhoneys? Ihre andere irische Lieblingsfamilie?«, zog Grace die Nonne auf.

»Meine irische Lieblings*groß*familie.« Schwester Joseph lachte. »Die Mulhoneys stammen ursprünglich aus der Grafschaft Kerry. Sie haben als Farmpächter in Kentucky gearbeitet, aber Mister Mulhoney war nicht zufrieden mit den dortigen Lebensumständen. Er hat das Wenige verkauft, was sie besaßen, und die Familie über Land hierher gebracht, um Gold zu schürfen und sich dann ein wenig Ackerland im Norden zu kaufen.« Sie seufzte. »Große Pläne. Aber zwei Wochen nach seiner Ankunft ist er gestorben. Ich habe Margaret, seine Frau, im Krankenhaus kennen gelernt. Ein zierliche kleine Person, mit vier Kindern und einem fünften, das jetzt jeden Tag zur Welt kommen kann.«

»Wie halten sie sich über Wasser? Mit dem, was Sie ihnen bringen?« Grace nahm Schwester Joseph, die ein wenig ins Schnaufen geraten war, das Einkaufsnetz ab.

»Ja, und mit dem Wenigen, das vom Verkauf ihrer Habe noch übrig ist – viel kann das eh nicht gewesen sein. Margaret sagt, alles von Wert ging gleich wieder für den Wagen und das Gespann drauf. Jedenfalls reicht es hinten und vorne nicht, um wieder nach Kentucky zurückzukehren, was in ihrem Zustand ja ohnehin unmöglich wäre.« Die Nonne blieb stehen, lehnte sich an die Wand eines großen Steingebäudes und presste sich eine Hand auf ihr Herz. »Warten Sie einen Moment, bis ich wieder zu Atem komme, ja?«

»Alles in Ordnung?« Grace sah, dass Schweiß auf der Stirn der Nonne stand. »Möchten Sie sich hier auf die Stufen setzen?«

Schwester Joseph schüttelte den Kopf und rang nach Luft. »Ich komme wohl nicht häufig genug raus«, meinte sie verlegen. »Tja, und wenn man dann noch so uralt ist …«

»Sie sind doch nicht uralt!«

»Im September bin ich siebenundvierzig geworden! Ich bin schon seit über dreißig Jahren bei den Barmherzigen Schwestern, und ich könnte mir auch gar nichts anderes vorstellen, aber die Arbeit laugt den Körper natürlich doch ein wenig aus.« Sie drückte sich von der Wand ab. »Also gut, wir können weiter.«

Sie setzten sich wieder in Bewegung, ließen es nun jedoch etwas langsamer angehen. Grace beschloss, die Nonne bis vor die Tür der Pension zu begleiten, in der die Mulhoneys wohnten. Mittlerweile befanden sie sich am Hafen; der Wind hatte an Schärfe zugenommen, und die Luft war feuchter als oben auf dem Hügel. Außerdem sahen die Gesichter, die durch schmutzige Scheiben nach draußen auf die Straße blickten, hier spitzer und argwöhnischer aus als die in den Pensionen nahe des großen Platzes. Grace kannte das Antlitz des Hungers nur zu gut.

»Sie ist sehr sparsam mit dem Geld umgegangen«, setzte Schwester Joseph ihren Bericht fort. »Viel kann aber nicht mehr übrig sein. Der ältere Junge findet gelegentlich Arbeit, und dann gibt's noch ein Mädchen im Alter von Mary Kate. Sie übernimmt Besorgungen für einen älteren Herrn, der über der Familie wohnt, und bekommt dafür fünfundzwanzig Cent. Sie wird sich auch um das Kleine kümmern, wenn es erst mal da ist, damit Margaret arbeiten gehen kann. Ehrliche Arbeit, wie ich hoffe. In einer Stadt voller Männer ist es nicht leicht, das schnelle Geld abzulehnen, das einem überall angeboten wird, falls Sie verstehen, was ich meine.«

»Ja.« Grace nickte grimmig. Erst eine Woche zuvor hatte sie auf dem Markt eine Irin kennen gelernt, die ihr anvertraut hatte, die Goldgräber würden bereitwillig einen Dollar dafür bezahlen, auch nur einen Blick auf ihre Scham werfen zu dürfen. Sie selbst habe so etwas nie getan, beteuerte die Frau, es jedoch von anderen gehört, die schwere Zeiten durchmachten und gezwungen seien, ihre Familien auf diese Weise zu ernähren. Grace solle aber wissen, dass sich so ein Vermögen verdienen lasse.

Graces Gedanken wurden unterbrochen, als Schwester Joseph plötzlich vor einer ramponierten, modrigen Tür stehen blieb und dagegen pochte.

»Kommen Sie kurz mit rein?«, fragte sie Grace über die Schulter. »Bestimmt würde Margaret sich freuen, eine andere junge Frau kennen zu lernen. Vor allem eine, die auch Mutter ist wie sie selbst.«

Grace zögerte nur einen winzigen Moment. »Ja.« Sie blickte die Kinder an. »Wir gehen hinein und sagen kurz hallo. Machen einen kleinen Besuch, hört ihr, Kinder?«

Mary Kate und Jack nickten.

»Sieh an, da bist du ja«, begrüßte Schwester Joseph ein kleines Mädchen, das die Tür öffnete. »Lässt du uns herein, Laurie? Ich habe eine Freundin für deine Mutter mitgebracht.«

Das Mädchen trat beiseite, um ihnen Platz zu machen, und sie kamen in einen Raum, der nach hinten immer dunkler wurde, da es nur vorne ein Fenster gab, das Tageslicht hereinließ. Als Graces Augen sich an das Halbdunkel gewöhnt hatten, sah sie, dass entlang der einen Wand Strohsäcke lagen und sich auf der anderen Seite ein kleiner Kamin zum Kochen und Heizen befand; in der Mitte standen ein Tisch und Stühle und in einer Ecke ein Schaukelstuhl, in dem Margaret Mulhoney saß. Als sie sah, dass sie Besuch bekam, versuchte sie sich daraus zu erheben, doch ihr hochschwangerer Bauch machte jede Bewegung zu einer Qual.

»Bitte bleiben Sie doch sitzen«, sagte Grace und stellte den Korb auf den Tisch. »Ich weiß noch genau, wie das ist.«

Mit einem Seufzer der Erleichterung ließ die Frau sich in den Schaukelstuhl zurücksinken. »Danke«, brachte sie mühsam hervor, dann lächelte sie die Nonne an. »Hallo, Schwester. Wie schön, dass Sie vorbeikommen.«

»Ich hoffe, Sie haben nichts dagegen, Margaret, aber ich dachte, vielleicht hätten Sie zur Abwechslung gern mal ein wenig Gesellschaft. Deshalb habe ich Missus Donnelly gebeten, auf einen Sprung mit reinzukommen.« Schwester Joseph packte den Korb aus und stellte die Lebensmittel auf den Tisch.

Wie von einem Magneten angezogen, kamen Margarets Kinder herbei und scharten sich um sie. Gebannt starrten sie auf das Brot und den Käse, die Säcke mit den Bohnen und dem Hafer, das Stück Speck, die Äpfel und Zwiebeln. Schwester Joseph sprach sie freundlich an, nannte jedes beim Namen und machte alle miteinander bekannt.

»Freut mich, Sie kennen zu lernen, Missus Donnelly«, sagte Margaret. Im selben Moment zuckte sie zusammen, schloss die Augen und presste die Hände auf ihren Bauch.

»Das Kleine tritt sie, nicht wahr?« Grace zog einen Stuhl heran und setzte sich neben Margarets Schaukelstuhl.

»Es ist bald so weit.« Margarets Augen füllten sich mit Tränen, die sie jedoch rasch wegwischte, damit die Kinder nichts davon mitbekamen. »Sie wissen ja, wie das ist.« Sie lächelte matt.

»Oh ja. Man muss die ganze Zeit weinen. Oder hat schlechte Laune«, fügte Grace hinzu und erwiderte das Lächeln. »Kann ich irgendetwas für Sie tun, Missus Mulhoney? Haben Sie alles, was Sie für das Kleine brauchen?«

»Die Schwestern haben mir Windeln und dergleichen schon gegeben«, sagte Margaret dankbar. »Und Davey, mein Ältester, wird Schwester Joseph holen, wenn es so weit ist.«

»Dann muss er mich vielleicht tragen.« Die Nonne lächelte den hoch aufgeschossenen Jungen mit dem verschlossenen Gesicht an. »Auf meine alten Tage bin ich nicht mehr die Schnellste. Kriegst du das hin, Davey? Nimmst du mich huckepack?«

»Ich werd's versuchen, Schwester«, sagte er ernst. »Ich werd mein Bestes geben.«

Alle lachten. Im nächsten Moment flog die Tür auf.

»Ach, Rose, da bist du ja.« Schwester Joseph wedelte mit dem Brotmesser. »Genau richtig für den Tee. Zieh den Mantel aus, dann kriegst du ein Stück Brot mit Butter. Das sind Missus Donnelly und ihre Kinder Mary Kate und Jack.«

»Guten Tag.« Rose machte einen Knicks und warf Mary Kate einen scheuen Blick zu.

»Hast du etwas für Mister Smith erledigt?« Die Nonne reichte Rose eine dicke Scheibe Brot.

Es war offensichtlich, dass das Mädchen gerne sofort gegessen hätte, doch ihre guten Manieren behielten die Oberhand. »Ja, Schwester. Er brauchte Haferflocken, für die Grütze«, berichtete sie pflichtschuldig.

»Der Sohn von Mister Smith ist krank«, erklärte die Nonne Grace. »Ich hab ihn mal zu Gesicht bekommen, als ich nach der Familie sehen wollte.« Traurig schüttelte sie den Kopf. »Einer der schlimmsten Fälle von Schwachsinn, der mir je begegnet ist. Ich hab dem Vater gesagt, er soll den Jungen besser in ein Heim geben, aber er wurde wütend und hat mich rausgeworfen! Er liebt den Jungen, das macht die Sache nur noch schlimmer. Manchmal muss man sie einfach gehen lassen. Andererseits sind wir ja alle Gottes Geschöpfe ...«

Margarets legte schützend die Hände auf ihren Bauch. Grace warf ihr einen mitfühlenden Blick zu, denn sie erinnerte sich noch genau an ihre eigenen Sorgen vor den Geburten, an die Gebete für ein gesundes Kind und an die Befürchtung, es könnte anders kommen.

»Hier sind die fünfundzwanzig Cent, Mam.« Kauend reichte Rose ihrer Mutter das Geld. Dann legte sie kurz eine Hand auf deren Bauch. »Ich kann sie spüren«, flüsterte sie mit großen Augen.

Margaret lächelte und strich ihrer Tochter liebevoll über die Wange. »Rose ist sich ganz sicher, dass sie ein Schwesterchen bekommt. Meine kleine Helferin, was würde ich nur ohne dich tun? Was würde ich ohne euch alle tun?«, fügte sie, an ihre anderen Kinder gerichtet, liebevoll hinzu.

»Es ist schön, dass sie einander haben«, sagte Grace. »Wo wir wohnen, gibt es nur Mary Kate und Jack.« Sie schwieg einen Moment. »Wenn Sie einverstanden sind, Missus Mulhoney, besuchen wir Sie demnächst noch mal, vielleicht wenn das Kleine da ist. Ich könnte etwas zu essen mitbringen, und dann feiern wir zusammen. Ich weiß, dass Schwester Joseph immer noch das Tanzbein schwingen kann.«

Die Nonne lachte und vollführte ein paar sehr langsame Tanzschritte.

»Das wäre schön«, sagte Margaret. »Sehr sogar. Das würde uns allen gefallen.« Sie nahm das Brot, das Schwester Joseph ihr reichte, und schaute Grace an. »Wollen Sie nicht auch etwas essen?«

»Danke, aber wir haben vorhin schon gegessen.« Grace warf Mary Kate und Jack einen mahnenden Blick zu; auf keinen Fall wollte sie dieser ums nackte Überleben kämpfenden Familie etwas wegnehmen. »Und jetzt machen wir uns am besten auf den Heimweg, ehe es zu spät wird. Danke, dass wir vorbeikommen durften. Es war mir ein Vergnügen, Sie und Ihre Kinder kennen zu lernen.«

»Ich muss auch gehen«, verkündete Schwester Joseph, wickelte den Brotlaib ein und legte ihn zur Seite. »Aber wir sehen uns ja morgen wieder, Margaret. Oder sogar noch früher, falls Davey mich holen kommt.«

»Danke, Schwester.« Margaret stand unter Mühen auf und ging langsam zur Tür, eine Hand ins Kreuz gestützt. Die andere Hand streckte sie Grace entgegen. »Es war nett, Sie kennen zu lernen, Missus Donnelly. Wir sehen uns bald wieder. Wenn die Kleine hier brüllt anstatt zu treten.« Sie tätschelte ihren Bauch.

Grace lachte und schüttelte ihr die Hand, die Kinder verabschiedeten sich voneinander, und schließlich schloss sich die Tür hinter ihnen.

»Das erinnert mich an die Unterkünfte in Liverpool«, sagte Grace, während sie die Straße hinuntergingen. »Und die in Dublin. Aber New York war am schlimmsten. Schlimmer als alles, was ich je gesehen hatte.«

»Oh ja«, stimmte ihr Schwester Joseph zu. »Wir waren in der Missionsstation von Five Points, bevor man uns hierhin verschifft hat. Ich bin zwar in Armut aufgewachsen, aber es ist mir nie so vorgekommen. Vielleicht weil keiner was hatte … vielleicht hat deswegen auch keiner was vermisst.« Sie hielt einen Moment inne. »Man sollte doch meinen, je wohlhabender eine Stadt ist, desto besser sorgt sie für ihre Bewohner. Aber das scheint nicht so zu sein. Jeder ist sich selbst der Nächste, und an den vornehmsten Orten findet sich die bitterste Armut.«

Grace seufzte. »Es gibt so viele, die Hilfe brauchen. Die Mulhoneys, dieser alte Mann mit seinem Sohn, der über ihnen wohnt, die Nachbarn, die halb nackt rumlaufen … Bei wem soll man anfangen?«

»Bei dem, den man vor sich hat«, sagte Schwester Joseph entschieden. »Und wenn man nicht mehr tun kann, dann ist das eben so. Lieber diesem einen helfen, als rumzusitzen und nur die Hände zu ringen. Diese Lektion habe ich im Laufe meines Lebens gelernt.«

»Sie haben Recht. Schließlich bin ich nur allzu oft selbst dieser eine gewesen; ich kann die Gelegenheiten schon gar nicht mehr zählen«, sagte Grace nachdenklich. »Wenn Sie nichts dagegen haben, möchte ich die Mulhoneys auch ein wenig unterstützen. Doktor Wakefield bezahlt mich gut; ich könnte etwas von meinem Lohn abzweigen, bis Margaret Arbeit gefunden hat.«

»Denken Sie zuerst an Ihre eigene Familie«, meinte die Nonne. »Und dann sehen Sie, wohin Gott Sie führt. Vielleicht hat er ja etwas anderes mit Ihnen vor. Aber was Margaret angeht, sage ich nicht nein. Sie ist eine gute Frau und hat es verdient.«

Als sie um die Ecke bogen, lag am Ende der Straße bereits das Krankenhaus.

»Da sind wir ja schon!« Grace war überrascht. Doch im nächsten Moment bemerkte sie, wie erschöpft Schwester Joseph wirkte, und machte sich Sorgen. »Sie sollten jetzt hineingehen und sich eine Weile ausruhen. Sie sehen sehr müde aus.«

»Ich bin tatsächlich ein wenig müder als sonst«, räumte die Nonne ein, als sie vor dem Gebäude stehen blieben. »Wollen Sie denn nicht noch auf eine Tasse Tee mit ins Besuchszimmer kommen? Jack hat noch gar kein süßes Brötchen gekriegt, nicht wahr, mein Junge? Und das bei diesem vielen Herumgelaufe und dieser ganzen Wohltätigkeitsarbeit.« Sie grinste ihn verschmitzt an.

»Schon gut.« Die Begegnung mit den Mulhoneys hatte den Jungen nachdenklich gestimmt. »Ich brauche nichts.« Er und Mary Kate setzten sich nebeneinander auf die Stufen, Ellbogen auf den Knien, Kinn in der Hand.

»Wir kommen nicht mit rein, sondern warten hier auf Mister Litton, wenn es Ihnen recht ist«, sagte Grace. »Er muss jeden Moment hier sein.«

»Wie geht's ihm denn dort oben?« Auf Grace gestützt, stieg Schwester Joseph die Treppe hinauf. »Ich hatte Hoffnungen in die kleine Hopkins gesetzt. Aber daraus ist wohl nichts geworden, oder?«

»Was nicht an ihr liegt; sie gibt sich alle Mühe. Aber sie kriegt kaum ein Wort aus ihm heraus; er murmelt höchstens mal was in seinen Bart und verschwindet schnell wieder im Stall. Ich weiß auch nicht, wovor er solche Angst hat!«

Schwester Joseph lachte. »Der arme Mister Litton. Er glaubt, er hätte kein Glück verdient, oder vielleicht denkt er auch, es gibt gar kein Glück.«

»Glauben Sie mir, was das angeht, würde Enid ihn gerne eines Besseren belehren«, sagte Grace. »Aber ihre Mutter lässt alle nach ihrer Pfeife tanzen, übrigens auch die Schwester des Doktors.«

»Wie meinen Sie das?«

»Ich bin mir zwar nicht ganz sicher, habe aber den Verdacht, dass sie die arme Frau für irgendetwas Buße tun lässt!«

»Nun, meine Liebe, wissen Sie …«, setzte Schwester Joseph an.

»Nicht mit Ave Marias oder einem Vaterunser«, erläuterte Grace. »Miss Wakefield hungert sich buchstäblich zu Tode, und ich kann mir beim besten Willen nicht vorstellen, warum.«

Schwester Joseph dachte eine Weile nach. »Vermutlich wirklich eine Form von Buße … Sie erlegt sich Leiden auf, um dem Allmächtigen etwas zu beweisen.«

»Wegen einer geplatzten Verlobung?«, erwiderte Grace. »Nein, da muss noch etwas anderes dahinter stecken.«

»Märtyrerqualen können zu einer Art Selbstzweck werden. Auf eine seltsame Weise fühlt man sich mächtig, trägt seinen ganz persönlichen Kampf mit dem Allmächtigen aus.« Sie runzelte die Stirn. »Doch ein solches Verhalten zeugt von Hochmut. Hat denn sein Sohn nicht genug für uns alle gelitten, und vergibt er uns denn nicht in dessen Namen?«

»Vielleicht könnten Sie sie einmal besuchen?«, meinte Grace.

Schwester Joseph schüttelte den Kopf. »Genau das hatte ich schon vorgeschlagen, aber der Doktor meinte, es würde sie nur noch mehr beunruhigen. Die Wakefields sind nicht katholisch und haben mit der Kirche allgemein wenig zu tun, wissen Sie.«

»Doktor Wakefield besucht zuweilen die methodistische Episkopalkirche in der Powell Street«, erzählte Grace. »Die Kinder und ich sind auch einmal dort gewesen. Aber normalerweise gehen wir in die Grace Cathedral, die wunderschön ist, und sobald St. Mary's fertig ist, werden wir uns die auch mal anschauen. Soweit ich weiß, ist Miss Abigail allerdings nie dort gewesen.«

»Lässt der Doktor denn keinen Geistlichen kommen? Um ihr die Sakramente zu spenden?«

»Nein, aber Missus Hopkins liest ihr aus der Bibel vor. Ich höre sie manchmal bis in die Küche. Sie beten dann auch recht laut.«

»Das ist wahrscheinlich besser als nichts. Aber hören Sie, Missus Donnelly, handeln Sie sich keinen Ärger wegen einer Sache ein, an der Sie doch nichts ändern können«, ermahnte die Nonne sie. »Abigail geht es schon lange schlecht. Und diese Missus Hopkins mischt sich doch hoffentlich nicht in Ihre Angelegenheiten ein, oder?« Sie schaute auf die Straße hinunter, wo Mary Kate und Jack gerade ein Hüpfspiel mit Steinen begonnen hatten.

»Nicht mehr. Wir beide sind ein paarmal aneinander geraten, doch dann hatte es plötzlich den Anschein, als täte ihr das leid.« Grace schüttelte den Kopf. »Aber wir haben genug zu essen und ein warmes Bett, und Mary Kate sprüht derartig vor Leben, dass man kaum glauben kann, dass sie so krank war. Das ist alles, was für mich zählt.«

»Na bitte. Gibt es Neuigkeiten von Ihrem Kapitän?«

»Noch nicht, aber ich habe diesem widerwärtigen Butler eine Karte hinterlassen, auf der steht, wo wir untergekommen sind.«

In diesem Augenblick rumpelte Litton mit dem Wagen um die Ecke; auf der Ladefläche türmten sich ordentlich gestapelte Bretter. Er nickte den Kindern zu, die ihn lautstark begrüßten und ihm auf dem Gehweg entgegenliefen. Vor dem Krankenhaus brachte er die Pferde zum Stehen.

»Schwester.« Litton lüpfte den Hut und nickte der Nonne respektvoll zu.

»Schön, Sie zu sehen, George«, begrüßte die Nonne ihn freundlich. »Freut mich, dass bei Ihnen alles in Ordnung ist. Und nun bringen Sie mir diese Familie heil nach Hause!« Sie wandte sich Grace zu und küsste sie auf die Wange. »Auf Wiedersehen. Es war schön, Sie zu sehen, und machen Sie sich nicht zu viele Sorgen über das, was im ersten Stock vor sich geht. Auf Wiedersehen, Ihr Lieben.« Sie umfasste und küsste erst das eine, dann das andere Gesichtchen.

Grace und die Kinder drängten sich vorne auf den Kutschbock, und Litton trieb die Pferde an. Auf dem ganzen Weg durch die Stadt und den Hügel hinauf hing er seinen Gedanken nach, während seine müden Passagiere sich durch das Schaukeln des Wagens fast in den Schlaf wiegen ließen. Erst als die Pferde hinter dem Haus anhielten, räusperte sich Litton und murmelte etwas vor sich hin, das Grace jedoch nicht sofort verstand.

»Was sagten Sie, Mister Litton?«

»Ich sagte, ich werde ihr schreiben … meiner Mutter. Aber nicht heute Abend«, fügte er rasch hinzu.

Grace widerstand dem Bedürfnis, ihm anerkennend auf die Schulter zu klopfen. Stattdessen lächelte sie ihm ermutigend zu.

»Das ist schön, Mister Litton. Wirklich schön.«

Sie kletterte von ihrem Sitz hinunter und half erst Mary Kate und dann Jack beim Absteigen. Die erschöpften Kinder gingen langsam auf den Hintereingang zu, während Grace noch einen Moment stehen blieb.

»Sagen Sie mir einfach, wann.« Sie schaute zu Litton auf, der seinen Blick auf die Pferde gerichtet hielt. »Mir ist es jederzeit recht.«

Litton nickte, und sie erwartete, dass er die Pferde nun zum

Stall bringen würde. Doch das tat er nicht. Er blieb reglos sitzen, die Zügel noch in den Händen.

»Sie war immer gut zu mir.«

Nun tätschelte Grace doch seine Hand. »Sagen Sie ihr das. Wenn Sie ihr schreiben.«

Litton wandte sich ihr zu und schaute sie an. Grace war gerührt, wie viel Zweifel und Sehnsucht in seinem Blick lagen.

»Danke, Missus«, sagte Litton, und Grace hätte schwören können, dass er dabei lächelte.

17

Chang-Li hatte seinen Wohlstand im Laufe des zurückliegenden Jahres beträchtlich gemehrt und sich daher entschlossen, ein Bankett zu Ehren des Gottes zu geben, dessen Geburtstag die Amerikaner Ende Dezember mit einem kirchlichen Feiertag begingen. Zugleich war dies eine Zeit, in der Geschenke ausgetauscht wurden, und Chang-Li – der stolz auf seine umfassenden Kenntnisse der amerikanischen Kultur war – hatte bereits eine Liste geeigneter Empfänger erstellt. In diesem Jahr würde er auch den *fan qui* auf die Liste setzen, seinen Pensionsgast mit dem unaussprechlichen Namen, den er mittlerweile Mister Sung nannte. Der intelligente Mister Sung hatte sich, obwohl er keinerlei Interesse an persönlicher Bereicherung oder materiellem Wohlergehen besaß, als unschätzbare Hilfe im Umgang mit der europäischen Geschäftswelt San Franciscos erwiesen, und Chang-Li wusste, dass es in seinem ureigenen Interesse lag, den Mann gut zu behandeln. Er spürte, dass ihre Schicksale miteinander verflochten waren, auch wenn Mister Sung dies noch nicht erkannt haben mochte.

Dank Mister Sung hatte Chang-Li insgeheim eine Reihe größerer Grundstücke und Immobilien in der Stadt erworben. Zwar lautete der Name auf der Übertragungsurkunde jeweils Sean Miner, doch Chang-Li und Mister Sung unterzeichneten stets eine separate Übereinkunft, in der ihre Teilhaberschaft beglaubigt wurde. Es handelte sich um eine Partnerschaft, die es Chang-Li erlaubte, Mister Sung gegen eine bescheidene Provision auszuzahlen, sobald die Zeit reif war für Grund- und Immobilienbesitz in der

Hand eines Chinesen. Mister Sung schien es beträchtliches Vergnügen zu bereiten, gegen einen Erlass vorzugehen, den Chang-Li als »Hindernis für den Aufstieg chinesischer Bürger«, Mister Sung hingegen als »Machwerk dieser verdammten voreingenommenen Dreckskerle« bezeichnete. Chang-Li musste lachen, als er an die Schadenfreude auf Mister Sungs Gesicht dachte, wenn sie wieder einmal ein Gebot auf ein Grundstück abgegeben und es erworben hatten. Oh ja, er fand durchaus Gefallen an diesem seltsamen jungen Mann, trotz dessen Vorliebe für Prostituierte, das Glücksspiel und Opium.

Mister Sungs wachsende Begeisterung für die Opiumpfeife kümmerte Chang-Li kaum. Es bestand keinerlei Gefahr für den jungen Mann, solange er sich seine Spelunken nicht willkürlich aussuchte, denn Kriminelle waren ständig auf der Suche nach einem unter Drogen stehenden *fan qui*, den sie ausplündern konnten. Außerdem hatte Mister Sung sich trotz seiner Bemühungen um Diskretion in den zwielichtigeren Teilen der Stadt einen gewissen Ruf erworben: Er hatte in den größeren Spielkasinos zu viel und zu öffentlich Geld gewonnen und damit den Zorn des mächtigen Mister McCabe auf sich gezogen, eines Mannes, mit dem Chang-Li einst ins Geschäft hatte kommen wollen. Diese Meinung hatte er jedoch geändert, nachdem er Mister Sung bei ihrem gemeinsamen abendlichen Rauchritual besser kennen gelernt hatte. Mister Sung war hochintelligent, das hatte Chang-Li rasch festgestellt. Zwar gab der Mann zu viel Geld für Prostituierte und Opium aus, aber – und das war der entscheidende Punkt – er stand nie ohne Geld da. Für jeden Dollar, den er unter die Leute brachte, verdiente er zwanzig hinzu; jede Dublone verwandelte sich direkt vor seinen Augen in eine Goldmünze. Das war eine Gabe: Die Götter hatten sich Mister Sung gegenüber nicht nur hold gezeigt, sondern ihn obendrein zu Chang-Li gebracht, der selbst ein kluger Mensch war und den Wert einer solchen Gabe erkannte. Anders als die Californios, die zu verschwenderisch mit ihren Talenten umgingen und die ihnen anvertrauten Männer unter ihrem Kommando verschlissen, bevor sie sie ausrangierten und schleunigst durch frisches Blut ersetzten, wusste Chang-Li das Talent Mister Sungs zu würdigen. Er schätzte Mister Sung sehr, und er war fest davon überzeugt, dass der junge Mann den Weg der Selbstzerstörung eines Tages verlassen würde, da ihm ein anderes Schicksal beschieden war. Mister Sungs Schicksal bestand aus einem Leben, das so glanzvoll war wie sein Geist, und Chang-Li würde ihm helfen, dies zu erkennen.

So stellte sich die Frage, was man einem Mann schenken sollte, der alles haben konnte, was er wollte, und der doch nichts davon begehrte; der alles besaß, wofür es sich zu leben lohnte, und der doch nur zu seinen Vorfahren stoßen wollte. Es musste ein ganz besonderes, bedeutendes Geschenk sein, eines, das ihrer beider Partnerschaft ehrte und die Bande festigte, die Chang-Li zwischen ihnen zu knüpfen wünschte, denn Mister Sung war das Beste, was Chang-Li seit seiner Überfahrt nach Amerika widerfahren war. Natürlich gab es da noch das House of Good Fortune, doch an diesem Unternehmen hielt Mister Sung bereits eine Beteiligung. Ursprünglich nur eines unter vielen Pfandhäusern in San Francisco, hatte sich das House of Good Fortune unter dem wachsamen Auge von Mister Sung rasch zu einer Goldmine entwickelt, die einträglicher war als all jene draußen in der Wüste. Die Kunden zogen es vor, mit einem Weißen Geschäfte zu machen, selbst wenn dieser sein blondes Haar wie ein Chinese zu einem langen Zopf geflochten trug und seine durch das Opium empfindlich gewordenen Augen hinter einer grün getönten Brille verbarg. Mister Sung hatte nur kurze Zeit benötigt, um den Wert diverser Gegenstände einschätzen zu können, zum Beispiel Goldgräbergerätschaften und Waffen, Möbel, Kleidung und Schmuck. Schusswaffen und Edelsteine entwickelten sich rasch zu Mister Sungs Spezialität; er erkannte sofort, dass diese Dinge meist gestohlen waren, die Pfandleihe eher als Vorwand diente und sich beim Wiederverkauf ein enormer Gewinn erzielen ließ. Auch dieses Spiel bereitete Mister Sung Vergnügen, und mittlerweile verbrachte er den späten Vormittag und frühen Nachmittag im Geschäft, wo er auf eine andere Art von Profiteuren traf.

Als Mei Ling mit seinem Mittagessen hereinkam, blickte Chang-Li hoch. Auf dem Tablett standen eine Schüssel dampfender Reis mit in Sesamöl gebratenen frischen Lachsstücken, außerdem Klöße und eine Schale klare Suppe. Ein Festessen. Chang-Li rieb sich genüsslich die Hände, während Mei Ling das Tablett an seinem Lieblingsplatz abstellte und die Gerichte in der von ihm bevorzugten Reihenfolge arrangierte. Er stand auf, ging durchs Zimmer und dachte darüber nach, wie dumm die Menschen doch sein konnten. Die Californios behaupteten gern, alle Chinesen äßen Ratten, doch Chang-Li sah die Vermehrung dieser Nagetiere in der Stadt immer als Beweis dafür an, dass kein Mensch sie aß. Nie hätte Chang-Li gegenüber seinen amerikanischen Freunden zugegeben, dass Ratten, was ihn betraf, einen leeren Magen genauso füllten wie jedes andere Fleisch. Diese *fan qui* hatten offenbar nie Hunger gelitten und kannten im Gegensatz zu den Chinesen weder Krieg noch Missernten, sonst würden sie nicht behaupten, eine Nahrung sei einer anderen gegenüber minderwertig. Man brauchte sich doch nur die Indios aus dem Süden anzuschauen, die gebackene Affen und Papageienbrust aßen – hier dagegen galten Affen und Papageien als Haustiere, genau wie Bären, Wölfe, Füchse und die unterschiedlichsten Vogelarten! Chang-Li setzte sich auf seinen Stuhl und stieß einen verständnislosen Seufzer aus. Ein Vogel in einem Käfig, das begriff er – der war zum Singen da. Aber ein Fuchs an der Leine war zu gar nichts nutze.

Mei Ling schob das Tablett näher an Chang-Li heran, schenkte ihm Tee ein, verbeugte sich vor ihm und verließ das Zimmer. Chang-Li sah ihr nach und ihm kam ein Gedanke. Es stimmte, dass Amerikaner keine Sklaven hielten, außer im südlichen Teil des Staatenbundes, der bitter enttäuscht gewesen war, als Kalifornien sich gegen die Sklavenhaltung entschieden hatte. Aber jedermann wusste auch, dass dies nicht für die Chinesen galt, die eine verschworene Gemeinschaft bildeten und geschäftlich unter sich blieben. Kontraktarbeit verstieß nicht gegen das Gesetz, und die Grenze zwischen einem solchen Arbeitsverhältnis und unverhohlener Sklaverei ließ sich leicht verwischen, zumal sich keine Behörde genauer damit befasste. Chinesische Sklaven kannten kein anderes Leben und waren vollkommen davon abhängig, dass ihre Herren sich um sie kümmerten. Mei Ling war schon immer Sklavin gewesen: Vor Chang-Li hatte ein anderer sie besessen, und nach ihm würde wieder ein anderer sie besitzen. Dieser Jemand konnte Mister Sung sein, falls sich kein besseres Geschenk für ihn fand.

Chang-Li hielt die Schüssel in der einen, die Elfenbeinstäbchen in der anderen Hand und schob sich den würzigen Reis in den Mund. Er wusste, dass Mister Sung ein Leben jenseits des Gesetzes gefiel. Vielleicht würde er sich ja über eine geschenkte Mei Ling genauso freuen wie über eine gestohlene Rubinhalskette oder gefälschte Claim-Urkunden. Vielleicht war sie ja das perfekte Geschenk.

Doch dann verharrte Chang-Li mitten in der Bewegung und runzelte die Stirn. Mei Ling war seit seinem ersten Tag in Amerika bei ihm. Ihr früherer Herr – ein steinalter Mann, der sich ohne Söhne, die auf ihn aufpassen konnten, nie auf den Weg hätte machen dürfen – war bereits während der Überfahrt gestorben und hatte Chang-Li das Mädchen im Tausch für das Versprechen geschenkt, seinen Leichnam nach Kanton zu überführen, damit er dort bei seinen Vorfahren begraben werden konnte. Chang-Li hatte sein Versprechen mit Hilfe eines Wohltätigkeitsvereins eingelöst und das Mädchen behalten – seine erste Sklavin und ein Zeichen der Götter dafür, dass ihm Wohlstand beschieden war. Es stellte sich jedoch die Frage, ob er die Götter verärgerte und sein Vermögen in Gefahr brachte, wenn er das Mädchen nun Mister Sung schenkte.

Chang-Li setzte die Schüssel ab, legte die Stäbchen daneben und dachte nach. Mei Ling war für ihn eine Art Gesellschafterin, und sie wärmte ihm das Bett in jenen Nächten, in denen er eine Frau wollte, aber zu müde war, um noch auszugehen. Doch am meisten gefiel ihm die Tatsache, dass sie ihm seinen Tee perfekt aufbrühte und seine Gerichte auf die Art zubereitete, die ihm am besten schmeckte. Andererseits war Chang-Li gewillt zu heiraten, und er hatte schon zu oft die Zwietracht in einem Hause miterlebt, in dem Ehefrau und Sklavin aufeinander eifersüchtig waren. Er wusste, dass Mei Ling fortgehen musste, falls er tatsächlich eine Ehefrau fand und ins Haus brachte. Wenn Mei Ling aber Mister Sung gehörte, könnte Chang-Li sie nach wie vor gelegentlich sehen und sie dazu bringen, ihm die Gerichte zu kochen, die er liebte. Denn was wäre, wenn die Gattin oder die neue Hausangestellte als Köchin nicht so viel Talent besaß? Andererseits, eine Heirat stand nicht unmittelbar bevor, also hatte er noch genügend Zeit.

Nein, dies ist keine leichte Entscheidung, dachte er. Er musste gründlich darüber nachdenken, den Astrologen befragen und Zeit im chinesischen Tempel mit anderen Konfuziusanhängern verbringen, vielleicht auch die taoistischen und buddhistischen Tempel besuchen. Es gab viele weise Männer in der Stadt, und keinesfalls durfte Chang-Li irgendeine Möglichkeit ungenutzt lassen.

In der Zwischenzeit würde er, um sich zusätzliches Glück zu sichern, weiterhin an den heiligen Stätten von Katholiken und Presbyterianern, der Emanu-El und den freien Kirchengemeinden Opfer darbringen. Außerdem würde er dem Bürgermeister, den Hygieneinspektoren, den Polizisten, die in seinem Viertel Streife gingen, sowie den Bankiers bei Wells, Fargo, Adams and Company ein Zeichen seiner Wertschätzung überreichen. Die gelben Seidentücher, die über seiner Tür flatterten, würde er entfernen und durch festliche rote und grüne Tücher ersetzen, und im Schaufenster des House of Good Fortune würde er einen kleinen Stall aus Holz aufstellen, in dem sich die Götter Maria, Joseph und Jesus befanden, umgeben von heiligen Tieren.

Chang-Li nickte. Er war zufrieden, so viele gute Entscheidungen getroffen zu haben, und beendete seine Mahlzeit friedlich und gelassen. Dieses Jahr würde er einmal richtig feiern, denn dieses amerikanische Weihnachten, für das er sogar einige der traditionellen Lieder gelernt hatte, zählte zu seinen liebsten Festtagen. Er legte die Essstäbchen beiseite, klatschte in die Hände und begann fröhlich eine der Melodien zu summen.

18

Ach, Missus Donnelly, Sie verwöhnen mich aber wirklich.« Doktor Wakefield rieb sich erwartungsvoll die Hände, als Grace ihm ein Tablett auf den Schreibtisch stellte. »Ist das das Gebäck, dessen Duft mich schon den ganzen Morgen verrückt macht?«

»Tut mir leid, Sir.« Sie reichte ihm den Teller. »Es ist dunkles Melassebrot. Das Rezept kenne ich aus Boston. Ich dachte, Sie würden es vielleicht gerne mal probieren.«

Er nahm ein Stück und biss hinein, während sie ihm Kaffee einschenkte. »Köstlich«, sagte er mit vollem Mund. »Reinstes Ambrosia.«

»Das haben Sie gestern Abend schon von den Apfeltaschen behauptet«, zog sie ihn auf. »Dabei hat das eine doch gar nichts mit dem anderen zu tun.«

»Äußerlich vielleicht nicht«, räumte er ein. »Aber beides ist so herrlich zubereitet, dass es einen in Verzückung versetzt.«

»Ach, jetzt hören Sie aber auf«, lachte Grace. »Ich könnte Ihnen eine Schüssel kalte Hafergrütze vorsetzen, und Sie würden dasselbe sagen.«

»Aber das würden Sie nie tun, und dafür bin ich Ihnen auf ewig dankbar.« Er nahm einen Schluck von dem starken, schwarzen Kaffee. »Setzen Sie sich. Trinken Sie eine Tasse mit mir.«

Grace schüttelte den Kopf. »Ich trinke gleich mit Enid in der Küche Tee.«

»Bitte«, sagte er. »Nur einen Augenblick. Ich möchte etwas Wichtiges mit Ihnen besprechen.«

Grace setzte sich ihm gegenüber auf einen Stuhl. Sie ahnte bereits, was nun kommen würde.

»Wenn es um William geht … um Mister Shew, meine ich. Ich weiß ja, er ist Ihr Freund, aber ich halte es einfach nicht für richtig, weiterhin mit ihm auszugehen.«

»Der arme William.« Wakefield lachte mitfühlend in sich hinein. »Er ist ziemlich verliebt. Aber das wissen Sie sicher längst.«

Grace seufzte und biss sich auf die Lippe. »Er ist ein feiner Mann und ich bin gerne mit ihm zusammen. Er hat Mary Kate und mich zu einem wunderbaren Essen in einem Restaurant namens Delmonico's eingeladen und ist danach mit uns ins Varieté gegangen, wo Lola Montez ihren Spinnentanz aufführte. Es heißt, Miss Montez stammt aus Irland, aus Limerick. Wissen Sie zufällig, ob das stimmt?«

Wakefield hob eine Augenbraue. »Ich habe keine Ahnung, aber ihre Darbietung soll recht … anregend sein. Allerdings nehme ich an, Sie waren von Williams entzückender Abendgestaltung nicht sehr angetan. Dabei wird er von der Damenwelt sonst regelrecht umschwärmt. Sind Sie letzten Sonntag nicht mit ihm ausgefahren?«

»Doch. Er hat uns alle in seiner Kutsche mitgenommen und war sehr freundlich zu uns. Nächsten Sonntag möchte er wieder ausfahren, aber …« Sie runzelte die Stirn und starrte auf ihre Hände.

»Aber Sie sind der Ansicht, dass Ihre Vereinbarung mit Kapitän Reinders keinen Raum lässt für eine Freundschaft mit Mister Shew«, beendete Wakefield ihren Satz. »Zumal Mister Shew etwas anstrebt, das weiter geht als das freundschaftliche Verhältnis, das Ihnen vorschwebt, nicht wahr, Missus Donnelly?«

»Ganz genau«, stimmte Grace ihm zu. »Allerdings ist es meine eigene Schuld. Der arme Mann. Er war so gut zu uns … Natürlich habe ich ihm von Peter erzählt, also dachte ich, es sei alles klar. Und ich gebe zu, dass ich seine Gesellschaft genossen habe. Sehr sogar. Aber dann hat er …« Sie verstummte und merkte, wie sie bis in die Haarwurzeln errötete.

»Sagen Sie nichts mehr, Missus Donnelly. Künstler sind von Natur aus leidenschaftlich, und William bildet da keine Ausnahme. Zu seiner Verteidigung möchte ich jedoch anführen, dass der

Anblick einer reizenden jungen Dame in einer offenen Kutsche an einem Herbsttag selbst den rechtschaffendsten Mann in seinen Vorsätzen erschüttern kann.« Er lächelte sie an. »Soll ich in Ihrem Namen mit ihm sprechen?«

»Nein, Sir. Danke für das Angebot, aber ich werde nächste Woche selbst mit ihm reden, wenn ich die Ausstellung besuche.«

»Es ist schon bemerkenswert«, überlegte Wakefield. »Dieses Porträt von Ihnen ist wirklich … also …« Er hielt einen Moment inne. »Ich muss zugeben, als ich es sah, fragte ich mich gleich, ob der arme Kapitän Reinders vielleicht Konkurrenz bekommen hat.«

»Finden Sie, es war falsch von mir, mich fotografieren zu lassen, Doktor?«, fragte Grace frei heraus.

»Nein, Missus Donnelly, das finde ich nicht. Aber ich bin in solchen Dingen natürlich auch kein Richter.« Erneut lachte er, dieses Mal über sich selbst. »Dafür weiß ich, dass William Shew dereinst Zeugnisse von wahrhaft historischem Wert hinterlassen wird und dass Sie einen maßgeblichen Anteil daran haben. Ich glaube, er sprach von zwei identischen Porträts. Was werden Sie mit Ihrem tun?«

Grace zögerte keine Sekunde. »Ich werde es für Peter rahmen lassen, zu Weihnachten, falls er bis dahin zurück ist.«

»Und falls nicht?«

»Dann wird es auf ihn warten, bis er nach Hause kommt.«

»Sehr passend«, erklärte Wakefield. »Aber eigentlich wollte ich gar nicht mit Ihnen über Ihre vielen Verehrer sprechen, Missus Donnelly, sondern über Ihre Tochter.« Er lehnte sich in seinem Ledersessel zurück. »Mary Kate ist eine fleißige Besucherin meiner Bibliothek.«

Graces Magen zog sich zusammen. »Ich werde mit ihr darüber reden, Sir. Sie weiß, dass Sie Ihnen nicht zur Last fallen soll.«

»Sie fällt mir nicht zur Last«, erwiderte er rasch. »Das Mädchen benimmt sich sehr höflich und respektvoll. Und sie ist hochintelligent, das kann ich Ihnen versichern.«

»Ja.« Grace errötete erneut, dieses Mal allerdings vor Stolz. »Sie ist schlau wie ein Fuchs, dabei hat sie die Schule nur sporadisch besucht.«

»Genau darüber wollte ich mit Ihnen sprechen«, sagte Wakefield. »Mary Kate sollte regelmäßig Unterricht bekommen.«

Grace nickte ernst. »Das stimmt. Aber sie kann schon jetzt besser lesen als die meisten Erwachsenen, schreibt in Schönschrift und nimmt es beim Rechnen mit den Besten auf.«

»Spielen Sie Schach?«, fragte er plötzlich.

»Ich habe es noch nie versucht«, erwiderte sie. Dabei fasste sie das Brett am Ende seines Schreibtischs ins Auge und fragte sich, ob er ihr eine Partie anbieten wollte.

»Mary Kate schon«, verkündete er. »Ich habe ihr neulich an einem Nachmittag ein paar grundlegende Züge gezeigt, und dann haben wir eine Partie gespielt. Sie hat es sofort begriffen. Schach ist hochkompliziert«, fügte er hinzu. »Mathematisch. Frauen haben normalerweise große Schwierigkeiten mit der Mathematik.«

»Ach, tatsächlich?« Grace fragte in neutralem Ton, obwohl die Bemerkung sie ärgerte. Ihre Großmutter hatte ein Geschäft geführt, in dem Buchhaltung erforderlich war, und ihre Mam hatte bis zu ihrem Tod die Haushaltskasse verwaltet. Grace kannte eine Menge Frauen, die mindestens so gut rechnen konnten wie Männer. Der gute Doktor erschien ihr zuweilen doch ein wenig voreingenommen in seinen Ansichten.

»Ja, so ist es«, fuhr Wakefield fort, dem ihr finsterer Blick entgangen war. »Was bedeutet, dass Ihre Tochter einen außerordentlichen Verstand besitzt, einen Verstand, der mehr als nur eine grundlegende Ausbildung verdient. Sie könnte es weit bringen, wissen Sie.«

»Aber nicht bis ins Ärztekollegium, denn schließlich ist sie ja ein Mädchen. Stimmt's, Doktor?«, fragte Grace und bereute sofort den scharfen Unterton in ihrer Stimme.

Wakefield zuckte zusammen und legte sich eine Hand aufs Herz. »Touché, Missus Donnelly. Sie sorgen bei mir nicht nur für gutes Essen, sondern auch für Demut.« Er setzte seine Tasse ab. »Tatsächlich glaube ich nicht, dass Frauen im Allgemeinen über so große intellektuelle Fähigkeiten verfügen wie Männer. Doch ich bin in meinen Ansichten auch nicht so beschränkt, dass ich Ausnahmen nicht für möglich hielte. Und ich halte Ihre Tochter für eine Ausnahme, Missus Donnelly. Vielleicht reicht es nicht fürs Ärztekollegium, aber sehr wohl für eine Art höherer Bildung.«

»Ich finde auch, dass sie äußerst gescheit ist«, sagte Grace. »Aber ich weiß nicht, ob ein weiterer Schulbesuch für Mary Kate das Richtige wäre.«

Wakefield runzelte die Stirn. »Ich muss schon sagen, ich bin überrascht. Sie sind doch ganz offenkundig eine intelligente, freimütige Frau. Warum sollten Sie etwas dagegen haben, dass Ihre Tochter eine Ausbildung erhält?«

»Ich möchte ja, dass sie eine Ausbildung erhält«, sagte Grace. »Aber sie in die Schule zu schicken wäre nicht gut.«

»Das verstehe ich nicht.«

Grace sah ihn an. »Nun, Doktor, Sie wissen ja, dass wir Iren sind, arme irische Einwanderer, und dieser Umstand ist dem Schulunterricht meiner Kinder nicht gerade zugute gekommen. Mary Kates erster Lehrer in Boston war ein Engländer mit ganz eigenen Methoden. Mary Kate musste die meiste Zeit in der Ecke stehen, bis sich ihre Aussprache verbessert hatte – der Mann fasste ihren irischen Akzent wohl als Beleidigung auf.« Graces Kinn zuckte nervös. »Eines Tages kam ich etwas früher, um sie abzuholen, und da stand sie tränenüberströmt vor mir. Ich habe diesem hirnlosen Dummkopf gegenüber die Beherrschung verloren, und er hat Mary Kate von der Schule verwiesen. Sie sei zu dumm zum Lernen, hat er ihr ins Gesicht gesagt.«

Schockiert setzte Wakefield erneut die Kaffeetasse ab. »Das muss ja schrecklich für sie gewesen sein.«

»Oh ja, das war es«, stimmte Grace zu. »Aber Mary Kate wollte dennoch etwas lernen, also habe ich sie in eine Nonnenschule geschickt, wo man mehr von den Iren hielt.« Sie schwieg einen Moment und fuhr dann fort: »Obwohl wir ja Protestanten sind. Und dann fand Mary Kate sich erneut in der Ecke wieder, weil sie Fragen stellte, die kein gutes katholisches Kind im Traum stellen würde. Nachdem man ihr mit dem Rohrstock auf die Hände geschlagen hatte, habe ich sie dort weggeholt und angefangen, sie zu Hause zu unterrichten.«

»Nun, das ist verständlich, aber …«

»Oh, es geht noch weiter«, unterbrach Grace ihn. »In Kansas fingen wir mit Miss Woodruff an, einer höchst aufbrausenden Person. Aus Gründen, die ich nie verstanden habe, mochte sie keine kleinen Mädchen. Erst recht keine kleinen ausländischen Mädchen. Mary Kate hatte mittlerweile gelernt, keine Fragen zu stellen, so wurde sie nicht geschlagen, wie die anderen. Aber gelernt hat sie auch nichts. Das war ein langes Jahr, doch dann kam ein junger Mann, der sehr gerne unterrichtete und von allen vergöttert wurde, Mary Kate eingeschlossen.«

»Na also!« Wakefield griff nach seiner Tasse. »Da haben Sie es doch!«

»Kurz darauf verließen wir Kansas, um hierher zu kommen.«

»Oh.« Seine Hand hielt in der Bewegung inne, und er setzte die Kaffeetasse wieder ab. »Ich verstehe. Jetzt verstehe ich wirklich, was Sie meinen.« Mit ernster Miene beugte er sich vor. »Sie sträubt sich dagegen, es noch einmal zu versuchen. Aber vielleicht gibt es ja einen Weg, dieses Kind außerhalb eines Schulgebäudes zu unterrichten, zumindest vorübergehend.« Er dachte einen Moment lang nach, dann erhellte sich sein Gesicht. »Was halten Sie von einem Hauslehrer? Einer, der, sagen wir, an drei oder vier Vormittagen in der Woche hierher kommt?«

»Ein Hauslehrer? Hier? Nun, das ist eine wunderbare Idee, Doktor, aber…« Sie zögerte.

Wakefield stand auf. »Ich würde natürlich alle Kosten übernehmen«, sagte er lebhaft. »Und vielleicht bekommen wir Jack dabei sogar mit ins Boot.«

Grace schüttelte den Kopf. »Vielen Dank, Sir, aber ich kann mir nicht vorstellen, dass Jack morgens still dasitzt, um Buchstaben und Zahlen zu malen, wenn er zur selben Zeit draußen im Stall mit dem armen Mister Litton ein Schwätzchen halten könnte. Wenn er etwas älter ist, könnten wir es vielleicht versuchen.«

Wakefield lachte. »Unterschätzen Sie Ihren Jungen nicht, Missus Donnelly. Auch er zeigt Anzeichen großer Intelligenz.«

»Daran gibt es keinen Zweifel, aber …«

»Bei diesem Jungen ist es von entscheidender Bedeutung, wie man an ihn herantritt.« Wakefield begann sich für diese Herausforderung zu erwärmen. »Wenn wir ihm sagen, dass Mary Kate hier im Arbeitszimmer von einem Privatlehrer Unterricht bekommt und er sie auf gar keinen Fall stören darf, weil er noch zu jung ist, um in die Schule zu gehen …« Er lächelte. »Ich bin davon überzeugt, dass er unter diesen Umständen erhebliche Energie darauf verwenden wird, uns das Gegenteil zu beweisen. Bei ihm ist alles eine Frage des Stolzes.«

»Wie ich sehe, haben Sie unseren Jack bereits gründlich studiert.« Sie lachte, setzte dann aber eine ernste Miene auf. »Das ist sehr freundlich von Ihnen, Doktor, und ich weiß gar nicht, was ich sagen soll. Es ist nur so, dass ich keine weiteren Verpflichtungen eingehen möchte«, erklärte sie zögernd. »Unter den gegebenen Umständen, meine ich.«

»Oh.« Er ging zum Kaminfeuer hinüber und stellte sich mit dem Rücken davor. »Ich verstehe. Und ich sage es Ihnen noch einmal, Missus Donnelly: Wenn Kapitän Reinders aus Panama zurückkommt, sind Sie in keinster Weise verpflichtet, länger hier zu bleiben. Wirklich nicht. Obwohl es mir sehr leid täte, wenn Sie uns verlassen würden. Aber warum wollen Sie den Kindern bis dahin nicht die Möglichkeit geben, ihre Zeit auf sinnvolle Weise zu verbringen?«

Er hat Recht, dachte Grace, etwas in ihr sträubte sich jedoch noch immer. »Ich muss noch einmal darüber nachdenken …«

»Was um Himmels willen gibt es da nachzudenken?«, drängte Wakefield. »Es sei denn, Sie wollen Ihre Kinder zu Küchenhilfe und Stallknecht erziehen. Sind das Ihre Pläne für die Zukunft der beiden?«

Grace reagierte ungehalten. »Ich will, dass sie glücklich sind, ganz gleich, welche gesellschaftliche Stellung sie einnehmen.«

»Aber eine anständige Bildung verschafft ihnen mehr Möglichkeiten, verstehen Sie das denn nicht, Missus Donnelly?«

»Ich weiß, Doktor. Natürlich, ich weiß.« Sie seufzte. »Ich verstehe selbst nicht, warum ich mich so aufrege.«

»Ich genauso wenig«, sagte er. »Schließlich habe ich ja nicht vorgeschlagen, sie zum Arbeiten in eine Fabrik oder in den Hafen zu schicken.«

Die beiden schauten einander an und mussten lachen.

»Ach, vergeben Sie mir, Sir«, sagte Grace. »Ich bin es einfach gewohnt, mich ganz allein um meine Familie zu kümmern.« Sie strich sich den Rock glatt. »Ja, ich wäre glücklich, wenn Jack und Mary Kate Unterricht bekämen, und ich bin Ihnen sehr dankbar. Wie schon so oft.«

»Gut!« Wakefield rieb sich begeistert die Hände. »Hervorragend! Ich glaube, ich kenne genau den Richtigen, habe ihn neulich bei Mister Kembles kennen gelernt – Hewitt heißt er. Er hat mir verraten, dass er ein Buch über die Stadt schreiben will, aber in der Zwischenzeit einer Erwerbstätigkeit nachgehen muss. Ich werde noch heute bei ihm vorsprechen!«

Wakefields Überschwang amüsierte Grace. »Danke, Sir«, sagte sie lächelnd. »Aber darf ich Ihnen eine Frage stellen: Warum tun Sie das für uns, für die Kinder Ihrer Hausangestellten?«

Wakefield dachte nach. »Ich denke, es liegt daran, dass ich Sie nicht als meine Hausangestellte betrachte, Missus Donnelly. Dafür sind Sie eine viel zu eindrucksvolle Person.« Er zwinkerte ihr zu. »Ich betrachte Sie als eine Art Gesellschafterin, und ich weiß zu schätzen, was Sie hier alles vollbracht haben. Seit Abigail und ich hier wohnen, ist dieses Haus zum ersten Mal warm und gemütlich. Die Lampen brennen, wenn ich abends nach Hause komme, und es wartet eine warme Mahlzeit auf mich, die besser ist als alles, was ich in einem Restaurant bekommen könnte.« Er nickte. »Selbst Abigail scheint sich ein wenig zu erholen. Hopkins meint, sie habe etwas mehr Appetit und wirke weniger ... besorgt.«

»Oh, Sir, damit habe ich nichts zu tun«, warnte Grace ihn, da sie nicht wollte, dass er seine Erwartungen allzu hoch schraubte.

»Unterschätzen Sie den Einfluss nicht, den Ihre bloße Anwesenheit ausübt, Madam. Glauben Sie mir: Wenn Sie einem ein Tablett vorsetzen, dann fühlt man sich regelrecht verpflichtet zu essen!« Er lachte. »Und ich bin Ihnen überaus dankbar dafür, dass Sie es mit diesem Sturm namens Hopkins aufgenommen haben«, fügte er hinzu. »Ich empfinde es als große Erleichterung, dass die Atmosphäre im Haus etwas weniger angespannt ist. Wie gesagt, Abigail bekommt das ebenfalls gut.«

»Manchmal frage ich mich, Sir, ob es nicht besser wäre, eine richtige Krankenschwester für Miss Wakefield einzustellen.«

Er schüttelte den Kopf. »Abigail will nichts davon wissen. Ich habe sie schon gefragt, ob sie nicht zumindest ein persönliches Dienstmädchen haben möchte, so wie das Mädchen, das wir anfangs hier hatten. Und sei es auch nur, um ihr den Alltag ... ein wenig freundlicher zu gestalten.«

»Sie hatte schon einmal ein Dienstmädchen?« Grace war überrascht.

»Ein nettes Ding«, erwiderte er. »Abigail besaß daheim zwei

Sklaven, denen sie – sehr zum Leidwesen meines Vaters – vor ihrer Abreise die Freiheit schenkte. Deshalb hat sie dann dieses Mädchen eingestellt, als wir nach San Francisco kamen. Natürlich ungelernt, und Hopkins mochte sie nicht, weshalb sie auch nicht lange bei uns blieb, aber sie war trotzdem ein fröhliches Mädchen. Hören Sie, Missus Donnelly« – er beugte sich vor –, »ich möchte Abigail zu Weihnachten etwas Besonderes schenken. Was schlagen Sie vor?«

»Oh, Sir, ich kenne Ihre Schwester doch gar nicht.« Nachdenklich biss sie sich auf die Lippe. »Was hat ihr denn, bevor sie diese Probleme bekam, am meisten Freude bereitet?«

Wakefield zögerte nur kurz. »Ihr Pianoforte. Sie hat das Instrument geliebt. Hat stundenlang darauf gespielt und dazu gesungen. Sie hat eine wunderschöne Stimme«, fügte er wehmütig hinzu. »Das hatte ich schon ganz vergessen.«

»Wäre das denn etwas, das Sie für Ihre Schwester tun könnten?«

»Ich denke schon«, meinte er nachdenklich. »Aber ich muss sagen, Missus Donnelly, ich glaube nicht, dass Abigail je wieder Musik machen wird. Sie hat es einfach nicht mehr in sich.«

»Das wissen Sie natürlich am besten, Sir. Aber vielleicht könnte ein wenig Ablenkung ihr dabei helfen, sich anderen Dingen zuzuwenden als der Ursache für ihre Traurigkeit.«

»Ihre Traurigkeit«, wiederholte Wakefield. »In ihrer Jugend war Abigail nicht das kranke, nervöse Wesen, das Sie kennen. Sie war eigensinnig und anspruchsvoll, und unser Vater hat sie vergöttert. Vielleicht hat er sie nach dem Tod unserer Mutter allzu sehr verwöhnt.« Er schaute auf seine Hände und verschränkte sie. »Sie war mit einem sehr einflussreichen Mann verlobt, der sich dann aber für eine andere Frau entschieden hat. Seine Cousine, glaube ich.«

»Und deshalb wurde sie von ihrer Familie verstoßen?«

»Also haben Sie den Tratsch doch zu hören bekommen«, sagte er plötzlich misstrauisch. »Kennen Sie denn die ganze Geschichte, Missus Donnelly?«

»Nein, Sir«, erwiderte sie leise. »Jedenfalls nicht die wahre.«

»Dann möchte ich sie Ihnen erzählen. Natürlich gab es noch andere … Ereignisse, die Abigail zutiefst demütigten und an denen sie innerlich zerbrach. Als ich von meinen Studien im Norden zurückkehrte, war sie nicht mehr die Schwester, die ich in Erinnerung hatte. Vater konnte ihr sprunghaftes Verhalten kaum noch kontrollieren und wollte sie in eine Nervenklinik einweisen lassen.« Wakefield schloss kurz die Augen. Als er sie wieder öffnete, sah er Grace nicht an. »Ich überredete ihn dazu, sie stattdessen mit mir nach San Francisco gehen zu lassen. Ich hatte schon eine ganze Weile vorgehabt, herzukommen, benötigte jedoch Geld, und das erforderte den Verkauf von Grundbesitz – für Plantagenbesitzer keine schöne Vorstellung. In der Situation tat Vater jedoch, was zu tun war.« Er lächelte wehmütig. »Sie sehen, ich habe aus der Tragödie meiner Schwester Nutzen gezogen, während es ihr zunehmend schlechter geht.« Wakefield hielt inne. Ob er sich schämte oder einfach nachdenklich war, vermochte Grace nicht zu sagen.

»Sie haben getan, was Sie für richtig hielten«, sagte sie sanft. »Sie haben sie nicht der Obhut fremder Menschen überlassen. Und woran auch immer sie leiden mag, so ist sie zumindest nicht allein.«

Er nickte, während er sie forschend anblickte.

»Vielleicht findet sie ja irgendwann ihren Frieden, selbst wenn es noch Jahre dauert. Es besteht doch keine Eile, nicht wahr?«

»Nein«, pflichtete er ihr bei. »Sie hat alle Zeit der Welt. Ich werde stets für sie da sein.«

»Dann vertrauen Sie darauf, dass der allmächtige Arzt im Himmel persönlich sein Werk tut, und verzweifeln Sie nicht. Aber warum wollen Sie Ihrer Schwester bis dahin nicht die Möglichkeit geben, ihre Zeit sinnvoll zu verbringen?«, zitierte sie seine Worte von zuvor.

Er musste lächeln, und die Trübsal verschwand aus seinem Gesicht. »Ein kluger Rat, Missus Donnelly. Vollkommen richtig. Dem sinnvollen Zeitvertreib zuliebe sollen die Kinder ihren Hauslehrer bekommen und Abigail ihr Klavier.«

»Unter diesen Umständen wird es hier ein überaus glückliches Weihnachten geben, Doktor. Die Kinder werden sich sehr freuen.«

»Danke, Missus Donnelly«, sagte er. »Für Ihre Diskretion. Und für Ihre Güte. Sie haben mich erneut in meiner Meinung bestärkt, was Ihre Stellung in diesem Haushalt betrifft.«

»Man tut, was man kann, Sir. Oder wie unsere gemeinsame Freundin Schwester Joseph zu sagen pflegt: ›Wer sich sorgt, lebt auch nicht länger.‹«

Er lachte. »Diese Nonne könnte mich fast bekehren.«

»Sie ist wirklich ein Schatz«, pflichtete Grace ihm bei. »Und jetzt schenke ich Ihnen lieber eine frische Tasse Kaffee ein, denn der hier ist doch sicher eiskalt.«

»Das mache ich gleich selbst. Ich habe Sie schon lange genug aufgehalten. Und hier …« Er zog eine Schreibtischschublade auf und durchforstete sie, bis er einen Umschlag fand, den er ihr überreichte. »Ich habe diesen Monat ein wenig zusätzliches Haushaltsgeld hineingelegt. Wir hatten hier noch nie ein richtiges Weihnachtsfest«, erklärte er. »Und da dachte ich, wir könnten vielleicht einen neuen Brauch einführen, jetzt, wo Kinder im Haus sind.«

»Wunderbar, Sir«, sagte sie und steckte den dicken Umschlag in ihre Schürzentasche. »Ich weiß allerdings nicht, wie Sie die Geburt des Herrn im Süden feiern.«

»Und ich weiß nicht, wie Sie in Irland Weihnachten feiern«, erwiderte er. »Aber was heißt das schon? Machen Sie es so, wie Sie wollen, solange wir nur gut zu essen haben, gut zu trinken, einen Weihnachtsbaum, Weihnachtslieder, Freunde im Haus, Geschenke …«

»Und den Menschen ein Wohlgefallen«, fügte sie lächelnd hinzu.

»Das vor allem, Missus Donnelly«, sagte er und schaute aus dem Fenster. »Das vor allem.«

19

Du siehst furchtbar aus.« Lars Darmstadt lehnte am Kaminsims und zog an einer seiner geliebten chilenischen Zigarren. »Du bist ja nur noch ein Schatten deiner selbst. Muss eine schreckliche Zeit gewesen sein.«

»War es auch.« Peter Reinders saß in einem großen, bequemen Sessel neben dem Kamin, einen Brandy in der Hand. »Ich musste eine Droschke vom Hafen nehmen, und schon diese kurze Fahrt hat mich erschöpft.«

»Wo ist Liam? Oben in seinem Zimmer?«

Reinders schüttelte den Kopf. »Er ist mit Mackley auf dem Schiff geblieben. Sie laden ab und kümmern sich um die notwendigen Reparaturen.«

»Wie hält sich das alte Mädchen denn?« Darmstadt trat vom Feuer weg und nahm seinem alten Freund und Partner gegenüber Platz. »Bestimmt brennst du darauf, mir alles zu erzählen.«

»Die ausführliche Version liefere ich dir ein anderes Mal, Lars. Ich kann kaum noch die Augen aufhalten.«

»Ein anderes Mal? Heißt das etwa, du willst nicht über jedes einzelne Segelmanöver Bericht erstatten, über jeden Knoten Fahrt, den die *Eliza J.* aufgenommen hat, mir nicht erzählen, wie gut sie die Reise überstanden hat? Mein lieber Freund, du musst wirklich sehr krank gewesen sein!«

»Wer war krank?« Darmstadts Frau Detra kam ins Zimmer gerauscht, und im nächsten Moment verflog ihr Lächeln. »Mein Gott, Peter! Du siehst ja schrecklich aus.«

»Danke.« Reinders lächelte müde. »Nun ist es offiziell. Aber wenn ihr mir vor einem Monat begegnet wärt, würdet ihr jetzt schwärmen, dass ich aussehe wie das blühende Leben.«

Detra betrachtete ihn eingehend. »Malaria?«

Reinders hob sein Glas.

»Du hast stark an Gewicht verloren«, stellte sie fest. »Und wahrscheinlich fühlst du dich noch sehr schwach. Wie um Himmels willen hast du nur die Rückfahrt überstanden?«

»Mackley und Liam haben sich um alles gekümmert. Sie haben dafür gesorgt, dass ich meine Kabine nicht verlasse, und um ehrlich zu sein, war mir auch überhaupt nicht danach. Liam wird mal ein guter Kapitän«, fügte Reinders stolz hinzu. »Er hat das Schiff vorbildlich gesteuert.«

»Nun, ich kann nur sagen, ich bin froh, dass du wieder zu Hause bist. Du bleibst doch jetzt eine Weile hier, nicht wahr? Das tut er doch, Lars, oder?« Erwartungsvoll schaute Detra ihren Mann an.

Darmstadt lachte. »Das hoffe ich doch, mein Schatz. Aber du kennst ja Peter. Er tut immer, was er will. Wie sieht's aus, Käpt'n? Bleibst du die Weihnachtstage über zu Hause?«

»Ja.« Reinders lehnte den Kopf gegen die Rückenlehne und schloss die Augen.

Das Lächeln auf den Gesichtern der beiden Darmstadts erstarb, und sie warfen einander einen besorgten Blick zu. Sie waren es nicht gewohnt, ihren alten Freund so erschöpft und willenlos zu erleben.

Mühsam öffnete Reinders die Augen und fragte an Detra gewandt: »Hast du die Post durchgesehen? Ist ein Brief von Grace dabei?«

»Ich habe noch gar keinen Blick darauf werfen können. Wir sind selbst gerade erst zurückgekehrt, und der Haushalt ist ein wenig in Unordnung.«

Sie trat hinaus in den Flur und sprach mit der Haushälterin, die kurz darauf mit einem Korb voller Zeitungen, Zeitschriften und Umschläge zurückkam. Detra bedankte sich, legte den Stapel auf ihren Schreibtisch und begann ihn durchzusehen.

»Ah!« Sie hielt einen Umschlag hoch, auf dem Reinders' Name stand. »Hier ist etwas«, verkündete sie und brachte ihm den Brief.

Reinders erkannte Graces Handschrift, öffnete den Umschlag und las die Nachricht rasch durch. In der Zwischenzeit tat Darmstadt so, als sei er mit seiner Zigarre beschäftigt, während Detra Interesse an einer neuen Zeitschrift vortäuschte.

Reinders drehte das Papier um und sah, dass die Rückseite unbeschrieben war. Seine Hand mit dem Brief sackte in den Schoß. Dann schaute er zu seinen Freunden auf, die ihre Tätigkeiten unterbrochen hatten und ihn erwartungsvoll anblickten. »Sie ist in San Francisco!«

»Hier?« Darmstadt beugte sich vor. »Wann ist sie angekommen? Wo wohnt sie?«

»Dem Datum dieser Nachricht zufolge ist sie im September eingetroffen.« Besorgt runzelte der Kapitän die Stirn. »Sie schreibt nur, dass es Mary Kate nicht gut geht und sie im Krankenhaus liegt, und dass sie, Grace, Bescheid geben wird, sobald sie eine Wohnung gefunden haben.« Er wandte sich an Detra: »Ist noch eine andere Nachricht von ihr dabei?«

Detra durchsuchte den Stapel erneut, schüttelte dann aber den Kopf. »Lars, ruf bitte Arnott und frag ihn, ob sie hier gewesen ist.« Dann flüsterte sie Reinders zu: »Ich mag diesen Butler nicht. Er ist so abweisend.«

»Er ist ein Snob«, sagte Reinders.

»Still, ihr beiden.« Darmstadt erhob sich aus seinem Sessel. »Mir gefällt es, wenn Diener abweisend sind. Das hat seine Vorteile, wenn die Gläubiger vor der Tür stehen.« Er durchquerte den Raum. »Arnott!«

Der Butler tauchte so schnell auf, als habe er hinter der Tür gestanden. Reinders und Detra nickten einander wissend zu – ihr Verdacht hatte sich bestätigt.

»Ah, gut, da sind Sie ja.« Obwohl er sich zu voller Größe aufrichtete, war Darmstadt einige Zentimeter kleiner als der grobschlächtige Butler. »Arnott, ist hier in den vergangenen Monaten eine Missus Donnelly gewesen? Sie müsste nach Kapitän Reinders gefragt haben.«

Der Butler runzelte die Stirn und betrachtete seine Schuhspitzen, als denke er angestrengt nach.

»So manche Frau hat nach dem Kapitän gefragt, Sir. Aber an eine Missus Donnelly kann ich mich nicht erinnern.«

»Eine reizende junge Dame«, half Darmstadt nach. »Vielleicht mit einem Kind an der Hand. Iren.«

»Ach, ja. Iren.« Arnott schaute auf. Seine zusammengepressten Lippen verrieten eine gewisse Verachtung. »Eine Bettlerin, Sir, ganz schmutzig. Sie hat *Hosen* getragen. Ich ging davon aus, dass sie dem Kapitän gegenüber Ansprüche erheben wollte und habe sie nicht weiter ermutigt.«

»Hosen?« Darmstadt sah Reinders über die Schulter an.

»Aber Sie haben ihren Brief entgegengenommen?«, fragte Detra.

»Ja, Madam. Ich habe ihn zu den anderen gelegt.«

»Und es gibt keine weitere Nachricht von ihr?«, übernahm Darmstadt wieder die Befragung.

»Doch, Sir. Sie wollte ihre Unterkunft bei einem Mann bekannt geben.« Arnott warf Reinders einen raschen Blick zu. »Wakefield ist der Name, den sie angab, Sir.«

»*Doktor* Wakefield?«, hakte Darmstadt nach.

»Ich glaube ja, Sir. Möglicherweise ist sie in seinem Haushalt angestellt. Es war schwierig, ihre Sprechweise zu verstehen, Sir.«

Darmstadt musterte ihn misstrauisch und nickte dann fast unmerklich. »Das war alles, Arnott. Sie können gehen.«

»Sehr wohl, Sir.« Der Butler verbeugte sich. »Entschuldigen Sie, Sir, aber der Koch würde gerne wissen, wie viele Personen zum Abendessen anwesend sein werden.«

»Wir sind auf jeden Fall zu dritt«, erwiderte Detra. »Möglicherweise zu fünft, falls Master Kelley und Mister Mackley uns Gesellschaft leisten.«

»Sehr wohl, Madam.« Arnott machte erneut einen Diener und verließ dann den Raum.

»Der Teufel soll ihn holen«, fluchte Reinders und hieb mit der Faust auf die Sessellehne. »Arroganter, wehleidiger, kleiner Mistkerl!«

Darmstadt räusperte sich lautstark.

»Tut mir leid, Detra. Ich bin wohl zu lange auf See gewesen«, entschuldigte Reinders sich. »Wer ist dieser Wakefield, Lars? Weißt du etwas über ihn?«

»Rowen Wakefield.« Darmstadt ging zum Kamin hinüber und blieb davor stehen. »Altes Geld aus dem Süden. Aber ein guter Mann, soviel ich weiß. Hervorragender Arzt. Hat unten im Hafengebiet die Choleraklinik aufgebaut und während der Epidemie

Tausenden das Leben gerettet. Inzwischen wurde die Klinik in ein allgemeines Krankenhaus umgewandelt, das er leitet; außerdem sitzt er im Verwaltungsrat des neuen Marinehospitals draußen am Rincon Point.«

»Also hat Grace ihn höchstwahrscheinlich im Krankenhaus kennen gelernt«, mutmaßte Reinders. »Weil sie keine Ahnung hatte, wo ich war und wann ich zurückkomme, hat sie in seinem Haus Quartier bezogen. Bestimmt sind die Kinder bei ihr.«

»Er ist ein äußerst ehrbarer Mann«, versicherte Darmstadt. »Überall hoch angesehen. Ich bin fest davon überzeugt, dass sie in guten Händen ist.«

»Vielleicht macht Peter sich ja gerade deswegen Sorgen, Liebling«, erklärte Detra ihrem Mann. »Wir müssen Missus Donnelly eine Nachricht zukommen lassen, dass Peter zurück ist. Hol den Schreibblock, Lars.«

»Nein.« Reinders machte Anstalten, sich aus dem Sessel zu erheben. »Ich werde persönlich zu ihr fahren. Jetzt gleich.«

»Setz dich.« Darmstadt drückte seinem alten Freund nur leicht auf die Schulter, und sofort sackte der in sich zusammen. »In deinem Zustand kannst du nirgendwohin gehen.« Er trat an den Schreibtisch, holte Papier und Feder und reichte sie Reinders. »Bitte Grace, gleich morgen früh hierher zu kommen.«

Detra nickte ermutigend. »Er hat Recht, Peter. Gib ihr ein wenig Zeit. Schließlich ist es schon lange her, dass ihr beide euch das letzte Mal gesehen habt. Sicher wird sie Gelegenheit haben wollen, ein Bad zu nehmen, sich umzuziehen und die Haare zu machen. Sich vorzubereiten.«

»So ist Grace nicht.«

»Sie ist doch eine Frau, oder?«

Plötzlich sah Reinders Grace vor sich, an jenem Morgen an Deck der *Eliza J.*, als sie der Seebestattung von Liams Mutter beiwohnte. Erschöpft und stoisch hatte sie den Kopf hochgehalten und ihre Arme schützend um die beiden Kinder gelegt, um ihnen in ihrem Kummer Halt zu geben.

»Aber keine von denen, wie *ich* sie bisher kennen gelernt habe. Anwesende Damen natürlich ausgenommen«, fügte Reinders galant hinzu.

»Schreib deinen Brief, mein Lieber.« Detra lächelte sanft. »Und dann schlaf dich heute Nacht erst einmal aus. Keine Frau möchte, dass der Mann, den sie liebt, so aussieht, als stünde er bereits mit einem Bein im Grab.«

Reinders war zu erschöpft, um dagegen zu protestieren, obwohl er sich plötzlich danach sehnte, Grace zu sehen, ihre Stimme zu hören, die Wärme ihrer Hand zu spüren. Erneut dachte er an jenen Nachmittag zurück, den sie vor seiner Abreise gemeinsam in New York verbracht hatten. Er erinnerte sich daran, wie die untergehende Sonne, die durch die Vorhänge seines Zimmers schimmerte, ihre Haut in warmes Licht getaucht hatte, an ihre Wimpern, die sich im Schlaf dunkel von ihren Wangen abhoben. Wie oft hatte er sich in dieses Zimmer zurückgeträumt, in dieses Bett, zu dieser Frau? Er schüttelte den Kopf. Zu oft, als dass er es noch hätte zählen können. Er griff zum Federhalter.

»Liebste Grace, ich kann kaum fassen, dass du endlich hier bist …«

Darmstadt wartete, bis Reinders seinen Brief beendet hatte und händigte ihn dann dem Botenjungen aus, der ihn bei Tagesanbruch zustellen würde.

Der Kapitän war so erschöpft, dass er noch nicht einmal etwas essen konnte; stattdessen ließ er sich in sein Zimmer hinaufhelfen, zog sich aus und legte sich ins Bett. Er hatte geglaubt, er würde noch stundenlang wach liegen und an Grace und die Zukunft denken. Doch nach Monaten auf einer harten Pritsche erwies sich sein eigenes Bett als unglaublich weich, und er versank darin und war schon eingeschlafen, ehe er die Federdecke auch nur halb hochgezogen hatte.

Scheinbar wenige Minuten später wurde Reinders durch lautes Stimmengewirr und Gelächter im Erdgeschoss geweckt. Schließlich hörte er jemanden in Stiefeln die Stufen hinaufstampfen, und im nächsten Moment flog seine Zimmertür auf.

»Peter, sie ist da!«, rief Darmstadt. »Sie ist unten. Was für eine reizende junge Dame! Ich hatte ja keine Ahnung!« Sichtlich zufrieden klatschte er in die Hände. »Niemals hätte ich mir jemand so Entzückendes vorgestellt. Du hast sie wirklich nicht gut beschrieben, Peter«, tadelte er ihn gutmütig. »Und ich werde nie begreifen, was um alles in der Welt sie an dir findet. Aber jetzt komm lieber runter, ehe sie Vernunft annimmt. Übrigens trägt sie keine Hosen«, fügte er mit enttäuschtem Unterton hinzu. »Ich weiß nicht, warum Arnott das gesagt hat. Keine Hosen«, wiederholte er. Dann hellte sich sein Gesicht wieder auf. »Dafür aber einen reizenden grünen Rock, eine sehr adrette Jacke und einen wundervollen Hut …«

Reinders lag nur wie gelähmt da. Er war von Darmstadts Wortschwall ebenso verblüfft wie von der Tatsache, dass Grace tatsächlich in seiner Nähe war, nur ein Stockwerk unter ihm – während er noch immer sein Nachthemd trug.

»Du musst sofort aufstehen!« Darmstadt trat an Reinders' Kleiderschrank und durchforstete ihn. »Hier.« Er streckte ihm ein sauberes weißes Hemd und eine fast neue Reithose entgegen. »Zieh das hier an. Im Moment ist dir wahrscheinlich alles zu groß, aber die Sachen müssten ihren Zweck erfüllen. Komm jetzt, Mann, du wirst doch nicht zulassen, dass ein kleiner Malariaanfall dich von diesem wunderschönen Geschöpf fern hält, oder?«

Reinders setzte sich auf und schwang die Beine über die Bettkante. Im nächsten Moment überkam ihn ein so starkes Schwindelgefühl, dass er fast wieder nach hinten gesunken wäre. Benommen schloss er die Augen.

»Tut mir leid, alter Junge.« Darmstadt legte die Kleidungsstücke aufs Bett und zügelte seine Begeisterung. »Natürlich. Lass dir Zeit. Soll ich Arnott hochschicken, damit er dir beim Anziehen hilft?«

»Nein«, brummte Reinders mit noch immer geschlossenen Augen. »Das mache ich selbst. Aber ich brauche frisches Wasser.«

»Ich sorge dafür, dass das Mädchen sofort welches hochbringt.« Darmstadt trat ans Fenster und zog die Vorhänge zurück.

Das helle Licht blendete Reinders, und er kniff sofort wieder die Augen zusammen. »Wie spät ist es?«

»Kurz vor zehn. Wir haben schon gefrühstückt, aber ich lasse dir und Missus Donnelly Tee in den Salon bringen. Detra und ich müssen fort.«

»Wieso das denn?« Reinders zog sich das Nachthemd über den Kopf und langte nach seinem Unterhemd.

»Wir dachten, dass du vielleicht ein bisschen Privatsphäre gebrauchen könntest«, räumte Darmstadt verlegen ein. »Es war natürlich Detras Idee. Du kennst doch die Frauen.«

»Da bin ich mir nicht so sicher.« Reinders knöpfte sich das weiße Hemd zu und stand auf, um die Reithose anzuziehen.

»Sei einfach du selbst«, riet Darmstadt ihm. »Beziehungsweise tu so, als wärst du ich. Ich habe bei den Damen immer enormen Erfolg gehabt.« Er grinste. »Wir sehen uns in ein paar Minuten unten, okay?«

Reinders nickte. »Sobald ich angezogen bin.«

Es dauerte wesentlich länger als nur ein paar Minuten, wie Reinders feststellte, nachdem er sich das Gesicht gewaschen und das Haar gebürstet hatte. Am liebsten hätte er sich noch rasiert, aber dafür reichte die Zeit nicht mehr. Selbst die kleinsten Aufgaben strengten ihn an. Der Gedanke daran, Grace zu sehen, ließ sein Herz schneller schlagen, und er hoffte nur, dass sie nicht enttäuscht sein würde. Bin ich wirklich so sehr gealtert, fragte er sich, als er in den Spiegel blickte. Zweifellos war sein Haar in New York dichter und länger gewesen, und die Zeit hatte damals noch nicht so tiefe Spuren in seinem Gesicht hinterlassen. Wann waren diese Falten aufgetaucht, die nun seine Stirn zerfurchten? Oder die Runzeln in den Augenwinkeln und um die Ohren? Er musste sich eingestehen, dass er damals eine bessere Figur abgegeben und deutlich weniger Ähnlichkeit mit einer Vogelscheuche aufgewiesen hatte. Ich sehe aus wie ein alter Mann, dachte er plötzlich, doch dann biss er die Zähne zusammen, entschlossen, diese törichten, eitlen Gedanken zu vertreiben. Sein Äußeres entsprach dem, was er war – ein erfahrener Schiffskapitän in der Mitte seines Lebens, der gerade eine schreckliche Krankheit überstanden hatte. Ein paar Wochen Ruhe und gutes Essen sowie die Gegenwart der Frau, die er liebte, und er würde schon bald wieder auf dem Damm sein. Entschlossen verließ er sein Zimmer und ging langsam die Treppe hinunter. Vor dem Salon blieb er einen kleinen Moment stehen, ehe er die Türen aufdrückte.

»Peter!«

Grace sprang auf, und Reinders rechnete damit, dass sie sich ihm in die Arme werfen würde, doch überraschenderweise tat sie das nicht. Stattdessen ließ sie unbeholfen die Arme hängen, als sei sie plötzlich unsicher, wie sie sich in seiner Gegenwart verhalten sollte – was seine eigene Unsicherheit nur noch verstärkte.

»Schön, dich zu sehen, Grace«, sagte er höflich – und sogleich enttäuscht über seine eigene spröde Zurückhaltung. »Wie ist es dir ergangen?« *Wie ist es dir ergangen? Wie ist es dir ergangen?* Reinders hätte sich ohrfeigen können. Fiel er nun etwa wieder in die Rolle des Trottels zurück, der kein Wort herausbekam, so wie damals, als sie sich kennen gelernt hatten?

»Also, ich …« Grace zögerte, trat einen Schritt vor, blieb dann aber wieder stehen. »Mir geht es gut, Peter. Und dir?«

Reinders wollte etwas sagen, bekam jedoch keinen Ton heraus, und es entstand eine unangenehme Stille.

»Also dann.« Darmstadt erhob sich aus seinem Sessel. Detra tat es ihm umgehend nach. »Bitte entschuldigen Sie uns, Missus Donnelly, aber meine Frau und ich haben noch eine geschäftliche Verpflichtung, die keinen Aufschub duldet.« Er nahm Graces Hände und drückte sie herzlich. »Es war ein außerordentliches Vergnügen, Sie endlich kennen zu lernen, meine Liebe. Ich denke, wir werden sicher sehr bald gemeinsam zu Abend essen.«

Detra nahm Graces Hände, kaum dass ihr Mann sie freigegeben hatte. »Und ich freue mich darauf, Ihre Kinder kennen zu lernen«, sagte sie freundlich. »Wir sind ja so froh, dass Sie alle sicher hier angekommen sind.«

»Vielen Dank. Ich freue mich auch sehr, Sie kennen gelernt zu haben. Peter hat immer in den höchsten Tönen von Ihnen beiden gesprochen.« Grace begegnete Reinders' Blick, und nun fehlten auch ihr die Worte.

Hastig verabschiedeten sich die Darmstadts und verließen, von den beiden Zurückbleibenden kaum bemerkt, den Raum. Als sie die Tür hinter sich geschlossen hatten, breitete sich eine bedrückende Stille im Salon aus, nur unterbrochen vom Ticken der Uhr auf dem Kaminsims und dem Prasseln der frisch aufgelegten Holzscheite.

»Geht es dir gut?«

»Du warst krank.«

Sie hatten gleichzeitig gesprochen und lachten nun verlegen.

»Ja, ich war sogar sehr krank«, räumte Reinders ein. »Und ich fürchte, wenn ich mich jetzt nicht hinsetze, besteht die Gefahr, dass ich gleich umfalle.«

»Oh, Peter! Das war mir nicht klar … Lass mich dir helfen.«

Graces Besorgnis gewann die Oberhand über ihre Zurückhaltung. Rasch trat sie an seine Seite, legte den Arm um seine Hüfte, um ihn zu stützen, und führte ihn zu seinem Sessel, während er sich mit einem Arm auf ihrer Schulter abstützte.

Er schloss die Augen und spürte die Wärme ihres Körpers. Ich will sie einfach nur küssen, dachte er. Ich sollte sie jetzt küssen, dann wird zwischen uns wieder alles so wie früher.

»Ja«, hörte er sie sagen und spürte, wie sich ihre Lippen auf seinen Mund drückten.

Er erwiderte ihren Kuss, zunächst zart, doch dann, als sie sich an ihn drückte, mit größerer Dringlichkeit. Er wollte gar nicht mehr aufhören, verlor sich im Rausch dieses zeitlosen Augenblicks. Schwer atmend, fast schwindelig schlang er die Arme noch fester um sie und ließ seinen Mund ihren Hals hinabgleiten.

»Ähem.« Arnott, der mit dem Tablett in der Hand an der Tür stand, räusperte sich demonstrativ.

Erschrocken traten Grace und Peter auseinander; Grace errötete vor Verlegenheit, Peter vor Ärger.

»Soll ich den Tee servieren, Kapitän Reinders?«

»Stellen Sie das Tablett dorthin.« Peter deutete mit dem Kinn auf Detras Schreibtisch. »Das ist dann alles.«

Arnott ließ sich Zeit damit, die Tassen und Untertassen, die Teekanne und den Teller mit dem Gebäck auf dem Tisch zu arrangieren. Auf seinem Gesicht lag ein Grinsen, das Reinders nicht gefiel. Schließlich hatte der Kapitän genug von dem Butler.

»Das ist dann alles, Arnott«, wiederholte er kurz angebunden. »Und machen Sie die Tür hinter sich zu.«

»Sehr wohl, Sir. Ich werde ausrichten, dass Sie nicht gestört werden möchten.« Träge verbeugte er sich, durchquerte den Raum, ging in den Flur hinaus und schloss dann quälend langsam die Tür.

»Er erinnert mich an diesen Boardham«, bemerkte Grace. »Deinen alten Schiffssteward. Weißt du noch?«

»Wie könnte ich den je vergessen?« Reinders fuhr sich mit der Hand durch das kurz geschnittene Haar. »Er hat uns allen eine Menge Ärger beschert und ist sogar mit einem Mord davongekommen, der feige Mist…« Er sah Grace an. »Erinnerst du dich an Tom Dean?«

»Ja. Du sagtest, er sei einer deiner besten Leute gewesen. Aber Boardham hat am Ende doch noch seine Quittung bekommen«, berichtete Grace grimmig. »Er wurde mit aufgeschlitzter Kehle am Ufer angespült. Dugan hat mir den Zeitungsartikel zugeschickt, damit ich weiß, dass dieser Mann uns nie mehr etwas antun kann.«

»Was für Zeiten, nicht wahr?« Nachdenklich schüttelte Reinders den Kopf. Dann ließ er sich in den Sessel sinken. »Entschuldige, aber ich muss mich setzen. Für solche Küsse reichen meine Kräfte einfach noch nicht.«

Grace errötete. »Möchtest du jetzt deinen Tee, Peter? Soll ich ihn dir bringen?«

Reinders nickte. Grace stellte zwei Tassen und den Teller mit dem Gebäck auf den kleinen Tisch neben dem Sessel. Dann holte sie Detras kleineren Schreibsessel herbei und schob ihn dicht neben den des Kapitäns. Schließlich setzte sie sich, und sie sahen einander stumm an. Weder Grace noch Reinders konnten fassen, dass sie sich wirklich gemeinsam im selben Zimmer befanden, und sie wussten beide nicht, wo sie beginnen sollten.

»Du siehst müde aus, Peter«, setzte Grace zögernd an. »Und du bist so dünn.«

»Malaria.« Er hob eine Hand ans Gesicht und strich damit über seine ausgehöhlten Wangen und die kratzenden Stoppeln. »Tut mir leid, dass ich keine Zeit zum Rasieren hatte.«

»Du gefällst mir mit Bart. Als wir uns in Liverpool zum ersten Mal an Bord begegnet sind, hattest du auch einen. Weißt du noch?«

»Ja. Und du warst ziemlich aufgebracht.« Er lachte. »Hast von Anfang an nur Ärger gemacht.«

Grace ging auf seinen Scherz nicht ein. »Als ich dich dann in New York an Lilys Marktstand wiedergesehen habe, hattest du ihn dir abrasiert, und ich hätte dich fast nicht erkannt.« Zaghaft streckte sie die Hand aus und streichelte sein Gesicht. »Heute würde ich dich überall erkennen, ob mit Bart oder ohne.«

Reinders drehte den Kopf und küsste ihre Handfläche. Er hatte vergessen, wie sehr er diese Hand liebte, ihre eckige Form, die langen Finger – es war eine hart arbeitende Hand, eine Hand, die zu großer Stärke fähig war und Durchhaltevermögen besaß. Er drückte seine Lippen noch fester auf die duftende Haut, schloss die Augen und spürte, wie ihm die Tränen kamen. Was war nur mit ihm los, dass ihn seine Gefühle so leicht übermannten?

»Du bist erschöpft, das ist alles«, versicherte Grace ihm und zog ihre Hand sanft zurück. »Du hast eine schwere Zeit hinter dir, Peter. Das sehe ich in deinen Augen. Aber jetzt bist du zu Hause. Und ich bin hier, um mich um dich zu kümmern.«

Er wandte sich ab, beschämt von seinem Gefühlsausbruch und von der Tatsache, dass sie ihn tröstete anstatt er sie. Dies war nicht das Wiedersehen, das er sich so häufig ausgemalt hatte.

Grace spürte sein Unbehagen und wechselte das Thema. »War Liam auch krank?«, fragte sie, weil sie wusste, dass er jede Frage über den Jungen nur zu bereitwillig beantworten würde. »Ist er hier?«

»Nein.« Reinders wandte ihr wieder das Gesicht zu und nahm die Tasse Tee entgegen, die sie ihm reichte. »Liam war nicht krank. Der Junge hat eine starke Konstitution. Ihm und Mackley habe ich es zu verdanken, dass ich heute hier sitze.« Die Hand, in der er die Tasse hielt, zitterte leicht. »Er ist ein guter Seemann, Grace. Du wärst stolz auf ihn. Er und Mackley sind im Moment auf dem Schiff und erledigen noch ein paar Dinge.«

»Ich kann es kaum erwarten, ihn zu sehen. Und Mary Kate ist außer sich vor Freude. Sie war die ganze Zeit nicht davon abzubringen, dass ihr beide von Piraten gefangen worden seid. Sie und Jack haben jeden Tag darüber gesprochen.« Ihre Augen funkelten. »Jack wird dir gefallen.«

»Davon bin ich überzeugt«, erwiderte er, doch dann schwand sein Lächeln. »Es tut mir leid, dass ich nicht hier war, als ihr angekommen seid, Grace. Dass ich dir nicht helfen konnte. Ich weiß, wie anstrengend die Reise auf dem Landweg ist, und habe ständig an dich gedacht. Du musst furchtbar erschöpft gewesen sein. Und dann Mary Kates Krankheit und Jack, um den du dich auch noch kümmern musstest.« Er seufzte. »Ich kann einfach nicht fassen, dass ich nicht hier war …«

»Aber woher hättest du das denn wissen sollen? Erst als wir Utah durchquerten, kam mir der Gedanke, dass Sean sich den Goldgräbern hier angeschlossen haben könnte. Dass Mary Kate krank wurde, war wie ein Zeichen Gottes; erst in dem Moment war ich mir sicher, dass wir nach San Francisco aufbrechen mussten. Also, wie hättest du es vorher wissen sollen?«

»Dann ist Sean hier? Du hast ihn gefunden?«

Grace schüttelte den Kopf. »Aber ich habe herumgefragt. Hier reisen jede Menge Iren durch, auch Mormonen, und eines Tages wird mir irgendjemand etwas über ihn erzählen können.«

»Hast du eine Anzeige aufgegeben?«

»Ja. Edward Kemble vom *California Star* unterstützt mich dabei, und ich war auch schon unten an der Schule, die Sam Brannan leitet. Er meinte, die Gruppen aus Utah würden ihre Glaubensbrüder zum Goldschürfen hierher schicken, vor allem nach Mormon Island, aber wenn sie nicht in die Stadt kommen und ihn besuchen, hat er keinerlei Kontakt zu ihnen. Immerhin hat er sich bereit erklärt, ein paar Briefe an seine Leute zu schreiben, die jetzt dort leben.« Sie schwieg einen Moment und nippte an ihrem Tee. »Kennst du William Shew, der das Daguerreotypie-Atelier betreibt? Er hat mir seine Fotos von Goldschürfern bei der Arbeit gezeigt, damit ich nachschauen kann, ob einer von ihnen mein Bruder ist. Aber Sean war nicht dabei. Mittlerweile hat Shew weitere Daguerreotypien aufgetrieben, und Ende der Woche gehe ich noch mal hin, um sie mir anzusehen.«

Reinders starrte Grace mit offenem Mund an. Dann legte er den Kopf in den Nacken und lachte.

»Was ist daran so lustig?«

»Das sind bemerkenswerte Männer«, sagte er bewundernd. »Und du lässt sie alle Ausschau nach deinem Bruder halten! Wie um alles in der Welt hast du sie kennen gelernt?«

»Im Haus von Doktor Wakefield. Sie kommen ab und zu zum Essen vorbei. Ich bin dort Köchin«, fügte sie hinzu. »Wusstest du das? Dass ich dort eine Anstellung habe?«

»Du fängst wohl am besten ganz von vorne an.« Reinders stellte seine Tasse ab und lehnte sich im Sessel zurück.

Grace zögerte, weil er todmüde wirkte. Doch als er versprach, etwas Gebäck zu essen und noch eine Tasse Tee zu trinken, erklärte sie sich einverstanden. Da sie wusste, dass für Einzelheiten später noch Zeit sein würde, erzählte sie ihm kurz, wie sie sich dem Planwagenzug in Kansas angeschlossen hatten und mit dem Treck nach Oregon gekommen waren. Dann berichtete sie ihm von den

Monaten, in denen sie erst Schlammwüsten und überflutete Flüsse hatten passieren müssen, danach Hitze und Staub aushalten und schließlich die schmalen Bergpässe überqueren. Sie erzählte ihm, wie Mary Kate immer lethargischer geworden war und sie beschlossen hatte, mit dem Dampfschiff nach San Francisco zu fahren. Zuletzt fasste sie kurz zusammen, wie sie ihre Tochter ins Krankenhaus gebracht und Schwester Joseph kennen gelernt hatte, der sie die Anstellung bei Doktor Wakefield verdankte.

»Also leitest du das Küchenpersonal?«

»Ich *bin* das Küchenpersonal.« Grace lachte. »Es ist bloß ein kleiner Haushalt, nur der Doktor und seine Schwester, die …« – sie suchte nach dem richtigen Wort – »leidend ist. Dann gibt es noch eine Haushälterin und ihre Tochter und einen Mann, der sich um die Pferde und den Garten kümmert. Mary Kate geht es inzwischen wieder besser, so dass sie mir in der Küche helfen kann, und Jack ist ganz vernarrt in die Pferde und Hunde des Doktors, auch wenn er Kansas und die ganzen Schießereien immer noch vermisst.«

»Und was ist mit dir?«, fragte Reinders. »Bist *du* dort glücklich?«

Grace dachte einen Moment nach, dann sagte sie: »Ja. Es ist ein guter Ort für uns. Mein Gehalt ist großzügig – mehr als großzügig –, und unsere Räume sind warm und gemütlich. Außerdem gibt es noch einen Lehrer für die Kinder, der regelmäßig ins Haus kommt.«

»Wakefield hat einen Privatlehrer angestellt?«, erkundigte sich Reinders skeptisch. »Warum tut er das?«

»Mary Kate hat bisher keine besonders angenehmen Erfahrungen mit der Schule gemacht, dabei ist sie ein gescheites Mädchen, Peter. Du kannst dir nicht vorstellen, was sie alles im Kopf hat. Jedenfalls ist Doktor Wakefield das nicht entgangen, und das hat sein Interesse geweckt. Jack hält er ebenfalls für einen hellen Jungen, und als er mir das Angebot machte, sah ich keinen Grund, es abzulehnen, obwohl ich es zunächst etwas merkwürdig fand. Doktor Wakefield ist ein sehr freundlicher Mann.«

»Das habe ich auch gehört.« Reinders runzelte die Stirn. »Ich sollte ihm wohl dankbar sein. Es hätte viel schlimmer für euch kommen können. San Francisco ist ein raues Pflaster.«

»Ja, aber was für eine Stadt«, sagte Grace schwärmerisch. »Ich hatte mir Zeltsaloons und Baracken, braune Hügel und knietiefen Schlamm vorgestellt, obwohl ich ja aus deinen Briefen wusste, dass San Francisco nach den Bränden wieder aufgebaut wurde. Die Chinesen nennen die Stadt *Gum San*, Goldberg, und genau so sehe ich sie jetzt auch, bei dem ganzen Geld, das in die Gebäude und dergleichen fließt.«

»Die Architektur mag eindrucksvoller erscheinen, aber die braunen Hügel und der Schlamm sind immer noch fast so etwas wie Wahrzeichen der Stadt«, erwiderte er.

Sie lachte. »Nach der grünen Landschaft von Oregon war es ein Schock, hierher zu kommen und festzustellen, dass es tatsächlich keine Bäume gibt. Andererseits war ich sofort von San Francisco eingenommen, dieser Stadt, die immer wieder aufsteht und sich neu erschafft. Wie die Einwanderer selbst. Ich wusste sofort, dass die Kinder und ich hier etwas aus uns machen können.«

»Ihr habt doch überall, wo ihr gewohnt habt, etwas aus euch gemacht, Missus Donnelly. Warum sollte San Francisco da eine Ausnahme bilden?« Reinders lächelte sie liebevoll an. Erneut fielen ihm ihre unglaublich meergrünen Augen auf, ihr so lebendiger Mund. »Ich habe dich vermisst, Grace. Es ist schön, wieder bei dir zu sein.«

»Ich habe dich auch vermisst.« Sie stand auf und setzte sich auf die Kante seines Sessels. Reinders war so schmal geworden, dass das Sitzmöbel mehr als genug Platz für sie beide bot.

Er schlang die Arme um sie und zog sie an sich, so dass sie an seiner Brust lehnte.

»Grace«, flüsterte er ihr ins Ohr. »Bist du gekommen, um mich zu heiraten?«

Sie erstarrte einen Moment, wandte ihm dann aber das Gesicht zu und küsste ihn. Er fuhr ihr mit den Fingern durchs Haar, und sie spürte die Spannung in seinem Körper, während er sie festhielt. Schließlich rückte sie ein wenig ab, um sich zu sammeln.

»Ja«, erwiderte sie und schaute ihm in die Augen. »Sobald du gesund bist, sobald du die Kinder gesehen und Jack ein wenig kennen gelernt hast und …«

Reinders küsste sie, um ihren Wortschwall zu unterbrechen und zu verhindern, dass die profane Welt diesen kostbaren

Augenblick zerstörte. Mit einer einzigen Bewegung zog er ihren Körper so zu sich heran, dass sie ganz in seinen Armen lag. Seine Umarmung wurde fester, und seine Hände begannen, ihren Körper zu erkunden. Grace ließ ihn gewähren, denn sie genoss seine Berührungen und erinnerte sich wieder an die Leidenschaft, die dicht unter seiner beherrschten Oberfläche brodelte. Doch plötzlich hielt er inne und lehnte sich zurück, schwindelig und außer Atem.

»Peter! Du bist ja weiß wie die Wand!« Grace umfasste sein Gesicht mit den Händen und spürte den kalten Schweiß auf seiner Haut. Auch sein Hemd fühlte sich klamm an und klebte ihm an Brust und Schultern. »Schließ die Augen«, drängte sie. »Atme tief durch.«

Rasch stand sie auf, goss ihm ein Glas Wasser aus der Karaffe auf der Anrichte ein und sah besorgt zu, wie er es hinunterstürzte. Allmählich kehrte etwas Farbe in sein Gesicht zurück, und seine Atmung wurde regelmäßiger. Als er sich wieder besser fühlte, klopfte er auf den Platz neben sich, als wolle er dort weitermachen, wo sie aufgehört hatten.

»Bist du denn verrückt, Peter?«, tadelte sie ihn sanft. »Ehe du nicht wieder ganz auf dem Damm bist, wirst du eine Weile auf innige Umarmungen verzichten müssen, das lass dir gesagt sein.«

»Na, das ist ja ein Ansporn.« Er lächelte matt, schloss die Augen und holte tief Luft.

»Du gehörst ins Bett. Und zwar allein«, fügte sie in strengem Ton hinzu. »Ein heißer Backstein wäre jetzt die einzig passende Gesellschaft für dich.«

Dass er nicht protestierte, beunruhigte Grace nur noch mehr. Sie half ihm hinauf in sein Zimmer, zog ihm die Stiefel aus und ließ ihn dann allein, damit er schlafen konnte – obwohl es ihr schwer fiel, nicht bei ihm zu bleiben. Ehe sie das Haus verließ, sprach sie mit dem Butler und schärfte ihm ein, dass jemand regelmäßig nach Kapitän Reinders sehen und sich um ihn kümmern müsse, sobald er aufgewacht sei. Sie hatte Peter versprochen, ihm auch am nächsten Tag einen kurzen Besuch abzustatten; die Kinder werde sie jedoch erst mitbringen, wenn er wieder bei Kräften sei.

Zu Hause angekommen, schlüpfte Grace rasch in ihre Alltagskleidung und band sich eine Schürze um, während sie den Kindern Bericht erstattete. Mary Kate und Jack brannten darauf, alles über den Kapitän und Liam zu erfahren, doch Grace konnte ihnen nur erzählen, dass Reinders sehr krank gewesen war, sich aber auf dem Weg der Besserung befand, und dass sie Liam nicht gesehen hatte, weil er noch auf dem Schiff zu tun hatte.

In der Küche gab es jede Menge zu erledigen, so dass Grace den ganzen Nachmittag über dort beschäftigt war und nur ein Mal hinausging, um dem Doktor in seinem Arbeitszimmer Kaffee zu servieren. Auch Wakefield interessierte sich sehr für Graces Besuch bei Reinders und fragte sie schließlich frei heraus, ob sie vorhabe, ihn nun zu verlassen. Grace versicherte ihm, dass sie zumindest bis nach Weihnachten bleiben würden, da der Kapitän von der Malaria sehr geschwächt sei und wohl noch eine ganze Weile brauche, um wieder auf die Beine zu kommen; einem Haushalt mit Kindern in aufgeregter Vorweihnachtsstimmung sei er zum jetzigen Zeitpunkt ganz sicher nicht gewachsen. Wakefield schien erleichtert über die Nachricht, dass Grace weiterhin für ihn arbeiten wollte, und dankte ihr überschwänglich. Und Grace stellte überrascht fest, wie erleichtert auch sie war, dass ihr Leben nicht erneut eine jähe Wende nehmen, sondern die Veränderungen sich diesmal allmählich vollziehen würden.

Den Fragen von Missus Hopkins beim Abendessen wich sie aus, da sie mit dieser ihr so unangenehmen Frau nicht über ihr Privatleben sprechen wollte, ließ Enid und George Litton jedoch wissen, dass sie und die Kinder bis zum neuen Jahr und womöglich noch länger bei den Wakefields bleiben würden, je nachdem, wie schnell der Kapitän Fortschritte machte. Danach kam sie auf Weihnachten und die notwendigen Vorbereitungen zu sprechen. Plötzlich ertönte ein lautes Klopfen an der Hintertür, und alle verstummten. Litton stand abrupt auf.

»Ich kümmere mich darum«, sagte der Stallknecht mit rauer Stimme und nahm eine Lampe, um den Vorraum zu erhellen.

Grace und die Kinder, Missus Hopkins und Enid saßen still da und spitzten die Ohren, während Litton mit dem Besucher sprach. Wenig später kehrte er in die Küche zurück.

»Es ist ein junger Mann, Missus Donnelly. Er heißt …«

»Liam!« Mary Kate sprang vom Tisch auf und warf sich in die ausgebreiteten Arme des Jungen, der Litton in die Küche gefolgt war.

»Hallo, mein kleines Mädchen!« Über beide Ohren grinsend, hob Liam sie hoch, wirbelte sie herum und küsste sie auf die Wange. »Hallo, mein *großes* Mädchen!« Er setzte sie wieder ab. »Und wo ist meine Mam?«

Freudentränen stiegen Grace in die Augen. Sie lief um den Tisch herum und schloss Liam in die Arme. Einen Moment lang blieben sie eng umschlungen stehen, doch jetzt war sie es, die den Kopf an seine Schulter legte, nicht umgekehrt.

»Gott sei Dank, ihr habt es geschafft.« Er drückte ihr einen schmatzenden Kuss auf die Wange. »Ich freue mich so, dich zu sehen.«

»Ich mich auch.« Sie erwiderte seinen Kuss und trat dann einen Schritt zurück, um ihn näher zu betrachten, diesen Jungen, der sie mit zwölf Jahren verlassen hatte und nun fünfzehn war, fast schon ein Mann. »Du bist ja ein Riese, Liam Kelley!«, rief sie aus und wischte sich die Augen. »Das Leben auf See scheint dir zu bekommen!«

»Oh ja. Es ist großartig.« Er lachte und musterte sie eingehend. »Du siehst gut aus«, sagte er. Dann legte er eine Hand auf Mary Kates Kopf. »Ihr seht beide gut aus. Aber wo ist der kleine Jack? Versteckt sich hinter seiner Mam? Komm schon, Junge, lass dich mal anschauen!«

Jack trat hinter Grace hervor, scheu, aber nicht imstande, den Blick von dem kräftigen Burschen zu wenden. »Bist du Liam, der Matrose? Ich hab nämlich schon von dir gehört.«

»Und ich hab auch von dir gehört.« Liam beugte sich hinunter und reichte Jack die Hand. Der Junge ergriff sie und schüttelte sie feierlich. »Schön, nun endlich deine Bekanntschaft zu machen, Jack. Deine Heldentaten sind berühmt an Bord der *Eliza J.*«

»Was sind Heldentaten?«, fragte Jack vorsichtig.

»Abenteuer«, erklärte Liam. »Alles, was man an großen Dingen im Leben gemacht hat.«

»Zum Beispiel, dass ich in einem Planwagen hierher gekommen bin?«

»Genau«, sagte Liam ernst. »Die Geschichte kenne ich allerdings noch gar nicht. Die musst du mir irgendwann mal abends erzählen.«

»Was für eine Überraschung, Missus Donnelly.« Missus Hopkins stand kerzengerade am Tisch. »Und wer, sagten Sie, ist der Vater von ihm hier?«

»Das ist Liam Kelley, Sohn von Seamus und Alice Kelley«, erklärte Grace in ruhigem Ton. »Wir haben uns auf der Überfahrt kennen gelernt, und nachdem seine Angehörigen gestorben waren, hat er in New York bei uns gewohnt. Er ist mein Adoptivsohn und das Mündel von Kapitän Reinders.«

»Herzlich willkommen, Liam.« Enid machte einen kleinen Knicks.

»Das ist Enid Hopkins, Liam«, stellte Grace das Mädchen vor. »Sie und ihre Mutter arbeiten ebenfalls für Doktor Wakefield. Und an der Tür, das ist unser Mister Litton, Stallknecht und Gärtner.«

Liam nickte den Damen höflich zu und schüttelte Litton die Hand. Dann legte er Grace einen Arm um die Schultern.

»Es freut mich, Sie alle kennen zu lernen«, sagte er. »Bestimmt sehen wir uns noch öfter, solange meine Mam hier arbeitet.«

»Wie schön für Sie.« Missus Hopkins wandte sich ihrer Tochter zu. »Komm, Enid. Zeit für den abendlichen Rundgang.« Damit verließ sie die Küche, ohne sich noch einmal umzudrehen. Doch Enid schenkte allen ein entschuldigendes Lächeln, ehe sie ihrer Mutter hinterhereilte.

Litton murmelte etwas von den Pferden, nickte Liam zu, nahm seine Mütze und verschwand durch die Hintertür. Nachdem die drei gegangen waren, ließ Grace Liam am Tisch Platz nehmen, brachte ihm einen Teller Essen und beobachtete zufrieden, wie er es mit großem Appetit verschlang.

»Mmmh, das war lecker!«, verkündete er mit einem herzhaften Seufzer. »Bei den Darmstadts schmeckt alles gleich. Da ist sogar unser Koch an Bord noch besser, obwohl der nur drei Gerichte kennt – gekochten Fisch, gebratenen Fisch und Fischeintopf!«

Grace und die Kinder lachten und drängten sich um ihn an den Tisch.

»Du weißt, dass du hier jederzeit willkommen bist, mein Junge«, sagte Grace. »Hier bei uns ist immer Platz für dich.«

»Kommt ihr denn nicht in die Stadt hinunter?« Liam zog sich die Serviette aus dem Kragen und legte sie auf den Tisch. »Zum Wohnen, meine ich, wenn ihr heiratet, du und der Kapitän?«

Jack und Mary Kate gaben keinen Mucks von sich; erwartungsvoll blickten sie von Liam zu ihrer Mutter.

»Natürlich tun wir das«, sagte Grace. »Aber erst, wenn Peter sich richtig erholt hat. Er sieht nicht gut aus, Liam, ich mache mir Sorgen um ihn.«

Liam nickte. »Ja, es hatte ihn ganz schön erwischt. Mackley und ich fürchteten schon, ihn auf dieser Insel begraben zu müssen. Es war schrecklich.«

Grace wurde es schwer ums Herz bei dem Gedanken, dass Peter hätte sterben können – genau wie die vielen anderen geliebten Menschen, die sie verloren hatte.

»Er wollte, dass wir ohne ihn ablegen, aber die gesamte Mannschaft hat sich geweigert, ihn im Dschungel zurückzulassen.«

»Gibt's da Wilde?«, fragte Jack atemlos.

»Nein. Bloß Indios. Aber dafür riesige Insekten. Und Schlangen, so lang wie von hier bis zum Stall!«

Jacks Augen weiteten sich vor Schreck. »Hätten die dich fressen können?«

»Ich hab's nie drauf ankommen lassen«, sagte Liam augenzwinkernd. »Mister Darmstadt hat eine Sammlung zu Hause – Schmetterlinge, Nachtfalter, die unterschiedlichsten Insekten. Alle in einem Glasbehälter. Der Kapitän bringt ihm immer welche mit. Auch Schlangenhäute. Und wir haben einen Papagei im Käfig.«

»Einen Papagei!«, riefen die Kinder aufgeregt.

»Ja, und der kann sogar sprechen.« Liam grinste. »Ihr werdet ihn ja sehen, wenn ihr uns besucht.« Er wandte sich an Grace. »Meinst du, der Doktor gibt dir morgen Abend frei, damit ihr zum Essen zu uns kommen könnt?«

»Bestimmt. Er ist sehr gut zu uns, und er weiß auch, wie lange wir darauf gewartet haben, dass ihr beide endlich zurückkehrt.«

»Großartig, der Käpt'n wird sich freuen. Er hat sich so geärgert, dass er nicht in besserer Verfassung war, als du ihn heute Morgen besucht hast.« Liam lachte. »Ich gehe jetzt lieber und sage Missus Darmstadt wegen morgen Abend Bescheid.« Er drückte

Grace einen Kuss auf die Wange und stand auf. »Meinst du, Mary Kathleen könnte mich bis zur Auffahrt begleiten?«

»Bitte, Mam!« Mary Kate sah ihre Mutter mit leuchtenden Augen an.

»Na ja, warum nicht?« Grace tätschelte ihrer Tochter die Wange. »Du musst allerdings deinen Mantel anziehen, es ist ziemlich kalt geworden. Jack, und du hilfst mir beim Abwasch, nicht wahr, mein Sohn?«

»Och, Mam!« Er stieß mit seiner Stiefelspitze gegen das Tischbein.

»Wir machen bald einen Männertag, Jack, nur wir beide«, versprach Liam dem Jungen. »Dann zeige ich dir das Schiff, auf dem deine Mam und Mary Kate nach Amerika gekommen sind. Und ich auch.«

»Ich war noch nie auf einem richtigen Schiff«, beklagte Jack sich.

»Und wie bist du dann nach Amerika gekommen, mein Sohn?«, neckte Grace ihn.

Der kleine Junge zog ein finsteres Gesicht. »Wenn man sich nicht dran erinnern kann, gilt das nicht.«

Grace seufzte und sah ihn liebevoll an. »Sag Liam jetzt gute Nacht. Er kommt zurück, das verspreche ich dir.«

Widerstrebend verabschiedete Jack sich von seinem großen Bruder. Dann begann er, die Teller abzuräumen, während Mary Kate und Liam durch die Hintertür schlüpften. Als sie auf dem Hof standen, legte Mary Kate sich ihren Mantel über die Schultern und zog die Kapuze an.

»Es ist kalt.« Liam schaute zum sternenübersäten Himmel auf, und sein Atem dampfte in der frostigen Nachtluft. »Aber wunderschön. Hier ist es besser als in Kansas, oder?«

Mary Kate dachte einen Moment nach. »In Kansas konnte man meilenweit sehen. Der Himmel war größer«, stellte sie fest. »Aber es gab keinen Hafen.«

»Nichts als Land um einen herum.« Liam tat so, als schauderte es ihn. »Wie schrecklich.«

»Nein, nicht schrecklich, nur anders.« Sie lächelte und nahm seine Hand. »Hier lang.« Sie führte ihn auf dem Weg, der sich zur Auffahrt hinunterwand, um das Haus herum.

In den Vorderzimmern des Hauses brannte kein Licht, so dass

sie in der tiefen Dunkelheit die Stadt deutlich zu ihren Füßen liegen sehen konnten – ein Meer aus flackernden Lichtern, an das sich der dunkle Hafen anschloss.

»Mir gefällt es hier«, sagte Liam scheu. »San Francisco erinnert mich an Dublin. Nur weniger Bäume.« Er lachte. »Kannst du dich überhaupt an Irland erinnern, Mary Kate? Denkst du noch manchmal daran?«

Mary Kate nickte. »Ich erinnere mich an meine Granna in unserer Hütte. Und an Großvater im Kloster, als Jack geboren wurde. Und es gibt Gerüche, die mich an Irland erinnern … wenn Torf brennt, oder wenn's feucht ist, oder wenn ich am Meer bin.« Sie hielt inne. »Aber meistens kriege ich Bauchschmerzen, wenn ich an Irland denke. Deshalb lasse ich es lieber.«

»Geht mir auch so. Dublin war schrecklich. Die Leute lagen überall in den Gassen, tot oder sterbend. Meine Mam wollte uns unbedingt da rausholen. Ich hatte oft solche Angst.« Er hielt den Blick auf die Stadt unter ihnen gerichtet. »Du auch?«

»Ich hatte ja Mam«, erwiderte Mary Kate.

»Stimmt.« Er ließ ihre Hand los und legte ihr stattdessen den Arm um die Schultern. »Der Käpt'n sagt, sie ist die tapferste Frau, die er je kennen gelernt hat. Aber der Gedanke, dass sie in Kansas bleiben könnte, hat ihm nicht gefallen. Ein zu hartes Leben, meinte er, zu viel Arbeit für eine alleinstehende Frau.«

»Sie war immer müde«, vertraute Mary Kate ihm an. »Und traurig. Das kommt von den Zwiebeln, hat sie immer gesagt, aber wer schneidet schon mitten in der Nacht Zwiebeln? Ich war froh, als wir von da weggegangen sind.«

Liam drückte liebevoll ihre Schulter. »Jetzt wird alles gut«, versicherte er ihr. »Sie wird den Käpt'n heiraten, und er baut ein großes Haus für euch alle, oben im Norden.«

»Oben im Norden?« Mary Kate schaute ihn verblüfft an.

»Ja, er hat einen Gemischtwarenladen und ein Stück Land in New Whatcom gekauft. Er will den Hafen dort zu seinem Heimathafen machen und mit euch allen dahin ziehen.«

»Kommst du auch mit?«

Liam schüttelte den Kopf. »Ich behalte mein Zimmer bei den Darmstadts. Aber ich besuche euch, wann immer wir eine Fahrt in den Norden machen.«

Mary Kate runzelte die Stirn und sah ihn mit großen Augen an. »Aber ich will nicht schon wieder umziehen! Wir sind doch gerade erst angekommen, und mir gefällt es hier.« Sie dachte an Mister Hewitt und an Rose Mulhoney. »Ich habe hier einen Lehrer und eine Freundin. Ich habe eine Freundin.« Plötzlich füllten sich ihre Augen mit Tränen. »Und du, du bist ...«

»Du weinst ja!« Entsetzt über das, was er angerichtet hatte, nahm Liam sie in die Arme. »Ach, hör einfach nicht auf mich, meine Kleine. Was weiß ich denn schon? Nichts. Überhaupt nichts.« Er schlang die Arme fester um sie. »Du bist die Erste, die mir je gesagt hat, dass ich etwas aus mir machen kann. Und nun habe ich es geschafft und wollte es dir zeigen, und stattdessen bringe ich dich zum Weinen! Bitte wein doch nicht.«

Während sie dort standen, erinnerte Liam sich an den Tag, an dem seine Mutter und seine Schwester im Meer bestattet worden waren und er sich wie betäubt auf seine Koje gelegt und gewünscht hatte, er wäre ebenfalls gestorben. An diesem schrecklichen Tag war Mary Kate neben ihn gekrochen, hatte den Kopf an seine Brust gelegt – genau wie jetzt –, und er hatte die Arme um sie geschlungen und gemerkt, dass es etwas gab, an dem er sich festhalten konnte. Sie hatte ihn zum Leben gezwungen, und ihr Wille hatte sich durchgesetzt, denn hier standen sie nun, lebendig und gesund, eine halbe Weltreise von dort entfernt, wo sie geboren worden waren.

»Ich kümmere mich darum«, versprach er ihr. »Und jetzt mach dir keine Sorgen mehr, Mary Kate, hörst du?«

Sie nickte. Dann befreite sie sich aus seiner Umarmung, wischte sich mit den Handballen die Tränen fort und griff in ihre Rocktasche.

»Ich hab noch was von dir.« Sie reichte ihm ein zusammengeschnürtes Taschentuch und sah zu, wie er es vorsichtig öffnete. »Ich wollte es nicht mit der Post schicken, weil da manchmal Sachen verloren gehen«, sagte sie nüchtern. »Außerdem wusste ich ja, dass wir uns eines Tages wiedersehen würden.«

»Das ist Mams Kamm.« Verwundert betrachtete er ihn. »Und Siobhans Söckchen. Wo hast du die denn her?«

»Erinnerst du dich noch an den Tag, als du zu deinem Dad gezogen bist? Da hast du mir gesagt, ich soll sie für dich aufbewahren.«

Liams Gedanken wanderten zurück zu jenem fürchterlichen Sommer in New York, zu seinem Vater Seamus und dem dreckigen Elendsviertel, in dem er hauste – Seamus, der seine Familie verlassen hatte, Seamus, der Säufer, Seamus, der Liam ausgerechnet denen entriss, die er lieben gelernt hatte … Seamus, der am Ende alles wieder gutgemacht hatte, indem er sein Leben für das von Liam opferte.

»Ja, ich erinnere mich.« Er berührte die Narbe an seiner Wange, die von Boardhams Messer stammte, und blickte auf die kärglichen Habseligkeiten in seiner Hand. Das war alles, was ihm von seiner Mutter und seiner Schwester geblieben war. »Du hast die Sachen die ganze Zeit aufbewahrt?«

»Und das hier.« Mary Kate zog ein kleines Taschenmesser aus der anderen Rocktasche und reichte es ihm. »Mister Marconi meinte, ich soll es dir geben; er dachte ja, wir würden dich in Boston treffen. Bestimmt bist zu jetzt zu alt dafür.«

»Ich hab ihn immer Knoblauchfresser genannt.« Die Erinnerung daran machte Liam verlegen. Er nahm das kleine Messer, drehte es in seiner Hand und verzog das Gesicht. »Mister Marconi war immer gut zu mir. Dabei hatte ich das gar nicht verdient.«

»Doch, das hattest du.«

Liam betrachtete erst die Sachen in seiner Hand, dann Mary Kate. »Danke«, flüsterte er und nahm sie erneut in die Arme. »Danke, Mary Kathleen.« Er ließ sie los und wischte sich über die Augen. »Also gut, jetzt sind wir quitt, wir beiden Trottel. Ist das nicht lustig? Die *Eliza J.* hat uns den ganzen Weg bis nach Amerika gebracht, und jetzt liegt sie da draußen im Hafen, während wir beide hier auf diesem Hügel stehen und auf sie runtergucken. Ich weiß nicht recht, was ich von all dem halten soll.«

»Das ist der Plan.« Mary Kate nickte. »Mam meint, es soll so sein, dass wir hier sind. Wir müssen nicht immer wissen, warum.«

»Und wenn es so sein soll, dass ihr nach Norden zieht?«, fragte er. »Würdest du es dann machen?«

»Nein«, erwiderte Mary Kate entschieden. »Wir sollen hier bleiben. Das weiß ich. Ich werde immer hier wohnen, mein ganzes Leben lang.«

Liam schaute sie an, sah, wie sie seinem Blick begegnete. »Ich auch«, sagte er.

Sie blieben noch eine Weile stehen, das kleine Mädchen und der Junge, an dem ihr Herz hing, die Arme umeinander geschlungen, und schauten hinunter auf die jugendliche Stadt, die wie sie selbst die Zukunft noch vor sich hatte. Ihre Blicke wanderten vom funkelnden Sternenhimmel über die Lichter San Franciscos auf den vom Mond beschienenen Hafen. Sie atmeten die kühle Winterluft ein, während auf ihren Schultern die Hände unzähliger irischer Vorfahren ruhten und ihnen Kraft gaben für die Aufgaben, die vor ihnen lagen – für den Traum von Amerika, das Land der Freien, die Heimat der Tapferen.

20

Als Sean den Salon betrat und sah, wie Chang-Li mit seiner geliebten Hundefelljacke vor dem Spiegel auf und ab paradierte, wusste er, dass die Zeit des Abschieds gekommen war.

»Ah, Mister Sung! Bitte Sie setzen.« Chang-Li deutete auf einen der beiden großen Ohrensessel vor dem Kamin und nahm selbst auf dem anderen Platz. »Morgen mit Schiff fahren, deshalb heute über Geschäft sprechen, bevor nach Kanton fahren.«

»Dann sind die Leichname also hier?« Sean war überrascht, wie schnell die Zeit vergangen war, seit sie vom Tod von Chang-Lis Brüdern erfahren hatten. Die beiden waren eine Woche zuvor ihres Goldes beraubt und erschossen worden.

»Ah, ja, ja.« Chang-Li nickte. »Schon auf Schiff.«

»Sie tun gut daran, sie nach Hause zu begleiten. Es wird eine lange Reise werden, Chang-Li, und ich möchte Ihnen noch einmal mein Beileid aussprechen.«

Chang-Li zuckte die Achseln. »Das ihr Schicksal. Brüder zu Grabstätte von Familie bringen, dann sie nicht müssen alleine umherwandern. Und Chang-Li …« – er klopfte sich auf die Brust –, »ich Gelegenheit nutzen, um gute Frau mit guter Name zu finden. Hier keine gute Chinesin für Heirat mit bedeutender Chinese. Müssen aus eigenes Land holen.«

»Da haben Sie wohl Recht.« Die wenigen allein stehenden Chinesinnen in San Francisco verdienten sich ihren Lebensunterhalt als Wäscherinnen, Köchinnen oder im ältesten Gewerbe der Welt, und Chang-Li hatte deutlich höhere Ansprüche. »Vielleicht ist Ihre zukünftige Frau nicht damit einverstanden, einen *fan qui* als

Pensionsgast im Haus zu haben. Möchten Sie darüber mit mir reden? Soll ich mich nach einem anderen Zimmer umschauen?«

»Nein, nein. Chang-Li treffen Vorkehrung für neue Frau in neues Haus. Mister Sung bleiben in *dieses* Haus, bleiben hier lange, kümmern um House of Good Fortune und andere Geschäfte. Verdienen viel Geld für Chang-Li und Mister Sung.« Er nickte ermutigend. »Ja?«

»Sie werden lange fort sein, Chang-Li.« Sean dachte an die vielen Stunden, die er mittlerweile mit seiner Pfeife verbrachte, an den Eifer, mit dem er seine Sucht pflegte. »Bis Sie zurück sind, könnte sich die Lage verändert haben.« Wahrscheinlich bin ich dann längst tot, dachte er. »Können Sie nicht Mei Ling mit der Leitung des Geschäfts betrauen? Ich würde ihr natürlich helfen, solange es geht.«

Energisch schüttelte Chang-Li den Kopf. »Mei Ling Sklavin! Mei Ling Mädchen! Nicht gut für Geschäft – nur Haus putzen, Kleider waschen, Tee servieren.« Plötzlich hielt er inne, und sein Gesichtsausdruck veränderte sich schlagartig. »Mei Ling ist sehr *gutes* Mädchen«, hob er nun hervor. »Arbeiten hart. Nie streiten. Alles machen, was verlangen.«

Sean starrte ihn an, von der Kehrtwendung verblüfft. Doch Chang-Li hatte sich gesammelt und setzte nun von einem anderen Standpunkt aus neu an.

»Jetzt Zeit von großes amerikanisches Feiertag gekommen«, verkündete der Hauswirt und legte die Fingerspitzen aneinander. »Geburtstag von Gott Jesus.«

»Weihnachten?« Sean sah ihn verständnislos an. »Reden wir jetzt über Weihnachten, Chang-Li?«

»Ja. Zeit von viel essen und viele Geschenke machen.«

»Tja, so kann man es wahrscheinlich auch sehen. Ich selbst bin nicht mehr so begeistert von den Feiertagen.«

»Ja, ja.« Chang-Li ging nicht darauf ein. »Einmal Chang-Li haben langes Gespräch mit Reverend Hopkins von San Francisco Bibelgesellschaft. Erzählen, dass viele gute Omen bei Geburt, sagen Chang-Li, dass jetzt alle Menschen für Gottvater vollkommen, weil Gottsohn als Mensch vollkommenes Leben gelebt.«

Sean benötigte eine Weile, bis er sich durch die verschlungenen Pfade des Satzbaus gekämpft hatte. Doch dann verstand er.

»Ja, das ist wahr«, pflichtete er ihm bei, obwohl ihm unbehaglich zumute war, über den Gott zu reden, den er so sehr enttäuscht hatte.

»Ja, ja. Sehr guter Gott. Sitzen auf höchste Platz.« Chang-Li wies auf den Schrein, in dem tatsächlich ein Heiligenkärtchen mit dem Bild von Jesus stand. Unter all den anderen Göttern, die Chang-Li verehrte, nahm es offensichtlich einen Ehrenplatz ein und wurde von einer besonderen Opfergabe – einer Schüssel mit Essen – sowie brennenden Räucherstäbchen umrahmt.

»Hat Ihnen Ihr Reverend Hopkins denn nichts vom ersten Gebot erzählt?« Diese Frage konnte Sean sich nicht verkneifen. Er wusste, dass Chang-Li stolz auf seine Kenntnisse der amerikanischen Kultur war. »*Du sollst keine anderen Götter haben neben mir.*«

Chang-Li hob den Zeigefinger. »Dieser Gott *höchster*. Alle anderen Götter *danach*!«

Sean lachte in sich hinein. Nur zu gern hätte er die Gespräche über Religion belauscht, die Reverend Hopkins offenbar mit dem begeisterten Philosophen Chang-Li geführt hatte.

»*Liebe deinen Nächsten*«, fuhr Chang-Li fort. »Auch Gebot, aber sehr schwer. Viele Menschen schlecht. Viele Menschen wollen bestehlen Chang-Li. Aber Mister Sung nicht.« Er nickte. »Mister Sung besonderes Freund von Chang-Li. Teilen Schicksal auf viele Weise.«

»Um Ihretwillen hoffe ich, dass das nicht zutrifft, Chang-Li«, sagte Sean mit einem schiefen Lächeln. »Aber da Sie nun Weihnachten angesprochen haben …« Er stand auf. »Ich weiß, wie sehr Sie sich darauf gefreut haben, Ihr Fest zu geben, und jetzt müssen Sie das alles verschieben.«

Chang-Li zuckte die Achseln. So war eben das Leben.

»Daher habe ich beschlossen, Ihnen Ihr Geschenk jetzt schon zu überreichen.«

Sean ging zur Tür und verschwand einen Moment im Flur. Dann kehrte er mit einer großen, mit Bändern geschmückten Schachtel zurück und überreichte sie seinem Vermieter, Geschäftspartner und in gewisser Weise nun auch Freund.

Chang-Li stieß ein überraschtes »Oh!« aus und öffnete das Geschenk feierlich. Doch als er den prächtigen schwarzen Seidenzylinder in der Schachtel entdeckte, machte der würdevolle Gesichtsausdruck kindlicher Freude Platz.

»Der stammt aus dem vornehmen New York.« Sean grinste. »Was meinen Sie? Setzen Sie ihn mal auf.«

Chang-Li platzierte den Zylinder vorsichtig auf seinem Kopf. Dann stand er mit kerzengeradem Rücken auf und begutachtete sich von allen Seiten im Spiegel über dem Kaminsims.

»Sehr hübsch«, verkündete er. »Feinster Stil. In Kanton Nachbarn denken, Chang-Li bedeutender Amerikaner, und dann Chang-Li bitten Tochter heiraten.« Stolz lächelnd kehrte er zu seinem Sessel zurück und ließ sich vorsichtig in die Polster sinken, um den imposanten Hut nur ja nicht aus dem Gleichgewicht zu bringen.

»Ich hatte ihn kaum gesehen, da wusste ich schon, dass er wie für Sie gemacht ist. Frohe Weihnachten, Chang-Li.« Sean zog seine Taschenuhr hervor und warf einen Blick darauf. »Und jetzt ...« Er schaute aus dem Fenster. »Wenn es sonst nichts mehr gibt ...«

Chang-Li musterte ihn scharf. »Ein Mann sich vergnügen müssen, aber zu viel Vergnügen nicht gut. Bleiben Sie, Mister Sung, noch mehr Geschäftliches besprechen.« Er deutete auf Seans Sessel. »Mädchen in Badehaus warten, und süße Pfeife sich nicht rauchen alleine.«

Verlegen, aber keineswegs verstimmt setzte Sean sich wieder hin. »Da haben Sie Recht, Chang-Li. Das Schöne am eigenen Untergang ist die Tatsache, dass es so wenig Mühe kostet, ganz nach unten zu gelangen. Man braucht sich nur ein wenig in diese Richtung vorzubeugen, falls Sie verstehen, was ich meine.«

Chang-Li musterte ihn nachdenklich, dann klatschte er laut in die Hände. Sean glaubte, er verlange nach dem Tee, doch als Mei Ling erschien, waren ihre Hände leer.

»Zu Ehren von Geburt von amerikanischer Gott Chang-Li haben Geschenk für verehrter Nachbar, Partner, Freund.«

Ungeduldig winkte der Vermieter Mei Ling heran, bis sie neben seinem Sessel stand, die Hände gefaltet, den Kopf respektvoll gesenkt.

Seans Blick wanderte von Chang-Li zu Mei Ling und wieder zurück. Als ihm aufging, worin das Geschenk bestand, schüttelte er den Kopf.

»Mei Ling harte Arbeiterin, kochen für Mister Sung und waschen Kleider«, betonte Chang-Li. »Mister Sung hier bleiben, sehr bequem, kümmern um House of Good Fortune, Mei Ling alles machen. Jetzt Mister Sung gehören.« Erfreut über das gelungene Geschenk lehnte er sich entspannt zurück. »Frohe Weihnachten!«

Sean fehlten die Worte; er musste lange darüber nachdenken, was er sagen sollte, schließlich wollte er weder seinen Geschäftsfreund noch die junge Frau beleidigen, die sie tagein, tagaus so still bediente.

»Ein solches Geschenk ehrt mich, Chang-Li«, setzte er vorsichtig an. »Aber ich kann es nicht annehmen. Man kann in Amerika keinen anderen Menschen besitzen … jedenfalls nicht in Kalifornien«, verbesserte er sich rasch, da Chang-Li, gut vertraut mit den Gesetzen des Südens, sich bereits vorbeugte, um ihm zu widersprechen. »Wie Sie wissen, hat der Staat Kalifornien die Sklaverei 1850 für ungesetzlich erklärt.«

Chang-Li fegte Seans Bemerkung wie eine lästige Fliege beiseite. »In China, manche Mädchen Sklaven, manche Mädchen Ehefrau. Jedes Mädchen haben Schicksal. Das immer.«

»Hier ist nicht China«, erwiderte Sean höflich, aber entschlossen. »Ganz gleich, welche Vereinbarung zwischen Ihnen und Mei Ling getroffen wurde, ich habe mich da nie eingemischt. Ich als kalifornischer Staatsbürger …« – und als Mensch, dachte er, überrascht, dass ihm noch Prinzipien geblieben waren – »kann und will jedoch keinen anderen Menschen besitzen.«

Chang-Li strich sich mit verdrießlicher Miene übers Kinn. »Neue Frau bringen eigene Dienerin, nicht wollen Mei Ling.« Dann hellte sich sein Blick auf, und er zuckte die Achseln. »Also Chang-Li verkaufen Mei Ling an Chinesen, der Wert von guter Sklavin kennen, und schenken Mister Sung gutes Pferd.«

Sean wusste nur zu gut, wie gerissen Chang-Li sein konnte, wenn es darum ging, seinen Willen durchzusetzen. Daher ließ er einige Minuten verstreichen, ehe er sich entschloss, den Mann Farbe bekennen zu lassen. Er war schon im Begriff, Chang-Li zu sagen, dass er weder Pferd noch Sklavin wollte, und dass Chang-Li das Mädchen ruhig verkaufen solle, wenn sie ihm so wenig bedeute, da bemerkte er, wie Mei Ling die Schultern anspannte, wie sie die Zähne zusammenbiss und sich ihr Kiefer verkrampfte. Was denkt sie eigentlich darüber, fragte er sich plötzlich. Hatte sie je ein Wörtchen mitzureden, wenn es um ihr eigenes Leben ging? In diesem Moment änderte Sean seine Meinung.

»Warten Sie.« Seine Stimme durchbrach die Stille.

Mei Lings Unterkiefer entspannte sich zwar nicht, aber sie warf ihm aus den Augenwinkeln einen verstohlenen Blick zu.

»Sie wollen, dass ich hier bleibe und mich um Ihre Geschäfte kümmere. Damit erkläre ich mich einverstanden, aber nur unter einer Bedingung.« Sean schwieg einen Moment, um seinen Worten Nachdruck zu verleihen. »Unter der Bedingung, dass Sie Mei Ling aus ihrer Verpflichtung Ihnen gegenüber entlassen. Mit anderen Worten, Chang-Li, geben Sie dem Mädchen ihre rechtmäßige Freiheit, und ich verdoppele Ihren Reichtum, ehe Sie mit Ihrer neuen Frau zurückkehren.«

Chang-Li verzog keine Miene. Nur die fast unmerklich hochgezogene Augenbraue verriet Sean, dass er es sich überlegte.

»Lassen Sie Mei Ling fürs Erste hier im Haus bleiben, und wenn sie sich entschließt, für uns zu arbeiten, dann bezahlen Sie sie wie jede andere Bedienstete. Wenn nicht, steht es ihr frei, sich eine andere Stelle zu suchen. In jedem Fall gehört ihre Freizeit ihr, und sie kann kommen und gehen, wie es ihr gefällt.« Als er geendet hatte, lehnte Sean sich in seinem Sessel zurück.

Chang-Li blickte an die Decke, während er über den Vorschlag nachdachte. Mei Ling schien den Atem anzuhalten. Sean setzte einen gleichgültigen Gesichtsausdruck auf, da er, auch sich selbst gegenüber, nicht eingestehen wollte, welche Bedeutung diese Sache für ihn plötzlich bekommen hatte.

Endlich nickte Chang-Li. »In solche Abmachung Weisheit und Glück liegen. Dienste von Mei Ling bleiben, aber nicht mehr Sklavin, für die Essen geben und Zimmer, also kein Problem für neue Frau. Aber doch beschützen.«

Der Ausdruck in Chang-Lis Gesicht verriet Sean, dass das Übereinkommen, das ihn mit Mei Ling verband, komplizierter war als das von Herr und Sklavin.

»Frage.« Chang-Li hob den Finger. »Warum Mister Sung nicht selbst schenken Mei Ling Freiheit?«

Sean dachte einen Moment nach. »Wenn *ich* es täte, würden Sie sie vielleicht nie als richtige Person betrachten.«

Ein Anflug von Ärger huschte über das Gesicht des Hauswirts, doch im nächsten Moment war seine Miene wieder undurchdringlich.

»Sie würden sie so behandeln, wie Sie es immer getan haben«, fuhr Sean fort. »Sie wäre lediglich eine Sklavin, die vorgibt, frei zu sein.«

Chang-Li dachte über die Äußerung nach. »Ja, das sein können«, erklärte er schließlich. »Darum wir es so machen, wie Mister Sung sagen.«

Der Vermieter betrachtete seine nun ehemalige Sklavin und sprach sie in ihrer gemeinsamen Muttersprache an. Sean fiel auf, dass Chang-Li den Versuch unternahm, den scharfen Befehlston, den er gegenüber Mei Ling früher angeschlagen hatte, zugunsten einer gewissen Höflichkeit zu mäßigen. Dadurch ermutigt, hob Mei Ling den Kopf, begegnete, wenn auch scheu und zögerlich, dem Blick ihres ehemaligen Herrn und beantwortete seine Fragen mit wenigen kurzen Lauten. Zweimal warf sie einen Blick auf Sean, schaute dann aber schnell wieder weg. Schließlich fragte Chang-Li sie etwas, woraufhin sie nickte.

»Mei Ling jetzt verstehen«, teilte Chang-Li Sean mit. »Wollen hier leben und arbeiten für Mister Sung. Alles wie vorher, nur jetzt Chang-Li bezahlen.«

»Ja, aber dafür kriegen Sie mich, Chang-Li. Und wir werden Geld wie Heu machen, stimmt's?« Als Sean Mei Ling anschaute, hatte er den Eindruck, als sei ihre Haltung nicht mehr ganz so unterwürfig, als habe sie sich verändert, und sei es auch nur geringfügig. »Sie haben richtig gehandelt, Chang-Li.«

»Tür öffnen, Vogel davonfliegen.« Der Vermieter zuckte mit den Schultern. »Aber nur bis Spitze von Käfig.«

Das Bild ärgerte Sean ein wenig, aber er wollte sein Glück nicht überstrapazieren. Außerdem dröhnte ihm der Schädel – es war Zeit, seine Sinne mit etwas Stärkerem zu betäuben als mit Tee.

»Also, dieser Vogel hier verlässt seinen Käfig jetzt für ein paar Stunden.« Er stand auf und sah sich nach seinem Hut um. Mei Ling kam ihm zuvor, nahm den Hut und brachte ihn mit gesenktem Kopf, nun wieder die Unterwürfigkeit in Person.

»Mei Ling jetzt Essen zubereiten«, sagte sie mit ihrer leisen Stimme.

»Für mich nicht, Mei Ling.« Sean setzte sich den Hut auf den Kopf und zog ihn tief ins Gesicht. »Ich gehe aus.«

»Mei Ling warten.«

»Ich komme erst spät wieder zurück.« Er sah ihren unsicheren Gesichtsausdruck und war verwirrt. »Gut, dann lass es eben auf dem Tisch stehen. Ich esse es, wenn ich zurück bin.«

Mei Ling sagte nichts, und Sean tauschte einen Blick mit Chang-Li, der amüsiert die Achseln zuckte. Irritiert wandte Sean sich wieder an Mei Ling.

»Ich will nicht, dass du in der Küche auf mich wartest«, tadelte er sie aggressiver als beabsichtigt. »Warum gehst du nicht ein bisschen spazieren?«, unternahm er einen weiteren Versuch, klang dabei jedoch eher wütend als unverbindlich. »Tu doch einfach, was du willst! Mein Gott, du gehörst jetzt schließlich dir selbst!«

Sein scharfer Ton erschreckte Mei Ling. Unsicher schaute sie zu ihm auf.

»Mei Ling warten«, wiederholte sie mit zittriger Stimme. Dann senkte sie den Kopf und eilte aus dem Zimmer.

»Sie versteht aber doch, dass sie jetzt eine Bedienstete ist und keine Sklavin mehr, oder?«, fragte Sean enttäuscht seinen Vermieter. »Und dass sie mit ihrer Freizeit tun kann, was sie will?«

»Oh, ja.« Chang-Li genoss Seans Unbehagen sichtlich. »Mei Ling wollen Mister Sung dienen mit Geld. Mei Ling nicht verstehen ›Freizeit‹.«

Sean sehnte sich mittlerweile nach einem Drink. Er leckte sich die Unterlippe, spürte die Narbe, die ihm von der Schlägerei geblieben war, und dachte an die junge Chinesin, die sich so hingebungsvoll um ihn gekümmert hatte.

»Oh«, sagte er, nun nicht mehr enttäuscht, sondern müde. »War sie denn nie frei? Ist es das?«

»Mei Ling gehören alter Mann, dann Chang-Li machen Handel. Davor …« Der Vermieter machte eine hilflose Geste. »Viele Väter, viele Mütter verkaufen jüngste Tochter gegen Essen«, erklärte er. »Ist große Ehre, ganze Familie retten.«

Handel, dachte Sean, dem die Härte von Mei Lings Schicksal nun deutlich vor Augen trat. *Verkaufen*. Er dachte an Graces Freundin Lily Free und die Kinder, die Kapitän Reinders gerettet hatte. »Wie alt ist Mei Ling?«

»Chinesische Jahre anders«, sagte Chang-Li. »Alle Chinesen an Neujahr ein Jahr älter. Mei Ling nicht wissen, vielleicht ...« Er rasselte in seiner Sprache Zahlen herunter. »Vielleicht, in Amerika, Mei Ling zwanzig Jahre.«

Zwanzig Jahre Unterwürfigkeit schließen natürlich die Entwicklung einer eigenen Meinung aus, dachte Sean, und er erkannte, dass Mei Lings Entlassung aus der Sklaverei nur der erste Schritt zu ihrer wirklichen Befreiung war. Mit der Entfernung der Gitterstäbe ihres Käfigs war auch die Sicherheit verschwunden, die diese ihr zeitlebens geboten hatten.

»Gut, dann werde ich ihr eben helfen«, beschloss Sean. Im selben Moment fragte er sich jedoch, wie er es fertig bringen sollte, einer verletzlichen jungen Frau die Wege der Freiheit nahe zu bringen, während er für sich selbst weiter den Weg der Versklavung beschritt. Beides gleichzeitig war unmöglich. »Wann, sagten Sie, kommen Sie aus China zurück, Chang-Li?«

»Wenn Zeit gekommen sein«, erklärte Chang-Li weise.

Müde rieb Sean sich über Bart und Schnurrbart. »Das haben Sie absichtlich mit mir gemacht, nicht wahr, Chang-Li? Warten Sie ...« Abwehrend hob er die Hand. »Ich weiß, ich weiß. Der Pfad öffnet sich und führt uns, wohin er will. Also daran glaube ich nicht, Chang-Li. Wir haben alle eine freie Wahl.«

»Und Mister Sung haben Wahl getroffen.«

»Ich habe schon oft eine Wahl getroffen, Chang-Li, und glauben Sie mir – es waren nur eine Hand voll gute dabei.« Diese Worte riefen das Bild seiner Schwester in ihm wach, und Sean wusste, dass er bald seine Opiumpfeife rauchen musste, um zu vergessen.

»Nicht sorgen«, sagte Chang-Li zuversichtlich. »Diese Wahl gehören zu diese Hand voll. Frohe Weihnachten, Mister Sung, frohe Weihnachten.«

21

Es war der Nachmittag vor dem Heiligen Abend, und die Kinder waren so aufgeregt, dass sie wie junge Hunde umhertollten. Am Vormittag hatten die köstlichen Aromen längst vorbereiteter Weihnachtsleckereien die Küche erfüllt – Butterkekse, Orangenbiskuitrollen, Plätzchen, Obsttörtchen und Pasteten mit den verschiedensten Füllungen –, doch nun überdeckten die Hähnchen im Backofen die süßen Gerüche mit ihrem herzhaften Duft. Einige Wochen zuvor hatte Grace einen Früchtekuchen vorbereitet und in Doktor Wakefields gutem Brandy ziehen lassen; auch der Plumpudding war schon fertig und wartete, in Musselin eingeschlagen, darauf, dass er am ersten Weihnachtstag gedämpft und mit einer cremigen Soße serviert wurde.

Der Doktor hatte seinen Freund Fairfax zum Essen eingeladen, und Enid würde die Gerichte auftragen, so dass Grace und die Kinder den Nachmittag mit Kapitän Reinders und Liam verbringen konnten. Grace hatte Peter regelmäßig zu Hause besucht und freute sich zu sehen, wie er stetig zunahm und allmählich wieder zu Kräften kam. Natürlich würden auch die Darmstadts dort sein, doch die beiden waren so großzügig und warmherzig, dass Grace und die Kinder sich bei ihnen stets willkommen fühlten.

Als es draußen dunkel wurde, legte Grace die Schürze ab und rief die Kinder leise zu sich.

»Kommt«, sagte sie mit blitzenden Augen, »wir machen einen Rundgang und schauen uns das Haus in seiner ganzen Pracht an!«

Sie gingen in die Eingangshalle und bewunderten das Treppengeländer, das mit Efeugirlanden und Ilexzweigen geschmückt war. Das ganze Haus funkelte und strahlte wie nie zuvor. Grace hatte Missus Hopkins dazu angehalten, alles gründlich auf Hochglanz zu bringen, die Hauptarbeit war allerdings an der armen Enid hängen geblieben.

Den langen Tisch im Speisezimmer hatte sie blank poliert und mit einer dünnen Schutzdecke versehen, über der jetzt ein schneeweißes Leinentuch lag; zwei Kerzenleuchter flankierten ein hübsches Arrangement aus roten Äpfeln, die Grace in Eiweiß getaucht und dann mit Zucker bestreut hatte, so dass sie nun eher Kronjuwelen ähnelten als Früchten. Mit einem Blick prüfte Grace, ob das Porzellanservice nebst frisch gebügelten Leinenservietten und blitzendem Tafelsilber auf der Anrichte bereitstand. Mary Kate und Enid hatten den ganzen Raum mit Tannengrün geschmückt und Vasen mit Ilexzweigen aufgestellt, die leuchtend rote Beeren trugen.

»Das ist aber schön«, lobte Grace ihre Tochter. »Ihr zwei habt gute Arbeit geleistet, ich bin wirklich stolz auf euch.«

Mary Kate nahm das Lob freudestrahlend entgegen.

»Und ich hab mit Mister Litton die Ilexzweige geholt, guck mal«, meldete Jack sich und hielt seiner Mutter die zerstochenen und zerkratzten Hände hin.

»Was für ein tapferer kleiner Kerl du bist«, lobte Grace ihn und küsste seine Hände. »Du hast ebenfalls ganze Arbeit geleistet.«

Nun strahlte auch Jack bis über beide Ohren.

»Mam, dürfen wir den Salon sehen?«, fragte Mary Kate erwartungsvoll.

Grace nickte, schloss die Speisezimmertür und ging voran. Das Feuer war schon vorbereitet, aber noch nicht angeschürt; ein Korb mit Holzscheiten und einer mit Kiefernzapfen standen neben dem Kamin. Die Zapfen sollten später ins Feuer geworfen werden, damit sich alle an den schönen bunten Flammen erfreuen konnten. Ein berauschender Kiefernduft, der von einem majestätisch hohen Weihnachtsbaum in der Ecke kam, erfüllte den Raum, und Grace sog das intensive, frische Aroma tief ein. Liam und Mackley hatten eine Kiste mit Geschenken zu Lily und ihrer Familie nach Oregon transportiert und bei der Rückkehr etliche Weihnachtsbäume mitgebracht, die sie mit viel Gewinn verkauften; jeweils einen hatten sie jedoch für das Haus des Kapitäns und für die Wakefields zurückbehalten. Die Kinder hatten Popcorn auf Fäden gezogen und den Baum damit geschmückt; dazwischen leuchteten Schleifen aus dunkelrotem Band, das Grace auf dem chinesischen Markt erstanden hatte. Auf der Spitze des Baumes steckte ein Stern, von Mister Litton eigens aus Blech zugeschnitten. Doktor Wakefield war mit einer Schachtel weißer Kerzen und aus Deutschland importierten Kerzenhaltern nach Hause gekommen, die man an die Zweige klemmen konnte. Sie waren schon am Baum angebracht, und der Doktor hatte versprochen, die Kerzen gleich nach dem Abendessen anzuzünden.

Grace lächelte, als sie sah, wie gebannt die Kinder den Weihnachtsbaum anschauten.

»Wartet nur, bis all die Lichter brennen. Das wird ein wunderschöner Anblick«, sagte sie.

»Brennt der Baum dann auch?«, fragte Jack ebenso besorgt wie aufgeregt.

Grace biss sich nachdenklich auf die Lippe. »Hm, das könnte durchaus passieren. Aber wir zünden ihn nur an, wenn wir alle dabei sind, und löschen die Kerzen, ehe wir zu Bett gehen.«

Beruhigt richtete Jack seine Aufmerksamkeit auf die gegenüberliegende Ecke des Raums, in der ein weißes Tuch etwas verdeckte, das aussah wie ein Möbelstück. Die daran befestigte Schleife verriet, dass es sich um ein Geschenk handeln musste.

»Was ist denn da drunter?«, flüsterte er.

Mit einem Finger auf den Lippen gab Grace ihm zu verstehen, dass es ein Geheimnis sei, ging auf Zehenspitzen zur Tür und schloss sie. Dann bedeutete sie den Kindern, ihr zu folgen, und lupfte das Laken an einer Ecke.

»Oh, Mam!«, Mary Kate schlug die Hand vor den Mund. »Das ist ein Klavier, nicht wahr?« Entzückt strich sie mit den Fingerspitzen über das herrliche Holz.

»Das ist ein ganz besonderes Geschenk für Miss Wakefield«, flüsterte Grace. »Der Doktor sagt, sie habe früher, vor ihrer Krankheit, immer Klavier gespielt. Aber ihr dürft niemandem davon erzählen«, ermahnte sie die Kinder. »Denn wenn sie es mitbekommt, ist die ganze Überraschung hin!«

Mary Kate und Jack nickten ernst.

»Jetzt lasst uns in die Küche zurückgehen. Bald ist es Zeit fürs Abendessen, und später werden wir ausnahmsweise noch ein Weilchen hier zusammensitzen.«

»Mam?« Jack zupfte Grace am Ärmel. »Wann kann ich Mister Litton und den anderen meine Geschenke geben?«

»Mister Hewitt hat seins ja schon bekommen«, erinnerte sie ihn, »weil du ihn bis Neujahr nicht mehr siehst.«

Grace sah den enttäuschten Ausdruck in Jacks Gesicht und freute sich insgeheim, wie gut ihm der Unterricht bei dem jungen Lehrer gefiel. Mister Hewitt war ein freundlicher, fröhlicher Mensch, und er wusste, wie man kleine Jungs begeistern konnte, die sich mehr für Pferde und Hunde interessierten als für Buchstaben und Zahlen.

»Wir haben ihm doch einen Weihnachtskorb geschenkt«, sagte sie. »Ihr zwei habt ihm einen hübschen Federhalter und ein Tintenfässchen hineingelegt, und ich ein Haferbrot und ein Glas von dem Apfelmus, das er so gern mag.«

Jacks Gesicht heiterte sich wieder auf. »Und was ist mit den anderen?«

»Das Geschenk für den Doktor kannst du heute Abend unter den Christbaum legen, und Enid und Mister Litton darfst du beschenken, wann du willst.« Sie nahm ihn an der Hand. »Kommt, wir gehen, dann könnt ihr mir zeigen, was ihr gemacht habt.«

Sie führte die Kinder zurück in die Küche und öffnete ein Fenster, weil es ihr dort nach der Kühle des Salons einfach zu warm war. Missus Hopkins befand sich noch im Obergeschoss und half Abigail beim Baden, und Enid … Grace schaute aus dem Fenster und musste lächeln. Enid stand am Gartentor und unterhielt sich mit Mister Litton, vermutlich über den Schinken, den sie für Grace aus der Räucherkammer holen sollte. Andererseits war ihr jedes Thema recht, solange sie nur in seiner Nähe war. Die beiden gäben ein hübsches Paar ab, dachte Grace. Litton war groß und schlank und hatte kräftige Arme und Hände; Enid war kleiner, wirkte aber ebenso schmalgliedrig und kräftig. Überrascht stellte Grace fest, dass Litton sich Zeit für das Gespräch nahm; üblicherweise war er blitzschnell wieder fort, doch heute hatte er es offenbar nicht eilig, sondern lauschte Enids Worten, während er ein langes Seil zusammenrollte. Vielleicht war das ja sein

Geschenk an Enid – diese wenigen Minuten gemeinsamer Zeit, die ihr mehr bedeuteten als alles andere.

»Also gut, dann wollen wir mal.« Grace riss sich vom Anblick der beiden los und ordnete ihr Haar. »Sagt mir, was ihr habt und ob es überhaupt eingepackt werden muss.«

Mary Kate verschwand kurz im hinteren Zimmer und kehrte mit einem schweren Korb zurück, in dem sie ihre Geschenke aufbewahrten. Ächzend stellte sie ihn auf den Tisch.

»Die habe ich dem Doktor gestrickt, aber vielleicht sind sie zu groß.« Sie zog ein schön gearbeitetes Paar Socken hervor, die tatsächlich recht groß aussahen. Andererseits hatte Grace noch nie Doktor Wakefields Füße gemessen.

»Und der Schal hier ist für Mister Litton.«

Grace nahm ihn vorsichtig in die Hand; sie war stolz auf ihre Tochter. »Gute Arbeit, Mary Kate. Bei all dem Grau und Braun, das er trägt, wird ihm das Rot sicher gut stehen. Hast du auch einen für Enid gestrickt?«

Mary Kate biss sich auf die Unterlippe und sah dann zögernd zu ihrer Mutter auf. »Nein, ich hab was für sie gemalt«, gestand sie. »Aber ich muss es ihr heimlich geben.«

»Heimlich – warum denn heimlich?«, wunderte Grace sich. »Hol es doch mal her, damit ich es sehen kann.«

Mary Kate huschte durch den kleinen Flur zurück in ihr Zimmer. Grace hörte sie in der untersten Schublade der Kommode kramen, wo sie ihre Schulsachen aufbewahrte. Im Nu war sie wieder da, hielt aber die Zeichnung zögerlich hinter dem Rücken verborgen. Grace und Jack schauten einander fragend an; sie konnten sich keinen Reim auf Mary Kates Heimlichtuerei machen.

»Komm, so schlecht kann es nicht sein«, ermutigte Grace sie. »Du hast doch ein gutes Auge für Form und Gestalt.«

»Das ist ja das Problem. Guck mal«, entgegnete Mary Kate und legte den Papierbogen auf den Tisch.

»Mister Litton beim Pferdefüttern!«, rief Jack und drängte sich näher an seine Mutter, um das Bild besser sehen zu können. »Und da steht Enid mit ihrem Eierkorb! Das hast du toll gemalt, Mary Kate!«

»Das muss ich auch sagen«, pflichtete Grace ihm bei. »Aber ich verstehe nun, was du meinst – Enid würde sich bestimmt freuen, aber ihre Mutter könnte ihr den Kopf dafür abreißen.«

Mary Kate nickte finster.

»Wieso denn?«, fragte Jack verständnislos.

Grace und Mary Kate tauschten bedeutungsvolle Blicke.

»Missus Hopkins macht sich nichts aus Mister Litton«, erklärte Grace diplomatisch. »Aber Enid mag ihn.«

»Klar mag sie ihn«, sagte Jack, als wäre es das Selbstverständlichste von der Welt. »Mister Litton ist großartig, und Missus Hopkins ist bloß ein altes Huhn.«

Grace konnte sich ein Lachen nicht verkneifen. »Jack, so darfst du doch nicht über Erwachsene reden«, mahnte sie, obwohl sie ganz seiner Meinung war. »Mary Kate und ich glauben nur, dass Enid ganz besondere Gefühle für Mister Litton hegt.«

»Warum heiratet sie ihn dann nicht?«

»Ganz so einfach ist das nicht. Mister Litton ist ein schweigsamer Mann. Er …« – sie zögerte und überlegte. »Vielleicht weiß er nicht, was Enid für ihn empfindet, oder vielleicht weiß er es, empfindet aber nicht dasselbe wie sie, will sie aber auch nicht kränken.«

»Ich erledige das«, versicherte Jack zuversichtlich und griff sofort nach seinem Hut. »Das haben wir gleich.«

»Bloß nicht, Jack!« Grace hob ihn hoch, setzte ihn auf einen Stuhl und schaute ihm fest in die Augen. »Du darfst kein einziges Wort über Enid zu Mister Litton sagen und auch nicht umgekehrt. Das ist allein ihre Sache, nicht unsere. Sie möchten bestimmt nicht, dass du darüber redest.«

»Warum hat Mary Kate dann überhaupt das Bild gemalt?«

Grace schaute das Mädchen an und wusste nicht recht, was sie antworten sollte.

»Enid ist immer so nett zu uns, Jack«, setzte Mary Kate zu einer Erklärung an. »Sie bringt uns Süßigkeiten aus der Stadt mit und warnt uns, wenn ihre Mutter kommt. Ich wollte auch mal was Schönes für Enid machen.«

»Schenken wir es ihr zusammen?«, fragte Jack.

»Ja. Und am besten legen wir es in ein Buch, damit es nicht jeder sofort sieht. Was meinst du?«

»Gute Idee«, nickte er. »Ich hab auch noch eine Feder für sie, eine Möwenfeder«, verkündete er stolz. »Ganz weiß und sehr schön. Die kann sie sich an den Hut stecken. Und, Mam …« – er stockte kurz –, »Mam, kann ich Mister Litton meine Pistole schenken, die, die Jimbo mir in Kansas gegeben hat? Bitte, Mam, sie ist das Wertvollste, was ich habe!«

Grace musterte seine ernste Kindermiene und strich ihm die Haare aus den Augen. »Mister Litton hat schon eine Pistole«, erklärte sie ihm vorsichtig. »Und ich glaube, er braucht nicht noch mehr. Sieh mal, er war doch im Krieg, und manche Soldaten wollen sich lieber gar nicht mehr an all die Schießereien erinnern, die sie erlebt haben.«

»Ooh.« Jacks Miene verdüsterte sich. »Ich hab aber sonst nichts.«

Grace dachte einen Augenblick nach und meinte dann: »Ich habe einen neuen Kissenbezug genäht, den könntest du füllen und ihm schenken. Darüber würde er sich bestimmt sehr freuen.«

Nun wirkte Jack wieder zufrieden. »Vielleicht träumt er dann von Enid«, überlegte er.

Grace und Mary Kate lachten. Plötzlich ging im Obergeschoss eine Tür auf, und ihre Gesichter wurden schlagartig ernst.

»Jack, lauf schnell hinaus und sag Enid, dass ihre Mutter sie zum Ausgießen des Badewassers braucht. Mary Kate, du bringst bitte die Geschenke zurück in unser Zimmer und packst sie ein, ja?«

»Ja, Mam«, antworteten die Kinder wie aus einem Munde und liefen los, während Grace ihre Aufmerksamkeit wieder auf das Abendessen richtete und dabei über frühere Weihnachtsfeste nachdachte.

In Irland hatten sie Weihnachten stets in aller Einfachheit gefeiert, aber es hatte immer etwas Gutes zu essen gegeben – Leckerbissen, die Granna schon im Sommer vorbereitet und als Gaumenfreude für diesen besonderen Tag zur Seite gelegt hatte. Nach dem Tod von Graces Mutter gingen sie zwar nicht mehr zur Kirche, doch am Heiligen Abend sang die Familie nach wie vor Weihnachtslieder, ebenso wie am ersten Weihnachtstag, nach der Bescherung mit selbst gemachten Geschenken. Graces Bruder Ryan schenkte dem Vater jedes Jahr frischen Tabak, so dass der sich zu Weihnachten immer draußen vor der Hütte auf der Bank niederließ, die er aus einem Baumstamm gefertigt hatte, und eine Extrapfeife rauchte. Grace hatte stets neue Haarschleifen bekommen, eine Tradition, die sie selbst jetzt bei Mary Kate fortsetzte – nur das Jahr, in dem sie auf der *Eliza J.* nach Amerika reisten, bildete eine Ausnahme, da sie damals gar nicht auf Weihnachten vorbereitet gewesen war, und erst recht nicht auf ein Weihnachtsfest auf hoher See. Grace schauderte bei der Erinnerung an die Überfahrt, und sie schüttelte den Kopf angesichts des Wunders, dass sie überlebt hatten, während so viele andere auf der Reise gestorben waren.

Das Weihnachtsfest in New York mit Dugan und Tara hatte ebenfalls ein Wunder bereit gehalten, wenn auch ein anderes als von ihr erhofft. Nie würde sie vergessen, wie Peter Reinders mit zwei jungen Leuten in die Gaststätte kam, und wie Lily sich vom Tisch erhob, als sie in ihnen ihre Kinder erkannte, die sie im Süden zurückgelassen und die zu retten sie jahrelang versucht hatte. Dieser kurze Moment war wirklich wundersam, dachte Grace, trotz der Dinge, die sich später am Abend ereigneten.

Graces erstes Weihnachtsfest in Boston war auch ihr erstes Weihnachtsfest mit Jack gewesen – ebenfalls ein Wunder, wenn sie es nun bedachte. In Kansas hatte Weihnachten immer bittere Kälte geherrscht, aber in ihrer kleinen Blockhütte, in der meist ein Feuer flackerte und etwas zu essen brutzelte, hatten sie es trotzdem gemütlich gehabt. In einem Jahr war es zu Weihnachten jedoch so eisig gewesen, dass ihr Dienstherr sie nicht zum Blockhaus zurückkehren ließ und sie stattdessen im beinahe leeren Hotel unterbrachte; dort hatte Grace Heiligabend ein Bad genommen und mit den Kindern im Speisesaal vorzüglich getafelt – gekocht hatte sie allerdings selbst.

Grace war eigentlich davon ausgegangen, dass sie auch dieses Weihnachtsfest in einer Blockhütte verbringen würden, in Oregon direkt am Fluss. Wahrscheinlich hätten sie und die Kinder die Ochsen vor den Schlitten gespannt und wären durch den verschneiten Wald zu Lily und ihrer Familie gefahren. Ob dort jetzt wohl Schnee lag? Vermutlich nicht, denn sonst hätte Liam es sicher erwähnt. Doch statt in Oregon feierten sie nun in Kalifornien Weihnachten, in diesem herrlichen, warmen Haus, hatten reichlich zu essen und mehr Geld zur Verfügung als je zuvor. Gott ist gütig, dachte Grace; sicher auch geheimnisvoll und unergründlich, aber immer gütig.

In Kalifornien gab es ebenfalls keinen Schnee, und es sah auch nicht so aus, als würden sie bald welchen bekommen. Das Klima in dieser Region erinnerte Grace ein wenig an Irland, mit dem beständigen kühlen Regen und dem Nebel, den milden Winden und gelegentlichen Stürmen. Sie empfand einen Frieden, wie sie ihn seit ihrem Abschied von Irland nicht mehr verspürt hatte, und das allein reichte ihr schon als Weihnachtsgeschenk.

Die Abendessenszeit rückte näher, und die Hähnchen mussten bald gar sein. Grace stampfte die Kartoffeln, bereitete eine sämige Soße zu und dünstete dann schnell die Möhren. Doktor Wakefield liebte dieses Essen, und Grace achtete darauf, dass die Hähnchen saftig blieben und die Soße einen kräftigen Geschmack hatte. Die befriedigende Arbeit und das Wissen, dass ihre Familie in Sicherheit und gut versorgt war und ihr Dienstherr ihre Fähigkeiten zu schätzen wusste, schenkten ihr innere Ruhe.

Plötzlich fiel ihr ein, dass dies das einzige Weihnachtsfest sein würde, das sie in diesem Haus feierte; nächstes Jahr schon würde sie mit Peter verheiratet sein und mit ihm und ihren Kindern in seinem Haus leben. Sie hielt kurz in ihrer Arbeit inne und stützte sich mit den Händen auf den Tisch. Zu seltsam war das Gefühl, das in ihr aufstieg – eine Woge von Traurigkeit anstelle von Freude. Es lag doch ein neues, ganz anderes Leben vor ihr, ein besseres Leben für die Kinder und sie, an der Seite des Mannes, den sie liebte, und mit Liam, den Mary Kate und Jack vergötterten. Grace seufzte, schüttelte den Kopf, da sie sich selbst nicht verstand, und fuhr dann fort, das Essen zuzubereiten. Sie wollte nicht wieder an Morgan denken, nicht jetzt, da es ihr nach so langer Zeit fast gelungen war, die Erinnerung an ihn beiseite zu schieben. Abgesehen von den Jahren ihrer Kindheit – als Morgan manchmal den Black Hill hinuntergelaufen kam, um Sean zu zeigen, was sein Vater ihm von seinen langen Seereisen mitgebracht oder seine Schwestern für ihn gebastelt hatten – hatte sie mit Morgan kein einziges Weihnachtsfest gefeiert. Es hatte nie ein Weihnachten mit Morgan gegeben, und deshalb konnte dieses Fest auch keine traurigen Erinnerungen wecken. Sollte es zumindest nicht. Nicht in diesem Jahr. Sie wischte sich mit dem Handrücken über die Wange und konzentrierte sich auf den bevorstehenden Abend und den nächsten Tag. Sie würde mit Peter zusammen sein; es war ihr zweites gemeinsames Weihnachten und das erste in einer langen Reihe zukünftiger gemeinsamer Weihnachtsfeste. Sie würde neben ihm sitzen und die beruhigende Wärme seiner Hand auf ihrer spüren, das sichere Gefühl haben, neben ihrem liebsten Freund zu sitzen. Ja, daran wollte sie nun denken. An Weihnachten mit Peter und das herrliche Leben, das vor ihnen lag.

22

Doktor Wakefield und Mister Litton besuchten zusammen mit Grace und den Kindern die Messe, während Enid und ihre Mutter mit Abigail zu Hause blieben. Wakefield war es gelungen, seine Schwester zu überreden, vormittags zur Bescherung nach unten zu kommen und den Anblick des Weihnachtsbaums zu genießen, obwohl Missus Hopkins Bedenken angemeldet hatte. Er hatte die Haushälterin beruhigt – schließlich sei er ja Arzt und Abigail seine Schwester. Sicher könne sie eine Stunde mit ihnen verbringen, ohne Schaden an Leib und Seele zu nehmen. Missus Hopkins wollte weiter protestieren, doch Wakefield nahm ihr den Wind aus den Segeln, indem er darauf bestand, dass nicht nur Abigail, sondern auch sie mit ihrer Tochter auf ein Glas Punsch in den Salon komme. Als er dann noch erwähnte, er werde dort auch die Weihnachtsgratifikationen verteilen, war die Sache entschieden.

Das Wetter am Weihnachtsmorgen war kalt und windig, aber klar, und nach der Rückkehr ins warme Heim glühten die Wangen der Kinder förmlich. Während Mister Litton die Pferde in den Stall führte, entfachte Wakefield im Salon schon das Feuer. Den Christbaum zündete er nicht erneut an, da die Kerzen am Vorabend abgebrannt waren. Doch der Anblick war unvergesslich gewesen, und die Kinder hatten, artig wie nie, die Lichterpracht und den wundervollen Duft in vollen Zügen genossen.

Grace schickte Mary Kate und Jack aufs Zimmer, wo sie die Mäntel ablegten und die neuen Pullover anzogen, die der Weihnachtsmann höchstpersönlich über den Schaukelstuhl am Kamin gelegt hatte. Auch neue Mützen hatten sie bekommen, neue Fäustlinge, die sie schon in der Kirche getragen hatten, und einen kleinen Teller mit Schokolade, Obst und Nüssen, über den sie sich am meisten freuten.

Während sie sich umzogen und von ihrer Schokolade naschten, legte Grace Hut und Mantel ab und schürte den Küchenofen, der während ihrer Abwesenheit stärker heruntergebrannt war als erwartet. Sie setzte den Wasserkessel auf und stellte einen Teller mit geschnittenem Christstollen und Butter auf das Tablett, das sie schon morgens vorbereitet hatte. Als der Tee gezogen war, bat sie Jack, Mister Litton hereinzuholen, was der auch prompt tat. Grace drückte dem sich zunächst sträubenden Stallknecht das Tablett in die Hand, dann gingen alle gemeinsam hinüber in den Salon.

»Ah, da sind Sie ja!«, begrüßte der Doktor sie und rieb sich erwartungsvoll die Hände, so dass Grace einen Moment lang den fröhlichen Jungen in ihm sah, der er als Kind gewesen sein musste. »Stellen Sie das Tablett hier ab, Mister Litton. Mary Kate, Jack, bitte setzt euch auf den Diwan neben dem Baum. Missus Donnelly, nehmen Sie doch Platz!« Er bot Grace einen Sessel in der Nähe des Diwans an.

»Ich schenke zuerst ein, wenn es Ihnen recht ist, Sir.« Grace konnte sich angesichts seines fröhlichen Eifers ein Lächeln nicht verkneifen. »Wird Miss Abigail denn nun hinunterkommen?«

»Oh ja!« Er schaute demonstrativ zu dem verhüllten Klavier hinüber. »Sie muss einfach kommen, nicht wahr, Kinder?«

Jack und Mary Kate nickten begeistert und kicherten, und auch der Doktor lächelte schelmisch. Noch nie hatte Grace ihn so aufgeregt erlebt. Er ging aus dem Zimmer, und man hörte, wie er am Fuß der Treppe nach Missus Hopkins rief.

»Hopkins! Kommen Sie jetzt runter! Wir sind so weit!«

Dann kehrte er in den Salon zurück und wandte sich an Mister Litton. »George!«, sagte er strahlend. »Sie sitzen dort drüben.« Er rückte einen ledernen Klubsessel zurecht, doch Litton schaute auf seine Hose und schüttelte den Kopf. »Na, kommen Sie. Wenn die Hose sauber genug für die Kirche war, ist sie auch sauber genug für den Sessel. Missus Donnelly, machen Sie ihm das doch mal klar.«

»Am besten tun Sie, was Doktor Wakefield sagt, Mister Litton; er lässt heute kein Nein gelten«, lachte Grace.

Litton nickte ernst, ging zu dem Sessel hinüber, holte ein sauberes Tuch aus der Tasche, breitete es über den Sitz und ließ sich darauf nieder. Als er erst einmal saß, schien er sich etwas zu entspannen und blickte sich im Raum um. Grace wünschte, er hätte sich am Vorabend überreden lassen, hineinzukommen und alles im Kerzenschein zu sehen, doch er hatte sich standhaft geweigert und mit hochrotem Gesicht gemurmelt, er müsse sich erst einmal waschen und rasieren, ehe er ein so sauberes Haus betrete. Jedenfalls sah er an diesem Morgen sehr gut aus, fand Grace. Die Rasur hatte ihn nicht nur um die Bartstoppeln gebracht, sondern seinem Gesicht auch ein deutlich jüngeres Aussehen verliehen. Grace erkannte plötzlich, dass er längst nicht so alt war, wie sie angenommen hatte – höchstens dreißig Jahre. Sein Gesicht war gerötet vom Rasieren, das Haar zurückgekämmt, er hatte saubere Kleidung angezogen und sich sogar die Fingernägel gebürstet. Grace war beeindruckt, und sie stellte sich vor, dass Enid beim Anblick des so schmucken Mister Litton bestimmt fast in Ohnmacht fallen würde. Da erschien Enid auch schon und machte tatsächlich große Augen. Litton erhob sich sofort wie ein Gentleman, verbeugte sich leicht und rang sich sogar ein paar Worte ab.

»Frohe Weihnachten, Miss Enid«, sagte er förmlich, »ich hoffe, es geht Ihnen gut. Und Ihrer Mutter auch.«

Nun kam Enid erst recht nicht mehr aus dem Staunen heraus, fing sich dann aber doch, durchquerte das Zimmer und gesellte sich zu ihm.

»Danke schön, Mister Litton«, sagte sie herzlich und sah ihm in die Augen. »Auch Ihnen frohe Weihnachten. Wie nett, dass Sie uns Gesellschaft leisten.«

»Es ist mir ein Vergnügen, Miss.« Wieder machte er seine ulkige kleine Verbeugung und verstummte dann, so als habe er nun seinen gesamten Vorrat an Worten aufgebraucht.

Enid störte das wenig. Sie war offenkundig glücklich, neben ihm zu stehen, und lächelte ununterbrochen, bis ihre Mutter, die Miss Abigail stützte, den Salon betrat und ihr einen missbilligenden Blick zuwarf.

»Abigail!«, begrüßte der Doktor seine Schwester herzlich, nahm ihren Arm und führte sie zu einem Sessel neben dem Kamin. »Frohe Weihnachten, meine Liebe. Wie hübsch du heute Morgen aussiehst!«

Das stimmt, dachte Grace – auch wenn die junge Frau sie eher an das verblichene Bild einer Schönheit erinnerte denn an die Person selbst. Doch das Kleid und das hübsche Tuch um die Schultern standen ihr gut, ihr Haar war frisch gewaschen und gekämmt, und Missus Hopkins hatte es recht ordentlich hochgesteckt. Nur auf einer Seite hatten sich ein paar Strähnen gelöst, und Grace konnte sich nur mühsam verkneifen, sie wieder hochzustecken. Abigail trug die feinen Granatohrringe, die ihr Bruder ihr am Abend zuvor geschenkt hatte, ein schlichtes Goldkreuz um den Hals und am Handgelenk ein Amulettarmband. Sie hatte sogar etwas Rouge auf den Wangen und trug Lippenstift, eine Farbe, die ihren hellen Teint zwar betonte, ohne den sie aber im Cremeweiß ihres Kleides versunken wäre.

»Darf ich Ihnen Tee einschenken, Miss Wakefield?«, fragte Grace.

Abigail nickte, hielt den Blick jedoch gesenkt.

Nachdem alle versorgt waren, setzte der Doktor seine Tasse ab, ging zum Weihnachtsbaum, holte einige kleine Päckchen hervor und verteilte sie an Grace, Missus Hopkins und Enid. Stolz stand er neben seiner Schwester, eine Hand auf ihrer Schulter, und sah zu, wie seine Hausangestellten ihre Geschenke auspackten.

»Vielen Dank, Sir, vielen Dank, Miss!«, bedankte sich Enid begeistert und hielt ein Paar Handschuhe aus hellem Ziegenleder hoch.

Auch ihre Mutter musterte entzückt ein Paar Handschuhe, die allerdings etwas größer waren.

»Wie reizend, Miss Abigail, sehr aufmerksam von Ihnen! Vielen Dank, Doktor Wakefield«, bedankte sie sich überschwänglich.

Grace brauchte etwas länger, um ihr Geschenk auszupacken, doch als sie schließlich den Deckel öffnete, verschlug es ihr den Atem. Sie schaute erst den Doktor, dann seine Schwester an, bevor sie einen in Silber gefassten Elfenbeinspiegel, eine Bürste und einen Kamm aus der Schachtel nahm.

»Wie wundervoll!«, flüsterte sie angesichts dieses großzügigen Geschenks. »So etwas Schönes habe ich noch nie bekommen.«

Missus Hopkins schnaubte vernehmlich, so als wolle sie sagen: »Natürlich nicht!«, doch niemand beachtete sie.

»Ich habe mich an eine gewisse junge Dame gewandt, um sicherzugehen«, bemerkte Wakefield hochzufrieden. »Sie erinnerte sich, dass Sie in Irland eine hübsche Bürste besaßen, sie neben vielen anderen Dingen aber zurücklassen mussten und nie wieder eine gleichwertige erworben haben.«

Gerührt, dass ihre Tochter sich daran noch erinnern konnte, schaute Grace zu Mary Kate, die rot geworden war und schüchtern lächelte.

»Tausend Dank, Doktor Wakefield, vielen Dank, Miss Wakefield«, sagte Grace überwältigt. »Gesegnete Weihnachten wünsche ich Ihnen!«

»Wir freuen uns, dass es Ihnen gefällt«, erwiderte Wakefield freundlich. »Und nun zu George.« Er reichte Mister Litton ein großes Paket.

Der Stallknecht fummelte etwas unbeholfen an der Schleife, öffnete schließlich den Deckel und begutachtete das Kleidungsstück, das in der Schachtel lag. »Das ist aber eine feine Jacke, Sir«, stammelte er, rot vor Verlegenheit und Freude, und rieb den schweren Tweed zwischen den Fingern. »Vielen Dank, Sir.«

»Außerdem haben Abigail und ich noch einen Weihnachtsumschlag für jeden von Ihnen, mit dem wir uns für ein weiteres Jahr treuer Dienste bedanken möchten.«

Nun redeten alle fröhlich durcheinander, bis Wakefield die Hand hob und um Stille bat.

»Ich fürchte, wir haben die Kinder vergessen!«, rief er, als sei ihm das gerade erst eingefallen. »Wie furchtbar! Was nun?«

»Oh nein, Sir, das macht doch nichts«, beruhigten Mary Kate und Jack ihn rasch. »Wirklich nicht, Sir.«

Der Doktor schmunzelte und winkte sie zu sich heran.

»Eure Geschenke ließen sich leider nicht einpacken«, erklärte er. »Ihr wisst doch, dass Scout Junge bekommen hat, und obwohl ihre Welpen überall sehr begehrt sind …« – er legte eine Kunstpause ein und beugte sich zu ihnen hinunter –, »darf sich jeder von euch einen aussuchen.«

Mary Kate und Jack schauten einander mit offenem Mund und vor Freude weit aufgerissenen Augen an. Dann fielen sie sich jubelnd in die Arme und umhalsten anschließend stürmisch den Doktor, wobei sie ihn, wie junge Hunde, fast umwarfen.

Nachdem er sich aus ihrer Umarmung befreit hatte, sagte er lachend: »Geht mit Mister Litton nach draußen; er wird euch beim Auswählen helfen. Die Hündchen sind zwar noch zu jung, um sie von ihrer Mutter zu trennen, aber ihr könnt euch ja schon mal mit ihnen bekannt machen.«

Die Kinder rannten zu Litton, nahmen ihn bei den Händen und zerrten ihn buchstäblich aus dem Raum, während sie sich immer wieder überschwänglich bedankten. Litton setzte zwar eine bedauernde Miene auf, doch Grace schien es so, als sei er erleichtert, die Gesellschaft verlassen zu können.

»Es ist so schön, an Weihnachten Kinder im Haus zu haben«, freute sich Wakefield und rieb sich erneut die Hände. »Ein herrlicher Tag, einfach herrlich. Und nun, meine Liebe«, wandte er sich an seine Schwester, »wenn du erlaubst – ein ganz besonderes Geschenk für dich.«

»Rowen, du hast mir mein Geschenk doch schon gestern Abend gegeben«, erwiderte sie, wobei Grace ihre schleppende Sprechweise auffiel. Abigail fasste an ihre Granatohrringe. »Das ist doch genug.«

»Das war nur ein Ablenkungsmanöver, meine Liebe, damit du keinen Verdacht schöpfst.«

Wakefield durchquerte den Raum, lüftete das Tuch und enthüllte das glänzende Instrument. Dann wandte er sich strahlend vor Stolz zu seiner Schwester um, und sein Lächeln erstarb.

»Rowen«, sagte Abigail heiser, »wie konntest du das nur tun?« Mit zitternden Armen stützte sie sich auf die Sessellehnen und erhob sich; in ihren Augen standen Wut und Verwirrung.

»Es ist ein Klavier!« In dem Glauben, sie habe nur etwas falsch verstanden, trat Wakefield beiseite, damit sie das Instrument besser sehen konnte. »Du spielst doch leidenschaftlich gern Klavier. Zu Hause hast du früher den ganzen Tag daran gesessen! Und so vergnügt, deshalb dachte ich …«

»Ich werde nie wieder Klavier spielen, Rowen, nie wieder!«, erklärte sie, am ganzen Körper bebend. »Ach, Rowen, du weißt doch, was ich von diesen Dingen halte.« Schluchzend sank sie in ihren Sessel zurück. »Wie konntest du mir das antun?«

Betroffen eilte Wakefield zu ihr. »Abigail!«, sagte er, kniete sich neben sie und legte eine Hand auf ihren Arm. »Abby.«

Sofort stürzte Missus Hopkins herbei. »Sie ist nervlich überreizt, Sir, wie ich befürchtet hatte. Zu viel Aufregung für ihre schwachen Nerven. Enid«, herrschte sie ihre Tochter an, »hilf mir, Miss Abigail wieder auf ihr Zimmer zu bringen.«

»Nein, ich bringe sie gleich selbst hoch.« Wakefield stellte sich schützend vor seine Schwester. »Das wäre dann alles, Hopkins, Sie können jetzt gehen.«

Missbilligend runzelte die Haushälterin die Stirn.

»Ich sagte, Sie können gehen«, wiederholte Wakefield bestimmt.

Missus Hopkins kniff die Lippen zusammen, packte Enid am Arm und verließ mit ihr den Raum.

»Die Köchin soll gehen«, flüsterte Abigail. »Schick sie weg.«

Wakefield behielt seine Schwester fest im Auge, während er zu Grace sprach. »Bitte entschuldigen Sie uns einen Moment, Missus Donnelly, und schließen Sie bitte die Tür.«

»Jawohl, Sir.« Grace verließ rasch den Salon, blieb aber an der geschlossenen Tür stehen und lauschte, wie der Doktor in gedämpftem Ton mit Abigail sprach und sie leise schluchzte.

»Kommen Sie da weg!«, zischte Missus Hopkins hinter ihr. »Das sind Privatangelegenheiten. Gehen Sie wieder in die Küche.«

Grace machte eine Geste in Richtung Flur. »Nach Ihnen.«

Beleidigt marschierte die Haushälterin, die darauf nichts zu erwidern wusste, vor Grace in die Küche.

»Eine feine Weihnachtsbescherung«, verkündete sie spitz und ließ sich schwer auf einen Stuhl fallen. »Ich hatte ihm ja gesagt, dass es zu viel für sie ist.«

»Ich glaube, wir könnten jetzt alle eine Tasse Tee vertragen«, stellte Grace fest und nahm den Kessel vom Herd. »Gottlob waren die Kinder schon draußen. Armer Doktor Wakefield. Und die arme *Miss* Wakefield!«

»Arm, arm«, fauchte Missus Hopkins. »Sie wissen ja gar nicht, wovon Sie reden. Enid, hol mir mal eine Scheibe Brot.«

Enid, die ihre Mutter von der Tür aus nervös beobachtet hatte, sauste sofort los.

»Setz dich, Enid.« Grace bedeutete ihr, ebenfalls am Tisch Platz zu nehmen. »Wir haben Weihnachten, und du musst nachher schließlich noch das ganze Essen auftragen.«

Enid setzte sich mit dem Rücken zu ihrer Mutter hin.

Grace stellte die Teekanne samt einem Teller mit Butterbroten auf den Tisch. »So, hier haben wir etwas zur Nervenstärkung.« Sie ließ sich neben Enid auf einen Stuhl sinken und legte ihr eine Hand auf die Schulter. »Dreh dich nur um, du hast heute nichts falsch gemacht.«

»*Noch* nicht«, ergänzte Missus Hopkins mit vollem Mund.

»Missus Hopkins, das reicht jetzt«, tadelte Grace sie müde. »Wir sollten lieber an den Segen des Herrn denken, statt miteinander zu hadern.«

»Sie haben gut reden«, warf die Haushälterin säuerlich ein. »Sie sind den ganzen Nachmittag weg und turteln mit Ihrem Freund, diesem Kapitän. Sicher haben Sie ihn schon restlos um den Finger gewickelt, stimmt's?«, setzte sie bitter hinzu. »Das ist doch Ihr dritter Mann. Und ein Kind wollen Sie bestimmt auch von ihm. Vielleicht ist ja schon eins unterwegs, nur zur Sicherheit, damit er Ihnen nicht wieder davonsegelt!«

»Mutter!« Enid setzte die Tasse ab. »Sag doch nicht so was!«

»Die schlechten Manieren deiner Mutter färben Gott sei Dank nicht auf dich ab, Enid«, sagte Grace. Und an Missus Hopkins gewandt, fügte sie hinzu: »Übrigens, ich kann gut für mich allein sorgen.«

»Ja, ja, das sieht man«, schnaubte Missus Hopkins verächtlich. »Den ersten wegen des Geldes geheiratet, den zweiten aus Wollust … und den Kapitän? Heiraten Sie den vielleicht aus Vernunftgründen? Erst drängen Sie sich hier rein, dann mischen Sie sich in fremde Angelegenheiten und stiften nichts als Unheil. Ein Klavier, pah!«, fauchte sie. »*Sie* haben ihm diese lächerliche Idee in den Kopf gesetzt, erzählen Sie mir nichts. Ihr Iren habt wirklich keinen Funken Verstand.«

Grace schwieg und versuchte, sich diese vergifteten Worte nicht zu Herzen zu nehmen, auch wenn Missus Hopkins es sichtlich darauf anlegte.

»Mutter, hör auf«, sagte Enid mit Tränen in den Augen.

»Sieh mal an«, schäumte ihre Mutter. »Nun sieh mal einer an!

Keine zwei Minuten an ihrer Seite, und du weißt schon nicht mehr, wo du hingehörst. Vergiss nicht, was ich für dich geopfert habe, was ich alles für dich getan habe.«

Enid ließ zerknirscht den Kopf hängen. »Nein, Mutter. Es tut mir leid, Mutter.« Tränen fielen auf ihre im Schoß gefalteten Hände.

»Ich verzeihe dir. Weil ich eine gute, *anständige* Christin bin. Geh jetzt auf dein Zimmer und warte dort auf mich.«

Enid erhob sich und ging, ohne Grace auch nur einen flüchtigen Blick zuzuwerfen, mit hängenden Schultern hinaus.

Missus Hopkins beugte sich über den Tisch zu Grace. »Sie haben einen schlechten Einfluss auf das Mädchen, Missus Donnelly. Halten Sie sich aus unseren Angelegenheiten heraus.«

»Na, dann halten Sie Ihre Angelegenheiten aus meiner Küche heraus«, konterte Grace und beugte sich ebenfalls vor. »Und wenn Sie abends beten, Missus Hopkins, dann danken Sie dem Herrn mal für das Kind, das sie haben, statt ihn für das zu hassen, das Sie verloren haben.«

»Wie können Sie es wagen!«, stieß Missus Hopkins hervor, Speicheltropfen in den Mundwinkeln und die Hände zu Fäusten geballt.

»Nun, wenn Sie es unbedingt wissen wollen«, begann Grace und stand vom Tisch auf, »dann sage ich es Ihnen einmal ganz deutlich: Ich habe keine Angst vor Ihnen, Missus Hopkins, nicht die geringste. Und daran wird sich auch nichts ändern. Sie sind nur ein harmloses kleines Kätzchen, verglichen mit den Löwen, gegen die ich schon kämpfen musste in meinem Leben, über das Sie im Übrigen rein gar nichts wissen.«

Missus Hopkins' Mund stand sperrangelweit auf, doch ehe sie etwas entgegnen konnte, war Grace schon im hinteren Flur verschwunden. Sekunden später tauchte sie mit einem Umhang über den Schultern wieder auf.

»Ich sehe jetzt mal nach den Kindern. Den Nachmittag über sind wir dann weg. Die Zeit vergeht im Flug, und Sie wissen ja: Ich muss den Kapitän noch um den Finger wickeln.«

Grace zog die Tür energisch hinter sich zu, trat in die kalte, feuchte Luft hinaus und atmete tief durch, bis ihr Zorn sich legte. Die Menschen im Haus taten ihr leid, die Wakefields und die

Hopkins', wegen des traurigen Lebens, das sie führten, sei es nun aufgrund äußerer Umstände oder selbst verschuldet. Und sie fragte sich, ob es das wirklich alles wert war, ob sie wirklich mit einer so übellaunigen Person wie Agnes Hopkins oder einer so tief verstörten Frau wie Abigail Wakefield weiter unter einem Dach leben sollte. Würden die Kinder nicht darunter leiden?

Vergnügtes Gelächter aus dem Stall riss sie aus ihren Gedanken. Sie ging über den Hof und blieb in der Stalltür stehen, um ihren Kindern kurz unbemerkt zuzuschauen. Mister Litton lehnte an einer Pferdebox, während Mary Kate und Jack in einer Ecke saßen und entzückt beobachteten, wie die Welpen ihnen auf den Schoß kletterten und wieder hinunterpurzelten. Auf Littons Gesicht entdeckte Grace einen Ausdruck, den sie bei ihm noch nie bemerkt hatte; sie mochte es kaum glauben, aber er schien tatsächlich zu lächeln.

Schon den Kindern zuliebe wollte Grace sich durch den aufwühlenden Vormittag nicht die Feiertagslaune verderben lassen. Während der ganzen Fahrt schmetterten sie zu dritt ein Weihnachtslied nach dem anderen, bis die Kutsche vor dem Haus der Darmstadts anhielt, wo Kapitän Reinders und Liam sie schon ungeduldig erwarteten.

Inzwischen saßen sie im Wohnzimmer, ein Feuer prasselte im Kamin, und auf der Anrichte standen Tabletts mit Speisen und Getränken bereit. Zuerst hatte man einander frohe Weihnachten gewünscht und Geschenke ausgetauscht – ein hübsches, ledergebundenes Tagebuch für Mary Kate, eine Angelrute für Jack, für Liam einen Sextanten von Reinders und von Grace eine kleine Stadtansicht von Dublin. Und nun war Jack mit schokoladenverschmiertem Mund vor dem Kamin eingeschlafen, während Mary Kate Liam an dem Brett, das sie eigens für ihn besorgt hatte, das Schachspielen beibrachte. Wie hübsch sie doch aussieht in ihrem blauen Kleid, mit der dazu passenden Haarschleife und dem Ring, den Aislinn ihr in Liverpool geschenkt hat, dachte Grace. Auch Liam wirkte mit seinem sauberen weißen Hemd, der dunklen Hose und dem zur Feier des Tages zurückgekämmten Haar sehr adrett. Grace war stolz auf die beiden und freute sich, dass sie einander noch immer so nahe standen. Die Darmstadts hatten sich zu einem kleinen Nachmittagsschläfchen in ihr Zimmer zurückgezogen, so dass Grace und Reinders mit den Kindern allein waren.

»Das Bild ist wirklich wunderschön«, bedankte sich der Kapitän nochmals und nahm die hübsch gerahmte Daguerreotypie zur Hand, die Grace ihm geschenkt hatte. »Er hat dich perfekt getroffen – die schönen Augen, das stolze Kinn. Das Licht um deinen Kopf und deine Schultern …« Anerkennend betrachtete er das Foto. »Es ist wirklich ein Meisterwerk.« Dann sah er Grace an und meinte: »Dass du dafür mit einem talentierten, charmanten Mann allein und halb bekleidet in einem Raum gesessen haben musst, daran will ich lieber gar nicht denken. Nein, ich habe beschlossen, kein Wort darüber zu verlieren.«

Grace lachte. »Ich muss zugeben, anfangs habe ich auch nicht ganz verstanden, was er vorhatte, und fühlte mich etwas unbehaglich. Aber er hat sich untadelig benommen und wirklich professionell gearbeitet. Ich hatte gehofft, dass es dir gefallen würde«, fügte sie schüchtern hinzu.

»Danke schön«, sagte er noch einmal. »Ich fühle mich ganz besonders geschmeichelt. Und vielen Dank auch noch einmal für das Buch.« Er nahm die schwere, in Leder gebundene Biografie von Lord Nelson zur Hand. »Ich werde sofort damit anfangen.«

»Ich dachte, du könntest etwas geistige Zerstreuung während deiner Genesung gebrauchen. Du siehst schon so viel besser aus, und zugenommen hast du auch. Das freut mich sehr.«

»Dazu hast du auch allen Grund, schließlich ist das allein dir zu verdanken«, neckte er sie. »Dir und den frischen Broten, Pasteten, Kuchen, Suppen, Eintöpfen und so weiter, die von Wakefield Heights täglich ihren Weg zu mir finden. Ganz zu schweigen von den Blumen, Kinderzeichnungen, deinen Briefen … Es fehlt nicht viel, und du schickst mir noch Blaskapellen und Reiter.«

»Ach, komm«, protestierte Grace verlegen. »Liam und Detra haben gesagt, eurem Koch hier sei es nicht gelungen, deinen Appetit zu wecken, und da ich nicht jeden Tag hier sein kann, kann ich ja zumindest etwas Freude schicken.«

»Du könntest schon jeden Tag hier sein«, erwiderte er. »Wenn du das wirklich wolltest.«

Grace biss sich auf die Lippe und senkte den Blick. »Ich möchte schon. Aber du brauchst noch Ruhe. Außerdem wohnt ihr hier doch bereits mit so vielen, und wenn ich dann noch mit den Kindern dazukäme …« Sie schaute auf und sah ihn ernst an. »Außerdem haben sich die Kleinen so gut bei den Wakefields eingelebt, dass ich sie dort noch nicht wegholen will, gerade jetzt, in der Weihnachtszeit. Ganz zu schweigen von dem vielen Geld, das ich verdiene. Im Grunde ist Doktor Wakefield verrückt, aber so kann ich wenigstens etwas beiseite legen. Und Mary Kate und Jack bekommen dort oben Unterricht, und es gefällt ihnen. Habe ich dir schon erzählt, wie gut Jack sich macht? Das hätte vorher niemand geglaubt, aber er mag Mister Hewitt, und Mary Kate mag ihn auch. Der junge Mann kommt an drei Vormittagen in der Woche …« Als hätte sie ihre Munition verschossen, wurde ihre Stimme schwächer, bis sie schließlich ganz verstummte.

Reinders hatte ihr aufmerksam zugehört und zählte nun neckend an den Fingern ab: »Ruhe, Haus zu voll, Weihnachten, Gehalt, Schule … das sind mindestens fünf gute Gründe, mich nicht zu heiraten, Grace.«

»*Noch* nicht«, korrigierte sie ihn ruhig. »Dich *noch* nicht zu heiraten.«

»Willst du mich denn überhaupt noch heiraten?«

Grace zögerte nur eine Sekunde. »Ja sicher, Peter, wenn du mich noch willst. Und die Kinder natürlich.«

Reinders lachte. »Natürlich auch die Kinder. Wer bist du, Grace Donnelly, wenn nicht die Mutter dieser drei Kinder?«

Grace verstand nicht so recht, was er damit meinte, lächelte aber dennoch.

»Wenn es dir wieder gut geht und du ganz bei Kräften bist, planen wir alles genauer«, versprach sie ihm. »Aber schließlich befindet sich keiner von uns beiden in einer Notlage. Wir haben also Zeit, alle wichtigen Dinge zu regeln, ehe wir zusammenkommen.«

»Hast du denn noch viele Dinge zu regeln?«, fragte er sanft.

»Nein«, erklärte sie. »Ich habe alles hinter mir gelassen und bin bereit, mein Leben mit dir zu teilen.«

»Das bin ich auch.« Er griff in seine Tasche, holte eine kleine, wertvoll aussehende Schachtel hervor und legte sie ihr in die Hand. »Frohe Weihnachten, Grace.«

Klopfenden Herzens schob sie die Schleife beiseite und öffnete den Deckel; der prächtige Ring verschlug ihr den Atem.

»Das ist ein Smaragd – grün wie die Insel, von der du stammst, um es poetisch zu sagen.«

»Wie schön er ist, Peter«, hauchte sie und fügte mit einem Blick auf ihre rauen, von der Küchenarbeit geröteten Hände mit den kurzen Fingernägeln hinzu: »Zu schön.«

Er nahm ihr die Schachtel ab, holte den Ring heraus und steckte ihn ihr an den Finger. »Nicht einmal annähernd schön genug«, sagte er und küsste ihre Hand.

Sie biss sich auf die Lippe, und dann drehte sie ihre Hand so, dass der funkelnde Smaragd den Schein des Feuers einfing.

»Dieser Ring ist mein Versprechen an dich, dass wir heiraten, sobald *du* dazu bereit bist. Du und die Kinder. Und bis dahin« – erneut zählte er an den Fingern ab – »werde ich mich ausruhen, ein Haus für uns suchen und mich erkundigen, ob Mister Hewitt bereit wäre, zu uns zu kommen, um die Kinder weiter zu unterrichten. Was ich im Hinblick auf Weihnachten und dein enormes Gehalt tun kann, weiß ich noch nicht; ich werde mir aber etwas einfallen lassen.«

Grace stand auf, küsste ihn zärtlich auf die Lippen und kniete sich dann neben seinen Sessel. »Vielen Dank, Peter. Ich danke dir für alles.«

»Das war doch nur ein Ring«, zog er sie auf. »Aber wenn du alles willst, kannst du auch das von mir bekommen.«

Sie lachte. »Ich will nicht alles, bloß ein Zuhause mit dir, Liam, Mary Kate und Jack.«

Er nickte und schaute über die Schulter nach den Kindern. »Mary Kate ist ein wundervolles Mädchen. Du hast sie gut erzogen, Grace. Und deinen kleinen Jack mag ich ebenfalls, auch wenn er anscheinend nicht das Gleiche für mich empfindet.«

»Das kommt schon noch«, beruhigte Grace ihn. »Er wollte dich von Anfang an kennen lernen, und immer wenn ein Brief von dir eintraf, konnte er es kaum erwarten, dass ich ihn endlich vorlas.«

»Na ja, auf jeden Fall war er eindeutig der Meinung, dass ich nicht wie ein Kapitän *aussehe*.« Reinders blickte an sich hinunter und schmunzelte: »Kein Wunder, zurzeit bin ich wohl wirklich nicht besonders beeindruckend.«

»Das kommt von den Piratengeschichten, die Mary Kate ihm immer vorliest«, erklärte Grace. »Er hat sich wohl vorgestellt, du würdest mit wild zerzaustem Haar in den Hafen einfallen, das Gesicht voller Narben, Goldzähne im Mund und einen großen, rasselnden Säbel am Gürtel.«

»Tut mir leid, dass ich ihn so enttäuscht habe«, sagte Reinders wehmütig und strich über sein glatt rasiertes Gesicht. »Vielleicht sollte ich mir wieder einen Bart stehen lassen und mir Augenklappe und Dreispitz zulegen.«

»So viel Mühe brauchst du dir gar nicht zu machen. Wenn du ihm einfach etwas Zeit lässt, dich kennen zu lernen, wird er dir irgendwann nicht mehr von der Seite weichen. Du hast doch ein Händchen für Jungs; sieh nur, wie Liam dich vergöttert!«

»Tja, wer hätte damals, als wir in Liverpool zusammen in See stachen, gedacht, dass wir vier einmal hier in San Francisco landen würden – das heißt, wir fünf«, fügte er hinzu. »Es ist schön, dass Liam und Mary Kate sich noch immer so gut verstehen.«

»Das war gleich von Anfang an so«, erinnerte sich Grace. »Als Alice und Siobhan starben, fand er Trost darin, sich um Mary Kate zu kümmern; sie betete ihn ja auch förmlich an. Ständig hatten sie etwas zu tuscheln, und richtig ausgeweint hat er sich nur bei ihr.«

»Ich weiß noch, wie klein sie damals war und wie sie mit diesen großen dunklen Augen alles um sich herum aufmerksam beobachtete.«

»Ja, sie hat eine alte Seele. Natürlich liebt sie Jack von ganzem Herzen, aber mit Liam verbindet sie noch viel mehr – vielleicht, weil beide in frühester Jugend Ähnliches erlebt haben.«

»Manchmal vergesse ich, was er alles durchgemacht hat – und was du alles durchgemacht hast.«

»Ja, aber wir sind daran gewachsen«, sagte Grace ernst. »Wir sind nun Amerikaner. Und hat nicht jeder in diesem Land irgendetwas erleiden müssen, bevor er hierher kam?«

»Ich nicht.«

»Du nicht, aber deine Familie. Wie geht es übrigens deiner Mutter? Schreibst du ihr, wie es sich gehört?«, fragte sie lächelnd.

»Jawohl, Missus Donnelly, meiner Mutter schreibe ich zweimal im Jahr. Sie hat die Hälfte der Farm verkauft und ist mit meinem Bruder und seiner Familie in die Nähe der Stadt gezogen. Sie wird älter, tadelt mich aber immer noch, weil ich nicht zur Kirche gehe.«

»Also ist sie eine gute Mutter«, meinte Grace augenzwinkernd.

Die Uhr auf dem Kaminsims schlug, und Jack begann sich zu regen.

»Mam«, murrte er und rieb sich die Augen. »Kann ich jetzt nach Hause zu meinem kleinen Hund?«

»Ja, bald, Jack.«

»Ein schönes Geschenk«, sagte Reinders beiläufig.

»Ja, dem Doktor ist aufgefallen, wie gut die Kinder mit der trächtigen Scout umgegangen sind, vor allem Jack. Er kann von Hunden und Pferden einfach nicht genug bekommen. Das war sein sehnlichster Wunsch, ein eigenes Haustier.«

»Dein Arbeitgeber ist sehr großzügig. Er weiß genau, was jeder will, und sorgt dafür, dass er es bekommt.« Reinders hielt einen Moment inne. »Sag mal … hast du je daran gedacht, dass er womöglich mehr von dir möchte als deine Dienste als Köchin?«

Grace setzte sich kerzengerade hin und starrte ihn an, als habe er den Verstand verloren.

»Doktor Wakefield möchte eine anständige Köchin für sich und seine Schwester und einen anständig geführten Haushalt für seine Freunde.« Rote Flecken zeichneten sich auf ihrem Hals und ihren Wangen ab. »Wenn du ihn kennen würdest, wärst du nicht einmal auf die Idee gekommen, dass er …« Sie stockte. »Was wolltest du eigentlich damit sagen?«

»Nur, dass er vielleicht stärkere Gefühle für dich hegt, als du ahnst oder ihm selbst bewusst ist. Ich möchte nur, dass du vorsichtig bist, weiter nichts.«

»Natürlich bin ich vorsichtig, was dachtest du denn, du Dummkopf!«, entrüstete sich Grace und stemmte die Hände in die Hüften. »Rowen Wakefield zählt nicht zu der Sorte Mann, der auch nur im Traum an Affären mit seinen Dienstboten denken würde. Und genau das bin ich in seinem Haus, Peter – eine Dienstbotin.«

»Grace«, erwiderte Reinders ernst. »*Du* magst dich vielleicht als Bedienstete verstehen, doch niemand, der dich kennt, würde dich je so sehen. Du wirkst wie ... wie eine entthronte Königin, die auf die Stunde wartet, in der sie ihren Thron erneut besteigen kann.«

»Lieber Kapitän Reinders, darf ich einmal klarstellen, dass ich so hart arbeite wie jeder andere, und keineswegs darauf warte, dieses Leben hinter mir zu lassen?« Grace war nun wirklich aufgebracht. »Ich weiß nicht, für wen du dich hältst, dass du so mit mir redest. Du kennst mich anscheinend längst nicht so gut, wie du glaubst.«

Protestierend hob er die Hände. »Aber so etwas habe ich doch gar nicht gesagt, Grace! Oder, falls doch ...« – er versuchte, sich genau zu erinnern –, »dann habe ich es jedenfalls nicht so gemeint. Ich weiß nicht recht, wie ich es sagen soll, aber ... Ich glaube, ich habe einfach nur ein ungutes Gefühl bei dem Gedanken, dass du mit einem anderen Mann unter einem Dach lebst. Es tut mir wirklich leid, wenn ich dich gekränkt habe.«

Grace musterte ihn misstrauisch. »Du bist doch sonst kein engherziger Mann, Peter.« Sie schaute zu den Kindern hinüber, die ihr Spiel unterbrochen hatten und sie neugierig anstarrten. »Aber auch ich hätte mich nicht so gehen lassen dürfen und muss mich bei dir entschuldigen.« Sie kniete sich wieder hin und sprach mit leiserer Stimme weiter. »Es war ein langer Tag. Ein schöner Tag, aber ... eben auch ein langer.«

»Grace.« Reinders hob ihr Kinn leicht mit der Hand an, um ihr in die Augen zu schauen. »Ist wirklich alles in Ordnung dort oben bei den Wakefields? Das Ganze wächst dir doch nicht über den Kopf, oder?«

Mit einem Mal wollte sie nur noch die Augen schließen, auf der Stelle einschlafen und neben ihm wieder aufwachen. Sie sehnte sich nach dem Körper eines Ehemanns an ihrer Seite und nach der Geborgenheit, die er ihr schenkte, nach der Vertraulichkeit nächtlicher Zwiegespräche und danach, ihm ihr Herz auszuschütten.

Doch stattdessen erwiderte sie nur: »Die Arbeit ist schon in Ordnung. Nur die Haushälterin ist schwierig, hart gegen jeden, sogar gegen ihre Tochter, die fast alle Arbeit erledigt. Ständig gibt es Streit.«

»Warum behält Doktor Wakefield sie dann bei sich?«

»Seine Schwester will keine andere Haushälterin, aber … Miss Abigail geht es nicht gut. Heute …« Grace hielt inne und fragte sich, was da eigentlich vor sich gegangen war. »Der Doktor hat ihr etwas Besonderes geschenkt, ein Klavier, und sie hat nur geweint und ihm Vorwürfe gemacht.«

»Und was hat Missus Hopkins damit zu tun?«

Grace schüttelte ratlos den Kopf. »Ich weiß es nicht genau, aber auf jeden Fall sorgt sie dafür, dass alles viel schwerer ist, als es sein sollte. Sie hatte dem Doktor gesagt, es sei zu viel für Miss Abigail, mit uns zu feiern, und schien sich auch noch zu freuen, als sie Recht behielt. Außerdem stiehlt sie sich ab und zu heimlich fort, ohne dass irgendjemand weiß, wo sie hingeht.«

Reinders legte die Hand auf Graces Schulter. »Bedienstete führen oft ein sehr beschränktes Leben, wie du weißt. Nimm nur einmal Arnott – dauernd verschwindet er, immer mit einer plausiblen Entschuldigung, aber irgendwie ahnt man, dass er nichts Gutes im Schilde führt.« Er drückte leicht ihre Schulter. »Lass dich auf keinen Fall in irgendein hausgemachtes Drama hineinziehen. So etwas ist einfach zu zermürbend.«

»Du hast wohl Recht«, räumte Grace ein, obwohl sie das sichere Gefühl hatte, dass etwas Ernstes dahintersteckte.

»Siehst du, wie nützlich ein Mann sein kann? Und was das Fortstehlen betrifft …« Reinders warf einen Blick hinüber zu den Kindern, die inzwischen wieder spielten. »Meinst du, wir könnten uns in nächster Zeit einmal allein treffen? Nicht, dass ich Sie je kompromittieren würde, Missus Donnelly«, setzte er augenzwinkernd hinzu.

»Dazu ist es längst zu spät«, berichtigte sie ihn. »Du meinst, wir sollen wieder ein Liebespaar sein, ehe wir heiraten?«

Reinders staunte über ihre Direktheit und schüttelte den Kopf. »Abertausende Male habe ich an diesen Nachmittag gedacht, Grace«, gestand er. »Und ich will nicht leugnen, dass ich es kaum erwarten kann.« Er hielt inne und lachte kurz auf. »Allerdings habe ich ehrlich gesagt im Augenblick wohl kaum die Kraft, dich die Treppe hinauf ins Bett zu tragen.«

Der Ausdruck auf seinem Gesicht verstärkte das Verlangen, das Grace ohnehin schon spürte. »An diesen Nachmittag denke ich auch oft«, gab sie zu. »Und manchmal möchte ich einfach nur …«

»Beieinander liegen«, führte Reinders ihren Satz zu Ende. »Ich freue mich sehr, dass du es auch willst. Doch da wir schon so lange gewartet haben, können wir auch noch ein wenig länger warten.« Seine Worte klangen bestimmt, aber seine Augen straften ihn Lügen. »Ich möchte nicht, dass du dich fortschleichen oder Ausflüchte erfinden musst, vor allem nicht gegenüber den Kindern.«

Erleichtert nickte Grace. Ihr Körper war zwar mehr als bereit, doch sie konnte das Gefühl der Beklommenheit nicht abschütteln. Ihre größte Sorge galt einer möglichen Schwangerschaft und der daraus resultierenden peinlichen Situation, schnell heiraten zu müssen. Denn das würde Missus Hopkins' Verdacht bestätigen, sie habe Reinders umgarnt und in eine Vernunftehe gelockt. Allerdings behielt Grace diese Gedanken für sich und küsste ihn, dankbar nicht nur für seine Leidenschaft, sondern auch für sein Verständnis.

»Bald«, flüsterte sie ihm zu. »Bald schon werden wir jede Nacht zusammen sein bis an unser Lebensende.«

»Mam!«, rief Jack fordernd, die Hände in die Seiten gestemmt. »Mein Hündchen wartet auf mich! Ich hab ihm gesagt, dass ich am Abend zu ihm komme, und jetzt ist schon Abend!«

»Jack, sei nicht so unhöflich!«, tadelte Mary Kate ihren Bruder. »Sie reden doch noch, siehst du das nicht?«

»Sie reden schon den ganzen Tag«, maulte Jack. »Ich war sogar brav und hab geschlafen, und jetzt reden sie immer noch!«

»Ich verstehe deine Ungeduld, Jack.« Reinders ließ Grace los und erhob sich langsam. »So ein kleiner Hund ist schließlich ein ganz besonderes Geschenk.«

»Oh ja! Das beste!«, rief Jack begeistert. »Das allerallerbeste!«

Grace warf ihm hinter dem Rücken des Kapitäns einen entrüsteten Blick zu.

»Die Angel ist natürlich auch toll«, sagte Jack schnell, als er den Wink seiner Mutter verstand. »Noch mal vielen Dank, Sir.«

»Keine Ursache, mein Junge.« Reinders trat zu ihm und wuschelte ihm durchs Haar. »Sobald ich wieder gesund bin, gehen wir mal zusammen angeln.«

»Vielleicht sind Sie dafür schon zu alt«, mutmaßte Jack und duckte sich unter der Hand des Kapitäns weg. »Außerdem geh ich sowieso mit Mister Litton. Der kennt alle Angelplätze hier in der Gegend.«

»Jack!« Grace schämte sich für die Taktlosigkeit ihres Sprösslings.

Der Junge seufzte. »Hm, ich meine … ja, Sir. Danke, Sir. Tut mir leid, Sir. Tut mir leid, Mam. Tut mir leid, Mary Kate. Tut mir leid, Liam.«

»Das sollte reichen, Jack«, lachte der Kapitän. »Übers Angeln reden wir ein andermal. Jetzt bringst du besser deine Mutter nach Hause.«

Reinders ließ die Kutsche vorfahren, und während sie in der Eingangshalle warteten, verabschiedeten sich Grace und die Kinder von ihm. Als sie schließlich fort waren, stieg er langsam die Stufen zum Schlafzimmer hinauf. So erschöpft war er schon lange nicht mehr gewesen. Den ganzen Tag über hatte er sich wacker gehalten, doch nun musste er sich eingestehen, dass er seine einstige Kondition noch längst nicht wiederhatte.

Notgedrungen rief er Arnott, weil er Hilfe beim Auskleiden brauchte; die Gegenwart des Butlers irritierte ihn allerdings. Was ist nur mit diesen Leuten los, fragte er sich. Warum trugen die Arnotts und Hopkins' dieser Welt solch einen selbstgefälligen Dünkel, solch dürftig maskierte Geringschätzung gegenüber anderen zur Schau? Er seufzte, ließ sich in die Kissen sinken und musste an Graces Sohn denken, von dem er instinktiv annahm, dass er seinem Vater wie aus dem Gesicht geschnitten war – dabei hätte er vorm Einschlafen lieber als Letztes Graces Bild vor Augen gehabt. Reinders hatte nicht damit gerechnet, sich um die Gunst dieses Kindes bemühen zu müssen, und das ließ ihm keine Ruhe. Es war, als habe Morgan McDonagh höchstpersönlich dem Glück von Peter und Grace einen letzten Stein in den Weg gelegt. »Unsinn«, sagte er leise im Dunkeln. Der Junge würde schon noch seine Einstellung ändern, und alles würde gut werden. Dennoch erfüllte Unsicherheit statt Zuversicht sein Herz, Sorge statt Frieden, Enttäuschung statt Liebe, und er fürchtete, dass er sich die ganze Nacht hin und her wälzen und am nächsten Morgen schlechter denn je aussehen würde. Lächerlich, dachte er und tastete nach der Lampe neben dem Bett. Er zündete sie an, setzte sich auf und öffnete das Buch, das Grace ihm zu Weihnachten geschenkt hatte.

Admiral Lord Nelson war einer der wenigen Menschen auf der Welt, die Reinders bewunderte, ein Held für jeden gestandenen Seemann. Der kleinwüchsige Horatio Nelson fuhr schon mit zwölf Jahren zur See und absolvierte eine der herausragendsten Karrieren in der Geschichte der Seefahrt – was ihn ein Auge und einen Arm kostete, der ihm ohne Betäubung amputiert wurde –, obwohl er zeitlebens an Seekrankheit litt und immer wieder an Ruhr und Malaria erkrankte. Nun, da Reinders aus eigener Erfahrung wusste, was das bedeutete, bewunderte er Nelson noch mehr als zuvor.

»Ich war meiner Zeit immer eine Viertelstunde voraus, und das hat aus mir einen Mann gemacht«, las Reinders leise. »Ich dagegen, Admiral Nelson«, fügte er hinzu und blickte von dem Buch auf, »hinke immer mindestens zwei Schritte hinterher, und was das aus mir gemacht hat, vermag ich nicht zu sagen.«

Zwei Schritte hinterher, dachte er, vor allem wenn es um Grace Donnelly geht, die ihrer Zeit ein Jahrhundert voraus zu sein scheint. Würde er je mit ihr gleichziehen können, je beweisen können, dass er ein Mann war, der solch eine Frau verdiente? Admiral Nelson hatte das Herz seiner großen Liebe, der berühmten Lady Emma Hamilton, gewonnen – welchen Rat würde er Reinders wohl geben, wenn er noch lebte?

Ein Mann soll entschlossen handeln oder gar nicht. Ob dieses Zitat von Horatio Nelson stammt, fragte sich der Kapitän, oder von jemand anderem, der seiner Zeit ebenfalls voraus war?

Grübeln Sie nicht länger, Kapitän, sondern versuchen Sie zu schlafen – Schlachten gewinnt man nicht mit müdem Kopf.

»Und meiner ist ohne jeden Zweifel müde«, sagte Reinders laut, schloss das Buch und löschte die Lampe. »Gute Nacht, Admiral, falls Sie hier irgendwo sind. Vielen Dank, dass Sie mir in dieser Angelegenheit die Hand gereicht haben.«

Nun, ich habe zwar nur eine, schmunzelte der Admiral, *aber die steht Ihnen jederzeit gern zur Verfügung.*

Reinders streckte sich lang aus; seine Augenlider waren schwer wie Blei. »Morgen früh um den Doktor kümmern«, murmelte er, und im nächsten Moment schnarchte er schon.

23

Grace wachte mitten in der Nacht auf und tastete nach Mary Kate, die friedlich atmend neben ihr lag; auch Jack in seinem Kinderbett schien tief und fest zu schlafen. Einen Moment lag Grace still da und überlegte, was sie geweckt haben könnte, dann merkte sie, dass jemand auf dem Hof war oder – sie stützte sich auf einen Ellbogen, um besser hören zu können – noch ein Stück weiter weg. Nun konnte sie das Flehen und Schluchzen einer Frau und die tiefe, drängende Stimme eines Mannes unterscheiden und war im nächsten Moment sicher, dass es sich um Abigail und den Doktor handeln musste. Sie stieg aus dem Bett, trat ans Fenster und zog den Vorhang zur Seite. Am Ende des Gartens rangen zwei Gestalten im kalten Mondlicht miteinander. Der Doktor versuchte, seine Schwester am Arm festzuhalten und in Richtung Haus zu zerren, aber sie kämpfte um jeden Zentimeter.

Grace lief in den Vorraum, zog sich eine dicke Jacke über ihr Nachthemd und schlüpfte in ein Paar Arbeitsstiefel. Draußen schlug ihr eisige Kälte entgegen, und ihre Lunge schmerzte bei jedem Atemzug. Vorsichtig wich sie den vereisten Pfützen aus und eilte zum hinteren Teil des Gartens, wo die beiden immer noch erbittert miteinander kämpften.

»Gott sei Dank«, keuchte Wakefield, als er Grace erblickte. »Nehmen Sie ihren anderen Arm. Vorsicht, sie ist vollkommen durchnässt.« Er atmete schwer. »Sie muss ins Haus, ehe sie Erfrierungen erleidet.«

Grace ergriff Abigails Arm, auch wenn sie nicht glaubte, dass jemand, der so heftig um sich schlug, in Gefahr war, zu erfrieren. Sie bemühte sich, die junge Frau festzuhalten, war jedoch überrascht von deren geradezu übernatürlichen Kräften und fürchtete schon, blaue Flecken auf ihrem Arm zu hinterlassen, so energisch musste sie zupacken.

»Lass los, du Dämon!«, schrie Abigail und hieb auf ihre neue Gegnerin ein.

Es gelang Wakefield, eine Hand auf den Mund seiner Schwester zu pressen, doch sie biss ihn, so dass er aufheulte und vor Schreck auch mit der anderen Hand losließ.

Nun hielt nur noch Grace die Rasende fest. Sie stöhnte auf, als eine Faust ihren Hals traf und Fingernägel sich in ihre Wange gruben. Verzweifelt versuchte Grace, Abigails andere Hand zu erwischen und schaffte es gerade rechtzeitig, ehe sie damit auf ihre Augen losgehen konnte. Dann verloren beide das Gleichgewicht und stürzten zu Boden. Abigail kam auf Grace zu liegen, doch der gelang es unter Aufbietung all ihrer Kräfte, Abigail von sich hinunterzurollen und am Boden festzuhalten. Nur Abigails Kopf bewegte sich noch wild hin und her, und aus ihrem Mund rann Blut.

»Worauf warten Sie?«, rief Grace Wakefield, der wie festgenagelt dastand. »Helfen Sie mir!«

Abigail spuckte Grace ins Gesicht und rammte ihr ein Knie von hinten in den Rücken.

»Halten Sie sie fest«, rief Wakefield, kniete sich neben die beiden und tastete in seinen Taschen. »Großer Gott«, stöhnte er. »Sie ist zerbrochen. Die Flasche ist kaputt.« Die Hand, die er aus der Tasche zog, war voller Blut, offenbar hatte er sich geschnitten.

»Abigail!«, rief Grace und schüttelte die am Boden liegende Frau. »Hören Sie auf! Schluss jetzt!«

»Runter von mir!«, zischte Abigail und begann hysterisch zu lachen.

Mit seiner unverletzten Hand schlug der Doktor seiner Schwester ins Gesicht – einmal, zweimal, dreimal –, bis sie schließlich abrupt zu lachen aufhörte und den Kopf wegdrehte.

»Gehen Sie von mir runter«, murmelte Abigail matt. Aus ihrem Körper schien plötzlich jegliche Kraft entwichen zu sein.

Grace schaute den Doktor an, der zustimmend nickte; gemeinsam griffen sie der verwirrten Frau unter die Arme und halfen ihr auf. Abigails Nachthemd war völlig durchnässt und mit Schlammspritzern übersät, genau wie ihre Arme und Beine, und ihr Haar – das sie sich offenbar kurz zuvor büschelweise abgeschnitten hatte – klebte an ihrem verschmierten, geschwollenen Gesicht. Sie hing förmlich zwischen den beiden, doch ihr ausgezehrter Körper war so leicht und wirkte nun so zerbrechlich, dass Grace fürchtete, bei dem Gerangel könne sie sich womöglich etwas gebrochen haben.

»Wir bringen sie direkt hinauf in ihr Zimmer«, sagte Wakefield, stieß die Hintertür auf und führte seine Schwester durch die dunkle Küche, quer durch die Eingangshalle und die Treppe hinauf.

»Soll ich Missus Hopkins holen?«, flüsterte Grace, nachdem sie Abigail in ihrem Zimmer auf einen Stuhl gesetzt hatten.

»Nein, bleiben Sie hier.« Wakefield verließ leise den Raum und kehrte kurz darauf mit Kerzen, einer Laterne und Streichhölzern zurück. »Halten Sie sie fest und passen Sie auf, dass sie nicht vom Stuhl fällt«, wies er Grace an und entzündete das Licht.

»Wir müssen ihr die nassen Kleider ausziehen«, sagte Grace, der nicht entgangen war, dass Abigail angefangen hatte zu zittern. »Soll ich das machen?«

»Ich will Sie nicht allein lassen, falls sie …« Wakefield starrte hilflos auf die gespenstisch wirkende Frau mit dem völlig verschnittenen Haar.

»Drehen Sie sich einfach um. Schließlich sind Sie Arzt. Und holen Sie mir bitte ein trockenes Nachthemd aus der Schublade da unten.«

Nun war Wakefield derjenige, der ihre Anweisungen befolgte. Er reichte Grace ein Nachthemd, drehte sich um und lauschte, während sie mit ruhigen, raschen Griffen Abigail die nassen Kleider auszog und ihr das frische Hemd überstreifte. Anschließend rubbelte sie Abigails Kopf vorsichtig mit dem Handtuch trocken, wobei sie hässliche Narben auf der Kopfhaut entdeckte und sah, dass die Haare an manchen Stellen blutverkrustet waren.

»Helfen Sie mir, sie ins Bett zu bringen«, forderte Grace Wakefield auf.

Mühelos hob er seine Schwester hoch, legte sie auf das Bett und trat zur Seite, damit Grace die Decke über sie breiten konnte. Abigail lag vollkommen ruhig da; ihre weit aufgerissenen Augen starrten an die Decke, und ihre Lippen bewegten sich in stillem Gebet oder fluchten leise – Grace vermochte es nicht zu sagen.

Der Doktor ging aus dem Zimmer und kam umgehend mit seiner Arzttasche zurück, die er auf einen Stuhl stellte und öffnete. Er entnahm ihr ein blaues Fläschchen und gab einen Esslöffel des Inhalts in ein Glas Wasser. Dann half er Abigail mit einem Arm so weit auf, dass sie trinken konnte.

»Hier, meine Liebe.« Wakefield setzte das Glas an ihre Lippen. »Trink das, und dann schlaf dich erst einmal aus.«

Abigails Augen fielen zu, als ihr die Flüssigkeit die Kehle hinunterrann, und ihr Körper erschlaffte. Wakefield saß mit dem Glas in der Hand auf der Bettkante und begann leise zu weinen.

»Doktor.« Grace schloss behutsam die Zimmertür. »Es ist überstanden. Sie wird sich jetzt ausruhen und morgen wieder ganz die Alte sein.«

Wakefield fuhr sich müde mit der Hand über die Augen und seufzte: »Ich fürchte, sie wird nie wieder ganz die Alte sein, Missus Donnelly. Nie wieder.«

Grace setzte sich auf den Stuhl. »Ist das alles wegen des Klaviers passiert? Es tut mir so leid, Doktor. Ich hätte nie gedacht, dass so etwas geschehen könnte.«

Wakefield schüttelte den Kopf. »Es war mein Fehler«, murmelte er und stellte das Glas ab. »Ich hätte wissen müssen, dass sie nichts annehmen würde, was sie aus ihrem Elend herausholen und ihr auch nur das geringste bisschen Freude bereiten könnte.«

»Aber warum?«, fragte Grace bestürzt. »Hängt das mit der geplatzten Verlobung zusammen? War sie untreu und muss jetzt dafür büßen?«

Der Doktor schaute Grace lange an, durch sie hindurch zu anderen Zeiten und Orten. Sie wartete geduldig seine Antwort ab.

»Abigail war nicht untreu, Missus Donnelly«, sagte er schließlich, und dann kehrte sein Blick zu ihr zurück. »Jemand hat sich an ihr … vergangen. Ein Neger, den wir alle gut kannten und sehr, sehr gern mochten.«

Grace wurde plötzlich vieles klar – Wakefields hartherzige Haltung gegenüber der Not der Schwarzen und Abigails unsäglicher Schmerz, schließlich war sie nicht nur von dem Mann verraten worden, der sie vergewaltigt hatte, sondern auch von dem, mit dem sie verlobt war, und obendrein von ihrer eigenen Familie.

»Ich glaube, jetzt verstehe ich so manches besser.«

»Ich weiß nicht, ob Sie das wirklich verstehen können«, erwiderte Wakefield und schaute auf seine Hände. »Mein Vater kam hinzu, als es passierte. Abigail war natürlich vollkommen hysterisch, und man brachte sie in ihr Zimmer, während man sich Tom vornahm. So hieß der Mann – Thomas Eden. Wir sind zusammen aufgewachsen, er und ich. Seine Mutter war Sklavin auf unserer Plantage, und als sie starb, erlaubte mein Vater Toms Vater, einem Freigelassenen, seinen Sohn ebenfalls freizukaufen.« Gequält blickte der Doktor zu Boden. »Erst schlugen sie Tom so lange, bis er halb tot war. Dann erhängten sie ihn, mitten in der Nacht, vor Abigails Augen. Das war die Idee meines Vaters und des Richters. Sie wollten ihr zeigen, dass Tom den vollen Preis für das Verbrechen zahlte, das er an ihr begangen hatte.«

Grace legte eine Hand auf ihr Herz.

Wakefield betrachtete seine Schwester. »Ich glaube, dieser Anblick hat sie dann völlig um den Verstand gebracht; so etwas hatte sie noch nie im Leben gesehen. Eine Zeit lang soll sie noch einigermaßen normal gewesen sein, doch als ich aus New York zurückkam, gab es bei ihr nur noch zwei Zustände – völlig weggetreten oder hysterisch.« Der Doktor blickte auf und sah Grace an. »Damals hatten sie bereits bemerkt, dass Abigail schwanger war, und man hielt sie oben im Haus unter Verschluss. Mein Vater drängte mich, meine medizinischen Kenntnisse zu nutzen, um der Schande ein Ende zu bereiten, ehe der Ruf der Familie noch mehr Schaden nehme. Er erklärte mir, es sei ja kein *richtiges* Kind, sondern«, Wakefields Stimme klang plötzlich bitter, »ein Mischling, geboren aus der gewaltsamen Vereinigung zweier Rassen, die nicht dazu geschaffen seien, sich zu verbinden. Es wäre doch meinerseits nur ein Akt der Menschlichkeit, zum Wohle meiner Schwester, die nicht noch zusätzliche Demütigungen erleiden solle.« Er stützte sein Kinn in die gefalteten Hände. »Abigail flehte mich an, es nicht zu tun. Sie hatte furchtbare Angst zu sterben.«

Grace erinnerte sich plötzlich wieder an die Streifen an Abigails

Bauch – Spuren einer Schwangerschaft, wie ihr jetzt aufging. »Und, haben Sie es getan?«, fragte sie.

»Missus Donnelly, halten Sie mich für so verkommen?«

»Das nicht, Sir«, sagte Grace und schüttelte den Kopf, »aber in einer verzweifelten Lage greift mancher zu verzweifelten Mitteln.«

»Ich erklärte meinem Vater damals, die Schwangerschaft sei schon zu weit fortgeschritten und es bestehe die Gefahr, dass Abigail die Sache nicht überlebe. Mein Vater vergötterte meine Schwester, sie war das Wichtigste in seinem Leben, die Tugend in Person. Und dennoch ...« – Wakefield zögerte –, »dennoch hatte er sie in seinem tiefsten Innern schon verstoßen. In seinen Augen sah ich, dass ihr Tod für ihn eine Erleichterung gewesen wäre, verglichen mit der Scham, die er bei ihrem Anblick empfand.«

»Das verstehe ich nicht«, entgegnete Grace. »Wie konnte er sich so von seinem eigenen Kind abwenden?«

»Sie haben nie im Süden gelebt, Missus Donnelly. Unsere Gesellschaft wird durch ein enges Geflecht komplizierter Regeln zusammengehalten. Nur eine davon zu brechen kann das gesamte Gebäude unserer Existenz zum Einsturz bringen.«

»Doch gegen welche Regel hatte sie verstoßen?«

»Sie hatte zugelassen, dass sie von einem Neger vergewaltigt wurde!«, erklärte er. »Und was noch schlimmer war, sie hatte es überlebt. Eine wirklich ehrbare Dame hätte den Anstand gehabt, tot umzufallen, sobald ihr auch nur das Kleid vom Körper gerissen wurde, statt ihre Familie und ihre Freunde in die unangenehme Lage zu bringen, ihrer Schande täglich neu in die Augen blicken zu müssen. Eine derart beschmutzte, besudelte Frau kann unmöglich bei kirchlichen Anlässen Tee ausschenken, geschweige denn zu öffentlichen Tanzveranstaltungen gehen.«

Grace brauchte einen Augenblick, um Wakefields Ausführungen zu verdauen. »Und was wurde aus dem Kind – hat sie es zur Welt gebracht?«

Er nickte knapp. »Sie schickten Abigail und eine alte Hebamme zu unserer Großmutter weiter oben an der Küste – unserer irischen Großmutter«, setzte er traurig hinzu. »Ich habe sie selbst dorthin gebracht. Es war eine strapaziöse Reise, und bald darauf kam Abigail nieder. Zu dem Zeitpunkt war sie schon nach Hause zurückgekehrt, aber Großmutter teilte uns mit, das Kind sei tot zur Welt gekommen – Gott habe Erbarmen gezeigt. Ich bin mir sicher, dass die Hebamme ihre Anweisungen hatte; trotzdem wollte keiner von uns etwas mit der Ermordung so eines unschuldigen kleinen Wesens zu tun haben.«

»Das ist nur zu verständlich«, sagte Grace sanft.

»Großmutter schlug dann vor, ich solle Abigail in den Westen bringen. Sie glaubte, es sei die einzige Möglichkeit für meine Schwester, zu heiraten und eine eigene Familie zu gründen. Mein Vater wollte sie auf keinen Fall mehr zurückhaben; ehrlich gesagt, zog er diesen Gedanken nicht einmal in Erwägung. So sind wir dann gen Westen aufgebrochen.« Wakefield sah zu Grace auf. »Ich habe getan, was ich konnte, Missus Donnelly, doch ich fürchte, Abigail wird sich nie wieder erholen, und das ist vor allem Thomas Edens Schuld. Ich hoffe, er schmort in der Hölle für das, was er ihr und meiner ganzen Familie angetan hat. Ich werde ihm das nie verzeihen.«

Grace seufzte tief angesichts dieser Tragödie. »Was für eine schreckliche Geschichte«, sagte sie schließlich.

»Vielleicht haben Sie ja jetzt noch etwas über das Wesen der Neger hinzugelernt«, meinte Wakefield.

»Für mich sind Menschen nicht gut oder böse, weil sie eine bestimmte Hautfarbe haben oder in einem bestimmten Land geboren wurden«, wandte sie ein. »Nicht jeder, der in Sklaverei lebt, ist ein guter Mensch. Einige sind schlecht, genauso wie es schlechte Weiße gibt, schlechte Iren, schlechte Italiener und Deutsche, schlechte Chinesen …« Sie hielt einen Moment inne und fuhr dann fort: »Der Mann, der Ihrer Schwester das angetan hat, war ein schlechter Mensch, und ihn wegen seiner Hautfarbe von Schuld freizusprechen, wäre eine Beleidigung für alle guten, anständigen Menschen überall auf der Welt, ob schwarz oder weiß.«

Wakefield nickte; seine Augen waren gerötet und standen voller Tränen.

»Sie sollten jetzt ins Bett gehen, Doktor. Ich kann heute Nacht bei ihr bleiben, wenn Sie möchten. Wahrscheinlich kriege ich ohnehin kein Auge mehr zu.«

Wakefield zögerte nur kurz und erhob sich dann schwerfällig.

»Ich bin Ihnen sehr dankbar, Missus Donnelly. Vielen Dank. Für alles.«

Die Worte des Doktors erinnerten sie an das, was sie selbst am frühen Abend zu Peter Reinders gesagt hatte. Nachdenklich schaute sie auf den Ring an ihrer Hand, und Wakefields Augen folgten ihrem Blick.

»Ah«, bemerkte er, »man darf also gratulieren. Es tut mir leid, dass dieser glückliche Tag für Sie so enden musste.«

»Sie nehmen sich die Dinge zu sehr zu Herzen, Doktor«, tadelte sie ihn. »Das braucht Ihnen jetzt wirklich nicht leid zu tun.«

»Ich nehme an, Sie werden uns dann bald verlassen.«

»Nein, Sir. Sie müssen mich wohl noch eine Weile ertragen, wenn's recht ist. Es wird einige Zeit dauern, bis der Kapitän ganz genesen ist, und ich befürchte außerdem, dass Jack sich so bald nicht von seinem Hündchen trennen kann.« Sie schenkte ihm ein kleines Lächeln.

Wakefield wirkte erleichtert. »Da freue ich mich aber, dass ich es ihm geschenkt habe. Schön, dass Sie zumindest noch bis Anfang des Jahres bei uns sein werden.« Er nahm seine Tasche und ging langsam zur Tür, drehte sich dann jedoch noch einmal um. »Missus Donnelly, ich brauche Ihnen ja nicht zu sagen, dass das, worüber wir gesprochen haben, vertraulich ist. Ich habe keine Ahnung, wie viel Missus Hopkins darüber weiß, aber bewahren Sie bitte auf jeden Fall Stillschweigen.«

»Selbstverständlich, Sir«, beruhigte Grace ihn. »Ich werde niemandem davon erzählen, nicht einmal dem Kapitän. Es geht ja auch nur Sie etwas an.«

»Vielen Dank. Also dann, gute Nacht, Missus Donnelly, und …« – er schüttelte entschuldigend den Kopf – »frohe Weihnachten.«

»Frohe Weihnachten auch Ihnen, Sir. Gehen sie jetzt schlafen. Morgen früh lasse ich Ihnen ein kräftiges Frühstück hochbringen.«

Wakefield drehte sich um, ging leise hinaus und schloss die Tür hinter sich. Grace, nun allein, beugte sich mit mütterlicher Fürsorge über Abigail. Sie bemerkte, wie bleich deren Haut war, wie flach der Atem. Die blau geäderten Augenlider flatterten, und auch die Mundwinkel zuckten, als sei sie von Angstträumen geplagt.

Die Ärmste, dachte Grace, während sie den Raum durchquerte und die Vorhänge ein wenig beiseite schob; schon bald würde die Dämmerung einsetzen und ein neuer Tag beginnen. Am anderen Ende der Stadt, die nie ganz schlief, selbst an Weihnachten nicht, gab es einen Mann, der hoffentlich von ihr träumte. Sie hob die Hand und betrachtete den Ring im Mondlicht. Er war schön, und es war eine schöne Geste, ein schönes Geschenk – die Verheißung eines schönen Lebens, wie es der armen Seele hinter ihr versagt worden war.

Grace erinnerte sich an die Scham, die sie empfunden hatte, als ihr erster Ehemann sie gewaltsam nahm, und sie wusste, dass sich andere Frauen in ihren Ehen ebenso hilflos fühlten; die Tatsache, dass sie verheiratet waren, verhinderte, dass irgendjemand Zeuge ihrer Erniedrigung wurde, und so konnte ihnen auch niemand in ihrer Not helfen. Grace hatte in Irland, New York, Boston und Kansas unverheiratete Frauen gekannt, die vergewaltigt worden waren. Einige mussten ausgerechnet ihre Vergewaltiger heiraten, andere wurden von ihren Familien verstoßen, als hätten sie selbst ein Verbrechen begangen. Wenn sie dabei schwanger wurden, brachten sie das Kind voller Scham zur Welt und zogen es alleine groß. Viele gaben so ein Kind aber auch gleich zur Adoption frei, oder man nahm es ihnen einfach weg.

Warum, fragte sich Grace, während sie auf die Stadt hinunterschaute, warum nur mussten Frauen den Preis für ein Verbrechen zahlen, das an ihnen begangen wurde, ein Verbrechen, das sie gar nicht verhindern konnten? Warum brachte man den Opfern von Unfällen, Raub, Misshandlung oder Mord so viel Anteilnahme entgegen, nicht aber Vergewaltigungsopfern? Vergewaltigung war eine Sünde wie jede andere, doch irgendwie galten die Frauen stets als Komplizinnen. Grace schüttelte verständnislos den Kopf. Wahrscheinlich lag das daran, dass Vergewaltigungen nicht als das gesehen wurden, was sie waren – nämlich Akte körperlicher Gewalt –, sondern als Ausdruck sexueller Verderbtheit. Ja, eigentlich handelte es sich bei einer Vergewaltigung geradezu um Folter, denn die seelischen Qualen dauerten viel länger an als die körperlichen. Womöglich war es gar das schlimmste aller Verbrechen; es raubte den Frauen ihre Freude, ihre Unschuld, ihr Vertrauen und die Fähigkeit, ohne Angst von ganzem Herzen zu lieben.

Grace zog den Vorhang wieder zu und trat an Abigails Bett. Das also war dieser Frau widerfahren: Man hatte sich an ihr vergangen und ihr dann das Gefühl vermittelt, sie sei mitschuldig an der Tat, einer Tat, die zur Hinrichtung eines Mannes führte, mit dem sie früher bekannt gewesen war und dem sie vertraut hatte. Das hatte tiefe Wunden hinterlassen, die kein Arzt je würde heilen können. Grace wusste nur einen Weg, der Heilung versprach. Sie kniete neben Abigails Bett nieder, nahm deren kalte, schmale Hand und begann zu beten.

24

Im Winter 1853 erreichte Morgan McDonagh New York, eine Stadt mit einer halben Million Einwohnern, die größer und vor allem anders war als alles, was er je gesehen hatte, und schnell erkannte er, dass er sich eine Karte besorgen musste, wenn er seine Frau dort finden wollte. Broadway, Dutch Hill, Corlear's Hook, Kleindeutschland, Bancker Street, Hudson River Bank – die Leute beteten Namen herunter, als sei er auf Besichtigungstour. Fragte er allerdings, in welchen Vierteln Iren anzutreffen seien, bekam er nur abfällige Kommentare zu hören, oder man warnte ihn, er solle solche Orte vor allem nachts meiden.

Die schier unglaubliche Zahl von Menschen, das Gedränge und die Eile verblüfften ihn. Obwohl Berge von schmutzigem Schnee die Gehwege säumten, wimmelte es nur so von Menschen unterschiedlichster Erscheinung, vom modisch gekleideten Müßiggänger bis hin zum Wachposten mit Gummiknüppel. Auf den Straßen sah man alle erdenklichen Fahrzeuge, einfache Lumpenkarren und Einspänner ebenso wie elegante Kutschen und lange Omnibusse, die in scheinbar völlig unregelmäßigen Abständen hielten.

Morgan selbst zog mit seinen indianischen Ledergamaschen und Fellmokassins, dem fransenbesetzten Überwurf aus Biberpelz, der Biberkappe, dem langen Zopf und dem dunklen Vollbart nicht wenige neugierige Blicke auf sich. Er war hager und wettergegerbt von der langen, strapaziösen Reise von Kanada über Neuengland, wo er seine Felle gegen ein gutes Pferd getauscht hatte, bis nach Boston, wo er von seinem mittlerweile engen Freund Père Leon Abschied nahm.

Der Priester hatte ihn zwar gedrängt, gemeinsam mit ihm in der Missionsstation der Bruderschaft abzusteigen und ein paar Tage Rast einzulegen, doch Morgan hatte davon nichts wissen wollen. Er war nur eine Nacht dort geblieben und dann weitergezogen, obwohl ihm der Klang irischer Stimmen in den Straßen zugegebenermaßen sehr ans Herz gegangen war.

Père Leon hatte in der Mission etwas Geld für ihn gesammelt, damit er auf dem Weg nach New York anständige Quartiere nehmen konnte, statt in fragwürdigen Spelunken absteigen oder im Schnee schlafen zu müssen, wofür Morgan ihm sehr dankbar war. Seltsamerweise war ihm Kanada weniger kalt vorgekommen – vielleicht, weil sie sich unaufhörlich bewegt und abends Schnee geschaufelt hatten, um ihr kleines Zelt aufstellen zu können. Doch hier blies ein eisiger Wind von der See her, und trotz seiner warmen Kleidung drang ihm die Feuchtigkeit bis in die Knochen. Außerdem war er furchtbar müde. Unterwegs hatte es Momente gegeben, in denen er, eingelullt vom regelmäßigen Klappern der Hufe, sogar auf dem Pferd eingeschlafen war und erst wieder aufwachte, als er vom Sattel zu rutschen drohte. Er würde sich ausruhen, wenn er sie gefunden hatte, gelobte er sich. Er würde sie in den Arm nehmen, sich zu ihr legen, ein ganzes Jahr lang schlafen und nur zum Essen und Trinken aufstehen. An Sean und Mary Kate, an Arbeit oder gar Geld dachte er dabei nicht, sondern nur an Schlaf, nur daran, mit seiner Frau in den Armen dazuliegen und den tiefsten Schlaf seines Lebens zu schlafen. Doch zuerst musste er sie finden. Er sah sich um und ritt dann quer über die Straße, wo ein kleiner Mann mit Backenbart Stadtführer feilbot.

»Ist da ein Stadtplan drin?«, fragte Morgan ihn ohne abzusteigen.

Der Mann musterte ihn und seine seltsame Kluft. »Sagen Sie mal, Mister, was für einer sind Sie denn?«

»Einer, der einen Stadtplan braucht«, erwiderte Morgan knapp. »Wie viel?«

»Zwei Dollar fünfzig.«

Morgan schob seinen Pelzüberwurf zur Seite, so dass das blitzende Messer an seinem Gürtel sichtbar wurde.

»Aber für Sie … genau einen Dollar.«

Morgan entnahm seinem Geldbeutel eine Münze, besah sie

sorgsam und warf sie dem Straßenverkäufer zu, der ihm daraufhin eines der Büchlein reichte.

»Was suchen Sie denn, Mister?«, erkundigte er sich, während Morgan den Führer durchblätterte.

»Einen Mann namens O'Malley. Sean O'Malley. Mal von ihm gehört?«

»Klar, jeder zweite Ire hier heißt O'Malley. In dem Buch stehen keine Namen drin.« Der Verkäufer trat näher und hielt ein anderes Exemplar hoch. »Aber sämtliche Restaurants, Theater, Varietés, Kirchen und Kathedralen, Saloons, Konzertsäle, Tanzpaläste – alles, was einen in der besten Stadt der Welt interessieren könnte!«

»Saloons«, wiederholte Morgan und beugte sich hinunter. »Kennen Sie eine Gaststätte, die Dugan Ogue gehört?«

»Dem Boxer?« Der Mann kratzte sich nachdenklich am Kinn. »Ja klar, klar. Aber die ist damals abgebrannt, in dem Sommer, als hier die vielen Brände waren. Neunundvierzig war das, kurz vor der Cholera. 'ne Menge Leute sind dabei umgekommen, aber Ogue selbst wahrscheinlich nicht. Ich kann mich jedenfalls nicht an seine Beerdigung erinnern, und es wär' sicher 'ne große gewesen. He, Mister, alles in Ordnung mit Ihnen?«

Morgans Herz pochte laut, und sein Blick verschwamm, doch dann riss er sich zusammen. Schließlich war er nicht den ganzen Weg bis hierher gekommen, um Nachrichten aus zweiter Hand für bare Münze zu nehmen.

»Wo war denn Ogues Gaststätte?«

»Weiter südlich, in Ufernähe, Chatham Street. Auf Seite 23 in dem Buch ist 'ne Karte von der Gegend.«

Morgan schlug die Seite auf und hielt sie dem Händler hin, damit der ihm zeigte, wo sie gerade standen und wie er reiten musste, um den alten Standort der Gaststätte zu finden. Morgan dankte dem Mann und machte sich auf den Weg, wusste aber schon bald darauf nicht mehr, wo er war. Trotz Schnee und Eis herrschte in den Straßen dichter, hektischer Verkehr, der sich immer wieder vor umgestürzten Gespannen und Kutschen staute, und Heerscharen von Fußgängern liefen kreuz und quer dazwischen herum. Morgan musste sich so sehr auf all die Menschen und Fahrzeuge konzentrieren, dass ihm viele Straßennamen und andere Orientierungspunkte entgingen. Sobald er von den Hauptstraßen abkam, fand er sich in seltsamen furchteinflößenden Vierteln wieder. Nun, da die Dämmerung eingesetzt hatte, tauchten Banden ungestümer junger Männer auf, die in ihrer Ausgelassenheit eine Gefahr für diejenigen bildeten, an denen sie sich auf den Gehwegen vorbeidrängten. Morgan tastete nach seinem Messer und beschloss, schnell eine Unterkunft für sich und sein Pferd zu suchen. Es war schon bitterkalt, und das arme Tier wirkte nervös und erschöpft. Ein Stück weiter entdeckte er einen Stall; er ritt hinein, stieg ab und rief nach dem Besitzer.

»Sie wollen also 'nen Platz für die Nacht?« Der untersetzte Kerl mit Boxernase und einer Zigarre im Mund musterte misstrauisch Morgans Garderobe. »Das wären drei Dollar, dafür gibt's aber auch Wasser und Hafer.«

»Sie sind ja Ire!«, rief Morgan erleichtert.

Der Mann sah ihn mürrisch an. »Die halbe Stadt besteht aus Iren, Kumpel. Wieso?«

»Ich suche einen, der eine Gaststätte hat …« – Morgan wurde von höhnischem Gelächter unterbrochen –, »Dugan Ogue.«

»Der Boxer?« Der Stallbesitzer schob seine Zigarre umständlich in den anderen Mundwinkel. »Junge, was wollen Sie denn von dem?«

»Ist 'ne persönliche Angelegenheit. Unter Iren.«

»Sie reden zwar wie 'n Ire, aber angezogen sind Sie wie 'n Indianer.« Der Mann zuckte die Achseln. »Ist mir aber egal. Ogues Kneipe ist vor 'n paar Jahren abgebrannt, er hat allerdings 'ne neue hier um die Ecke. *Emerald Isle* heißt die. Grüne Insel. He! He, Sie! Wo wollen Sie denn hin, das ist die falsche Richtung!«

Morgan drehte um, führte sein Pferd die Straße hinunter und konnte sein Glück kaum fassen. Licht fiel aus Restaurants und Gaststätten auf den Gehweg, Schneeflocken tanzten im Schein der Straßenlaternen, und Morgans Atem hing als Wolke vor seinem Mund. Da war es schon, ein kleines, aber gepflegt wirkendes Gasthaus, dessen Schild über der Tür sanft knarrend im Wind schaukelte. Morgan band das Pferd draußen am Geländer an, wo schon zwei andere Pferde in der Kälte mit den Hufen stampften und schnaubten. Er warf sich die Satteltaschen über die Schulter und blieb vor der Tür stehen, spähte kurz hinein und versuchte, sich zu beruhigen. Das hier war nur der Anfang, sagte er sich.

Ogue würde ihm verraten können, wo Grace und Sean waren; er durfte nicht erwarten, sie hier zu finden. Doch sein Herz gab die Hoffnung nicht auf.

Morgan atmete tief durch und stieß die Tür auf. Eine Woge warmer Luft schlug ihm entgegen, der Klang irischer Stimmen, die über Gott und die Welt debattierten, der Duft von gutem Bier. Die Gäste, die der Tür am nächsten saßen, verstummten sofort, setzten ihre Krüge ab und lehnten sich auf ihren Stühlen zurück, um den seltsamen Kerl zu begaffen, der sich wohl in der Adresse geirrt hatte. Morgan ignorierte sie, schlängelte sich zur Theke durch und wartete geduldig, bis der eindrucksvolle Riese, der das Bier zapfte, ihn bemerkte und herüberkam.

»Ein Bitter«, bestellte Morgan.

Ogue musterte ihn und seinen Pelzüberwurf, seine Ledergamaschen und Mokassins. »So was trägt man jetzt also in Irland?«, fragte er.

»Keine Ahnung«, erwiderte Morgan ruhig. »War lange nicht mehr dort. Sind Sie der Besitzer hier? Dugan Ogue?«

»Richtig.« Der Wirt zapfte ein schäumendes dunkles Bier und stellte es vor Morgan hin. »Worum geht's denn?«

»Ich suche einen Sean O'Malley. Kennen Sie den?« Morgan nahm einen großen Schluck und sah Ogue über den Rand des Bierkrugs an.

Ogue zuckte die Achseln und wischte eine Lache von der Theke. »Früher ja, inzwischen nicht mehr. Er ist vor ein paar Jahren weggezogen.«

»Und seine Schwester Gracelin?«

Ogue legte den Lappen zur Seite und beugte sich über die Theke. »Was wollen Sie denn von ihr?«

Morgan beugte sich ebenfalls vor. »Sie ist meine Frau«, sagte er.

Misstrauisch zog Ogue die Augenbrauen zusammen. »Grace, die ist mit keinem verheiratet. Zweimal verwitwet ist sie.«

»Einmal verwitwet«, berichtigte Morgan ihn. »Ihr erster Mann war Bram Donnelly, der Vater von Mary Kathleen. Ihr zweiter Mann ist Morgan McDonagh, und das bin ich.«

»Aber …« Ogue blinzelte, als sähe er nicht richtig. »Sie sind doch tot.«

»Jetzt nicht mehr«, gab Morgan trocken zurück und grinste.

»Nein, Sie sind nicht McDonagh, Mann! Das war ein richtiger Kleiderschrank! Ein Riese, mit langen Beinen, stattlich wie sonst keiner! Und Sie, Sie sind ...« Ogue betrachtete ihn von oben bis unten und schüttelte ungläubig den Kopf.

»Es tut mir leid, dass ich Sie enttäuschen muss, mein Freund. Bedauerlicherweise bin ich nicht so gealtert, wie ich mir das gewünscht hätte, aber ich bin trotzdem McDonagh und kann nur hoffen, dass wenigstens meine Frau mich wiedererkennt.«

Ogue runzelte die Stirn. »Woher kommen Sie denn, wenn Sie schon McDonagh sein wollen?«

»Aus Irland, Grafschaft Cork, Macroom, Black Hill.«

»Pah«, brummte Ogue verächtlich. »Das weiß doch jeder.«

»Dann fragen Sie mich etwas anderes, etwas über Gracelin, was nur ihr Mann wissen kann.«

Ogue überlegte einen Augenblick und stieß Morgan dann den Finger in die Brust. »Was ist mit Gracelins Trauring, hm? Was wissen Sie darüber? Nichts, wette ich!«

»Der gehörte meiner Mutter«, erwiderte Morgan ohne zu zögern. »›Mary und Nally für immer‹, steht drin. Den hab ich Grace gegeben, als wir von Pater Brown getraut wurden, mit Lord David Evans als Trauzeuge. Und«, fügte er hinzu, »vielleicht hat sie auch meinen Ring, der Lord Evans gehörte, aus massivem Gold, mit seinem Siegel.«

»Den trägt sie um den Hals«, flüsterte Ogue und bekreuzigte sich. »Herr im Himmel! Jesus Maria! Dann bist du's wirklich, Junge?«

»Ja.« Morgan atmete erleichtert auf. »Ich bin's.«

Mit einem Freudenschrei setzte Ogue über die Theke, umarmte den jungen Mann mit aller Kraft und wiegte ihn hin und her.

»Wo hast du bloß gesteckt, Junge? Wo warst du?«

Der Boxer musterte noch einmal Morgans Gesicht, drehte ihn dann herum und sorgte mit einem lauten Pfiff für Ruhe in der Gaststätte.

»Alle mal herhören!« Sämtliche Köpfe wandten sich ihm zu. »Ein Wunder, Leute, und nichts weniger als das! Hier neben mir steht ...« – Ogue hielt mit vor Rührung belegter Stimme inne – »unser Landsmann ... der große Morgan McDonagh höchstpersönlich!«

Totenstille breitete sich im Schankraum aus, doch nach einem Augenblick fassungslosen Staunens erhob sich ein Riesenjubel. Alle sprangen auf und liefen auf Morgan zu, umarmten ihn, klopften ihm auf die Schulter oder schüttelten ihm die Hand, während ihnen die Tränen über die Wangen liefen, allen voran Ogue. Morgan war überwältigt, als er von Männern wie Frauen geküsst wurde, die ihm dankten, ihn segneten, ihm Geld in die Hand drückten und alle gleichzeitig auf ihn einredeten, so dass er kein einziges Wort verstand.

»Genug, Leute! Genug jetzt!«, übertönte Ogue den Lärm. »Gönnt ihm etwas Luft!«

Die Gäste traten gehorsam ein paar Schritte zurück, doch nicht zu weit und blickten wie gebannt auf den jungen Mann, der in ihren Augen all die Söhne verkörperte, die sie hatten zurücklassen müssen.

»Denn, seht mal«, dröhnte Ogue in seinem üblichen Bass mit freudestrahlenden Augen, »da er all die Jahre tot war, ist er so viel Gesellschaft nicht mehr gewöhnt.«

Nun lachten alle und kehrten zu ihren Tischen, Bänken, Stühlen und Bierkrügen zurück. Dort nahmen sie ihre Unterhaltungen wieder auf, wobei ihre Blicke, aus denen Freude, Ehrfurcht und Bewunderung sprachen, immer wieder zu dem dunkelhaarigen, bärtigen Mann an der Theke schweiften.

»Kein Wunder, dass die Iren scharenweise nach New York kommen, wenn sie hier so empfangen werden«, meinte Morgan schmunzelnd.

Ogue lachte, klopfte ihm auf die Schulter und zog ihn zurück zur Theke. »Setz dich erst mal, Junge, und trink einen auf Kosten des Hauses. Für diese Leute hier bist du ein Held, vergiss das nicht.« Er holte eine Flasche guten irischen Whiskey unter der Theke hervor und schenkte Morgan und sich ein Glas ein. »Trink das und komm wieder zu dir, du musst nämlich noch eine Menge Fragen beantworten – angefangen damit, wo du die ganze Zeit gesteckt hast!« Ogue leerte sein Glas in einem Zug.

»Das ist eine lange Geschichte, aber ... Dugan, wo steckt sie? Ist sie noch hier?« Morgan blickte über die Schulter, als habe er Grace vielleicht in der Menge übersehen.

»Nein, Junge, hier ist sie nicht.« Ogue stützte sich auf die Theke und überlegte, wie er es Morgan beibringen sollte. »Wann hast du sie zum letzten Mal gesehen?«

»In unserer Hochzeitsnacht. Ich weiß, dass sie unser Kind unter dem Herzen trug, aber ich weiß nicht, ob es lebt oder …« Morgan schluckte. »Ist sie wieder verheiratet?«

»Als ich das letzte Mal von ihr hörte, war sie's nicht«, berichtete Ogue wahrheitsgemäß.

»Wo ist sie denn?« Morgan erhob sich und wollte schon aufbrechen.

»Am anderen Ende der Vereinigten Staaten, Junge. Ein paar tausend Meilen von dir entfernt.« Ogue zerriss es fast das Herz, als er Morgans Gesichtsausdruck sah. »Setz dich erst mal wieder hin, dann erzähle ich dir alles, was ich weiß.«

Enttäuscht ließ sich Morgan erneut an der Theke nieder, kippte seinen Whiskey hinunter, leerte sein Bier in einem Zug und blieb mit gesenktem Kopf sitzen. Ogue griff unter den Tresen nach der Whiskeyflasche, sah den Teller mit den Broten, die er zu Abend essen wollte, und stellte ihn vor seinen benommenen Gast.

»Iss das«, forderte er ihn auf. »Du siehst ja halb verhungert aus.«

»Ob du's glaubst oder nicht, ich hab schon wieder einiges zugenommen«, erwiderte Morgan müde, während Ogue Whiskey nachschenkte. Dann lehnte er sich über die Theke.

»Also, dann wollen wir mal.« Der Wirt beugte sich über die Theke und blickte Morgan in die Augen. »Grace und Sean haben mit mir und Tara, meiner Frau, in der alten Gaststätte gewohnt, bis sie im Sommer neunundvierzig abgebrannt ist. Sean hatte sich den Heiligen der Letzten Tage angeschlossen, echten Fanatikern, und war in Schwierigkeiten geraten. Er ist dann verschwunden, und wir haben nichts mehr von ihm gehört, aber Grace war fest davon überzeugt, dass er nach Utah gegangen ist.« Ogue hielt inne, nahm einen Schluck und wischte sich den Mund mit dem Rücken seiner riesigen Pranke ab. »Grace zog nach Boston, um bei den Frees zu wohnen, und als ihr kleiner Jack dann nach Amerika kam, gingen sie alle nach Kansas. Das Leben dort ist aber sehr hart, und in ihrem letzten Brief schreibt sie, sie wolle jetzt mit den Kindern weiter gen Westen ziehen, nach Oregon, dort Land erwerben und sich niederlassen. In Oregon gibt's viel Land, verstehst du, Hunderte von Morgen.«

Nachdem das Wort »Kinder« gefallen war, hatte Morgan nicht länger ruhig zuhören können. »Kinder?«, unterbrach er Ogue und umklammerte sein Glas.

»Na ja« – Ogue lächelte zufrieden –, »gute Neuigkeiten für dich: Du hast einen Sohn, Mister McDonagh! John Paul Morgan heißt er, aber Mary Kate hat ihn Jack getauft, und der Name ist hängen geblieben. Er ist dir übrigens wie aus dem Gesicht geschnitten, schreibt Grace.« Ogue amüsierte sich über Morgans Gesichtsausdruck. »Ich nehme an, er schlägt auch sonst ganz nach dir, von wegen Auferstehung von den Toten und so weiter.«

»Jack?«, wiederholte Morgan. »Jack?« Er schüttelte den Kopf. »Was meinst du mit ›Auferstehung von den Toten‹?«

»Nun, nach der Geburt war er sehr schwach, und Grace musste ihn in Irland zurücklassen. Später hieß es dann, er und Graces Vater seien gestorben. Irgendwann stellte sich aber heraus, dass er lebte und bei einer Miss Martin war.«

»Julia!«, wunderte sich Morgan. »Julia hat ihn am Leben gehalten?«

»Na, am Leben gehalten und *be*halten«, meinte Ogue finster. »Warum sie nie geschrieben hat, verstehe ich nicht, aber deine Grace wollte kein schlechtes Wort darüber hören, so dankbar war sie, den Kleinen wiederzuhaben. Deine Miss Martin hat ihn hierher gebracht, als er schon zwei war, schon ein richtiger kleiner Haudegen.« Der Wirt musste unwillkürlich schmunzeln. »Hält einen ganz schön auf Trab, dein kleiner Jack. Ich kann mir kaum vorstellen, wie sie ihn auf der langen Fahrt im Planwagen gebändigt hat.«

»Und jetzt sind sie alle in Oregon?«

»Das nehme ich an. Aber wir hören bestimmt bald von ihr.« Ogue zögerte. »Ich hatte dir ja gesagt, dass sie nicht verheiratet ist … Wenn ihr nächster Brief hier eintrifft, könnte sich das eventuell schon geändert haben.«

Morgan wurde aschfahl, doch Ogue fuhr mit seiner Erzählung fort, weil er es für das Beste hielt, ihm die ganze Wahrheit zu sagen.

»Es gibt einen Mann, der sie umwirbt, der Kapitän von dem Schiff, mit dem sie rübergekommen ist; mit ihm war sie hier befreundet. Sie wollte aber noch nicht heiraten, also ging er nach

San Francisco. Allerdings haben sie sich die ganze Zeit über geschrieben, und vielleicht zieht sie irgendwann nach Süden, um mit ihm ein neues Leben zu beginnen.«

Morgan sank in sich zusammen.

»Hör mal, Junge. Das Mädchen hat dich wirklich geliebt; nur deinetwegen hat sie nicht wieder geheiratet. Aber die Jahre vergehen, weißt du«, erklärte Ogue so diplomatisch, wie er nur konnte. »Sie vergehen, wirklich.«

»Ich weiß.« Morgan war wie vor den Kopf geschlagen.

»Jack und Mary Kate brauchen einen Vater. Und Grace …« Ogue überlegte, wie er es sagen sollte. »Sie ist einsam. Das schreibt sie zwar nie in ihren Briefen, aber wir lesen es zwischen den Zeilen. Ihr ist das alles zu viel geworden, sie ist müde.«

Morgan stiegen Tränen in die Augen, doch er biss die Zähne zusammen und drängte sie zurück. Wenn er jetzt anfing zu weinen, würde er heulen und schreien vor Schmerz und womöglich alles um sich herum kurz und klein schlagen.

Ogue beobachtete den inneren Kampf, der sich auf dem Gesicht des jungen Manns spiegelte. »Also, wo hast du denn nun die ganze Zeit gesteckt?«, fragte er schließlich. »Erzähl doch mal.«

Morgan bemerkte, dass seine Hände zu Fäusten geballt waren, und zwang sich, sie zu entspannen. »In Kanada«, sagte er. »Ich war in Kanada.«

Ogue schenkte noch einen Whiskey nach – wenn je ein Abend es wert war, eine Flasche zu leeren, dann dieser.

»Ich kann mich kaum erinnern, wie sie mich in Dublin aus dem Kerker geholt haben. Ich war schon halb tot, konnte mich nicht mehr bewegen, nicht mehr sprechen. Ich dachte, sie würden mich ins Massengrab werfen, und das war's dann.« Morgan presste die Lippen zusammen. »Das Nächste, was ich weiß, ist, dass ich auf einem Schiff war. Ein Priester kümmerte sich um mich, doch dann starb er. Die meisten Passagiere starben. Ich weiß nicht, warum ich nicht auch gestorben bin – das weiß der Herr allein.« Er schwieg einen Moment und ließ vor seinem inneren Auge all die fremden Menschen vorbeiziehen, die ihre eigenen mageren Mahlzeiten mit ihm geteilt, ihm von ihrem kostbaren Wasser abgegeben, ihm Decken zur Verfügung gestellt hatten, und er hörte wieder die vertraute Sprache ihrer gemeinsamen Heimat. »Wir, die

Kranken, wurden für ungefähr ein Jahr auf einer Insel in Quarantäne gesteckt. Dann kam ich raus und fand Arbeit, um meine Schulden abzuzahlen; dabei brach ich mir beide Beine.« Wut stieg in ihm auf, und er ballte erneut die Fäuste. »Vier Jahre«, sagte er bitter, »vier Jahre habe ich dort oben verloren.«

»Du bist am Leben geblieben«, erinnerte Ogue ihn leise. »Du hast es bis hierher geschafft.«

»Ja, aber nicht ohne Hilfe.« Morgan nahm noch einen großen Schluck. »Erst half mir eine Mi'kmaq-Familie, dann traf ich einen französischen Priester, der mich den Rest des Weges führte. Und jetzt ...« Leicht schwankend erhob er sich. »Jetzt werde ich nach Oregon aufbrechen.«

»Auf keinen Fall.« Ogue schüttelte den Kopf. »Nicht, wenn du lebend dort ankommen willst. Du bist dürr wie ein Hering, deine Augen versinken fast in deinem Schädel, und deine Hände zittern schon, wenn du bloß das Glas hebst. Nein, Junge«, wiederholte er. »Du bleibst jetzt erst mal hier und ruhst dich aus. Wir helfen dir, einen Plan zu schmieden.«

»Nein.« Morgan drückte sich von der Theke ab. »Ich muss weiter, Dugan, verstehst du? Sie lebt!«

Der Wirt hielt ihn fest. »Hat dich der Herrgott nicht heil bis hierher gebracht? Jetzt legt er dein Leben ein Weilchen in meine Hände, und ich werde tun, was ich kann, um dir zu helfen. Gib jetzt nicht die Hoffnung auf, Junge.«

Sie starrten einander an, bis sich plötzlich weiter hinten im Raum der vertraute Klang einer Fiedel über das Gemurmel der Gäste erhob. Der Geiger spielte sich schnell warm und stimmte dann die ersten Takte eines Liedes an, das alle kannten und liebten und das auch Morgan in seiner irischen Heimat unzählige Male gesungen hatte. Er drehte sich zu dem Geiger um, und alle sahen ihn an; einer nach dem anderen erhob sich und stimmte in den anschwellenden Chor ein – es war ihr Geschenk an ihn, den jungen Iren, der sich gegen Goliath erhoben hatte. Das Lied war wunderschön und bewegte ihn zutiefst; es erinnerte ihn daran, wer er war und welche Kraft das Volk seiner Heimat besaß. Als der Gesang endete, sahen die Leute, wie ihrem Helden Tränen über die Wangen liefen, und schlossen ihn noch tiefer in ihr Herz, weil sein Herz dem ihren glich. Einer nach dem anderen zogen sie den Hut und verabschiedeten sich händeschüttelnd und – für irische Verhältnisse – recht zurückhaltend von ihm, bis sich der Schankraum geleert hatte und nur noch das Knistern des Feuers zu hören war.

Ogue stand still neben ihm. »Wenn Liebe Geld wäre, mein Freund, dann wärst du jetzt der reichste Mann der Welt.«

Er reichte dem Mädchen hinter der Theke einen Schlüssel, bat sie abzuschließen und kehrte zu seinem Gast zurück, von dem er immer gehofft hatte, ihm einst im Paradies zu begegnen.

»Wir reden morgen früh weiter. Jetzt schlaf erst mal, du musst ja völlig erschöpft sein.« Ogue legte einen Arm um Morgans Schultern und führte ihn zur Treppe. »Bleib, solange du willst, Junge. Und übrigens, falls ich's noch nicht gesagt habe: Willkommen, willkommen daheim.«

25

Sean blickte von der Arbeit auf und musterte die grimmige Frau, die vor der Ladentheke stand, über den Rand seiner Brille.

»Schön, Sie wiederzusehen, Missus … äh …« Sean hielt inne, weil ihm der Name entfallen war, den sie verwendete.

»Smith«, half ihm die Dame auf die Sprünge. »Missus Smith, wie immer.«

»Ach ja, natürlich«, sagte Sean liebenswürdig. »Was kann ich heute für Sie tun, Missus Smith?«

Misstrauisch kniff sie die Augen zusammen, als habe er ihr eine Fangfrage gestellt. »Dasselbe wie immer«, erwiderte sie knapp.

»Selbstverständlich.« Er holte eine grüne Samtmatte unter dem Tresen hervor und rollte sie feierlich aus.

Missus Smith langte tief in ihre Manteltasche und zog ein in Geschirrtücher eingeschlagenes Bündel hervor. Behutsam wickelte sie ein Paar filigrane Ohrringe aus und legte sie auf die Samtunterlage.

»Wunderschön.« Sean beugte sich über den Schmuck. »Granat, nicht wahr? In Silber gefasst.« Er hielt die Ohrringe hoch, so dass sie das Licht einfingen. »Wirklich wunderschön. Sicher ist es schwer, sich davon zu trennen, doch Sie können sie ja hoffentlich bald wieder einlösen.«

Missus Smith nickte und schniefte, als kämen ihr gleich die Tränen. »Von meiner Großmutter«, sagte sie. »Aber da mein Mann seit dem Unfall in der Mine bettlägerig ist und wahrscheinlich bald sein Bein verlieren wird, sind wir finanziell in arger Bedrängnis … und das mit sechs Kindern.« Sie schniefte nochmals und zog sogar ein Taschentuch hervor, um die Krokodilstränen zu trocknen.

Die rührselige Geschichte vom Minenunfall des Gatten hatte Missus Smith ihm bereits bei ihrem ersten Besuch im November aufgetischt. Sean hatte ihr schon damals kein Wort geglaubt, sich jedoch über spätere Ausschmückungen amüsiert und Widersprüche nie korrigiert; so hatte sie ihm kurz vor Weihnachten erzählt, sie habe nur vier Kinder.

»Wie viel möchten Sie denn dieses Mal leihen, Missus Smith?«, fragte er höflich.

Mitleidheischend riss sie die Augen auf und klimperte mit den Wimpern, was jedoch nur den Effekt hatte, dass sie aussah, als sei sie von allen guten Geistern verlassen. »So viel wie nur möglich, Mister Sung. Wir haben bloß noch einen einzigen Silberdollar.«

Sean fiel auf, dass sie offenbar jedes Mal bis auf den letzten Silberdollar verarmt war; andererseits war fast jeder Kunde bis auf den letzten Dollar, halben Dollar oder Vierteldollar abgebrannt, wenn er zu Mister Sung kam, dem exotischen europäischen Pfandleiher. Immer wenn er an seine neue Identität dachte, schmunzelte Sean zufrieden. Er hatte den Gerüchten, wonach er der verderbte Sprössling einer Adelsfamilie war, der nach Amerika verbannt wurde, damit er seiner Familie mit seinen Glücksspielen, seinen Duellen, seiner Hurerei und weiteren unaussprechlichen Lastern nicht noch mehr Schande bereitete, nie widersprochen, sondern sie sogar noch gefördert und ausgeschmückt. Die Tatsache, dass er ein kleines Vermögen im Kartenspiel gemacht sowie überall in der Stadt Grundstücke erworben hatte und nun zusammen mit dem rätselhaften Chang-Li das lukrative House of Good Fortune in Chinatown betrieb, überraschte niemanden, der die Legenden um seine Person für bare Münze hielt. Es machte die Geschichten um seine ominöse Herkunft nur noch glaubhafter, und das war Sean mehr als recht. Dass Chang-Li plötzlich nach China reisen musste und Mei Ling an Mister Sung überging, goss weiteres Öl ins Feuer der Gerüchteküche. In der ersten Zeit ihrer Zusammenarbeit in der Pfandleihe hatte Sean den benachbarten Händlern und jedem, der es wissen wollte, immer wieder erklärt, sie sei nun ihr eigener Herr und sei als bezahlte Angestellte für ihn tätig. Allerdings nahm ihn, wie er bald merkte, niemand ernst, zumal Mei Ling weiterhin mit ihm in Chang-Lis Haus wohnte.

Nachdem er Missus Smith lange genug hingehalten hatte, um ihre Preisvorstellungen zu drücken, legte Sean die Ohrringe wieder hin und sah seiner Kundin direkt ins Gesicht.

»Fünf Dollar«, bot er an.

Nach Luft schnappend legte sie eine Hand auf ihre Brust. »Aber Sir, sie sind mit Sicherheit mindestens zehn wert!«

Sie sind mindestens fünfzig wert, du dummes Huhn, lachte Sean in sich hinein, und wenn deine Dienstherrin herausfindet, dass du ihren Schmuck versetzt, wanderst du in den Knast, wenn nicht gar an den Galgen.

»Sie sind wirklich sehr hübsch, Missus Smith, aber die Steine sind fehlerhaft, und die Einfassung ist alt.« Sean hielt einen Moment inne, damit seine Worte die gewünschte Wirkung entfalten konnten. »Doch als gutes Werk und Ihren Kindern zuliebe – vier, wenn ich mich recht entsinne …?«

Verunsichert schaute sie im Laden hin und her, unfähig, sich zu erinnern. »Fünf«, sagte sie. »Sechs, meine ich natürlich. Sechs kleine Kinder, fast noch Säuglinge. Was wollten Sie sagen?«

»Wir treffen uns am besten in der Mitte.« Er griff in die kleine Kasse unter dem Ladentisch und legte die Münzen einzeln hin. »Sieben Dollar fünfzig«, zählte er ab und ließ die Ohrringe verschwinden. »Sie sind eine harte Verhandlungsgegnerin, Missus Smith.«

Sie sah ihn stirnrunzelnd an, steckte die Münzen aber ein; sie wusste, es wäre vergebliche Liebesmüh gewesen, weiter mit dem ausgebufften Pfandleiher zu feilschen.

»Vielen Dank, Mister Sung.« Sie rang sich ein knappes Lächeln ab. »Sie haben meine Familie wieder einmal vor dem Ruin bewahrt.«

»Und denken Sie daran, Missus Smith: Ich behalte Ihre Kleinode zwei Monate hier. Sie können sie also wieder einlösen, ehe sie öffentlich zum Verkauf angeboten werden«, erklärte Sean, wenngleich beiden klar war, dass sie keinesfalls wegen eines Schmuckstücks zurückkehren würde, das ihr sowieso nie gehört hatte.

»Nochmals vielen Dank«, sagte sie. »Und einen schönen Tag, Mister Sung.«

»Ihnen auch einen schönen Tag, Missus Smith. Und richten Sie Ihrem Mann und Ihren zahllosen Kindern die besten Grüße aus.«

Sie musterte Sean mit finsterer Miene, was ihn erheiterte, dann nahm sie ihre Tasche und verließ hastig die Pfandleihe, so dass die Türglocke laut bimmelte. Chang-Li hatte wie immer Recht gehabt. Mit dem An- und Verkauf von Diebesgut war wirklich viel Geld zu verdienen, denn in San Francisco bestahl jeder jeden; das Einzige, was man brauchte, war eine unauffällige Verkaufsmöglichkeit. Natürlich gab es auch andere Pfandleihen in der Stadt, und wahrscheinlich hatte Missus Smith sie alle schon einmal in Anspruch genommen, um den Besitz ihrer Dienstherren zu versilbern – mal hier, mal dort, um nicht zu sehr aufzufallen. Doch bei diesen Pfandhäusern handelte es sich größtenteils um seriöse Einrichtungen, die ihre Ware öffentlich ausstellten. Das House of Good Fortune dagegen war ein unauffälliges Ladenlokal in einer kleinen Seitengasse mitten im chinesischen Viertel; wer es kannte, hatte in der Regel schon so einiges auf dem Kerbholz. Von dieser Pfandleihe erfuhr man allein durch Mundpropaganda, auch wenn Sean immer so tat, als steckten die Kunden, die hier ihr Diebesgut absetzten, tatsächlich nur in vorübergehenden Finanznöten und brauchten deshalb schnell ein wenig Bargeld. Im Laufe der Zeit war er dahintergekommen, dass es sich um Haus- und Ladenpersonal handelte, um Butler und Dienstmädchen ebenso wie um Ladenangestellte und Laufburschen, Hotelpagen und Wäschereiboten bis hin zu Kutschern und Zimmermännern, und gelegentlich auch Prostituierten, die er fast alle beim Namen kannte. Es wimmelte nur so von Dieben, und jeder hielt sich auf seine Art schadlos. Bei all den Reichtümern, die in der Stadt kursierten, fürchtete anscheinend niemand, dass solche Kleinigkeiten vermisst werden würden, geschweige denn, dass er selbst dafür belangt werden könnte – und tatsächlich wurde auch kaum ein Dieb gefasst.

Es gab allerdings noch genügend ehrliche Diener und Angestellte, um Sean vor Augen zu führen, dass so etwas wie Moral nach wie vor existierte. Mei Ling war eine von ihnen. Sie hatte Chang-Li nie bestohlen und stahl auch Sean nicht mal eine Schale Reis, obwohl ihn das keinesfalls gestört hätte. Er zahlte ihr ein Gehalt und machte ihr klar, dass sie nach Belieben kommen und gehen konnte, doch Mei Ling tat weiterhin so, als bestünde ihr Leben nur daraus, für Mister Sung zu sorgen. Sie arbeitete jeden Tag im Pfandhaus, wo sie die Tagesankäufe säuberte und polierte, und danach ging sie nach Hause und putzte dort, besserte Seans Kleidung aus, kochte sein Essen, stutzte ihm sogar den Bart und flocht seinen Zopf. Sie war für ihn in jeder Hinsicht wie eine Ehefrau – mit einer Ausnahme. Zwar hatte sie Sean zu verstehen gegeben, dass sie auch dafür zur Verfügung stand, doch er hatte nie mit ihr geschlafen. Derlei Bedürfnisse befriedigte er lieber bei Ah Toy, auch wenn er sich eingestehen musste, dass er bei allen Mädchen, die er ausprobierte, immer nur Mei Lings Züge wiederzufinden suchte.

Je besser sich Mei Ling im Geschäft auskannte, desto mehr Zeit verbrachte Sean im Hinterzimmer mit seiner Pfeife, was das abendliche Ausgehen zunehmend überflüssig machte. Er rauchte zu viel, das war ihm klar. Immer öfter verlangte es ihn danach, mit einer Frau in den Armen auf dem Bett zu liegen, einer Frau, die er nicht bezahlte und die ihn vielleicht von sich selbst zu befreien vermochte. Eigentlich wollte er nur Mei Ling, doch er wusste auch, dass sie sich ihm allein aus Pflichtgefühl angeboten hatte, weil sie es für ihre Bestimmung hielt, und nicht aus Begehren. Zwar versuchte er sich einzureden, dass eine Ausschweifung mehr oder weniger seine verkommene Seele auch nicht schwärzer machen würde, doch er ahnte, dass es eine noch größere Sünde wäre als all seine bisherigen zusammengenommen, wenn er Mei Lings Herz gewann und sie an einen so tief gesunkenen Menschen wie sich selbst band. Da er sie aus diesem Grund aber gewissermaßen zurückwies, versuchte er ihr auf andere Weise zu zeigen, dass sie ihm eine Freude war und viel mehr verdient hatte, als er ihr je würde bieten können.

Sean betrachtete nochmals die Ohrringe, die Missus Smith ihm gerade gebracht hatte; sie waren wundervoll, von schlichter Eleganz und filigraner Schönheit. Er suchte unter dem Tresen nach einer kleinen, mit Samt ausgeschlagenen Schatulle und legte die Ohrringe behutsam hinein. Eines Tages würde sich vielleicht eine Gelegenheit ergeben, sie Mei Ling zu schenken … auf jeden Fall würde er die Schatulle so lange aufbewahren.

»Vielen Dank, Missus Smith.« Seine Stimme hallte in dem leeren Geschäftsraum nach. »Wer immer Sie sind, besten Dank dafür.«

Missus Hopkins nahm ihre Kapuze nicht ab, als sie Chinatown hastig verließ. Sie verabscheute dieses Viertel, an dem Seidenflaggen wehten, in Hauseingängen heidnischen Göttern Opfer dargebracht wurden und Klöße mit durchdringendem Duft in zischendem Sesamöl siedeten. Dasselbe empfand sie auch für die Einwohner, die alle gleich aussahen und rochen wie der Fischtran, den sie sich ins Haar rieben, und für ihre misstönende Sprache. Außerdem war ihr die Geschäftigkeit zuwider – die Waschfrauen mit ihren Körben, die Ladeninhaber, die unaufhörlich ihre Eingänge kehrten, die überfüllten Nudelstände und lärmenden Restaurants –, und sie hatte das Gefühl, dass diese Menschen insgeheim über sie lachten, selbst wenn sie sich respektvoll verbeugten. Wenn sie nicht schon jedes andere Pfandleihhaus der Stadt mehrfach aufgesucht hätte, wäre Missus Hopkins gar nicht erst hergekommen. Immerhin wurden im House of Good Fortune, in dem man allerdings weniger bekam als in anderen Pfandleihen, kaum Fragen gestellt. Zwar überwachte die Polizei Chinatown und Sydney Town sehr genau, doch wurden in Chinatown offenbar höhere Schmiergelder gezahlt; Missus Hopkins hatte beobachtet, wie Gesetzeshüter die Straßen kontrollierten, aber geflissentlich wegschauten, wenn jemand das House of Good Fortune betrat oder wieder herauskam.

Missus Hopkins behielt die Kapuze selbst dann noch auf, als sie Chinatown längst hinter sich gelassen hatte und sich dem Hafen näherte. Schließlich hätte man sie erkennen können, zumal nun, mit Anbruch des Nachmittags, mehr Menschen die Straßen bevölkerten. Sie hielt den Kopf gesenkt und schritt eilig aus. Wenn sie jemand ansprach, konnte sie sich immer noch damit entschuldigen, etwas für ihre Dienstherrin erledigen zu müssen. Und falls jemand auf dem großen Platz sie grüßen sollte – vor allem Mister Pennywhistle, der Besitzer von »Pfeifen und Tabakwaren Pennywhistle«, eine sehr gute Partie für ihre Enid –, so würde sie auf ihren richtigen Namen reagieren. Doch hier unten an den Piers war sie, wenn überhaupt, nur Missus Smith: die Frau des armen alten Mister Smith, der ans Haus gefesselt war, weil er für seinen unglückseligen Sohn sorgen musste.

Missus Smith versuchte, möglichst schnell an dem kleinen Vorderfenster der Mulhoneys vorbeizuhuschen, stieg die dunkle Treppe hinauf und öffnete die Tür mit ihrem Schlüssel. Drinnen war es kalt, wie sie sofort bemerkte, doch alle etwaigen Schuldgefühle wurden sofort von einem wesentlich belebenderen Gefühl verdrängt, das in ihr aufstieg – Verärgerung.

»Harry«, sagte Missus Hopkins schneidend. »Warum brennt kein Feuer im Kamin?«

Ein Mann, der älter war als sie und ärmlich gekleidet, erhob sich schwerfällig. »Hallo, Agnes. Entschuldigung. Wir sind seit Montag ohne Kohle. Aber wir wussten ja, dass du kommen würdest.« Er beugte sich zu einem Feldbett hinunter, auf dem ein seltsam verdrehter Körper lag, und zog die Decke zurecht. »Nicht wahr, Wills? Wir wussten, dass Mutter so schnell kommen würde, wie sie konnte.«

Ein Stöhnen drang unter der Decke hervor. Der Junge wälzte sich mit krampfartig zuckenden Armen und Beinen herum und lächelte Missus Hopkins speicheltriefend an.

»Er sieht einfach abstoßend aus. Kannst du nicht dafür sorgen, dass er nicht ständig sabbert? Du hast doch den ganzen Tag Zeit, während ich mich für euch abrackere.«

»Ja, Schatz«, entschuldigte sich Harry. »Ich weiß, und wir sind dir ja auch dankbar dafür. Nicht wahr, Wills? Freuen wir uns nicht immer, dass Mutter uns Essen und Kohle bringt?«

Wills wackelte mit dem Kopf und ächzte.

»Warum machst du das bloß?« Missus Hopkins wandte sich angewidert ab. »Diese elende, dumme Kreatur versteht doch sowieso kein Wort von dem, was du sagst.«

Harry schüttelte den Kopf. »Sprich nicht so über ihn, Agnes. Ich habe es dir schon mehr als einmal gesagt: Ich will so etwas nicht hören. Die Krankheit hat seinen Körper im Griff, aber im Kopf ist er noch völlig klar. Ich weiß, dass er uns versteht, Agnes, und ich lasse nicht zu, dass du ihn als dumm bezeichnest, denn noch bin ich der Herr im Haus.«

»Ach, wirklich?«, konterte sie bissig.

Harry richtete sich zu voller Größe auf und strich seine Weste glatt. »Du brauchst nur ein Wort zu sagen, und ich suche mir sofort Arbeit. Vorausgesetzt, du bist bereit, auf ihn aufzupassen. Man kann ihn jetzt nicht allein lassen; seine Anfälle sind schlimmer denn je. Wie gesagt: Ein Wort genügt, und ich gehe los.«

Missus Hopkins schnaubte und nahm verschiedene Lebensmittel aus dem Korb. »Du bist ein alter Mann, Harry Hopkins. Du warst weiß Gott schon alt, als ich dich geheiratet habe, aber wenigstens konntest du da noch arbeiten. Für so einen wie dich gibt's heute keine Arbeit mehr. Da zählen nur starke Arme oder ein kluger Kopf, und dir fehlt beides. Du taugst doch nur dazu, Schwachsinnigen hinterherzuwischen, und das hat nicht gerade Zukunft.«

Wills stöhnte und versuchte, sich im Bett aufzusetzen. Sein Vater eilte zu ihm, half ihm und zog die schäbige Decke bis zu den dünnen Schultern des Jungen hoch.

»Du verstörst ihn.« Harry strich seinem Sohn sanft das Haar zurück. »Warum kommst du überhaupt her, wenn du nur so reden willst?«

Missus Hopkins knallte einen Laib Brot auf den Tisch. »Oh, bitte entschuldige, dass ich für euer tägliches Brot sorge, Harry. Ich gehe wohl besser wieder Böden schrubben und Nachttöpfe leeren, wenn ich meinem eigenen Mann in den vier Wänden, für die *ich* bezahle, nichts mehr sagen darf.« Sie nahm den leeren Korb und wandte sich zur Tür.

»Es tut mir leid, Agnes«, lenkte Harry sofort ein. »Bitte geh nicht. Ich habe es nicht so gemeint. Wir wissen das, was du für uns tust, wirklich sehr zu schätzen. Ohne dich wären wir verloren. Wir wissen ja, wie hart du arbeitest, nicht wahr, Wills?«

Der Kopf des Jungen kippte zur Seite, dennoch schaute er mit wachem, verstehenden Blick vom Vater zur Mutter.

Missus Hopkins seufzte, und ihre teigigen Wangen färbten sich rot.

»Setz dich, Liebes«, besänftigte Harry sie und rückte einen der beiden Stühle vom Tisch ab. »Ich mache erst mal ein bisschen Feuer und koche dir einen ordentlichen Tee. Möchtest du eine gute Tasse Tee?«

Missus Hopkins schwieg und ließ den Blick durch den tristen Raum mit den kahlen Wänden und den schmierigen Fenstern schweifen, von denen aus man auf die Straße und auf den Mastenwald des Hafens blickte. Mit einem tiefen Seufzer knöpfte sie ihren Mantel auf, setzte sich und sah Harry beim Feuermachen zu. Sie betrachtete Wills, runzelte jedoch die Stirn, als sie merkte, dass er sie anstarrte. Danach hielt sie den Blick gesenkt, bis das Wasser gekocht hatte und der Tee zubereitet war.

»Hier, meine Liebe.« Harry stellte einen angeschlagenen Becher vor sie auf den Tisch. »Eine gute Tasse Tee. Wie geht's Enid? Wir haben sie zuletzt …« – er schaute seine Frau an und blickte dann zur Seite – »kurz vor Weihnachten gesehen, danach nicht mehr. Geht's ihr gut? Wie läuft's da oben?«

Missus Hopkins legte ihre kalten Hände um die Teetasse. »Unsere Tochter hat auch nicht viel mehr im Oberstübchen als unser Sohn«, erwiderte sie kurz. »Aber ich bringe ihr bei, was sie wissen muss, um bald ihren eigenen Haushalt zu führen. Ein paar Bewerber habe ich schon. Speziell einer scheint sehr interessiert zu sein.«

»Er macht ihr also den Hof?« Harry stützte die Ellbogen lächelnd auf den Tisch. »Ist es ein netter junger Mann?«

Missus Hopkins runzelte die Stirn. »Natürlich macht ihr keiner den Hof, Dummkopf. In dieser Stadt kann man den Männern kein junges Mädchen vorstellen – die versprechen alles Mögliche, nur um eine Frau ins Haus zu kriegen. Und Enid ist so ein Schaf; sie würde mit dem Erstbesten fortgehen, und dann erginge es ihr so wie …« Missus Hopkins zwang sich, nicht zu Ende zu sprechen, obwohl es sie Überwindung kostete. »So was will arrangiert sein«, fügte sie hinzu und nippte am Tee. »Ich kümmere mich gerade darum.«

»Ich bin sicher, du findest einen passenden jungen Mann für sie. Einen, den sie mag, und der sie auch mag.« Harry tätschelte die Hand seiner Frau. »Gehen sie denn zur Kirche, die Verehrer, haben sie gute Arbeit?«

Missus Hopkins schaute ihn an, als habe er den Verstand verloren. »Natürlich sind sie fromm, und natürlich haben sie gute Arbeit. Einer ist sogar reich. Hältst du mich etwa für dumm? Das Allerletzte, was ich brauchen könnte, wäre ein armer Schwiegersohn, den ich zu allem Überfluss auch noch durchfüttern müsste.«

Harry zuckte zusammen, ließ seiner Tochter zuliebe jedoch

nicht locker. »Aber ein Netter muss es sein, Agnes. Das hat Enid verdient.«

»Nette Männer heiraten keine Mädchen mit Brüdern wie dem da.« Missus Hopkins zeigte auf Wills. »Er wird halt so sein, wie er ist, und es ist mir auch egal, solange er genug Geld hat, um für uns alle zu sorgen.« Sie starrte in ihre Teetasse.

»Aber das brauchen wir doch gar nicht«, beharrte Harry. »Enid und du, ihr verdient doch gut dort oben, und wir beide leben hier so billig wie nur eben möglich. Wir müssen doch unser Mädchen nicht an jemanden verheiraten, den sie gar nicht mag!«

»Sie wird auch nicht jünger, du alter Narr«, zischte Missus Hopkins. »Und ich kann nicht ewig arbeiten. Außerdem ist da oben nicht mehr viel zu holen. Von den Wakefields habe ich schon alles, was ich kriegen kann. Jede Quelle versiegt irgendwann mal, Harry.«

»Dann komm doch zurück zu uns.« Harry legte seine Hand auf ihre. »Soll deine Dienstherrin selbst für sich sorgen oder jemand anderes einstellen. Du hast so viel für sie getan, Agnes, und das ist nicht spurlos an dir vorübergegangen. Wir haben genug gespart, um durchzukommen, bis ich Arbeit finde.«

»Sei kein Narr.« Sie zog ihre Hand weg. »Du kannst nicht arbeiten, Harry, und selbst wenn, würdest du nichts verdienen. Wenn Enid verheiratet ist, haben wir ihr Geld und mein Gespartes, und dann gehen wir nach England zurück. Ich kaufe zusammen mit meiner Schwester ein Haus und vermiete Zimmer.«

»Wills kann nicht so weit reisen, Agnes, er würde sterben«, wandte Harry kopfschüttelnd ein.

»Er wird sowieso nicht mehr lange leben«, erwiderte sie, ohne die entsetzte Miene ihres Mannes zu beachten. »Wenn Enid verheiratet ist, ist der Fall erledigt. Dann kehren wir nach England zurück.« Sie blickte durchs Fenster in den grauen Himmel. »Ich muss gehen, sonst stellt mir diese neugierige Köchin wieder stundenlang Fragen.«

»Agnes, darüber müssen wir ausführlich reden, über Enid und Wills. Ich werde sie nicht hier zurücklassen. «

»Ich gehe nach England, Harry.« Missus Hopkins knöpfte ihren Mantel zu. »Ob du mitkommst oder nicht. Sobald Enid verheiratet ist.«

»Agnes, bitte …«, flehte er.

Sie holte vier Dollar aus ihrer Tasche und hielt sie ihm hin. »Brauchst du das?«

Er nickte jämmerlich.

»Klar brauchst du das Geld.« Sie legte die Münzen auf den Tisch. »Und ich gebe es dir. So wie ich dir immer alles gegeben habe, seit dem Tag, an dem wir uns zum ersten Mal begegnet sind. Drei Kinder, Harry, und dasjenige, das ich am meisten geliebt habe, musste ich begraben. Ich bin dir in ein Land gefolgt, in das ich nicht wollte, hab es unter großen Strapazen von Osten nach Westen durchquert und musste noch dazu mitansehen, wie mein Jüngster den Verstand verlor. Du wolltest ihn ja nicht weggeben, Harry. Du wolltest ihn bei dir behalten.« Sie setzte die Kapuze auf. »Ich bin arbeiten gegangen, damit du deinen Willen bekommst. Bisher habe ich immer für alles gesorgt, und jetzt will ich auch etwas dafür zurückhaben.« Sie öffnete die Tür. »Ich will nach Hause, Harry. Solange ich das noch kann.«

»Du hast Recht, Agnes. Du wolltest ein anderes Leben und hast dieses hier bekommen. Ich war dir nicht der Ehemann, der ich hätte sein sollen, und ich weiß, dass du dein Bestes getan hast.« Harrys Stimme war ganz sanft vor lauter Gewissensbissen. »Geh, wann immer du so weit bist, Agnes. Die Kinder und ich, wir können für uns selbst sorgen, auch wenn wir dich vermissen werden. Aber du verabschiedest dich doch von uns, bevor du gehst, oder?«

»Vorher komme ich noch mal vorbei«, sagte sie, während ihre Hand auf der Klinke ruhte. »Ich muss da oben noch etwas regeln, außerdem Enid unter die Haube bringen. Und ihr werdet natürlich noch Geld brauchen.«

Harry trat zu ihr. »Du hast lange, sehr lange zu uns allen gehalten.« Er legte seine Hand auf ihre Schulter. »Tu, was du für das Beste hältst, ich stehe dir nicht mehr im Weg. Ich habe dich immer geliebt, Agnes. Es tut mir leid.«

Sie sah ihn nicht an, als er sie auf die Wange küsste, sondern starrte in den Flur. »Die Miete ist bezahlt«, sagte sie. »Und für Besorgungen auf dem Markt hast du ja das kleine Mulhoney-Balg.«

Diese abfällige Bezeichnung ließ ihn zusammenzucken, doch er nickte nur.

»Bis in zwei Wochen dann.«

Harry stand in der Tür, sah seiner Frau nach und dachte daran, wie jung und schön sie gewesen war, als sie sich kennen lernten, wie stolz, die wichtige Anstellung in dem großen Haus bekommen zu haben. Sie war keck gewesen, und er hatte sie aufregend gefunden, aber er als der Ältere hätte ihr zuliebe mehr aufpassen sollen; infolge seiner Leidenschaft mussten sie überstürzt heiraten, und kurz darauf erblickte ihr gemeinsamer Sohn das Licht der Welt. Im tiefsten Innern wusste er, dass sie noch nicht hatte heiraten wollen, geschweige denn ein Kind bekommen, doch sie beklagte sich nie und betete den Kleinen an. Richard war die Liebe ihres Lebens; auch nach der Geburt von Enid und William blieb er immer ihr bevorzugtes Kind.

Damals hielt Harry sich für einen Glückspilz, da sich alles zum Guten gewendet hatte. Selbst wenn sie ihn nicht liebte, so respektierte Agnes ihn als Ehemann und Vater ihrer Kinder, und sie waren eine glückliche Familie. Doch dann schloss sich Richard, den die Ferne lockte, mit siebzehn Jahren der Infanterie an, marschierte nach Irland und kehrte im Sarg zurück. Agnes wurde krank, verließ zwei Monate lang nicht das Bett und wartete darauf, ebenfalls zu sterben. Harry war davon überzeugt, dass sie tatsächlich gestorben wäre, wenn ihre Schwester Vera sie nicht Tag und Nacht gepflegt hätte, bis sie schließlich wieder aufstand. Gott hatte Harrys inbrünstige Gebete erhört, und Harry erfüllte seinen Teil der Abmachung mit dem Allmächtigen, indem er seine Familie in ein neues Land führte und ein neues Leben begann. Agnes hatte weder nach Boston gehen noch ihre Schwester und Richards Grab verlassen wollen, doch Harry hatte sich in dem Glauben, es sei für alle das Beste, durchgesetzt. »Vera wird das Grab pflegen«, hatte er versprochen, und ihre Schwester hatte genickt, weil sie wollte, dass Agnes ein neues, besseres Leben führen konnte und Geld für den Tag heimschickte, an dem sie wieder zusammen sein würden.

Sie waren noch kein Jahr in Boston, als Williams Krankheit begann. Er bekam Anfälle – vielleicht eine beginnende Lähmung, Schwindsucht oder Tuberkulose. Die Ärzte empfahlen ein trockeneres Klima, konnten aber nicht sagen, was ihm genau fehlte. Als Agnes nicht umziehen wollte, ging Harry stillschweigend zu seinem Vorgesetzten und erzählte ihm, er sei nun bereit, Gottes Ruf zu folgen und zu den heidnischen Chinesen im Westen zu predigen. Der Reverend überredete Agnes, ihren Gatten bei dieser Mission zu unterstützen, und die Kirche schickte sie mit dem Schiff um Kap Hoorn herum nach San Francisco. Harry hatte große Hoffnungen in das Leben in der Goldgräberstadt gesetzt und seinen Dienst mit flammender Begeisterung aufgenommen, aber Williams Gesundheitszustand verschlechterte sich zusehends. Bald konnte er nur noch unkontrolliert sprechen und sich bewegen, und Agnes war überzeugt, er sei wahnsinnig geworden. Dass sie für einen Schwachsinnigen sorgen müsse, sei zu viel von ihr verlangt, sagte sie und bat Harry, Wills in ein Irrenhaus zu bringen, was dieser rundweg ablehnte.

Schließlich hatte Harry eingewilligt, seine Mission aufzugeben, damit er mit dem Jungen zu Hause bleiben und sich dort um ihn kümmern konnte. Agnes und Enid arbeiteten erst in einem Hotel, danach kamen sie zu den wohlhabenden Wakefields. Agnes hatte darauf bestanden, dass ihre Herrschaften von Harry und Wills nichts erfuhren, denn eine verheiratete Haushälterin mit auswärtigen Verpflichtungen hätten sie sicher nicht gewollt, zumal die Hausherrin selbst krank war und besonderer Pflege bedurfte. Er stimmte zu, weil er sich schuldig fühlte, dass er sie geschwängert und dann zugelassen hatte, dass dieses Kind fortzog und starb; weil er sie in eine Stadt voller Goldgräber und Ausländer gebracht und ihr einen gelähmten Sohn aufgehalst hatte, der den Rest seines Lebens auf ihre Pflege angewiesen sein würde. Er stimmte allem zu, so wie er zu gegebener Zeit auch zustimmen würde, dass sie fortging, selbst wenn er nicht wusste, wie sie ohne ihre Unterstützung zurechtkommen sollten. Doch sosehr er Agnes auch liebte, so tief er auch in ihrer Schuld stand, er konnte nicht zulassen, dass seine geliebte Tochter zu einer unfreiwilligen Heirat gedrängt und sein Sohn dem Tod überlassen wurde, ohne dass jemand für sein Grab sorgen konnte. Harry würde an seinem Glauben festhalten, in dem Wissen, dass nicht Gott ihn enttäuscht hatte, sondern er Gott. Der erst zwanzig Jahre alte William Hopkins würde bald vor seinen Schöpfer treten, und Harry wollte ihn am Ende seines kurzen Lebens nicht im Stich lassen.

Er hörte ein Geräusch hinter sich, ein Stöhnen, das er ebenso gut kannte wie jedes andere Stöhnen von William – eines stand für Kälte, eines für Hunger, Trauer, Freude, so wie auch Säuglinge viele verschiedene Schreie von sich geben, die für fremde Ohren alle gleich klingen, aber nicht für die ihrer liebenden Angehörigen.

»Ich komme, Wills.« Harry gab sich einen Ruck und schloss die Tür. Er setzte ein Lächeln auf und rieb sich energisch die Hände, während er sich seinem Sohn zuwandte. »Komm, jetzt essen wir zwei erst einmal was. Sieh nur, hier haben wir ein leckeres Brot, etwas Käse, Äpfel – die dünste ich dir – und ein Stück Speck. Wie wundervoll, Wills, wir haben sogar ein paar Eier! Wie wär's mit einem gekochten Ei zum Tee?«

Wills schaukelte ächzend hin und her, womit er jedoch nicht auf die Frage reagierte; er wollte nur seinen Vater bei sich haben.

Harry setzte sich neben den Jungen, legte ihm den Arm um die ausgezehrten Schultern, zog ihn an sich und küsste ihm die feuchte Stirn.

»Ich weiß, dass du da drin steckst, Will Hopkins, und ich werde dich niemals verlassen.« Er lächelte zärtlich in die Augen, die ihn fest anblickten. »Egal, wohin unser Weg uns führt, wir bleiben zusammen, du und ich. Sogar ohne sie werden wir klarkommen«, sagte er. »Das verspreche ich dir, Wills. Ich lasse dich nicht im Stich.«

26

Wie es aussah, hatte Morgan drei Möglichkeiten: Er konnte über Land reisen, aber dann würde er bis nach dem Frühlingsregen warten müssen, wenn es wieder genug frisches Gras und Wasser für sein Pferd gab. Oder er konnte die 17 000 Meilen um Kap Hoorn segeln – dann könnte er sofort aufbrechen, müsste aber 250 Dollar für die Fahrt aufbringen und würde San Francisco trotzdem erst in fünf bis sieben Monaten erreichen. Und schließlich konnte er mit einem kleinen Dampfschiff nach Panama reisen, mit dem Kanu den Fluss Chagres hinauffahren und sich mit einem Packesel einen Weg durch die Wildnis bahnen und dann von Panama City aus mit dem Dampfer nach San Francisco weiterfahren. Das würde höchstens zwei Monate dauern, aber fast 400 Dollar kosten.

»Kann man sich auf den Schiffen die Überfahrt verdienen?«, fragte Morgan am Frühstückstisch.

Dugan Ogue schüttelte den Kopf. »Nur erfahrene Seeleute«, sagte er und biss in ein Stück geröstetes Brot. »Und nur, wenn sie zu wenig Leute haben, was aber nie der Fall ist. Es wollen immer noch alle nach Westen, dabei dürfte es bald gar kein Gold mehr geben.«

»Nicht nur das Gold lockt sie.« Tara goss ihrem Mann frischen Tee ein. »Sie suchen Abenteuer, ein neues Leben. Übrigens sollen die Frauen da unten Hosen tragen«, fügte sie hinzu.

»Na, dann hinken sie aber hoffnungslos hinter der Zeit her, Schatz, denn die hast du hier doch schon seit Jahren an!« Ogue lachte und wich dem Klaps seiner Frau aus. »Habe ich Recht, Caolon?«

»Ja, Dad.« Der kleine Junge saß grinsend auf seinem Stuhl, wurde aber schnell wieder ernst, als er das Stirnrunzeln seiner Mutter sah. »Ich meine, nein, Dad.«

Jetzt mussten alle lachen.

»Dein Sohn Jack ist nur ein Jahr älter als Caolon«, sagte Tara. »Letzten November müsste er fünf geworden sein.«

Morgan musterte den Jungen. »Caolon ist ziemlich groß für sein Alter. Meinst du, Jack ist auch so?«

»Wir haben ihn zwar seit seinem zweiten Geburtstag nicht mehr gesehen, aber damals war er schon ziemlich groß.« Sie nickte. »Die Kinder schießen hier in Amerika alle in die Höhe – solange sie nicht mit der blauen Milch aus den Ställen neben den Brauereien gefüttert werden. Da kommt nämlich Kalk und alles mögliche andere Zeug rein, damit die Milch weiß wird. Besser, man ernährt die Kinder, wie Gott es vorgesehen hat.«

Morgan dachte nach. »Wie hat Jack eigentlich überlebt, als Grace nicht da war, um ihn zu stillen?«

»Im Kloster gab es eine Frau, die ihr Kind verloren hatte«, sagte Ogue. »Und später bekam er Ziegenmilch. Er hatte irgendwas an den Augen. Aber jetzt sieht er gut«, fügte der kräftige Mann rasch hinzu. »Die Frau, die ihn aufgenommen hat, heiratete einen Arzt, und der hat ihn behandelt. Jetzt trägt er eine Brille. Sieht aus wie'n kleiner Gelehrter, dein Jack.«

Morgan nickte gedankenvoll. »Lebt Barbara eigentlich noch? Meine Schwester? Sie war Nonne in dem Kloster, wo Grace Unterschlupf suchen wollte.«

»Oh ja.« Tara freute sich, ihm die gute Nachricht verkünden zu können. »Wir haben es erst erfahren, als Julia Jack hierher brachte. Sie erzählte uns, Barbara habe geheiratet und sei nach Westen gezogen, nach Galway.«

»Barbara hat geheiratet? Sie hat den Orden verlassen?«

»Das haben viele getan«, berichtete Ogue. »Als all die Menschen starben, auch in den Klöstern, nahmen die Überlebenden einfach ihr altes Leben wieder auf. Barbara hat einen Mann namens Alroy geheiratet, und sie haben Zwillinge bekommen, zwei Jungs, stimmt's, Tara?«

»Ja. Grace schreibt ihnen regelmäßig.«

»Barbara hat Abban geheiratet!«, rief Morgan begeistert. »Und sie haben Söhne! Das ist wunderbar. Einfach wunderbar.« Dann schnürte sich ihm zu seiner großen Bestürzung die Kehle zu, und Tränen traten ihm in die Augen. Er senkte den Kopf.

Tara legte ihre Hand auf seine. »Sind ja auch eine Menge Neuigkeiten«, tröstete sie ihn. »Das würde jeden mitnehmen.«

»Ich dachte nur, wie schön, dass Barbara und Abban einander gefunden haben. Barbara und ich … so wie wir aufgewachsen sind …« Morgan verstummte, noch immer bewegt. »Und mit Abban habe ich Seite an Seite gekämpft; er hat mir so oft das Leben gerettet.« Morgan musste lächeln. »Einmal wurde ich mit Abban und Big Quinn von einer Patrouille überrascht, und Abban …«

»Big Quinn Sheehan?«, unterbrach Ogue ihn. »Aus Cork? Beeindruckende Mähne und singt wie ein Engel?«

Morgans Herz schlug schneller. »Ist er hier? Hier in New York?«

Ogue und Tara tauschten einen Blick.

»Auf Blackwell's Island«, sagte Tara zögernd. »Im Irrenhaus.«

»Er ist vor einem Jahr hier angekommen und war damals schon ein gebrochener Mann«, ergänzte Ogue. »Er suchte Sean. Hat sich ein Zimmer gemietet und bei den Müllfahrern gearbeitet, blieb allerdings für sich, sogar beim Trinken.«

»Der Alkohol hat ihm den Rest gegeben«, führte Tara die Geschichte fort. »Eines Tages ist er einfach nicht mehr aufgestanden. Er wollte wohl sterben, aber das ist ihm nicht geglückt. Dann hörten wir, man habe ihn nach Blackwell's Island gebracht, zu den Ärmsten der Armen. Dugan hat ihn gleich besucht.«

»Er ist nicht mehr der Mann, den du mal gekannt hast«, sagte Ogue. »Er klopft Steine für Unterkunft und Verpflegung, und den Rest der Zeit liegt er auf seiner Pritsche mit dem Gesicht zur Wand. Er sieht Gespenster, wie die meisten da draußen.«

Morgan stand auf. »Wo ist Blackwell's Island?«

»Jetzt setz dich erst mal wieder hin!« Ogue zeigte auf den Stuhl neben sich. »So was geht nicht von heute auf morgen. Du kannst nicht einfach da auftauchen und Forderungen stellen. Es ist streng geregelt, wann man wen besuchen darf. Beim letzten Mal hab ich eine Woche auf die Genehmigung gewartet!«

»Du bist damals doch zu diesem Mister O'Sullivan von der Zeitung gegangen«, erinnerte Tara ihren Mann. »Kannst du ihn nicht noch mal um Hilfe bitten?«

»Doch.« Ogue nickte langsam. »Er weiß genau, was man tun muss, um nach Blackwell's Island zu kommen. Am besten, ich suche ihn gleich heute auf.« Er warf Morgan einen Blick zu. »Und dich nehme ich mit. Du wirst ihn bestimmt interessieren.«

Morgan zögerte, dann setzte er sich wieder hin. »Warum sollte ich ihn interessieren?«

Ogue knallte Messer und Gabel auf den Tisch. »Ich glaube, mein Junge, du weißt gar nicht, welche Bedeutung du für dein Volk hast. Du bist ein Held, der größte irische Held seit Brian Boru. Hab ich Recht, Liebes?« Er blickte erwartungsvoll zu Tara.

»Ach was.« Morgan drehte sich auf seinem Stuhl zur Seite und verschränkte die Arme. »Solch einen Unfug habe ich lange nicht gehört.«

»Unfug oder nicht, es ist die Wahrheit«, beharrte Ogue. »Du musst dich natürlich erst mal daran gewöhnen, aber in ihren Geschichten und ihren Liedern haben sie eine Legende aus dir gemacht, mein Junge. Eine Legende! Und enttäusch die Leute nicht, indem du die Mythen, die sich um deine Person ranken, zerstörst«, warnte er ihn. »Nimm es einfach hin. Gewöhn dich dran. Genieß es, Herrgott noch mal! Hast du es dir denn nicht redlich verdient?«

»Nicht mehr als jeder Ire in der Heimat«, sagte Morgan. »Wir haben alles geteilt, den Kampf, den Hunger und den Tod.«

»Jedenfalls steht auf dem Banner, das all diese Männer hochhalten, der Name McDonagh. Nimm uns das bloß nicht weg, du auf deinem hohen Ross«, schnaubte Ogue.

»Oh.« Morgan ließ die Arme sinken. »So habe ich es noch nicht betrachtet. Vielleicht hast du ja Recht.«

»Allerdings«, schimpfte Ogue. »Und nicht nur in dieser Angelegenheit, sondern auch in vielen anderen, wie etwa dem Besuch auf Blackwell's Island.«

»Tut mir leid, Dugan, wirklich.« Morgan stand auf. »Gehen wir jetzt zu diesem O'Sullivan?«

Der Kneipenwirt seufzte und schaute zu seiner Frau, die ergeben die Achseln zuckte.

»Lass mich wenigstens zu Ende frühstücken.« Ogue schaufelte den Rest Rührei auf sein Brot, klappte die Scheibe zusammen, schob sie sich in den Mund und spülte sie mit einer Tasse Tee hinunter. »Ist noch was von dem Schinken da?«, fragte er Tara und lachte dann über Morgans entgeisterte Miene. »War nur Spaß. Lass uns gehen.« Er stand auf und nahm seinen Hut. »Jetzt, wo du das Schlimmste hinter dir hast, musst du wieder ein bisschen lockerer werden, mein Junge.«

Erst drei Wochen später saß Morgan neben Mister O'Sullivan auf der Fähre nach Blackwell's Island – drei kostbare Wochen, und doch war die Zeit vor lauter Empfängen, Festessen und Reden vor der Irischen Einwanderergesellschaft und der Organisation Tammany Hall wie im Flug vergangen. Er hatte prominente irische Politiker und Zeitungsleute wie Robert Bonner kennen gelernt, der vom Drucker zum Besitzer des *New York Ledger* aufgestiegen war, oder James G. Bennett, den Verleger des *New York Herald*. Bennett erzählte Morgan, Franklin Pierce habe die Präsidentschaftswahl gegen Millard Fillmore vor allem wegen der Iren gewonnen, die ihn in großer Zahl unterstützten; Fillmore habe sich auf die American Party mit ihren anti-irischen und antikatholischen Überzeugungen gestützt, und das habe ihn den Sieg gekostet. Die Iren verfolgten jetzt klare Ziele in der Politik, und sie wüssten, wie man sich organisieren müsse, erklärte Bennett. Natürlich würden sie auf den Bühnen der Theater noch immer als unwissende, jähzornige, trunksüchtige Narren dargestellt, aber was hätten sie nicht alles durch Vereinigungen wie die Wohltätige Gesellschaft Irischer Arbeiter erreicht, die über sechstausend Mitglieder zähle – darunter viele Hungersnotflüchtlinge – und großes politisches Gewicht besitze.

Morgan war von der Willensstärke seiner Landsleute beeindruckt, denn er wusste nur zu gut, was sie hinter sich gelassen hatten, doch es tat ihm leid, keinen von denen anzutreffen, die er persönlich gekannt hatte. Thomas Meagher war offenbar sehr populär und hatte eine Einladung zur Vereidigung des Präsidenten am vierten März erhalten; zurzeit befand er sich jedoch auf Vortragsreise. Sämtliche Zeitungen hatten berichtet, Meagher sei von einer Milizeinheit namens Meagher Guard empfangen und in Massachusetts mit einundzwanzig Salutschüssen und dem Jubel Tausender irischer Fabrikarbeiter begrüßt worden. Smith O'Brien hatte man nach Van-Diemen's-Land deportiert, erfuhr

Morgan; es hieß allerdings, jeden Tag gelinge es vielen Männern, der Gefangenschaft zu entfliehen. John Mitchels Mutter war in Boston, und ein Gerücht besagte, sie habe sich mit Meagher und dem künftigen Präsidenten getroffen; Morgan konnte nur hoffen, dass dieser den irischen Rebellen helfen würde, die weit verstreut waren und sich nichts sehnlicher wünschten, als in ihre Heimat zurückzukehren.

Trotz der breiten Unterstützung und der Sympathie, die ihm entgegenschlug, verlangte es Morgan danach, der Öffentlichkeit zu entfliehen und sein eigenes Leben wieder aufzunehmen; er wollte nur zu Grace, nur Quinn Sheehan besuchen. Er hatte einen Beschluss gefasst, von dem er jedoch niemandem etwas erzählte, nicht einmal Dugan oder Tara. Wenn Quinn einigermaßen bei Verstand war, würde Morgan ihn nach Oregon mitnehmen, und selbst wenn er ihn auf dem Rücken tragen musste.

O'Sullivan hatte schließlich einen privaten Besuchstermin bei Sheehan erwirkt und trug die Formulare in der Jackentasche bei sich. Quinn war zuerst ins Irrenhaus eingeliefert worden, hatte sich dann aber so weit erholt, dass man ihn ins Arbeitshaus überstellte. Gegen eine Reihe von Zahlungen konnte er freikommen; eigentlich Bestechungsgeld, dachte Morgan, aber offiziell handelte es sich um Bußgelder und Gebühren für die Unterbringung im Irrenhaus. Morgan wusste nicht, wie hoch die Summe sein würde, in seiner Tasche steckte jedoch ein prall gefüllter Geldbeutel – jedes Trinkgeld, das er als Kellner bei Ogue bekommen hatte; jeder Dollar, den ihm jene in die Hand gedrückt hatten, die ihn in Amerika willkommen hießen; der Erlös aus dem Verkauf seines Messers und seines Fellumhangs; und sogar der eine oder andere Scheck, den ihm Amerikanerinnen in die Tasche steckten, während sie ihm Angebote ins Ohr flüsterten, die ihn erröten ließen. Es waren fast einhundert Dollar, und Morgan war bereit, jeden Penny für Quinn Sheehans Freiheit auszugeben, wenn es sein musste.

Der Tag war düster und die Überfahrt rau. Böen peitschten Wellen gegen die Seite des Fährboots, und ab und zu fiel etwas Schneeregen, der die wenigen Passagiere im Nu durchnässte. Niemand sprach ein Wort oder wechselte einen Blick mit den anderen Fahrgästen, unter denen sich zwei hochschwangere Frauen befanden sowie ein Mann mit einer frischen, noch blutenden Wunde auf der Wange.

»Insassen«, flüsterte O'Sullivan, und Morgan warf einen Blick auf die gewölbten Bäuche der beiden sehr jungen Frauen.

Es war bereits später Nachmittag, als sie auf der trostlosen Insel ankamen, und sie brauchten einen Moment, um sich zu orientieren.

»Das hier ist also das große Experiment.« O'Sullivan nahm seinen Hut ab, um das Wasser von der Krempe zu schütteln. »Ins Leben gerufen von der Gesellschaft zur Verbesserung der Lebensumstände der Armen. Viertausend zahlende Mitglieder, darunter einige der wohlhabendsten und einflussreichsten Männer New Yorks«, erklärte er. »Alle sehr besorgt um das Wohl der Benachteiligten der Stadt – mit anderen Worten: ›Schafft die Bettler von den Straßen, damit anständige Bürger sie nicht sehen müssen.‹ Also ab mit ihnen auf diese Insel.« Er machte eine ausladende Bewegung mit dem Arm. »Wollen wir weiter?«

Morgan nickte, erfüllt von einem düsteren Vorgefühl; dies hier hatte nichts mehr mit eleganter Abendgarderobe und schicken Dinners zu tun, mit Wein, Gesang und politischen Reden. O'Sullivan sprach weiter, während er auf dem ansteigenden Pfad vorausging.

»Wir sehen zuerst das Armenhaus, und es wird Sie interessieren, dass fast zwei Drittel der siebentausend Insassen Iren sind, darunter viele ehemalige Hausangestellte, die nach Jahren entlassen wurden und keine Kinder haben, die sie im Alter versorgen können.«

»Also sind sie im Gefängnis?«

»Nein, es ist kein Gefängnis«, verbesserte O'Sullivan ihn. »Sie gelten als anständige Arme und sind hier untergebracht, um nicht ins Bellevue Hospital zu müssen. Das Bellevue ist nichts anderes als ein Loch voller Ratten und Läuse mit einer unnatürlich hohen Sterblichkeitsrate – um es einmal vorsichtig auszudrücken.«

»Und was ist mit den Bewohnern des Armenhauses?«, fragte Morgan. »Können die die Insel verlassen, wenn sie wollen?«

»Ja, aber wenn sie woandershin könnten, wären sie gar nicht erst hier. Blackwell's Island ist die Endstation, vor allem für die Alten.« O'Sullivan führte Morgan weiter den Pfad hinauf. »Jetzt blicken wir nach Süden, in Richtung des Zuchthauses. Man kann es gar nicht übersehen, es ist ziemlich eindrucksvoll, fast wie eine Festung. Dort sind die schlimmsten Verbrecher untergebracht; die Frauen in dem einen Flügel, die Männer in dem anderen.«

In dem Moment hörte der Regen auf, die Wolken teilten sich, und ein Lichtstrahl fiel auf die Insel und auf eine Gruppe von Menschen, die zum Gefängnis eskortiert wurden. O'Sullivan sah ihnen nach, dann erklärte er leise, diese Leute gälten als besonders verkommen – Diebe, Vergewaltiger, Brandstifter und Mörder, die man notwendigerweise aus der Gesellschaft entfernen müsse.

Bei den Frauen handele es sich fast immer um Prostituierte, fügte er hinzu – nicht um die beschützten Mädchen aus den Häusern am westlichen Ende des Broadways oder aus den Luxusbordellen, in denen anscheinend nie Razzien stattfänden, sondern um Straßenhuren aus der Anthony Street und der Bowery, aus der Cow Bay Alley und vor allem Corlear's Hook am Hafen, wo diese so genannten »Hookers« Matrosen, Fährpassagiere und Dockarbeiter ansprächen. Viele von ihnen seien einfache Mädchen vom Land, erzählte O'Sullivan, doch es gebe auch Irinnen darunter, die keine Arbeit fänden und ihren vom Hungertod bedrohten Familien unbedingt Geld schicken wollten. Morgan dachte an all die jungen irischen Frauen, die voller Zuversicht und Entschlossenheit nach Amerika gesegelt waren, und das Herz wurde ihm schwer. O'Sullivan sah, welche Wirkung seine Worte auf seinen jungen Freund hatten, und nickte.

»Man kann ihnen kaum einen Vorwurf machen«, meinte er mitfühlend. »Prostituierte verdienen einfach am meisten, in einer Nacht so viel wie andere Frauen in Monaten. Und in ihren Augen ist es wahrscheinlich besser, als für einen ständig betrunkenen Vater oder Ehemann zu sorgen oder als Hausangestellte oder Näherin ein Leben in Monotonie und Armut zu führen. Sie haben so wenig Möglichkeiten und oft dazu noch kleine Kinder, die sie ernähren müssen – wer wollte sie da verurteilen? Ich nicht.« O'Sullivan schüttelte den Kopf. »Ich ganz bestimmt nicht.«

Nach Ansicht der Gesellschaft handele es sich bei der Prostitution um ein Sittenverbrechen, erklärte O'Sullivan, der sich sichtlich für das Thema erwärmte. Jeder neuerliche Aufruf zu einer Reform gehe mit einer Säuberung der Straßen einher, was aber nichts daran ändere, dass die Herren der oberen Gesellschaftsschichten weiterhin Handbücher wie den *Haremsführer* oder *Das wahre Gesicht der Prostitution* kauften, in Hotels Visitenkarten von Bordellen mitnahmen oder einfach in Adressenverzeichnissen nach Frauen suchten, die sich unter der Bezeichnung »Prostituierte« eintragen ließen. Allerdings nenne man nie die Männer sittenlos, dozierte der Zeitungsverleger, sondern nur die Frauen, und wenn diese zu unvorsichtig, zu naiv oder zu alt seien, fänden sie sich schließlich im Zuchthaus auf Blackwell's Island wieder.

»Auf der Spitze der Insel steht ein Pockenkrankenhaus«, wechselte O'Sullivan das Thema. »Es ist sehr klein, aber eine Erweiterung ist bereits geplant. Ich kenne ein paar Ärzte, die sich an dem Projekt beteiligt haben.« Dann wandte er sich in die entgegengesetzte Richtung. »Und da oben ist das Irrenhaus, im Vergleich zu dem Krankenhaus ein riesiges Gebäude. Dort hat unser Freund Mister Sheehan die ersten Wochen verbracht. Was mich nicht überrascht«, fügte er hinzu. »Die meisten Insassen sind Iren, allerdings sehr viel mehr junge Frauen als Männer.« Er schwieg nachdenklich. »Wahrscheinlich, weil Frauen von der Armut seelisch leichter gebrochen werden. Besonders, wenn sie keine Familie und keine Freunde mehr haben.«

»Wollen Sie damit sagen, dass irische Mädchen entweder ihren Körper verkaufen oder wahnsinnig werden, in jedem Fall aber auf Blackwell's Island landen?«

»Natürlich nicht alle, aber viele.« O'Sullivan blickte Morgan an. »Ja, viele enden hier.«

Gott sei Dank hat Grace Dugan Ogue getroffen, dachte Morgan, Gott sei Dank hat er sie aufgenommen und ihr Obdach und Arbeit gegeben. Er sollte auf die Knie fallen und ihm tausendmal die Füße küssen. *Danke, Herr, dass du ihr das erspart hast.*

»Wollen wir weiter?« O'Sullivan fuhr sich durchs Haar und setzte den Hut wieder auf. »Das Haus, das wir suchen, ist gleich da vorne.«

Im Arbeitshaus seien Bettler und Vagabunden untergebracht, erzählte er Morgan, und dort würden sie auch Quinn Sheehan finden. Die Männer würden zur Arbeit gezwungen, manche im Steinbruch, so wie Sheehan, andere ruderten Fährboote wie das, auf dem Morgan und er übergesetzt hatten, oder würden nachts als Latrinenreiniger vermietet. Sheehan sei an diesem Nachmittag freigestellt und warte in seinem Schlafsaal.

»Weiß er, dass ich es bin, der ihn besuchen kommt?«

O'Sullivan schüttelte den Kopf. »Er ist immer noch ziemlich trübsinnig. Vielleicht würde er Sie nicht sehen wollen, selbst wenn er glauben könnte, dass Sie noch am Leben sind. Wir sind als O'Sullivan und Partner angemeldet.«

»O'Sullivan und Partner«, wiederholte Morgan und folgte seinem Begleiter die Stufen hinauf und durch den Haupteingang des großen Gebäudes.

Als sie vor dem Eingangspult standen, blieb Morgan im Hintergrund und überließ O'Sullivan das Reden. Man führte sie in einen kleinen Raum mit Bänken, der wohl als Besuchszimmer für jene diente, die das Glück hatten, überhaupt Besuch zu bekommen.

O'Sullivan setzte sich auf eine Bank an der Wand, doch Morgan war zu nervös und lief hin und her. Schließlich blieb er vor einem schmalen Fenster stehen und blickte hinaus auf die öde Landschaft und den nassgrauen Himmel. Als schlurfende Schritte ertönten, wandte er sich zur Tür.

»Meine Herren.« Der Angestellte oder Aufseher räusperte sich. »Hier ist der Mann, den Sie sehen wollten.«

Morgan erstarrte und konnte Sheehan nur stumm anstarren, doch O'Sullivan erhob sich sofort, ging zu ihm und streckte ihm die Hand entgegen, während er zugleich dem Angestellten ein Zeichen gab, sich zu entfernen.

»Mister Sheehan.« Die beiden Männer schüttelten einander die Hand. »Sie kennen mich nicht, aber ich habe einen alten Freund von Ihnen mitgebracht.«

Quinn Sheehan blickte über O'Sullivans Schulter zu Morgan, der noch immer am Fenster stand, und kniff die Augen zusammen, da ihn das Licht blendete.

»Wer ist es denn?«

Als er die Stimme seines alten Freundes hörte, ging Morgan auf ihn zu, und O'Sullivan trat zur Seite.

»Erkennst du mich nicht, Quinn?« Morgan kam langsam näher. »Sind wir nicht zusammen auf dem Black Hill aufgewachsen, und hast du in den Gassen unseres Heimatdorfes nicht ständig Ärger angezettelt?« Seine Stimme klang beruhigend und beschwor Erinnerungen an die Welt herauf, in der sie gelebt hatten. »Du, ich, Sean O'Malley, die Neeson-Jungs – wir waren damals eine Bande, weißt du nicht mehr, Quinn?«

Sheehan schüttelte ungläubig den Kopf.

»Mit deiner Stimme hast du alle Mädchen bezaubert«, fuhr Morgan, der jetzt direkt vor seinem Freund stand, fort. »Sie hat uns alle Türen geöffnet, und überall haben wir Freibier gekriegt.« Er hielt inne und stimmte dann ein Lied an: »›*Oh Dan, my dear, you're welcome here … Thank you, ma'am, says Dan …*‹«

Im nächsten Moment streckte Sheehan die Hand aus und berührte Morgans Arm, seine Schulter, sein Gesicht.

»McDonagh?«, flüsterte er. »Morgan McDonagh?«

»Ja.«

»Aber du bist tot.« Sheehan zog die Hand zurück, als habe er sich verbrannt.

»Nein.« Morgan legte die Hände auf Sheehans Schultern und blickte ihm in die Augen. »Ich war in der Hölle, das stimmt, aber ich bin nicht tot. Sieh mich an, Quinn. Hier stehe ich. Wir haben überlebt.«

Sheehans Blick begegnete dem von Morgan, und dann entfuhr ihm ein Schluchzer, ein Schrei aus Schmerz und Fassungslosigkeit, und seine Beine gaben nach. Morgan und O'Sullivan griffen ihm unter die Arme und führten ihn zu einer Bank. Morgan setzte sich neben ihn, während O'Sullivan zur Tür ging, um sie zu versperren. Diskret wandte er sich von dem Mann ab, der jetzt, an seinen Freund geklammert, heftig zu weinen begann. Morgan rückte noch näher, legte die Arme um ihn und tröstete ihn in der Sprache ihrer Mütter, bis das Schluchzen schließlich erstarb und Sheehans Kopf an seiner Schulter ruhte.

»Was ist passiert, Quinn?«, fragte Morgan leise.

Sheehan richtete sich auf und wischte sich mit dem Ärmel übers Gesicht, während in seinen Augen immer noch Tränen standen. »Warst du jemals wieder dort? In unserem Dorf?«

Morgan schüttelte den Kopf.

»Ich schon.« Sheehan hielt inne und kniff vor Schmerz die Augen zusammen. »Es war niemand mehr da, Morgan. Überhaupt niemand. Alle Hütten waren zerstört und alle Menschen tot oder fortgegangen.« Er schüttelte den Kopf. »Ich fand keine Verwandten mehr, keine Leute, die ich kannte. Und dann … dann hatte ich solchen Hunger, dass ich Suppe von Protestanten angenommen habe.« Er brach wieder in Tränen aus und flüsterte verzweifelt: »Ich habe meine Seele der Verdammnis preisgegeben.«

»Nein.« Morgan legte ihm eine Hand aufs Knie. »So reden Menschen, nicht Gott. Die einzige heilige Pflicht, die Gott uns auferlegt, ist die Sorge für Witwen und Waisen. Und habe ich nicht oft genug gesehen, wie du einem Kind, das niemanden mehr hatte, dein letztes Stück Brot gegeben hast?«

»Aber …«

»Kein Aber, Quinn. Denk nicht mehr daran. Von wem kam denn die Suppe? Von Gott, ganz allein von Gott, und glaub ja nicht, dass er nicht noch ein paar strenge Worte an diejenigen richten wird, die seinen Segen an Bedingungen knüpfen wollen.«

Sheehan schaute Morgan an und versuchte, ihm zu glauben. »Sie haben denen die Überfahrt bezahlt, die wegwollten, also bin ich fortgegangen.«

»Gut«, sagte Morgan. »Du hast das Richtige getan. Bist du allein gekommen?«

»Ja. Ich dachte, Sean oder irgendjemand anders von früher wäre vielleicht hier. Ich hab noch nie eine so große Stadt gesehen, Morgan. Und sie hassen uns hier«, setzte Sheehan leise hinzu. »Ich wusste nicht, dass sie uns so hassen, aber …« Er zuckte die Achseln. »Sieh uns doch an – arme, abgerissene, ungebildete Leute, zu nichts anderem gut, als die Böden zu wischen, die Latrinen zu putzen, die Toten wegzuschaffen. Ich … ich konnte nicht …« Er schaute auf seine Hände. »Nach einer Weile habe ich den Mut verloren. Wollte mich zu Tode trinken, aber stattdessen wurde ich verrückt.«

»Das ist jetzt vorbei. Wir Iren sind Helden. Jedenfalls diese Woche.«

»Vielleicht«, sagte Sheehan. »Vielleicht auch nicht. Ich habe keine Kraft mehr … keine Kraft mehr, um in die Welt zurückzukehren.«

»Vielleicht ist dieser Teil der Welt nicht der richtige für dich«, meinte Morgan. »Hör zu, Quinn – ich gehe nach Westen. Nach Oregon. Weißt du, wo das ist?«

Sheehan runzelte die Stirn und schüttelte den Kopf.

»Ich auch nicht«, grinste Morgan. »Aber ich habe eine Karte, ein Gewehr und ein Pferd. Es fehlt nur jemand, der mit mir reitet. Ich will, dass du mitkommst, Quinn. Nach Oregon.«

Sheehan blickte auf, und Morgan entdeckte einen Funken Interesse in den argwöhnischen Augen. »Warum Oregon?«

»Grace ist dort.«

»Grace?« Sheehan beugte sich vor. »Weiß sie denn, dass du kommst? Dass du noch am Leben bist?«

»Ich habe keine Ahnung, wo genau sie sich in Oregon aufhält. Ogue sagt, ich soll an diesen Kapitän Reinders in San Francisco schreiben, aber …« Morgan zögerte. »Der Mann will sie heiraten, Quinn. Vielleicht sind sie schon verheiratet, aber wenn nicht … ich will nicht, dass ein Brief von mir ihn zur Eile antreibt, wenn du verstehst, was ich meine.«

»Aber sie ist deine Frau!«

»Ja. Wir wurden bei Nacht und Nebel von einem abtrünnigen Priester getraut, mit einem Mann als Trauzeugen, der schon lange tot ist.« Morgan seufzte. »Vielleicht sind wir vor Gott verheiratet, vor dem Gesetz sind wir es jedenfalls nicht.«

»Und wenn sie bereits geheiratet haben?«

»Daran habe ich auch schon gedacht«, gab Morgan zu. »Und daran, dass ich ihr Glück vielleicht nicht stören sollte. Aber den Fehler habe ich schon einmal gemacht, und ich werde ihn kein zweites Mal machen. Außerdem ist da noch Jack, mein Sohn«, fügte er stolz hinzu. »Ich habe einen Sohn, Quinn, und ich werde dem Jungen die Hand schütteln und seine Mutter noch einmal küssen, ob sie verheiratet ist oder nicht.«

»Hm.« Sheehan lehnte sich an die Wand. »Es ist wie ein Traum. Ich kann kaum glauben, dass du hier sitzt und mit mir redest.«

»Wunder geschehen jeden Tag, mein Freund. Ich bin der beste Beweis dafür. Und du auch.« Morgan stand auf. »Also, Quinn Sheehan, es gibt zwei Möglichkeiten: Entweder du marschierst auf deinen eigenen Füßen hier raus, oder ich trage dich.«

Sheehan musterte die sehnige Figur seines alten Freundes und lachte zum ersten Mal seit langer, langer Zeit. »Du siehst aus, als könntest du nicht mal meine Großmutter tragen, ganz zu schweigen von einem Mann, der vom Steineklopfen lebt.«

»Das käme auf einen Versuch an.« Morgan streckte die Hand aus.

Sheehan zögerte lange, während er in das Gesicht des Mannes schaute, dem er treu durch ganz Irland gefolgt war, des Mannes, dessen Tod er jeden Tag betrauert hatte.

»Ich geh alleine raus«, sagte er ruhig, ergriff Morgans Hand und ließ sich von ihm hochziehen. »Wann brechen wir auf?«

»Sofort.« Morgan klopfte auf den Geldbeutel in seiner Jacke. »Sag diesem Ort Lebwohl, Quinn, denn heute Abend werden wir in Ogues Kneipe singen. Und falls ich nicht genug Geld habe, um deine Schulden zu bezahlen, muss ich halt O'Sullivan als Ersatz für dich hier lassen«, grinste er.

»Ich glaube, das wird sich regeln lassen.« O'Sullivan war froh, dass Sheehans Stimmung sich gebessert hatte, dass ein Hauch von Hoffnung an die Stelle der Verzweiflung getreten war. »Meine Herren, hier entlang«, sagte er und öffnete die Tür.

Sheehan ging vor, doch O'Sullivan legte eine Hand auf Morgans Arm, um ihn einen Moment zurückzuhalten.

»Ich war einmal bei einer Abendgesellschaft, zu der man auch Ihre Frau eingeladen hatte, als plötzlich Ihr Name fiel«, setzte O'Sullivan an. »Manche Gäste meinten, die irische Sache sei verloren und Sie seien ein Opferlamm, aber Grace wollte nichts davon hören. Sie sagte, Sie hätten Ihr Leben geliebt, es sei Ihnen teuer gewesen, aber das Opfer sei der Preis der Freiheit, und Sie hätten diesen Preis bereitwillig bezahlt, damit andere es nicht zu tun brauchten. Grace sagte, Sie hätten Ihrem Volk Hoffnung gegeben, Mister McDonagh, etwas, wofür es sich zu leben lohne.« O'Sullivan schaute zu dem Pult, vor dem Sheehan, der nun bedeutend größer wirkte als noch vor einer Stunde, geduldig wartete. »Mister McDonagh«, sagte er ruhig. »Diese Gabe besitzen Sie noch immer.«

27

Eines Morgens überbrachte Doktor Wakefield Grace die Nachricht, dass Schwester Joseph im Schlaf gestorben war. Die Nonne selbst hatte sich nicht eingestehen wollen, dass ihr etwas fehlte, abgesehen von der lästigen Kurzatmigkeit, doch allen anderen war ihr langsamer Verfall nicht entgangen – wenn auch jeder, der sie kannte und liebte, es vorzog zu glauben, ihr blieben noch viele Jahre zu leben. Doktor Wakefield trauerte sehr um seine Mitarbeiterin und versuchte nicht, seinen Kummer oder seine Tränen zu verbergen. Schwester Joseph hatte viele Jahre an seiner Seite gearbeitet und war ihm eine größere Stütze gewesen als jeder junge Arzt. Dieser Gedanke und die daraus folgende Erkenntnis, dass sie eine ausgezeichnete Ärztin gewesen wäre, zwangen ihn, seine frühere Meinung über »Damen in Weiß« zu korrigieren. Zum Gedenken an seine beste Krankenschwester stiftete er in ihrem Namen ein Stipendium an dem College für Ärztinnen, das die Quäker gegründet hatten, und beschloss, alle zwei Jahre eine Absolventin an sein Krankenhaus einzuladen. Natürlich waren seine männlichen Kollegen wie vom Donner gerührt, aber nach einer Weile akzeptierten sie sein Vorhaben mit lächelndem Wohlwollen. Schließlich schien es nicht sehr wahrscheinlich, dass eine Frau diese Arbeit ausüben wollte, vor allem, wenn man an das schreckliche Cholerajahr zurückdachte und an die Hingabe, mit der Schwester Joseph jeden Patienten gepflegt hatte.

Missus Donnelly hatte Doktor Wakefield zu der kurzen Beerdigungszeremonie begleitet und ihm bei der Gelegenheit Margaret Mulhoney vorgestellt, die die neugeborene Josephine auf dem Arm trug. Auf dem Heimweg erzählte Grace ihm von Schwester Josephs Fürsorge für die Mulhoneys und verkündete, sie wolle diese Aufgabe fortführen. Margaret habe sich noch nicht von der Geburt erholt, und mindestens eins ihrer Kinder scheine immer krank zu sein oder etwas auszubrüten. Die Familie sei in großer Not und abhängig von der Güte anderer, auch wenn Davey an den meisten Tagen Arbeit finde und Rose – die älteste Tochter – etwas dazuverdiene, indem sie dem alten Mann helfe, der über den Mulhoneys wohne. Schwester Joseph habe ihnen regelmäßig Essen und Medikamente gebracht, weil diese Familie keinerlei Verwandte oder Freunde in der Stadt besitze.

Wakefield hatte genickt und Grace erklärt, das nächste Mal werde er sie zu Missus Mulhoney begleiten, um zu sehen, wie es um die Gesundheit von Mutter und Kind bestellt sei. Und so kam es, dass er sich an einem nasskalten Vormittag in den dunklen Zimmern einer Mietskaserne am Hafen wiederfand.

»Das Kind ist gesund und kräftig, Missus Mulhoney«, verkündete Wakefield und legte das kleine Mädchen wieder in die Arme seiner Mutter. »Die anderen müssen wir einfach mit regelmäßiger Ernährung aufpäppeln. Sobald es draußen wärmer wird und die Feuchtigkeit verschwindet, geht es ihnen schnell wieder gut.«

Rose begann zu husten, ein trockenes, raues Bellen, und Doktor Wakefield überdachte seine Worte.

»Ihre älteste Tochter sollte allerdings im Bett bleiben. Schaffen Sie es eine Woche ohne ihre Unterstützung?«

»Ja«, erwiderte Margaret. »Aber das will sie nicht. Sie bleibt nicht liegen, wenn andere Hilfe brauchen.«

»Mister Smith«, stieß Rose hervor. »Wer soll sich um ihn kümmern? Er ist ebenfalls krank! Genau wie Wills!«

»Der alte Mann oben hat einen schwachsinnigen Sohn«, erklärte Margaret. »Die beiden verlassen nie das Haus, deshalb geht Rose für sie einkaufen.« Dann wandte sie sich an ihre Tochter. »Davey wird sich um Mister Smith und Wills kümmern, Rose. Du darfst dich ihretwegen nicht grämen.«

»Ich kann auch nach ihnen sehen, Rose«, beruhigte Grace das Mädchen. »Tu, was der Doktor sagt, und hüte ein paar Tage das

Bett. Schau mal, ich habe eine schöne warme Decke mitgebracht, unter die du dich kuscheln kannst, und Mary Kate hat mir Bücher mit Geschichten für dich mitgegeben.«

Rose musterte die Bücher argwöhnisch, und Grace fragte sich, ob das Mädchen überhaupt lesen konnte, denn sie wusste, dass deren Mutter Analphabetin war. Margaret hatte ihr erzählt, ihr verstorbener Mann habe fast jedes Wort lesen können, aber sie selbst habe es nie gelernt; zuerst sei sie zu sehr damit beschäftigt gewesen, sich um ihre alten Eltern zu kümmern, und später habe ihr die Sorge um Mann und Kinder keine Zeit dazu gelassen.

»Soll ich dir etwas vorlesen, ehe ich gehe, Rose?«, versuchte Grace das Mädchen zu locken. »Aber nur, wenn du im Bett bist.«

Rose stand langsam von ihrem Stuhl auf und verschwand hinter dem Vorhang, um sich das Nachthemd anzuziehen, wobei sie die ganze Zeit hustete. Grace sah nach, ob noch heißes Wasser im Kessel war, und setzte einen Tee aus getrockneten Königskerzenblättern auf, in den sie Honig, etwas Whiskey und den Saft einer reifen Zitrone gab – alles Zutaten, die sie mitgebracht hatte.

»Ich gehe mal kurz hinauf und schaue mir diesen Mister Smith an, Missus Donnelly«, sagte Wakefield. »Es gibt in diesem Frühjahr schon so viele Kranke, und wir wollen schließlich nicht, dass eine Epidemie ausbricht. Ich sehe lieber mal nach, was ihm fehlt.«

»In Ordnung.« Grace rührte das Gebräu um, und frischer Zitronenduft erfüllte den Raum. »Wenn Sie zurückkommen, bin ich hier fertig.«

Wakefield nickte, nahm seine Tasche und ging zur Tür. »Wo wohnen die beiden, Rose?«

»Zwei Treppen hoch und dann am Ende des Gangs. Auf dieser Seite.« Rose zeigte nach rechts und hustete.

Wakefield ging hinaus, und Grace verteilte heißen Tee, sorgte dafür, dass alle zugedeckt waren, legte frisches Brot und Butter in den Vorratskasten und stellte eine kräftige Hühnersuppe mit Kartoffeln auf den kleinen Kohleofen. Dann wechselte sie der kleinen Josephine die Windeln, damit Margaret sich in der Zwischenzeit das Gesicht waschen und eine saubere Schürze umbinden konnte, und räumte schließlich noch das Zimmer auf, so dass es einladender und gemütlicher wirkte. Als sie ihren

Korb gepackt hatte, kam Wakefield mit angespannter Miene zurück.

»Er hat mich zwar hineingelassen, aber nur kurz. Die beiden da oben leiden unter demselben Husten. Missus Mulhoney, vielleicht könnten Sie Davey mit etwas Kräutertee hinaufschicken; er würde ihnen Linderung verschaffen.«

»Ja, Doktor«, sagte Margaret sofort. »Das machen wir, und vielen Dank, dass Sie zu uns gekommen sind. Ich bin sehr erleichtert, dass es den Kindern bald besser gehen wird.«

»Ich schaue Ende der Woche noch einmal vorbei, Missus Mulhoney. Wenn Sie vorher etwas benötigen, sagen Sie einfach im Krankenhaus Bescheid.«

Grace verabschiedete sich ebenfalls, nahm ihren Korb und folgte dem Doktor hinaus. Nach dem Aufenthalt in den stickigen, feuchten Räumen erschien ihnen die Luft wunderbar frisch, und Grace atmete tief ein, als sie dem Hafen den Rücken zukehrten und in Richtung des großen Platzes gingen.

»Es war sehr nett von Ihnen, sich die Mulhoneys anzusehen. Und den alten Mann obendrüber auch.«

»So alt ist er gar nicht«, verriet Wakefield. »Er könnte bestimmt Arbeit finden und selbst für sich sorgen, wenn der Sohn nicht wäre.«

»Geht es ihm so schlecht?«

Wakefield nickte. »Er lallt, sabbert, zuckt … Hat sich vor fünf Jahren eine Hirnhautentzündung zugezogen, und danach ist es immer schlimmer geworden, sagt der Vater. Sie sind wegen des trockenen Klimas nach Westen gekommen«, fügte er hinzu. »Wovon leben sie bloß? Wissen Sie das vielleicht?«

»Rose sagt, ab und zu kommt kurz eine Frau vorbei, meistens früh am Morgen. Das Mädchen hat Mister Smith mal nach ihr gefragt, und er meinte, sie sei eine Frau vom Wohlfahrtsverein. Schwester Joseph war allerdings der Ansicht, es handele sich um die Mutter des Jungen oder seine Schwester, die als Hausangestellte oder etwas Ähnliches arbeitet.«

»Es muss seine Frau sein«, überlegte Wakefield. »Als er die Tür öffnete, sagte ich, ich sei vom örtlichen Krankenhaus, und da fragte er, ob seine Frau mich schicke. Ich sagte nein, ich sei Doktor Wakefield und komme wegen des Kindes.« Der Arzt blieb stehen. »Daraufhin wurde er sehr blass und fragte, ob seiner Frau etwas zugestoßen sei, weil sie das Kind nicht selbst hole. Ich erklärte ihm, dass ich Missus Smith gar nicht kenne, sondern lediglich von den Mulhoneys erfahren hätte, ihm und seinem Sohn gehe es nicht gut.«

»Er muss geglaubt haben, seine Frau schicke Sie, um den Sohn zu untersuchen, und als er erfuhr, dass das nicht stimmte, war er verwirrt. Vielleicht ist er durch das einsame Leben mit seinem Sohn ein bisschen wunderlich.«

»Aber warum sollte er dann glauben, seiner Frau sei etwas zugestoßen?«, fragte Wakefield ratlos. »Jedenfalls ließ er mich den Jungen untersuchen – übrigens ein junger Mann, zwanzig Jahre alt, würde ich sagen, sehr schwach, aber nicht allzu krank, auch wenn er genauso hustet wie Rose.« Wakefield hielt einen Moment inne. »Als ich ihm sagte, der Junge könne noch zwei oder sogar drei Jahre leben, und er solle darüber nachdenken, ihn in ein Heim zu geben, rief er, ich solle verschwinden! Er hat mich doch tatsächlich gepackt und zur Tür hinausgeschoben!«

»Er kennt Sie ja nicht, Doktor. Vielleicht hatte er Angst, Sie könnten ihm den Jungen wegnehmen«, überlegte Grace.

»Das würde ich nie tun. Dennoch finde ich das Ganze sehr traurig, und es tut mir leid, dass er sein Leben für jemanden opfert, der nicht mal mehr den Namen dessen kennt, der ihn pflegt.«

»Das Mitleid können Sie sich sparen«, sagte Grace, doch es klang nicht unfreundlich. »Wenn Mister Smith die Sorte von Mann ist, für den ich ihn halte, will er kein Mitleid. Es ist ihm egal, ob sein Sohn ihn noch erkennt oder nicht – *er* kennt ja seinen Sohn, er liebt ihn und beschützt ihn vor einer Welt, in der er unter Fremden sterben würde anstatt in den Armen seines Vaters. Für Mister Smith ist es kein Opfer, seinen Sohn zu pflegen, sondern das größte Geschenk, das er ihm machen kann. Ist es für Sie denn ein Opfer, für Ihre Schwester zu sorgen?«

Das grelle Sonnenlicht blendete Wakefield und er beschattete seine Augen. »Ich bin wohl nicht mit Mister Smith zu vergleichen«, gestand er leise. »Ich musste für meine Schwester nichts aufgeben. Ich habe durch ihr Unglück eher noch gewonnen.«

»Aber Sie haben nie geheiratet, nicht wahr, Doktor? Nicht mal einer Frau den Hof gemacht«, bemerkte Grace. »Sie haben nicht oft Gäste und gehen selten zu großen Abendgesellschaften. Und wenn Sie es tun, müssen Sie die Beleidigungen derjenigen erdulden, die in den Salons über Ihre Schwester tuscheln …«

»Das kann ich ehrlicherweise kein Opfer nennen«, sagte Wakefield und blickte Grace an. »Dank Abigails Krankheit steht es mir frei, mich ganz meinem Beruf zu widmen, meinen Studien nachzugehen, nur mit Menschen meiner Wahl Umgang zu pflegen und mich aller gesellschaftlichen Pflichten zu entledigen, die mich offen gesagt zu Tode langweilen.«

»Wollen Sie denn niemals heiraten? Niemals ein eigenes Heim mit einer Frau und Kindern haben?«

Wakefield musterte Grace ausgiebig – das dichte Haar, das ihr Gesicht umwehte, ihre geröteten Wangen, den Ausdruck lebhafter Intelligenz in ihren Augen, den er so schätzte.

»Natürlich bin ich einer Heirat nicht völlig abgeneigt«, erklärte er. »Aber ich bin ein langweiliger Gelehrter, dessen Leidenschaft nur selten von etwas anderem als der Medizin erregt wird. Immer präzise auf den Punkt, das ist mein Motto. Aber damit gewinnt man wohl kaum die Herzen der Debütantinnen.« Der Doktor ging weiter, und Grace versuchte, mit ihm Schritt zu halten. »Ich müsste eine Frau wie Sie finden, Missus Donnelly, eine Frau, die mich fordert und meinen Geist wach hält – sie sollte nur vielleicht ein klein wenig nachgiebiger sein und mich etwas mehr anbeten«, zog er Grace auf. »Wo wir gerade davon sprechen, wie geht es Ihrem nachgiebigen Kapitän Reinders?«

Grace stieß ihm recht unsanft mit dem Ellbogen in die Seite, und er lachte überrascht auf.

»Wie können Sie so etwas sagen?«, schimpfte sie. »Ich bin Peter dankbar, dass er uns genug Zeit lässt, um uns hier einzuleben.«

»Ist die Hochzeit nach wie vor für Mai geplant?«

»Ja.« Grace hoffte, dass der Doktor die Zurückhaltung in ihrer Stimme nicht bemerkte. »Er möchte, dass die Kinder und ich mit ihm die Küste hinauffahren und uns dieses New Whatcom ansehen.«

»Die Gegend soll wunderschön sein, ganz anders als der Rest des Landes.«

»Liam sagt, die Küste dort oben erinnere ihn in vielem an Irland.

Allerdings wird er nicht mit uns dort hinziehen. Unser Junge mag die Stadt.«

»Auch Sie mögen die Stadt«, gab Wakefield vorsichtig zu bedenken.

Grace biss sich auf die Lippe. »Es ist noch nichts entschieden. Peter zeichnet Pläne für ein Haus, und ich werde mir das Land ansehen, aber ich habe einem Umzug noch nicht zugestimmt.«

»Er hofft jedoch, dass sie das tun werden.«

»Ja. Es gefällt ihm dort sehr. Er redet immerzu davon.« Grace seufzte, dann gab sie sich einen Ruck. »Aber wenn es den Kindern auch gefällt, und alle dableiben wollen, dann ...«

»Dann bringen Sie das Opfer für die Menschen, die Sie lieben.«

Grace schwieg und ging mit gesenktem Kopf weiter.

»Sie sind Schwester Joseph sehr ähnlich«, sagte Wakefield. »Woher kommen bloß diese ewig blutenden Herzen bei euch Iren? Mit der Muttermilch aufgesogen und seit der Wiege immer wieder dieselben alten Geschichten gehört?«

»Ja.« Grace musste an ihre Großmutter denken und lachte. »Wenn Sie wollen, kann ich Ihnen das Buch zeigen, aus denen die Geschichten stammen.«

Wakefield stimmte in ihr Lachen ein. »Wahrscheinlich habe ich genau dasselbe Buch, nur weniger abgenutzt als Ihr Exemplar.« Plötzlich fiel ihm etwas ein: »Haben Sie den Mulhoneys eigentlich Geschirr von uns geliehen?«

Grace dachte nach. »Marmeladengläser und Töpfe für die Suppe, aber die nehme ich beim nächsten Mal immer wieder mit.« Sie hielt zum Beweis den Korb hoch. »Warum fragen Sie?«

Wakefield kratzte sich am Kopf. »Ich hätte schwören können, das Geschirr auf Mister Smiths Tisch stammt von uns. Ein paar andere Sachen bei ihm kamen mir ebenfalls bekannt vor, deshalb dachte ich, Sie hätten den Mulhoneys vielleicht etwas geborgt, das die dann an ihn weitergegeben haben.«

»Vielleicht habe ich ein oder zwei Sachen vergessen«, grübelte Grace, »dabei achte ich immer sehr auf das Geschirr; schließlich gehört es Ihnen. Es täte mir leid, wenn etwas weggekommen sein sollte. Ich kümmere mich sofort darum, dass wir die Sachen zurückkriegen.«

»Nein, nein, es ist nicht so wichtig. Lassen Sie nur.« Wakefield sah auf die Uhr. »Ich muss mich beeilen, wenn ich heute noch was schaffen will, und bestimmt werden Sie zu Hause zum Essen erwartet. Soll ich Ihnen eine Kutsche rufen?«

»Nein, danke, Sir. Der Spaziergang wird mir gut tun, und ich muss ohnehin noch Gemüse einkaufen. Dann bis heute Abend.«

Der Doktor tippte an seine Hutkrempe und verbeugte sich galant, was Grace immer zum Lächeln brachte; dann marschierte er quer über die Straße, so dass ihm ein Pferdefuhrwerk abrupt ausweichen musste; der Kutscher drohte ihm mit erhobener Faust. Grace musste lachen und machte sich auf den Heimweg, wobei sie unterwegs ihre Einkäufe erledigte. Als sie schließlich zu Hause ankam und die Küche durch die Hintertür betrat, hatten Mister Hewitt und seine Schüler schon den Unterricht beendet und saßen am Tisch – Mary Kate und Jack mit Bleistiften und Papier, ihr Lehrer mit einem seiner englischen Romane. Enid stand am Herd und rührte mit gesenktem Kopf in einem Bohneneintopf, scheinbar ganz in ihre Arbeit vertieft.

»Mam!«, riefen die Kinder freudig, während Mister Hewitt ihr über sein Buch hinweg zuwinkte.

Nachdem Grace alle begrüßt hatte, stellte sie den Korb neben dem Waschzuber auf den Boden, brachte Mantel und Hut in ihr Zimmer, band sich eine frische Schürze um und glättete ihr vom Wind zerzaustes Haar. Als sie an den Herd trat, um Enid abzulösen, bemerkte sie, dass das Mädchen verquollene Augen und eine gerötete Nase hatte.

»Ist irgendetwas mit dir, Enid? Hast du geweint?!«

Enid hielt verlegen den Blick gesenkt. »Nein«, flüsterte sie, aber eine Träne lief ihr die Nase hinunter und blieb einen Moment an der Spitze hängen, ehe sie sie wegwischte.

»Du kannst es mir ruhig erzählen«, sagte Grace leise, als sie den Kochlöffel übernahm. »Von mir wird niemand etwas erfahren.«

Enid schniefte und sah über die Schulter, ehe sie sich Grace zuwandte.

»Ich soll heiraten!«, stieß sie mit angsterfüllten Augen hervor. »Mutter hat schon alles arrangiert. Ich bin Mister Pennywhistle versprochen, der den Tabakladen am großen Platz hat.«

Grace hörte auf, umzurühren. »Kennst du ihn denn, Enid? Willst du ihn heiraten?«

Enid schüttelte den Kopf, während ihr Tränen über die Wangen strömten. »Wir sind mal in dem Geschäft gewesen. Ich dachte, wir wollten nur eine Pfeife für meinen Vater kaufen … die beiden sind alte Freunde. Aber tatsächlich waren wir dort, damit Mister Pennywhistle mich anschauen konnte. Ich hab ihm gefallen, sagt Mutter.« Sie wischte sich mit dem Schürzensaum die Augen. »Er wollte mich gleich heiraten, aber Mutter hat ihn so lange hingehalten, bis er einverstanden war, eine Summe auf mich zu überschreiben. Es geht ihr um das Geld«, schloss sie bitter. »Mutter will nur sein Geld.«

»Du bist volljährig, Enid.« Grace legte ihr eine Hand auf die Schulter. »Du brauchst niemanden zu heiraten, den du nicht heiraten willst. Niemand kann dich dazu zwingen. Das musst du deiner Mutter sagen.«

»Was muss sie mir sagen?« Missus Hopkins hatte sich, wie es ihre Gewohnheit war, in den Raum geschlichen. »Enid? Hast du mir etwas zu sagen?«

Enid drehte sich zu ihrer Mutter um und blickte sie mit mehr Entschlossenheit an, als Grace je bei dem Mädchen gesehen hatte, doch ihre Wangen waren bleich und ihre Lippen zitterten.

»Ich werde Mister Pennywhistle nicht heiraten«, erklärte sie. »Ich liebe ihn nicht, Mutter. Ich mag ihn nicht mal besonders.«

Missus Hopkins' Gesicht lief rot an, und sie ballte die Fäuste, bis ihre Knöchel weiß hervorstachen. Dann trat sie näher an ihre Tochter heran und sah ihr drohend in die Augen.

»Sei nicht dumm«, zischte sie. »So eine Gelegenheit gibt's nie wieder. Mit jedem Tag kommen mehr Frauen in die Stadt, und bald werden Männer wie Pennywhistle Dienstmädchen wie dich keines Blickes mehr würdigen.«

»Das ist mir egal«, beharrte Enid, doch sie sah aus, als könne sie jeden Augenblick ohnmächtig werden. »Ich will ihn nicht heiraten. Er ist alt.«

»Er ist reich!«, explodierte Missus Hopkins, versuchte dann aber, sich zu zügeln. »Du weißt, warum du das tun musst, Enid«, schmeichelte sie leise. »Wir müssen alle Opfer bringen. Besser, du bringst es hinter dich. Er wird bestens für dich sorgen; er wird für uns alle sorgen. Du weißt, was ich meine, Enid. Du weißt, dass wir alle von dir abhängen.«

»Nein!« Enid drehte sich auf dem Absatz um und rannte hinaus auf den Hof, dann weiter den Pfad hinunter zum Teich.

Missus Hopkins' Wut richtete sich nun gegen Grace. »Daran sind nur Sie schuld! Sie haben das Mädchen gegen seine eigene Mutter aufgehetzt, dabei will ich nur ihr Bestes. Ich kann nämlich nicht ewig hier bleiben!«, schrie die Haushälterin. »Sie wird allein sein! Enid wäre reich und gut versorgt, aber das haben Sie zunichte gemacht! Sie haben ihr jede Chance auf ein glückliches Leben genommen. Sie hat der Teufel geschickt.«

»Schluss jetzt!« Mister Hewitt knallte sein Buch auf den Tisch und erhob sich, den Zeigefinger auf die rasende Haushälterin gerichtet. »Sie liegen falsch, Missus Hopkins, vollkommen falsch. Missus Donnelly hat Ihnen nichts getan.«

Missus Hopkins richtete einen drohenden Blick auf den Lehrer. »Mich führen Sie nicht an der Nase herum«, knurrte sie. »Sie sind genauso verdorben wie die anderen hier im Haus. Ich hab doch gesehen, wie Sie zu Miss Wakefields Fenster hochschielen, wenn sie sich ankleidet, oder wie Sie auf der Treppe rumlungern oder vor ihrer Tür schmachten.«

Hewitt errötete bis zu den Haarwurzeln, trat aber voller Empörung um den Tisch herum auf sie zu.

»Wie können Sie es wagen! Bei den seltenen Gelegenheiten, zu denen Miss Wakefield sich gezeigt hat, habe ich lediglich mit ihr gesprochen; vielleicht ein- oder zweimal am offenen Fenster, wo jeder uns sehen konnte. Außerdem habe ich ihr ein paar Bücher ins Zimmer gebracht, weil ich ihren gequälten Geist ein wenig erfreuen wollte.«

»Sie wollten noch viel mehr an ihr erfreuen«, warf Missus Hopkins ihm höhnisch vor. »Ich hab Ihre Briefe an sie gesehen.«

Hewitt blieb der Mund offen stehen. »Das waren Gedichte. Ich habe Gedichte für sie abgeschrieben!«

»So was ist unnatürlich, so viel Interesse an einer kranken Frau. Sie sind ein unnatürlicher Mann, der den Schwachen und Verletzlichen auflauert.«

»Ich lasse meinen Ruf oder den von Miss Wakefield nicht durch Sie beschmutzen«, stieß Hewitt zwischen zusammengebissenen Zähnen hervor. »Wir werden Doktor Wakefield die Sache vortragen, sobald er zurückkommt.«

»Er wird Sie ohne Referenzen entlassen«, fauchte Missus Hopkins. »Dann sind Sie ruiniert.«

»Nein!«, riefen Mary Kate und Jack.

»Oder vielleicht auch nicht«, überlegte die Haushälterin mit auf einmal beunruhigend sanfter Stimme. »Solange seine Schwester ruhig ist und ihm keine Schwierigkeiten macht, kümmert sich der Doktor nicht sonderlich um sie. Dafür habe ich Beweise.« Sie schnitt eine Grimasse, die alle im Raum erschaudern ließ. »Sie sind doch nur deshalb hier, Mister Hewitt, damit Sie diese irischen Blagen beschäftigen, während der Doktor sich mit ihrer Mutter amüsiert. Hatten Sie heute einen schönen Tag, Missus Donnelly? Ein bisschen für die Hochzeit dazuverdient?«

»Das reicht!« Hewitt trat vor, aber Grace hatte Missus Hopkins schon an der Schulter gepackt, sie herumgedreht und ihr eine Ohrfeige verpasst, die sie zu Fall brachte.

»Wagen Sie es ja nicht, mich oder meine Kinder noch einmal zu beleidigen«, stieß Grace zornig hervor. »Stehen Sie auf und verschwinden Sie! Sofort!«

»Tun Sie, was Missus Donnelly sagt.« George Litton war unbemerkt in die Küche gekommen.

Missus Hopkins rappelte sich auf und presste eine Hand auf ihre rote Wange. »Ja, ich werde verschwinden«, sagte sie. »Und zwar für immer. Und wenn das arme Geschöpf da oben sich umbringt, können Sie dem Doktor erklären, warum sie es getan hat.«

Hewitt erbleichte.

»Sie wird nichts dergleichen tun«, gab Grace zurück. »Es wird ihr sogar besser gehen, wenn Sie fort sind.«

»Das glauben *Sie*.« Missus Hopkins grinste. »Und was Enid angeht, mit der bin ich fertig. Sie ist jetzt Ihr Problem, Litton. Machen Sie mit ihr, was Sie wollen.«

Verwirrt sah er sie an, doch dann nickte er ernst. »So sei es.«

»So sei es«, wiederholte Missus Hopkins und verließ rückwärts den Raum, als habe sie Angst, jemand könne sie angreifen. An der Tür drehte sie sich um und fing an zu laufen; ihre schweren Schritte polterten dumpf die Treppe hinauf.

Mary Kate und Jack sprangen vom Tisch auf, liefen zu ihrer Mutter und schmiegten sich an sie.

»Es ist vorbei«, beruhigte Grace die Kinder. »Es tut mir leid, aber macht euch keine Sorgen. Sie ist eine böse Frau; es ist gut, dass wir sie los sind.«

»Was wird aus Miss Wakefield?«, fragte Mary Kate leise.

Grace biss sich auf die Lippe. »Am besten passe ich auf sie auf, bis Missus Hopkins weg ist. Sie sollte nicht mehr beunruhigt werden als unbedingt nötig. Mister Hewitt, würden Sie die Kinder mit hinaus auf den Hof nehmen? Und Mister Litton, würden Sie Enid suchen und ihr sagen, dass ihre Mutter fortgeht?«

Die Männer nickten und gingen mit den Kindern nach draußen. Grace nahm den kochenden Eintopf vom Herd, stellte ihn daneben und atmete tief ein, um sich zu beruhigen, ehe sie nach Abigail sah. Nachdem sie sich das Haar geordnet und die Schürze glattgestrichen hatte, stieg sie die Treppe hinauf und ging durch den Korridor. Gerade als sie die Tür zu Miss Wakefields Zimmer öffnen wollte, erschien Missus Hopkins.

»Ich gehe zuerst zu ihr«, erklärte die Haushälterin.

»Nein.« Grace hielt die Klinke fest. »Sie gehen überhaupt nicht mehr zu ihr. *Ich* werde ihr sagen, dass Sie fort sind.«

Missus Hopkins dachte einen Moment nach und lächelte dann kühl. »Gut, aber überbringen Sie ihr folgende Nachricht, wenn sie fragt. Sagen Sie ihr: Was geschehen ist, ist geschehen, und Eden ist für immer verloren.«

»Was um Himmels willen soll das bedeuten?« Grace ließ die Klinke los und trat auf Missus Hopkins zu.

»Sagen Sie es ihr einfach«, lachte diese und entfernte sich rückwärts. »Sagen Sie's ihr und sehen Sie, was passiert.« Dann drehte sie sich um und lief die Dienstbotentreppe hinunter.

Gott sei Dank, die wären wir los, dachte Grace mit einem Seufzer der Erleichterung, betrat Abigails Zimmer jedoch etwas beklommen, denn Hopkins' rätselhafte Botschaft klang ihr noch in den Ohren. Beruhigt stellte sie fest, dass Abigail schlief und die schweren Vorhänge alle Geräusche außerhalb des Zimmers gedämpft hatten. Grace beschloss, sie nicht zu wecken und auf Doktor Wakefield zu warten, ehe sie seiner Schwester mitteilte, dass Missus Hopkins das Haus verlassen hatte. Tief in ihrem Inneren wusste Grace, dass Abigail sich ohne die erstickende Gegenwart der Haushälterin allmählich erholen würde, doch sie befürchtete, dass die unmittelbaren Auswirkungen dramatisch sein könnten. Jedenfalls würde sie Missus Hopkins' Abschiedsbotschaft nicht übermitteln – »Was geschehen ist, ist geschehen« und irgendwas mit einem verlorenen Garten Eden. Es war bestimmt etwas Niederträchtiges, das die arme Frau noch mehr verstören und sie in den Selbstmord treiben sollte. Enid würde in der kommenden Nacht in Miss Wakefields Zimmer schlafen, beschloss Grace, oder falls Missus Hopkins' Tochter zu aufgelöst sein sollte, würde sie selbst hier Wache halten. Auf keinen Fall würden sie Abigail unbeaufsichtigt lassen, sobald sie ihr mitgeteilt hatten, dass Agnes Hopkins weg war. Grace trug nun die Verantwortung für die zerbrechliche Seele, die im Bett lag und schlief, für diese Frau, die nicht wusste, dass ihr Leben sich plötzlich in ganz anderen Händen befand.

Abigail lauschte einen Moment in die Stille des Hauses, hörte das Ticken der Standuhr, das Knarren von Holz. Der Wind wurde stärker, und irgendwo hinter der Küche hustete jemand. Die Küche, erinnerte sie sich; dort wohnte die irische Köchin, Missus Donnelly. Sie hielt inne, die Hand am Griff der Haustür. Missus Donnelly hatte Hopkins vertrieben, das hatte sie so gut wie zugegeben, als sie oben mit ihr gesprochen hatte! Aber das war Abigail egal – sie dachte nur daran, dass Hopkins keine Nachricht hinterlassen hatte. Sie war deswegen verzweifelt gewesen, und ihr Bruder hatte sie zu beruhigen versucht. Fast hätte sie ihm in dem Augenblick alles erzählt, doch dann kam ihr der Gedanke, Hopkins habe möglicherweise deswegen keine Nachricht hinterlassen, weil sie wollte, dass Abigail zu ihr kam! Nachdem ihr das klar geworden war, wünschte Abigail sich nichts sehnlicher, als dass man sie allein ließ, damit sie Gottes Stimme hören und überlegen konnte, was zu tun sei. Im Haus war alles ruhig. Oben lag Enid in tiefem Schlaf auf dem Fußboden; Abigail hatte nur über sie hinwegsteigen müssen, um das Zimmer zu verlassen.

Die feuchte Morgenluft war kalt, und Nebel hing über dem Hafen. Abigail schlich vorsichtig die Auffahrt hinunter, wobei sie auf dem Grasstreifen am Rand blieb, damit ihre Schritte gedämpft wurden. San Francisco hatte sich verändert, seit sie das Bett hütete, bemerkte Abigail. Feuersbrünste und nachträglich errichtete

Viertel hatten der Stadt ein neues Gesicht gegeben – wie sollte sie da die richtige Straße finden? Doch dann beruhigte sie sich. Sie würde zum Wasser gehen. Sie würde das richtige Haus am Hafen finden, sie würde die richtige Treppe hinaufgehen und das richtige Zimmer finden; sie würde die richtige Tür öffnen, und Hopkins würde sie erwarten. Hopkins und das Kind. Abigails Kind Eden. Eden würde auf sie warten, und Abigail würde das kleine Mädchen endlich in den Armen halten.

Mit vor freudiger Erregung bebendem Herzen raffte Abigail ihre Röcke und begann zu laufen.

28

Nachdem Enid verkündet hatte, Abigail sei nicht in ihrem Zimmer, war das ganze Haus in Aufruhr. Wakefield saß fünf Minuten wie betäubt da, ehe er Enid fragte, ob sie irgendeine Ahnung habe, wohin ihre Mutter gegangen sein könnte.

»Vielleicht weiß sie etwas über meine Schwester.« Der Doktor war kreidebleich vor Sorge.

Enid stand einfach nur da und rang die Hände. »Zu meinem Vater«, sagte sie schließlich.

Verblüfft sah Grace sie an. »Hast du mir nicht erzählt, dein Vater sei schon vor langer Zeit gestorben?«

Enid nickte jämmerlich. »Mutter wollte, dass es geheim bleibt. Er lebt unten am Hafen. Mit meinem Bruder.«

»Du hast auch einen Bruder?«

»William. Er ist krank.« Enid zögerte, ehe sie weitererzählte. »Er hat schon immer gekränkelt, aber dann wurde es schlimmer. Mutter sagte, kein anständiger Mann würde ein Mädchen mit so einem Bruder heiraten, und niemand würde uns anstellen, wenn sie sagt, dass sie verheiratet ist.« Enids Lippen bebten. »Sie wollte Wills in ein Heim stecken, aber Dad war dagegen. Also sagte sie, sie würde ihnen Geld für Essen und Miete geben, wenn sie für sich bleiben. Sie nennen sich Smith.«

Grace und Doktor Wakefield wechselten rasch einen Blick. Es gab Hunderte von Smiths in der Stadt, aber wie viele alte Männer waren darunter, die ihre kranken Söhne pflegten?

»Ich glaube, ich bin ihnen schon begegnet«, sagte Wakefield. »Sie waren kürzlich krank, nicht wahr?«

Enids Augen füllten sich mit Tränen. »Dad hat Angst, dass er zuerst stirbt, denn wer soll sich dann um Wills kümmern? Mutter hatte versprochen, sie würde eine Pflegerin anstellen, wenn ich Mister Pennywhistle heirate.« Das junge Mädchen begrub sein Gesicht in den Händen. »Aber ich kann das nicht! Mutter hat doch das Geld von Miss Wakefield! Mehr braucht sie doch gar nicht!«

»Geld von meiner Schwester?« Wakefield erhob sich aufgeregt von seinem Stuhl. »Ich zahle alle Löhne. Warum sollte Abigail deiner Mutter Geld geben?«

Enid atmete tief durch und öffnete den Mund, blieb aber stumm.

Grace setzte sich neben sie und nahm ihre Hand. »Du musst es uns jetzt sagen, Enid«, drängte sie. »Niemand macht dir einen Vorwurf. Dir wird nichts geschehen, nicht wahr, Doktor?«

»Nein«, bekräftigte Wakefield. »Warum hat meine Schwester deiner Mutter Geld gegeben, Enid? Wurde sie erpresst?«

Enid öffnete erneut den Mund, dann wandte sie sich von Wakefield ab und schaute Grace reumütig in die Augen.

»Miss Wakefield hat ein Kind«, gestand sie ängstlich. »Ein Mädchen. Ich hab es selbst nicht gesehen, aber Mutter sagte, es ist schwarz und muss versteckt werden.«

»Nein.« Wakefield schüttelte den Kopf. »Das stimmt nicht. Das Kind starb bei der Geburt.«

»Sie hat es geheim gehalten, Sir.« Jetzt, da die Wahrheit heraus war, konnte Enid ihn ansehen. »Miss Wakefield hatte Angst, Sie könnten das Kind verkaufen, wenn Sie davon erfahren. Ihre Großmutter hat ihr geholfen; sie hat das Kind mit einer Dienerin weggeschickt, als es alt genug war.«

»Nein! Das kann nicht sein«, beharrte Wakefield. »So wie es entstanden ist, hätte sie das Kind nie behalten.«

»Es war ein Kind der Liebe, Sir. Mutter sagt, der Mann war ein Neger, und als die Sache herauskam, dachten alle, er hätte ihr Gewalt angetan. Miss Wakefield hatte Angst, deshalb hat sie ihn nicht verteidigt. Und dann hat man ihn aufgehängt, Sir. Direkt vor ihren Augen!«

Wakefield ließ sich auf einen Stuhl sinken.

»Gütiger Himmel.« Grace starrte ihn an. »Ist das wahr?«

Die Augen des Doktors waren glasig. »Thomas Eden. Wir kannten ihn als Kinder. Er war mein … Freund.«

»Waren Sie dabei, Doktor?«, fragte Grace vorsichtig. »Waren Sie an dem Lynchmord beteiligt?«

»Herrgott, nein!«, rief Wakefield. »Das alles ist passiert, ehe ich auf die Plantage zurückkehrte. Ich habe keine Minute daran gezweifelt, dass die Geschichte, wie man sie mir erzählt hat, den Tatsachen entspricht … dass Abigail … dass sie …« Er griff nach der Karaffe, die neben ihm stand, goss sich mit zitternder Hand ein Glas ein und trank es in einem Zug aus. »Sie hätte darauf vertrauen können, dass ich ihr helfe. Sie hätte wissen müssen, dass ich ihr Kind niemals verkaufen würde. Wo ist es, Enid? Weißt du das?«

»Nein, Sir. Die Dienerin und das Kind haben in einem Haus in der Nähe von meinem Vater gewohnt, aber dann kam die Cholera, und die Dienerin starb. Miss Wakefield wusste nicht, was sie tun sollte. Sie war so krank, also suchte Mutter eine Familie außerhalb der Stadt, die das Kind aufnahm, auch wenn es ziemlich teuer war.«

Wakefield saß wie betäubt mit dem Glas in der Hand da.

»Es tut mir leid. Es tut mir so schrecklich leid. Bitte vergeben Sie mir«, flehte Enid. »Ich dachte, Mutter tut das Richtige für Miss Wakefield, und dass es am besten ist, wenn wir ihr helfen, das Geheimnis zu bewahren. Aber dann …«

»Dann merkte deine Mutter, dass sie auf eine Goldmine gestoßen war«, vollendete Grace den Satz.

Enid nickte verzweifelt. »Miss Wakefield hat eigenes Geld. Seit dem Tod ihrer Großmutter, stimmt's?« Sie sah den Doktor fragend an.

»Ein Treuhandvermögen«, bestätigte Wakefield leise. »Es geht direkt auf ihr Konto. Ich wusste, dass deine Mutter ab und zu etwas für sie abhebt, aber ich dachte, es wäre für Frauendinge – Kleider, Sachen, mit denen sie mich nicht behelligen wollte.«

»Das Geld war für den Unterhalt von dem Kind. Aber Mutter hat dauernd den Preis erhöht, die Differenz eingesteckt und gesagt, es stünde ihr für ihre Mühe zu. Sie will zurück nach England und mit ihrer Schwester eine Pension in Cornwall eröffnen.« Enid blickte zu Boden und fuhr beschämt fort: »Miss Wakefield hat meiner Mutter alles gegeben, was sie verlangte. Sie glaubt nämlich, ihre Seele ist verdorben,weil ihre Wollust – entschuldigen Sie den Ausdruck, Sir – einen unschuldigen Mann in Versuchung geführt hat, weshalb er sterben musste – und weil sie einen Bastard zur Welt gebracht hat. Meine Mutter hat ihr eingeredet, wenn sie in diesem Leben genug Entbehrungen auf sich nimmt, wenn sie genug leidet, wird Gott ihr schließlich vergeben und Mitleid mit ihrem Kind haben.«

»Weiß Abigail, wo das Kind ist?«, fragte Grace.

»Ich glaube nicht. Manchmal hat sie danach gefragt, unter Tränen, aber Mutter hat nie nachgegeben. Sie sagt immer, sie muss für Miss Wakefield stark sein, um sie vor den Qualen der Hölle zu bewahren, weil Miss Wakefield selbst so schwach ist.«

»Indem sie ihr das Leben zur Hölle macht«, murmelte Grace düster. »Abigail ist an Körper und Seele gebrochen. Meinst du, sie könnte deiner Mutter gefolgt sein, weil sie Angst hat, das Kind für immer zu verlieren?«

Das Ganze war einfach zuviel für Enid, sie konnte den Gedanken an ihre eigene Schuld nicht länger ertragen, wurde aschfahl, verdrehte die Augen und rutschte seitlich vom Diwan. Grace fing sie gerade noch rechtzeitig auf.

»Enid! Komm zu dir, Enid.« Grace schüttelte sie behutsam. »Es ist für uns alle ein Schock. Aber jetzt kannst du uns helfen. Enid?«

»Enid.« George Littons Stimme erklang leise aus einer Ecke des Raumes, wo er die ganze Zeit gestanden, schweigend zugehört und auf Anordnungen gewartet hatte.

Die Lider des Mädchens flatterten. Dann öffnete sie die Augen, drehte den Kopf und sah seinen mitfühlenden Blick. Er durchquerte das Zimmer, kniete neben ihr nieder und nahm ihre Hand.

»Sie müssen jetzt stark sein, Enid. Ich bring Sie zu Ihrem Vater, und dann sehen wir, was wir tun können.«

Enid nickte, ließ sich von ihm aufhelfen und zur Tür führen.

»Doktor?« Litton wartete. »Wir werden Sie brauchen, Sir.«

»Ja, ja natürlich.« Wakefield ging rasch hinaus, blieb aber in der Eingangshalle stehen, als er merkte, dass er seine Tasche vergessen hatte. Er wandte sich um und erblickte Grace, die direkt hinter ihm stand. »Bleiben Sie hier, Missus Donnelly? Falls Abigail zurückkommt?«

»Ja.« Grace öffnete ihm die Tür und reichte ihm einen zusätzlichen Mantel. »Noch etwas, Sir« – sie legte die Hand auf seinen Arm –, »wenn Sie Ihre Schwester finden, denken Sie daran, dass sie an einem dunklen, grausamen Ort gelebt hat. Seien Sie sanft zu ihr. Alles wird sich regeln, wenn sie erst wieder sicher zu Hause ist.«

Wakefields Kiefer zuckte, und verzweifelt versuchte er, der Gefühle Herr zu werden, die ihn zu überwältigen drohten. Er nickte angespannt. Plötzlich zog er Grace an sich, umarmte sie heftig und ließ sie wieder los.

»Danke«, flüsterte er. Dann bestieg er die Kutsche, übernahm die Zügel von Litton und trieb die Pferde an.

29

Sie ist nicht hier«, sagte Mister Hopkins an der Tür und blickte dann misstrauisch von seiner Tochter zu Doktor Wakefield und Litton. »Kommen Sie rein, aber seien Sie leise. Wills geht's ziemlich schlecht.«

Der junge Mann lag verkrampft auf seiner Pritsche, stöhnte und schlug immer wieder mit dem Kopf auf das Kissen, die Augen verdreht.

»Ist ja gut«, beruhigte Mister Hopkins ihn und legte ihm eine Hand auf die Schulter. »Alles in Ordnung. Bleib einfach liegen. Enid ist da. Sieh nur!«

Das Zittern wurde schwächer, als der junge Mann den Kopf hob, um seine Schwester anzuschauen.

Enid setzte sich zu ihm auf die Pritsche und rieb ihm den Rücken, bis er sich beruhigte. »Schon gut, Wills«, besänftigte sie ihn. »Das sind meine Freunde. Es ist alles gut.«

»Sie sehen ja, was los ist«, sagte Mister Hopkins unverblümt und wies auf die Stühle am Tisch. »Bitte, setzen Sie sich.«

Wakefield machte zwei lange Schritte durch den Raum und rükte sich einen Stuhl zurecht. »Wir sind uns schon einmal begegnet«, begann er.

»Ich weiß, wer Sie sind.« Mister Hopkins verschränkte die Arme.

»Das ist Mister Litton, mein Kutscher. Wir suchen meine Schwester. Ich glaube, Ihre Frau könnte wissen, wo sie sich aufhält.«

»Ich weiß nicht, wo Ihre Schwester ist. Agnes war gestern hier und hat gesagt, sie will jetzt nach Hause zurückkehren, aber Enid bleibt in San Francisco und heiratet. William und ich könnten sie entweder nach England begleiten oder ebenfalls hier bleiben.« Hopkins warf einen Blick auf seinen Sohn. »Er würde die Fahrt nicht überleben, das weiß Agnes genau. Sie hat uns ein bisschen Geld dagelassen und gemeint, sie schreibt, sobald sie drüben angekommen ist.« Er wandte sich an Wakefield. »Glauben Sie, sie hat Ihre Schwester mitgenommen?«

»Nein«, erwiderte der Doktor. »Davon hätte Ihre Frau nichts. Ich glaube, Abigail läuft in der Stadt herum und versucht, sie zu finden. Und das Kind«, fügte er hinzu.

Hopkins schaute seine Tochter an. »Du hast es ihm also gesagt.«

»Es war überhaupt nicht so, wie Mutter immer behauptet hat, Dad. Er hätte das Kind niemals verkauft oder Miss Abigail ins Irrenhaus gesteckt. Er will ihr nur helfen. Aber jetzt ist sie weg, und außer Mutter weiß niemand, wo das Kind lebt.«

Hopkins trat an einen wackeligen Schreibtisch, zog die Schublade auf und holte ein Stück Papier heraus. »Ich dachte, Agnes würde das Richtige für Ihre Schwester tun, weil sie doch als weiße, unverheiratete Frau das Kind nicht behalten konnte. Und weil sie Angst vor Ihnen hatte.« Er gab Wakefield den Zettel. »Das Mädchen lebt bei einer mexikanischen Familie auf einer kleinen Ranch. Ein hübsches Kind. Es hat hier bei uns gewohnt, während Agnes die Sache in die Wege leitete, und es tat mir so leid, dass die Mutter ihre Tochter nicht sehen konnte.«

Wakefield starrte auf den Zettel. »Eden Wakefield?«

Der alte Mann nickte.

»Könnte Abigail wissen, wo diese Ranch liegt?«

»Ich glaube nicht«, sagte Enid. »Sie kannte natürlich die erste Adresse, aber Mutter meinte, wenn sie nicht weiß, wo das Kind lebt, kommt sie auch nicht in Versuchung, es zu besuchen.«

»Sie sagen, sie kannte die erste Adresse«, warf Litton zögerlich ein. »Wo war das?«

»Nicht weit von hier. Eine Viertelmeile Richtung Süden. Aber nach den Bränden ist alles neu aufgebaut worden. Sie würde es jetzt nicht wiedererkennen.«

»Sie lebt nicht im Jetzt.« Wakefield erinnerte sich an Graces Worte, sprang auf und eilte zur Tür. »Mister Hopkins, ich danke

Ihnen sehr.« Dann gab er Enid und Litton ein Zeichen mitzukommen.

Sie liefen die Treppe hinunter und auf die Straße hinaus, wo Davey Mulhoney ihre Kutsche bewachte.

»Suchen Sie die Dame«, fragt der Junge, »die immer Mister Smith besucht? Ich bin ihr diesmal nämlich gefolgt und weiß, wo sie hin ist.«

Wakefield blieb unschlüssig stehen. »Und wohin?«

»Nach Chinatown, in einen Laden. Und dann dahin, wo man Schiffsfahrkarten kaufen kann. Sie hat die beiden zum Weinen gebracht.« Der Junge zeigte mit dem Daumen zum oberen Stockwerk. »Ich mag die Frau nicht.«

»Ich möchte später mehr davon hören«, sagte Wakefield und warf dem Jungen eine Silbermünze zu. »Wenn wir wiederkommen.«

»Ja, Sir. Ich warte hier, Sir!«

Davey sah zu, wie der Doktor und Enid in die Kutsche stiegen und Litton das Gefährt durch die schmale, holprige Straße lenkte. Jetzt geht's ihr an den Kragen, dachte er und freute sich. Wer diese Frau auch immer sein mochte, sie hatte den beiden armen Seelen im ersten Stock nur das Leben schwer gemacht.

Grace lief unruhig durchs Haus – von der Küche ins Speisezimmer, von dort in den Salon, dann in die Bibliothek und wieder zurück – und schaute durch jedes Fenster nach draußen. Liam war vorbeigekommen und hatte eine warme Mahlzeit und ein paar nette Stunden mit seiner Familie erwartet; doch stattdessen hatte sie ihn gebeten, die Kinder mit in die Stadt zu nehmen und über Nacht in Reinders' Haus zu behalten. Liam hatte zugestimmt, und Mary Kate war hocherfreut, nur Jack stampfte mit den Füßen auf und fragte laut, wer sich dann um sein Hündchen kümmern würde. Grace hatte ihm gut zugeredet und frisches Brot und Marmelade für ihr Abendessen eingepackt.

Inzwischen war der Nachmittag weit fortgeschritten; die Wolken hingen tief und die Luft war stickig. Grace hatte alles getan, was sie nur konnte, um auf Abigails hoffentlich baldige Rückkehr vorbereitet zu sein. Sie hatte alle Fenster weit geöffnet, um jede noch so schwache Brise einzufangen, außerdem hatte sie Abigails

Bett neu bezogen und die Decke zurückgeschlagen. Blumen standen in einer Vase neben dem Bett, und das Zimmer wirkte sauber und aufgeräumt. Als Grace die Bettwäsche wechselte, fiel ihr auf, dass das Laken mit unzähligen kleinen Flecken übersät war, die wie Blut aussahen; das beunruhigte sie, denn die Flecken stammten offensichtlich nicht von einer Regelblutung. Grace fand noch weitere besorgniserregende Dinge in Abigails Zimmer: Die Schere, mit der sie sich das Haar abgeschnitten hatte, hing an einem Band über ihrer Frisierkommode, noch immer mit getrocknetem Blut verschmiert; die Bibel neben ihrem Bett hatte Eselsohren, aber nur im Alten Testament, wo ganze Passagen dick unterstrichen waren; Abigails schönste Kleider hingen zerfetzt im Schrank, und ihre Seidenpantoffeln waren ebenfalls mutwillig zerstört; ihre Schmuckschatulle war leer, bis auf eine altmodische Brosche und eine dünne Goldkette mit einem einfachen Kreuz, die hinter das Futter gerutscht waren. Aus geöffneten Parfümflaschen stieg der widerliche Geruch von ranzigem Fischöl auf, die Frisierkommode war staubig und der Spiegel mit einem alten Stück Musselin verhängt. Das meiste von alldem wäre dem oberflächlichen Betrachter kaum aufgefallen und wenn doch, nicht besonders ungewöhnlich vorgekommen, aber als Grace in der Mitte des Zimmers stand und sich fragte, wie es wohl war, sich Tag und Nacht in diesen vier Wänden aufzuhalten, spürte sie die Last der Verzweiflung auf ihren Schultern, die innere Qual, die das Herz zu zerreißen drohte, und den Wahnsinn, der sich in ihrem Kopf festzusetzen schien. Sie konnte das Zimmer gar nicht schnell genug verlassen.

Später, als sie gerade begonnen hatte, die Lampen anzuzünden, hörte sie die Kutsche vorfahren. Sie lief in die Küche und öffnete die Hintertür für Doktor Wakefield, der seine Schwester auf den Armen ins Haus trug.

»Bringen Sie sie ins mittlere Zimmer«, sagte Grace. »Ins Gästezimmer. Nicht in ihr eigenes.«

Wakefield brummte etwas und schleppte Abigail durch die Küche in die Eingangshalle und dann die Treppe hinauf. Enid und Litton standen stumm in der Tür.

»Ich gehe mit ihm«, sagte Grace. »Ihr seht erschöpft aus. Auf dem Tisch steht etwas zu essen und eine Flasche Apfelmost.«

Sie nahm zwei Stufen auf einmal und erreichte das mittlere Schlafzimmer, als Doktor Wakefield seine Schwester gerade aufs Bett legte.

»Ich kümmere mich jetzt um sie, Sir«, sagte Grace leise, als er sich auf einen Stuhl fallen ließ. »Gehen Sie runter und essen Sie etwas.«

»Sie hätte die Nacht nicht überlebt.« Wakefields Stimme war heiser vor Erschöpfung. »Sie hat sich die Pulsadern aufgeschnitten. Hiermit.« Er zog einen blutigen Brieföffner aus der Tasche und legte ihn auf den Nachttisch.

Graces Herz begann heftig zu pochen, als sie von dem Brieföffner zu Abigail blickte, die Bandagen an ihren Handgelenken sah, ihre flache Atmung und ihr bleiches Gesicht bemerkte. »Wo haben Sie sie gefunden?«

»In einem alten Gebäude am Hafen. Zusammengekauert unter einer Treppe.« Wakefield fuhr sich erschöpft mit der Hand übers Gesicht. »Es ist alles wahr, Missus Donnelly. Thomas, das Kind, die Erpressung – alles ist wahr, und alles geschah direkt unter meiner Nase. Das ist alles meine Schuld. Ich bin ein gottverdammter Narr.«

Grace dachte daran, dass sich Wakefields Zimmer am anderen Ende des Flurs befand, dass sein Arbeitszimmer unmittelbar unter Abigails Schlafzimmer lag und er seiner Schwester nur selten einen Besuch abgestattet hatte.

»Ja.« Sie zog eine Decke über Abigails rissige nackte Füße, bedeckte ihre zerschundenen Knie und verletzten Handgelenke, die verschorften Ellbogen und das schmutzige Nachthemd, das an all den Stellen festklebte, an denen sie sich geschnitten hatte, in dem verzweifelten Bemühen, ihren Schmerz zu überdecken. »Ja«, wiederholte sie. »Obwohl Sie so viel über Krankheiten wissen, waren Sie doch blind für die Qualen Ihrer Schwester.«

Wakefield blickte betroffen zu Grace auf, doch dann nickte er. »Sie haben Recht. Ich bin der schlechteste Arzt, den man sich vorstellen kann – ein Arzt, der die Symptome behandeln will, aber die Ursache nicht erkennt.«

Grace legte ihre warme Hand an Abigails kühle Wange. »Was wollen Sie jetzt tun?«

»Das Kind zu seiner Mutter bringen«, sagte er entschlossen.

Grace setzte sich auf die Bettkante und sah ihn an. »Für das Kind ist diejenige Frau seine Mutter, die es jeden Abend ins Bett bringt und morgens weckt, die es füttert und anzieht, mit ihm spielt und es in den Schlaf wiegt.« Sie hielt inne, denn sie musste an das erste Mal denken, als sie Jack gesehen hatte, die Arme fest um Julias Hals geklammert. Damals hatte sie erkannt, dass er ein eigenständiger Mensch war und kein Besitz, den man einfach so zurückgeben konnte. »Es wäre herzlos, das Kind plötzlich aus der Familie zu reißen, die es kennt. Und Sie sind kein herzloser Mensch.«

Wakefield ließ die Schultern sinken. »Und was dann? Sollen wir weitermachen, als wäre nichts geschehen?«

»Was das kleine Mädchen betrifft, ist auch nichts geschehen. Ihre Welt hat sich nicht verändert.« Grace beugte sich vor. »Sie können das nicht an einem Tag in Ordnung bringen, Doktor. Die jetzige Situation hat sich über Jahre entwickelt, und es wird vielleicht Jahre brauchen, um sie zu verändern. Auf jeden Fall müssen Sie sichergehen, dass der Seelenfrieden des Kindes nicht erschüttert wird.«

»Ich kenne diese Leute nicht. Vielleicht ist es nicht der richtige Ort für das Mädchen.«

»Fahren Sie hin«, schlug Grace vor. »Abigail muss sich erst erholen, bevor sie ihr Kind sieht. Außerdem sind Sie vielleicht nicht in der Lage ...« Sie verstummte und biss sich auf die Lippe.

»Sprechen Sie es aus, Missus Donnelly. Bis jetzt hatten Sie mit allem Recht. Egal, was es ist, ich kann es ertragen. Wozu bin ich vielleicht nicht in der Lage?«

»Nun, Sir ... bei Ihren Ansichten über schwarze Menschen wäre es womöglich falsch, das Kind in dieses Haus zu holen. Sie würden wahrscheinlich versuchen, Ihre Überzeugungen für sich zu behalten, aber das Mädchen würde sie jeden Tag auf hundert Arten spüren, und es würde sie verletzen. Sie wissen nicht, wie das ist, aber ich weiß es. Und dabei habe ich nichts erlebt, was sich auch nur annähernd mit dem Schicksal der Kleinen vergleichen ließe.«

Wakefield dachte einen Moment lang nach. »Vielleicht hat sie helle Haut«, sagte er. »Hell genug, dass man es nicht merkt.«

Grace schüttelte den Kopf. »Nun hör sich das einer an. Wenn Sie mit ›hell‹ so etwas wie ›rein‹ meinen, ist niemand von uns hell genug, und doch nimmt Gott uns alle an. Was wäre, wenn alle Menschen blind wären, würde die Hautfarbe für Sie dann immer noch eine Rolle spielen?«

Abigail stöhnte im Schlaf und versuchte, sich auf die Seite zu drehen. Grace half ihr und zog ihr fürsorglich die Decke über die Schultern.

»Aber wir sind nicht blind«, flüsterte der Doktor, als sie fertig war. »Die Augen der Gesellschaft stehen weit offen, und überall wird geurteilt.«

»Fangen Sie bei sich selbst an, Doktor. Sie sind auf eine ganze Rasse zornig, nur weil Sie dachten, ein einziger Mann habe Sie verraten. Aber Thomas Eden hat Ihre Freundschaft nie missbraucht. Vielmehr haben Sie sich geweigert, die Wahrheit zu erkennen. Sie haben Ihr Herz gegenüber einem Mann verschlossen, von dem Sie hätten wissen müssen, dass er etwas so Schreckliches niemals tun könnte.«

»Als ich nach Hause kam, lag der Vorfall schon eine Weile zurück. Ich habe einfach geglaubt, was man mir erzählt hat. Und ich habe ihn für das gehasst, was er Abigail angetan hatte, obwohl ich es nie verstehen konnte, weil …« Wakefields Stimme brach. »Weil ich ihn mein ganzes Leben gekannt und ihn wie einen Bruder geliebt hatte. Warum hat er mir nichts davon erzählt?«, fragte der Doktor verzweifelt. »Warum hat er mir nicht vertraut?«

»Warum hat *sie* Ihnen nicht vertraut?«

Wakefield zuckte hilflos die Achseln.

»Weil Sie weiß sind«, sagte Grace. »Weil Sie ein Mann sind. Weil Sie in der Welt, in der die beiden lebten, alle Macht hatten, und weil die beiden nicht darauf vertrauen konnten, dass Sie diese Macht in ihrem Sinne gebrauchen würden.«

»Sie hätten mir vertrauen können. Und was die weiße Hautfarbe betrifft … ich kann nichts dafür, dass ich so auf die Welt gekommen bin.«

»Das kann niemand«, pflichtete Grace ihm bei. »Vor allem nicht das kleine Mädchen. Warum sollte es dafür bezahlen? Warum sollte irgendjemand dafür bezahlen, wie er geboren wurde, wenn uns doch die Art und Weise, wie wir unser Leben gestalten, zu dem macht, was wir sind? Blut ist Blut, Doktor – Sie wissen besser als die meisten anderen, dass man die Hautfarbe eines Menschen nicht an seinem Blut ablesen kann.«

»Mit anderen Worten: Das kleine Mädchen ist eine Wakefield.«

»Und eine Eden«, fügte Grace hinzu. »Ihre Mutter hat ihr diesen schönen Namen gegeben, um sie daran zu erinnern, dass sie in Gottes Augen vollkommen ist. Und wenn Sie das nicht sehen können, Sir, verdienen Sie nicht, an ihrem Leben teilzuhaben.«

Wakefield wischte sich mit dem Ärmel über die Augen. »Ich möchte es mir verdienen«, sagte er leise.

»Dann haben Sie Vertrauen, Doktor. Wenn nicht zu sich selbst, dann zu Gott, denn er kann in einem Menschen, der ihn darum bittet, viel verändern.« Grace hielt inne. »Wir Auswanderer wissen so einiges über Vertrauen. Wir sind auf winzigen Schiffen in ein Land gesegelt, das wir noch nie gesehen hatten – weil wir uns erhofften, dort Freiheit und ein besseres Leben zu finden. Aber welche Hoffnung bietet Amerika denjenigen, die als Sklaven gehalten werden, Sir? Können Sie mir das sagen?«

Wakefield schüttelte den Kopf. »Vielleicht liegt ihre Hoffnung in der Zukunft.«

»Eden Wakefield *ist* die Zukunft.« Grace berührte den Arm des Doktors. »Und wenn Sie sie als das Licht betrachten, das sie wahrhaftig ist, und dieses Licht hochhalten, werden andere deutlicher erkennen, was getan werden muss, und wir können alle gemeinsam aus der Dunkelheit hervortreten.«

»Sie verlangen mehr, als Sie ahnen«, erwiderte Wakefield, aber Grace hörte Einverständnis in seiner Stimme.

»›Wem viel gegeben ist … ‹«, zitierte sie und lächelte aufmunternd. »Ihre Schwester ist zu Hause und wird sich mit der Zeit erholen; das Kind befindet sich in Sicherheit, und bald werden Sie es kennen lernen. Die Zeit ist auf Ihrer Seite, Doktor, und jetzt« – Grace streckte ihm ihre Hand entgegen –, »jetzt ist es Zeit, eine Kleinigkeit zu essen und schlafen zu gehen, wenn Sie morgen zu irgendetwas nütze sein wollen.«

Wakefield nahm ihre Hand und ließ sich vom Stuhl hochhelfen. »Ich weiß nicht, was ich sagen soll, Missus Donnelly. Ich kann Ihnen gar nicht genug danken.«

»Wofür?«, fragte Grace. »Dafür, dass ich mich mit Ihrer Haushälterin angelegt habe? Es war mir ein Vergnügen, Sir. Das können Sie mir glauben.«

Wakefield musste wider Willen lachen, dann öffnete er behutsam die Tür. »Die Nächste dürfen Sie aussuchen, das verspreche ich Ihnen.«

»Ich glaube, im Moment genügt uns Enid, Sir. Hoffentlich geben Sie ihr nicht die Schuld an dem, was ihre Mutter getan hat.«

»Nein, Missus Donnelly. Schließlich kann niemand etwas dafür, unter welchen Umständen er oder sie geboren wurde – verantwortlich ist man nur für sein eigenes Handeln.« Wakefields Blick fiel auf seine schlafende Schwester. »Können Sie ein paar Stunden bei ihr bleiben? Ich muss mich wirklich etwas ausruhen.«

»Ich bleibe die ganze Nacht, wenn Sie wollen.«

»Danke, aber ich möchte bei ihr sein, wenn sie aufwacht. Sie soll wissen, dass sie nicht länger allein ist.«

»Das ist eine gute Idee, Doktor.«

»Längst nicht gut genug«, erwiderte Wakefield müde. »Aber es ist alles, was ich im Augenblick tun kann.«

30

Morgan McDonagh und Quinn Sheehan saßen im hinteren Bereich von Ogues Gaststätte an einem großen Tisch, der mit Papier, Federhaltern und Karten übersät war. Draußen regnete es in Strömen, und der Schlamm auf den Straßen wurde von den Rädern der Kutschen und Pferdewagen aufgespritzt.

»Mit etwas Glück schafft ein Planwagentreck zwanzig Meilen am Tag.« Morgan tippte mit dem Federhalter auf eine der Karten. »Wir könnten allerdings mit einem Treck starten, dann zum nächsten vorausreiten und so weiter. Auf die Art kämen wir schneller voran. Jedenfalls viel schneller, als wenn wir ums Kap segeln. Was meinst du, Quinn?«

Quinn hatte aus dem Fenster auf die Straße gestarrt, wandte sich nun jedoch um und sah seinem Freund in die Augen.

»Ich glaub, ich schaff das nicht. Ich kann nicht einfach irgendwo hingehen und wieder neu anfangen. Am besten, ich bleibe hier, da kenne ich mich wenigstens aus.«

»Schön.« Morgan legte den Federhalter beiseite. »Du meinst also, es wäre besser für dich, hier zu bleiben, in einer Stadt, die dich fast ins Grab gebracht hätte. In der es jede Menge Arbeit gibt und man gute Löhne zahlt, wo Iren wegen ihres untadeligen Charakters verehrt werden.« Morgan beugte sich mit blitzenden Augen über den Tisch. »Raus damit, Quinn. Was steckt wirklich dahinter?«

Quinn wollte erst auf seinem Standpunkt beharren, doch Morgans Entschlossenheit brachte seinen Vorsatz ins Wanken. Schließlich blickte er auf die Karte.

»Für die Ausrüstung von zwei Reitern, die das ganze Land

durchqueren wollen, kannst du dir eine Fahrkarte auf einem Dampfschiff kaufen und in zwei Monaten in San Francisco sein«, sagte er leise. »Höchstens zwei Monate, Morgan, und niemand würde dir zur Last fallen. Du musst verrückt sein, dass du mich mitschleppen willst.«

»Hör endlich auf, den Märtyrer zu spielen, du Dummkopf«, gab Morgan zurück. »Ich schleppe dich nicht mit. Meinst du, ich hätte auch nur die geringste Ahnung, was da draußen los ist, was uns erwartet?« Er schüttelte den Kopf. »Ich brauche dich, Quinn. Ohne dich gehe ich nicht, und damit Schluss. Hilfst du mir jetzt, Pläne zu schmieden, oder sollen wir die Sache vor der Tür regeln?«

Quinns Mundwinkel zuckte, dann fing er an zu lachen. »Du warst immer schon ein großartiger Redner.«

»Nein, nein, das war Sean«, berichtigte Morgan ihn. Und nach einem kurzen Schweigen fragte er nachdenklich: »Meinst du, wir sehen ihn jemals wieder?«

»Warum nicht?« Quinn zuckte die Achseln. »Du bist ja schließlich auch hier, also ist alles möglich.«

Morgans Blick hellte sich auf, und er nickte. »Stimmt. Stimmt genau, Quinn. Merk dir das. Alles ist möglich.« Er schob seinem Freund die Karte hinüber. »Also, es gibt zwei Routen, die wir nehmen könnten …«

»Packt das Zeug mal weg.« Ogues breiter Schatten fiel auf den Tisch. »Da will jemand mit euch reden, wegen eurer Reise nach Westen. Was soll ich ihm sagen?«

Morgan blickte verblüfft auf. »Will er mit?«

»Keine Ahnung. Er hat seine eigenen Vorstellungen.« Ogue schaute zu dem gut gekleideten Mann an der Bar hinüber. »Ein feiner Pinkel, aber ich verbürge mich für ihn. Wollt ihr euch anhören, was er zu sagen hat?«

Morgan faltete die Karte zusammen. »Schick ihn her.«

»Kluger Junge.« Ogue schlug ihm auf die Schulter, dann gab er dem Mann ein Zeichen, woraufhin der sofort herüberkam. »Morgan McDonagh, Quinn Sheehan – das ist Jay Livingston, ein Freund von Sean und Grace.«

»Freut mich, Mister McDonagh.« Livingston streckte die Hand aus. »Freut mich aufrichtig. Es ist wirklich erstaunlich … dass Sie leben, meine ich.«

Morgan schüttelte ihm die Hand. »Setzen Sie sich, Mister Livingston. Bleibst du hier, Dugan?«, fragte er den Wirt.

»Nein, ich hab Kundschaft. Nie hat man seine Ruhe. Ich bring euch aber später noch 'ne Runde.«

Einen Moment lang herrschte eine unbehagliche Stille, doch dann wandte Livingston sich Quinn zu. »Ich freue mich, auch Ihre Bekanntschaft zu machen, Mister Sheehan. Sind Sie ebenfalls ein Freund der O'Malleys?«

»Ja«, antwortete Quinn zurückhaltend. »Bin mit ihnen zusammen in Irland aufgewachsen.«

»Was können wir für Sie tun, Mister Livingston?« Morgan beschloss, gleich zur Sache zu kommen. »Ogue sagt, Sie hätten Interesse, mit uns nach Westen zu gehen?«

»Nein, ich will nicht nach Westen. Für Reisen durch die Wildnis bin ich nicht gemacht.« Livingston lächelte bedauernd. »Außerdem habe ich Frau und Kinder.«

Morgan schaute ihn vewundert an. »Wie können wir Ihnen dann helfen?«

»Ich habe mich unklar ausgedrückt«, entschuldigte sich Livingston. »Ich will *Ihnen* helfen, Mister McDonagh. Und Ihnen, Mister Sheehan«, fügte er höflich hinzu. »Ich war nämlich ein guter Freund von Sean O'Malley und habe ihn sehr bewundert. Durch ihn lernte ich Gracelin kennen, und meine Bewunderung für diese Familie steigerte sich noch. In all den Jahren bin ich nie bemerkenswerteren Menschen begegnet – Sean mit seinem brillanten Geist und Grace mit ihrer …« – er hielt inne, dachte nach, und schüttelte dann den Kopf. »Ich weiß nie, wie ich sie beschreiben soll – als liebenswürdig, stolz, mitfühlend, hartnäckig, störrisch …« Er gab auf und zuckte die Achseln.

»Stimmt.« Morgan grinste. »Sie wurde nach der großen Piratenkönigin aus Connaught benannt, wussten Sie das?«

»Eine Piratenkönigin.« Livingston überlegte. »Das ist eine ziemlich perfekte Beschreibung.«

Morgan lachte. »Kannten Sie sie gut?«

»Um ehrlich zu sein, nicht so gut, wie ich es mir gewünscht hätte. Doch als mir das bewusst wurde, zog sie bereits Kapitän Reinders' Heiratsantrag in Erwägung. Allerdings muss ich zugeben, dass ich meine eigenen Bemühungen deshalb noch lange nicht einstellte. Sie lehnte meinen Antrag jedoch auf sehr charmante Weise ab, und ich merkte erst viel später, dass sie mir das Herz gebrochen hatte.«

»Aber sie hat ihn nicht geheiratet. Den Kapitän, meine ich.« Quinn blickte erwartungsvoll zu Livingston. »Wir haben gehört, sie ist noch nicht verheiratet.«

»Wobei die Betonung auf dem *noch* liegt«, erklärte Livingston. »Das erinnert mich an das Angebot, das ich ihnen machen möchte. Was halten Sie von einem Darlehen für zwei Dampferfahrkarten nach San Francisco und einen Grundstock, um sich dort niederzulassen?« Er hob die Hand, um den Protest der beiden im Keim zu ersticken. »Sie können es zurückzahlen, wann Sie wollen, mit Zinsen, wenn Sie Gewinn machen. Oder gar nicht. Ich möchte nur, dass Sie es haben.«

Morgan sah zu Quinn hinüber, dem vor Überraschung der Mund offen stand.

»Das ist viel Geld«, sagte Morgan. »Warum bieten Sie das zwei Männern an, die Sie kaum kennen?«

»Ob Sie's glauben oder nicht, Mister McDonagh: Ich biete es Ihnen zwar als Darlehen an, betrachte es aber als Rückzahlung einer Schuld.« Livingston zog die Handschuhe aus und zeigte ihnen den goldenen Ring an seiner Linken.

Quinn und Morgan wechselten einen Blick und schauten einander an und dann wieder zu Livingston, der mit seinem Ehering auf die Tischkante klopfte.

»Hören Sie das, meine Herren?«, fragte er. »Das ist der Klang des Glücks, eines Glücks, das ich ohne Grace wahrscheinlich nie kennen gelernt hätte.« Livingston wandte sich an Morgan. »Durch die Freundschaft zu Ihrer Frau erhaschte ich einen Blick auf die tiefe Verbundenheit, die zwischen einem Mann und einer Frau bestehen kann. Nachdem sie nach Boston gegangen war, hatte ich einfach keine Freude mehr an kurzlebigen Bekanntschaften.«

»Also haben Sie geheiratet«, sagte Morgan.

Livingston nickte vergnügt. »Ja. Meine Braut war jedoch nicht die Art Frau, die mir früher vorgeschwebt hätte – nicht zurückhaltend und verführerisch, sondern eher ruhig, sehr klug und auf ihre Art leidenschaftlich. Eine Frau, die mir früher Angst eingejagt hätte.« Er grinste. »Aber da Grace für mich neue Maßstäbe gesetzt hatte, verliebte ich mich bis über beide Ohren in sie und konnte sie überreden, mich zu heiraten. Und, meine Herren, durch sie bin ich ein besserer Mensch geworden, als ich es vorher war.«

»Und deshalb wollen Sie uns das Geld leihen?« Morgan musterte ihn misstrauisch. »Weil Sie glücklich verheiratet sind?«

»Ja«, sagte Livingston. »Und weil die Frau, die mich klüger gemacht hat, es verdient, auch glücklich verheiratet zu sein. Durch die Liebe zu meiner Frau weiß ich jetzt, wie sehr Grace nach Ihrem vermeintlichen Tod gelitten haben muss. Kapitän Reinders wäre ihr ein guter Ehemann, auch wenn ich das nicht gern zugebe, aber ich weiß, dass Sie es sind, nach dem sie sich sehnt. Als ich von Ihrer Wiederauferstehung hörte, war mir sofort klar, wie ich mich bei Grace revanchieren kann.« Er hielt inne. »Also, was sagen Sie, McDonagh? Nehmen Sie das Geld an?«

In diesem Moment kam Ogue mit einem Tablett an den Tisch, das er geräuschvoll in die Mitte stellte. Ohne ein Wort gab er jedem ein Glas, nahm dann selbst auch eins und klemmte sich das Tablett unter den Arm.

»Worauf trinken wir?«

Die drei Männer am Tisch sahen einander an. Livingston zog erwartungsvoll die Augenbrauen hoch.

»Also, Dugan, wir gehen nach Westen.« Morgan hob sein Glas. »Auf eine schnellere Reise, als wir dachten.«

»Auf das Glück!«, stimmte Livingston begeistert ein und hob ebenfalls sein Glas. »Und auf die Liebe einer guten Frau, die Wärme von Heim und Herd, die Freude an den Kindern und auf …«

»Ich schwöre bei Gott, Sie müssen Ire sein«, schnitt Ogue ihm das Wort ab und prostete den anderen zu. »Auf eine sichere Reise, Freunde.«

Quinn zögerte einen Moment, dann schloss er sich an. »Auf ein neues Leben«, sagte er leise. »So Gott will.«

Ogue legte dem jungen Mann die Hand auf die Schulter. »Er will es, mein Sohn, er will es.«

31

Mit Doktor Wakefields Erlaubnis trugen Grace, Enid und George Litton in den ersten Tagen von Abigails Genesung das Bettzeug und die Matratze aus deren altem Zimmer nach draußen und verbrannten alles. Sie warfen auch die zerschlissenen, fleckigen Nachthemden in die Flammen, außerdem die blutbefleckten Läufer und Teppiche. Grace nahm die schweren Vorhänge ab und gab sie zusammen mit Abigails besseren Kleidern zur Wäscherin. Nachdem Litton die Möbel verrückt hatte, schrubbten Grace und Enid das ganze Zimmer mit heißer Seifenlauge. Grace hatte das sichere Gefühl, dass Abigail nicht mehr darin wohnen würde – aber wenn sie es in einer fröhlichen Farbe strichen und mit den neuen Vorhängen und den weißen Möbeln ausstatteten, die der Doktor im Osten bestellt hatte, konnte es ein sehr hübsches Zimmer für das kleine Mädchen werden, falls es eines Tages zu Besuch kam.

Wakefield ging nun kaum noch aus, um immer da zu sein, wenn Abigail erwachte. Ihre gemeinsamen Gespräche dauerten von Mal zu Mal länger, und eines Tages sagte er ihr, dass er von Missus Hopkins' Macht über sie ebenso wisse wie von ihrem Kind. Abigail hatte zuerst ängstlich, dann beschämt reagiert, aber Wakefield hatte ihr deutlich gezeigt, dass er sie nicht verurteilte, sondern sie liebte und sich selbst die Verantwortung für die vergangenen alptraumhaften Jahre gab. Er erzählte ihr alles, was er über Eden Wakefield herausgefunden hatte – wo sie lebte und mit wem – und auch von seinem Plan, die Kleine zusammen mit George Litton zu besuchen, um sich zu vergewissern, dass es ihr gut ging.

Ob sie später bei ihnen wohnen sollte, blieb vorerst offen. Beide stimmten darin überein, dass jeder Schritt sorgfältig geplant werden müsse und das Wohl des Kindes Vorrang habe. Wakefield nahm jede Gelegenheit wahr, gemeinsam mit seiner Schwester zu speisen, um sie zum Essen zu ermutigen. Und als ihre Kräfte nach einiger Zeit tatsächlich zurückkehrten, hatte sie genügend Vertrauen zu ihm gefasst, um die Wahrheit über Thomas Eden zu enthüllen.

Im Sommer ihrer Verlobung mit dem Richter – einem Mann, dem gegenüber sie nicht die geringste Zuneigung verspürte, den ihr Vater aber sehr schätzte – hatten sich ihre und Thomas' Wege des Öfteren gekreuzt, weil sie zu Hochzeitsvorbereitungen und zur Beaufsichtigung der baulichen Veränderungen im Haus des Richters regelmäßig in der Stadt weilte. Sie und Thomas hatte mehr miteinander verbunden als die vorsichtige, respektvolle Freundschaft, die zwischen Dienern und Herrschaft toleriert wurde, zumal sie sich seit ihrer Kindheit kannten. Doch bei einer zufälligen Begegnung war ihnen ihre tiefe Zuneigung füreinander bewusst geworden, und im Laufe weiterer Treffen, die sie nun arrangierten, entwickelte sich daraus eine Liebesbeziehung. Wie es das Schicksal wollte, wurde Abigail fast sofort schwanger. Gemeinsam überlegten sie, was sie nun tun sollten. Thomas' Mutter war die Tochter eines Weißen und einer Mulattin, daher würde das Kind vielleicht eine so helle Haut haben, dass es als Spross des dunkelhaarigen Richters durchgehen könnte. Das hätte aber bedeutet, dass Abigail mit ihm schlafen musste – ein Gedanke, den Thomas nicht ertragen konnte, auch wenn Abigail meinte, sie würde alles tun, um das Kind zu behalten. Wenn es jedoch nicht hellhäutig genug war, würde es zu einer Katastrophe kommen.

In ihrer Verzweiflung erkannten sie, dass sie keine andere Wahl hatten, als zusammen wegzulaufen und möglichst weit nach Norden zu ziehen. Thomas war schließlich ein Freigelassener und konnte ungehindert reisen. Allerdings hatte er die Stadt bisher nur selten verlassen, um nicht zu riskieren, dass er von Sklavenjägern entführt und in den tiefsten Süden verkauft wurde, wo niemand sich um seine Freiheitsrechte scheren würde. Die Flucht war riskant, und sie durften auf keinen Fall zusammen gesehen werden, deshalb trafen sie Vorbereitungen, getrennt nach New York und von dort gemeinsam weiter nach Boston zu reisen. Sie verabredeten sich ein letztes Mal, damit Thomas Abigail die Fahrkarten geben und sie die Einzelheiten besprechen konnten. In ihrer Angst hatten sie sich mit ihrer Leidenschaft füreinander getröstet – und so fanden Abigails Vater und ihr älterer Bruder die beiden, nachdem sie Abigails Pferd gesehen hatten, das angebunden hinter einer verlassenen Hütte am Rand der Plantage stand.

Der blindwütige Hass auf dem Gesicht ihres Vaters, als ihm ihr Verrat bewusst wurde, hatte Abigail zu Tode erschreckt; sie hatte zu schreien begonnen, da sie sich sicher war, er werde sie nun beide töten. Thomas schlüpfte sofort in die Rolle des reumütigen Sklaven, sprang auf, rief, der Teufel habe von ihm Besitz ergriffen, so dass er sich nicht habe zügeln können, und bat um Vergebung für sein triebhaftes Tun. Abigails wurde von ihrem älteren Bruder gepackt und trotz heftiger Gegenwehr aus der Hütte gezerrt, dann hörte sie die Pistole ihres Vaters und fiel in Ohnmacht.

Sie erwachte davon, dass ihr Bruder sie heftig schüttelte und ihr befahl, aufzustehen, sich ein Tuch umzulegen und in seine Kutsche zu steigen. Aufgewühlt, aber stumm war ihr Bruder die dunklen Wege entlanggefahren, in den Wald abgebogen und hatte schließlich bei einer Gruppe von Männern mit Fackeln angehalten, die Abigail mit übertriebenem Respekt grüßten und dann das Gesicht des Mannes beleuchteten, den sie im Begriff waren zu hängen. Abigail erkannte Thomas kaum, so übel hatten sie ihn zugerichtet, und begann erneut zu schreien. Die Männer deuteten ihre Schreie als Zeichen des Schocks, und das fachte ihre Wut auf den jungen Mann nur weiter an. Im Licht der Fackeln konnte sie Thomas' Augen sehen, seine Liebe zu ihr, und wollte schon die Wahrheit herausschreien, als er unmerklich den Kopf schüttelte. In dem Moment verstand sie: Keine Wahrheit konnte ihn mehr retten; ihr blieb nur noch, das Leben seines Kindes zu retten. Das Seilende wurde an einen Wagen gebunden, dann trieben die Männer das Pferd mit ihren Peitschen an, und Thomas wurde nach oben gezogen; seine Füße traten ins Leere, sein Körper verkrampfte sich und schien eine schier endlose Ewigkeit zu zucken. Schließlich hing er reglos da, nur das Seil schwang langsam hin und her und knirschte an der Baumrinde.

Nachdem Abigail die Geschichte zu Ende erzählt hatte, saß sie eine ganze Weile stumm da; Doktor Wakefield hielt ihre Hand, und gemeinsam betrauerten sie den Tod eines Mannes, den sie geliebt hatten. Ihre Großmutter habe alles gewusst, gestand Abigail, und sämtliche Vorkehrungen getroffen, um das Kind mit einer Sklavin fortzuschicken, die frei sein würde, sobald sie in San Francisco eintraf. Abigail hatte die beiden mehrmals besucht, die Frau gut bezahlt und ihr dafür gedankt, dass sie sich um das kleine Mädchen kümmern wollte, solange sie selbst dazu noch nicht in der Lage war. Eine Zeit lang überlegte sie, sich einen dunkelhaarigen Ehemann mit dunklem Teint zu suchen und das Kind dann zu adoptieren, vielleicht unter dem Vorwand, es sei der Sprössling einer früheren treuen Dienerin. Dieser Gedanke war gar nicht so abwegig gewesen, doch sie hatte nicht damit gerechnet, dass San Francisco zu dem Zeitpunkt nur aus Baracken und Hütten bestand, dass das Fehlen gesellschaftlicher Anlässe es fast unmöglich machte, den geeigneten Mann zu finden, und dass die Cholera ausbrechen würde.

Inzwischen war Missus Hopkins bei ihr, und als Abigail krank wurde und sich nach dem Tod der Pflegemutter nicht um ihre Tochter kümmern konnte, war sie unendlich dankbar für die Hilfe ihrer Haushälterin. Missus Hopkins fand ein neues Zuhause für das Kind und war bereit, Abigails Geheimnis für sich zu behalten. Im Nachhinein empfand Abigail bittere Scham darüber, wie leicht sie sich hatte manipulieren lassen und wie schnell sie einer Art Wahnsinn verfallen war. Niemals hätte sie sich mit Thomas einlassen dürfen, dachte sie voller Reue, denn sie hätte doch wissen können, dass er dafür würde büßen müssen. Als sie überrascht wurden, hätte sie geistesgegenwärtig genug sein müssen, um Widerstand zu leisten, bis er entkommen wäre; sie hätte in jener Nacht darauf bestehen müssen, dass sie ihn losbanden, und eher ihren Vater erschießen sollen, als zuzulassen, dass ihr Geliebter gehängt wurde; sie hätte Rowen alles erzählen sollen, als sie nach San Francisco kamen, statt an den Lügen festzuhalten. Es war so leicht für Missus Hopkins gewesen, ihre schrecklichen Schuldgefühle auszunutzen, und der Preis, den Abigail für ihre Liebe zu Thomas bezahlte, war hoch, wenn auch nicht so hoch wie der, den der arme Thomas bezahlt hatte.

Mit Abigails Erlaubnis hatte Doktor Wakefield Grace die ganze Geschichte erzählt. Graces Mitgefühl mit der unglücklichen jungen Frau wuchs, und zwischen den beiden entstand eine vorsichtige Freundschaft. Grace erklärte Abigail, dass Gottes Vergebung ihrer Überzeugung nach jedem zuteil werde, der darum bitte, und dass man sie sich nicht verdienen müsse, nicht verdienen *könne*, wodurch sie noch kostbarer werde. Sie erzählte Abigail von ihren eigenen Schicksalsschlägen – vom Verlust ihrer gesamten Familie, darunter ihr ältester Sohn und ihr Ehemann, den sie mehr liebte als das Leben –, und ermutigte sie, um Vergebung zu bitten und dann an diese Vergebung zu glauben, ihrer Tochter zuliebe, die später so viele schwierige Fragen stellen würde. Grace versprach Abigail, wenn ihr Glaube stärker werde, könne sie eines Tages auch die Kraft aufbringen, denen zu vergeben, die sich an ihr versündigt hätten. Und dann werde sie endlich Frieden finden.

Im Laufe der Zeit breiteten sich Ruhe und Harmonie auf Wakefield Heights aus. Enid übernahm die Rolle der Haushälterin mit einer Souveränität, die nicht einmal Grace ihr zugetraut hatte, und bewies auch im Umgang mit der jungen Peruanerin, die als persönliches Dienstmädchen für Abigail eingestellt worden war, Geduld und Sanftmut. Grace war nicht die Einzige, die Enids wachsende Unabhängigkeit und Reife bemerkte; Mister Litton wirkte beim Essen jetzt gesprächiger und erzählte eines Abends zur allgemeinen Überraschung sogar einen Witz. Enids Schüchternheit war fast völlig verschwunden, und sie verbrachte beinahe jeden Abend mit Litton, leistete ihm im Garten Gesellschaft oder auch im Stall, wo er die Pferde und die Kuh für die Nacht versorgte oder nach der Kutsche sah. Als Enid ihn nach seiner Jugend fragte, erzählte er ihr schließlich von seiner bewegten Vergangenheit und zeigte ihr das Schreiben seiner Mutter – die Antwort auf den Brief, den er vor Weihnachten mit Graces Hilfe verfasst hatte. Seine Mutter war froh gewesen, von ihm zu hören. Sie schrieb, wie sehr sie ihn noch immer liebe und wie erleichtert sie sei, dass sein Leben eine Wende zum Besseren genommen und er sich von seinen Sünden losgesagt habe. Grace erfuhr all das erst, als Litton ihr Angebot, ihm erneut beim Verfassen eines Briefes zu helfen, höflich ablehnte und ihr schüchtern gestand, Enid bringe ihm jetzt das Lesen bei und werde ihn beim Schreiben unterstützen.

Enid und Litton hatten Grace auch geholfen, eine Feier zu Mary Kates zehntem Geburtstag auszurichten. Liam war der Einladung nachgekommen, doch Reinders hatte sich entschuldigen lassen. Grace hegte die Vermutung, dass sein Stolz es ihm nicht erlaubte, das Haus eines anderen Gentlemans durch die Hintertür zu betreten und am Küchentisch Platz zu nehmen. Diesen Gedanken behielt sie jedoch für sich und ließ seine Entschuldigung gelten, er habe so viel Geschäftliches zu tun, da Lars und Detra beschlossen hätten, nach Europa zu gehen, sobald er und Grace verheiratet seien.

Mary Kate hatte sich aus der Absage des Kapitäns nichts gemacht, ihn offenbar nicht einmal besonders vermisst, wie es Grace schien, schließlich waren Enid und Litton, Jack und Liam, Davey und Rose Mulhoney gekommen waren, und Doktor Wakefield hatte kurz hereingeschaut, um ihr alles Gute zu wünschen und ihr ein in Leder gebundenes Tagebuch zu schenken. Zur Feier des Tages hatte Grace eine aus drei Schichten bestehende Torte mit eingemachten Himbeeren und frischer Schlagsahne zubereitet, außerdem gab es Rosinenbrötchen, Limonade und Tee – ein Festmahl für ein Mädchen, das immer noch dankbar dafür war, regelmäßig satt zu werden. Davey und Rose hatten ihr eine kleine Schachtel Pralinen mit einem Band darum geschenkt, das sie für ihr Haar verwenden konnte. Von Enid und Litton hatte sie eine eigene Legehenne bekommen, und von Jack eine Schleuder mit einem Beutel sorgfältig ausgesuchter Steine. Doch das schönste Geschenk stammte von Liam: ein kunterbunter mexikanischer Rock mit Weste und ein Paar bestickte Pantoffeln. Mary Kate verschwand sofort damit in ihrem Zimmer und kam wenige Minuten später umgezogen zurück, drehte sich im Kreis, um den Rock und die Weste vorzuführen, und bewegte die Zehen in den Pantoffeln. Grace riet ihr, den Rock für besondere Gelegenheiten aufzubewahren, aber die Weste trug sie fast jeden Tag, und die Pantoffeln standen an ihrem Bett. Grace war überrascht, dass sich ihre Tochter so sehr für Kleider interessierte, und ein klein wenig verstimmt, weil sie angenommen hatte, ihr eigenes Geschenk – drei Bücher – würden dem Mädchen am meisten bedeuten. Doch im Grunde spielte das alles keine Rolle: Mary Kate hatte das Alter von zehn Jahren erreicht, und sie war gesund und glücklich.

Reinders machte seine Abwesenheit dadurch wieder gut, dass er Mary Kate und Jack auf eine Tour durch Chinatown mitnahm, wo sie im Stehen Nudeln aßen, Feuerwerkskörper und Drachen kauften und einen Blick in eine geheimnisvolle chinesische Apotheke warfen, in der es trübe Gläser mit Tieraugen und eingelegten Pfoten gab, mit Kräutern, Weihrauch, verschiedenen Pulvern und Wundertränken. Reinders erzählte hinterher, Jack habe es doch tatsächlich zum ersten Mal die Sprache verschlagen. Er hatte die beiden auch mit an Bord des Schiffes nehmen wollen, aber Jack weigerte sich standhaft. Er hatte eine tiefe Abneigung gegen Schiffe entwickelt, eine Haltung, die seine Schwester stillschweigend unterstützte.

Grace wünschte sich von Herzen, dass Jack Zuneigung zu Peter fassen möge, aber sie wusste, dass George Litton bei dem Jungen an erster Stelle stand, dicht gefolgt von Mister Hewitt und Doktor Wakefield. Peter kam erst an vierter Stelle, und Grace fragte sich, wie sie das ändern sollte.

Mister Hewitt gab den Kindern weiterhin an drei Vormittagen in der Woche Unterricht, und Grace war beeindruckt, wie viel er ihrem störrischen Sohn bereits beigebracht hatte. Jack hatte von allein angefangen zu lesen und konnte nun auch bis zwanzig zählen. Dennoch machte der Junge sich nach dem Mittagessen gern selbständig, während Mister Hewitt meist noch dablieb, um Miss Wakefield einen Besuch abzustatten, sofern sie in die Bibliothek hinunterkam. Grace fiel auf, dass er Abigail oft eine kleine Aufmerksamkeit mitbrachte: eine schöne gelbe Zitrone für ihren Tee, rotweiß gestreifte Pfefferminzbonbons, die Programme neuer Theaterstücke, Konzerte oder Vorträge, die er besucht hatte, eine gerade erschienene Frauenzeitschrift, alles, was ihr Interesse wecken, sie ablenken und ihr einen Eindruck von der Welt vermitteln konnte, die auf sie wartete. Mister Hewitt wusste von dem Kind – alle im Haus wussten es, sprachen aber niemals mit Außenstehenden darüber – und ermutigte Abigail auf seine sanfte, verständnisvolle Art, darüber nachzudenken, wie eine Fünfjährige wohl sein mochte. Er zeigte ihr oft, wie Graces Sohn im Hof mit seinem kleinen Hund spielte, machte sie gleichzeitig aber darauf aufmerksam, dass der kleine Jack ein typischer Junge sei.

Zwei Wochen nach Abigails Verzweiflungstat suchte Doktor

Wakefield die Familie Calderon auf, bei der Eden lebte. Er erklärte den Pflegeeltern, er wolle das Arrangement aufrechterhalten, zumindest im Augenblick, und Abigail gleichzeitig langsam an Eden heranführen. Wie der Arzt später seiner Schwester berichtete, hatte besonders Señora Calderon seinen Vorschlag begrüßt, da sie das kleine Mädchen sehr ins Herz geschlossen hatte. Die Calderons hatten acht Kinder, die jüngsten drei zur Pflege, und sorgten allem Anschein nach liebevoll für sie. Wakefield war erleichtert, als er erfuhr, dass das Ehepaar Eden regelmäßig von ihrer Mutter erzählte, die krank sei, aber ihr Kind sehen wolle, sobald sie sich erholt habe. Dieser Tag rücke nun näher, sagte Wakefield der kleinen Eden, bezaubert von den ernsten braunen Augen des Kindes und dem Mund, der dem von Abigail so sehr ähnelte.

Als Señora Calderon und Eden ihn zum Abschied vor die Tür begleiteten, hatte das Mädchen Wakefield eine Stickerei überreicht: eine Kopie des Gebets, das in einem Rahmen über ihrem Bett hing und das die Calderons im Gepäck des Mädchens gefunden hatten, wie die Señora erzählte. Eden stickte gern, erfuhr Wakefield; sie verbrachte ganze Stunden damit und hatte diese Stickarbeit als Geschenk für ihre Mutter gemacht, aber die Frau, die manchmal kam, Señora Hopkins, hatte es nicht mitnehmen wollen. Diese Frau werde nicht mehr kommen, hatte Wakefield den Calderons mitgeteilt; er selbst werde nun regelmäßig vorbeischauen, um Eden zu besuchen, und wenn sie etwas bräuchten, sollten sie nicht zögern, sich an ihn zu wenden.

An der Art, wie er an diesem Abend in seinem Sessel saß, aus dem Fenster schaute und fast reglos eine Pfeife nach der anderen rauchte, sah Grace, dass die Begegnung mit Eden ihn berührt hatte. Sie überließ ihn seinen Gedanken, bereitete Tee für Abigail zu und brachte das Tablett selbst hinauf. Auch Abigail saß am Fenster und schaute hinaus, in der Hand die Stickerei.

»Danke«, sagte sie, als Grace das Tablett auf den kleinen Tisch neben ihrem Sessel stellte. »Haben Sie gesehen, was Rowen heute mitgebracht hat?« Mit geröteten Augen hielt sie ihr die Stickerei hin. »Das hat Eden für mich gemacht.«

Grace setzte sich Abigail gegenüber und glättete das Leinentuch auf ihrem Schoß. Es war die Stickerei eines Kindes, allerdings eines begabten Kindes, wie Graces geschultes Auge sofort erkannte.

»Das ist sehr gut«, lobte sie. »Die Buchstaben sind sauber gestickt, und die Lämmer sind sehr hübsch. Und darüber die Sterne. Ist das ein Kindergebet?«

Abigail nickte. »Sie hat es von dem kopiert, das früher über meinem Bett hing. Ich habe es ihr mitgegeben.«

»›*Jesus, lieber Hirte mein, schütze stets dein Lämmlein klein. Führ mich durch die dunkle Nacht, bis das Morgenlicht erwacht.*‹« Grace blickte auf. »Gott hat ihre Gebete wohl erhört.«

Tränen traten Abigail in die Augen, doch sie lächelte. »Ich habe hier gesessen und an Schafe und Schäfer gedacht, aber tatsächlich geht es um das Morgenlicht, nicht wahr? Um das Versprechen, dass auf die Dunkelheit Licht folgen wird.«

»Ja.« Grace gab Abigail die Stickerei zurück. »Sie können Ihren Weg jetzt deutlicher erkennen. Das Morgenlicht ist auch das Versprechen eines neuen Tages.«

»Ich hoffe, wir werden immer Freundinnen bleiben.« Abigail berührte Graces Hand. »Auch nach Ihrer Hochzeit. Manchmal beobachte ich, wie Sie mit Ihren Kindern umgehen«, fügte sie schüchtern hinzu. »Sie sind eine Mutter, wie ich gerne eine sein möchte.«

»Keine Mutter ist vollkommen, Miss Wakefield. Wir lernen ebenso viel von den Kindern wie sie von uns. Sie lehren uns Demut, das ist das Wundervolle an ihnen. Sie zeigen uns unseren Platz in der Welt.«

Abigail nickte und sah Grace mit ihren großen grauen Augen an. »Darf ich morgen früh bei Ihnen in der Küche frühstücken?«, fragte sie, als ihre Freundin sich erhob. »Würde es den Kindern etwas ausmachen?«

»Die beiden werden vor Schreck erstarren«, gab Grace zu. »Sie haben ihnen eine ziemliche Angst eingejagt. Die Verrückte auf dem Dachboden und so weiter.«

Zu Graces Überraschung brach Abigail in Gelächter aus, und ihr Gesicht sah für einen Moment ganz frisch und jung aus.

»So muss es wohl gewirkt haben«, sagte sie zerknirscht. »Aber vielleicht bekommen sie ab morgen früh einen besseren Eindruck von mir.«

»Dann sehen wir uns also im Morgenlicht.« Grace lächelte und schloss die Tür hinter sich. Sie ging die Treppe hinunter, kam am Salon vorbei, wo der Doktor noch immer seine Pfeife rauchte, und betrat schließlich die stille, saubere Küche. Draußen auf dem Hof versuchten die Kinder gerade, ihren Welpen beizubringen, ein Stöckchen zu holen, aber die beiden zeigten keinerlei Interesse. Das weiches Haar der Kinder schimmerte in der Abendsonne, und als Jack den Kopf zurückwarf und lachte, wie sein Vater es immer getan hatte, spiegelten sich die Strahlen in seiner Brille. Mary Kate hob ihn von hinten hoch und drehte sich mit ihm im Kreis, bis beide schwindelig waren und hinfielen. Sie würden schmutzig sein, wenn sie hereinkämen, ihre Kleider staubig, ihre Gesichter mit Schlammspritzern gesprenkelt, ihre Haare voller Strohhalme, und Grace würde mit ihnen schimpfen, wie Mütter es taten, dennoch würde sie diesen Augenblick in ihrem Herzen bewahren, denn sie wusste, was es hieß, dankbar zu sein.

32

Immer wenn Mei Ling sich allein in der Pfandleihe aufhielt und – wie an diesem Morgen – ein leichter, aber steter Regen aus den tief hängenden, grauen Wolken fiel, durchströmte sie ein köstliches Gefühl der Einsamkeit, das ihr Bewusstsein und all ihre Sinne schärfte. Das schwache Licht verlieh den Farben, die im Sonnenschein matt und fahl wirkten, eine seltsame Intensität. Die trockenen, braunen Hügel nahmen einen rötlichen Schimmer an und zeigten an einigen Stellen ein zartes helles Grün, und auch das Meer zeigte sein Grün in sich überschlagenden, schaumgekrönten Wellen. Seeschwalben, Möwen und Krähen tanzten über den Hügeln und über dem Wasser durch die Luft, wobei die Elemente zu einer einzigen Landschaft zu verschmelzen schienen. Die bunten Seidenfahnen von Chinatown wirkten leuchtender, lebendiger als sonst; die Ziegel glühten in satten Rot- und Orangetönen, und das Pflaster schimmerte weiß und grau. Die Sonnenschirme der Damen, ihre Federhüte, Kattunhauben, Capes aus Musselin oder Samt, mit Pelz gefüttert oder ohne Futter, die schwarzen Spitzenmantillas, dazu jungfräuliches Weiß, rosige Wangen, rote Lippen, funkelnde Ringe an den Fingern – all diese Dinge, all diese Farben sprachen zu Mei Ling und weckten in ihr eine Fülle von Gefühlen, die hilflos in ihrem Innern zappelten wie ein dicker Fisch, den man vom Boot auf den Kai wirft. Solch intensive Empfindungen hatte sie sich bei ihren früheren Herren nie gestattet, nicht einmal bei Chang-Li – es wäre zu schmerzhaft gewesen, den schönen Dingen, die die Welt zu bieten hatte, Beachtung zu schenken oder gar an ihnen teilhaben zu wollen. Aber ihr Leben mit Mister Sung war vollkommen anders; sie gehörte ihm nicht. Am Anfang hatte sie nicht richtig verstanden, was das bedeutete, hatte sich ein Leben ohne den Schutz und die Führung eines Herrn nicht vorstellen können. Sie hatte Angst davor gehabt, sich selbst zu gehören. Es war ihr vorgekommen, als würde sie an den Rand eines Wasserfalls treten, von dem sie nicht wusste, wie tief er hinabfiel; sie konnte nur sehen, wie der Strom dahinfloss und dann am Rand der Welt abrupt in die Tiefe stürzte. Mei Ling wollte nicht vom Rand der Welt hinunterfallen, und erst nachdem sie sich Mister Sung angeschlossen hatte, gelang es ihr, einen anderen Fluss zu sehen, einen, der weiterfloss, auch wenn er durch Wasserfälle unterbrochen wurde. Mei Ling hatte ihren Platz gefunden, und der war so wunderschön, dass es sie manchmal zu Tränen rührte.

Sie hatte sich gefragt, ob sie Chang-Lis Haus verlassen sollte, den Laden, Chinatown, vielleicht sogar San Francisco verlassen, um in eine andere Stadt zu ziehen. Sollte sie heiraten? Sollte sie Arbeit suchen und in einer Wohnung leben, die einzig und allein ihr gehörte? Würde sie Kinder haben, die sie behalten durfte, statt Seelen, die freigegeben werden mussten, ehe sie zu Kindern werden konnten? Über solche Dinge dachte sie nach, wenn sie nachts in ihrem Bett lag und sich fragte, was das alles zu bedeuteten hatte. Und auch über Mister Sung dachte sie nach. Er war nicht wie die anderen Männer, hatte sie festgestellt, weder wie die Chinesen noch wie die Europäer. Sie wusste, dass er zu den Kurtisanen ging, dass er chinesische Frauen in seinem Bett mochte, aber bei ihr hatte er keinen Trost gesucht, auch nicht, als sie sich ihm angeboten hatte. Er sah sie an, wenn sie sprach, und der Ton seiner Stimme war so geduldig und gütig, so persönlich, dass es ihr einen Stich versetzte und sie sich von ihm zurückzog, den Blick senkte und ergeben nickte. Sie wusste, dass ihm das nicht gefiel. Er sah es gern, wenn sie den Kopf aufrecht hielt und ihn anschaute – er wollte wissen, was sie *dachte*! Doch es fiel ihr sehr schwer, zu sagen, was sie dachte. Gedanken waren viel intimer als alles, was ihr Körper ihm geben konnte, und es hatte Wochen gedauert, bis sie sich langsam dazu durchringen konnte. Sie musste erst selbst herausfinden, wie sie über die Dinge dachte, was Gedanken überhaupt waren, und warum ihre von Bedeutung sein sollten.

Aber Mister Sung hatte sie geleitet, hatte sie in Gespräche verwickelt, in seiner Küche, auf der Treppe, im Laden, auf der Straße. Es gefiel ihm, dass sie den Wert der Gegenstände erkannte, die andere brachten, um sie zu beleihen; er mochte die Art, wie sie Geld zählte und wechselte und sich nicht beirren ließ, sobald sie einen Preis festgelegt hatte. Häufig saß er auf einem Feldbett im Hinterzimmer, abgeschirmt durch einen Vorhang, und hörte ihr zu. Wenn der Kunde gegangen war, kam er heraus und sprach mit ihr über den Handel. Er lachte viel, und manchmal machte er eine Geste, als wolle er ihr auf die Schulter klopfen oder anerkennend ihren Arm drücken. Einmal hatte er ihr sanft eine Haarsträhne hinters Ohr geschoben und sie auf die Wange geküsst, aber hinterher schien es ihm peinlich gewesen zu sein, und er war sofort in sein Hinterzimmer und zu seiner Pfeife zurückgekehrt.

Mei Ling fuhr mit der Hand über die Stelle auf ihrer Wange, die seine Lippen berührt hatten. Die Gefühle, die sie für Mister Sung hegte, hatte sie bisher noch bei keinem anderen Mann empfunden, und sie kannte auch den Grund dafür: Sie konnte selbst entscheiden, ob sie ihn wollte. Auf diese Weise hatte sie allmählich ein Gefühl dafür entwickelt, wer sie war, und sie war wiedergeboren worden in diese wundersame Welt.

Mei Ling blieb noch einen Augenblick am Fenster stehen. Später würden alle Geschäfte und Häuser, Gehwege und Kutschen mit Schlamm bespritzt sein, aber jetzt wusch der sanfte Regen die Straße sauber, so dass sie schimmerte und ihre Schönheit zeigte. Heute würden nur wenige Kunden den Weg in den Laden finden, dachte sie bei sich und war zufrieden. Der Tag würde ihr gehören, die Pfandleihe und all die Dinge, die es darin gab. Nachdem sie alles abgestaubt hatte, ging sie zur Ladentheke zurück, wischte sie ab und bückte sich, um die unteren Türen zu öffnen. Ihre Finger berührten den Deckel des Holzkästchens, das sie so neugierig machte; sie nahm es heraus und stellte es auf die Ablagefläche. Sie hatte Mister Sung diese Erwerbung nicht gezeigt, weil sie wusste, dass sie keinen Wert besaß. Für die Sachen, die sich in dem Kästchen befanden, hatte sie Geld ausgezahlt, aber weder sie noch Missus Smith hatten einen Preis für das Kästchen selbst ausgehandelt. Nachdem Missus Smith ihre Dollars für den Smaragdring, den Ring mit dem grünen, jadeähnlichen Stein und die goldenen Ohrringe eingesteckt hatte, war sie aus dem Laden geeilt und hatte das Holzkästchen zurückgelassen. Mei Ling hatte danach andere Kunden bedient, und so war das Kästchen unter die Theke gewandert. Erst später, nach Ladenschluss, hatte sie es hervorgeholt, um es sich genauer anzusehen. Es war ein einfaches Holzkästchen, in dessen Deckel jemand das englische Wort für »Mutter« eingeritzt hatte. Mei Ling war überzeugt, dass es sich um das Geschenk eines Sohnes an seine Mutter handelte, und es konnte nicht der Sohn von Missus Smith gewesen sein, denn sonst hätte sie das Kästchen wohl niemals versetzt. Zwar fehlte der Schmuck, aber es lagen noch persönliche Dinge darin – das Bild eines Mannes mit nacktem Oberkörper, die Fäuste wie zum Kampf erhoben, und ein Brief, dessen Seiten vergilbt und voller Flecken waren.

Wenn Mei Ling allein war, legte sie diese beiden Dinge auf die Theke und betrachtete sie. Das Kästchen musste das Geschenk eines Sohnes an seine Mutter sein, vielleicht zeigte das Bild also den Sohn als erwachsenen Mann, vielleicht handelte es sich aber auch um den Ehemann der Frau, den Vater des Sohnes; womöglich stammte der Brief vom Sohn oder vom Ehemann, aber gewiss war er von jemandem geschrieben worden, den die Mutter geliebt hatte. Mei Ling berührte das Papier mit den Fingerspitzen. In dem Brief ging es um Liebe, das wusste sie genau; an manchen Stellen war die Tinte verwischt, und das zeugte von Tränen, die beim Lesen auf das Papier gefallen waren. Mei Ling wünschte, sie würde die Worte verstehen. Sie empfand Traurigkeit bei ihrem Anblick, aber gleichzeitig erfüllten sie ihr Herz auch mit einer Art Sehnsucht. Nicht nur der Inhalt, auch das Kästchen selbst wiesen auf eine Familie hin, und das war etwas, von dem Mei Ling nur träumen konnte. Manchmal tauchte vor ihrem inneren Auge die Gestalt eines Mannes auf, der sich über ein kleines Kind beugte, und sie wusste, dass dies die einzige Erinnerung an ihren Vater war. An ihre Mutter erinnerte sie sich besser: die Hände, die ihr am Morgen schnell in die Kleider halfen und sie nach draußen zum Spielen schickten, ein müdes Gesicht, das dicht vor ihr erschien und etwas sagte, das Mei Ling nicht verstand, aber auch Hände, die sie auf dem Schoß hielten und sie mit Reis fütterten. Da waren ältere Brüder und vielleicht auch Schwestern gewesen, und noch ein jüngerer Bruder, doch Mei Ling konnte sich nicht an sie erinnern, ihre Namen und die ihrer Mutter und ihres Vaters hatte sie vergessen. Ihre nächsten Erinnerungen waren mit anderen Bildern verknüpft: wie sie die Böden im Haus der vornehmen Herrin schrubbte, wie sie der Herrin an heißen Sommertagen Luft zufächelte, bis ihr der Fächer aus der Hand fiel und sie ohnmächtig wurde, um dann durch einen Schlag mit der Weidenrute auf den Rücken wieder geweckt zu werden. Wie viele Jahre war sie bei der vornehmen Herrin gewesen? Mei Ling wusste es nicht mehr; die Jahre verschwammen wie die Worte in dem Brief, auf den Tränen gefallen waren, aber es mussten viele gewesen sein, denn sie hatte den Körper einer jungen Frau gehabt, als sie ins Kirschblütenhaus gekommen war. Dort hatte sie die Zimmer der Liebesdamen sauber gemacht und war auch selbst zu Diensten gewesen, wenn einer der Herren nach ihr verlangte. Und dort hatte sie auch gelernt, die Seelen der Kinder freizulassen, die nicht in diese Welt kommen konnten, weil sie keine Mutter war; drei Seelen hatte sie als kleine Schreine im Garten des Kirschblütenhauses zurückgelassen. Es stand ihr nicht zu, zu fragen, warum man sie an den alten Mann verkauft hatte. Sein Haus war düster und von lange gehegtem Groll erfüllt gewesen, von Feindseligkeit und Rache. Er hatte geplant, all dem zu entfliehen und nach Gum San zu segeln, denn er glaubte, dort würde ihm das Glück wieder hold und seine Rückkehr nach China ruhmreich sein. Aber er war zu alt gewesen für eine solche Reise. Mei Ling hatte gewusst, dass seine Krankheit auch sein Ende bedeuten würde. Sie war erleichtert gewesen, als er sie für das Versprechen, in China begraben zu werden, an Chang-Li verkaufte; sie wollte nicht mit dem Leichnam ihres Herrn in das Haus der Schwermut und Verzweiflung zurückkehren. Mei Ling hatten die vielen *fan qui*, die »fremden Teufel«, in der Stadt beunruhigt, sie war froh gewesen, dass Chang-Li ihr nicht erlaubte, das Haus und das chinesische Viertel zu verlassen. Er war kein schlechter Herr: Mei Ling besaß zwei Kittel und schön genähte Hosen sowie neue Hausschuhe, die ersetzt wurden, sobald sie abgenutzt waren; sie durfte kochen, was sie wollte, so dass das Essen gut und reichlich war, und hatte ein eigenes kleines Zimmer, in dem sie auf einer weichen Matte schlafen konnte. Außerdem suchte Chang-Li nur gelegentlich Befriedigung bei ihr und ließ dabei stets Vorsicht walten, so dass sie in seinem Haus nur zwei Seelen hatte freilassen müssen. Er schien immer zu wissen, wann dies geschehen war; er gab ihr dann zusätzliches Geld für den Apotheker und ließ sie viele Tage in Ruhe, damit sie mit ihrer Trauer allein sein konnte. Das letzte Mal lag nun zwei Jahre zurück, und Mei Ling fragte sich, ob sie alle Seelen aufgebraucht hatte, die ihr bei ihrer Geburt gegeben worden waren, so dass nun keine weiteren mehr kommen würden. Dieser Gedanke hatte sie erleichtert und zugleich betrübt. Manchmal breitete Mei Ling die Finger einer Hand zu einem Fächer aus und dachte an die Seelen, die sie freigelassen hatte, die fünf Kinder, die sie hätte, wäre ihr ein anderes Schicksal bestimmt gewesen als das einer Sklavin.

Doch jetzt war Mei Ling keine Sklavin mehr. Wenn sie ein Kind unter dem Herzen trüge, würde es nicht direkt nach der Geburt ertränkt, ihr fortgenommen oder in zartem Alter verkauft werden; sie würde es behalten, es großziehen und lieben dürfen. Sie würde eine »Mutter« sein – genau das bedeutete das Wort Freiheit für sie. Erneut fuhr sie mit den Fingern über den Deckel des Holzkästchens. Wenn Mister Sung sie wieder fragen sollte, woran sie dachte, konnte Mei Ling ihm etwas von Bedeutung mitteilen: Sie dachte daran, genügend Geld zu sparen, um einen guten Ehemann für sich zu finden, daran, mit ihm Kinder zu haben und sie in Amerika großzuziehen, wo sie stets frei sein würden; sie dachte an die Kinder, die diese Kinder haben würden, und wie sehr sich ihr Leben von dem unterscheiden würde, was sie kannte. Das würde sie ihm sagen, wenn er sie fragen würde, woran sie dachte. Das war es, was sie wollte.

Behutsam faltete sie den Brief zusammen, steckte ihn wieder in den Umschlag und legte ihn zusammen mit dem Bild des Mannes in das Kästchen zurück. Dann schloss sie den Deckel und verstaute das Kästchen unter der Theke, ganz weit hinten, wo es sicher war – dieser kostbarste aller Schätze, dieses Symbol der Liebe zwischen Mutter und Kind.

33

»Es ist weg!« Grace stürzte in die Bibliothek und unterbrach die schleppende Unterhaltung zwischen Doktor Wakefield und Kapitän Reinders, die sich beide sofort zu ihr umdrehten. »Ich habe es in meiner Truhe aufbewahrt, aber jetzt ist es verschwunden!«

»Was ist verschwunden?« Wakefield stellte sein Glas ab.

»Das Holzkästchen, das Liam für mich gemacht hat. Ich wollte den Ring anziehen, den du mir geschenkt hast, Peter. Er war in dem Kästchen, zusammen mit …« Grace wurde plötzlich kreidebleich und schwankte, als würde sie jeden Moment in Ohnmacht fallen.

Die beiden Männer sprangen auf und eilten zu ihr, aber Reinders war schneller und führte sie zu einem Stuhl, während der Doktor ihr stattdessen ein Glas Brandy einschenkte.

»Trinken Sie das«, sagte Wakefield und reichte Grace das Glas.

»Trink das«, sagte Reinders gleichzeitig, wobei er dem anderen Mann einen missbilligenden Blick zuwarf. »Und dann erzählst du uns, was passiert ist.«

Grace nahm einen Schluck Brandy und stellte das Glas ab, als ihre Wangen wieder etwas Farbe bekommen hatten. »Missus Hopkins muss es genommen haben«, sagte sie zu Wakefield. »Sie muss geglaubt haben, dass sich Wertgegenstände darin befinden. Der Smaragd ist natürlich wertvoll, aber die anderen Dinge …« Grace biss sich verzweifelt auf die Unterlippe. »Oh Peter! Es tut mir so leid um den Ring!«

»Vergiss den Ring. Der lässt sich leicht ersetzen. Ich weiß, was du sonst noch in dem Kästchen aufbewahrst, Grace, und wie viel es dir bedeutet.«

Wakefield schaute vom einen zum anderen. »Was?«, verlangte er zu wissen. »Ich bestehe darauf, dass Sie es mir sagen.«

Reinders sah, dass Grace Tränen in den Augen hatte, und legte ihr beruhigend eine Hand auf die Schulter.

»Dinge, die Graces zweitem Mann, Morgan McDonagh, gehört haben, Jacks Vater. Sein Ehering, ein Brief von ihm ... und ein Bild von Dugan Ogue, einem sehr guten Freund von Grace. Habe ich Recht?« Er schaute zu ihr hinunter, und sie nickte überrascht. »Liam hat mir erzählt, dass du deine kostbarsten Schätze in diesem Kästchen aufbewahrst. Er war so stolz, weil er es doch für dich gemacht hat«, erklärte er. »Ich habe ihn gefragt, um was für Schätze es sich handelt, und er hat es mir gesagt.«

»Es tut mir leid, Peter«, wiederholte Grace unter Tränen.

»Was tut dir leid? Dass du das Andenken an einen Mann bewahrst, den du geliebt hast? Dass du diese Dinge für seinen Sohn aufgehoben hast? Dafür brauchst du dich nicht bei mir zu entschuldigen, Grace. Ich weiß, dass du mich liebst.« Reinders hielt inne, als er sich Wakefields Gegenwart bewusst wurde. »Können wir irgendetwas tun, um das Kästchen zurückzubekommen?«

Grace schüttelte den Kopf. »Es ist zwei Wochen her, seit Missus Hopkins das Haus verlassen hat. Wir waren so beschäftigt, und ich hatte keinen Grund, in die Truhe zu schauen. Dann hast du mich eingeladen, mit dir auszugehen, und ich wollte deinen Ring anziehen.« Erneut stiegen ihr Tränen in die Augen. »Ich trage ihn nicht jeden Tag, denn ich will ihn bei der Arbeit nicht beschädigen. Ich habe ihn in das Kästchen gelegt, weil ich dachte, dort sei er sicher, aber jetzt ...«

»Ich fürchte, es ist meine Schuld«, unterbrach Wakefield sie. »Abigail hat mir gestanden, dass Missus Hopkins fast all ihren Schmuck verkauft hat, allerdings dachte sie, das Geld sei für das Kind bestimmt. Daraufhin habe ich Enid gebeten, nachzuschauen, ob sonst noch etwas fehlt, Tafelsilber oder Ähnliches, und sie hat alles kontrolliert. Sie sind erst so kurze Zeit hier«, entschuldigte er sich bei Grace, »und Sie haben bereits so viel für Abigail getan, dass ich Sie nicht belasten wollte. Ich hätte nie gedacht, dass Missus Hopkins auch Sie bestehlen würde.«

»Sie wussten nicht, dass ich etwas besitze, das zu stehlen sich lohnt.«

»Nein«, beharrte Wakefield. »Nein, das ist es nicht. Ich konnte es mir einfach nicht vorstellen. Es tut mir unendlich leid, Missus Donnelly. Grace. Es ist schrecklich.«

»Es waren nur Dinge«, entgegnete Grace tapfer, auch wenn ihr Herz schrie: *Seine Dinge, die einzigen Dinge, die mir von ihm geblieben sind.*

Reinders drückte tröstend ihre Schulter und wandte sich an Wakefield: »Wo hat Missus Hopkins den Schmuck verkauft, Doktor? Glauben Sie, Ihre Schwester weiß etwas darüber? Der Smaragd ist mir egal, aber vielleicht hat derjenige, der ihn gekauft hat, auch McDonaghs Ring, und vielleicht können wir zumindest ihn zurückbekommen.«

»Ich habe Abigail natürlich danach gefragt, als sie mir von dem Schmuck erzählt hat, aber sie weiß es nicht. Es tut mir schrecklich leid.« Wakefield schaute Reinders hilflos an, doch dann hellte sich seine Miene plötzlich auf. »Warten Sie! Nachdem wir bei Enids Vater waren, hat der kleine Mulhoney unten auf uns gewartet; er sagte, er sei Missus Hopkins nach Chinatown und dann zu einer Verkaufsstelle für Schiffsfahrkarten gefolgt. Ich wollte der Sache noch nachgehen, aber als wir dann Abigail fanden … da habe ich alles andere vergessen.«

»Sie glauben, sie hat die Sachen in Chinatown verkauft?«, fragte Reinders.

»Nach dem, was Davey gesagt hat, ja. Zweifellos hat sie Missus Donnellys Kästchen an dem Tag mitgenommen, als sie aus dem Haus gestürmt ist. Der Inhalt des Kästchens befindet sich also wahrscheinlich in einem Pfandhaus.«

Grace stand auf. »Würdest du mich zu den Mulhoneys bringen?«, bat sie Reinders. »Und dann nach Chinatown?«

»Natürlich.« Reinders nahm seinen Hut.

»Lassen Sie mich das machen.« Wakefield legte dem Kapitän eine Hand auf den Arm, zog sie aber sofort wieder zurück, als er dessen Gesichtsausdruck sah. »Ich meine, ich könnte vielleicht auch ein paar von Abigails Schmuckstücken auslösen. Der Laden wird jetzt geschlossen haben, aber wir könnten sofort morgen früh hinfahren.«

Grace setzte sich wieder. »Er hat Recht, Peter. Es hat keinen Sinn, heute Abend durch die Stadt zu hetzen. Es bleibt uns wohl nichts anderes übrig, als bis morgen zu warten.«

»Ich weiß, es ist alles furchtbar betrüblich«, sagte Wakefield. »Aber da wir heute wirklich nichts mehr tun können, sollten Sie sich den schönen Abend, den Kapitän Reinders für sie beide geplant hat, nicht verderben lassen. Es wäre doch schade, wenn daraus nun nichts würde. Glauben Sie, dass Sie es schaffen, Grace?«

Reinders runzelte die Stirn, ganz und gar nicht erfreut über Wakefields plötzlich vertrauliche Form der Anrede.

»Das ist nicht nötig. Missus Donnelly ist aufgebracht und hat ein Recht darauf, sich zurückzuziehen, wenn sie das möchte.« Er kniete sich neben sie und sagte mit sanfter Stimme: »Wir können unser Dinner jederzeit nachholen, und Konzerte gibt es dieser Tage wie Sand am Meer. Schlaf dich aus, und morgen früh hole ich dich ab.«

Grace schaute ihn bekümmert an. »Oh, Peter. Du hast dir solche Mühe gegeben – ein Tisch im Maison Riche und Karten für das American Theater. Nein«, sagte sie entschlossen, »es bleibt dabei, wir gehen aus. Ich lasse nicht zu, dass Missus Hopkins mir auch noch diesen Abend stiehlt.«

»So ist es recht.« Wakefield lächelte die beiden zufrieden an. »Sie ist wirklich eine sehr bemerkenswerte Frau, finden Sie nicht auch, Käpt'n?«

»Das finde ich schon lange«, antwortete Reinders. »Schon seit sie vor fünf Jahren auf meinem Schiff von Liverpool nach New York gesegelt ist.«

»Und ich bin sicher, auch danach haben sie es noch viele Male gedacht«, bemerkte Wakefield.

»Hunderte Male.« Reinders konnte dem Drang nicht widerstehen, das letzte Wort zu haben, auch wenn er sich dabei kindisch vorkam. »Tausende Male.« Er spürte, wie sein Gesicht heiß wurde. »Wir sollten jetzt besser aufbrechen.«

Wakefield nickte. »Genießen Sie die Vorstellung. Ich habe gehört, sie soll hinreißend sein. Und machen Sie sich keine Sorgen wegen morgen – ich bringe Grace gleich in der Frühe zu den Mulhoneys und von dort nach Chinatown.«

»*Ich* bringe sie«, widersprach Reinders. »Ich finde mich in diesen Gassen besser zurecht als die meisten anderen Leute.«

»Gewiss. Ich wollte mir den Laden nur selbst ansehen, für den Fall, dass noch ein paar unserer Familienerbstücke dort sind.«

»Warum gehen wir nicht alle zusammen hin«, warf Grace ein. »Doktor Wakefield und ich könnten dich bei den Mulhoneys treffen, Peter, und von dort aus fahren wir gemeinsam nach Chinatown und suchen das Pfandhaus.«

»Gut«, entgegnete Reinders knapp. »Die meisten Pfandhäuser machen gegen zehn auf. Wir treffen uns um neun.«

»Dann um neun. Die Aufregungen nehmen kein Ende, nicht wahr, Missus Donnelly?« Wakefield lächelte vielsagend.

»Ich hätte gedacht, dass Sie hier so viel Aufregung gehabt haben, dass es für ein ganzes Leben reicht.« Reinders bot Grace seinen Arm an. »Wollen wir?«

»Peter!«, ermahnte sie ihn leise, als er sie zur Tür geleitete.

Wakefield folgte den beiden. »Sie haben Recht, Käpt'n. Ich will das furchtbare Leid meiner Schwester gar nicht schmälern. Übrigens danke ich Ihnen für Ihre Diskretion. Missus Donnelly hat mir viele Male versichert, wie sehr Sie Anteil nehmen.«

Reinders fühlte sich beschämt und drehte sich zu dem Arzt um. »Sie ist zu liebenswürdig«, sagte er und streckte ihm die Hand entgegen. »Gute Nacht, Doktor Wakefield. Danke für den Drink. Wir sehen uns morgen früh.«

Reinders war froh, dass er sich beherrscht hatte, denn Grace belohnte ihn mit einem schnellen Kuss im Flur, ehe sie in die Küche gingen, um den Kindern und Enid gute Nacht zu sagen. Mary Kate und Jack waren draußen gewesen und hatten mit den Hunden gespielt, als Grace entdeckt hatte, dass das Kästchen fehlte, und so hatte sie beschlossen, ihnen nichts davon zu sagen, bis die Angelegenheit geklärt war. Jetzt saßen sie vergnügt am Tisch und versuchten, Enid und Mister Litton ein neues Kartenspiel beizubringen, das Liam ihnen gezeigt hatte. Mary Kate stand sofort von ihrem Stuhl auf, küsste ihre Mutter und auch den Kapitän liebevoll und versprach, brav zu sein; Jack küsste seine Mutter, schüttelte dem Kapitän artig die Hand und versprach, alles zu versuchen, um brav zu sein. Enid und Litton wünschten den beiden einen schönen Abend, und dann verließen Grace und Peter

Reinders die warme, fröhliche Küche und traten hinaus in die kühle, windige Märzluft.

Reinders half Grace in den geschlossenen Einspänner, kletterte dann selbst hinein, nahm die Zügel und fuhr langsam den Hügel hinunter und durch die Stadt in Richtung des großen Platzes. Da er Grace, die ungewöhnlich still war, nicht bedrängen wollte, plauderte er beiläufig über das Wetter, die neuen Häuser, die gebaut wurden, und die Vorstellung des heutigen Abends, für die er Logenplätze reserviert hatte. Grace konnte die ganze Zeit nur an das denken, was sie verloren hatte, und quälte sich mit der Vorstellung, dass Missus Hopkins ihre wertvollsten Besitztümer womöglich in das schmutzige Wasser des Hafenbeckens geworfen haben könnte, als ihr klar geworden war, dass sie kein Geld einbrachten. Sie klammerte sich an die Hoffnung, dass sie morgen das richtige Leihhaus finden würden und das Kästchen sich vielleicht noch dort befand – oder zumindest Morgans Ring und die Ohrringe. Es war schrecklich, dass das Bild von Dugan und der Ring, den Aislinn Mary Kate geschenkt hatte, für immer verloren sein sollten, als fast unerträglich jedoch empfand Grace den Gedanken an den Verlust des Briefes, der ihr so viel bedeutete, so viel mehr als der wunderschöne Smaragdring, den Peter ihr geschenkt hatte, auch wenn sie sich das nur ungern eingestand. Jetzt wandte sie sich ihm zu, wollte ihm ihre ganze Aufmerksamkeit schenken und ihr Versprechen halten, sich diesen Abend nicht verderben zu lassen.

Schließlich steuerte Reinders den Einspänner vor ein französisches Restaurant, über das die Zeitungen bei seiner Eröffnung begeistert berichtet hatten, und versicherte Grace scherzhaft, sie werde keine Schnecken oder Froschschenkel essen müssen. Sie lachte höflich und dachte daran, dass er nie wirklich erlebt hatte, was Hunger bedeutete, ganz zu schweigen von einer Hungersnot. Die Menschen aßen, was verfügbar war, weil sie essen mussten, um am Leben zu bleiben. Grace fand solche Scherze nicht komisch, aber sie wollte deswegen nicht mit ihm streiten, besonders nicht an diesem Abend, da ihre Nerven so angespannt waren. Peter ist ein gütiger, einfühlsamer Mann, sagte sie sich und beschloss, sich auf die vielen Dinge zu konzentrieren, die sie beide gemeinsam hatten, statt auf die, die sie voneinander trennten.

Sie schüttelte den Kopf, um die Schwermut zu vertreiben und ihre Gedanken auf diesen schönen Abend und den Mann zu richten, den sie liebte.

»Sieh dir die vielen Leute an!«, rief sie mit lebhafter Stimme, als er ihr aus dem Wagen half. »Warten sie etwa alle darauf, hineingelassen zu werden?«

»Es ist ein beliebtes Restaurant«, sagte er, stolz auf seine Wahl. »Aber ich habe einen Tisch für uns reserviert.«

Reinders nahm Graces Arm und führte sie durch die Menge, die sich widerstrebend teilte, bis die Menschen bemerkten, dass es sich hier um vornehme Leute handelte, die zum Abendessen ausgingen. Alle Augen waren auf die attraktive Frau mit dem kastanienbraunen Haar und dem grünen Kleid gerichtet, die von einem eindrucksvollen Mann mit Zylinder und Abendanzug begleitet wurde. Als die beiden das Restaurant betraten, wurden sie von einem hektischen, aber elegant aussehenden *maître d'hôtel* begrüßt, der sie zu einem etwas abgelegenen Tisch am anderen Ende des Raumes führte. Er half ihnen, Platz zu nehmen, und verkündete mit starkem französischen Akzent, Austern seien die Spezialität des Abends. Dann beschrieb er, sehr zu Graces Freude, ausgiebig die verschiedenen Gerichte. Sie unterbrach ihn mehrmals, um sich nach den Zutaten bestimmter Soßen zu erkundigen und sich die Zubereitung des Soufflés erklären zu lassen; im Gegenzug verriet sie ihm ein Rezept ihrer Großmutter: Lachs mit Sauerampfersoße und Buttermilchkartoffeln. Die beiden verstanden sich so gut, dass der Oberkellner einen Stuhl heranzog, sich zu ihnen setzte und eine Flasche Champagner bringen ließ, als Geschenk an eine kenntnisreiche Feinschmeckerin. Erst das lauter werdende Murren wartender Stammgäste setzte der Unterhaltung ein Ende. Der *maître* verließ ihren Tisch nur widerstrebend, versprach jedoch, noch einmal wiederzukommen, wenn sie gespeist hatten.

»Noch ein Verehrer für deine Sammlung«, zog Reinders Grace auf. »Und dieser hier serviert dir sogar Champagner! Ich weiß nicht, wie du das machst. Sogar der alte Wakefield ist völlig hingerissen.«

»So alt ist er nun auch wieder nicht«, entgegnete Grace und hielt den Stiel ihres Weinglases umfasst. »Und hingerissen ist er bestimmt nicht. Vielleicht dankbar, weil ich mich um Abigail und das Haus kümmere, aber das ist auch alles.«

»Grace.« Reinders wartete, bis sie ihn ansah. »Glaub mir, der Mann ist hingerissen von dir. Er kann nicht eine Minute die Augen von dir lassen, und sein Gehabe … also, ich würde es besitzergreifend nennen, um es einmal vorsichtig auszudrücken.«

»Du meinst, er verhält sich, als würde ich ihm gehören?«

»Nein, nicht als würdest du ihm gehören«, erklärte Reinders. »Aber er scheint eindeutig zu glauben, es gebe eine Verbindung zwischen euch beiden, die genauso stark oder sogar noch stärker ist als die zwischen dir und mir.«

Grace schüttelte den Kopf. »Du irrst dich, Peter. Er hatte sonst niemanden, mit dem er über Abigail und das Kind reden konnte, verstehst du? Aber jetzt, wo Doktor Fairfax wieder da ist, werden die beiden sich um alles kümmern und mich meiner Küche überlassen.«

»Du kennst die Männer nicht so gut wie ich. Wakefield hat nicht die Absicht, dich nur deiner Küche zu überlassen.«

»Willst du damit sagen, dass der Doktor mich dir abspenstig machen will? Ist es das?«, fragte Grace aufgebracht. »Denn wenn du das meinst, traust du mir wohl überhaupt nicht zu, dass ich für mich selbst entscheiden kann.«

»Ich sage nur, dass er ein Mann ist«, verteidigte sich Reinders und lehnte sich zurück. »Nicht anders als andere Männer.«

»Und ihr seid alle bloß Hunde, oder was? Nur am Knochen des anderen interessiert und darauf aus, ihn ihm wegzunehmen?« Grace seufzte, und ihr Zorn verpuffte so schnell, wie er gekommen war. »Ich will mich nicht mit dir streiten, Peter. Doktor Wakefield hat sich mir gegenüber immer wie ein Gentleman verhalten, aber wenn es dich stört, dass ich für ihn arbeite – und den Eindruck habe ich –, dann sollten wir das Ganze besser lassen.«

»Wie bitte?« Reinders erbleichte.

»Du hast mich schon verstanden. Ich gebe die Stellung sofort auf und ziehe zu dir. Wir können nächste Woche heiraten, wenn du möchtest.«

»Nächste Woche? Aber was ist mit einer Hochzeit im Mai – Kirche, Blumen, Brautkleid und all das?«

Grace zuckte gleichgültig die Achseln. »Das sind nur Dinge.

Und Dinge sind nicht wichtig, verglichen mit Menschen.« Sie beugte sich vor. »Ich weiß, wie sehr du dir gewünscht hast, dass Lars und Detra bei unserer Hochzeit dabei sind, und wie enttäuscht du warst, als du erfahren hast, dass sie nicht kommen können.«

»Enttäuscht von Lars«, stellte Reinders richtig. »Nicht von dir. Lars ist derjenige, der meinte, er müsse den Sommer über in Europa sein, und der eine Passage auf einem früheren Dampfer gebucht hat, ohne irgendjemandem etwas davon zu sagen. Ich würde nie von dir erwarten, dass wir den Hochzeitstermin deswegen verschieben.«

»Aber sind die beiden nicht deine besten Freunde und seit vielen Jahren deine Geschäftspartner? Hast du nicht gesagt, wie sehr du dir wünschst, dass er dein Trauzeuge ist?«

»Ja, natürlich.« Reinders steckte einen Finger in seinen Kragen, um ihn zu lockern. »Aber Mackley kann das übernehmen. Und Liam ist ja auch noch da. Das Wichtigste ist doch, dass wir beide einen Termin festgelegt haben und uns darauf vorbereiten. Das Haus wird ohnehin nicht vorher fertig, außerdem bin ich sicher, die Kinder wollen die Wakefields jetzt noch nicht verlassen.«

Grace machte eine abschätzige Handbewegung. »Und warum sollten sie das nicht wollen? Du hast doch gesagt, sie dürfen ihre Hunde mitbringen. Oder glaubst du, Mister Hewitt würde sie nicht gerne weiter unterrichten, egal, wo sie wohnen? Und was das Haus betrifft, darum können deine Haushälterin und ich uns kümmern.«

Reinders wusste nicht mehr, was er sagen sollte. Trotz all seines Drängens hatte Grace nie in ihrem Entschluss geschwankt, die Hochzeit im Mai feiern zu wollen, und jetzt wurde ihm klar, dass er das auch nicht anders von ihr erwartet hatte. Der Gedanke, Grace nächste Woche zu heiraten und damit sie und die Kinder – besonders Jack, den er erst noch für sich gewinnen musste – in sein Haus zu holen, den Alltag mit ihnen zu teilen, brachte ihn ernsthaft ins Stocken, und er merkte, wie er nach Argumenten suchte.

»Was ist mit Abigail? Du hast gesagt, dass du dabei sein möchtest, wenn sie ihr Kind wiedersieht, um ihr zur Seite zu stehen. Und du wirst mehr als eine Woche brauchen, um eine neue

Köchin für die Wakefields zu finden, es sei denn, Enid übernimmt den Posten. Aber dann musst du eine neue Haushälterin suchen …« Reinders verstummte, als er spürte, wie Grace seine Hand drückte.

»Haben wir dieses Gespräch Weihnachten nicht schon einmal geführt? Nur damals war ich diejenige, die all die Ausreden vorgebracht hat.« Grace lächelte betrübt. »Ich bin müde, Peter. Es macht mir nichts aus, das zuzugeben. Ich war schon müde, ehe ich Kansas verließ, aber jetzt bin ich völlig erschöpft, am Ende meiner Kräfte. Ich kann keinen Schritt mehr tun.«

Durch die Aufrichtigkeit ihres Geständnisses zum Schweigen gebracht, nahm der Kapitän ihre Hand und führte sie an seine Lippen.

»Ich bin hierher gekommen, um dich zu heiraten, Peter, wirklich. Mary Kate und Jack haben so viel durchgemacht, und ich wollte ein friedvolles Leben für uns alle, ein Leben mit dir. Stattdessen habe ich dafür gesorgt, dass wir nun alle in das Leben anderer verstrickt sind.« Grace hatte Tränen in den Augen. »Ich hätte dich schon in New York heiraten sollen. Aber dann hätte Jack mich womöglich nicht gefunden. Und vielleicht wäre Mary Kate an der Cholera gestorben.« Sie schüttelte den Kopf. »Ich weiß es einfach nicht. Ich weiß gar nichts mehr. Es tut mir leid, dass ich dich damals nicht geheiratet habe, und ich hoffe, dass du mir verzeihen kannst und mich noch willst, obwohl ich solch eine Närrin gewesen bin und so viel Zeit verschwendet habe.«

»Ja«, sagte er leise. »Ich will dich. Mehr als du ahnst.«

Sie schauten einander durch das flackernde Kerzenlicht an, und dann kam der Kellner und stellte zwei wunderschön angerichtete Teller auf den Tisch und eine Flasche Wein, die er gekonnt öffnete.

»Ist alles in Ordnung mit dir?«, fragte Reinders, als sie wieder allein waren.

Sie nickte, aber ihre Hand zitterte, während sie das Glas an die Lippen führte und trank.

»Du bist erschöpft, das sehe ich. Es war wirklich alles zu viel für dich, und dann habe ich dich durch meine Krankheit nur noch mehr belastet.« Er beugte sich vor. »Aber morgen früh wird es dir besser gehen, Grace, und ich glaube, du würdest es bereuen, unsere Hochzeit zu überstürzen, wo doch alles für Mai geplant ist.«

Grace nickte und zwang sich zu einem Lächeln, doch ihre Lippen bebten, als sie versuchte, die Traurigkeit zu unterdrücken, die ihr Herz nun erfüllte. Denn sie wusste, dass sie beide in diesem Moment etwas verloren hatten, auch wenn sie es nicht wahrhaben wollten – etwas war zerbrochen, und ganz gleich, was jetzt passierte, sie würden ohne dieses Etwas weiterleben müssen.

»Wir *werden* heiraten«, versprach Reinders voller Inbrunst. »Ich möchte nur, dass du glücklich bist, Grace. Was immer dafür nötig ist, ich möchte, dass du es bekommst. Und du *wirst* es bekommen. Du musst nur noch ein wenig warten, das ist alles.«

»Ja«, stimmte sie leise zu. »Du hast Recht. Es ist besser, wenn wir warten.«

»So kenne ich mein Mädchen.« Er tätschelte ihre Hand und nahm dann seine Gabel. »Achtung, da kommt dein neuer Verehrer, um zu sehen, ob dir das Essen schmeckt. Du solltest es probieren.«

Folgsam nahm Grace eine Gabel von den mit Butter, Sahne und Semmelbröseln überbackenen Austern. Sie spürte, wie sie auf der Zunge zergingen, schmeckte jedoch nicht das Geringste.

»Wie mundet es, Madame?« Der Oberkellner wartete gespannt auf ihre Antwort. »Vielleicht zu viel Pfeffer für Ihren Geschmack?«

»Sie sind köstlich«, erklärte Grace und schenkte ihm ein Lächeln. »Die besten Austern, die ich je gegessen habe. Die Soße ist perfekt.«

»Das freut mich sehr«, sagte er strahlend. »Und nach dem letzten Gang werde ich Ihnen unseren berühmten *gâteau chocolat* servieren. Mit Empfehlung Ihres Freundes Doktor Rowen Wakefield, als Geschenk für Sie an diesem besonderen Abend.«

Grace biss sich auf die Unterlippe und schaute Reinders an, der in Gelächter ausbrach.

»Vielleicht sollte ich dich doch besser schon nächste Woche heiraten«, sagte er.

»Aber natürlich.« Der *maître d'hôtel* zuckte die Achseln, als könne es daran keinen Zweifel geben. »Nur ein Narr würde das nicht tun.«

34

Für gewöhnlich wurde das House of Good Fortune von Kunden aufgesucht, die aus gutem Grund allein, höchstens zu zweit kamen, daher machte die Ankunft von drei Personen – zwei Männern und einer Frau – Mei Ling sogleich misstrauisch.

»Guten Morgen«, begrüßte sie die drei in ihrem bedächtigen Englisch. »Wie ich können helfen?«

»Guten Morgen, Madam.« Doktor Wakefield nahm seinen Hut ab und ging auf die Ladentheke zu. »Wer ist der Besitzer dieses Pfandhauses?«

Mei Ling dachte an Chang-Lis lange Abwesenheit. »Mister Sung kommen später. Mei Ling können helfen.«

Wakefield vermutete, dass Mister Sung in dem Zimmer hinter dem Vorhang gerade seinen Rausch ausschlief; der Laden war zwar gelüftet worden, aber seine geschulte Nase erfasste den schwachen Geruch abgestandenen Opiumrauchs. »Mister Sung?«, rief er entschlossen. »Kommen Sie sofort heraus!«

Mei Ling folgte Wakefields Blick zu dem Vorhang und wandte sich ihm dann stirnrunzelnd wieder zu.

Wakefield gestand sich widerwillig ein, dass sie wohl mit dieser jungen Frau würden vorlieb nehmen müssen. »Wir suchen einige bestimmte Dinge«, erklärte er. »Dinge, die uns gestohlen wurden.«

Mei Ling schüttelte den Kopf. »Wir nur kaufen und verkaufen.«

»Natürlich.« Wakefield sprach jetzt langsam, wie zu einem Kind, und erhob die Stimme, als würde das Kind schlecht hören. »Eine Frau, eine Bedienstete … Bedienstete«, wiederholte er und zeigte auf Mei Ling, »hat uns bestohlen. Schmuck.« Er blickte zu Grace, aber da diese keinen Schmuck trug, stellte er pantomimisch Ohrringe, Armbänder und eine Halskette dar. »Schmuck«, sagte er noch einmal. »Verstehen Sie?«

Mei Ling nickte kurz und musterte ihn mit ausdrucksloser Miene.

»Die Frau hat die Sachen hierher gebracht«, fuhr er fort, »zum House of Good Fortune. Wir wollen ihn zurückhaben. Wir *kaufen* ihn zurück«, berichtigte er sich, und als sie ihn erstaunt ansah, begann er wieder von vorne. »Eine Frau – meine Haushälterin – hat uns *bestohlen* …«

Entnervt trat Kapitän Reinders vor.

»Entschuldigen Sie, Wakefield.« Er schob den Doktor beiseite und sprach dann zur Überraschung aller mit Mei Ling in deren Sprache, wenn auch stockend und sich häufig korrigierend. Mei Ling hörte nun aufmerksamer zu, den Kopf zur Seite geneigt, und erwiderte etwas.

»Dann hätte ich mir die Mühe ja sparen können.« Wakefields Ton ließ Verärgerung erkennen. »Warum haben Sie nicht gesagt, dass Sie Chinesisch sprechen?«

»Das tue ich gar nicht. Nur gerade genug, um Hafenarbeiter anzuschreien und Klöße in einem Nudelhaus zu bestellen. Aber Sie sind ja nicht weitergekommen, deshalb …« Reinders zuckte die Achseln. »Ich habe versucht, ihr von dem gestohlenen Kästchen und den Sachen darin zu erzählen und Ihre Haushälterin zu beschreiben. Ich weiß nicht, ob sie mich verstanden hat, aber sie antwortete zweimal mit Nein.«

Mei Ling verfolgte die Unterhaltung der beiden Männer, wobei sich nur ihre Augen in ihrem ansonsten ausdruckslosen Gesicht bewegten. Sie verstand alles, was sie sagten, und zwar ganz genau – Missus Smith, die ihr von ihrem verletzten Mann und den vielen Kindern erzählt hatte, war eine Bedienstete dieser Leute gewesen und hatte sie bestohlen, hatte ihnen das Holzkästchen gestohlen. Mei Ling konnte nicht genau feststellen, wer die beiden Männer waren, aber die Frau, deren Augen die Farbe eines aufgewühlten Meeres besaßen, kam ihr bekannt vor. Sie beobachtete sie aus den Augenwinkeln, und plötzlich wusste sie es – das Porträt, das im Fenster der William Shew Gallery hing. Dort waren gerade mehrere Fotografien ausgestellt, doch Mei Ling hatte sich besonders von dem Bild der Mutter mit ihren Kindern angezogen gefühlt, von ihrer stillen Würde und von der Art, wie die Kinder ihre Mutter so voller Liebe anschauten. Sie wünschte, sie hätte den Mut gehabt, in die Galerie hineinzugehen und sich die anderen Bilder anzusehen. Aber es verlangte ihr bereits sehr viel innere Kraft ab, als freier Mensch durch die Straßen zu gehen, deshalb hatte sie sich damit begnügt, einfach auf dem Gehweg stehen zu bleiben und die Mutter von dort aus zu betrachten. Die Mutter. Mei Ling rührte sich nicht.

»Wir würden uns gern einmal umsehen, Madam. Miss.« Wakefields Stimme dröhnte in dem kleinen Laden und riss Mei Ling aus ihren Tagträumen. »Sagen Sie es ihr, Käpt'n.«

Reinders schaute zu Mei Ling, die höflich nickte und auf die Glasvitrine deutete, in der Schmuck, Münzen, Taschenuhren, Pistolen, Messer und diverses Tafelsilber lagen. Grace trat neben Wakefield, beugte sich über die Vitrine und schirmte die Augen ab, um durch das Glas besser sehen zu können. Aufmerksam betrachteten sie einen Gegenstand nach dem anderen, bis Wakefield sich plötzlich aufrichtete und auf das Glas tippte.

»Da!«, rief er aufgeregt. »Dieses Armband gehört Abigail! Sie hat es an Weihnachten getragen! Sehen Sie es, Missus Donnelly – erkennen Sie es wieder?«

Grace beugte sich noch weiter vor. »Ja«, sagte sie. »Ich glaube, Sie haben Recht.«

»Madam! Miss!« Wakefield winkte Mei Ling heran und zeigte ihr, wofür er sich interessierte. »Das gehört meiner Schwester. Wie viel verlangen Sie dafür? Wie … viel?«

Mei Ling öffnete die Vitrine, nahm das Armband heraus und schaute auf das kleine Schildchen, das daran befestigt war. »Dreißig Dollar.« Sie hielt den Blick auf den Boden gerichtet.

Einen Moment lang sah es so aus, als wolle Wakefield protestieren, doch er sagte nichts und nahm seine Geldbörse aus der Tasche. Mei Ling holte einen Bogen Papier unter der Theke hervor, und wickelte das Armband darin ein. In der Zwischenzeit schaute Grace weiter die Sachen in der Vitrine durch, in der Hoffnung, Morgans Ring oder die goldenen Ohrringe zu entdecken, aber als Nächster wurde Kapitän Reinders fündig.

»Mein Gott, das sind ja meine Manschettenknöpfe!«, rief er und stützte sich mit beiden Händen auf die Vitrine. »Und das da ...« – er blickte ungläubig zu Grace hinüber und dann wieder in die Auslage – »... das ist Darmstadts Taschenuhr.«

»Arnott«, sagte Grace. Ihr Verdacht hatte sich bestätigt.

»Dieser Dreckskerl! Dafür lasse ich ihn an den Eiern aufhängen!«

»Käpt'n!« Wakefield empörte sich mit einem Seitenblick auf Grace und die junge Chinesin.

»Verzeihen Sie, meine Damen«, entschuldigte Reinders sich mit zusammengebissenen Zähnen, schimpfte dann aber leise weiter. »Der hat Nerven ... erstklassige Bezahlung und auch noch Urlaub. Dem werde ich Urlaub geben, darauf kann er sich verlassen.« Er wandte sich an Mei Ling. »Packen Sie die Sachen bitte ein.«

Wieder öffnete Mei Ling die Vitrine und nahm die gewünschten Schmuckstücke heraus, schaute auf die Schildchen und verkündete den Preis. Reinders bezahlte und drohte, sich das Geld von Arnott zurückzuholen, während Grace weiter angestrengt die Auslagen studiete. Und dann entdeckte sie endlich etwas Vertrautes.

»Peter! Dein Ring!«

Sofort trat er neben sie und drückte ihren Arm, als er das Fundstück sah. »Hier!«, rief er Mei Ling über die Schulter zu. »Den nehmen wir auch.«

»Missus Hopkins *muss* das Kästchen hierher gebracht haben«, dachte Grace laut nach. »Der Ring war in dem Kästchen. Es *muss* hier sein.«

»Ich kann sie noch einmal danach fragen, aber ...« Reinders zögerte. »Missus Hopkins könnte den Ring herausgenommen haben, Grace. Sie könnte das Kästchen weggeworfen haben, ehe sie hierher kam. Mach dir nicht allzu große Hoffnungen.«

Grace nickte und wandte sich Mei Ling zu. Voll ängstlicher Erwartung musterte sie das Gesicht der jungen Frau, während Reinders mit ihr redete. Als er, mit beiden Händen gestikulierend, das Kästchen beschrieb, war Grace sich sicher, ein kurzes Aufflackern auf Mei Lings Gesicht gesehen zu haben – vielleicht eine Erinnerung, so hoffte sie, und ihr Herz schlug schneller –, aber dann blickte Mei Ling zu Boden, schüttelte den Kopf und sagte nur ein paar leise Worte.

»Entweder sie versteht nicht, wovon ich rede, oder sie hat das Kästchen nicht. Sie sagt, die Frau, die das Armband brachte, habe auch den Smaragdring gebracht. Das ist alles. Es tut mir leid.«

»Wenigstens haben wir deinen Ring wieder.« Grace versuchte zu lächeln. »Das ist immerhin etwas.«

»*Deinen* Ring.« Reinders gab ihn ihr. »Aber das ist nicht viel, wenn man bedenkt, was du zu finden hofftest.«

Grace stiegen Tränen in die Augen, und sie wandte sich ab, in der Hoffnung, er würde es nicht bemerken. Doch plötzlich schluchzte sie laut auf, unfähig, sich noch länger zu beherrschen. Sie bedeckte ihr Gesicht mit den Händen, beschämt und verzweifelt um Fassung ringend.

»Meine Liebe!« Wakefield eilte an ihre Seite und wollte den Arm um sie legen, tätschelte ihr aber stattdessen die Schulter. »Bitte, Missus Donnelly, bitte. Beruhigen Sie sich. Noch ist nicht alles verloren. Ich verspreche, dass wir jeden Stein umdrehen werden.«

»Was schlagen Sie vor?«, fragte Reinders verärgert, weil er fand, der Doktor mache die Sache für Grace nur noch schlimmer. »Welcher Stein ist hier denn noch?«

Mei Ling trat vor die Theke, zog ein sauberes Taschentuch aus dem Ärmel ihres Kittel und reichte es der weinenden Frau, ohne ein Wort zu sagen. Grace sah sie aus ihren geröteten Augen unendlich traurig an und nahm das Tuch mit immer noch zitterndem Kinn dankbar entgegen. Mei Ling schaute zu, wie sie ihre Tränen trocknete, ihr Haar ordnete, tief durchatmete und einen Ausdruck stiller Ergebenheit auf ihr Gesicht zauberte, bevor sie sich wieder zu den Männern umdrehte.

»Da ist kein anderer Stein«, bestätigte sie mit gedämpfter Stimme. »Dies hier war unsere einzige Chance. Ich gebe die Hoffnung jetzt auf.«

»Sehr tapfer, Missus Donnelly«, sagte Wakefield bewundernd.

»Ach, nein, Doktor.« Grace schüttelte den Kopf und dachte an die alten Leute auf dem Schiff, mit dem sie Irland verlassen hatte, an die jungen Familien im Planwagenzug. »Tapferkeit ist etwas ganz anderes. Ich bin lediglich vernünftig. Es sind nur Dinge, die ich verloren habe. Dinge sind unwichtig im Vergleich zu Menschen.«

»Ja, ich weiß, aber …« Wakefield stockte und wünschte, er hätte mehr sagen können, etwas, das den Schmerz dieser Frau, die er so sehr bewunderte, lindern würde. Er wollte ihr Trost spenden und sich dafür entschuldigen, sie unwissentlich in etwas hineingezogen zu haben, das ihr einen so hohen persönlichen Preis abverlangte.

»Ich glaube, für heute Morgen haben wir getan, was wir konnten. Wollen wir gehen?« Reinders legte Grace die Hand an den Ellbogen, bereit, sie hinauszuführen.

Grace schaute durch ihn hindurch, als habe sie ihn nicht gehört, und drehte sich dann zu Mei Ling um. Plötzlich sah sie die kleinen Lichtpunkte, nicht viel größer als Staubkörnchen, die um die junge Frau herumschwebten. Sie nahm Mei Lings Hand, hielt sie einen Moment lang fest und blickte ihr tief in die Augen, bis sich der Raum um sie herum auflöste.

»Es tut mir so leid für Sie, Mei Ling«, sagte Grace mitfühlend. »Sie haben Kinder verloren. Aber Gott wird Ihnen weitere schenken.« Sanft drückte sie ihre Hand. »Verstehen Sie, was ich sage?«

Mei Ling wiederholte die Worte in ihrem Kopf, und plötzlich waren sie so klar, als wären sie in ihrer eigenen Sprache gesprochen worden. Sie hatte seit dem Verlust ihres ersten ungeborenen Kindes keine Tränen mehr vergossen, aber nun lief ihr eine einzelne Träne die Wange hinunter, und in ihrem Herzen spürte sie, wie sich der Stein löste, der den Zugang so lange versperrt hatte.

»Kommen«, flüsterte Mei Ling, nahm Grace an der Hand und führte sie hinter die Theke. Sie zögerte einen Augenblick, beschämt, weil sie einen solchen Schatz nicht gleich zurückgegeben hatte, als seine Besitzerin erschienen war. Dann kniete sie sich auf den Boden und schob eine Hand in die hinterste Ecke des untersten Fachs, bis ihre Finger das abgenutzte Holz des Kästchens ertasteten. Sie holte es hervor und hielt es Grace demütig entgegen. »*Maa maa*«, sagte sie mit gesenktem Blick.

»Bei Gott!«, rief Wakefield und eilte zu Grace. »Ist das das Kästchen?«

Grace drückte es mit einer Hand fest an ihre Brust und half Mei Ling mit der anderen Hand aufzustehen. »Danke.« Sie küsste die junge Frau zärtlich auf die Wange. »Danke, Mei Ling.«

»Mach es auf«, drängte Reinders.

Grace stellte das Kästchen auf die Ladentheke und öffnete vorsichtig den Deckel. Sie sah sofort, dass Dugans Bild noch darin war, und darunter der Umschlag mit Morgans Brief. Darauf lagen Mary Kates Ring, die Ohrringe und der Siegelring von Lord Evans.

»Alles da?«, fragte Reinders.

Grace nickte und hob das Kästchen ein wenig an, um ihm den Inhalt zu zeigen.

»Das ist ja wunderbar!« Wakefield rieb sich vor Freude die Hände. »Wie in aller Welt ist es Ihnen gelungen, dass sie Sie verstanden hat?«

Grace schaute zu Mei Ling, die ein letztes Mal mit dem Finger über die Buchstaben auf dem Deckel fuhr. »Wir sind beide Mütter«, sagte sie leise. »Doktor, haben Sie eine Visitenkarte dabei?«

Wakefield holte ein Etui aus der Tasche, nahm eine Karte heraus und reichte sie ihr. Grace legte sie auf die Theke, nahm die Feder aus dem Tintenfass und schrieb ihren Namen und die Hausnummer auf die Rückseite.

»Ich bin Grace Donnelly.« Sie reichte Mei Ling die Karte. »Und da wohne ich. Falls Sie einmal etwas brauchen sollten.«

»Und das ist *meine* Karte.« Reinders legte sie auf die von Wakefield. »Da wohnt sie, wenn sie meine Frau ist.«

Mei Ling begutachtete beide Karten, als sie plötzlich leises Knacken im Hinterzimmer hörte. Mister Sung war also zurück. Sie sah Grace an und dachte, wie sehr sich ihre Augen doch ähnelten, die der Frau und die von Mister Sung; vielleicht war es aber auch nur die Art, wie sie beim Sprechen den Kopf hielten, die Art, wie sie sie ansahen.

»Kommen Tee trinken«, sagte Mei Ling entschlossen und sprach damit mutig ihre erste persönliche Einladung aus. »Mei Ling bereiten Tee für verehrten Gast.«

»Danke.« Grace berührte die junge Frau an der Schulter. »Ich komme gern. Und ich werde meine Kinder mitbringen, damit sie Sie kennen lernen. Auf bald, Mei Ling.«

Mei Ling führte sie zum Ausgang und hielt ihr die Tür auf. Als die Herrschaften gingen, verbeugte sie sich und sah zu, wie einer der beiden Männer der Frau in eine wartende Kutsche half. Ehe sie davonfuhr, hob Grace noch einmal zum Abschied die Hand und blickte Mei Ling tief in die Augen. Glücklich ging Mei Ling zurück in den Laden und schloss die Tür, was Sean aus dem Hinterzimmer hervorlockte.

»Hast du wirklich gerade jemanden zum Tee eingeladen, Mei Ling?«, fragte er schmunzelnd, doch seine Stimme klang heiser, und sein Gesicht war fahl von der langen Nacht. »Bald wirst du zur feinen Gesellschaft von San Francisco gehören. Wer ist denn deine neue Freundin?«

Mei Ling lächelte schüchtern und zeigte ihm die Visitenkarten, weil sie unsicher war, ob sie die Namen richtig aussprechen würde.

»Doktor Rowen Wakefield«, las Sean vor. »Kapitän Peter Reinders.« Er blickte auf, noch blasser als zuvor. »Ich kenne Kapitän Reinders. Was wollte er hier?«

Zögernd erzählte ihm Mei Ling, dass dies die Herrschaften der Frau seien, die sie und Mister Sung als Missus Smith kannten, und dass sie gekommen seien, um zurückzukaufen, was ihnen gestohlen worden war. Die Männer hätten für die Sachen bezahlt, versicherte sie, aber da das Kästchen nicht beliehen worden sei, habe sie es der Frau einfach so zurückgegeben.

»Welches Kästchen?«, fragte Sean, schroffer als beabsichtigt. »Welche Frau?«

Ein Kästchen mit persönlichen Dingen, erklärte Mei Ling ihm. Ohne Geldwert. Dann drehte sie Doktor Wakefields Karte um, damit er den Namen auf der Rückseite lesen konnte. »Gehören dieser Frau. Mei Lings neue Freundin.«

Sean starrte auf den Namen, und seine Knie wurden weich. Mei Ling trat schnell neben ihn, um ihn zu stützen, legte sich seinen Arm über die Schulter und geleitete ihn zu einem Stuhl in der Ecke des Ladens. Er war wie benommen, als sie ihm ein Glas Wasser brachte.

»Mei Ling.« Als er getrunken hatte, schaute er zu ihr auf. »Wie sah sie aus? Hatte ihr Haar diese Farbe?« Er legte seine Hand auf das dunkelrote Holz der Ladentheke. »Und hatte sie solche Augen?« Er zeigte auf eine Flasche aus grünem Glas.

Mei Ling nickte und strahlte. »Reden wie Mister Sung!«

»Oh, mein Gott.« Auf seinem Gesicht spiegelte sich eine

Mischung aus Freude und Entsetzen. »Sie ist meine Schwester, Mei Ling, von der ich dachte, sie sei bei dem Brand umgekommen! *Meimei.*« Er hoffte, dass dies das richtige Wort war. »Grace Donnelly ist *meimei.*«

Diese Frau war Mister Sungs totgeglaubte Schwester? Verwirrt sank Mei Ling neben Seans Stuhl auf die Knie. Mister Sung hatte einmal zu ihr gesagt, dass er und sie etwas gemeinsam hätten; beide seien sie allein auf der Welt, ohne Familie. Er hatte das zerknitterte Stück Zeitung auseinander gefaltet, das er in seiner Brieftasche trug, und ihr von dem Feuer vorgelesen, in dem Menschen umgekommen waren. Wieso wusste er nicht, dass seine Schwester überlebt hatte, fragte sich Mei Ling. Wie hatte er einfach hinnehmen können, was von Männern geschrieben worden war, die Zeitungen verkauften? Hatte er sich nicht selbst vergewissert?

»Gehen jetzt!«, befahl Mei Ling in einem Ton, der ihr selbst fremd war. »Besuchen *meimei* jetzt!«

Verblüfft sah Sean sie an, blieb aber sitzen.

»Gehen!« Mei Ling stand auf und zeigte zur Tür.

Sean kam jetzt mühsam auf die Beine, doch dann wich erneut sämtliche Farbe aus seinem Gesicht, und er sank zurück auf den Stuhl.

»Warum hat sie keinen meiner Briefe beantwortet, wenn sie gar nicht tot ist?«, fragte er. »Warum hat sie nicht nach mir gesucht? Vielleicht will sie nichts mehr mit mir zu tun haben, Mei Ling, schließlich habe ich sie im Stich gelassen. Vielleicht ist es ihr egal, ob ich am Leben bin oder nicht! Und warum wohnt sie bei diesem Wakefield? Warum ist sie nicht mit Kapitän Reinders verheiratet? Das ergibt alles keinen Sinn.«

Was Mister Sung sagte, ergab keinen Sinn. Mei Ling tat seine Fragen mit einer Handbewegung ab, als verscheuche sie eine lästige Fliege.

»Nicht Mei Ling nach Warum fragen. Fragen *meimei.*«

»Oh, mein Gott!« Sean setzte sich auf und sagte laut: »Dann ist Mary Kate auch noch am Leben? Ihre Tochter?«

Mei Ling nickte begeistert und erzählte ihm von dem Porträt im Fenster der Galerie, von Grace mit ihrem Sohn und ihrer Tochter.

Sean runzelte die Stirn. »Kein Junge«, berichtigte er sie. »Nur ein Mädchen. Sie kann keinen Jungen haben, wenn sie nicht mit Reinders verheiratet ist.« Er überlegte. »Vielleicht ist es doch nicht Grace.«

Mei Ling spürte, wie ihr Gesicht vor Ungeduld rot anlief. »Mei Ling zeigen Mister Sung. Gehen jetzt.« Sie wartete seine Antwort nicht ab, sondern nahm den Schlüssel vom Haken und schloss die Tür auf. Dann half sie ihm auf die Beine und führte ihn hinaus in die Gasse, wo er sich an die Mauer lehnte, während sie eine Rikscha anhielt. Es war nicht sonderlich weit, und Mei Ling hätte den Weg auch laufen können, aber Mister Sung war eindeutig zu schwach.

Sie half ihm in die Rikscha und nannte dem Fahrer den Namen der Straße, in der sich die Galerie befand. Einmal hielten sie an, weil Sean sich übergeben musste – ob wegen des Gifts in seinem Körper oder wegen der Verwirrung in seinem Kopf, vermochte Mei Ling nicht zu sagen. Schließlich hielt die Rikscha vor der William Shew Gallery. Mei Ling bat den Fahrer zu warten, half Sean beim Aussteigen und führte ihn zum Schaufenster, wo sie ihm das Porträt der Mutter mit ihren Kindern zeigte. Sein Körper erstarrte, als er das Gesicht seiner Schwester und anschließend das seiner geliebten Nichte sah. Doch als er das Gesicht des kleinen Jungen erblickte, wurden seine Glieder weich wie Gummi. »Morgan«, rief Sean. Dann verlor er das Bewusstsein.

35

Morgan und Quinn waren froh gewesen, endlich wieder an Land zu sein – froh, die engen Kojen des Dampfers, den von Käfern zerfressenen Schiffszwieback, das Pökelfleisch und das abgestandene Wasser hinter sich zu lassen. Immerhin waren sie nicht gezwungen gewesen, mit dem Segelschiff um ganz Südamerika herumzufahren, denn das hätte noch größere Strapazen bedeutet. Aus Erzählungen wussten sie, dass im Laufe dieser langen Reise aus den Vorräten von gepökeltem Schweinefleisch und Schiffszwieback ein fürchterlicher Brei wurde, den man »Lobscouse« nannte, und dass das Trinkwasser faulig wurde und mit großzügigen Mengen Melasse und Essig vermischt werden musste, um es trinkbar zu machen. Sie wären von der Seekrankheit befallen worden, und die endlosen Tage auf See hätten sie wahrscheinlich halb verrückt gemacht. Daher empfanden sie es alles in allem als Glück, von Bord gehen und die Unannehmlichkeiten hinter sich lassen zu können, und beschwerten sich nicht, wie viele andere Passagiere. Außerdem waren die Vorbereitungen für den nächsten Teil ihrer Reise jetzt wichtiger.

Sie waren an der Karibikküste Panamas an Land gegangen, an der Mündung des Flusses Chagres, in einem fieberverseuchten Sumpfgebiet mit nur einer kleinen Erhebung, auf der sich die Ruinen der Festung San Lorenzo befanden. An diesem Ort waren etwa zweihundert Jahre zuvor dreihundert Männer bei einem Angriff des gefürchteten Piraten Morgan getötet worden. Quinn, dessen Gesicht sich zum ersten Mal seit der Abfahrt von New York erhellte, versetzte Morgan einen leichten Stoß in die Rippen und meinte, es sei wohl kein Zufall, dass sowohl er als auch Grace die Namen berühmter Piraten trügen. Morgan sorgte dafür, dass sie sich einer Gruppe von vier jungen Männern anschließen konnten, die ebenfalls mit dem Dampfschiff angereist waren. Powell, Jeffers, Merriman und Downey hatten bereits einen Einbaum und drei einheimische Bootsführer organisiert, die ihnen helfen sollten, nach Las Cruces zu kommen. Zwei der Führer, Ortiz und Pascal, schienen gemischter spanischer und indianischer Abstammung zu sein, während Juan zweifellos aus Afrika stammte. Auch die drei Einheimischen waren jung, wenngleich weitaus kräftiger und gutmütiger als die vier Männer von der Ostküste, deren Abenteuerlust mit jeder Stunde nachzulassen schien.

Seit vier Tagen folgte die Gruppe nun schon dem sich windenden Flusslauf des Chagres, vorbei an tückischen Felsen, in deren Nähe die Überreste weniger glücklicher Kanus zu sehen waren, und immer in der Hoffnung, nicht von den Moskitos gestochen zu werden, die Malaria übertrugen und in dichten Schwärmen über dem Fluss und an den Ufern hingen. Morgan und Quinn hatten ein paar Flaschen Rum und Brandy mitgenommen, den sie sparsam an die Bootsführer verteilten. Sie selbst tranken kaum etwas, doch die anderen Männer ihrer Gruppe waren meist schon am frühen Nachmittag betrunken. Merriman und Powell stammten aus dem reichen Nordosten, Jeffers und Downey aus dem wohlhabenden Süden; die vier Dandys hatten einander an der Harvard-Universität kennen gelernt und beschlossen, im Westen Abenteuer und Vergnügen zu suchen, ehe sie ihre Karriere als Bankier, Anwalt, Politiker und Makler begannen. Schon bald würden sie mit standesgemäßen Frauen verheiratet sein und ihren gesellschaftlichen Verpflichtungen nachkommen, aber noch hielten sie sich für wagemutige junge Eroberer, weshalb in ihren Gürteln auch zu viele Pistolen und nagelneue Bowiemesser steckten. Sie waren laut und ungestüm und vergnügten sich damit, große Mengen Brandy zu trinken und mit ihren Pistolen auf Alligatoren, Leguane, Papageien und alles Mögliche andere zu schießen, was sich an den Ufern bewegte. Quinn blieb ihnen gegenüber misstrauisch und sprach nur wenig; Morgan tat es ihm gleich, protestierte jedoch, als zwei von ihnen wahllos auf eine kleine Gruppe von Hütten feuerten und indianische Frauen und Kinder in den Dschungel trieben. Die vier waren von Morgans Einmischung nicht begeistert, aber die Bootsführer dankten ihm auf ihre Art: Nachts führten sie Morgan und Quinn zum Schlafen in Bambushütten mit Holzböden, und wenn Pascal abends über dem Feuer Affen- oder Leguanfleisch grillte, bekamen sie von nun an immer eine größere Portion. Wenn der Brandy herumgereicht wurde, bot Juan Morgan und Quinn Kokosnussschalen an, mit denen sie Flusswasser zum Nachspülen schöpfen konnten.

Als die Tage vergingen und die Hitze immer unerträglicher wurde, zeigten sich die Dandys zunehmend verärgert über die Angewohnheit der Bootsführer, ausgedehnte Siestas zu halten oder einfach stundenlang im Dschungel zu verschwinden, nur um dann angeheitert zurückzukommen und alte amerikanische Lieder wie »Old Susanna« oder »Yankee Doodle Dandy« zu singen. Doch Morgan und Quinn verteidigten die Führer und wiesen ihre Begleiter darauf hin, dass sie sich mitten in einem Land befanden, das keiner von ihnen kannte, und dass nichts damit gewonnen sei, wenn sie die Einheimischen schikanierten. Diese könnten schließlich den Entschluss fassen, einfach nicht mehr zurückzukehren. Sie seien fast in Las Cruces, gab Morgan zu bedenken, warum sollten sie also jetzt noch Streit vom Zaun brechen?

»Wir hätten schon gestern da sein können«, verkündete Merriman von seinem Platz im Bug, »wenn die nicht so viel getrunken hätten. Das haben wir Ihnen zu verdanken!«

»Das ist hier so Sitte.« Morgan musterte ihn misstrauisch. »Das wissen Sie so gut wie wir.«

»Mir ist auch noch kein Ire begegnet, der nicht gerne trinkt«, schnaubte Powell.

Morgan spürte, wie Quinn neben ihm immer angespannter wurde. »Dann sind Sie also ebenfalls Ire, Mister Powell?« Er schaute auf die Flasche, aus der Powell den ganzen Morgen über getrunken hatte.

»Hundert Prozent Amerikaner!« Powell hob gut gelaunt die Flasche. »Schon seit der Mayflower.«

»Mayflower … ist das ein Pub?«, fragte Morgan mit Unschuldsmiene.

Jeffers und Downing hatten sich aufgesetzt, blickten unter den

Krempen ihrer identischen Strohhüte hervor und beobachteten, wie das Drama seinen Lauf nahm.

»Wenn du Ärger willst«, knurrte Merriman und zog sein Bowiemesser aus der Scheide, »dann guck mal, was ich hier habe.«

»Oh, ich muss schon sagen, tolle Vorstellung, Merriman!«, applaudierte Downing.

»Sie fuchteln verdammt viel mit dem Messer rum.« Morgan stand auf. »Aber ich hab noch nie gesehen, dass Sie's auch benutzen.«

»Verpass ihm eine Kerbe«, grölte Powell. »Zeig ihm, dass er kein Gegner für einen geübten Gentleman ist.«

»Sie sind also geübt?« Morgan trat einen Schritt auf ihn zu. »Im Einstecken auch, nehme ich an.«

Hinter ihm richtete sich Quinn zu seiner vollen Größe auf und machte ebenfalls einen Schritt nach vorn. Das Boot, das nur halb an Land gezogen worden war, schwankte leicht in dem dunklen Wasser. Am anderen Ufer glitt ein Alligator in den Fluss, und ein Schwarm Papageien stieg kreischend aus dem Blätterdach auf.

Merriman wich nicht von der Stelle, aber der Schweiß tropfte ihm von der Stirn und auch auf seiner Oberlippe hatten sich Tropfen gesammelt, die er nun nervös mit der Zunge ableckte.

»Sie wollen sich doch gar nicht mit mir schlagen«, sagte Morgan ruhig, wobei er den Mann nicht aus den Augen ließ. »Und ich mich nicht mit Ihnen. Stecken Sie das Messer weg, dann vergessen wir die Sache.«

Unsicher schaute Merriman zu Powell. In dem Moment machte Morgan einen Satz nach vorne und schlug dem anderen das Messer aus der Hand, hob es auf und warf es über Bord. Merriman taumelte zur Seite, als wolle er hinterherspringen, aber Morgan packte ihn am Arm.

»Tun Sie das nicht.« Er zeigte auf den Alligator. »Es ist weg. Vergessen Sie's.«

Wütend riss Merriman sich los, kehrte zum Bug des Kanus zurück, wandte den beiden Iren den Rücken zu und wartete auf die Rückkehr der Führer, neben sich die Flasche. Seine Pistole steckte jetzt vorne im Hosenbund.

»Glaubst du, dass sie geladen ist?«, fragte Quinn leise aus dem Schatten im hinteren Teil des Boots.

»Oh, ja. Er ist genau der Typ, der sich selbst in die Eier schießt.« Morgan grinste. »Am besten halten wir uns bis nach Las Cruces von ihm fern. Nur noch ein Tag. Wie fühlst du dich?«

»Ich genieße die Abwechslung«, erwiderte Quinn. »Es ist schön, aus der Nähe zu sehen, wie die oberen Zehntausend leben.«

Morgan lächelte und reichte ihm ein Stück zähes weißes Fleisch.

»Irgendein Fisch, oder?« Quinn drehte das Fleischstück um und begutachtete die Rückseite.

»Hab nicht gefragt. Muss aber nahrhaft sein ... wenn man ihn bei sich behält.«

»Wohl wahr.« Quinn nahm einen Bissen und kaute zufrieden darauf herum.

Die Führer kehrten zurück, ausgeruht, gesättigt und angetrunken, und sie legten noch ein paar Meilen zurück, bevor sie für die Nacht festmachten. Morgan tat jedoch kein Auge zu; die angespannte Stimmung auf dem Boot missfiel ihm.

Die vier Dandys schliefen noch, als Juan und Ortiz den Einbaum bei Sonnenaufgang wieder abstießen, wussten also nicht, wie viele Stunden vergangen waren, bevor die Bootsführer erneut anhielten, um Rast zu machen.

»Herrgott noch mal!«, beschwerte sich Powell aufgebracht, die Hände gegen den pochenden Schädel gepresst, trockenen Speichel in den Mundwinkeln. »Nein, nicht schon wieder! Das erlaube ich nicht.«

»Genau«, stimmte Jeffers ihm zu. »Lass sie nicht gehen!« Er und Downey standen auf und versperrten den vorderen Teil des Bootes.

Pascal legte seine Stake beiseite, zuckte gleichgültig mit den Schultern und sprang über Bord. Mit ein paar Zügen erreichte er das Ufer. Ortiz und Juan lachten und wollten es ihm gleichtun, doch Merriman packte Juan am Arm und hielt ihm die Pistole an die Schläfe.

»Nein!«, schrie er den Bootsführer an und schüttelte den Kopf, um seinem Befehl Nachdruck zu verleihen. »Ihr bleibt an Bord! Wir fahren weiter!«

»Komm sofort zurück!« Powell richtete seine Pistole auf Pascal, der am Ufer stand.

»Gut gemacht!« Downey erhob sich und klopfte auf die Waffe, die in seinem Gürtel steckte.

Jeffers trat einen Schritt vor und feuerte über den Kopf von Pascal hinweg. »Sofort!«, kommandierte er. Doch Pascal kam nicht zurück, sondern zog seine Machete.

Juan verzog keine Miene; seine Blicke wanderten zwischen Pascal und Ortiz hin und her, wobei er ihnen etwas mitzuteilen schien. Trotz Powells Befehl, sich nicht zu bewegen, beugte sich Ortiz langsam hinunter und hob eine hölzerne Harpune mit Metallspitze auf. Morgan, der seine eigene Pistole in Reichweite wusste, und Quinn, der sein Messer hinter dem Rücken hielt, standen schweigend da und schätzten die Entfernung zwischen Angreifern, Geisel, Verteidigern und sich selbst ab.

»Wenn Sie die Männer gehen lassen, werden sie Sie vielleicht nicht töten«, sagte Morgan leise. »Wenn Sie abdrücken, müssen Sie alle erschießen. Und was dann?«

»Halt die Klappe!«, schrie Merriman mit rotem Gesicht und drückte Juan den Lauf der Pistole noch fester an die Schläfe. »Lasst eure Waffen fallen! Du doch nicht!«, rief er, als Powells Pistole zu Boden fiel und wegrutschte.

Ehe Powell sich nach ihr bücken konnte, hatte Quinn sie schon aufgehoben.

»Eindeutig kein Ire«, sagte er und richtete die Pistole auf Powell. »Wenn er Pascal erschießt, erschieße ich dich. Los, red mit ihm.«

»Nein!« Powell wandte sich zu seinem Freund um. »Lass die Waffe fallen, Merriman! Um Himmels willen, diese Typen sind verrückt. Tu, was sie sagen.«

»Sie bringen uns sowieso um«, stieß Merriman mit Panik in den Augen hervor. »Oder sie lassen uns hier zurück, damit wir verrecken.«

»Vielleicht sind sie aber auch bessere Menschen als ihr und lassen euch leben«, sagte Morgan ruhig. »Sie haben keine andere Wahl, Merriman. Werfen Sie Ihre Waffe über Bord. Sofort.«

Widerstrebend lockerte Merriman den Griff um Juan und ließ langsam die Pistole sinken. Plötzlich riss Juan sich los, und Merriman richtete die Pistole auf Morgan. Quinn zog blitzschnell das Messer hinter seinem Rücken hervor und schleuderte es gezielt auf Merriman; die Klinge traf den Arm des Mannes in dem

Moment, als er abdrückte. Morgan ging zu Boden. Quinn ließ sich auf die Knie fallen, während Pascal und seine Freunde sich anschickten, mit den anderen kurzen Prozess zu machen.

»Nein.« Morgan öffnete die Augen. »Nicht töten.«

»Halt!«, schrie Quinn. »Herrgott noch mal, ich reiße euch in Stücke, wenn ihr nicht sofort aufhört und diesen Mann zu einem Arzt schafft.«

Juan schlug Merriman nieder und zerrte ihn in die Mitte des Boots; Pascal trieb die anderen drei ebenfalls dorthin, drückte sie zu Boden, so dass sie Rücken an Rücken saßen, und band ihnen die Hände zusammen. Ortiz stieß das Boot mit seiner langen Stake ab und brachte es mit Unterstützung von Pascal so schnell wie möglich in Fahrt. Juan schöpfte einen Eimer Wasser, holte sich ein Hemd von einem der Dandys und riss es in Streifen, die Quinn dann fest um Morgans Oberarm band, um die Blutung zu stoppen.

»Bist du verletzt?«, fragte Morgan schwach.

»Hab nicht mal einen Kratzer abbekommen«, erwiderte Quinn. »Ist es nicht wie in alten Zeiten – du bringst uns in Schwierigkeiten, und ich hole uns raus?«

Morgan sah ihm in die Augen. »Ich wusste schon, warum ich dich unbedingt dabeihaben wollte.«

»Womit du mal wieder Recht behalten hättest.« Quinn legte Morgan eine Hand auf den Kopf. »Mach die Augen zu und ruh dich aus. Wir sind bald da.«

Sie erreichten das Dorf Las Cruces am späten Nachmittag, und Quinn sah sofort, dass sie hier keinen Arzt finden würden. Vor ihnen lagen einundzwanzig Meilen steiles Hügelland, das sie auf Maultieren überqueren mussten. Aber das würde Morgan mit einer Kugel in der Schulter unmöglich schaffen; sie mussten hier bleiben und das Geschoss entfernen, auch wenn die Gefahr bestand, dass sich die Wunde in diesem Klima entzündete, und Morgan das nicht überleben würde. Wir haben keine andere Wahl, sagte sich Quinn. Er wusste, was zu tun war, und er würde es tun.

Die Bootsführer stießen Merriman, seine Freunde und deren Gepäck ans schlammige Ufer und paddelten dann zum anderen Ende des kleinen Dorfes, wo sie Morgan an Land trugen, Quinn mit ihren Taschen im Schlepptau. Er folgte ihnen in ein schäbiges Hotel, das so groß war wie sechs oder sieben aneinander gereihte Bambushütten, und hörte zu, als sie mit dem Mann verhandelten, der offenbar der Inhaber war.

»Dahin.« Pascal zeigte auf einen langen Holztisch am anderen Ende des Raums. »Hole Feuer, heißes Wasser. Du schneidest. Muss sein.«

Quinn nickte. »Muss sein, das stimmt.« Er folgte den Männern zu dem Tisch, auf dem sie Morgan vorsichtig ablegten. Dann verschwanden sie kurz und kehrten wenige Minuten später mit zwei verrosteten Laternen, einer Binsenfackel, einem Holzeimer mit Flusswasser und einem Krug starkem Rum zurück.

»Danke, Pascal«, sagte Quinn und rollte sich die Hemdsärmel auf. »Danke, Juan, Ortiz. Was passiert jetzt mit den anderen Jungs?«

Die Bootsführer sahen einander an und zuckten die Achseln.

»Vielleicht ist Truhe verschwunden«, sagte Ortiz mit einem feinen Lächeln, und Quinn erinnerte sich plötzlich an die Truhe, die noch an Bord war. »Vielleicht keiner verkauft ihnen Maultiere, nur für viel Geld. Vielleicht sie sitzen hier fest.« Wieder zuckte er die Achseln. »Aber nicht du und er. Ihr geht bald.«

»Richtig.« Quinn nickte. »Sobald ich diese Kugel aus seiner Schulter geholt habe und er sich ein wenig ausgeruht hat, machen wir uns auf den Weg.«

»Er guter Mann«, sagte Juan leise.

»Bei Gott, Bruder«, entgegnete Quinn. »Und wenn du schon hier herumstehst und zusiehst, kannst du auch gleich die Laterne halten.«

Sie blieben zwei Tage in Las Cruces, ehe sie aufbrachen und sich auf eine der unwegsamsten Straßen der Welt begaben – so kam es zumindest Quinn vor. Die wenigen Frauen, die diese Reise überhaupt unternahmen, trugen Hosen und Stiefel für den Ritt, und ihre Kinder wurden in Hängematten oder auf dem Rücken einheimischer Träger befördert; überall lauerten Schlangen und wilde Tiere, und ständig blieb der Treck im Schlamm stecken. Quinn betete ununterbrochen, dass Morgan, so schwach wie er war, nicht an Gelbfieber oder an der Malaria erkrankte, der so viele Reisende unterwegs zum Opfer fielen. Es war schon schlimm genug, dass er an der Ruhr litt, was ihn bei seiner ohnehin angeschlagenen Gesundheit noch zusätzlich schwächte. Endlich erreichten sie zu Quinns großer Erleichterung Panama City. Einst prächtiger, legendärer Sitz der spanischen Machthaber in der Neuen Welt, war es nun eine heruntergekommene Stadt mit baufälligen Hütten und zerfallenen Häusern, von Gras überwachsenen Straßen und Plätzen, in der viele Goldsucher das Schicksal in Form der Cholera ereilt hatte. Spieler, Prostituierte, Opportunisten aller Art zogen von einem fragwürdigen Hotel ins andere, auf der Suche nach ihrem nächsten Opfer, und Quinn war entschlossen, diesen Ort zusammen mit Morgan so schnell wie möglich wieder zu verlassen. Er fand ein kleines, vergleichsweise sauberes Hotel in der Nähe der Fahrkartenverkäufer und ließ Morgan im Zimmer zurück, damit er sich erholen konnte. Er selbst ging los und buchte für sie beide eine Passage auf dem nächsten Dampfer nach San Francisco, der in zwei Tagen ablegen und dann einen Monat lang die Küste hinauffahren würde. Er habe Glück, erklärte ihm der alte Fahrkartenverkäufer: Als es noch keine Dampfer gab, habe ein Schiff manchmal bis nach Hawaii auf den Pazifik hinaussegeln müssen, bevor es die günstigen Winde erwischte, die es nach San Francisco trugen. Damals habe die Fahrt doppelt so lange gedauert wie heute auf einem Dampfer. Glück, dachte Quinn auf dem Weg zurück zum Hotel, ja, ich habe Glück gehabt, und Gott hilf mir, dass ich ihn lebend dorthin bringe. Gott gebe, dass wir sie finden.

36

Sean war nur mit einem dünnen Laken zugedeckt und lag schweißgebadet und mit hohem Fieber stöhnend auf seinem Bett. Mei Ling hatte den Apotheker aufgesucht, aber als es Sean immer schlechter ging, nahm sie allen Mut zusammen und machte sich auf den Weg zu dem berühmten chinesischen Arzt Li Po Tai, dessen Praxis direkt am großen Platz lag. Hier wartete sie drei Stunden, nur um dann zu erfahren, dass der Doktor nicht in der Stadt war und auch so bald nicht zurückerwartet wurde. Sein Gehilfe hatte jedoch Mitleid mit ihr und ließ sich Mister Sungs Symptome beschreiben. Es sei nicht die Cholera, versicherte er ihr, und auch kein Gelbfieber; es könne sich um Malaria handeln oder, so deutete er vorsichtig an, um eine Opiumvergiftung. Als sie vielsagend schwieg, gab er ihr Mariendistel für Mister Sungs Leber sowie mehrere andere Kräuter, die seine Organe reinigen sollten. Außerdem empfahl er, Mister Sung solle viel Flüssigkeit in Form von Wasser, Tee und Brühe zu sich nehmen.

Mei Ling eilte nach Hause, voller Angst, sie könne Mister Sung tot vorfinden, doch er lebte noch. Sie bereitete die Mariendistel zu, kochte Tee und brachte alles auf einem Tablett hinauf in sein Zimmer. Dort war es stickig und schwül, die Luft abgestanden, aber sie traute sich nicht, das Fenster zu öffnen – würde sie böse Geister hinaustreiben oder sie womöglich erst hereinlassen? Würde die frische Luft ihm das Atmen erleichtern, oder würde sein Schüttelfrost dadurch nur noch schlimmer? Sie setzte sich neben ihn aufs Bett, half ihm mit einer Hand hoch, so dass sein Kopf an ihrer Brust ruhte und machte sich daran, ihm mit der anderen Hand Tee einzuflößen. Sean trank ein paar Schlucke, hustete, versuchte es erneut, stöhnte und schloss dann die Augen.

Es war alles ihre Schuld, das wusste Mei Ling tief in ihrem Herzen, und sie konnte den Gedanken kaum ertragen. Irgendetwas war aus diesem Bild von Mister Sungs Schwester herausgesprungen, hatte von seinem Körper Besitz ergriffen und ihn krank gemacht. Mei Ling hatte zu jedem Gott gebetet, den sie kannte, und an diesem Abend hatte sie auch den amerikanischen Gott aus der Krippe hinzugenommen und sich vor die Figuren gekniet, die seit Weihnachten und Chang-Lis Abreise dort standen. Sie hatte den amerikanischen Gott angefleht, das Leben von Mister Sung zu retten, weil er ein achtbarer Mann war und weil – Mei Ling konnte es jetzt, da sein Leben auf dem Spiel stand, zugeben – sie Liebe für ihn empfand. Sie erinnerte den amerikanischen Gott daran, dass er allmächtig war und alles vermochte, und war überzeugt, dass er ihre Bitte erhören würde. Da sie nicht wusste, welche Opfergaben man dem amerikanischen Gott traditionsgemäß überreichte, brachte sie einfach ihre Liebe zu ihm und ihr Vertrauen in ihn dar, in der Hoffnung, dies würde genügen. Danach lief sie wieder die Treppe hinauf, eilte in Mister Sungs Zimmer und lauschte, wie sein unruhiger Atem allmählich gleichmäßiger wurde.

Mei Ling zog die Vorhänge zurück, um die letzten Strahlen der Abendsonne hineinzulassen, und öffnete dann auch das Fenster einen Spalt, damit Mister Sung das zuversichtliche abendliche Trällern der Rotkehlchen hören konnte. Das Laken, das ihn bedeckte, war durchnässt; sie nahm es fort, setzte ihn auf und zog ihm die Kleider aus. Anschließend rieb sie ihn mit dem abgekühlten Tee ab und war besonders sanft, als sie seinen verkrüppelten Arm berührte, den er sonst immer vor ihr verbarg – es war ein schöner Arm, und sie küsste ihn voller Ehrerbietung. Dann wusch sie das Bein, das leicht gekrümmt und kürzer war als das andere – es war ein schönes Bein, und sie legte ihre Wange für einen Augenblick auf seinen Oberschenkel. Anschließend hüllte sie ihn in einen von Chang-Lis Seidenumhängen und deckte ihn mit einem frischen Laken zu, setzte sich zu ihm aufs Bett und strich ihm die Haare aus der Stirn. Ohne seine Brille und mit geschlossenen Augen sah Mister Sung schutzlos, ja verletzlich aus. Sie drückte ihre Lippen auf seine Stirn. Er stöhnte im Schlaf und drehte sich auf die Seite, weg von ihr, wobei seine Hand ihr Bein streifte; sie legte sich hinter ihm aufs Bett, schmiegte sich an ihn, schob einen Arm unter seinen und ließ ihn über seine Brust fallen.

»Mister Sung«, flüsterte Mei Ling. »Mister Sung, Mister Sung …« Sie hielt ihn fest und wiegte ihn sanft, bis sie beide einschliefen.

Mei Ling öffnete die Augen im Morgengrauen, als die Vögel draußen gerade zu singen begannen, und stellte fest, dass Mister Sung ebenfalls wach war, auch wenn er sich nicht bewegte.

»Ich kann nicht zu meiner Schwester gehen«, flüsterte er, noch immer zu Mei Ling mit dem Rücken. Seine Hand suchte ihre und hielt sie fest. »Ich habe Angst.«

»Ja«, sagte Mei Ling sanft. »Mister Sung schämen sich.«

»Ich bin nicht Mister Sung. Mein Name ist Sean. Sean O'Malley.«

»Sean.« Mei Ling versuchte, seinen Namen auszusprechen, und wiederholte ihn so oft, bis es sich richtig anhörte. »Ja, Mei Ling kennen Sean jetzt.«

Er drückte ihre Hand fest an seine Brust und begann dann, am ganzen Körper zitternd, zu weinen.

Mei Ling hörte ihm zu, während er ihr im Flüsterton davon erzählte, wie er mit seiner geliebten Schwester aufgewachsen war, der besten und treuesten Freundin, die er je gehabt hatte. Er erzählte ihr, wie er nach Amerika gekommen war, wie Grace nach Amerika gekommen war, von all ihren Hoffnungen, und wie Grace von jedem, dem sie begegnete, geliebt und geachtet wurde, während er – ihr geistig überlegener Bruder – alles weggeworfen hatte für etwas, das am Ende nichts wert gewesen war. Er hatte sie mit den Kindern allein gelassen, sie im Stich gelassen, weil er überzeugt gewesen war, sie würde irgendwann genauso denken wie er. Aber dann war sie gestorben – zumindest hatte er das geglaubt –, und auch in ihm war etwas gestorben. Mei Ling spürte, wie er erschauderte. Er hatte sich von Gott abgewandt, jeglicher Moral den Rücken gekehrt und sich in den Abgrund fallen lassen, in der Hoffnung auf ein rasches Ende. Aber

Gott hatte ihn nicht so schnell gehen lassen, sondern dafür gesorgt, dass er den weltlichen Reizen erlegen war – Reichtum, zuerst aufregend und dann abstumpfend, körperliche Liebe, die ihn zuerst erregte und dann schal wurde, Drogen und Alkohol, die das Vergnügen erst steigerten und ihn dann von innen aushöhlten. Er hatte vorgehabt, so gestand Sean ihr jetzt, sich Weihnachten eine Kugel in den Kopf zu schießen, an dem Tag, an dem Chang-Li versucht hatte, ihm Mei Ling zu übereignen. Da hatte er sich geschworen, zumindest noch eine ehrenhafte Sache zu tun, ehe er diese Welt verließ: Er wollte dafür sorgen, dass Mei Ling sicher und in Freiheit leben konnte. Und dann hatte er es doch nicht fertig gebracht, sich zu erschießen. Jetzt war es Mei Ling, die sich fester an Sean schmiegte. Er habe, so erzählte er weiter, auf einmal gedacht, dass es sich vielleicht doch lohne, noch ein wenig länger auf dieser Erde zu verweilen. Aber als er erfahren habe, dass nicht nur Grace, sondern wundersamerweise auch Morgans Sohn überlebt hatte – es musste Morgans Sohn sein, die Ähnlichkeit mit dem Vater war einfach zu groß –, habe er erkennen müssen, wie tief er gefallen war und wie sehr er sich von diesem Leben und von jeder Hoffnung auf Erlösung entfernt hatte.

»Ich bin ein Verbrecher, Mei Ling«, gestand Sean. »Ein Spieler, ein Trinker, ein Hurenbock, ein Opiumsüchtiger. Ich bin noch weniger als nichts.«

»Ja«, sagte Mei Ling nur. »Aber gütig.«

»Nicht einmal das. Ich würde Grace und den Kindern nur Schande bringen. Mary Kate und Morgans Sohn.« Seans Stimme versagte fast. »Es ist besser, alles so zu lassen, wie es ist. Zumindest für den Augenblick.«

Und so, dachte Mei Ling bei sich, würdest du dein Schicksal wieder einmal dem Zufall überlassen, würdest riskieren, deine einzigen Verwandten zu verlieren, nur um dich nicht erniedrigen und als der zu ihnen gehen zu müssen, der du bist. Sie dachte darüber nach und überlegte, was sie für diesen sehr klugen, sehr dummen Mann tun könnte, und plötzlich wusste sie es.

Es verging eine Woche, ehe Sean wieder bei Kräften war und in die Pfandleihe zurückkehren konnte. Zwar musste er sich noch immer ein- oder zweimal am Tag auf der Pritsche im Hinterzimmer ausruhen, doch er griff nicht mehr zu seiner Pfeife, sondern lag einfach nur auf dem Rücken, die Hände hinter dem Kopf verschränkt, und starrte an die dunkle Decke. Mei Ling kochte ihm Tee und kleine Mahlzeiten aus Reis und Fisch, Nudeln und klarer Suppe, und sorgte dafür, dass er aß. Allmählich erinnerte er nicht mehr an einen Schatten, sondern fast schon wieder an einen Mann. Die ganze Zeit über erwähnte er seine Schwester jedoch mit keinem Wort. Mei Ling quälte ihn nicht damit, aber sie ging noch zweimal zu dem Apotheker, von dem es hieß, er beherrsche die englische Schrift. Sie ließ sich von ihm eine Nachricht aufschreiben und bezahlte dann den Sohn des Apothekers dafür, dass er den Brief zu der Adresse brachte, die sie ihm auf der kleinen weißen Karte zeigte. Und dann war die Nachricht auf dem Weg, und sie konnte nur abwarten, was geschehen würde.

Es war ein wunderschöner Morgen. Weiße Wolken schwebten hoch über dem Hafen, und große Möwenschwärme streiften über die Piers, während kleine braune Spatzen überall durch die Stadt schwirrten und nach Plätzen Ausschau hielten, wo sie landen und sich ausruhen konnten. Die Luft war klar und angenehm warm, aber nicht so heiß, dass der Dung in den Straßen und Aborten oder die Abfälle in den Hinterhöfen austrockneten. Der Frühling war Mei Lings liebste Jahreszeit, freundlich und voller Verheißung. An diesem Morgen gab es auf dem chinesischen Markt frische Hühner, und Mei Ling überlegte, ob sie eines für das Abendessen kaufen sollte. Wenn sie früh genug nach Hause ginge, könnte sie es mit Öl und Kräutern marinieren und dann über dem Feuer grillen. Allein der Duft würde Seans Appetit anregen. Ja, sie würde ein Huhn zubereiten und sie würde auch nach frischem Gemüse Ausschau halten und sehen, ob der neue Reis bereits eingetroffen war.

»Mei Ling kochen heute Abend Huhn«, rief sie über die Schulter.

»Das wäre wundervoll. Danke, Mei Ling«, erwiderte Sean aus dem kleinen Zimmer hinter dem Vorhang.

Mei Ling nickte, zufrieden mit sich, zufrieden mit ihrem Leben, trotz der leichten Anspannung, die sie verspürte. In dem Moment wurde die Ladentür geöffnet, und der Druck in ihrem

Magen verstärkte sich, aber Mei Ling war entschlossen, ihn zu ignorieren.

»Willkommen im House of Good Fortune«, begrüßte sie ihre Gäste, die in der Tür stehen geblieben waren, herzlich.

»Mei Ling.« Grace hielt an jeder Hand ein Kind. »Das sind Jack und Mary Kate. Kinder, das ist Mei Ling.«

Mei Ling verbeugte sich höflich vor dem kleinen Mädchen, das die gleichen dunklen Locken wie seine Mutter hatte und große, ernste Augen, die eine leidgeprüfte, weise Seele verrieten. Mary Kate verbeugte sich ebenfalls. Dann drehte sich Mei Ling zur Seite und verbeugte sich vor dem kleinen Jungen, dessen Seele vor leuchtender Energie strotzte und dessen Brille sie an Sean erinnerte. Jack folgte dem Beispiel seiner Schwester und verbeugte sich ebenfalls vor Mei Ling.

»Ist das ein Laden?«, fragte er. »Bist du eine Chinesin?«

»Ja.« Mei Ling lächelte. »Und ja.«

»Danke für die Einladung zum Tee.« Grace küsste Mei Ling auf die Wange. »Ich freue mich sehr, Sie wiederzusehen. Sollen wir hineinkommen oder gehen wir irgendwo anders hin?«

»Kommen herein.« Mei Ling machte einen Schritt zur Seite, damit sie eintreten konnten, und legte dann einen Finger auf die Lippen, um ihnen zu bedeuten, dass sie leise sein sollten. »Bitte warten«, sagte sie, und ihr Herz raste. »Mei Ling haben Geschenk für Familie.«

Grace neigte den Kopf zur Seite und schaute Mei Ling verwirrt an. Doch dann nickte sie und blieb ruhig in der Mitte des Raums stehen, die Hände auf die Schultern der Kinder gelegt, während Jack sich den Hals verrenkte, um alles im Laden genau zu sehen.

Mei Ling ging nach hinten und rief durch den Vorhang: »Mister Sung. Bitte kommen heraus.«

Da sie ihn mit seinem Geschäftsnamen angesprochen hatte, nahm Sean an, es seien Kunden im Laden, die mehr Beratung wünschten, als Mei Ling ihnen geben konnte. Also schob er sofort den Vorhang zur Seite, knöpfte im Gehen seine Weste zu, zog seine Manschetten glatt und warf zuerst Mei Ling und dann den Kunden einen Blick zu. Wie versteinert blieb er stehen.

»Das *meimei*«, stellte Mei Ling Grace leise vor und verschwand hinter der Ladentheke.

»Schön, Sie kennen zu lernen.« Grace machte mit ausgestreckter Hand ein Paar Schritte nach vorn, um Mei Lings Chef zu begrüßen. Ein seltsam aussehender Mann, dachte sie, als sie näher kam, kein Chinese, sondern ein Europäer, auch wenn sein Haar … und nun blieb auch sie stehen. »Sean?«, flüsterte sie.

Er starrte sie an und nickte schließlich langsam, während sich sein Blick hinter den Brillengläsern trübte.

»Sean!« Grace schlang die Arme um ihn. »Oh, Sean!« Wieder schaute sie ihn an und begann dann zu weinen; ihre Lippen bebten, als sie seine Wange küsste. »Oh, Sean«, schluchzte sie. »Gott sei Dank. Gott sei Dank.«

Sean legte vorsichtig die Arme um sie, doch dann wurde seine Umarmung fester, und auch er begann zu weinen. »Es tut mir leid, Gracelin«, flüsterte er und küsste ihr Haar. »Es tut mir so unendlich leid. Bitte verzeih mir. Bitte.«

Die Kinder verfolgten das Ganze mit großen Augen, und dann ließ Mary Kate die Hand ihres Bruders los und trat zu ihnen.

»Onkel Sean?«

Grace und Sean lösten sich aus ihrer Umarmung und wischten sich die Tränen aus den Augen, als sie sich dem kleinen Mädchen zuwandten. Sean nickte und kniete sich mit seinem gesunden Bein vor sie.

»Ja.« Er streckte ihr eine Hand entgegen. »Kommst du zu deinem Onkel und gibst ihm einen Kuss, Mary Kathleen?«

Als Mary Kate sich in seine Arme warf, fiel er fast um, doch dann rappelte er sich auf und hob sie hoch, um sie fest an sich zu drücken.

»Oh, mein kleines Mädchen«, flüsterte er ihr ins Ohr. »Ich habe dich so sehr vermisst, mehr als du dir vorstellen kannst.«

Mary Kate machte sich los und schaute ihm in die Augen. »Wir haben dich überall gesucht, Onkel Sean«, sagte sie beiläufig.

»Ja?«, fragte er mit brechender Stimme. »Nun, jetzt habt ihr mich ja gefunden.« Wieder küsste er sie und setzte sie dann ab, ließ ihre Hand aber nicht los. »Und wer ist dieser feine junge Herr?«, fragte er und schaute Jack an.

Der Junge kam etwas näher, blieb aber neben seiner Mutter stehen und hielt sich an ihrem Rockzipfel fest.

»Das …« Grace schluckte und legte ihm die Hand auf den

Kopf. »Das ist John Paul Morgan McDonagh. Aber wir nennen ihn Jack.«

Ein Schluchzen entfuhr Seans Lippen, doch er riss sich zusammen und fragte Grace: »Wie um Himmels willen …?«

»Er war die ganze Zeit bei Julia Martin«, erklärte sie. »Sie hat sich um ihn gekümmert und ihn dann nach Boston gebracht.«

Sean schüttelte verwundert den Kopf und schaute hinunter zu dem kleinen Jungen, der ihn vorsichtig beäugte. »Gibst du mir die Hand, Jack? Ich bin dein Onkel Sean, und ich kannte deinen Dad.«

Jack trat einen Schritt nach vorne und streckte seine kleine Hand aus, die Sean mit beiden Händen ergriff.

»Du siehst genauso aus wie er. Als wir Jungs waren.« Sean blickte Grace an. »Es ist ein Wunder.«

»Ja.« Sie nickte, und Tränen stiegen ihr in die Augen. »Dies alles ist ein Wunder.«

»Mei Ling.« Sean sah sich nach der jungen Frau um, die still hinter der Theke stand, die Hände in den Ärmeln vergraben, den Kopf gesenkt. »Steckst du dahinter?«

Es wurde ganz still im Raum. Alle Augen richteten sich auf Mei Ling, die den Kopf hob, Sean anschaute und nickte. »Familie«, sagte sie mit einem Ausdruck stiller Würde, »sein alles.«

»Ja.« Sean ging zu ihr und legte den Arm um sie. »Familie ist alles. Danke, Mei Ling. Danke.«

Es gab viel zu erzählen. Sean schloss den Laden ab und nahm sie alle mit nach Hause, wo Mei Ling Tee zubereitete – überrascht, dass sie bei ihr in der Küche blieben und auch einen Stuhl für sie an den Tisch zogen. Sie saß in ihrer Mitte, wärmte sich die Hände an der dünnen Tasse und hörte zu, während Sean und Grace einander berichteten, was sie in den vergangenen Jahren erlebt hatten, an welchen Orten sie gewesen waren, wie es den vielen Menschen ergangen war, die sie kannten. Mei Ling sah, wie sie lachten, dann weinten und wieder lachten; sie schaute aufmerksam in ihre Gesichter und staunte über die Liebe, die in ihren Augen leuchtete, und darüber, dass sie einander so ungezwungen und mit solcher Zuneigung und Zärtlichkeit berührten. Dieser Anblick trieb ihr selbst die Tränen in die Augen, und sie beugte sich tief über ihre kleine Tasse, um sie zu verbergen.

Aber Sean sah, dass Mei Ling weinte, und bedeckte ihre Hand mit der seinen. »Diese Frau hat mich gerettet«, sagte er zu seiner Schwester, doch die Worte waren für Mei Ling bestimmt. »Ich liebe sie«, erklärte er allen, und Mei Ling schaute ihm in die Augen, um zu sehen, ob er die Wahrheit sprach. »Ich liebe dich«, sagte er, direkt an sie gewandt, und da wusste sie, dass es stimmte.

»Ist Onkel Sean ein Chinese?«, fragte Jack, und alle lachten.

»Ich bin Ire, wie deine Mam«, erklärte Sean dem Jungen. »Und Amerikaner. Und wenn ich Glück habe, werde ich irgendwann auch noch chinesische Kinder bekommen.«

Mei Ling starrte ihn an, weil sie kaum zu glauben wagte, was sie gehört hatte, und sah dann zu seiner Schwester hinüber, an deren Voraussage sie nun denken musste.

»Ich kann es gar nicht erwarten, sie kennen zu lernen«, sagte Grace leise und schaute Mei Ling in die Augen. »Willkommen in unserer Familie, Schwester. Mei Ling O'Malley!«, rief sie und lächelte. »Das nenne ich einen modernen amerikanischen Namen!«

37

Es lagen zwei Briefe aus Amerika in dem Paket, das Abban abholte, als er und Gavin Donohue in die Stadt fuhren, um Vorräte einzukaufen: Der erste, so stellte er erleichtert fest, stammte von Grace, die offenbar an einem Ort namens San Francisco in Kalifornien gelandet war; der zweite kam aus New York, und das machte ihn stutzig, da dort keine Verwandten von ihnen mehr lebten. Da ihm noch etwas Zeit blieb, ehe Gavin von seinen Besorgungen zurückkehren würde, setzte Abban sich auf die Bank vor der Post und sah sich die Handschrift, die ihm irgendwie vertraut vorkam, genauer an. Er legte die anderen Päckchen beiseite und öffnete den Brief vorsichtig, nahm zwei Bögen heraus und begann zu lesen.

Lieber Abban, liebe Barbara,
erst jetzt habe ich erfahren, dass ihr überlebt habt und inzwischen sogar verheiratet seid, und mein Herz ist voller Freude für euch beide. Ich wollte euch persönlich mitteilen, dass auch ich überlebt habe – auch wenn es euch vielleicht schwer fallen wird zu glauben, dass euer alter Freund und Bruder, Morgan McDonagh, tatsächlich noch am Leben ist …«

Abban ließ die Hand, die den Brief hielt, in den Schoß sinken, hob die Augen zum Himmel und dankte Gott mit jeder Faser seines Herzens. Morgan lebte. Er schüttelte den Kopf, kaum fähig zu glauben, dass dies nicht einer jener Träume war, die er manchmal hatte und in denen er zu Hause in die Küche kam, wo Morgan und Barbara beisammen saßen und sich ausschütteten vor

Lachen, jung, zuversichtlich und voller Leben. Er nahm den Brief, las ihn zu Ende, wischte sich die Augen, und las ihn noch einmal von vorne.

»Schlechte Nachrichten, Abban?« Gavin war mit dem Wagen vorgefahren und abgestiegen, doch Abban hatte kaum den Kopf gehoben.

»Nein, mein Junge«, sagte er jetzt. »Die beste Nachricht, die du dir vorstellen kannst. Der Bruder von Barbara und Aislinn lebt und ist in Amerika.«

Gavin schaute Abban verwirrt an. »Sie haben keinen Bruder. Sie hatten einen, und wie wir alle wissen, ist er tot.«

Abban schüttelte den Kopf und hielt ihm den Brief hin. »Er ist nicht tot. Es steht alles hier drin. Er hat in den großen Wäldern Kanadas gelebt, krank und am Ende seiner Kräfte, aber jetzt ist er in New York und sucht Grace. Er schreibt, dass Dugan ihm geholfen hat, und dass er sich nun zusammen mit Quinn Sheehan auf den Weg nach Westen machen will, um sie zu finden.« Abban hielt inne und schluckte den Kloß in seinem Hals hinunter. »Ich wusste nicht, dass Quinn in Amerika ist. Prima Kerl, dieser Quinn Sheehan. Es ist ein Wunder, dass die beiden zusammen sind.«

»Ja, das ist wirklich eine wundervolle Nachricht. Aislinn wird so glücklich sein.« Gavin lächelte. »Und Barbara natürlich. Komm, lass uns nach Hause fahren.«

Sie beluden den Wagen, dann kletterte Abban auf den Kutschbock, überließ jedoch Gavin die Zügel und dachte über diese unglaubliche Neuigkeit nach. Gott ist barmherzig, dachte er, dass er ein solches Unglück zu einem so guten Ende geführt hat.

Als sie auf den Hof des kleinen Heims fuhren, begrüßte Abban gedankenverloren die Kinder, die ihr Spiel mit Peigi O'Reardon unterbrachen und ihn lärmend umringten. Nicht einmal seine geliebten Zwillinge konnten seine ganze Aufmerksamkeit auf sich lenken, doch er nahm Nally auf den Arm und trug ihn ins Haus, dicht gefolgt von Declan. Barbara stand am Herd, als er hereinkam. Sie wollte ihn begrüßen, aber das Lächeln auf ihren Lippen erstarb, als sie seinen Gesichtsausdruck sah.

»Was ist passiert?«, fragte sie und wischte sich die Hände an der Schürze ab.

Abban legte das Postpaket auf den Tisch und gab ihr den Brief aus New York. »Wunderbare Nachrichten«, sagte er. »Lies selbst. Aislinn!«, rief er die Treppe hinauf. »Komm runter. Wir haben Post aus Amerika.«

Die junge Frau kam die knarrenden Stufen herunter und blieb kurz stehen, um Gavin anzulächeln, der mit seinem Hut in der Hand in der Tür stand.

»Was gibt's Neues?« Aislinns Gesicht war gerötet von der Arbeit und der Hitze des Tages, und aus ihrem Haarknoten hatten sich einige Strähnen gelöst.

»Er lebt.« Barbara war völlig benommen auf einen Stuhl gesunken. »Unser Morgan lebt.« Sie reichte den Brief weiter an Aislinn, die ihn rasch überflog und dann einen Freudenschrei ausstieß.

»Oh, Barbara!« Sie stürzte auf ihre Schwester zu, umarmte sie stürmisch und schlang anschließend die Arme um Abban. »Er lebt!« Sie zögerte nur einen Augenblick, dann fasste sie Gavin bei den Händen und tanzte mit ihm durch die Küche, wobei sie die gute Nachricht heraussang, sehr zur Freude der Zwillinge, die lachten und in die Hände klatschten.

»Ich kann kaum glauben, dass es wahr ist«, sagte Barbara, als Abban sich ihr gegenüber hinsetzte. »Weiß Grace, dass er kommt? Er schreibt nichts davon.«

Abbans Augen weiteten sich. »Da ist auch ein Brief von ihr.« Er holte ihn aus dem Paket und gab ihn seiner Frau. »Lies du ihn.«

Während Barbara den Brief öffnete und las, setzten sich Aislinn und Gavin an den Tisch und warteten.

»Also.« Barbara schaute sie alle an. »Mary Kate ist sehr krank gewesen, aber inzwischen geht es ihr wieder gut. Sie sind jetzt in San Francisco und wohnen im Haus eines Doktors, bei dem Grace als Köchin arbeitet.« Barbara hielt kurz inne und biss sich auf die Unterlippe; ihre Augen suchten die ihres Mannes. »Sie weiß nicht, dass er kommt, Abban. Sie und Kapitän Reinders werden Ende Mai heiraten.«

»Er trifft bestimmt rechtzeitig dort ein«, erwiderte Aislinn.

»Das wollen wir hoffen«, sagte Abban, wenig überzeugt. »Allerdings schreibt er, dass er mit dem Dampfschiff fährt, dann ein Stück über Land muss und anschließend wieder ein Dampfschiff nimmt. Das ist die schnellste Möglichkeit, und vielleicht ist er inzwischen ja schon fast da.«

»Das gebe Gott«, fügte Barbara hinzu.

Sie alle saßen schweigend um den Tisch, und die älteren Kinder, die spürten, dass etwas Ungewöhnliches geschehen war, kamen eins nach dem anderen in die Küche.

»Er schafft es!« Aislinn schlug mit der Faust auf den Tisch. »Und selbst wenn nicht ...« Sie stand auf und schaute sich im Raum um. »Selbst, wenn er es nicht schafft, so ist sie noch immer seine Frau.«

»Ja«, stimmte Barbara zu. »Aber es wird für sie alle schwer werden. Es sind viele Jahre vergangen ... Menschen verändern sich, und vielleicht liebt sie diesen anderen Mann genauso, wie sie einst unseren Morgan geliebt hat. Außerdem muss man auch an die Kinder denken.« Sie erhob sich und ging zur Treppe.

»Wo willst du hin, Barbara?« Abban sah ihr besorgt nach.

»Was glaubst du wohl? Nach oben, um zu beten, und ich möchte auch so bald nicht gestört werden.«

Aislinn und Abban sahen einander vielsagend an, dann zuckte Abban mit den Schultern. »Nun, wenn Gott überhaupt jemandem zuhört, dann ihr.« Auch er stand jetzt vom Tisch auf. »Am besten, ich mache mich wieder an die Arbeit und warte ab, wie Barbara das mit dem göttlichen Wunder hinkriegt.«

»Sollen wir Julia schreiben?«, fragte Aislinn. »Es wird auch für sie ein Schock sein.«

»Sie kommt nächste Woche mit dem Doktor und der kleinen Aidan hierher. Am besten, sie liest die Briefe dann selbst. Kommt, Kinder.« Abban trieb die kleine Schar zur Tür. »Geht wieder nach draußen und genießt diesen glücklichen Tag. Kümmerst du dich um das Essen, Aislinn?«

Aislinn nickte abwesend und ging zum Herd, offenbar ohne zu merken, dass Gavin noch immer am Tisch saß.

Der junge Mann stand leise auf und stellte sich neben sie. »Ich hab mir überlegt, dass ich vielleicht irgendwann auch nach Amerika gehen könnte«, verkündete er. »Um das Land zu sehen und so.«

Aislinn legte den Kochlöffel weg und schaute ihn an, die Hände in die Hüften gestemmt. »Und wovon willst du die Reise bezahlen, Gavin Donohue – du, der nicht einmal einen Penny als Bezahlung annimmt?«

Gavin zuckte verlegen die Achseln. »Ich hab ja nicht gesagt, dass ich sofort fahren will, oder? Irgendwann, in ferner Zukunft. Und nur, wenn hier alles geregelt ist. Aber dann schon. Ich bin stark, harte Arbeit macht mir nichts aus. Und ich bin noch jung.« Vorsichtig berührte er mit dem Finger eine Strähne ihres Haars. »Und du bist ebenfalls jung.«

»Das Leben, das ich vorher geführt habe, lässt einen Menschen nicht nur an Jahren altern«, entgegnete Aislinn. »Ich bin keines Mannes errötende Braut.«

»Ich weiß alles über dich, Aislinn McDonagh, und es macht mir nicht das Geringste aus. In Amerika ist man von all dem frei, kann neu anfangen. Schließlich ist auch dein Bruder dorthin gegangen.« Gavin schwieg einen Moment. »Ich würde ihn gerne irgendwann kennen lernen. Er muss ein großartiger Mann sein, und ich würde ihm gerne sagen, wie sehr ich seine Schwester liebe.«

Aislinn sah ihn nicht an, aber sie errötete, und ihre Finger umfassten seine Hand.

»Wir haben noch das ganze Leben vor uns«, drängte Gavin, ermutigt durch ihre Berührung. »Eine Chance, mehr zu tun als bloß zu überleben. Ich meine, wir sollten mit eigenen Augen sehen, was die Welt zu bieten hat, aber wenn du in Irland bleiben willst, Aislinn, dann bleiben wir hier.«

»Du stellst eine Menge Überlegungen an, Gavin Donohue«, sagte sie leise.

»Ich habe mein Herz schon in dem Augenblick an dich verloren, als du damals aus der Kutsche gestiegen bist … allerdings konnte ich sehen, dass man dich verletzt hatte und du bei deiner Familie sein musstest.« Gavin legte einen Finger unter ihr Kinn und hob es sanft an, so dass er ihr in die Augen sehen konnte. »Ich weiß, dass ich dir inzwischen nicht mehr gleichgültig bin, Aislinn, aber wenn du mir sagst, dass ich mich irre, werde ich nie mehr ein Wort darüber verlieren.«

»Du irrst dich nicht«, flüsterte sie.

Der junge Mann nickte ernst, doch sein Herz schäumte über vor Freude. »Wenn du mich also über die Zukunft reden hörst, weißt du, dass ich *unsere* Zukunft meine. Ich bitte dich, mir zu sagen, was du darüber denkst. Ich möchte wissen, was du denkst, Aislinn. Es ist mir wichtig.«

»Ich denke, du solltest mir mehr Zeit geben«, sagte sie, und ihr fiel auf, dass er nicht zusammenzuckte. Nach einer Weile fügte sie hinzu: »Und dann gehen wir vielleicht nach Amerika.«

Gavins Gesicht hellte sich auf, und er umarmte und küsste sie mit einer solchen Leidenschaft, dass ihre Füße vom Boden abhoben.

»Du wirst es nicht bereuen, Aislinn, niemals«, versprach er. »Ich werde hart arbeiten, damit wir ein gutes Leben haben, wir und unsere Kinder.«

Ihr Lächeln erstarb, doch er legte wieder die Arme um sie, hielt sie ganz fest und flüsterte ihr ins Ohr: »Ich weiß. Ich weiß von deinem Jungen, und ich werde mich zusammen mit dir an ihn erinnern, egal, wie viele andere wir noch haben werden. Er wird immer ein Teil von dir sein. Ich liebe dich, Aislinn.«

Sie spürte den rauen Stoff seines Hemdes an ihrer Wange, hörte sein Herz schlagen und fühlte die Stärke seiner Arme, die sie festhielten. »Ich liebe dich auch, Gavin Donohue«, flüsterte sie und hielt sich an ihm fest, als er sie hochhob.

38

Quinn und Morgan meldeten sich bei den Zollbeamten am Ende des langen Piers, verließen anschließend das Gebäude wieder und machten sich auf den Weg den Hügel hinauf.

»Gib mir dein Bündel«, befahl Quinn. »Sonst scheuert es an der Narbe.«

»Die übrigens das Hässlichste ist, was ich je gesehen habe«, bemerkte Morgan und nahm sein Bündel auf die andere Schulter. »Was hast du da nur gemacht? Nach Gold gegraben?«

Quinn lachte. »Ich hatte nie die Chance, mein Medizinstudium zu beenden«, scherzte er. »Jetzt gib schon her.«

»Es geht mir gut, Quinn. Ich fühle mich nur ein bisschen steif, aber sonst ist alles in Ordnung. Du hast mir sehr geholfen, mein Freund. Mach dir keine Sorgen.«

»Ich mache mir gar keine Sorgen. Du sollst nur deine Kräfte schonen, bis wir deine Frau gefunden haben.« Wieder lachte er. »Weißt du, wo dieser Kapitän Reinders wohnt?«

»Keine Ahnung«, gestand Morgan und blieb stehen. »Was meinst du?«

Quinn musterte seinen Freund eingehend, betrachtete das struppige, verfilzte Haar, den dichten Bart und die schmutzigen Kleider, schnüffelte und dachte, dass sie beide sich in einem schlimmen Zustand befinden mussten, wenn er diesen Geruch trotz des Hafengestanks wahrnehmen konnte. »Wir sehen aus wie Verbrecher, und wir riechen wie deren Hunde.«

Morgan schaute an sich hinunter, blickte dann Quinn an und runzelte die Stirn. »So können wir nicht an Reinders' Tür klopfen«, entschied er. »Was hältst du von folgendem Vorschlag: Wir besorgen uns neue Kleider, nehmen ein Bad und lassen uns rasieren. Dann haben wir immer noch genug Geld für unsere Fahrkarten nach Oregon.«

»Auch genug für ein anständiges Essen?«, fragte Quinn mit knurrendem Magen.

»Ja. Das hast du dir verdient, auch wenn wir dann heute Nacht vielleicht irgendwo auf dem Boden schlafen müssen. Komm, lass uns gehen.«

Morgan bahnte ihnen einen Weg durch die vielen Menschen, die darauf warteten, dass die Postpakete entladen wurden, die auf Freunde und Verwandte warteten, auf Fracht aus dem Ausland oder einfach nur auf einen Zwischenfall, wie er sich immer ereignete, wenn Menschen sich erhitzten, gereizt und des Wartens müde.

Nachdem sie sich von einem hilfsbereiten Passanten den Weg hatten beschreiben lassen, gingen Morgan und Quinn die Clay Street hinauf, bis sie zum Portsmouth Square kamen. Sie staunten über die Betriebsamkeit und die Architektur und blieben vor dem ersten Herrenausstatter stehen, den sie entdeckten. Wie Morgan bereits aufgefallen war, brauchten sie sich wegen des Zustands ihrer Kleidung keine Sorgen zu machen, denn San Francisco war voller rauer, ungepflegter Männer – die meisten von ihnen Goldgräber –, die in die Stadt gekommen waren, um sich neu auszustatten. Nach eingehender Beratung durch einen übereifrigen Verkäufer verließen Quinn und Morgan das Geschäft mit jeweils einem in Papier eingeschlagenen Bündel unter dem Arm, in dem sich Unterwäsche, ein Hemd, eine Hose und eine Jacke befanden.

»Teure Stadt«, meinte Quinn. »Vielleicht lassen wir das mit dem Essen lieber und kaufen uns was an einem Stand.«

»Ja. Wahrscheinlich wird auch das Bad ein Vermögen kosten.«

»Aber wir müssen uns unbedingt waschen. Es hat keinen Sinn, neue Kleider über altem Dreck zu tragen.«

Sie gingen in Richtung Chinatown, wo es – wie man ihnen gesagt hatte – öffentliche Badeanstalten gab, und befanden sich plötzlich in einer anderen Welt. So muss es auch in China sein, dachte Morgan, überwältigt vom Klang der Sprache, dem Anblick der Menschen, die alle so gleich gekleidet waren, dem Duft des exotischen Essens, den Schildern mit den fremden Schriftzeichen unter der englischen Übersetzung.

»Sieh mal da drüben.« Quinn stieß ihn an. »Vielleicht sollten wir da mal reingehen und uns ein wenig Glück kaufen.«

»›House of Good Fortune‹«, las Morgan laut vor. In dem Moment öffnete eine Chinesin die Tür, fegte den Eingangsbereich und unterbrach dann ihre Tätigkeit, um mit einem kleinen Mann mit geflochtenem Bart und Brille zu sprechen, der ihr die Hand auf den Arm legte. Diese zärtliche Geste versetzte Morgan einen Stich, und er wandte sich ab. »Da hinten.« Er zeigte auf ein Schild »›Heißes Wasser, langes Bad, gute Rasur‹. Da sind wir richtig.«

Es tat gut, die Kleider abzustreifen, die sie monatelang getragen hatten, und als er seinen schmutzigen Körper in das dampfende Wasser gleiten ließ, schwor Morgan sich, die Sachen nie wieder anzuziehen; es waren ohnehin nur noch Lumpen, die eine Wäsche nicht mehr überstehen würden. Er lehnte den Kopf gegen den Rand des Zubers und ließ die Wärme des Wassers bis in seine Knochen dringen. Aus dem Zuber neben ihm war ein langer, wohliger Seufzer von Quinn zu hören.

»Zufrieden, Schatz?«, fragte Morgan, und Quinn bespritzte ihn mit Wasser, hielt die Augen dabei aber fest geschlossen.

Sie badeten eine gute Stunde, und zwischendurch kam immer wieder jemand, der mit einem Eimer lauwarmes, trübes Wasser abschöpfte und frisches, dampfend heißes Wasser nachfüllte. Nachdem sich der Schmutz gelöst hatte, schrubbten Morgan und Quinn Kopf und Körper gründlich mit den bereitliegenden Bürsten ab und standen dann auf, um sich von dem Bademeister mit warmem Wasser begießen zu lassen und die Seife abzuwaschen. Schließlich stiegen sie aus den Zubern, geschwächt von der Hitze und entspannter denn je, trockneten sich ab, zogen ihre neuen, sauberen Kleider an und gaben dem Mann zu verstehen, er solle ihre alten wegwerfen.

Von den Badezubern wurden Morgan und Quinn nach oben zu einem Herrenfrisör geführt, wo zwei Männer sie anwiesen, Platz zu nehmen, ihnen große Tücher um den Hals legten und dann mit der Rasur begannen. Es ging langsam voran, und die beiden Barbiere schnalzten missbilligend mit der Zunge, als sie an dem dichten Gestrüpp herumschnitten – ein notwendiger Schritt, ehe sie das Rasiermesser ansetzen konnten. Quinn und Morgan sahen einander ein letztes Mal an und grinsten, das Gesicht mit Rasierschaum bedeckt.

»Ich hoffe, du bist nicht so hässlich, wie ich dich in Erinnerung habe«, sagte Quinn.

»Du denkst wohl an das einzige Mädchen, das du je geküsst hast«, erwiderte Morgan, und beide lachten.

Als sie fertig waren und wieder draußen auf der Straße standen – zwei stattliche Iren mit glänzendem Haar und frischen, entschlossenen Gesichtern –, drehten die Passanten die Köpfe in ihre Richtung anstatt von ihnen fort, und die Frauen, an denen sie vorbeikamen, warfen den beiden unter ihren modischen Hauben kokette Blicke zu.

»Wir haben uns wohl in zwei echte Herzensbrecher verwandelt, was, mein Junge?« Quinn legte einen Arm um die Schulter seines Freundes. »Sie wissen nicht, dass es für uns nur eine Dame gibt. So, und jetzt lass uns zu diesem Kapitän gehen.«

Reinders marschierte im Haus auf und ab. Jetzt, da Lars und Detra fort waren und nur er und Liam hier wohnten, erschien es ihm einfach zu groß. Er fand auch, dass zu viele Bedienstete notwendig waren, um das Haus zu bewirtschaften, wobei der neue Mann, Jameson, ein wesentlich besserer Butler war als Arnott. Arnott hatte den Diebstahl dreist geleugnet, bis Reinders ihm eine Pistole an den Kopf hielt und drohte, ihn schanghaien zu lassen. Daraufhin hatte er alles zugegeben und seine Truhe geholt, angefüllt mit Sachen, die im Laufe der Jahre verschwunden waren. Reinders ließ ihn trotzdem schanghaien, und er empfand eine gewisse Genugtuung bei dem Gedanken daran, wie der arrogante, kleine Mann auf einem Schiff mit Kurs auf die Sandwich Islands das Deck schrubbte und Teer kochte. Falls Arnott die Reise lebend überstand, würde er vielleicht zu der Überzeugung gelangen, dass ihm die Tropen lieber waren. Es gab dort zwar nicht viel zu stehlen, aber die Menschen konnten sehr freundlich sein.

Das Haus ist jedenfalls zu groß, dachte Reinders und wandte sich wieder seinem ursprünglichen Gedankengang zu. Selbst gemeinsam mit Grace und den Kindern wäre es noch riesig; er hatte sich nie so recht an diese Art zu leben gewöhnt, sondern immer die spartanische Ordnung seiner Kajüte bevorzugt. Aber bald würde er ein verheirateter Mann sein, also musste er irgendwo zwischen seiner Schiffskajüte und dem Haus in Nob Hill einen Kompromiss finden.

Das Problem, so gestand er sich selbst ein, lag eigentlich darin, dass San Francisco ihm zu voll geworden war, zu geschäftig und selbstgefällig. Wenn er vollkommen ehrlich sein sollte, bestand das Problem darin, dass er ein Haus in New Whatcom bauen wollte … und Grace nicht, besonders jetzt nicht, da sie ihren Bruder wiedergefunden hatte. Sean war nicht mehr der vor Leben sprühende, brillante Mann, den Reinders in New York kennen gelernt hatte – heute schien er kaum mehr als ein Körper zu sein, der nur noch aus Haut und Knochen bestand. Er war ein gebrochener Mann, ein Mann, der es niemals wieder zu etwas bringen, sondern nur noch existieren würde, doch das sagte Reinders Grace natürlich nicht. Sie war so glücklich in der letzten Zeit und besuchte ihren Bruder regelmäßig in dem Haus, in dem er zusammen mit seiner chinesischen Mätresse lebte – wenn sie sich nicht gerade um die Frau mit dem unehelichen Kind kümmerte. Reinders schüttelte den Kopf, angewidert von sich selbst. Er fragte sich, seit wann er andere Menschen so verurteilte. Wann war die Sorge, was andere von ihm denken mochten, an die Stelle des Vertrauens in seine eigenen Überzeugungen getreten? Erneut schüttelte er den Kopf und sagte sich, dass es an dieser Stadt liegen musste. San Francisco liebte seine feine Gesellschaft und hatte genau die Wertvorstellungen entwickelt, von denen Reinders gehofft hatte, sie für immer hinter sich gelassen zu haben. Aber jetzt fragte er sich, was seine Freunde davon hielten, dass er eine irische Köchin heiratete – und fragte sich gleichzeitig, warum ihn das kümmerte. Er sehnte sich danach, in den Norden zu gehen, wo die Städte klein waren, man sich durch harte Arbeit Respekt verdiente und wirkliche Freunde fand. Selbst Mackley sprach davon, sich nach seiner Heirat im Spätsommer dort niederzulassen.

Reinders ging jetzt nicht mehr auf und ab, sondern stand am Fenster und beobachtete geistesabwesend, wie zwei junge Männer mit Bündeln über der Schulter den Hügel heraufkamen. Das

Leben war in vieler Hinsicht einfacher, dachte er, wenn alles, was man besaß, in ein Bündel passte; wenn man von einem Augenblick auf den anderen alles nehmen und einfach gehen konnte. Er setzte sich in einen Sessel und streckte die Beine aus. Es war nur die Angst vor der Hochzeit, sagte er sich, und die Rastlosigkeit, die einen Seemann überkam, wenn er sich zu lange an Land aufhielt. Das war es, was er brauchte – eine lange Reise. Er und Liam würden im August nach Hawaii fahren, aber vorher konnte er mit Grace und den Kindern die Küste hinauf nach New Whatcom segeln. Astrid und Teresa würden sie willkommen heißen, und vielleicht würde Grace den Ort irgendwann genauso lieben wie er. Vielleicht würde er ihr sogar in Aussicht stellen, mit ihr die Messe zu besuchen, doch davon wollte er ihr noch nichts sagen. Zuerst musste er Jack dazu bringen, an Bord des Schiffes zu kommen, denn sehr zu Reinders' Verdruss weigerte sich der Junge rundheraus, die *Eliza J.* zu betreten. Er hätte schwören können, dass dieses Kind seine Pläne manchmal absichtlich durchkreuzte, aber auch das würde er Grace gegenüber nie erwähnen. Die Liste der Dinge, die er ihr nicht sagen konnte, wurde anscheinend immer länger, und er sehnte sich nach der Zeit zurück, als er das Gefühl gehabt hatte, mit ihr über alles reden zu können. Mittlerweile schien es nur noch Dinge zu geben, in denen sie unterschiedlicher Meinung waren – erst am Abend zuvor hatten sie darüber gestritten, welche Zimmer die Kinder bekommen sollten, wenn sie in das Haus einzogen! Das war lächerlich, dachte er. Warum habe ich mit ihr über etwas gestritten, was mir im Grunde gar nichts bedeutet?

»O Gott. Ich muss damit aufhören.« Reinders fuhr sich erschöpft mit einer Hand durchs Gesicht und stand auf. »Grace und ich werden heiraten, und nichts kann das verhindern. Nichts.« Seine Stimme hallte noch in dem leeren Zimmer nach, als die Tür geöffnet wurde und Jameson eintrat.

»Entschuldigen Sie, Kapitän Reinders. Da sind zwei Gentlemen, die Sie sprechen möchten.«

»Welche Gentlemen?«

»Sie haben es vorgezogen, ihre Namen nicht zu nennen, Sir. Freunde von Missus Donnelly, wie sie sagen.«

»Führen Sie sie herein«, sagte Reinders und ließ sich wieder in den Sessel sinken. »Und holen Sie den Barwagen. Vielleicht muss ich ihnen etwas zu trinken anbieten.«

»Sehr wohl, Sir.« Jameson schloss die Tür hinter sich, kehrte einen Moment später aber schon wieder zurück. »Hier entlang, meine Herren.«

Zwei dunkelhaarige Männer betraten das Zimmer; der größere von ihnen blieb im Hintergrund, während der andere näher kam.

»Kapitän Reinders?«

»Ja.« Reinders musterte den Mann von oben bis unten, betrachtete die neuen Kleider, den frischen Haarschnitt, die ausgestreckte Hand. »Und Sie sind ...?«

»Morgan McDonagh, Sir.« Es entstand eine lange Pause, in der sich der Kapitän wie vom Donner gerührt erhob. »Ich komme wegen meiner Frau.«

Quinn sagte die ganze Zeit kein Wort, während die beiden Männer sich unterhielten. Er saß nur da, nippte an seinem Drink und beobachtete, wie Morgan und der Kapitän zu gegenseitigem Verständnis und sogar Respekt füreinander fanden. Und warum auch nicht, sagte er sich, schließlich waren sie die beiden Männer, die Grace über alles liebte. Reinders war ein guter Mensch, beschloss Quinn, wenn auch ein bisschen steif und stur, wie es wohl jeder Mann angesichts einer so unglaublichen Enthüllung gewesen wäre. Der Kapitän weigerte sich zuerst zu glauben, dass Morgan wirklich der war, der er zu sein behauptete, aber Morgan ließ sich nicht beirren und erzählte seine Geschichte von der Zeit mit Grace in Irland bis zum heutigen Tag, als sie in San Francisco angekommen waren. Schließlich akzeptierte Reinders die Wahrheit: McDonagh lebte, und er war Graces Ehemann. Sie sei nicht in Oregon, sagte er dem Iren, sondern lebe hier in San Francisco; er werde ihn sofort zu ihr bringen.

»Wissen Sie, dass ihr Bruder auch hier ist?« Der Kapitän stand auf und stellte sein Glas ab; selbst noch in der Niederlage bewahrte er Haltung.

»Sean ist in San Francisco?« Morgan schaute zu Quinn. »Wir hörten, er sei mit den Mormonen fortgegangen und danach nicht mehr gesehen worden.«

»Zum Teil stimmt das. Ich weiß nicht genau, wann er in die Stadt gekommen ist, aber er und Grace haben einander gerade erst wiedergefunden. Allerdings geht es ihm nicht besonders gut, fürchte ich.«

»Ist er krank?«

Reinders überlegte. »Am Boden zerstört«, sagte er nach einer Weile. »Ein gebrochener Mann.«

»Dann ist es bestimmt gut, wenn er Menschen sieht, die er kennt«, meinte Quinn leise. »Menschen, die wissen, was es heißt, am Boden zerstört zu sein. Wenn Sie mir sagen, wo er wohnt, Käpt'n, gehe ich zu ihm, während Sie Morgan zu Grace bringen.«

Reinders nickte, schrieb Quinn die Adresse in Chinatown auf und gab ihm eine Wegbeschreibung. Dann ließ er seinen Einspänner vorfahren und kletterte auf den Kutschbock; Morgan setzte sich neben ihn. Es war eine schweigsame Fahrt den Hügel hinunter, durch die Stadt und dann wieder den lang gezogenen Hügel zu den Wakefields hinauf. Je näher sie dem Haus kamen, desto schneller schlug Reinders' Herz, und Schweiß trat ihm auf die Stirn. Schlagartig wurde ihm bewusst, dass er Grace für immer verloren hatte. Seine Hände zitterten, sein Blick verschwamm.

»Lassen Sie mich weiterfahren«, bot Morgan an und nahm ihm vorsichtig die Zügel ab. »Oder wollen Sie mich hier absetzen?«

Reinders schüttelte den Kopf und atmete tief durch, um das Rauschen in seinen Ohren zu stoppen. »Nein.« Seine Stimme brach. »Nein«, wiederholte er. »Am besten, wir gehen zusammen. Ich will nicht, dass ihre Freude …« Er hielt einen Moment inne, um sich zu sammeln. »Ich will nicht, dass sie sich meinetwegen Sorgen macht.«

Morgan gab ihm die Zügel zurück. »Es tut mir leid, Käpt'n.«

»Das muss es nicht. Sie ist Ihre Frau. Sie war immer Ihre Frau und wäre es wohl auch immer geblieben.«

Sie fuhren neben das Haus und kamen überein, dass der Kapitän erst allein zu Grace gehen sollte, damit der Schock für sie nicht so groß war. Reinders schaute durch das Fenster und sah, dass sie alle zum Abendessen um den Tisch versammelt waren, und einen Moment lang blieb er reglos stehen, um sich den Anblick der Frau ins Gedächtnis zu brennen, die fast seine Ehefrau geworden wäre. Grace lachte über etwas, das Mary Kate gesagt hatte, und der Klang ihres Lachens versetzte ihm einen Stich. Warum, fragte sich Reinders, lassen wir es so oft zu, dass unsere Liebe von Dingen überschattet wird, die einfach unwichtig sind? *Zu spät* – die Worte schossen wie Blitze durch seinen Kopf – *zu spät, zu spät, zu spät*. Dann riss er sich zusammen, klopfte an die Tür, trat einen Schritt zurück und nahm im letzten Augenblick seinen Hut ab.

»Peter!« Grace war erfreut ihn zu sehen, und gleichzeitig zerknirscht. »Oh, Peter«, sagte sie und trat in den Hof. »Es tut mir so leid wegen gestern Abend. Ich wollte nicht mit dir streiten, ganz bestimmt nicht. Was immer du willst, ich bin einverstanden. Wirklich, ich möchte nur, dass wir …«

Reinders legte ihr einen Finger auf die Lippen, um sie zum Schweigen zu bringen. »Grace.« Er sah in ihr Gesicht und versuchte zu lächeln, aber es gelang ihm nicht.

»Was ist los, Peter? Ist alles in Ordnung? Ist etwas mit Liam?«

Er schüttelte den Kopf. »Gute Neuigkeiten«, brachte er schließlich hervor. »Es sind gute Neuigkeiten, Grace. Unglaubliche Neuigkeiten, um genau zu sein.« Er nahm ihre Hand und fragte sich, wie er es ihr sagen sollte, aber dann kam es einfach heraus. »Dein Mann lebt.«

Grace starrte ihn mit offenem Mund an, und ihre Augen suchten nach einer Erklärung, was das alles zu bedeuten hatte. »Nein«, flüsterte sie. »Was sagst du da, Peter?«

»Doch.« Reinders nahm nun auch ihre andere Hand. »Morgan McDonagh lebt. Komm. Komm mit mir.«

Ungläubig ließ sich Grace um die Ecke des Hauses führen, wo Reinders' Kutsche stand, und daneben ein Mann, der ihr erwartungsvoll entgegenblickte.

»Da ist er«, sagte Reinders sanft. »Dein Mann.«

Grace schaute gebannt in Morgans Gesicht – es war zweifellos Morgan, wenn auch älter, ein richtiger Mann und kein Junge mehr, aber da waren noch immer die Sommersprossen unter seinen Augen, diese strahlend blauen Augen … Sie spürte, wie ihre Knie weich wurden, und klammerte sich an Peters Arm.

»Ganz ruhig. Er ist es wirklich. Ihre Frau braucht Sie, McDonagh«, rief Reinders, löste sich dann sanft aus Graces Griff und ging mit schnellen Schritten in den Garten hinter dem Haus.

Morgan stand jetzt vor ihr – der Mann, den sie immer geliebt hatte, der Mann, den sie überhaupt nicht mehr kannte, denn er war gleichzeitig derselbe und doch vollkommen verändert. Sie schüttelte den Kopf, versuchte, diesen Traum zu verscheuchen, betete, dass es kein Traum war, und wusste nicht mehr, was sie glauben sollte.

»Willst du nicht zu mir kommen, Gracelin O'Malley?«, fragte er, und da wusste sie, dass er es wirklich war.

Sie lief auf ihn zu, in seine Arme, die sich um sie schlangen und sie an den Körper pressten, nach dem sie sich so sehr gesehnt hatte; sie hörte die Stimme, die sie so unendlich lange nur in ihren Träumen gehört hatte, und sagte wieder und wieder seinen Namen, bis sie zu weinen begann. Dann löste sie sich verstört von ihm und schaute ihn erneut an; beiden liefen die Tränen in Strömen über das Gesicht.

»Wo um Himmels willen bist du gewesen, Morgan McDonagh?«, fragte sie ungläubig.

»In Kanada«, erwiderte er und musste lachen, weil das so einfach klang. »Kanada und New York. Panama. Jetzt bin ich hier. Oh, Grace.« Sein Lächeln erstarb, und er blickte sie traurig an. »Kannst du mir verzeihen, Grace? Dass ich nicht bei dir war in all den Jahren? Dass ich dich nicht früher gefunden habe? Willst du mich überhaupt noch, Grace?«

»Ich dachte, du bist tot.« Graces Magen zog sich zusammen, und ihre Stimme drang gedämpft durch das Rauschen in ihren Ohren. »Ich habe versucht, dich zu vergessen. Ich habe es versucht, aber ich konnte es nicht. Ich bin verlobt!« Sie schaute ihn fassungslos an. »Peter und ich wollen heiraten – ich liebe Peter!« Sie vergrub ihr Gesicht an seiner Brust und klammerte sich an ihn. »O Gott, mein Gott … bist du es wirklich?«

Morgan klammerte sich ebenfalls an sie, die Augen geschlossen. »Ja, Grace. Ich bin es. Auch ich habe dich nicht vergessen. Ich habe jeden Tag an dich gedacht, jede Nacht für dich gebetet. Ich habe die Hoffnung nie aufgegeben, das musst du wissen. Nie. Ich liebe dich, Gracelin. Ich habe immer nur dich geliebt.« Er hob ihr Kinn, um ihr in die Augen zu sehen. »Ich weiß von unserem Sohn, Grace. Dugan hat es mir gesagt. Ich weiß von ihm.«

»Er heißt Jack«, flüsterte sie.

»Ja.« Morgan lächelte unter Tränen. »Das ist ein guter Name, den Mary Kate ihm gegeben hat. Wie geht es deiner kleinen Tochter?«

Grace löste sich von ihm und trat einen Schritt zurück und wischte sich das Gesicht mit ihrer Schürze ab. »Sie sind im Haus.« Ihr Kinn zitterte und in ihrem Kopf dröhnte es. »Sie werden es nicht glauben. Sie werden nicht glauben, dass du es bist.« Sie blickte über ihre Schulter. »Wo ist Peter?«

»Im Garten«, entgegnete Morgan.

»Ich muss mit ihm sprechen«, sagte sie ernst, und wieder schossen ihr Tränen in die Augen.

»Ja.« Morgan nahm ihre Hand. »Er ist ein guter Mann. Er liebt dich.«

Sie gingen langsam hinter das Haus, und plötzlich wurde die Tür geöffnet und Jack stolperte heraus, gefolgt von Mary Kate. Die Kinder blieben mitten im Lauf stehen, als sie sahen, dass ihre Mutter die Hand eines fremden Mannes hielt.

»Kinder.« Graces Stimme zitterte ein wenig. »Kommt her zu mir. Ich möchte, dass ihr … hier ist jemand, den ihr …« Sie konnte kaum sprechen, so sehr war sie von ihren Gefühlen überwältigt.

Mary Kate kam sofort herüber, stellte sich vor den Mann und sah ihn prüfend an.

»Du wirst dich nicht mehr an mich erinnern, Mary Kathleen, aber ich kenne dich aus Irland.« Morgan beugte sich zu ihr hinunter, so dass sie auf Augenhöhe miteinander waren. »Du warst damals noch ganz klein, aber jetzt bist du eine hübsche junge Dame.«

»Ich kenne dich.« Mary Kate hielt seinem Blick stand. »Wir dachten, du wärst tot.«

»Nur verschwunden«, entgegnete Morgan ernst. »Für eine lange Zeit, und das tut mir sehr leid.«

Mary Kate drehte sich um und zog ihren Bruder hinter sich hervor. »Das ist Jack. Du möchtest ihn bestimmt kennen lernen.«

»Hallo, Jack.« Morgan beugte sich noch ein wenig tiefer hinunter, und seine Augen wanderten sehnsüchtig über das Gesicht des kleinen Jungen.

Jack musterte ihn misstrauisch. »Wer bist du denn?«

Grace legte ihrem Sohn eine Hand auf die Schulter. »Das ist dein Dad, Jack«, sagte sie so sanft wie möglich. »Morgan McDonagh.«

Der Junge riss verblüfft die Augen auf, und dann grinste er. »Ich wusste, dass du kommst«, verkündete er selbstsicher. »Ich wusste es.«

»Tut mir leid, dass ich so lange gebraucht habe«, entschuldigte Morgan sich. »Aber ich bin froh, dass du die Hoffnung nicht aufgegeben hast.«

»Ich bin fünf.«

Morgan nickte mit feuchten Augen. »Schon ein großer Junge.«

»Und ich hab einen Hund«, prahlte Jack. »Du kannst ihn dir ansehen, wenn du willst.«

Morgan richtete sich auf und schaute dann verwundert auf die kleine Hand hinunter, die in seine eigene geschlüpft war. Als Jack ihn in Richtung Stall zog, bot Morgan seine andere Hand Mary Kate an. »Kommst du mit uns?«, fragte er, und sie nickte. Scheu nahm sie seine Hand und lächelte ihn zaghaft an.

»Das wird einmal eine wunderbare Familie, wenn sich erst alle aneinander gewöhnt haben.«

Grace drehte sich zu der Stimme hinter ihr um, das Gesicht vor Kummer verzerrt. »Oh, Peter, es tut mir so leid …«

»Das hat McDonagh auch gesagt.« Reinders lächelte gequält. »Er ist dir sehr ähnlich, weißt du das? Wir haben uns lange unterhalten, ehe ich ihn hierher gebracht habe, und ich war verblüfft, wie sehr ihr einander ähnelt, auch wenn ich nicht genau sagen könnte, inwiefern.«

»Ich liebe dich, Peter.«

»Das weiß ich.« Der Kapitän nahm Graces Hand. »Und ich weiß, dass wir beide sehr glücklich miteinander geworden wären. Aber …« Er zuckte mit den Schultern. »Ich habe dir einmal gesagt, ich möchte nur, dass du glücklich bist – was immer dafür nötig sei, ich wolle, dass du es bekommst. Erinnerst du dich?«

Grace nickte.

»Dein wahres Glück findest du bei diesem Mann dort drüben, bei diesem Mann, seinem Sohn und deiner Tochter.«

»Und was ist mit dir?«, fragte sie leise.

»Ich habe Liam«, erinnerte Reinders sie. »Er bedeutet mir alles.

Ich bin wirklich am glücklichsten, wenn die *Eliza J.* durch die Wogen pflügt und mein Junge an meiner Seite steht und Befehle erteilt. Ich liebe dich sehr, Grace. Wir werden immer Freunde bleiben«, versprach er. »Immer.«

»Danke, Peter.« Sie ließ sich ein letztes Mal in seine Arme sinken. »Ich danke dir für alles.«

»Es war mir eine Ehre, Missus McDonagh.« Er küsste sie auf die Wange. »Auf Wiedersehen, Liebes.«

Er drehte sich nicht mehr um, sondern verschwand hinter dem Haus. Grace hörte die Hufe des Pferdes, als die Kutsche die Auffahrt hinunter fuhr, doch sie widerstand dem Drang, ihm nachzulaufen. Was gab es jetzt noch zu sagen?

Morgan sprach mit den Kindern, ließ sie dann mit ihren Hunden alleine und ging zurück zu Grace, um sie in die Arme zu schließen.

»Gibst du dem Piraten einen Kuss? Oder ist es vielleicht noch zu früh …«

»Küss mich«, flüsterte sie, und er tat es, zuerst vorsichtig und sanft, aber dann mit jener Leidenschaft, die sie nie vergessen hatte.

»Heirate mich, Grace.« Morgan fiel vor ihr auf die Knie und blickte sie flehend an. »Heirate mich noch einmal – nicht heimlich, mitten in der Nacht, sondern vor Gott und aller Welt, im hellen Licht des Tages. Sag ja, Grace. Sag ja.«

Sie sah ihm ins Gesicht und dachte, jeden Moment wache ich auf, und dann ist er wieder fort. »Ja, ich heirate dich«, sagte sie rasch, ehe der Traum enden konnte. »Aber du darfst mich nie wieder verlassen, Morgan McDonagh. Hast du mich verstanden? Nie wieder.«

Die Kinder, die sich herangeschlichen hatten, jubelten, und als Morgan zuerst Mary Kate und danach Jack in die Luft warf, jauchzten sie vor Freude. Dann setzte Morgan sich den Jungen auf die Schultern und legte dem Mädchen eine Hand auf den Kopf.

»Bleibst du jetzt bei uns?«, fragte Jack und beugte sich nach vorne.

»Wenn ihr das wollt.«

»Ja. Aber wo wirst du schlafen?«

Morgan hob ihn von seiner Schulter, stellte ihn auf den Boden und schloss Grace in die Arme.

»Neben meiner Frau natürlich.« Er küsste sie zärtlich auf die Wange und atmete ihren warmen Duft ein. »So Gott will, liege ich für den Rest meines Lebens jede Nacht neben eurer Mutter. Das verspreche ich dir«, flüsterte er Grace ins Ohr. »Und jetzt bringt mich ins Haus, Jack und Mary Kate – wir müssen über viele Dinge sprechen.«

»Worüber denn?«, fragte Jack.

»Zum Beispiel über eine Hochzeit. Nicht wahr, Schatz?« Er blickte Grace tief in die Augen. »Und über die vielen Jahre, die vor uns liegen.«

»Oh, Morgan.« Vorsichtig streichelte sie seine Wange.

»Und über die vielen Jahre, die vor uns liegen«, wiederholte Mary Kate und sah von ihrer Mutter zu Morgan und dann zu ihrem Bruder. »Komm, Jack.« Sie nahm seine Hand. »Wer zuerst an der Tür ist …«

Epilog
1862

Der Tag der Hochzeit begann warm und klar, und die Luft war erfüllt von Blütenduft, der mit einer Meeresbrise ins Land getragen wurde. Grace konnte sich nicht erinnern, je einen schöneren Tag erlebt zu haben, und sie griff nach der Hand des Mannes an ihrer Seite, der stattdessen jedoch seinen Arm um sie legte und sie an sich zog, so wie er es immer tat.

»Sind sie nicht großartig?«, flüsterte Morgan seiner Frau auf der schattigen Bank im Garten des Kirchhofs zu.

Grace schaute in seine blauen Augen, wie immer überrascht von der Stärke ihrer Liebe zu ihm, wie immer überrascht, dass er wirklich der Mann an ihrer Seite war, auch wenn er sie nie verlassen hatte in den zehn Jahren, die seit ihrem Wiedersehen vergangen waren. Morgan erwiderte ihren Blick und las wie immer ihre Gedanken, drückte dann seine Lippen sanft auf die ihren und streichelte mit der Hand ihre Wange.

»Ah, macht nur weiter so«, tadelte Sean die beiden gutmütig. »Man könnte meinen, es wäre eure Hochzeit und nicht die von Mary Kate und Liam.«

»Jede Hochzeit ist ein guter Grund, die eigene Braut zu küssen, du Dummkopf«, grinste Morgan. »Und wo sind Mei Ling und die Jungs? Wir haben dich ohnehin nur ihretwegen eingeladen, falls du das noch nicht wusstest.«

»Sie stillt gerade.« Sean ignorierte die Frotzelei. »Aber wahrscheinlich ist sie in ein paar Minuten zurück, mit der Kleinen auf einem goldenen Kissen, und ermahnt jeden, ja leise zu sein, damit sie nicht aufwacht.«

»Uns kannst du nichts vormachen, Sean O'Malley«, lachte Grace. »Wir wissen alle, dass du derjenige bist, der das Mädchen keine zwei Minuten aus den Augen lässt.«

»Sie ist wirklich das hübscheste Kind, das Gott je erschaffen hat, nicht wahr?«, sagte Sean stolz, blickte dann über die Schulter und sah, wie Mei Ling mit der Kleinen auf dem Arm um die Ecke kam. »Bin gleich zurück. Stellt schon mal den Thron auf, ja?«

Morgan und Grace mussten lachen, als er zu seiner Frau eilte, die Decke, in die sein Töchterchen gewickelt war, ein wenig zur Seite schob und in das kleine Gesicht gurrte. Mei Ling lächelte zufrieden; ihre beiden Jungen hatten kurz nacheinander das Licht der Welt erblickt, doch dann war jahrelang nichts passiert, und sie hatte den Wunsch nach einer Tochter schon aufgegeben, als sie schließlich vor sechs Monaten mit diesem Geschenk überrascht wurde.

»Mei Ling sagt, Sean nimmt die Kleine ständig mit in die Redaktion. Zum Glück hat er ein eigenes Büro, so dass niemand die unglaublichen Geräusche hören kann, die er von sich gibt.« Grace schüttelte den Kopf. »Er war schon immer ganz verrückt nach Kindern.«

»Töchter sind etwas Großartiges. Sieh dir nur deine da drüben an. Ist sie nicht wunderschön?«

»Oh, ja. Aber sie ist *unsere* Tochter.«

»Oh, ich weiß. Das ist sie«, stimmte Morgan Grace zu. »Mary Kate und ich haben uns sehr gern, aber du warst ihr all die Jahre Mutter und Vater in einem, deshalb liebt sie dich am meisten von allen Menschen.«

»Nicht mehr.« Grace traten Tränen in die Augen. »Aber so soll es auch sein.«

Mary Kate stand neben ihrem Bräutigam und begrüßte voller Anmut ihre vielen bewundernden Gäste. Sie ist wirklich eine entzückende Braut, dachte Grace stolz, einfach wunderschön in ihrem Kleid aus cremefarbenem Leinen und der irischen Spitze, die Barbara und Abban in einem Hochzeitspaket geschickt hatten. Ihr glänzendes braunes Haar hatte sie in sanften Locken hochgesteckt und eine Kette aus winzigen Perlen hineingeflochten, ein Geschenk von Kapitän Reinders. Um den Hals trug sie ein Medaillon von Doktor Wakefield, der sie als seinen Schützling betrachtete und die Empfehlungsschreiben verfasst hatte, dank derer sie an einem College im Osten aufgenommen worden war. Mary Kate überragte ihre Mutter inzwischen und wirkte ernster als sie, aber ihre Augen funkelten vor Intelligenz, und ihr Lächeln strahlte eine stille Zuversicht aus. Mit dem Erlös aus dem Verkauf des Herrenhauses der Donnellys in Irland hatte sie eine Mädchenschule in der Stadt eröffnet, die sie mit sicherer Hand und großem Pflichtbewusstsein leitete. Selbst gut ausgebildet und in dem Wissen, dass ihre Liebe zum Lernen ein Leben lang anhalten würde, hatte sie diesen Weg eingeschlagen und jedem, der es wissen wollte, verkündet, der Mann, der sie zur Frau nehmen wolle, müsse anders sein als die meisten Männer, und zwar geduldig, verständnisvoll und außergewöhnlich mitfühlend, sonst würde sie ihn niemals heiraten.

Mary Kate war eine junge Frau von ungewöhnlichem Wesen und einzigartiger Entschlossenheit, und Liam wusste, dass die Rolle der traditionellen Ehefrau für sie nicht in Frage kam. Ihm war immer klar gewesen, dass sie mehr wollte, und er hatte sie stets unterstützt, selbst als sie fortging, um das College zu besuchen. In gewisser Weise hatte er sich ihre Ziele zu Eigen gemacht und war bemüht, ihr in jeder Hinsicht ein guter Partner zu sein.

Und nun hatten sie einander das Jawort gegeben, diese beiden jungen Menschen, die sich fünfzehn Jahre zuvor auf einem Flüchtlingsschiff kennen gelernt hatten. Das Mädchen hatte den Jungen von Anfang an ins Herz geschlossen, und auch für ihn hatte es nie eine andere gegeben, doch ihre wahren Gefühle hatten sie einander erst offenbart, als sie erwachsen waren und verstanden, was ihre Zuneigung zueinander wirklich bedeutete.

Eine vielversprechende Zukunft lag vor dieser ersten Generation irischer Einwanderer, die die Hungersnot in ihrer Heimat überlebt hatte und in Amerika aufgewachsen war. Die Zukunft gehörte ihnen, und damit unterschieden sie sich von ihren Eltern, die ihre Kindheit in anderen Ländern verbracht hatten. San Francisco war ihre Heimat und würde es auch bleiben; Mary Kate würde sich um die Belange ihrer Mädchenschule kümmern, während Liam mit der *Siobhan* die Pazifikküste hinauf- und hinuntersegelte. Sie werden sehr glücklich miteinander sein, dachte

Grace. Wann immer sich die Gelegenheit ergibt, wird Mary Kate ihren wundervollen Mann begleiten – und bei der Rückkehr von einer Reise zu den herrlichen Hawaii-Inseln wird sie mit ihrem ersten Kind schwanger sein. Sie werden den kleinen Jungen Peter nennen, sehr zur Freude aller, die sich als Großeltern des Kindes betrachten.

Dieses Kind würde zwar erst in ein paar Jahren geboren werden, aber sein Geist war an diesem glücklichen Tag bereits anwesend – Grace sah das an dem Lichtschimmer zwischen Mary Kate und Liam. Sie beugte sich vor und hielt nach Peter Reinders Ausschau, der zu den Hochzeitsfeierlichkeiten aus New Whatcom angereist war. Er stand im Garten an einem Tisch mit Erfrischungen und unterhielt sich mit Dugan, eine Hand auf der Schulter seiner Frau, die neben ihm auf einem Stuhl saß und kühlen Apfelwein trank. Astrids erster Mann war vor über zehn Jahren gestorben, und nach einer angemessenen Trauerzeit hatte Reinders um ihre Hand angehalten. Grace hatte sich darüber sehr gefreut; Astrid war eine liebenswürdige, starke Frau, die ihm das Glück schenkte, das er so sehr verdiente. Sie hatten sich dort oben auf einer Klippe über der Bucht ein schönes Haus gebaut, und Astrid begleitete ihren Mann auf all seinen Seereisen. Sie hatten zwar keine eigenen Kinder, doch Liam war ganz und gar ihr Sohn, und er ehrte sie, als wären sie seine leiblichen Eltern, so wie er auch Grace ehrte. Sie hatte Reinders in den letzten Jahren kaum gesehen, aber durch Liam standen sie weiterhin in Verbindung. Er sieht gut aus, dachte sie bei sich; sein Haar war inzwischen von silbernen Strähnen durchzogen, was gut zu dem gebräunten, wettergegerbten Gesicht passte. Er schaute zu ihr herüber, lächelte und zwinkerte ihr kurz zu.

»Das habe ich gesehen«, sagte Morgan. »Hab immer gewusst, dass du ihn dir warm hältst. Er sieht einfach zu gut aus.«

Grace stieß ihm liebevoll den Ellbogen in die Seite.

»Und hier kommt dein anderer Verehrer. Es ist die Größe, die dich magisch anzieht, nicht wahr?« Morgan setzte sich ein wenig aufrechter hin und straffte die Schultern.

Doktor Wakefield ging schnurstracks auf das Brautpaar zu, dicht gefolgt von Doktor Fairfax. Die beiden Männer waren über die Jahre treue Freunde geblieben und hatten sich gemeinsam sowohl für den Fortschritt der Medizin engagiert als auch für die angemessene ärztliche Versorgung aller Hilfsbedürftigen eingesetzt, besonders in den Einwanderergemeinden. Beide verehrten Mary Kathleen und hatten ihre akademische Laufbahn mit großem Interesse verfolgt. Mindestens einmal im Monat führten sie sie zum Abendessen aus, häufig in Begleitung von Doktor Wakefields Nichte, einer ebenfalls entzückenden jungen Dame, deren Ausbildung sie förderten.

Eden Wakefield und Abigail Hewitt hatten während der Hochzeitszeremonie ein wunderschönes Klavierduett gespielt und saßen nun an einem der festlich gedeckten Tische, zusammen mit Señora Calderon, die Eden »Mamacita« nannte und nach wie vor regelmäßig besuchte. Es würde immer Leute geben, die die Nase über die Familie Wakefield-Hewitt rümpften, aber niemanden von den Anwesenden kümmerten diese Ewiggestrigen. Was diese Familie betraf, so war die Zukunft ein hell leuchtender Stern, und sein Name lautete Eden Wakefield. Ihre Angehörigen ließen es nicht zu, dass man die junge Frau nur wegen ihrer Hautfarbe herabwürdigte, und sie luden regelmäßig Abolitionisten ein, die überall in der Stadt Vorträge gegen die Sklaverei hielten. Außerdem stellten sie finanzielle Mittel für entflohene Sklaven sowie Güter und Land für ehemalige, mittellose Sklaven bereit. Rowen und Abigail hatten die Verbindung zu ihren Verwandten im Osten abgebrochen und lebten von Doktor Wakefields Einkünften aus den Krankenhäusern, von Einnahmen aus Grundbesitz sowie von Hewitts kleinem Gehalt als Direktor einer Jungenschule. Nichts von alldem würde jemals die schwerwiegenden Fehler wieder gutmachen, die die Geschwister begangen hatten, und sie versuchten auch nie, sich zu rechtfertigen, sondern akzeptierten demütig die Vergebung, die ihnen besonders von Seiten der schwarzen Gemeinde zuteil wurde, und waren unendlich dankbar für dieses wundervolle Mädchen, das alle als ihre Tochter ansahen.

»Mam! Dad!« Jack kam mit Caolon Ogue im Schlepptau angerannt. »Können wir später runter zum Platz gehen, alleine?«

»Nein«, sagte Morgan bestimmt, fuhr dann aber in milderem Ton fort: »Heute ist die Hochzeit deiner Schwester, Jack! Morgen«, versprach er, weil er den Jungen einfach nicht enttäuschen konnte. »Morgen zeige ich euch selbst alles, und dann könnt ihr alleine losziehen, während Dugan und ich mit Sean und Quinn ein kühles Bier trinken.«

»Mir soll's recht sein.« Caolon, der genauso aussah wie sein Vater, zuckte die breiten Schultern. »Dad würde sowieso nicht erlauben, dass ich ohne ihn gehe.«

»Wir wollen uns nur die Debatten anhören«, versuchte Jack es erneut.

»Tut mir leid, mein Sohn. An einem so glücklichen Tag wie diesem wollen wir nicht an Krieg denken. Und jetzt lauft. Dahinten in der Ecke des Kirchhofs stehen bestimmt zehn Mädchen, die darauf brennen, die Bekanntschaft von so attraktiven Iren zu machen, wie ihr es seid.«

Die beiden halbwüchsigen Jungen zögerten und beäugten die Mädchen skeptisch, bis Morgan sie mit einem kräftigen Schubs in ihre Richtung fortschickte.

»Dugan sagt, sie hätten Präsident Lincoln über die Befreiung der Sklaven und die Abspaltung der Südstaaten reden gehört, und jetzt habe er alle Mühe, Caolon davon abzubringen, dass er sich zur Armee meldet – ausgerechnet jetzt, wo die Kämpfe erbitterter werden«, erzählte Grace. »Tara hofft, dass das alles bald vorüber ist.«

»Das glaube ich nicht.« Morgans Stimme klang düster. »Es geht dabei ebenso sehr um Land und Geld wie um Freiheit – aber die jungen Männer sehen nur die Freiheit, für die sie kämpfen wollen.«

»Auch unser Jack will kämpfen«, bemerkte Grace leise. »Für sein Land, sagt er.«

Morgan schaute zu seinem Sohn hinüber und erinnerte sich an einen anderen Jungen mit der gleichen sturen Entschlossenheit. Wie schon so oft fragte er sich, ob Nacoute wohl noch lebte, ob seine Mutter und seine Schwester noch bei ihrer Familie waren oder ob man ihren Stamm, wie so viele andere, einfach ausgelöscht hatte. »Ich habe es ihm verboten. Diese Familie bleibt zusammen. Wir haben für unsere Freiheit bezahlt, und ich werde nicht zulassen, dass er zu Kanonenfutter wird«, sagte er schließlich.

»Er will ein Held sein, wie sein Dad.«

»Ich bin kein Held, Grace, nur ein Mann, der in schwierigen

Zeiten sein Bestes getan hat.« Morgan warf erneut einen Blick hinüber zu seinem Sohn. »Wenn Jack ein Mann ist, kann er selbst entscheiden – mit der Weisheit eines Mannes, und dann werde ich hinter ihm stehen. Das habe ich ihm gesagt. Aber er ist noch ein Junge, und Jungen lassen sich zu leicht von Kriegsgeschrei anlocken. Das Kämpfen liegt ihnen im Blut, aber sie haben keine Ahnung, wie schnell dieses Blut vergossen wird. Männer zetteln Kriege an, und es sollten Männer sein, die kämpfen, keine Jungen.«

Grace nahm Morgans Hand und hielt sie fest. »Glaubst du, er wird sich an dein Verbot halten?«

»Er musste es mir hoch und heilig versprechen, und das hat er auch getan – widerwillig natürlich, aber er hat es getan. So, das ist jetzt genug Schwermut für heute.« Morgan drückte ihre Hand und stand auf. »Ich gehe kurz zu Ogue rüber und sage ihm, dass sich da was zusammenbraut, und dir bringe ich ein Glas Punsch mit.«

»Bitte dank ihm noch mal von mir«, bat Grace. »Es ist sehr nett von ihm, dass er George hilft, die Getränke auszuschenken.«

»Er meinte, er würde ohnehin kaum ein Wort rauskriegen, wenn er nicht hinter einer Theke steht«, erwiderte Morgan lächelnd und verließ sie dann, um zu Dugan und George Litton zu gehen, die ihn lautstark begrüßten.

Graces Blick wanderte zu dem kleineren Tisch, auf dem die Hochzeitstorte thronte, die sie gebacken hatte; hinter dem Tisch stand Enid Litton und winkte Grace zu, während ihre beiden Kleinsten zu ihren Füßen herumkrochen. George und Enid hatten eine Farm und züchteten Hühner, und Grace und Morgan fuhren oft zu ihnen hinaus, um sie zu besuchen. Enids Bruder war kurz nach ihrer Hochzeit gestorben, aber Mister Hopkins lebte bei ihnen und half bei der Betreuung der Enkelkinder. Enid hatte Grace erzählt, dass ihre Mutter ihnen gelegentlich schrieb, doch ein Besuch stand nicht zu befürchten, da Missus Hopkins offensichtlich sehr zufrieden damit war, zusammen mit ihrer Schwester die kleine Pension in Cornwall zu betreiben.

»Hier bist du!« Aislinn ließ sich neben Grace auf der Bank nieder. »Versteck mich«, bat sie. »Die Kinder suchen nach mir, und mir gehen langsam die Verstecke aus.«

Grace lachte. »Deine Kinder oder alle Kinder zusammen?«

»Es scheinen ganze *Horden* zu sein«, seufzte Aislinn. »Ich bin sicher, dass meine irgendwo dazwischen sind. Ich werde Gavin bitten, sie rauszufischen.«

»Er sah sehr müde aus«, sagte Grace mitfühlend. »Quinn meinte, sie hätten bis zum Morgengrauen gebraucht, um das Feuer in dem Hotel zu löschen. Schön, dass sie trotzdem gekommen sind, nach einer solchen Nacht.«

»Diese Feier hätten sie sich um nichts in der Welt entgehen lassen«, entgegnete Aislinn. »Du weißt doch, dass Quinn es keinen Tag aushält, ohne Morgan zu sehen, und mein Gavin ist schon genauso schlimm; die drei stecken immer irgendwo zusammen.« Sie schaute sich um und flüsterte Grace dann ins Ohr: »Quinns Margaret ist übrigens *schwanger*!«

Grace gab ihr einen liebevollen Schubs. »Nein!« Sie grinste. »Wieso weißt du denn davon? Erst hat er diese fünf Mulhoney-Kinder großgezogen und jetzt ist sein erstes eigenes unterwegs. Das ist ja wunderbar.«

»Ja«, lachte Aislinn. »Quinn ist völlig aus dem Häuschen. Er kann gar nicht genug für Margaret tun – als hätte er sie nicht immer schon wie eine Königin behandelt.«

»War Rose nicht eine entzückende Trauzeugin?«, seufzte Grace. »Und Davey war so freundlich, allen ihre Plätze zu zeigen. Quinn und Margaret haben eine wunderbare Familie, und ich freue mich für sie, dass sie nun noch ein gemeinsames Kind bekommen.«

»Du und Gavin«, zog Aislinn sie auf. »Immer nur Friede, Freude, Sonnenschein …«

»Ach, du bist doch genauso sentimental wie wir alle.« Grace umarmte ihre Schwägerin kurz. »Du solltest jetzt besser verschwinden. Da kommen die Kinder.«

Aislinn, die bei allen Festen immer die Fröhlichste war, machte eine große Schau daraus, schleunigst das Weite zu suchen, während die Kinder kreischend und lachend hinter ihr herrannten.

Grace blieb noch eine Weile zufrieden sitzen. Die Luft um sie herum war erfüllt vom Lachen und von den Plaudereien, die Aislinn angeblich so langweilig fand, aber Grace wusste, dass sie glücklicher war als je zuvor in ihrem Leben. Die Männer hatten sich drüben bei den Getränken versammelt, die jungen, verheirateten Paare scharten sich um Liam und Mary Kate, und junge Burschen wie Jack und Caolon mischten sich unter die hübschen Mädchen, während ältere Frauen wie sie selbst das Treiben von ihren Stühlen und Bänken im Schatten der Bäume aus beobachteten. Mary Kate fing den Blick ihrer Mutter auf, löste sich aus ihrer Gruppe und schritt über die Wiese auf Grace zu, die Röcke vorsichtig mit den Fingerspitzen hochgehoben.

»Was für ein Tag!« Mary Kate ließ sich in einer Wolke aus Leinen neben ihrer Mutter auf der Bank nieder, genau wie ihre Tante Aislinn kurz zuvor.

»Pass auf dein Kleid auf, sonst …«, setzte Grace an, unterbrach sich aber sofort; schließlich war Mary Kate kein Kind mehr, sondern eine verheiratete Frau. »Du siehst wunderschön aus, Mary Kathleen. Du bist solch eine wundervolle junge Dame geworden. Und jetzt auch noch eine Ehefrau.«

Mary Kate holte ein Taschentuch hervor und trocknete ihrer Mutter die Tränen. »Du weinst schon den ganzen Tag, Mam«, schimpfte sie zärtlich. »Ich weiß schon gar nicht mehr, ob ich nun geheiratet habe oder gestorben bin!«

Grace lachte und führte die Hand ihrer Tochter an ihre Lippen, schloss die Augen und küsste die Finger, die einst so klein gewesen waren.

»Ich gehe nicht fort, Mam«, versprach Mary Kate. »Du weißt, dass ich dich niemals verlassen würde.«

»Mein liebes Mädchen. Ich weiß auch nicht, warum ich so durcheinander bin.«

Mary Kate küsste ihre Mutter auf die Wange, lehnte sich neben ihr zurück und hielt ihre Hand. »Es liegt daran, dass wir hier sind«, erklärte sie. »An diesem Ort. Zusammen. Gestern Abend habe ich in meinen Tagebüchern gelesen, über unser Leben, über all das, was du mir erzählt hast, und das, woran ich mich selbst erinnere – und weißt du, Mam, es ist ein Wunder, dass wir alle heute hier zusammen sind.«

Grace nickte, und die Wahrheit dieser Worte trieb ihr erneut die Tränen in die Augen.

»Ich weiß nicht, ob ich geschafft hätte, was du geschafft hast«, fuhr Mary Kate fort. »Ehemänner und Kinder begraben, allein mit einem kleinen Kind in ein fremdes Land gehen, mit zwei kleinen Kindern in einem Planwagen quer durch dieses Land ziehen ... noch dazu mit jemandem wie Jack.« Sie lachte, wurde dann aber wieder ernst. »Ich erinnere mich an all das, aber ich kann mich nicht erinnern, dass ich je Angst gehabt hätte. Weil ich bei dir war. Ich dachte damals, das sei etwas, was alle Frauen tun – sich um Dinge und Menschen zu kümmern. Aber jetzt bin ich selbst eine Frau und weiß, was du geleistet hast. Mam, ich würde gerne dein Geheimnis erfahren.«

Grace dachte einen Moment lang nach. »Es gibt kein Geheimnis. Nur Glauben. Den Glauben an Gott und an die Liebe, die du für deine Kinder empfindest. Für seine Kinder kann man Berge versetzen.« Tränen strömten ihr über die Wangen, und sie griff blind nach Mary Kates Taschentuch, empört über sich selbst.

»Oh, Mam.« Mary Kate legte den Arm um ihre Mutter. »Ist schon gut. Ist ja schon gut. Wir sind alle hier. Das meine ich mit Wunder. Sieh nur ...« Sie zeigte auf die Menschen vor ihnen. »Jack und Dad und Onkel Sean und Quinn. Tante Aislinn und Onkel Gavin. Mein Liam. Wir alle sind hier. Und all die Kinder!«, fügte sie staunend hinzu. »Sieh dir nur all die Kinder an, die wir auf die Welt gebracht haben!«

Grace nickte, den Kopf an der Schulter ihrer Tochter, getröstet von der Hand auf ihrem Rücken und eingehüllt in den Duft des Mädchens, das sie so sehr liebte. »Ich weiß«, flüsterte sie. »Für heute habe ich genug geweint.« Sie tat so, als würde sie Mary Kates Taschentuch auswringen, ehe sie es ihr zurückgab.

Mary Kate lachte und strich ihrer Mutter zärtlich eine Haarsträhne aus dem Gesicht. »Und Mam, du sollst wissen, dass Jack nicht fortgeht. Ich weiß, dass er ständig vom Krieg redet, aber er würde Dad und dich nie verlassen. Niemals. Das hat er mir selbst gesagt. Er möchte gehen, aber er sagt, dass er euch zu sehr liebt, als dass er riskieren könnte, euch das Herz zu brechen.«

»Ich glaube, du gibst es mir besser noch mal zurück.« Grace griff nach dem feuchten Taschentuch in der Hand ihrer Tochter, und Mary Kate küsste sie erneut.

»Was geht denn hier vor sich?« Morgan stand mit zwei Gläsern Punsch vor ihnen. »Freudentränen oder Tränen wegen Jack?«

»Nur eine törichte Mutter am Hochzeitstag ihrer Tochter.« Grace lächelte Mary Kate liebevoll an.

»Na, dann ist es ja gut.« Morgan setzte sich. »Du bist eine wunderschöne Braut, Mary Kate. Ich habe heute selbst schon ein paar Tränen vergossen.«

»Danke, Dad.« Sie beugte sich über ihre Mutter und küsste ihn auf die Wange. »Danke für alles.«

»Es ist mir ein Vergnügen, Liebes. Ich wünschte, ich könnte an jedem Tag deines Lebens eine Hochzeit für dich ausrichten.« Er schaute zu den Musikern, die ihre Instrumente stimmten, und zu Liam, der über den Rasen auf sie zukam. »Hallo, junger Mann«, begrüßte Morgan ihn. »Kommst du, um die Braut zum Tanz aufzufordern?«

»Entschuldigen Sie, Missus Kelly.« Liam zwinkerte Mary Kate zu. »Aber ich glaube, es ist Tradition, dass ich zuerst mit meiner Mam tanze.« Er reichte Grace die Hand.

»Na, dann los«, lachte die Braut. »Aber streng sie nicht zu sehr an – ich sehe noch eine ganze Reihe weiterer Anwärter.« Mary Kate stupste Morgan an, und er sah, dass Hewitt, Wakefield, Fairfax, Quinn, Dugan und einige andere zu ihnen herüberschauten, als die Musik begann.

»Bring sie anschließend sofort zu mir zurück, Junge«, ermahnte Morgan Liam. »Oder es gibt noch eine zünftige irische Prügelei.«

Sie alle lachten, und Grace und Liam eröffneten den Tanz; dann tanzte Liam mit seiner Braut, die errötete und in seinen Armen so elegant aussah. Doktor Wakefield bekam seinen Tanz mit Grace, genau wie Kapitän Reinders, während Morgan mit Astrid tanzte. Dugan und Tara reihten sich ein, ebenso wie George und Enid, Aislinn und Gavin, Quinn und seine strahlende Margaret. Abigail tanzte mit Doktor Fairfax und dann mit ihrem geliebten Mann. Jack tanzte mit Eden und Rose, die anschließend zu Sean und Gavin wechselten; George tanzte mit all seinen kleinen Mädchen, und Morgan wirbelte Señora Calderon herum, wurde aber von Quinn abgelöst, der eine tiefe Verbeugung vor ihr machte, und dann von Dugan, der die arme Frau mit seinem rudimentären Spanisch quälte. Kapitän Reinders tanzte mit Mei Ling, während Sean seine kleine Tochter hochhielt, damit sie zusehen konnte, neben sich seine beiden Söhne. Dugan und Grace tanzten zusammen und mussten lachen, als sie an Jack und Caolon vorbeiwirbelten, beide mit kichernden jungen Mädchen im Arm, die erröteten.

Als die Sonne den Horizont rot färbte, bevor sie im Meer versank, und die Schwalben auf dem Weg zu ihren Nestern durch die Lüfte sausten, begannen die Jugendlichen, ernsthaft zu flirten, während sich die älteren Paare in einem letzten langsamen Tanz drehten. Morgan nahm seine geliebte Frau in die Arme, und sie legte den Kopf an seine Schulter.

»Seht sie euch an«, sagte eine alte Frau zu ihren Freundinnen, die neben ihr auf einer Bank an der Mauer saßen und die letzten Strahlen der Abendsonne genossen. »Die beiden dort drüben.« Sie deutete mit ihrem Stock auf Morgan, der mitten auf der Tanzfläche stehen geblieben war und Grace mit all der Leidenschaft eines Mannes küsste, der endlich seine wahre Liebe gefunden hat. »Seht sie euch nur an! Schon so lange verheiratet und verliebt wie am ersten Tag. Pah!«

Die Frauen nickten und fingen an, wie Hühner zu gackern, auch wenn der Anblick dieses Mannes und seiner Frau einigen von ihnen das Herz erwärmte.

»Redet ihr über die beiden da drüben?« Dugan hatte sich der Bank mit einem Krug voll kühlem Punsch genähert. »Kennt ihr ihre Geschichte denn nicht?«

Die alten Frauen blickten zu dem großen Mann mit der Boxernase auf und schüttelten einmütig den Kopf.

»Ja, dann …«, meinte Dugan, zog einen Stuhl heran und setzte sich zu ihnen, »dann lasst mich eure Gläser füllen, und wir fangen ganz von vorne an.«

Danksagung

Ich bin dankbar für die Inspiration, die so viele Menschen und Werke mir geschenkt haben. In diesem Zusammenhang möchte ich vor allem den öffentlichen Leihbüchereien danken, die Lesern wie Autoren Zugang zu Welten verschaffen, welche sie andernfalls kaum je entdecken würden, und darüber hinaus den Historikern, die diese Zeiten und Welten so gewissenhaft – und häufig ohne allzu viel Anerkennung – für uns alle bewahren. Bono und U2 danke ich dafür, dass sie Zeit, Geld und ihre Popularität einsetzen, um Fragen der Menschenwürde in den Blickpunkt der Öffentlichkeit zu rücken. Ich danke meinen Kindern Nigel und Gracelin, die begriffen haben, dass man die Vergangenheit verstehen muss, um in der Zukunft etwas verändern zu können, und die schon jetzt großartige Staatsbürger sind, und ich danke meinen Eltern David und Elizabeth Schweinler dafür, dass sie an unserem Leben teilhaben. Ebenso danke ich meinen alten Freunden für ihre Unterstützung – und all jenen Menschen in den zahlreichen umtriebigen Lesezirkeln, die ich besucht habe. Außerdem möchte ich Teri Smith danken, die das Leben liebt und sich unermüdlich dafür einsetzt, das Leben anderer zu verbessern – viele erkennen deine Stärken, meine Freundin, und wissen, wie tapfer du bist. Und zum guten Schluss danke ich meinem Mann für die Liebe und Unterstützung, die er mir hat zuteil werden lassen, während ich meinem Herzen folgte und diese Bücher schrieb.

Tania Schlie

Eine Liebe in der Provence

Roman

ISBN 978-3-548-26642-8
www.ullstein-buchverlage.de

Enttäuscht von ihrer Ehe, kehrt Hanna zurück in die Provence, deren Schönheit und Ruhe bereits in den Sommern ihrer Kindheit eine magische Wirkung auf sie hatten. Während sie versucht, sich über ihre Gefühle klar zu werden, schließt sie Freundschaft mit der Nachbarin Sophie, die ihr vom dramatischen Leben ihrer Mutter erzählt. Hanna folgt den Spuren der lange zurückliegenden Liebesgeschichte, die ihr schließlich hilft, ihr eigenes Leben zu ordnen …

UB406

ullstein

Brigitte Blobel

Glücksucher

Roman

ISBN 978-3-548-26648-0
www.ullstein-buchverlage.de

Afrika ist für Johanna Hoffnung und Neuanfang. Den Kampf um die Liebe der Mutter hat sie aufgegeben. In der Wildnis Südafrikas und dem Brodeln Kapstadts entdeckt sie ihre Stärken und lernt langsam, zu vertrauen und sogar zu lieben. Doch ein Mord droht ihr neues Leben aus der Bahn zu werfen ...

»Spannende Geschichte in einer faszinierenden Umgebung« *Frau von Heute*

UB395

ullstein